유대인을 만든 책들

유대인을 만든 책들
유대인 고전 18선

애덤 커시 지음 | 우진하 옮김

살림

나의 스승들에게

| 차 례 |

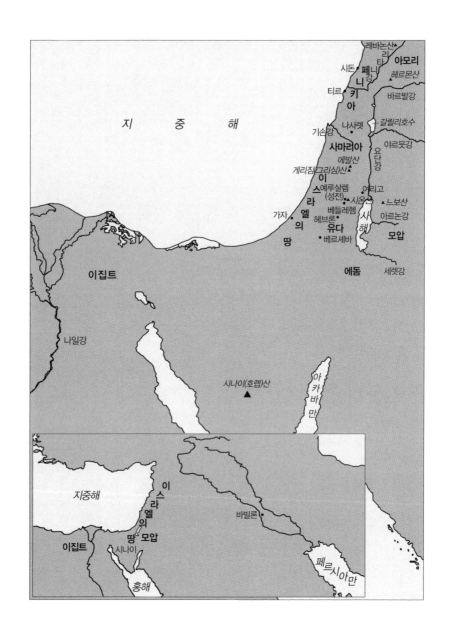

레바논산▲

리

시돈 페

니

티르 키

아

나사렛

기손강

사마리아

에발산

게리짐(그리심)산▲

이

스 예루살렘

라 (성전)

엘 베들레헴

의 헤브론

가자 유다

땅 베르셰바

지 중 해

아모리

헤르몬산▲

바르발강

갈릴리호수

야르뭇강

요

단

강

야리고

시온 ▲느보산

아르논강

사

해

모압

에돔 세렛강

이집트

나일강

시나이(호렙)산 ▲

야

카

바

만

지중해

이

스

라

엘

의 모압

이집트 땅

시나이

홍해

바빌론

페

르

시

아

만

8   유대인을 만든 책들

서문

이른바 '책의 민족(People of the Book)'이라는 표현은 유대교에서 비롯된 것은 아니다. 사실 이 말은 이슬람교에서 유래된 것으로 이슬람교의 경전인 『쿠란』에서 유대인과 기독교인을 구분하기 위해 사용되었다. 바로 성스러운 문서나 기록의 형태로 신으로부터 직접적인 계시를 받은 사람들이다. 유대교나 기독교 신앙을 따르는 사람들은 이슬람 사회에서 중간쯤 되는 위치였으며 이슬람 신자들과 완전히 같지는 않지만 다른 이교도들보다는 더 나은 대우를 받았다. 그렇지만 유대인들은 유대 문화가 특별히 책과 친근하며 또 독서와 글쓰기가 일종의 유대인의 정체성을 구성하는 것과 마찬가지로 이 '책의 민족'이라는 말을 일종의 명예로 생각하고 있었다.

그리고 대부분의 유대 역사에 있어 책이 단지 유대 문화의 일부 분만은 아니라는 것은 분명한 사실이다. 책은 유대 문화의 정수이며 문명을 유지시켜주는 일종의 구속력(拘束力)이었다. 보통 한 민족의 역사를 이해하기 위해서는 그들이 세운 제국과 전쟁, 전쟁 영웅, 정치 혁명가, 그리고 아름답고 놀라운 건축물과 예술품들에 대해 알아보아야 한다. 유대인들 역시 이런 세속적인 기준에서 어느 정도의 성취를 이루기도 했다. 『구약 성경』은 이스라엘의 장군들과 왕, 그리고 예루살렘 대성전 같은 기념비며 건축물들에 대한 기록이다. 그렇지만 CE(Common Era, 기원후) 70년, 세 번째로 지어졌던 예루살렘의 대성전은 로마 군단에 의해 철저히 파괴당했고 유대 왕국은 지상에서 사라졌다. 그리고 1948년 새롭게 이스라엘이 건국될 때까지 약 1,900여 년 동안 유대교의 역사는 정치적 측면에서 중요하게 언급이 되지 않았다. 그 대신 책의 역사로서 남게 되었다.

유대 종교의 핵심에 있는 정경(正經)이라고 하면 바로 『구약 성경』과 『탈무드(Talmud)』일 것이다. 이 책들을 통해 유대인들은 오랜 세월에 걸쳐 대를 이어 자신들의 종교적 의무와 자신들이 믿고 따르는 신의 개념에 대해 가르치고 배워왔다. 또한 이 책들은 유대교의 해석과 성문화(成文化)의 전통에 대한 든든한 밑바탕이 되어주었으며 유대인들의 창의성을 기념하는 위대한 기념물들이 만들어지는 데 일조를 하기도 했다. 프랑스의 유대계 학자 라시(Rashi)가 『탈무드』에 주석을 달고 오늘날까지 이어지는 정통 유대교의 율법과 교리를 정리하고 설명한 이른바 『술칸 아루크(Shulchan Aruch) 법전』이 탄생할 수 있었던 것도 다 이런 배경이 있었기 때문이었다. 유대인들의 저술 역사에서 율법과 주석은 가장 중요한 핵심이지만 이를 배우고 익히기 위해서는 일반적으로 소수의 사람들이 평생에 걸쳐 헌신을 해야 했다. 따라서 이런 사람들은 이 책에서 그리 많이 소개할 수 없었다.

그 외의 저술들의 경우 그 다양성과 풍부함이 유구한 유대 역사의 깊이를 증명해준다는 사실은 분명하다. 이 책을 통해 앞으로 살펴볼 다양한 작품들은 대략 2,500년의 세월에 걸쳐 집필된 것들로, 사용된 언어 역시 히브리어와 아람어, 그리스어, 라틴어 그리고 아라비아어며 이디시어, 독일어 등 아주 다양하다. 다만 여기서는 영어로 번역된 것을 읽고 인용했으며 대신 참고 문헌을 통해 그 원전과 번역본을 소개했음을 밝혀둔다. 이런 작품들에는 소설과 역사, 철학과 회고록, 그리고 신비주의 우화와 도덕적인 금언이나 경구들이 다양하게 포함되어 있으며, 그중 일부는 『구약 성경』을 읽은 사람이라면 누구나 알아볼 수 있을 정도로 유명한 것들도 많다. 그렇지만 이런 모든 것들은 결국 오랜 세월에 걸쳐 이루어진 유대인들의 사상과 경험에 대한 광범위한 내용을 알려주고 있는 것이다. 이 책『유대인을 만든 책들: 유대인 고전 18선』을 통해 내가 추구하는 목표는 이러한 유대 역사의 여러 저술들을 관련 분야에 흥미를 갖고 있는 사람들에게 소개하는 것으로, 그 안에 담긴 내용과 만들어진 이유와 배경, 그리고 과연 유대교와 유대인의 정체성에 대해 어떤 것들을 전해주고 있는지를 보여주고 싶은 것이다.

이런 작품들을 읽을 때 유대 역사에서 일어난 모든 재난과 파국에도 불구하고 가장 인상 깊게 다가오는 것은 아마도 유대의 사상이 놀라울 정도로 끊어지지 않고 이어져왔다는 점이 아닐까. BCE(Before Common Era, 기원전) 7세기경의 「신명기」에서부터 20세기의 숄렘 알레이헴에 이르기까지 유대 출신의 모든 저술가나 저작들이 지향하는 주제는 그 종류가 그리 많지 않다. 이런 주제들은 대체로 네 가지 핵심 요소로 압축할 수 있는데 바로 하나님과 『토라』, 이스라엘의 땅, 유대인이다. 이 요소나 주제들은 각 시대에 따라 매우 극적일 정도로 다르게 해석되고 이해되어왔지만 거기에서 제시하는 문제들은 결국 같은 것들로, 늘 반복이 된다. 분명 유대교에 있어 하나님과 『토라』, 이스라엘의 땅, 민족은 따로 떨어뜨려놓고 생각할 수 없으며 그중 한 가지에 대해 묻는 것은 결국 다른 것들에 대해 묻는 것과 마찬가지다.

예를 들어 유대의 저술가들은 항상 하나님의 존재와 개념에 대해 고민해왔다. 하나님은 아브라함과 모세와 개인적으로 언약을 맺은 그런 존재일까, 아니면 우주와 자연의 질서를 창조한 초월적인 존재일까? 만일 후자의 경우라면 의인화된 언어와 종종 자의적으로 율법을 해석하는 내용이 등장하는 『토라』를 어떻게 이해해야 할까? 이러한 질문들은 특히 다양한 철학적 문화의 배경과 함께 유대 전통의 갈림길에 서 있던 유대인들에게는 여간 곤란한 문제가 아니었다. 그래서 CE 1세기경 로마 속주 이집트에 살았던 필론과 12세기 이슬람이 지배하던 이집트에 살았던 마이모니데스가 품었던 의문들의 상당수가 비슷했던 것이 바로 이런 이유 때문이다. 두 사람 모두 예후다 할레비와 스피노자처럼 다른 민족들에게 매우 기이하게 보였던 유대의 '할례' 의식에 대해 의문을 품었다. 도대체 왜 이런 일을 하는 것일까? 그저 하나님의 명령이기 때문에? 아니면 정말 의학적으로 필요한 일이거나 혹은 윤리적인 명령이나 영적인 진리를 드러내기 위해서? 그냥 할례 의식을 정당화하기 위해서 어떤 의미를 갖다 붙이지는 않았을까?

수많은 유대 율법들에 대해서도 비슷한 의문이 제기되었는데 그중에는 이스라엘의 땅이라고 하는 개념에 대한 특별한 해석도 포함이 되어 있었다. 「창세기」를 보면 하나님은 아브라함과 그의 자손들에게 영원히 머물 수 있는 땅을 약속하셨다. 그런데 왜 하나님은 그 토록 수많은 중요한 의식들이 거행되었던 성전이 파괴되는 것도 묵 인하면서까지 유대인들이 성전과 영토를 잃고 세상을 떠돌도록 만 드신 것일까? 이런 중요한 상징과 의미들이 사라졌을 때 유대교에 남은 것은 과연 무엇일까?

이러한 질문들은 BCE 7세기경 만들어진 「신명기」에서 이미 한 번 다루어진 적이 있었다. 그로부터 거의 1,000년의 세월이 흐른 후, 그러니까 예루살렘의 제2성전이 무너진 후 이러한 질문들에 대한 답을 찾으려는 새로운 시도는 이른바 '랍비 유대교(rabbinic Judaism)'의 탄생으로 이어지게 되며, 그 핵심 정신은 유대교의 윤리적 이상에 대한 경구를 모은 『피르케이 아보트』에 아주 훌륭하게 정리되어 있 다. 그리고 다시 800년이 지나 유대교를 철학적으로 해석한 대화록 인 『쿠자리』는 이미 오래전 떠나온 그 땅이 지금 유대인들에게 어떤 의미가 있는지를 묻기도 한다. 그리고 또다시 800년이 지나자 이번 에는 유대교에 대해 거의 알지 못하고 세상의 다른 민족들과 동화되 어 살고 있던 테오도르 헤르츨이라는 사람이 나타나 이스라엘의 땅 은 여전히 유대 민족을 위한 유일한 구원이라는 주장을 펼쳐 큰 반 향을 일으키게 된다.

그렇지만 대부분의 유대 역사에 있어, 이스라엘의 땅은 어떤 실질적인 가능성이라기보다는 일종의 신앙심과 관련된 갈망의 대상이었다. 사실 CE 66년에서 70년 사이에 일어났고 역사가 요세푸스가 앞서 상반된 감정으로 기록하기도 했던 이른바 제1차 유대 반란 전에도 유대인들의 삶의 상당 부분은 고향을 잃은 자로서 그 자체로 실존적인 도전에 직면해 있었다. BCE 4세기에 페르시아에서 기록되었을 가능성이 높은 「에스더」는 어쩌면 적대적 감정이 숨어 있는 사회에서 소수민족으로서 살아간다는 것의 의미를 처음으로 기록한 책일지도 모른다. 「에스더」는 행운과 정치적 기술이 유대인 생존에 중요한 교훈을 계속해서 제공하고 있음을 시사하고 있는 것이다. 이와 유사한 일종의 역학 관계는 500년이 지난 후 필론이 알렉산드리아에서의 불안정한 유대인의 위치에 대해 설명했을 때, 그리고 다시 1,500년이 지나 함부르크에 사는 유대인들의 불안정한 상황에 대해 하멜른의 글뤼켈이 냉정한 시선으로 관찰을 했을 때 다시 드러난다. 또 숄렘 알레이헴이 1900년 우유 배달부 토비에에 대한 글을 쓸 무렵에는 유대인의 전통적인 생존 전략이 제대로 먹히지 않은 것처럼 보이기도 했다.

여전히 유대 역사를 단순한 박해와 추방의 역사로 읽지 않는 것은 중요하다. 이 책을 통해서 유대인의 안전에 대한 외부의 위협에 대해서 언급하기는 하겠지만 유대인의 독창성과 신앙에 대한 놀라운 표현에 대해서도 역시 소개할 것이다. 사실 이런 속세의 어려움을 상상력이 풍부한 가능성으로 바꾼 것은 유대교 신비주의의 위대한 업적 중 하나라고 할 수 있다. 13세기 에스파냐에서 쓰여졌으나 그 내용은 2세기 팔레스타인의 현자들이 말한 내용이 대부분인 『조하르』는 선과 악이 대결하는 우주의 전쟁 한복판에서 기도와 행위, 그리고 의도 등과 관련해 유대인 개인에게 영향을 미친 새롭고 다양한 세계관을 제공했다. 500년의 세월이 흘러 우크라이나에서는 유대교의 종교운동이라 할 수 있는 하시디즘을 따르는 랍비 나흐만이 이러한 우주론을 자신의 급진적이며 독창적인 이야기 즉, 타락한 세상에서 일어날 수 있는 구속의 가능성에 대한 비유로 사용했다. 그의 책에서 찾아볼 수 있는 신화의 대부분은 오늘날의 관점에서 볼 때 기이하며 심지어 이단으로 보이기까지 하지만 수백 년 동안 유대교가 갖는 의미에서 중요한 부분을 차지해왔다.

이것은 유대인의 과거를 읽는 것이 현재 중심적 사고를 벗어나는 데 어떻게 도움이 될 수 있는지 보여주는 한 가지 예일 뿐이다. 21세기 초의 유대인 세상은 여전히 20세기에 일어났던 여러 중요한 사건들에 의해 만들어진 것이나 다름없었다. 20세기에는 수많은 유대인들이 미국으로 이주했으며 이스라엘이 건국되었고 또 무엇보다도 나치 독일에 의한 대량 학살이 일어났다. 이러한 사건들을 통해 일어난 순응과 민족주의, 그리고 하나님의 섭리에 대한 의문들은 유대 역사에 있어 새로운 것이 아니며 그 사실을 깨닫기란 그리 쉽지 않을 수 있다. 이 책의 내용이 그러한 질문들과 관련해 현재의 피할 수 없는 모습과 이미 예견된 양극성을 띠게 되기 전인 1914년을 전후로 끝을 맺게 되는 것도 바로 그 때문이다. 나는 이 『유대인을 만든 책들』을 읽는 독자들이 내가 발견한 것들과 같은 것을 깨닫게 되기를 바란다. 그것은 다름 아닌 유대교가 과거에도 그랬고 앞으로도 갖게 될 더 풍요롭고 자유로운 분별력이다.

이 연대기에는 유대 역사의 모든 중요한 사건들이 다 포함되어 있는 것은 아니다. 그보다는 이 『유대인을 만든 책들』에서 논의된 글들을 이해하는 데 꼭 필요한 배경들을 제공하려는 목적이 더 크다. 고대 기록에 남아 있는 사건이나 날짜들은 사실 그리 정확하지가 않으며 아브라함과 모세 같은 인물들의 존재며 이스라엘 민족의 이집트 탈출과 같은 사건들도 오직 『구약 성경』에만 기록되어 있어 따로 확인할 수가 없다. 이러한 사건들에 대해서 나는 종종 서로 다른 날짜를 알려주는 전통적인 유대 기록이 아닌 현대 학계의 추정과 견해를 따르기로 했다.

BCE* 2000~BCE 1700 ca.**

이스라엘의 조상이라고 할 수 있는 아브라함과 이삭, 그리고 야곱이 하나님과 언약을 맺고 이스라엘에게 약속된 땅에 정착한다. 그 후 기근이 들어 이집트로 이주했다가 그곳에서 파라오에 의해 노예로 전락하게 된다.

BCE 1250 ca.

모세가 이스라엘 민족을 이집트에서 탈출시키고 시나이산에서 하나님으로부터 『토라』를 받는다. 사막에서 40년을 방랑한 후에야 이스라엘 민족은 약속의 땅인 가나안에 들어갈 수 있었다. 「신명기」는 모세의 죽음을 포함해서 방랑의 마무리에 대해 기술하고 있으며 이스라엘 민족이 약속의 땅인 가나안의 영토를 손에 넣을 수 있는 조건을 설명하고 있다.

BCE 1000 ca.

솔로몬 왕이 예루살렘에 최초의 대성전(大聖殿)을 건축한다. 이 성전은 유대인들의 삶과 신앙의 중심이 된다.

BCE 927~BCE 722

이스라엘 왕국이 북쪽의 이스라엘과 남쪽의 유다로 분열된다. 722년 아시리아 제국은 이스라엘을 정복하고 포로들을 끌고 갔는데 이들은 훗날 '잃어버린 열 지파(支派)'로 알려지게 된다.

BCE 622

요시아 왕의 통치 기간 동안 예루살렘 대성전에서 「신명기」가 발견되어 이스라엘의 신앙 개혁이 이루어진다.

BCE 597~BCE 586

바빌로니아 제국은 유다 왕국을 정복하고 유대인 지배 계급을 포로로 끌고 간다. 예루살렘이 반란을 일으키자 다시 두 번째 정복이 이루어지고 대성전과 함께 도시가 완전히 파괴된다.

BCE 538

페르시아 제국이 바빌로니아를 정복한다. 키로스 대왕은 일단의 유대인 포로들이 예루살렘으로 돌아갈 수 있도록 허락해준다. 상당수의 유대인들이 바빌로니아 지역에 남아 있었지만 그 못지않게 다음 세기에 걸쳐 많은 유대인들이 계속해서 고국으로 돌아가게 된다.

BCE 515

예루살렘에 제2성전이 건설된다.

BCE 486~BCE 465

페르시아 왕 크세르크세스의 시대에 「에스더」에 기록된 사건이 그의 황궁에서 벌어진다. 물론 이 책이 기록된 건 BCE 4세기 무렵 이후의 일로 알려져 있다.

BCE 332

알렉산드로스 대왕이 페르시아 제국을 정복하고 유대 지방도 그리스의 통치하에 들어간다.

BCE 167

유다 마카베오(Judah Maccabee)가 자신이 속해 있던 하스몬 가문을 이끌고 그리스의 통치에 저항해 400여 년 만에 처음으로 유대의 독립을 다시 회복한다.

BCE 63

로마의 장군 폼페이우스가 유대인 내전에 개입하여 예루살렘을 정복하고 유대 지역을 로마의 보호령으로 둔다.

BCE 15~CE** 45

알렉산드리아의 필론이 이집트 알렉산드리아에 거주하며『율법의 해석』을 저술한다. 이 책은『토라』에 대한 철학적 해석이며, 그는 그 밖에도 많은 저술을 남겼다. 필론은 CE 38년에 알렉산드리아에서 일어났던 유대인 폭동과 대학살의 현장에 있기도 했다.

CE 66~70

유대 지역에서 로마 제국에 대항해 반란이 일어나지만 훗날 황제의 자리에 오르게 되는 베스파시아누스와 티투스가 이끄는 로마 군단이 이를 철저히 분쇄한다. 예루살렘 성전은 파괴되어 다시는 새로 재건되지 못했으며 유대교의 본질이 완전히 뒤바뀌게 된다. 반란군에 참여했다가 로마군에 의해 포로로 잡힌 한 유대인 장군이 훗날 이때의 일을 자신의『유대 전쟁사』를 통해 기록으로 남기게 된다.

CE 132~135

바르 코크바(Bar Kochba)가 이끄는 제2차 유대 반란이 일어나지만 역시 로마군에 의해 철저하게 진압이 된다. 하드리아누스 황제는 유대 지역이라는 명칭을 완전히 없애버리고 팔레스타인이라는 이름으로 불렸고 이 명칭은 이후 1,800년 이상을 이어져 내려와 오늘날에까지 이르게 된다.

CE 200~500

이스라엘의 역사에서 이른바 '구전 율법'이 오랜 세월 전해 내려오면서 『미슈나(Mishnah)』라는 이름으로 정리·편찬된다. 그리고 여기에 담긴 법률적 논의와 해석은 다시 『탈무드』로 확대·편찬된다. 또한 『피르케이 아보트』는 특히 『탈무드』에 등장하는 랍비와 현자들의 어록을 기록한 것으로 CE 250년 무렵에 만들어진다.

CE 900~1200

법적인 장벽과 반복되는 박해에도 불구하고 유대 문화는 이슬람이 지배하고 있는 에스파냐 지역에서 크게 융성하게 된다.

CE 1096

지금의 독일 라인강 지역에 살고 있던 수많은 유대인들이 당시 일어난 십자군들에 의해 학살당한다.

CE 1075~1141 ca.

랍비이자 의사, 시인인 예후다 할레비가 이집트와 팔레스타인에서의 생활을 끝내고 지금의 에스파냐 지역에 정착한다. 그는 말년에 유대교를 철학적으로 해석한 책『쿠자리』를 남긴다.

CE 1165 ca.

여행가로 알려진 투델라의 벤야민이 에스파냐를 떠나 지중해와 중동 지역의 유대인 거주지를 여행하며 자신이 보고 들은 것들을 『투델라의 벤야민 여행기』에 남긴다.

CE 1138~1204

모세 마이모니데스가 에스파냐에서 태어나 성인이 된 이후 생애의 대부분을 이집트에서 보낸다. 유대 율법에 대해 통달하게 된 후 1180년대에 『당혹자에 대한 지침』이라는 저술을 남긴다. 그는 이 책에서 철학적 사실을 통해 『토라』를 해석하려는 시도를 한다.

CE 1290 ca.

『토라』를 신비주의적 관점에서 해석했으며 중세 유대교 신비주의인 '카발라(Kabbalah)'의 핵심이 되는 『조하르』가 에스파냐에서 알려지기 시작한다. 저자는 랍비 모세 데 레온(Moses de León)으로 알려져 있으며 그 내용은 『탈무드』의 랍비나 현자들이 기록했던 내용을 편집한 것이라고 한다.

CE 1391~1492

에스파냐에서 1세기에 걸쳐 유대인에 박해와 강제 개종이 절정에 달하며 전체 유대인 주민들에 대한 추방이 이루어진다. 포르투갈 역시 5년 후 유대인들을 추방한다.

CE 1590 ca.

『구약 성경』의 주요 내용을 주로 유대인 여성들에게 설명하고 알리기 위해 이디시(Yiddish)어로 만들어진 『체네레네』가 처음 출판된다.

CE 1632~1677

포르투갈계 유대인의 후손인 바뤼흐 스피노자가 네덜란드 암스테르담에서 태어난다. 1656년 이단적 견해를 주장하다 유대인들 사이에서 파문을 당하게 된 그는 이후 렌즈를 만드는 일을 하며 『신학정치론』(1670)과 같은 급진적인 철학 관련 저술들을 발표한다.

CE 1646~1724

독일에서는 하멜른의 글뤼켈이 크게 사업을 일으키고 가정을 꾸려나간다. 글뤼켈은 이디시어로 유대인 여성 최초의 자서전이라 할 수 있는『회상록』을 기록한다.

CE 1729~1786

경건한 유대인 가정 출신의 모제스 멘델스존이 독일 계몽주의의 가장 위대한 철학자 중 한 사람으로 자리매김한다. 그는 독일 사회의 유대인 수용의 한계에 도전했던 사람이다. 그는 자신의 저서인『예루살렘』(1783)을 통해 유대인들에게 유대의 율법에 계속 복종하도록 독려하며 종교의 자유를 주장한다.

CE 1740 ca.

강경한 성향의 종교 부흥 운동인 하시디즘(Hasidism)이 바알 셈 토브(Baal Shem Tov)의 지도하에 동유럽에서 퍼지기 시작한다.

CE 1753~1800 ca.

솔로몬 마이몬이 리투아니아에서 태어나 전통적인 유대인 가정에서 성장한다.『자서전』(1792-1793)은 그의 배경을 벗어나 독일에서 세속적인 철학자로 성장하려는 자신의 투쟁을 기록한 것이다.

CE 1772~1810

바알 셈 토브의 증손자인 브라츨라프의 나흐만이 우크라이나에서 유대교의 경건파 운동인 하시딤(Hasidim)을 따르는 무리를 이끈다. 그의 가르침은 우화나 이야기 형태로 전해 내려오고 있으며 그의 사후 『랍비 나흐만의 이야기』라는 제목으로 1816년에 출간된다.

CE 1860~1904

오스트리아 빈에서 활동하던 극작가이자 기자인 테오도르 헤르츨이 1896년 일종의 성명서라 할 수 있는 『유대인 국가』를 발표하며 시온주의 운동을 시작한다. 1902년 발표된 『오래된 새로운 땅』에서 헤르츨은 팔레스타인에서 시작되는 새로운 유대인 사회를 그리고 있다.

CE 1859~1916

숄렘 알레이헴이 세계에서 가장 유명한 이디시어 작가로 등극한다. 그가 쓴 『우유 배달부 토비에』는 1895년에서 1915년 사이에 출간이 되었는데 근대 사회에서의 혼란 속에 위협을 받고 있는 전형적인 유대인의 모습을 묘사하고 있다.

CE 1939~1945

제2차 세계대전 기간 동안 유럽에서만 600만 명이 넘는 유대인들이 학살당한다.

CE 1948

이른바 이스라엘의 땅에 현대 국가로서의 이스라엘이 건국되며 유대인들의 주권이 다시 부활한다. 거의 1900년 만의 일이다.

제1장
축복과 저주

·

「신명기(申命記, Deuteronomy)」

「신명기」는 이른바 『모세 5경(Five Books of Moses, 一五經)』이라고도 부르는 유대 문학의 정수인 『토라』의 마지막 다섯 번째 책이며 이스라엘의 역사에서 중대한 전기를 마련한 책이기도 하다. 「창세기」나 「출애굽기」 같은 앞서 만들어진 책들이 아담과 이브, 그리고 홍해를 갈랐던 일화 등 신화나 기적에 대한 내용들을 다뤘다면, 이 「신명기」는 전적으로 법과 역사에 대한 내용만을 담고 있는 것이다. 무엇보다도 이 책은 『구약 성경』의 다른 책들은 물론, 이스라엘 사람들의 역사에서 지금까지도 중요한 주제가 되는 이스라엘 민족과 영토에 대한 문제를 다루고 있다. 「신명기」 기록의 대부분을 차지하는 것은 당시 요단강을 건너 자신들이 믿고 있는 약속의 땅으로 갈 준비를 하고 있던 이스라엘 사람들을 향한 모세의 기나긴 설교이며, 모세는 자신의 설교와 연설 중간중간에 훗날 유대교에서 가장 중요하게 여기게 되는 율법과 의식, 기도 등을 가르쳤다. 그는 또한 이스라엘 민족에게 약속된 땅에 대한 조건도 제시했는데, 그 땅은 조건부로 주어진 것이며 언제든 하나님의 뜻에 따라 없던 일이 될 수도 있다는 점을 분명히 했다. 이후 오랜 세월 동안 이스라엘의 사상가들과 저술가들은 이런 문제들을 두고 힘겨운 씨름을 하게 된다.

BCE 622년, 요시아 왕 치세 18년에 예루살렘에 있는 대성전에서는 예상치 못한 물건이 발견된다. 당시 대제사장이던 힐기야가 성전 안에서 이른바 '가르침에 대한 두루마리' 하나를 발견하고 사반이라는 이름의 왕실 관리에게 이 두루마리를 건네준 것이다. 「열왕기하」에서는 요시아 왕이 새롭게 발견된 이 두루마리를 읽고 보인 극적인 반응을 이렇게 기록하고 있다.

"왕이 율법책의 말을 듣자 곧 그 옷을 찢으니라 왕이 제사장 힐기야와 사반의 아들 아히감과 미가야의 아들 악볼과 서기관 사반과 왕의 시신 아사야에게 명하여 가로되 너희는 가서 나와 백성과 온 유다를 위하여 이 발견한 책의 말씀에 대하여 여호와께 물으라 우리 열조가 이 책의 말씀을 듣지 아니하며 이 책에 우리를 위하여 기록된 모든 것을 준행치 아니하였으므로 여호와께서 우리에게 발하신 진노가 크도다"

「열왕기하」 22장 11-13절

요시아 왕은 이어 예루살렘의 모든 백성들을 불러 모아 새로 찾아낸 이 책을 읽어주었고 이어 왕을 비롯한 모든 사람들은 "그 책에 기록되어 있는 언약을 이루기로 여호와 앞에서 서약"하였다. 기록되어 있기로는 이 일이 있은 후 얼마 뒤 요시아 왕은 이스라엘 땅 전역에서 가나안의 이방 신들인 "바알과 아세라와 하늘의 별을 섬기는 데 쓰던 모든 기구들을" 불살라버리기 시작했다고 한다. 그리고 모든 이스라엘의 예배를 예루살렘 한곳으로 집중하고, "전국에서 그들이 제사 드리던 산당들을 모두 부정한 곳으로 만들었다."

이 장면은 어딘지 카프카의 소설 같은 혼란스럽고 부조리한 상황을 떠올리게 하는데, 요시아 왕은 갑자기 자신은 물론 모든 백성들이 전에는 그 존재조차 알지 못했던 율법들을 그동안 계속해서 어겨왔다는 사실을 깨닫게 된다. 분명히 그 율법들은 우상 숭배를 금하고 한곳에만 모여 예배와 기도를 올리라고 명하고 있으며 이를 따르지 않을 경우 무서운 벌을 받게 된다고 했기 때문에 요시아 왕은 그 내용들을 읽으며 두려움에 빠졌던 것이다. 그리고 새롭게 찾아낸 이 율법들은 '가르침' 혹은 『토라』 안에서 모두 일맥상통하는 내용들이 었다. 이러한 모든 사실들은 일찍이 성(聖) 히에로니무스가 깨달았던 것처럼 한 가지 결론을 가리키고 있는데, 바로 요시아 왕 시절 예루 살렘 대성전에서 발견된 이 책이 바로 우리가 지금 알고 있는 「신명기」라는 사실이다. 또한 요시아 왕이 실시한 개혁들은 「신명기」에 기록된 내용들을 하나하나 자세히 따르고 있는데, 그 내용과 실천 방법이 지나치게 자세한 것에 대해 일부 학자들은 이 책이 왕의 재위 시절에 발견된 것이 아니라 실제로는 그의 신하들이 만들어낸 것이라고 주장하기도 한다. 바로 모든 예배와 기도의 장소를 한곳으로 통일하려는 급진적 개혁을 정당화하기 위해서라는 것이었다.

이렇게 발견된 율법책을 보고 두려움에 가까운 전율을 느낀 것은 요시아 왕뿐만이 아니었다. 역시 그의 재위 시절에 선지자 예레미야에게 "여호와의 말씀이 이르렀고", 예레미야는 남은 일생 동안 성스러운 언약의 율법을 저버린 이스라엘 사람들을 책망하며 그에 따라 닥쳐올 여호와의 진노를 널리 알리게 된다. 특히 예레미야는 요시아왕처럼 우상 숭배에 대해 가장 격한 반응을 보인다.

"도적이 붙들리면 수치를 당함 같이 이스라엘 집 곧 그 왕들과 족장들과 제사장들과 선지자들이 수치를 당하였느니라 그들이 나무를 향하여 너는 나의 아비라 하며 돌을 향하여 너는 나를 낳았다 하고 그 등을 내게로 향하고 그 얼굴은 내게로 향치 아니하다가 환난을 당할 때에는 이르기를 일어나 우리를 구원하소서 하리라 네가 만든 네 신들이 어디 있느뇨 그들이 너의 환난을 당할 때에 구원할 수 있으면 일어날 것이니라 유다여 너의 신들이 너의 성읍 수와 같도다"

「예레미야」 2장 26-28절

　우상 숭배에 대한 경고와 이스라엘의 하나님 여호와만이 진정한 신이라는 그의 주장 속에서 예레미야는 그 후 1세기 가까이 이어지는 논란의 중심에 서게 되었다. 「열왕기하」의 기록을 보면 요시아가 왕위에 오르기 오래전 그의 증조부가 되는 히스기야 왕도 그와 비슷한 우상 타파 운동을 전개해나간 적이 있었다. "히스기야가 이스라엘 하나님 여호와를 의지하였다…… 곧 저가 여호와께 연합하여 떠나지 아니하고 여호와께서 모세에게 명하신 계명을 지켰다." 분명 히스기야 왕은 우상 숭배를 금지하는 열정에 있어 모세보다도 더 앞섰던 것 같다. 이스라엘 민족이 40년 동안 광야를 떠돌 당시 모세는 구리로 뱀을 만든 적이 있었는데, 히스기야 왕은 심지어 이런 조상의 유물조차 파괴해버린 것이다. "모세가 만들었던 구리뱀을 이스라엘 자손이 이때까지 향하여 분향하므로 그것을 부수었다."

그렇지만 히스기야 왕의 아들 므낫세는 신실했던 아버지와 달리 이스라엘의 하나님을 대적했던 것으로 보인다. "그 부친 히스기야의 헐어버린 산당을 다시 세우며 바알을 위한 단을 쌓으며 아세라 목상을 만들며…… 또 그 아들을 불 가운데로 지나게 하며 점치며 여호와 보시기에 악을 많이 행하여 그 진노를 격발하였다." 그렇지만 이스라엘에서 가나안의 신들을 섬겼던 건 므낫세만은 아니었다. 「여호수아」와 「사사기」, 「사무엘」과 「열왕기」 등 출애굽 이후 이른바 바빌론의 유수(幽囚)까지 약속의 땅에서 일어난 이스라엘 민족의 역사적 기록들을 살펴보면, 이 시절에 일신교를 섬기는 이스라엘 민족의 전통은 매우 낯선 것이었고 최소한 많은 논쟁의 대상이 되었던 것이 분명하다. 실제로 이 시기에 이스라엘의 일신교는 아예 시대착오적 사상으로 받아들여지기도 했으며, 『구약 성경』에 나타난 기록들만 살펴보아도 이스라엘의 국가 체제 안에는 이방신들을 따르는 믿음과 유일신인 여호와를 따르는 믿음이 자유롭게 혼재되어 있었다. 엘리야나 엘리사, 이사야 혹은 예레미야와 같은 선지자들이 이야기하는 신의 응징을 얼마나 직접적으로 경험했는지 모르겠으나, 이스라엘 사람들은 바빌로니아 제국에 패배해 포로로 잡혀가는 일이 일어나기 전까지도 이런 가나안의 이방신들을 섬기는 일을 멈추지 않았다.

만일 우리가 진정한 이스라엘 역사의 시작이라고 부를 수 있는 순간을 찾는다면, 아마도 요시아 왕이 「신명기」를 발견했을 바로 그때가 가장 적절한 순간인 동시에 이스라엘 역사 속에서 끝없이 이어졌던 위선의 순간 중 하나가 되지 않을까? 그렇다면 이스라엘의 역사는 「신명기」를 찾아내고 백성들에게 새롭게 다시 일신교를 믿으라고 명령한 요시아 왕부터 시작이 된 것일까, 혹은 자신의 후손들이 영원히 이스라엘의 왕이 될 것이라는 하나님의 약속을 믿고 따른 다윗 왕부터 시작이 된 것일까? 아니면 이스라엘 백성들을 이집트에서 데리고 나와 시나이산에서 하나님의 십계명을 받은 모세의 시절부터? 그것도 아니라면 훗날 정리되어 기록된 이러한 모든 언약과 율법에 대한 약속을 처음 받았다고 전해지는 아브라함이 진정한 이스라엘 역사의 시작인 걸까? 이제 「창세기」의 기록을 한번 살펴보자.

"내가 너로 큰 민족을 이루고 네게 복을 주어 네 이름을 창대케 하리니 너는 복의 근원이 될지라. 너를 축복하는 자에게는 내가 복을 내리고 너를 저주하는 자에게는 내가 저주하리니 땅의 모든 족속이 너를 인하여 복을 얻을 것이니라 하신지라"

　어쩌면 이 이야기는 아브라함 이전의 시대까지 거슬러 올라갈지도 모르는데, 결국 「창세기」는 우리에게 약속의 땅인 가나안으로 처음 향했던 사람이 아브라함이 아니라 그의 아버지였던 데라라는 사실을 말해주고 있다. 데라는 하나님의 존재에 대해서는 알지 못했지만 '갈대아 우르에서 떠나 가나안 땅으로 가고자 했던' 사람이며 대신 그는 이 여정을 다 끝마치지는 못했다. 유대 역사와 그 정체성의 실체를 규정하는 하나님과의 '언약'이 기다림과 인내, 철회, 그리고 소생의 과정으로 바뀌어 이해되기 시작한 건 바로 이 시점부터다. 아브라함과 이삭, 야곱은 가나안 땅에 정착할 수 있는 언약을 맺었지만 「창세기」 말미에 이들 일족은 기근을 피해 이집트로 이주하게 되었고 그곳에서 노예가 되어 핍박받는 생활을 하게 된다. 이에 하나님께서는 모세를 불러 이스라엘 민족을 약속의 땅으로 이끌고 가게 하셨지만 모세 자신은 자신이 결코 들어갈 수 없는 땅을 바라보기만 하는 저주를 받고 요단강 동쪽 기슭에서 사망한다. 다윗은 이스라엘 역사상 최초의 강력한 왕국을 건설했지만 그로부터 두 세대가 지나기도 전에 왕국은 둘로 쪼개지고 말았다.

40　유대인을 만든 책들

이러한 과정의 끝자락에서 우리는 끔찍한 '시적 대칭(poetic symmetry)'을 통해 정복된 땅을 떠나 이집트로 되돌아가는 얼마 안 되는 이스라엘의 생존자들에 대한 기록을 발견할 수 있다. "대소 백성과 군대 장관들이 다 일어나서 애굽으로 갔으니 이는 갈대아 사람을 두려워함이었더라." 여기서 갈대아란 바로 바빌로니아 제국을 의미한다. 『성경』에서 애굽으로 부르는 이집트는 이스라엘 민족에게는 노예생활을 하던 땅으로 그곳에서 탈출을 하면서 사실상 이스라엘의 역사가 시작된다. 그리고 「열왕기하」의 마지막 장면에서 이들은 이렇게 이집트로 돌아가는데, 이 장면은 마치 그들이 겪었던 하나님의 뜻을 따랐던 모든 역사가 다시 제자리로 돌아가 사라진 것처럼 보이는 것이다. 선지자 예레미야는 분명 그렇게 생각을 했다. "너희 열조가 애굽 땅에서 나온 날부터 오늘까지 그 등을 내게로 향하고 그 얼굴을 향치 아니하였다." 예레미야가 이스라엘의 멸망을 바라보며 한 말이다. 그리고 요시아가 「신명기」에서 발견한 하나님의 율법을 지키지 않으면 이스라엘 민족에게 어떤 일이 벌어질지 경고하는 끔찍한 내용이 마침내 성취된 것처럼 보였음에 틀림없다.

"네 생명이 의심나는 곳에 달린 것 같아서 주야로 두려워하며 네 생명을 확신할 수 없을 것이라 네 마음의 두려움과 눈의 보는 것으로 인하

여 아침에는 이르기를 아하 저녁이 되었으면 좋겠다 할 것이요 저녁에
는 이르기를 아하 아침이 되었으면 좋겠다 하리라 여호와께서 너를 배
에 실으시고 전에 네게 고하여 이르시기를 네가 다시는 그 길을 보지
아니하리라 하시던 그 길로 너를 애굽으로 끌어가실 것이라 거기서 너
희가 너희 몸을 대적에게 노비로 팔려 하나 너희를 살 자가 없으리라"

「신명기」 28장 66-68절

* * *

「신명기」의 이중적 성격은 이러한 추방과 회귀라는 변증적인 모
습을 반영하고 있다. 결국 「신명기」는 끝이자 동시에 시작이다. 모
세의 이야기와 『토라』의 마지막 부분이자 『구약 성경』의 나머지 부
분들을 구성하고 있는 이스라엘 역사의 시작, 이스라엘 민족이 정복
하는 약속의 땅 이야기의 시작인 것이다. 「신명기」는 히브리어로는
'드바림(Devarim)' 즉, '말씀들'이라고 부른다. 「신명기」의 1장 1절이
"이는 모세가 요단 저편 숲 맞은편의 아라바 광야 곧 바란과 도벨과
라반과 하세롯과 디사합 사이에서 이스라엘 무리에게 선포한 말씀
이니라"로 시작이 되기 때문이다. 그러면서도 이 「신명기」라는 이름
자체는 이 책의 이중적 성격을 적절하게 나타내고 있다. 히브리어를

그리스어로 번역한 이른바 『70인역 성경』에서는 이 책을 『듀테로노미온(δευτερονομιον)』이라고 불렀는데, '두 번째 율법' 혹은 '반복되는 율법'이라는 뜻이다. 이것은 당시 번역자가 일반적으로 쓰이던 이름인 『미슈나 토라』, 즉 '『토라』의 반복'이라는 말을 번역한 것으로, 여기에는 약간의 오해와 오역이 있었던 것으로 보인다. 「신명기」 17장에서는 모세가 앞으로 등장할 이스라엘의 왕들에게 이 '율법서의 복사본'을 가지고 평생을 자기 옆에 두고 읽으며 그 규례를 익히고 따르라고 지시한다. 다시 말해 『토라』에서 규례와 율법 부분을 반복해서 적은 책이 곧 「신명기」였던 것이다.

그렇지만 「신명기」에 드러난 정신 전체를 대표하는 부분으로서 '또 다른' 혹은 '두 번째'의 『토라』로 보는 것도 절대 틀린 해석이 아니다. 우선 「신명기」는 그 자체로 『토라』를 의미할 수 있는데 이 『토라』는 보통 '가르침'이나 '계율'로 번역이 되었으며 나중에야 비로소 『구약 성경』의 처음 다섯 책, 혹은 『모세 5경』을 뜻하는 말이 되었다. 게다가 더 중요한 것은 「신명기」는 이전에 있었던 모든 말씀을 요약하는 형식을 분명하게 취하고 있다는 사실이다. 모세는 죽기 전에 이스라엘 민족을 향한 마지막 연설에서 출애굽의 역사를 되풀이해서 이야기하고 또 십계명에 대해서도 반복해 설명했으며 자신을 통해 내려진 율법을 요약하고 해석했다. 또 동시에 약속의 땅에서 있을 이스라엘 민족의 미래에 대해서도 예언하고 있다. 「신명기」의 마지막 부분, 전체적으로 보면 『토라』의 마지막 부분은 바로 '이스라엘'에 대한 것이다. 「창세기」의 첫 부분부터 시작된 창조의 이야기가 이스라엘을 약속된 땅으로 인도하는 것으로 마무리가 되는 것이다.

또한 「신명기」는 모세의 죽음을 서술하고 있기 때문에 모세가 하나님의 말씀을 받들어 쓴 『토라』에 대한 전통적인 유대인들의 해석에 관해 오랫동안 여러 가지 의문을 자아내기도 했다. 「신명기」 31장 9절을 보면 "모세가 이 율법을 써서 여호와의 언약궤를 메는 레위 자손 제사장들과 이스라엘 모든 장로에게 주고"라는 대목이 나온다. 『탈무드』에서는 어떻게 이런 일이 이루어졌는지에 대해 두 가지 다른 설명을 하고 있다. 먼저, 하나님이 이야기를 할 때마다 모세가 양피지에 그 말씀을 받아 적었다는 것이다. 그리하여 그의 생애가 저물어갈 때 모세는 이렇게 받아 적은 양피지 모두를 하나의 두루마리로 합쳤다. 또 다른 설명에 따르면 모세는 사막에서 지내는 동안 죽을 때까지 구술을 통해서만 하나님의 가르침을 전하다가 마지막에 한 번 기록을 해 『토라』를 완성했다고 한다. 그리고 랍비들이 전하는 또 다른 설명에 따르면 모세는 『토라』 전체를 열세 번 반복해서 기록한 후 이스라엘 열두 지파에게 하나씩 나누어주고 마지막 한 개는 언약궤 안에 보관했다고 한다.

그렇지만 그 방식이 어떠하든 간에 「신명기」는 31장 이후로도 3개의 장에 걸쳐 더 이어지며 이 역시 모세가 기록했다고 전해진다. 여기에는 이스라엘 각 지파에 대한 모세의 마지막 축복과 느보산에 올라 약속의 땅을 바라본 일, 그리고 모세의 마지막 가는 길이 포함되어 있다. 그런데 모세가 아직 일어나지도 않는 자신의 최후 행적과 죽음에 대해 기록했다는 대목이 이상하게 생각된다. 또한 모세가 「신명기」를 『토라』에 포함시키지 않았다면 도대체 누가 그 일을 했단 말인가? 그렇지만 이러한 모순도 『토라』가 어떻게 기록되었는지에 대해 경건한 마음을 가지고 이해하는 데 심각한 문제는 되지 않는다. 만일 모세가 하나님의 도움을 통해 바다를 가르고 역병을 불러올 수 있었다면 그는 분명 자신의 죽음에 대해서도 미리 기록을 할 수 있었을 것이다. 또한 자주 사실로 증명된 것처럼, 전통적인 유대인 주석가들은 현대의 독자들을 곤란하게 만드는 문제들에 대해서도 비록 각기 다른 해석을 내놓기는 했지만 충분히 인지를 하고 있었다. 따라서 어떤 주석가의 경우는 모세의 죽음과 사람들의 애통함을 묘사하고 있는 「신명기」의 마지막 부분은 분명 모세 자신이 기록한 것이지만 먹물이 아닌 눈물로 보이지 않게 쓴 것이며 그의 후계자인 여호수아가 모세의 사후에 제대로 채워 넣은 것이라고 설명하기도 한다. 이 역시 「신명기」의 마지막 부분의 서로 다른 진술을 이해하려는 상징적 시도라고 할 수 있다.

「신명기」의 모호함은 사실 1장 1절부터 시작된다. '요단강 저편 숲 맞은편'이라는 지리적 배경에서 요단강 저편은 강의 동쪽 기슭을 의미하는 또 다른 설명인데 여기에서부터 바로 의문이 제기되는 것이다. 동쪽 기슭과 오늘날 요르단 왕국이 되는 모압의 땅이 요단강 저편이라면 그 맞은편에서 이스라엘 민족에게 말씀을 선포했다고 기록된 「신명기」에 따르면 모세를 비롯한 이스라엘 사람들은 이미 가나안 땅에 들어와 있는 셈이다. 하지만 당시 그들은 그 땅에 아직 들어서기 전이었다. 역사적으로 보자면 이러한 내용들은 「신명기」가 사실 기록된 사건들이 일어난 지 한참 후, 그러니까 이스라엘과 유다 왕국이 요단강 서쪽에 이미 자리를 잡고 난 이후에야 기록되었다는 것을 나타내고 있는 것이 아닐까. 그렇지만 은유적인 의미에서 이런 모호함은 약속의 땅에 들어가기 위한 조건뿐만 아니라 그곳을 불가항력적으로 떠날 수밖에 없는 상황에 대해 「신명기」의 계시를 적절하게 강조하고 있다고 볼 수 있다.

번역에 있어서도 「신명기」의 내용과 문체가 앞서 『구약 성경』의 다른 네 권의 책과 확연히 다른 것을 쉽게 알아볼 수 있다. 다른 책들이 신화와 구전, 법전과 건축 계획, 그리고 족보에 대한 내용을 자유롭게 넘나들며 종종 다른 여러 사람들이 쓴 것 같은 인상을 주는 반면 「신명기」의 내용 대부분은 과연 한 사람의 '말씀들'이라는 본래의 히브리어 제목과 딱 들어맞는 것처럼 보인다. 특히 그 핵심을 구성하고 있는 모세의 설교와 법전은 모세가 자기 앞에 모여든 이스라엘 사람들에게 실제로 말로써 전했는가에 상관없이 특별한 청중들을 대상으로 특별한 의도에 따라 구상되고 만들어진 것 같은 느낌을 전해준다.

그렇지만 그러한 극적인 배경은 「신명기」의 계시와 분위기의 심오한 양면성만을 강조하는 것이다. 결국 그 장면은 기쁜 순간이 될 수밖에 없다. 사막에서 사십 년 동안을 방랑한 끝에, 그리고 그 전에 400여 년에 걸쳐 노예 생활을 한 끝에 하나님께서는 이스라엘 민족을 그들에게 약속한 땅으로 인도하면서 이제 드디어 오래전 아브라함과 맺었던 언약을 성취하려고 하는 것이다. 그렇지만 모세는 사십 년 동안의 방랑이 「신명기」의 중요한 주제를 이미 보여주었다는 사실을 잊을 수 없었다. 바로 하나님에 대한 순종을 완강하게 거부하는 이스라엘 민족의 모습이었다.

분명 사막에서 보낸 세월은 비록 추방을 당할 자신들의 땅도 없던 상황이었지만 추방생활을 미리 겪었던 것으로 볼 수 있다. 왜냐하면 모세가 「신명기」의 첫 장에서 설명했던 것처럼 하나님은 원래 이스라엘 민족에게 자신의 모습을 보이며 십계명을 내려준 시나이산에서 곧장 그들을 약속의 땅인 가나안으로 인도할 계획이었기 때문이었다. 그렇지만 약속의 땅에 가까워졌을 때 그들은 선발대를 먼저 보내 그 땅의 거주민들에 대해 살펴보자고 주장했고 선발대 열두 명 중 열 명이 가나안 족속은 너무나 장대하여 "우리는 스스로 보기에도 그들에 비해 메뚜기와 같다"라고 보고를 한다. 이스라엘 민족으로서는 그들을 이기는 일이 불가능하다는 것이었다.

이런 보고를 전해들은 사람들은 이전에도 수없이 되풀이했던 불평을 또 토로하기 시작했다. "너희가 장막 중에서 원망하여 이르기를 '여호와께서 우리를 미워하시는 고로 아모리 족속의 손에 붙여 멸하시려고 우리를 애굽 땅에서 인도하여 내셨도다' 하니라." 이러한 불신의 모습은 하나님을 격노하게 만들었고 결국 하나님께서는 이집트를 떠났던 세대가 모두 세상을 떠나기 전까지는 이스라엘 민족을 가나안 땅에 들이지 않겠다고 선언한다. "너희의 아이들과 당일에 선악을 분변치 못하던 너희 자녀들 그들은 그리로 들어갈 것이라." 그렇게 해서 이스라엘 민족은 다시 광야로 되돌아가게 되었고 거기서 38년의 세월을 보낸다. 「신명기」에서는 이에 대해 겨우 한 문장으로 묘사하고 있지만 그들로서는 죽을 때까지 이어지는 끝없는 방랑길이었던 셈이다.

이러한 믿음의 부족에 대한 경험은 이스라엘 민족이 사막에서 반복해서 겪었던 일이기도 했다. 중세 프랑스의 위대한 랍비이자 주석가였던 라시(Rashi)는 이스라엘 민족이 하나님을 불신했던 모든 순간들을 따로 정리하기도 했는데, 이집트를 막 탈출했을 때 식량이 부족해지자 이내 불만을 드러냈고 홍해 앞에서는 이집트 군대에게 쫓기며 공황상태에 가까운 반응을 보이기도 했으며 급기야는 고라를 중심으로 모세의 지도력에 반기를 들기도 했다. 게다가 결국에는 황금으로 송아지 신을 만들어 절하기까지 했던 것이다. 사실 이 금송아지 이야기는 『토라』의 놀라운 의문점들 중 하나를 구체화해서 보여주고 있는 것 같다. 바로 이스라엘 자손들이 하나님이 가까이 임재하시는 것에 대한 명백한 증거를 확인한 후에도 그분께 제대로 충성을 하지 못했다는 사실이다. 시나이산 꼭대기에서 불과 연기와 소리로 자신의 임재를 드러내고 이스라엘 민족에게 우상을 섬기지 말라고 명하신 직후에 그들은 바로 금송아지를 만들어 절하고 경배했던 것이다.

현대를 살아가는 사람들이 하나님을 제대로 믿지 않는 건 그분이 침묵하시고 모습을 눈앞에 드러내지 않기 때문이다. 그렇지만 『토라』를 통해 확인할 수 있는 것처럼 하나님이 분명히 존재하고 있음을 보여주어도 그것이 신실한 믿음을 보장해주지 않는다. 이 문제가 더욱 심각한 이유는 이집트로부터의 탈출이 하나님의 권위를 분명하게 증명하는 것처럼 「신명기」 전체가 하나님이 이스라엘 민족에게 율법과 계명을 내려주었음을 알리고 있기 때문이다. 모세는 하나님의 율법을 전하기에 앞서 이 점을 지적하고 있다.

"오직 너는 스스로 삼가며 네 마음을 힘써 지키라 두렵건대 네가 그 목도한 일을 잊어버릴까 하노라 두렵건대 네 생존하는 날 동안에 그 일들이 네 마음에서 떠날까 하노라 너는 그 일들을 네 아들들과 네 손자들에게 알게 하라 네가 호렙산에서 네 하나님 여호와 앞에 섰던 날에 여호와께서 내게 이르시기를 나를 위하여 백성을 모으라 내가 그들에게 내 말을 들려서 그들로 세상에 사는 날 동안 나 경외함을 배우게 하며 그 자녀에게 가르치게 하려 하노라 하시매"

「신명기」 4장 9-10절

여기에서도 「신명기」는 모순을 보이는 동시에 어떤 전조를 보내는 것처럼 보인다. 모세는 아무도 부인할 수 없는 하나님의 존재에 대한 증거를 내보인다. 모든 세대의 이스라엘 민족 중에서 오직 시나이산에 있었던 이스라엘 사람들만이 받아들일 수 있는 그런 증거인데, 오직 그들만이 하나님이 스스로 그 모습을 드러내는 장면을 목격할 수 있는 은혜를 입었기 때문이다. 그렇지만 모세는 이것을 말하기 바로 전에 그는 시나이산 앞에 섰던 세대가 더 이상 살아 있지 않음을 지적하고 있다. 우리가 알고 있는 것처럼 그들은 하나님의 벌을 받아 모두 죽음을 당했으며 모세가 「신명기」에서 마주하고 있는 건 바로 그들의 자녀 세대이다. 다시 말해 모세는 시나이산에서의 일을 보지 못했던 세대에게 마치 그것을 본 것처럼 행동할 것을 요구하고 있는 것이다.

랍비 주석가들은 당연히 모세의 말에서 이런 모순을 알아차리고 왜 당시 그의 이야기를 듣고 있던 사람들이 의문을 제기하지 않았는지 궁금해했다. 그들은 왜 모세에게 자신들이 시나이산에 있지 않았으며 따라서 이전 세대의 죄와는 상관이 없음을 이야기하지 않았을까? 이에 대해 한 주석가는 이스라엘 땅에 들어가게 된 세대가 너무나 의로웠기 때문에 아버지 세대의 이런 죄로 인한 수치를 기꺼이 받아들였다고 해석하기도 했다.

또 다른 해석에서는 하나님을 진심으로 믿고 따랐던 최초의 이스라엘 세대가 바로 「신명기」에서 모세의 이야기를 듣고 있던 이스라엘 사람들이라고 주장한다. 결국 이집트 탈출은 인류 역사에 있어 유대 민족에게 하나님이 자신의 특별한 사랑을 드러내기 위해 극적으로 개입을 한 순간이라고 볼 수 있다. 이런 관점에서라면 유대인들은 기독교 신자들이 부활을 믿어야 하는 것처럼 이집트 탈출의 역사를 믿어야만 한다. 이것이야말로 기적 중의 기적이며 그것 말고는 달리 설명을 할 방법이 없다. 그리고 유대교 자체도 시나이산에서의 그 순간과 현재와의 거리를 뛰어넘는 그런 기술이라고 볼 수 있다. 다시 말해 전통적인 유대교 신앙은 모든 유대인들의 영혼은 영원히 살 것이라는 사실을 의미하고 있으며 거기에는 유대교로 개종한 사람들의 영혼까지 포함되어 있다. 이에 대해 「신명기」에서 모세는 이렇게 선포하고 있다. "내가 이 언약과 맹세를 너희에게만 세우는 것이 아니라 오늘날 우리 하나님 여호와 앞에서 우리와 함께 여기 선 자와 오늘날 우리와 함께 여기 있지 아니한 자에게 까지니."

따라서 「신명기」는 뒤늦게 유대교도가 된 사람들을 위한 첫 번째 하나님의 책이라고 볼 수 있으며 뒤늦게 유대교도가 된 사람들에 대한 집착에서 그러한 점을 분명히 알 수 있다. 이집트 탈출을 기념하며 특별한 음식을 먹는 유월절 축제에 참석하는 사람들은 「신명기」 26장의 말씀을 기억할 것이다. 그 말씀은 원래 제사장에게 십일조를 바치는 문제에 대한 내용이지만 동시에 유월절 봉사의 중심이 되는 내용이기도 하다.

"너는 또 네 하나님 여호와 앞에 아뢰기를 내 조상은 유리하는 아람 사람으로서 소수의 사람을 거느리고 애굽에 내려가서 거기 우거하여 필

경은 거기서 크고 강하고 번성한 민족이 되었더니 애굽 사람이 우리를
학대하며 우리를 괴롭게 하며 우리에게 중역을 시키므로 우리가 우리
조상의 하나님 여호와께 부르짖었더니 여호와께서 우리 음성을 들으
시고 우리의 고통과 신고와 압제를 하감하시고 여호와께서 강한 손과
편 팔과 큰 위엄과 이적과 기사로 우리를 애굽에서 인도하여 내셨다"

「신명기」 26장 5-8절

대부분의 종교적 신념은 형이상학적이며, 신자들은 하나님과 우
주에 대한 일련의 명제들을 그대로 받아들여야만 한다. 그렇지만
「신명기」는 역사적인 사건의 진실에 대한 믿음의 선언으로서 역사
적인 신념을 제시하는 것이다. 이러한 신앙적 고백을 되풀이함으로
써 유대인들은 현재와 이집트 탈출 시기 사이에 존재하고 있는 모든
시간적 간극을 뛰어넘어 늦지 않았음을 강조하고 또 과거와 현재를
하나의 순간이 가진 두 개의 모습으로 만들려고 한다.

이와 비슷한 충동은 「신명기」의 한 구절에서 찾아볼 수 있는데
"이스라엘아 들으라 우리 하나님 여호와는 오직 하나인 여호와시니"
라는 이 구절은 '쉐마(Shema)'라고 하는 유대교의 핵심적인 기도문을
구성하기도 하며 그다음에 이어지는 구절들은 모두 여호와 하나님
을 구체적으로 기억하는 방법을 제시하고 있다.

"너는 마음을 다하고 성품을 다하고 힘을 다하여 네 하나님 여호와를 사랑하라 오늘날 내가 네게 명하는 이 말씀을 너는 마음에 새기고 네 자녀에게 부지런히 가르치며 집에 앉았을 때에든지 길에 행할 때에든지 누웠을 때에든지 일어날 때에든지 이 말씀을 강론할 것이며 너는 또 그것을 네 손목에 매어 기호를 삼으며 네 미간에 붙여 표를 삼고 또 네 집 문설주와 바깥문에 기록할지니라"

「신명기」 6장 5-9절

이 대목은 이른바 '테필린(tefillin)'이라고 부르는 작은 가죽 상자로 되어 있는 성구함(聖具函)을 몸에 걸치고 기도를 하며 '메이즈자(mezuzot)'라는 손가락 크기의 작고 길쭉한 통을 문설주에 달아두는 유대인들의 관습의 바탕이 된다. 특히 이 메이즈자에는 성경 구절을 적은 작은 양피지나 쪽지가 들어 있었으며 이러한 것들은 말 그대로 하나님의 말씀으로 각 개인을 감싸 그 말씀을 절대로 잊지 않기 위한 방법인 동시에 모세가 이스라엘 민족에게 명령을 해 짓게 했던 거대한 기념물인 성전의 모습을 작게 축소해 매일 곁에 둘 수 있게 한 것이다. "너희가 요단을 건너 네 하나님 여호와께서 네게 주시는 땅에 들어가는 날에 큰 돌들을 세우고 석회를 바르라 이미 건넌 후에 이 율법의 모든 말씀을 그 위에 기록하라." 그리고 모세는 또 이스라엘 민족에게 매 칠 년 끝 해 곧 정기 면제년의 초막절에 "이 율법을 낭독하여 온 이스라엘로 듣게 할지니 이 말씀을 알지 못하는 그들의 자녀로 듣고 네 하나님 여호와 경외하기를 배우게 할지니라"라고 말한다.

이렇게 「신명기」에 등장하는 하나님의 말씀을 잊지 않는 일에 대한 집착이 유대인들의 마음 깊은 곳에 자리하고 있고, 잊힌다는 것에 대한 두려움이 있음을 알아차리기란 그리 어렵지 않다. 이른바 '유대인의 연속성(Jewish continuity)'에 대한 염려는 지금의 우리 시대에 새롭게 등장한 것이 아니며 그 기원은 「신명기」까지 거슬러 올라간다. 실제로 이스라엘 민족에 대한 모세의 책망과 꾸지람으로 시작되는 「신명기」는 하나님을 직접 목격한 세대조차도 하나님을 향한 믿음을 유지할 수 없었다는 암울한 역사적 사실을 전하고 있다. 어쩌면 하나님이 실재한다는 사실이 그만큼 감당하기 버거웠고 또 하나님에 대한 기억조차 그대로 가져가기가 거의 불가능한 일이 아니었을까? 새롭게 발견된 「신명기」를 읽은 요시아 왕이 두려움에 사로잡힌 건 그리 놀라운 일이 아니다. 요시아 왕과 사람들은 「신명기」가 예언하고 경고했던, 「신명기」의 가르침을 망각하는 일을 그대로 저지르게 된다.

* * *

그렇지만 모세가 이스라엘 민족에게 이야기한 것처럼 그가 「신명기」를 통해 공표한 율법은 초인적인 힘이나 맹목적인 복종을 요구하지는 않는다. "내가 오늘날 네게 명한 이 명령은…… 하늘에 있는 것이 아니니 네가 이르기를 누가 우리를 위하여 하늘에 올라가서 그 명령을 우리에게로 가지고 와서 우리에게 들려 행하게 할꼬…… 아니라 오직 그 말씀이 네게 심히 가까워서 네 입에 있으며 네 마음에 있은즉 네가 이를 행할 수 있느니라." 확실히 현대의 독자들에게 「신명기」의 핵심에 자리하고 있는 율법은 「신명기」 이전의 『토라』의 다른 책들에서 하나님이 내려준 수많은 다른 율법이나 계명보다 훨씬 더 현실성 있게 다가온다. 예컨대 「출애굽기」에서는 성막(聖幕)의 건설에 대해 매우 세세한 부분까지 지시하는 내용이 상당 부분 나오는데 이는 시나이산에서 모세가 십계명을 받은 후 처음 하나님이 중요하게 지시했던 내용이다. 하지만 여기에서는 어떤 윤리적인 내용도 찾아볼 수 없다. 반면에 「신명기」를 보면 사회적 정의의 정신에 대한 부분을 쉽게 찾아볼 수 있는 것이다.

어쩌면 「신명기」가 율법의 뒤에 자리하고 있는 윤리적 동기에 대해 끊임없이 설명을 하고 있기 때문에 그렇게 보일 수도 있다. 여기에서도 이집트에서의 탈출과 노예생활을 경험했던 세대가 중요한 의미를 갖는데 이 둘은 결국 이스라엘 민족의 정체성의 핵심을 구성하는 요소이다. 이러한 모습은 「출애굽기」에서 시나이산에 올라간 모세가 하나님으로부터 십계명을 받아 그대로 이스라엘 민족에게 전달하는 모습에서 특히 분명하게 나타난다. 십계명의 네 번째 계명은 "안식일을 기억하여 거룩히 지키라"이며, 「출애굽기」에 따르면 이 네 번째 계명은 하나님의 천지창조를 기억하기 위한 것이다. "이는 엿새 동안에 나 여호와가 하늘과 땅과 바다와 그 가운데 모든 것을 만들고 제 칠 일에 쉬었음이라 그러므로 나 여호와가 안식일을 복되게 하여 그 날을 거룩하게 하였느니라." 반면에 「신명기」에서 말하는 안식일은 우주적인 관점에서 정당한 것이라기보다는 역사적, 그리고 윤리적으로 중요한 의미를 지닌다. "너는 기억하라 네가 애굽 땅에서 종이 되었더니 너의 하나님 여호와가 강한 손과 편 팔로 너를 거기서 인도하여 내었나니 그러므로 너의 하나님 여호와가 너를 명하여 안식일을 지키라 하느니라."

「신명기」에 드러나는 비범한 윤리적 발견이라고 하면 바로 겸손과 공감의 원동력이 될 수 있는 이집트에서의 노예생활에 대한 것으로, 다른 민족이라면 이를 큰 수치로 여기고 가능한 빨리 잊기를 바랄 것이다. "너희는 나그네를 사랑하라 전에 너희도 애굽 땅에서 나그네되었었음이니라." 모세는 이스라엘 민족을 향해 노예를 풀어줄 때는 반드시 살아갈 방편을 마련해주라고 말한다. 왜냐하면 "너는 애굽 땅에서 종되었으며 네 하나님 여호와께서 너를 구속하셨기" 때문이다. 또 "너는 객이나 고아의 송사를 억울하게 말며 과부의 옷을 전집(典執)하지" 말아야 한다. 왜냐하면 "너 역시 애굽 땅에서 종되었기" 때문이다. 이집트에서의 압제의 경험은 이스라엘 민족으로 하여금 억압받는 사람들의 어려움과 필요한 것들에 대해 영원히 잊지 않도록 만들어주는 역할을 했다.

이와 비슷한 공정함과 공감의 감정은 「신명기」 율법 곳곳에서 발견할 수 있다. 가난한 일꾼은 매일 그날 해가 지기 전에 품삯을 받아야 한다. 왜냐하면 "그가 빈궁하므로 마음에 품삯을 사모하기" 때문이다. 뇌물을 주고받는 일은 금지된다. "뇌물은 지혜자의 눈을 어둡게 하고 의인의 말을 굽게 하기" 때문이다. 증인 한 사람의 증언만으로는 어느 누구도 유죄 판결을 받을 수 없다. 가나안의 풍습이었던 아이들의 인신 공양은 엄격히 금지되며 이런 내용은 심지어 왜 하나님께서 가나안 땅을 이스라엘 민족에게 허락하셨는지에 대한 설명으로 이용되기도 한다. 정도 이상의 과도한 신체적 처벌, 즉 마흔 번 이상 채찍질을 하는 것도 금지된다. "사십까지는 때리려니와 그것을 넘기지는 못할지니 만일 그것을 넘겨 과다히 때리면 네가 네 형제로 천히 여김을 받게 할까 하노라." 「신명기」에서는 심지어 짐승들도 고려의 대상이었다. 당나귀를 더 힘이 센 가축과 함께 일을 시키는 것은 공평하지 못한 일이기 때문에 "너는 소와 나귀를 거리하여 갈지 말아야" 한다. 이와 유사하게 곡식을 거둘 때 소의 입을 가리는 일도 금지된다. 함께 곡식을 일군 소가 자신의 몫을 취하는 일을 막는 건 잔인한 일이다.

동시에 「신명기」는 특정한 범죄에 대해서는 아주 가혹한 처벌을 허락하기도 한다. 예컨대 우상을 숭배하는 자는 돌로 때려죽였는데, 심지어 '말을 안 듣고 반항하여' 부모조차 어떻게 길들일 수 없는 자식도 마찬가지로 돌로 때려죽일 수 있었다. 그런 엄격한 법에 대해 불편함을 느끼는 것은 단지 우리 현대인들뿐만은 아니다. 유대 전통은 이런 법을 지나치게 지엽적으로 좁게 해석했기 때문에 『탈무드』를 보면 결코 그대로 실행할 수 없는 법이라는 견해도 등장한다. 어쨌든 그 자식의 나이며 부모의 지위, 그리고 반항의 이유 등 수많은 변수가 있는 것이다.

성적(性的)인 행위를 규제하는 문제에 있어서도 「신명기」는 종종 매우 엄격한 모습을 보인다. 간통죄를 저지른 유부녀와 미혼이라도 간통이 드러난 여인은 모두 죽임을 당했다. 동시에, 이 문제에 대해서도 여성의 대우와 관련해 더 큰 형평성을 지향하려는 움직임을 위한 제안이 있었다. 보통 결혼을 했을 때 처녀가 아니었음이 밝혀진 여자는 죽임을 당하는데, 「신명기」에서는 그러한 혐의가 부인에게 단순히 '싫증을 느낀' 남편의 위증에 의해 만들어질 수 있다고 우려하고 있다. 이렇게 거짓된 증언을 한 남편은 "이스라엘 처녀에게 누명 씌움을 인하여" 태형이나 벌금형에 처해졌다. 그리고 어떤 여성이 마을 가까운 곳에 있으면서 남자에게 겁탈을 당하면서도 도움을 요청하지 않았을 경우는 그런 행위에 암묵적으로 동의한 것으로 간주되어 돌로 때려 죽였다. 그렇지만 만일 이러한 일이 동네에서 멀리 떨어진 사람들이 알아차릴 수 없는 외진 곳에서 일어났다면 무고한 희생자로 여겨져 처벌을 할 수 없다.

좀 더 이상하고 의외로 여겨지는 법도 있는데, 만일 어떤 여자가 자신의 남편과 다른 남자의 싸움에 끼어들어 그 남자의 성기(性器)를 움켜잡는 일이 벌어지면 "너는 그 여인의 손을 찍어버릴 것이고 네 눈이 그를 불쌍히 보지 말지니라." 이렇게 신체 절단을 법으로 명시한 건 『구약 성경』 속에서도 오직 「신명기」에서만 발견되며 이는 금기에 대한 극단적인 강제성을 의미하는 것이다. 그러면서 한편으로는 이런 범죄가 그렇게 흔하지는 않았다는 사실도 보여주는 것 같다. 훗날 주석가들은 남성의 성기를 만지는 일은 공개적으로 굴욕감을 주거나 혹은 불필요한 고통을 초래하는 일이기 때문에, 그리고 자손을 낳는 능력을 위태롭게 만들 수 있다고 주장하며 이 법의 근거를 나름대로 설명하려고 했다. 또한 이러한 금기 사항을 「신명기」

에 등장하는 또 다른 율법과 연계시키는 일도 가능한 것처럼 보이는데, 바로 "신낭이 상한 자나 신을 베인 자는 여호와의 총회에 들어오지 못하리라"와 같은 율법이다. 이러한 율법이나 규칙은 근동(近東) 지역 다른 종교들의 특징이기도 한 예식에 따른 성기 절단을 강력하게 금지하는 것에 덧붙여 순수함과 완전함에 대한 「신명기」의 일반적인 강조와 그에 일치하는 신체적 완전무결함에 대한 관심을 나타내고 있는 것이다.

그러한 주장은 완전히 임의적으로 생각되는 「신명기」의 특정 교리를 뒷받침하는 것처럼 보이기도 한다. 한 가지 유명한 사례를 들면 아마와 양모를 섞은 천을 몸에 걸치는 일을 금지하는 법이 있는데, 이것은 실용적이거나 윤리적인 원칙이라기보다는 혼합물이나 불순물에 대한 율법의 일반적 혐오에 더 가까운 것으로 보인다. 따라서 여기에서도 유대인의 전통은 분명 무의미하게 보이는 이런 법을 이해하는 데 어려움을 겪는다. 한 가지 그럴듯한 설명이 있다면 만일 사람들이 모든 법의 배경에 있는 이론적인 근거를 안다면, 그 법을 지키지 않을만한 이유를 댈 유혹에 빠질 수 있다는 것이다. 이것저것을 섞은 천이나 혹은 특정한 짐승의 고기를 먹는 일을 금지하는 건 하나님의 율법은 인간이 가진 이해의 시험을 받지 않아야 한다는 사실을 상기시키기 위한 장치로도 볼 수 있다.

「신명기」가 이야기하는 거짓 선지자들이 만들어낸 종교에 대한 위험은 두 가지 점에서 이해하기가 더 쉽다. 시나이산에서 스스로를 드러내셨던 '이스라엘의 하나님이 아닌' 알지 못하는 다른 신을 좇으라고 하는 '선지자나 꿈꾸는 자'는 그 누구라도 죽음을 면치 못한다. 그렇다고 해서 이 율법이 선견자나 선지자가 약속했던 기적을 행할 수 없는 모든 다른 신을 거짓 신이라고 말하는 일신교적인 확신을 뜻하는 것은 아니다. 오히려 그보다 모세는 "이적과 기사가 그 말대로 이룰지라도" 그러한 신을 따르지 말라고 경고한다. 하나님 이외의 권능도 어떤 효력이 있는 것처럼 보이기 때문에 사실은 더 위험한 것이다.

이러한 거짓 선지자들이 훨씬 더 두려운 존재가 될 수 있는 건 「신명기」를 통해 하나님이 오직 선지자들을 통해서만 이스라엘 민족과 소통을 하는 그런 시대가 시작되었기 때문이다. 이제는 더 이상 시나이산에서 그랬던 것처럼 하나님의 목소리가 직접적으로 들려오지 않을 터였다. 그 대신 "내가 그들의 형제 중에 너와 같은 선지자 하나를 그들을 위하여 일으키고 내 말을 그 입에 두리니 내가 그에게 명하는 것을 그가 무리에게 다 고하리라 무릇 그가 내 이름으로 고하는 내 말을 듣지 아니하는 자는 내게 벌을 받을 것"이었다.

그렇지만 하나님의 말씀에 대한 이런 개입은 해석과 검증의 필요를 요구하게 된다. 이스라엘 민족은 하나님의 선지자라고 주장하는 모든 사람들이 실제로 신성한 부름을 받았는지 어떻게 확신할 수 있었을까? 참된 선지자와 거짓 선지자를 구별하는 데는 몇 가지 기준이 반드시 필요하다. 그렇지만 「신명기」에서 제시하는 기준은 사실 거의 무용지물에 불과한 것이다. "네가 혹시 심중에 이르기를 그 말이 여호와의 이르신 말씀인지 우리가 어떻게 알리요" 할 때, "만일 선지자가 있어서 여호와의 이름으로 말한 일에 증험도 없고 성취함도 없으면 이는 여호와의 말씀하신 것이 아니요." 다시 말해 예언이 실현되면 그것이 바로 참된 예언이라는 것이다. 그렇지만 물론 그 예언을 사실인지 믿기 위해 예언이 사실인지 드러날 때까지 기다릴 수 있다면 애초에 예언 같은 건 필요하지 않을지도 모른다.

미래에 대한 예언이란 미래가 알려지지 않았을 때, 그리고 보장되지 않은 결과를 이끌어낼 행동의 지침이 될 수 있을 때 그 소용이 있는 것이다. 하나님이 스스로 목소리를 내는 일을 그치고 이 세상에서 그 모습을 감추면서 불확실성이라는 깊은 심연이 시작되었다. 그리고 이후 유대 역사에서 일어난 모든 일들은 다 이것 때문에 비롯된 것이다.

* * *

"너는 마땅히 공의(公義)만 좇으라." 「신명기」에 등장하는 대단히 유명하면서도 감동적인 구절이다. 그렇지만 뒤이어 이어지는 대목 역시 그 지향하는 바에 있어서는 똑같이 중요하다. "그리하면 네가 살겠고 네 하나님 여호와께서 네게 주시는 땅을 얻으리라." 「신명기」에 등장하는 마지막 율법들은 이런 내용을 좀 더 분명히 나타내고 있는데, 윤리적이며 영적인 이유를 떠나서 이스라엘 민족이 왜 하나님의 명령을 따르고 합당하게 살아야 하는지에 대한 매우 구체적이고 세속적인 이유 또한 드러내고 있다. 이스라엘 민족이 약속의 땅에 들어설 준비를 하고 있을 때, 그들에게는 미래에 대해 분명한 선택을 할 수 있는 기회가 주어졌다. 하나님의 율법에 순종하면 번영과 독립을 이루게 되겠지만 「신명기」에서 가장 끔찍하게 묘사되고 있는 불순종은 비극과 방랑으로 이어질 터였다.

이러한 분명한 선택은 모세가 이스라엘 민족에게 요단강을 건너 행하라고 했던 한 인상적인 의식 속에서 확실하게 드러난다. 그들은 북쪽에서 서로 마주보고 있는 두 개의 산, 즉 그리심산과 에발산에 각기 여섯 부족씩 올라 자리를 잡아야 했다. 그리고 그리심산에 오른 지파들은 하나님께서 이스라엘에게 주시는 축복을 선포하는 반면 에발산에 오른 부족들은 하나님께서 형벌로 내리는 저주에 대해 이야기해야 했다.

농경 국가의 생사를 가르는 중요한 문제는 주로 이웃 국가들과의 전쟁에서 비롯된다. 만일 이스라엘 민족이 하나님께 순종한다면 자손은 번성하고 비는 때를 맞춰 내려 풍성한 수확을 거둘 것이다. 그리고 소와 양은 불어나고 강력해진 국력으로 적들을 압도하며 이웃 국가들을 지배하게 될 것이다. "여호와께서 너로 머리가 되고 꼬리가 되지 않게 하시며 위에만 있고 아래에 있지 않게 하시리니." 마찬가지 이치로, 만일 이스라엘 민족이 하나님께 순종하지 않는다면 그들은 고통받게 될 것이었다.

> "네가 성읍에서도 저주를 받으며 들에서도 저주를 받을 것이요 또 네 광주리와 떡반죽 그릇이 저주를 받을 것이요 네 몸의 소생과 네 토지의 소산과 네 우양의 새끼가 저주를 받을 것이며"
>
> 「신명기」 28장 16-18절

「신명기」가 완전한 재앙이라는 악몽의 실현이 될 때까지 축복과 국력 신장에 대한 내용보다 저주의 내용이 훨씬 더 길게 이어진다. 하나님은 역병과 열병, 가뭄과 흉작, 전투에서의 패배, 광기, 실명, 자녀의 죽음, 망명과 흩어짐, 땅의 황폐화 그리고 마침내 끔찍한 식인 행위가 일어날 수 있다고 위협한다.

"그들이 네 전국에서 네 모든 성읍을 에워싸고 네가 의뢰하는 바 높고 견고한 성벽을 다 헐며 네 하나님 여호와께서 네게 주시는 땅의 모든 성읍에서 너를 에워싸리니 네가 대적에게 에워싸이고 맹렬히 쳐서 곤란케 함을 당하므로 네 하나님 여호와께서 네게 주신 자녀 곧 네 몸의 소생의 고기를 먹을 것이라…… 또 너희 중에 유순하고 연약한 부녀 곧 유순하고 연약하여 그 발바닥으로 땅을 밟아 보지도 아니하던 자라도 그 품의 남편과 그 자녀를 질시하여 그 다리 사이에서 나온 태와 자기의 낳은 어린 자식을 가만히 먹으리니 이는 네 대적이 네 생명을 에워싸고 맹렬히 쳐서 곤란케 하므로 아무것도 얻지 못함이리라"

「신명기」 28장 52-57절

「신명기」가 제공하는 보상과 형벌 사이에 어떤 불균형이 있다는 것은 누구라도 쉽게 알아차릴 수 있으리라. 이것은 아마도 행복과 고통에 대한 우리의 역량 사이에 불균형이 있다고 말하는 것과 마찬가지일 것이다. 훗날 주석가들은 약속의 땅이 갖고 있는 놀랍고도 풍요로운 모습을 다소 과장되게 이해하려 했다. 어떤 주석을 보면 모세가 약속의 땅에서는 밀알을 포도송이만 하고 포도송이는 아예 포도주 잔 크기만 하다고 이야기했다고 전한다.

그렇지만 이런 만화 같은 모습은 오히려 행복에 대한 우리의 상상력이 빈곤하다는 것을 드러내고 있는 것이다. 우리는 축복을 먹고 마시며 살 수는 없다. 이와는 반대로 굶주림과 전쟁의 공포에는 아무런 제한이 없다. 「신명기」가 이야기하는 극단적인 고통과 균형을 맞추기 위해서는 물리적인 형태를 뛰어넘는 극단적인 행복을 제공해야 하며 일종의 초월적인 무엇인가를 약속해야만 하는 것이다. 어쩌면 마이모니데스가 말했던 것처럼 하나님이 이스라엘의 번영을 허락할 때는 그의 계명을 따르는 것에 대한 보상으로서가 아니라 앞으로 더 많은 계명을 따르도록 만들기 위해서 그랬던 것이 아닐까? 오직 순종만이 그 자체로 보상이 될 수 있다면 그 순종은 불순종으로 인한 공포와 불행을 이겨낼 수 있는 충분한 만족의 근원이 될 수 있다.

더군다나 「신명기」가 마무리되어 가면서 이스라엘이 장차 겪게 될 불순종과 형벌에 대한 예상은 점점 더 어떤 조건과는 상관없는 일처럼 보이기도 한다. 한 전망은 점점 더 조건적으로 보인다. 모세는 "내가 네게 진술한 모든 복과 저주가 네게 임하므로"라고 말하기도 하는데, 마치 저주는 이미 내려졌으며 단지 실제로 효력을 발휘할 때를 기다리고 있다고 말하는 것 같다. 결국 모세는 그동안의 경험을 통해 이스라엘 민족이 하나님께 순종하도록 만드는 일이 얼마나 어려운지 잘 알고 있었던 것이다. 그는 이렇게 불평한다. "그러나 깨닫는 마음과 보는 눈과 듣는 귀는 오늘날까지 여호와께서 너희에게 주지 아니하셨느니라."

「신명기」는 아직 일어나지 않은 일들에 대한 모세의 이야기를 기록한 것이라고 한다. 그렇지만 만일 이 책이 정말로 학자들의 주장처럼 실제로는 훨씬 나중에, 그러니까 요시아 왕의 치세나 혹은 바빌론의 유수 시절에 기록된 것이라면 정복과 추방에 대한 약속은 예언이 아니라 회상이며 동시에 역사의 기록에 불과한 것이다. 「신명기」에 자신들이 겪었던 고통을 다시 새겨 넣음으로써 후대의 진짜 저자들은 모든 내용을 예언이 된 것처럼 만들었기 때문에 오히려 하나님의 섭리에 따라 설명하기가 쉽고, 심지어 이치에 맞기까지 하다. 이스라엘 민족은 죄를 지었기 때문에 고통을 겪은 것이다. 「신명기」의 논리에 따르면 실제로 유대인들이 겪은 역사상 최악의 경험조차도 정말로 이해할 수 없을 정도의 수준이라고 말할 수는 없다.

따라서 유대의 전통과 전승이 「신명기」의 결론에 사로잡혀 이른바 신정론(神正論)에 대한 의문을 제기하면서 「신명기」를 하나님의 정의에 반발할 수 있는 기회로 삼은 것은 당연한 일이다. 모세가 세상을 떠남으로써 「신명기」와 『토라』는 막을 내리며 이는 마치 인간의 죄와 하나님의 형벌 사이의 끔찍한 불균형을 상징하는 듯하다. "그 후에는 이스라엘에 모세와 같은 선지자가 일어나지 못하였나니 모세는 여호와께서 대면하여 아시던 자요." 「신명기」는 이렇게 끝을 맺는다. 모세는 일생을 통해 단 하나의 목표, 즉 이스라엘 민족을 약속의 땅으로 이끌고 가는 일에 전력을 다했지만 하나님은 모세가 그 땅에 단 한 발자국도 들여놓지 못하게 했다. "내가 네 눈으로 보게 하였거니와 너는 그리로 건너가지 못하리라." 하나님은 모세에게 이렇게 말씀하셨으며 죽기 전에 느보산에서 약속의 땅을 보도록 한 것이 위안인지 아니면 처벌을 위한 조롱이었는지는 분명하지 않다.

도대체 모세가 무슨 잘못을 한 것일까? 「신명기」의 시작 부분에서 모세 자신은 이스라엘 민족이 선발대를 가나안 땅에 보내고 그들의 보고를 듣고 겁을 집어 먹었기 때문에 벌을 받게 된 것이라고 주장하고 있다. "여호와께서 너희의 연고로 내게 진노하사 내 말을 듣지 아니하시고 내게 이르시기를 그만해도 족하니 이 일로 다시 내게 말하지 말라." 그렇지만 왜 모세가 자신의 잘못과는 전혀 무관한 일로 벌을 받게 되었는지에 대해서는 분명한 설명이 없다. 대신 「민수기」를 보면 좀 더 직접적이고 색다른 설명이 나오는데, 바로 모세가 므리바(Meribah)에서 물이 모자라다고 호소하는 이스라엘 사람들을 위해 바위를 내리쳐 물이 나오게 하는 장면이다. 하나님께서는 모세에게 이르러 저 불평 많은 이스라엘 민족을 위해 바위에서 물이 흘러나오도록 만들라고 하셨는데 모세는 바위를 두 번 내리쳤다. 그렇지만 이 죄는 너무나 경미하여 『구약 성경』상으로는 이것이 정말 하나님의 지시를 제대로 따르지 않은 것인지 분명하지는 않다. 하지만 하나님은 모세와 아론에게 이렇게 분명히 말씀하셨다. "여호와께서 모세와 아론에게 이르시되 너희가 나를 믿지 아니하고 이스라엘 자손의 목전에 나의 거룩함을 나타내지 아니한 고로 너희는 이 총회를 내가 그들에게 준 땅으로 인도하여 들이지 못하리라 하시니라"

모세의 죽음을 둘러싸고 퍼진 여러 전설들은 결국 지은 죄와 처벌이 균형을 잡기 위해서는 얼마나 많은 일들이 이루어져야 하는지를 알려주는 것이다. 어떤 전설에 따르면 천사들이 하나님의 명령에 따라 모세의 영혼을 거두어 오는 것을 거부했다고 하며 오직 하나님 자신이 모세의 영혼에 입을 맞추자 비로소 그 혼과 육신이 분리되었다고 한다. 또 다른 전설에서는 하나님이 모세가 과거에 저지른 모든 죄를 모아 므리바에서 저지른 죄에 더했다고 하며 모세는 스스로를 변호했는데, 모세가 약속의 땅에 들어가게 해달라고 한 기도의 위력이 얼마나 대단했는지 하늘과 땅이 떨었다고 한다.

하나님께서는 모세가 더 오래 살게 되면 이스라엘 민족이 그를 마치 신처럼 섬길 것이라고 주장한다. 이런 이유로 하나님은 모세가 묻힌 장소를 감추어 숭배의 중심이 되지 못하도록 만들었다. 대신 하나님은 천국에서 모세를 가장 높일 것을 약속하며 위로를 했는데,

모세는 천국에서 비로소 하나님의 비밀스러운 이름에 대해 배우고 구세주를 만나게 될 터였다.

모세가 왜 약속의 땅에 들어가지 못했는지에 대해 가장 그럴듯한 설명을 내놓은 것은 아마도 18세기 러시아의 위대한 현자이자 랍비였던 빌나 가온(Vilna Gaon)일 것이다. 가온은 만일 모세가 요단강을 건넜다면 그 즉시 성전을 지었을 것이라고 가정해보았다. 그리고 정말로 모세가 성전을 지었다면 훗날 솔로몬 왕이 지은 성전보다 그 신성함이 훨씬 더하기 때문에 결코 무너지는 일은 없었을 것이다. 따라서 하나님께서 이스라엘 민족에게 벌을 줄 필요를 느꼈다고 해서 BCE 586년 바빌로니아 제국이 솔로몬의 성전을 무너뜨렸던 것처럼 모세의 성전이 무너지도록 내버려둘 수는 없었을 것이며 그럼에도 불구하고 성전이 무너졌다면 그건 이스라엘 민족이 직접 그렇게 했다는 뜻이다. 모세가 이스라엘 민족에게 약속된 땅으로 들어가지 못하게 함으로써 하나님은 궁극적으로는 이스라엘 민족이 스스로 무너지지 않도록 확실하게 지켜줄 수 있었다. 이것은 놀랍도록 이치에 맞는 추론의 결과이며 하나님의 공의가 그의 자비와 조화를 이루기 위해서, 또 하나님과 언약으로 맺어진 민족을 위해 역사가 준비한 여러 우여곡절을 설명하기 위해서는 언제나 얼마나 정교한 기술이 필요한지를 보여주고 있다.

참고 문헌

루이스 긴즈버그(Ginzberg, Louis), 『유대의 전설들 제3권: 광야의 모세 (Louis, Legends of the Jews, Vol. III: Moses in the Wilderness)』, 유대 출판 협회 (Jewish Publication Society), 1911.

마이클 그랜트(Grant, Michael), 『고대 이스라엘의 역사(The History of Ancient Israel)』, 스크리브너(Scribner), 1984.

제프리 티게이(Tigay, Jeffrey), 『JPS 토라 주석: 신명기편(The JPS Torah Commentary: Deuteronomy)』, 유대 출판 협회, 1996.

모세 바인스타인(Weinstein, Moshe), 『유대 주석: 신명기편(The Midrash Says: The Book of Devarim)』, 나이 야코프 출판사(Bnay Yakov Publications), 1985.

제2장
우연의 왕국

•

「에스더(Esther)」

「에스더」의 한 장면을 묘사한 렘브란트의 그림
© Zenodot Verlagsgesellschaft mbH

「에스더」는 『구약 성경』에서도 가장 극적이고 유명한 이야기 중 하나이다. 「에스더」는 보통 '메길라(megillah)' 혹은 '이야기 두루마리'로 알려져 있으며 유대인들은 전통적으로 부림(Purim) 축제에 이 이야기를 읽었다. 부림 축제 자체가 「에스더」에 기록된 사건을 기념하는 날로, 페르시아 제국의 총리 하만이 유대인들을 몰살하려 했지만 황후였던 에스더와 그녀의 삼촌인 모르드개의 지혜로 구원을 받을 수 있었던 이야기다. 매년 열리는 이 축제에서 유대인들은 먹고 마시는 잔치를 베풀며 옷을 잘 차려 입고 하만의 일을 조롱한다. 그렇지만 「에스더」를 읽게 되면 결국 유대인의 구원에 대한 이야기가 유대인의 약점에 대한 전형적인 설명이라는 사실을 금방 깨닫게 된다. 「에스더」는 『구약 성경』에서 하나님의 이름이 직접적으로 언급되지 않는 두 책 중 하나이며 유대 민족을 구원한 것이 하나님의 섭리라기보다는 운에 더 가까웠다는 사실을 알려주는 것 같다. 이 때문에 「에스더」의 내용은 유대 역사의 중심이 되는 주제들에 대한 전형적인 대응이라고 할 수 있는데, 그 주제란 조국을 잃어버린 유대인들의 불안정한 삶과 소수민족으로서 살아남기 위해 타협을 해야만 하는 일 등을 의미한다.

이스라엘 민족이 요시아 왕 앞에 모여 「신명기」를 큰 소리로 낭독하는 것을 듣게 되자 그들은 새롭게 발견한 하나님의 계명을 지키겠다고 맹세했다. "백성이 다 그 언약을 좇기로 하니라"라는 대목이 「열왕기하」에 나오는 것이다. 그렇지만 이 집단적인 서약을 통해 유다 왕국에 드리워진 운명이 뒤바뀌기를 바랐다면 곧 그 기대는 실망으로 바뀌게 될 터였다. 이미 BCE 720년대에 유다와 갈라져 있던 북방의 이스라엘 왕국은 아시리아 제국의 군대에 의해 멸망을 당했고 BCE 597년이 되자 이제 유다 왕국의 차례가 돌아왔다. 바빌로니아의 황제인 네부카드네자르, 즉 느부갓네살이 예루살렘을 포위하고는 여호야김 왕에게 항복을 요구했던 것이다. 드디어 이스라엘 전체의 패망과 유다 왕국의 지배층의 몰락이 시작되었다. "또 용사 칠천과 공장과 대장장이 일천 곧 다 강장하여 싸움에 능한 자들을 바빌론으로 사로잡아 가고." 여호야김이 왕위에서 물러난 후 스물한 살이던 시드기야가 왕위에 올라 바빌로니아의 꼭두각시 노릇을 했지만 이내 반란을 획책했고 이번에는 어떠한 자비도 바랄 수 없었다. BCE 586년 바빌로니아 제국은 예루살렘을 정복하고 시드기야의 눈을 빼버렸으며 유다 왕국의 삶과 종교의 중심이라고 할 수 있는 대성전을 불태워버린다. 이런 대재앙을 겪으며 살아남은 사람들에게는 이런 상황이 마치 「신명기」에 묘사된 끔찍한 저주의 예언과 세상의 종말이 이루어진 것처럼 보였을 것이다.

그렇지만 유대 역사에 있어 가장 절망스러웠던 시기 중 하나로 기록되었으며 심지어 오늘날까지도 이른바 '아브월(月)의 9일', 혹은 '티샤베아브(Tisha B'Av)'라 하여 금식을 하며 기념하는 이 날도 유대 역사의 끝은 아니었다. 오히려 유대인들이 겪었던 다른 여러 위기들처럼 이런 절망적인 상황은 새로운 시작이 되어주었던 것이다. 그로부터 반세기 후 바빌로니아 제국도 새롭게 일어난 페르시아 제국 앞에 무릎을 꿇었고 페르시아의 키로스 대왕은 끌려온 이스라엘 사람들이 예루살렘으로 돌아가 성전을 재건하는 것을 허락해주었다. 그리고 이 일은 결코 간단한 작업이 아니라는 사실이 곧 밝혀진다. 「에스라」와 「느헤미야」에는 이스라엘 민족이 파괴된 도시를 재건하면서 맞닥뜨려야 했던 모든 어려움들이 고스란히 기록되어 있다. 그렇지만 결국, 이후 600년 동안 다시 한 번 유대 민족의 삶의 중심이 되는 두 번째 성전이 새롭게 들어서게 되었으며 이는 심지어 유다 왕국의 땅이 페르시아의 영토에서 셀레우코스 왕조의 영토에 속하게 된 후에도 달라지지 않았다. 이후 이 지역의 이스라엘 사람들은 짧은 기간 동안 독립을 누리다가 마침내 다시 로마 제국의 일부가 되고 말았다.

　그렇지만 결과적으로 보면 바빌론에서의 포로 생활은 이스라엘 사람들의 삶에 있어 복잡하고 새로운 형태를 만들어내게 되었다. 바로 고향을 떠나 세계 각지에 흩어져 살면서 유대교의 규범과 생활 관습을 유지하는 이스라엘 사람 혹은 유대인을 지칭하거나 그런 방랑 생활을 뜻하는 디아스포라(διασπορά)다. 심지어 일부 이스라엘 사람들이 옛 유다 왕국으로 돌아간 후에도 수많은, 아니 어쩌면 대부분의 사람들은 그대로 끌려간 땅에 남아 있었다. 이들은 바빌로니아 제국에서 새로운 형태의 예배와 경전(經典), 그리고 예전 고향 땅에 대한 자신들만의 새로운 사상을 발전시켰다. 그렇지만 이러한 과정의 상당 부분은 지금은 도저히 알 수가 없다. 유대 역사에 있어 페르시아 제국 시절, 그러니까 BCE 6세기에서 4세기에 걸친 이 기간에 대한 제대로 된 기록이 거의 남아 있지 않기 때문이다. 우리가 지금 알고 있는 건 몇 가지 일화나 이야기들로 훨씬 나중에 다시 재구성되거나 만들어진 것들이며 유대인들은 이를 일컬어 포로 시절의 이야기라고 하고 결국 『구약 성경』에 거의 마지막으로 추가가 되었다.

「다니엘」에 대해 생각을 해보자. 다양한 언어 및 문화적 이유 때문에 이 책은 유다 왕국이 그리스 제국 통치에 항거하던 BCE 2세기경에 그 최종적인 형태가 완성되었을 것으로 생각된다. 그렇지만 이 책의 배경 자체는 바로 바빌론 유수 직후의 느부갓네살 황제의 궁전으로, 「다니엘」의 첫 여섯 장은 조국을 잃은 유대인들이 어떻게 행동하고 살아남았어야 했는지에 대한 일종의 교훈이나 심지어 선전에 가까운 모습을 보여주고 있다. 이 책의 주인공인 다니엘은 여호야김 왕과 함께 끌려온 예루살렘의 귀족 출신으로, 황제가 "곧 흠이 없고 아름다우며 모든 재주를 통달하며 지식을 구비하며 학문에 익숙하여 왕궁에 모실만한 소년을 데려오게 하였고 그들에게 갈대아 사람의 학문과 방언을 가르치게 하였기" 때문이었다. 다시 말해 다니엘은 정복자의 통치에 도움을 줄 일종의 고위 관료로 키워질 예정이었다. 이런 모습은 심지어 오늘날에 이르러서도 일종의 동화의 과정으로 받아들여질 수 있는데, 다니엘이라는 유대식 이름은 바빌로니아의 그것으로 바뀌어 벨드사살이 되었고 그의 친구들인 하나냐와 미사엘과 아사랴 역시 사드락과 메삭과 아벳느고라는 이름을 받게 되었다. 마치 미국 건국 초기에 몰려든 이민자들처럼 이들은 새로운 이름을 받았을 뿐더러 또 갈대아의 새로운 언어를 읽고 쓰는 법도 배우게 되었다.

당연한 일이겠지만 이런 동화의 과정에는 그에 따른 어려움들이 있었다. 음식물에 대한 유대의 율법은 어떤가? 포로로 끌려온 상황에서도 그 율법을 그대로 따를 수 있었을까? 「다니엘」에 등장하는 첫 번째 일화는 이 유대 청년들이 자신들에게 주어진 바빌로니아의 기름진 음식물들을 거부하고 대신 물과 채소만 먹고도 어떻게 건강하게 지낼 수 있었는지를 보여준다. 하나님의 도움을 통해 이들은 오히려 더 건강하고 활기차게 생활할 수 있었던 것이다. 그 이후 얼마간 세월이 흐른 다음 느부갓네살 황제는 황금 신상을 세우고 유대 청년들을 포함한 모든 사람들에게 신상 앞에서 절을 하라고 명령한다. 우상을 섬기지 말라는 십계명을 기억하고 있던 사드락과 메삭과 아벳느고는 이를 거부했다가 불타는 화로 안으로 내던져졌고 여기에서도 하나님이 기적을 행하며 이들은 아무런 해도 입지 않는다. 훗날 페르시아가 바빌로니아를 무너뜨린 후 새로운 황제는 자신이 아닌 그 어떤 신을 섬기는 일을 금지하는데 하나님을 섬기는 일을 멈추지 않았던 다니엘은 사자들이 기다리고 있는 동굴에 던져지지만 여기에서도 기적이 일어나 그는 무사히 지낼 수 있었다.

이러한 이야기들이 전해주는 그 숨은 뜻은 사실 매우 분명하다. 조국을 떠나 낯선 곳으로 끌려온 유대인들에게는 엄청난 기회가 주어졌다. 결국 다니엘 역시 훗날 황제의 최측근 보좌관 자리에 오르게 되지 않는가. 그렇지만 동시에 이들은 종교를 포기하고 싶은 끊임없는 유혹에 시달리기도 했는데, 바로 주변의 다른 사람들과 더 비슷해지기 위해서였다. 이러한 유혹에 저항하고 유대의 관습을 충실히 지키는 것, 심지어 순교할 때까지 지키는 것이 바로 유대인의 의무였으며 유대인들은 이런 이야기들을 통해 하나님께서는 유대인들을 늘 지켜보고 계시며 그분을 위한 그 어떤 희생도 다 보상을 받게 될 것이라고 믿어 의심치 않았다.

* * *

「에스더」의 이야기를 더욱 감동적으로 만드는 요소는 무엇일까? 무엇이 이 책을 『구약 성경』의 다른 책들과 구별 지으며 또 현대의 독자들조차 읽는 즉시 비슷한 감동을 느낄 수 있게 만드는 것일까? 그것은 바로 이 책 안에 신앙을 통한 위안이 들어 있지 않기 때문이다. 「에스더」 역시 페르시아의 지배를 받고 있는 유대인들에 대한 이야기이며 그들이 겪었던 유혹과 어려움에 대해 이야기하고 있다. 여기에서도 유대인들은 조국을 떠나 낯선 곳으로 끌려온 사람들이며 낯선 이름을 부여받고 때로 아주 영향력 있는 자리에 오르기도 했으며 또 때로는 적들에게 고개를 조아리며 조상들의 관습을 버려야 하는 어려움이 있기도 했다. 그렇지만 이 책 「에스더」에서는 하나님이 개입해 어려움에 빠진 유대인들을 구해주지 않는다. 대신 아주 우연에 가까운 행운이 여러 번 계속된다. 이런 행운을 통해 에스더와 그의 삼촌인 모르드개는 페르시아 제국에 살고 있던 모든 유대인들이 몰살을 당할 뻔한 사건을 막아내게 되는 것이다.

「에스더」는 구약과 신약을 통틀어 가장 유명한 이야기 중 하나이며 마치 일종의 사랑 이야기나 일반적인 소설 같은 모습을 보여준다. 사실 현대의 많은 학자들은 이 책을 역사 소설로 바라보는 것이 가장 적절하게 이해하는 방법이라고 주장하고 있는데, 역사상 실제로 존재했던 제국의 황궁을 배경으로 이야기를 지어냈다는 것이다. 이 제국의 황제, 『구약 성경』 속에서는 아하수에로로 알려져 있는 이 황제는 보통 BCE 486년에서 465년까지 페르시아 제국을 지배했던 크세르크세스로 추정되며 유럽 역사에서는 페르시아 전쟁을 통해 그리스를 공격했다가 패배했던 군주로 유명하다. 곧 살펴보게 되겠거니와, 「에스더」에서 묘사된 아하수에로의 모습과 헤로도토스의 『역사』에 등장하는 크세르크세스의 모습 사이에는 몇 가지 유사점이 있다. 물론 「에스더」에는 그리스와의 전쟁에 대한 이야기는 등장하지 않지만 페르시아 제국이 다른 민족들과 어떤 방식으로 지냈는지가 그 내용의 대부분을 차지하고 있으며 여기에서는 바로 유대 민족이 그 주요 대상이다.

「에스더」를 통해 잠시 '유대인'이라는 명칭의 기원을 짚고 넘어가 보기로 하자. 지금까지 우리는 이 책을 통해 이스라엘과 유대, 혹은 유다라는 말을 함께 써왔는데, 『구약 성경』의 다른 책들을 보면 우선 히브리 사람들로도 불리는 이스라엘 민족은 열두 부족 혹은 지파로 이루어져 있으며 유다는 그중 한 지파의 이름이자 나중에 이들을 중심으로 북방 이스라엘과 갈라서게 되는 유다 왕국을 의미한다. 앞서 언급한 것처럼 북방 이스라엘과 남방 유다 왕국은 모두 멸망하게 되고 특히 유다 왕국 사람들이 바빌로니아나 페르시아 제국으로 많이 끌려가게 되는데, 이들은 자신이 속해 있던 원래의 지파에 상관없이 모두 유다 왕국에서 끌려온 '유다' 사람들로 알려지게 되었고 이 '유다'라는 말은 훗날 그리스와 로마 제국 시대에 다시 발음상의 차이로 '유대'라는 말로 바뀌게 된다. 따라서 이후 세계 역사에서는 이스라엘 민족을 두고 그 지파나 혹은 출신에 관계없이 모두 '유대인'으로 부르게 된 것이다. 예컨대 「에스더」의 남자 주인공이라 할 수 있는 모르드개는 베냐민 지파 출신이지만 앞서 언급한 이유로 훗날 그저 '유대인'으로 불리게 된다.

다시 「에스더」로 돌아가 보면 처음에는 이 유대인들이 어떤 중요한 역할을 하지 않을 것처럼 이야기가 전개된다. 우선 페르시아 제국의 수도인 수산에서 아하수에로 황제가 벌인 6개월에 걸친 장대한 잔치 이야기가 등장하는데, "제 칠 일에 왕이 주흥이 일어나서" 와스디 황후에게 면류관을 쓰고 나와 "그 아리따움을 뭇 백성과 방백들에게 보이게 하라" 했다. 황후는 이를 거북하게 여겨 나오기를 거부했는데, 훗날 랍비 주석가들은 이런 황후의 행동을 설명하려 애쓰며 아마도 아하수에로 황제가 '면류관'을 쓰고 나오라고 했을 때는 '오직' 면류관만 쓰고 나오라는 뜻이었다는 해석을 내놓았다. 다시 말해 알몸으로 손님들 앞에 모습을 드러내라는 것이었다. 어쨌든 황제의 요청에 대해 황후가 뭔가 꺼려할만한 이유가 있었으며 이렇게 황제의 명령을 거부했기 때문에 그녀는 황후 자리에서 물러나게 되었다.

제일 먼저 소개되는 이 이야기를 통해 우리는 사소한 일로도 황후를 미련 없이 쫓아버리는 황제의 조급하고 거친 성정에 대해 잘 알 수 있게 되었을 뿐더러 다음 이야기와도 매끄럽게 연결이 되는 것을 알 수 있다. 아마도 황제는 바로 자신이 저지른 일을 후회하지 않앗을까. 어쨌든 아하수에로는 와스디를 대신할 황후를 찾기 위해 전국적인 규모의 심사를 시작하며 젊은 여성들을 끌어모은다. 그리고 그중 한 사람이 바로 유대인 모르드개가 딸처럼 돌보며 키우고 있던 조카 에스더였다. 모르드개는 분명 그 무렵 황궁의 관료 비슷한 일을 맡고 있었던 것 같다. 「에스더」에는 "모르드개가 대궐 문에 앉았을 때"라는 구절이 나오는데 이것은 단순히 문 앞에 서 있었다는 말이 아니라 어떤 위치나 지위가 있었다는 뜻일 것이다. 에스더는 전국 각지에서 모여든 여성들 중에서 마침내 황후의 자리에 오르게 되고 삼촌의 충고에 따라 자신의 출신 성분을 계속해서 감추었다.

이 사실을 나중에 밝히게 될 때 유대인 출신이 이렇게 높은 자리에 올랐다는 사실은 하나의 대단한 행운으로 기억이 될 터였다. 이후 아하수에로 황제는 하만이라는 자를 일종의 총리대신에 임명하는데 하만은 관례를 좇아 자신에게 절을 해야 하지만 이를 따르지 않는 유대인 모르드개에게 깊은 적개심을 품게 된다. 그리고 이에 대한 복수를 하기 위해 하만은 페르시아 제국의 모든 유대인들을 다 몰살하려는 계획을 세워 귀가 얇은 황제를 설득해 이런 명령을 내리도록 만드는 데 성공한다. "이에 그 조서를 역졸에게 부쳐 왕의 각 도에 보내니 십이월 곧 아달월 십삼일 하루 동안에 모든 유대인을 노소나 어린아이나 부녀를 무론하고 죽이고 도륙하고 진멸하고 또 그 재산을 탈취하라 하였고."

이 끔찍한 소식은 이내 모르드개에까지 전해졌다. 그는 에스더를 설득해 그녀의 지위를 이용해 황제의 마음을 돌리도록 한다. "누가 아느냐", 모르드개는 에스더에게 이렇게 말한다. "네가 왕후의 위를 얻은 것이 이때를 위함이 아닌지." 이런 운명에 대한 암시가 「에스더」에서 신의 섭리를 연상시키는 모습에 가장 가까운 것인데, 물론 여기에서도 하나님의 이름은 직접적으로 언급되지 않는다. 에스더는 처음에는 주저한다. 황궁에는 그 누구도 사전에 황제의 허락이 없이는 황제의 앞에 나설 수 없다는 법이 있었기 때문이다. 그렇지만 에스더는 목숨을 걸고 모험을 했고 아하수에로는 이런 그녀의 무례를 용서하고 받아들인다. 그녀는 다시 황제와 하만을 자신이 여는 잔치에 초대를 하는데 바로 그 자리에서 유대인들의 구명을 빌 계획이었다.

그러는 동안 모르드개를 포함해 모든 유대인들을 몰살하려는 하만의 음모는 뭔가 잘못 되어가기 시작한다. 어느 날 밤 잠이 들지 못했던 아하수에로는 시종을 불러 역대 황제들의 기록을 읽게 하는데, 그러다가 모르드개가 자신을 위해 했던 일에 대해 알게 된다. 모르드개는 환관 두 사람이 황제를 해치려 하는 계획을 사전에 알고 막아냈던 것이다. 황제는 모르드개에게 상을 내리기로 결심하고 조금은 장난기 어린 마음으로 이 문제에 대해 하만에게 묻는다. "왕이 존 귀케 하기를 기뻐하는 사람에게 어떻게 하여야 하겠느뇨?" 하만은 그 사람이 바로 자기라고 생각하고 황제의 옷을 입혀 황제의 말에 태우고 거리를 누빌 수 있도록 해주면 좋겠다고 대답한다. 그러자 황제는 아주 좋은 생각이라고 칭찬하면서 바로 모르드개에게 그렇게 해주라는 명을 내렸으며 하만은 모르드개가 탄 말의 고삐를 쥐고 앞장서 끌게 되었다.

모르드개에 대한 하만의 개인적인 복수는 이렇게 좌절되었고 이제는 유대인들에 대한 그의 음모를 막을 차례였다. 에스더는 앞서 언급한 것처럼 황제와 하만을 자신이 여는 잔치에 초대해 그 자리에서 자신이 유대인 출신임을 밝히고 하만이 자신의 동족들을 공격할 것이며 다시 말해 자신의 생명도 위태롭게 된다는 사실을 고한다. 모든 것이 밝혀진 하만은 두려움에 떨며 에스더가 앉아 있던 의자 앞에 엎드려 빌려 했는데, 이 모습을 본 아하수에로는 "저가 궁중 내 앞에서 왕후를 강간까지 하고자 하는가"라고 생각한다. 이로써 하만의 운명은 순식간에 나락으로 떨어졌고 모르드개를 매달기 위해 만들어놓은 교수대에 자기 자신이 매달리게 되었으며 모르드개는 하만을 대신해 제국의 총리 자리에 오르게 되었다.

권선징악을 주제로 한 이런 종류의 전래동화로서는 이상한 결론이지만, 황제는 자신이 처음 내렸던 유대인들을 모두 죽이고 재산을 약탈하라는 명령을 쉽게 취소할 수는 없었다. 따라서 그는 명령을 거두는 대신 새로운 명령을 내려 유대인이 무장을 하고 스스로를 지킬 수 있도록 허락한다. 이에 따라 「에스더」는 기념비적인 대학살로 막을 내리게 되는데, 유대인들은 하루 동안에만 자신들을 공격해온 사람들을 7만 5,000명이나 학살했다고 한다. 이런 난감한 기록과 함께 이 책은 "유대인에게는 영광과 즐거움과 기쁨과 존귀함이 있는지라"라는 구절과 함께 박해자들의 마음속에 뭐라 형언할 수 없는 기이한 공포감을 심어주며 "모든 민족이 저희를 두려워하여 능히 막을 자가 없었다"라는 말로 끝을 맺게 된다.

* * *

유대인들은 간신히 멸절의 위험을 벗어난 이 날을 기리며 매년 축제를 열고 그 축제를 부림절 혹은 부림 축제라 불렀다. 「에스더」에 따르면 이 말은 '제비뽑기'를 뜻하는 아람어 '푸르(pur)'에서 유래한 것 같다. 왜냐하면 하만이 유대인들을 학살할 날을 제비를 뽑아 결정했다고 전해지기 때문이다. 죽음의 위험에서 간신히 벗어난 날을 축하하는 것에 어울리게 이 축제는 대단히 요란하고 시끌벅적하게 진행

된다. 어느 유명한 유대 율법과 관련된 포고령에 따르면 이날 유대 사람들은 '하만에게 저주를'과 '모르드개에게 축복을'이라는 말을 혼동할 정도로 잔뜩 술을 퍼마셔야 한다고 한다. 심지어 빌나 가온은 부림절을 속죄일(贖罪日)과 비슷한 수준으로 중요하게 격상시켜야 한다고 주장하기도 했다. 속죄일은 히브리어로 '욤 키푸르(Yom Kippur)' 혹은 '욤 하킴푸림'이라고 부르는데 유대식 문장 해석의 중요한 특징 중 하나인 진지한 말장난의 관점에서 보면 '부림절과 같은 날'이라는 뜻도 되는 것이다. 속죄일이 영혼을 구원하는 날이라면 부림절은 육신을 구원하는 날이라는 것이 빌나 가온의 결론이다. 속죄일이 엄격한 금욕을 실천하는 날이라면 부림절은 순전한 즐거움을 허락해 서로 균형을 이룬다.

동시에 BCE 100년에서 CE 100년 사이의 『구약 성경』 정경을 완성한 사람들에게는 「에스더」의 신성함과 진실성을 의심할만한 분명한 증거들이 있다. 무엇보다도 「에스더」는 20세기 들어 발견된 고대의 『구약 성경』 사본인 이른바 사해 사본(死海寫本, Dead Sea Scrolls)에 들어 있지 않은 유일한 책이다. 어쩌면 이것은 우연의 일치일지도 모르겠으나 또 어쩌면 어떤 유대인들은 「에스더」를 사본에 포함시킬 만큼 그리 신성하게 여기지 않았다는 뜻일지도 모른다. 『탈무드』에서 언급되는 여러 권위 있는 학자들도 이와 비슷한 견해를 갖고 있는 것처럼 보이는데, 『탈무드』 속 어떤 이야기에 따르면 랍비 두 사람이 『구약 성경』의 각 두루마리 사본들의 표지를 정리하다가 "「에스더」에 표지 같은 건 필요하지 않다"라는 결정을 내렸다는 것이다. 또 다른 랍비들은 「에스더」가 '손을 더럽히지' 않는 유일한 책이라고 선언하기도 했는데, 다시 말해 다른 정경들은 그것을 다루는 사람들에게 '좋든 나쁘든' 깊은 영향을 줄 수 있을 정도로 성스럽고 중요하지만 「에스더」는 그렇지 않다는 뜻이다.

왜 「에스더」가 이런 취급을 받는지에 대한 분명한 이유가 하나 있다. 앞서도 언급했지만 「에스더」에는 하나님의 이름이 한 번도 언급되지 않는다. 그리고 그보다 더 중요한 것은 이 책의 저자, 아마도 BCE 4세기경 페르시아 제국에 살았을 이 유대인은 하나님의 도움을 요청하는 유대인 모습을 드러내는 일을 극도로 피했다는 사실이다. 에스더의 이야기는 기도가 자연스럽게 나왔을 법한 상황을 많이 보여준다. 모르드개는 하만의 대량 학살 계획을 알고 나서 옷을 찢고 굵은 베를 입고 재를 뿌렸다. 전통적인 유대식 슬픔의 표현이었다. 그리고 바로 얼마 뒤 황후인 에스더는 황제에게 간청할 수 있는 용기를 끌어내기 위해 애쓰며 사흘간 금식하기로 결정한다. 그렇지만 두 사람 중 어느 누구도 이러한 일을 하면서 실제로 하나님께 기도를 드렸다는 기록은 없다. 이러한 내용이 너무 분명했기 때문에 유대인 번역가들이 「에스더」를 그리스어로 번역할 때 에스더와 모르드개가 하나님께 의지를 하고 있었다는 사실을 보여주는 몇몇 구절을 추가하기도 했으며 거기에는 모르드개의 긴 기도며 하나님이 꾸게 해준 꿈 등이 포함되어 있다. 이러한 구절들은 '「에스더」 추가 내용'이라는 이름으로 이른바 『외경(ἀπόκρυφος)』에 잘 나타나 있다.

그렇지만 지금에 이르러서는 이렇게 「에스더」에서 하나님이 부재한 부끄러운 모습도 아주 현대적인 모습으로 보이는 것 같다. 특히 세속적으로 타 문화에 동화된 유대인들에게, 에스더의 이야기는 마치 절대로 잊히지 않는 기이한 친숙함을 가지고 있다. 결국 모르드개와 에스더는 마치 오늘날 미국에 살고 있는 유대인들처럼 종교적인 믿음보다는 민족 특유의 충성심으로 구분되는 크게 번영하는 다원화되고 복잡한 사회 속에 살고 있었던 것이다. 지금 미국에 살고 있는 유대인들이 이름을 지을 때 기독교나 그리스 혹은 로마에 뿌리를 둔 이름을 찾는 것처럼 에스더와 모르드개 두 사람의 이름도 실은 바빌로니아의 신들의 이름에서 따온 것이다. 모르드개는 바빌로니아 신화 속 주신(主神)인 마르둑으로, 그리고 에스더는 사랑의 여신인 이슈탈로 각각 이어진다. 또한 많은 유대인들의 이름이 그들의 종교적인 의미를 갖고 있는 것처럼 에스더의 본명은 하다사(Hadassah)로 알려져 있는데 이는 바로 '순교자'라는 뜻이다. 에스더의 이야기는 또한 심지어 서로 다른 인종이나 계층 사이의 결혼을 아주 일반적인 모습으로 그리고 있기도 하다. 황제가 새로운 황후를 찾고 있을 때 모르드개는 에스더를 숨기지 않았고 그녀가 여기에 지원하는 것도 막지 않았다. 에스더는 유대교 율법에 따르지 않는 음식을 먹거나 혼인을 치르기도 전에 아하수에로 황제와 합방을 한 것, 또는 유대인이 아닌 사람과 혼인을 한 것 등으로 인해 결코 비난을 받지 않았다. 이런 일들은 「다니엘」에서 그토록 분명하게 경고를 했던 율법에 대한 위반이었다.

「에스더」에 등장하는 놀랄만한 세속주의와 범(凡)세계주의의 수준을 확인하는 한 가지 방법은 전통적인 유대 주석가들이 그런 모습을 희석시키기 위해서 얼마나 노력했는지를 확인하는 것이다. 「에스더」에 대한 전통적 주석, 즉 『탈무드』에 등장하는 다양한 기록이나 혹은 『에스더 랍바(Esther Rabbah)』라고 하는 주석서 등을 통해 오랜 세월에 걸쳐 창의적으로 재해석된 내용들을 보면 에스더와 모르드개가 좀 더 유대인답게 경건하고 신앙심과 성스러움에 더 많은 관심을 갖고 있었던 모습으로 만들려는 노력으로 가득 차 있다. 한 전통적 주석에 따르면 모르드개는 에스더가 황후를 뽑는 일에 참여하지 못하게 하도록 애를 썼으며 실제로도 4년 동안 그녀를 동굴 속에 가둬두었다고 한다. 그렇지만 그녀가 너무나 아름다웠기 때문에 그 소문을 들은 황제가 누구든 그녀를 숨기려 하는 자는 죽음을 면치 못할 것이라는 위협을 하며 그녀를 찾았다는 것이다.

다시 한 번 말하지만 「에스더」에서는 에스더가 1년 동안 정식 황후가 될 준비 과정을 거치면서 '왕의 진미'들을 대접받았다고 밝히고 있으며 물론 이런 음식들은 유대 율법에 따라 마련된 것들이 아니었다. 다니엘과는 달리 에스더는 한 번도 이런 음식들을 거부하지 않았던 것 같다. 『구약 성경』을 읽는 사람이라면 이런 사실들을 통해 에스더는 엄격한 유대인이 아니었다는 결론에 자연스럽게 도달하게 될 것이며 따라서 전통적인 주석에서는 에스더가 실제로는 이런 진미들 중 그 어떤 것도 입에 대기를 거부했으며 유대 율법에 따라 마련된 채소 위주의 음식을 요구했을 것이라고 단언하고 있다. 무엇보다도 후대의 해석자들은 에스더의 순결 문제를 보이지 않는 가짜 여성까지 동원해가며 지켜주려고 했다. 그중 한 해석을 보면 아하수에로 황제가 잠자리에 들려고 할 때마다 "하나님께서는 에스더의 모습을 한 정령(精靈)을 내려 보내 에스더를 대신하게 했으니 에스더는 평생을 통해 단 한 번도 아하수에로와 잠자리를 같이하지 않았다"는 것이다.

분명 「에스더」의 저자와 처음 그 이야기를 들었던 사람들은 이런 랍비들의 전통에 따른 해석이나 개입이 지나치게 엄격하며 편협한 것이라고 생각했을 것이며 그건 현대의 독자들도 마찬가지이다. 여기 유대 역사의 이동 방향이 전통에서 근대까지 일직선으로 발전한 것이 아니라 여러 우여곡절을 거치며 그렇게 되었음을 보여주는 한 가지 사례가 있다. 몇 가지 근본적인 방식에서 어쩌면 2,500년 전의 페르시아 제국은 300년 전의 폴란드보다는 21세기의 미국과 훨씬 더 비슷한 모습이 아닐까. 확실히 「에스더」는 유대 역사에서 외부를 향한 이동과 추방, 그리고 동화로의 과정이 내부를 향한 전통, 정통성, 그리고 민족주의로의 발전 못지않게 중요하다는 사실을 보여주고 있는 것이다.

* * *

그러므로 유대인들이 자신들의 역사를 몇 가지 기본적이며 전형적인 상황과 고난의 연속으로 보아온 것은 그리 놀랄 일은 아니다. 그리고 그중에서도 가장 두드러진 것이 바로 유대 민족을 말살하려는 박해자라는 존재였다. 「에스더」에는 그런 박해자 중에서도 가장 유명한 하만이 등장한다. 그런데 그 하만은 바로 이스라엘 민족이 광야를 방랑하던 시절 그들을 말살하려 했던 부족인 아말렉의 후손이라고 하며 특히 이스라엘의 첫 번째 왕이었던 사울과의 전투에서

패했던 아각 왕의 후손이라는 것이다. 게다가 모르드개는 기스(Kish)의 아들로 불렸는데, 이 기스는 사울왕의 아버지이므로 사울의 일가와 혈통이 이어져 있다는 증거가 된다. 따라서 모르드개와 하만의 갈등은 오래전 있었던 사울과 아각의 전쟁이 다시 재현된 것으로 볼 수 있으며 좀 더 과거로 돌아간다면 이스라엘 민족과 아말렉 부족 사이의 전쟁이 재현된 것이었다.

그런데 만일 하만에게 조상이 있었다면 당연히 후손도 있었을 것이다. 오늘날 「에스더」를 읽을 때 하만의 음모가 충격적인 건 어딘지 낯설지가 않다는 점일 것이다. 하만의 음모는 19세기 유럽에 등장했던 새로운 모습의 반(反)유대주의와 놀라울 정도로 닮은 점이 많다. 결국 하만은 아각과 같은 경쟁 부족의 지도자나 혹은 유대 민족의 국가와 전쟁을 벌였던 느브갓네살과 같은 이웃 국가의 왕, 그리고 유대 종교를 포기하라고 요구했던 다른 종교의 지도자가 아니었다. 오히려 그보다는 히틀러 같은 인물과 닮은 점이 훨씬 더 많은데, 이런 인물들은 어디에선가 갑자기 나타나 타국의 문화와 완전히 동화되어 아무런 해를 끼치지 않고 번영하고 있는 유대인 공동체를 말살하려고 획책하는 것이다.

어쨌든 페르시아 제국은 문화적 차이를 인정하는데 상당히 유연한 국가였다. 「에스더」의 첫 번째 장은 아하수에로 황제가 "인도로부터 구스까지…… 일백이십칠 도" 등 다양한 민족들로 구성된 제국을 다스리고 있는 모습을 보여주고 있으며 "각 도의 문자와 각 민족의 방언과 유대인의 문자와 방언대로 쓰되"라는 황제의 포고령에서 알 수 있듯이 모두 다 최소한의 문화적 자유를 누리고 있었다. 이런 페르시아의 일종의 다원주의는 매우 유연해서 우리가 이미 살펴보았던 것처럼 유대인들은 포로 생활을 끝내고 다시 예루살렘에 돌아와 정착을 할 수 있을 정도였다. 또한 뒤에 남아 있었던 유대인들도 차별로 인해 고통을 받지 않았다. 모르드개는 황궁에서 일하는 관료였으며 동시에 아하수에로 황제의 암살 음모를 사전에 막아주었을 정도로 충성심도 높았다.

하만을 그렇게 무서운 인물로 만들고 히틀러와의 비교조차 피할 수 없게 만든 건 그가 소수민족인 유대인들의 겉으로 보이는 평안함이 금방 깨어질 환상에 불과하다는 것을 드러냈던 방식이었다. 페르시아는 소수민족에 대한 차별을 허가하거나 심지어 그런 일을 조장할 수도 있었을 것이다. 그렇지만 정도를 벗어나 보이는 유대인에 대한 차별에는 뭔가 다른 것이 있었다. 「에스더」를 보면 하만의 적개심에 불을 붙인 건 모르드개가 그에게 절하는 것을 거부했던 일이라고 한다. "하만이 모르드개가 꿇지도 아니하고 절하지도 아니함을 보고 심히 노하더니 저희가 모르드개의 민족을 하만에게 고한 고로 하만이 모르드개만 죽이는 것이 경하다 하고 아하수에로의 온 나라에 있는 유대인 곧 모르드개의 민족을 다 멸하고자 하더라."

　그렇지만 개인에 대한 모욕이 민족 전체에 대한 학살로 이어졌다는 건 마치 히틀러의 전기 작가가 유대인들에 당한 이런저런 일들에 대한 복수로 히틀러가 유대인 학살을 시작했다고 주장하는 것만큼 신빙성이 떨어진다. 그러면 도대체 왜 모르드개는 유독 하만에게만 절하는 것을 거부했던 것일까? 황제를 비롯한 자신보다 더 높은 위치에 있는 고위 관료들에게도 이와 똑같이 복종을 하도록 요구를 받았을 것이 아닌가?

　어떤 해석에 따르면 이 일은 두 사람의 선조들과 관계가 있다. 모르드개는 하만이 이스라엘의 불구대천의 원수라고 할 수 있는 아말렉의 후손이라는 사실을 알아보았다. 그래서 그 앞에 고개 숙이기를 거부했다는 것이다. 따라서 모르드개의 이런 일종의 저항은 페르시아 제국의 다원주의와 동화라는 배경 안에서조차 유대 역사와 유대인다움에 대한 일종의 충성이 지켜졌음을 보여준다. 어떤 랍비는 하만이 자신의 옷에 다른 신의 조각상을 달고 있었다는 설명을 제시하며 이런 원칙이 좀 더 경건한 형태로 표현되었다고 주장한다. 따라서 모르드개가 하만에게 절을 했다면 그건 문자 그대로 우상에게 절하는 것이나 마찬가지였을 것이다. 한 전통 주석에 따르면 모르드개는 이렇게 말을 했다고 한다. "그들은 내게 우상에게 절을 하라고 한다. 만일 내가 그 말을 듣는다면 나는 하나님께 벌을 받을 것이요, 만일 그 말을 듣지 않는다면 죽음을 당할 것이다. 유대인들의 처지는 덫이 쳐진 샘물 앞에 선 목마른 짐승과 같다. 물을 마시러 간다면 덫에 걸리는 것이요 가지 않는다면 갈증으로 죽게 되는 것이다."

이런 남들과 다른 유대인들의 모습을 보고 하만은 이들이 제국 자체를 위협하는 화의 근원이 될 수 있다고 생각했던 것은 아닐까? 이런 모습은 하만이 아하수에로에게 자신의 계획을 고하는 장면에서 드러난다. "하만이 아하수에로 왕에게 아뢰되 한 민족이 왕의 나라 각 도 백성 중에 흩어져 거하는데 그 법률이 만민보다 달라서 왕의 법률을 지키지 아니하오니 용납하는 것이 왕에게 무익하니이다." 수세기가 지난 후 랍비들은 이방인들이 유대인들에 갖고 있던 불안감에 대해, 또 한편 유대인들의 배타주의가 이런 적대적인 세상을 어떻게 바라보았는지에 대한 예리한 상상력을 가지고 기록을 남기기도 했는데 『탈무드』는 하만의 고발에 대해 이런 부연 설명을 하고 있다. "유대인들의 율법은 다른 모든 민족들과는 다르다. 유대인들은 남의 음식은 먹지 않으며 다른 민족과는 혼인하지 않는다. …… 유대인들은 자기들끼리 먹고 마시며 황제를 무시한다. 예컨대 파리한 마리가 술잔에 빠진다면 그 파리를 건져내고 아무렇지도 않게 술을 마시지만 만일 우리의 황제가 그 술잔을 잠시 건드리기라도 한다면 술잔째 바닥에 던져버리는 것이다!"

이런 식으로 해서 하만에 대한 모르드개의 개인적인 저항은 자신들의 독특함과 관습, 그리고 관행이며 민족의식을 포기하는 데 대한 유대인들의 근본적인 저항의 상징처럼 되어버렸다. 고대 이집트는 물론 기독교의 시대나 혹은 현대에 들어서까지 바로 이런 종류의 특수성이야말로 유대인들의 완고함과 배타성에 대한 근원으로 여겨지게 되었다. 모르드개에 대한 하만의 증오가 왜 곧장 모르드개가 속해 있는 민족 전체를 향하게 되었는지는 이런 상황을 통해 이해할 수 있는 것이다. 그리고 유대인들이 대체적으로 좋은 평판을 받지 못하고 있었던 것도 하만의 음모가 시작될 수 있는 중요한 동기가 되어주었다. 하만은 모든 페르시아 제국 사람들을 대상으로 이렇게 독려한다. "모든 유대인을 노소나 어린아이나 부녀를 무론하고 죽이고 도륙하고 진멸하고 또 그 재산을 탈취하라 하였고." 다시 한번 말하지만, 이때의 상황과 나치의 유대인 대학살 사이의 유사성을 쉽게 무시할 수는 없다. 나치가 점령했던 국가들에서 그랬던 것처럼 하만은 유대인들을 향한 광범위하면서도 간신히 억누르고 있던 적대감의 존재를 파악하고 광적인 폭력이 시작될 수 있는 공식적인 재가만 기다리고 있었던 것이다.

그렇지만 하만은 사실 아하수에로 황제에게 이런 견딜 수 없는 인간들이 누구인지 정확하게 그 이름을 댄 것은 아니다. 이는 마치 그에게 황제가 자신과 같은 유대인에 대한 반감을 갖고 있지는 않을 거라고 믿을만한 이유가 있었던 것처럼 보이기도 한다. 그리고 나중에 일어난 사건들이 이런 사실을 증명해준다. 아하수에로는 에스더와 혼인할 당시 그녀가 유대인인지 알지 못했다. 삼촌이자 후견인이었던 모르드개가 조용히 입을 다물고 '지나가라'고 했기 때문이다. 이는 박해받는 소수민족으로서 살아남기 위한 일반적인 전략이었는데, 막상 에스더가 사실을 밝혔을 때 황제는 전혀 개의치 않는 모습을 보인다. 「에스더」의 마지막 장에 이르러 황제는 유대인인 모르드개를 기꺼이 하만보다 높은 지위에 임명했다. 그리고 페르시아 법은 그 절차에 있어 심지어 황제라 할지라도 자신이 일단 포고한 법령을 거둬들일 수 없기 때문에 황제는 페르시아 제국 내에 살고 있는 유대인들이 무장을 하고 스스로를 보호할 수 있도록 허락하는, 앞서의 포고령을 상쇄할 수 있는 법령을 기꺼이 선포한 것이다.

황실의 이러한 자비로움이 유대인들을 구했다고는 하지만 「에스더」 전체의 이야기를 통해서 본다면 불안은 여전히 남아 있다. 즉, 다시 적대적인 정치가나 여론이 등장한다면 또 군주의 개인적인 호불호가 아주 쉽게 뒤바뀔 수 있는 가능성이 있다는 것이다. 사실 이런 모습은 유대의 역사, 특히 유대인들이 주교와 왕의 보호를 통해 대중들의 증오를 피할 수 있는 피난처를 찾던 유럽의 기독교 국가에서 반복적으로 찾아볼 수 있다. 그렇지만 그런 보호조차도 쉽게 믿을만한 것은 못 되었다. 영국의 왕 에드워드 3세는 영국에 살고 있던 유대인들에게 엄청난 세금을 쥐어짜다가 결국 1290년 이들을 완전히 추방했으며, 11세기 후반 제1차 십자군 전쟁 당시 선동을 당한 라인강 유역의 폭도들은 귀족들의 보호를 무시하고 유대인 공동체를 습격해 그들을 학살했다. 한나 아렌트(Hannah Arendt)는 1951년 발표한 자신의 저서 『전체주의의 기원(The Origins of Totalitarianism)』에서 20세기 유럽에 살고 있던 유대인들의 치명적인 약점 중 하나가 바로 일반 대중이 아닌 고위직 인사들로부터 보호를 찾던 고대의 관습이 그대로 이어져 내려온 것이라고 주장하기도 했다.

* * *

「에스더」가 갖고 있는 또 다른 의미는 이 책이 부림절의 기원을 설명하고 있다는 것이다. 오늘날의 학자들은 이 이야기와 부림절 사이의 연결고리를 다른 방향으로 생각해봐야 한다고 믿고 있다. 즉, 「에스더」의 저자가 이미 존재하고 있던 부림절을 설명하기 위해 새롭게 이야기를 꾸며냈다는 것이 학자들의 주장이다. 이 축제가 바빌로니아의 의식이나 페르시아 제국의 새해 축제와 관련이 있다는 주장도 있지만 진짜 유래는 사실 정확하게 알려져 있지 않다. 축제의 기원은 물론 '부림'이라는 이름의 뿌리까지 정확하게 알 수 없지만 이 책 「에스더」는 이에 대한 그럴듯한 설명을 제공하고 있다. 앞서 언급했던 것처럼 하만은 마치 로마의 장군들이 중요한 전투를 시작하기 전에 참모들과 논의를 하듯 유대인들에 대한 공격을 제비를 뽑아 결정했는데 이 제비를 뽑는다는 말이 '부림'이라는 말의 뿌리라고 한다.

그 어원이 정확하지 않을 수도 있다. 그렇지만 제비를 뽑는 모습은 유대인들에 대한 정치적 불확실성에 대한 교훈을 강조하는 동시에 「에스더」의 주제에도 완벽하게 들어맞는다. 페르시아 제국에서 진정한 민족의 자결권이 없는 유대인들의 운명을 결정하는 건 우연이나 행운일 수밖에는 없었다.

「에스더」에 등장하는 아하수에로의 모습은 황실의 변덕스러움에 의존하는 위험성을 설명하기 위해 창작된 것으로 보인다. 술에 취한 황제가 그 아름다움을 자랑하기 위해 황후인 와스디를 잔치 자리에 불러내는 것으로 이야기는 시작이 되는데, 황후가 이를 부끄럽게 여겨 거절을 하자 황제는 역시 매우 충동적으로 황후를 쫓아내고 만다.

심지어는 새로운 황후인 에스더에 대한 사랑이나 자비로움도 근본적으로 보면 충동적인 것이었다. 에스더는 와스디의 경우처럼 황제의 허락 없이 황제와 다른 손님들 앞에 마음대로 나설 수도 또 나서지 않을 수도 없다는 사실을 잘 알고 있었다. 그렇지만 와스디는 황제 앞에 나서기를 거부함으로써 자리에서 쫓겨났고 에스더는 허락 없이 그 앞에 나섬으로써 "심지어 제국의 절반이라 할지라도" 뭐든 원하는 소원을 들어주겠다는 황제의 약속을 받아낼 수 있었다. 결국 모든 비용을 자신이 책임져서 유대인을 학살하겠다는 하만의 요청을 대수롭지 않게 허락한 것도 아하수에로의 이런 성향을 전적으로 보여주고 있는 것이다. "그 은을 네게 주고 그 백성도 그리하노니 너는 소견에 좋을 대로 행하라." 황제의 허락이 떨어졌다.

「에스더」에 등장하는 이야기들이 정말로 실재했는가에 대한 증거는 『구약 성경』 안에서 더 이상 찾아볼 수 없다. 그렇지만 여기에서 묘사되는 아하수에로 황제의 모습은 BCE 5세기경 그리스의 현자이자 이른바 '역사의 아버지'로 불리는 헤로도토스가 묘사했던 크세르크세스 황제의 모습과 놀라울 정도로 비슷하다. 헤로도토스가 쓴 『역사』의 마지막 부분은 BCE 480년 테르모필레(Θερμοπύλαι)에서 있었던 스파르타군의 전투와 같은 불멸의 이야기를 포함해 크세르크세스의 그리스 침공에 대해 다루고 있는데, 여기에 등장하는 크세르크세스도 『구약 성경』의 아하수에로처럼 충동적이며 쉽사리 주변 분위기에 휩쓸린다. 그는 처음 그리스 침략을 계획하다가 나쁜 꿈을 꾸고 마음을 바꾼 다음 다시 또 꿈을 꾸고 마음을 바꿔먹는 등 격렬하게 동요하는 모습을 보여주는 것이다.

크세르크세스의 이런 어린아이 같은 제멋대로인 모습은 그의 군대가 헬레스폰토스 해협을 가로질러 건설한 다리가 폭풍우에 휩쓸려 가버리자 절정에 달하게 된다. 그는 병사들에게 삼백여 차례 바닷물을 채찍으로 후려치라는 명령을 내리며 이렇게 선언한다. "이 고약한 바다여, 너의 주인이 이 벌을 내린다. 너는 아무 이유 없이 아무런 잘못도 하지 않은 주인을 배신하며 괴롭혔다. 그렇지만 황제 크세르크세스는 네가 원하든 원하지 않든 너를 건너갈 것이다." 헤로도토스는 황제의 이런 선언을 "야만적이며 사악하기 그지없다"고 묘사한다. 그리고 바닷물을 채찍질했던 크세르크세스의 모습은 오만함의 전형적인 상징이 되었다. 헤로도토스는 페르시아 제국의 그리스 침략 실패는 크세르크세스의 미친 자존심, 즉 자연 그 자체에도 자신의 의지를 강요할 수 있다는 믿음이 보여준 이런 장면을 통해 이미 예견된 것이었다고 주장한다. 그리스에서는 자연을 거스르는 인간은 필연적으로 무너질 수밖에 없다는 것이 기본적인 믿음이었던 것이다.

헤로도토스로서는 이러한 교훈을 절절하게 확인할 수 있는 기회를 얻었다. 『역사』에 등장하는 일화다. 페르시아 제국의 대군이 헬레스폰토스 해협을 건너가는 모습을 본 크세르크세스는 인간 생명의 유한함을 생각하며 눈물을 흘린다. "이렇게 수많은 병사들이 있지만 이 중 어느 누구도 100년을 넘게 살 수는 없을 것이다." 그러자 황제의 삼촌이자 장군인 아르타바누스(Ἀρτάβανος)가 숙명을 따르는 지혜를 담은 대답을 한다.

"우리의 인생이 그토록 짧지만 여기 모인 수많은 병사들이나 혹은 다른 곳에 있는 사람들 중에 죽는 것보다는 살고 싶다는 소망을 한 번이 아니라 여러 차례 자주 느낀다고 해서 큰 기쁨을 누리는 사람은 아무도 없을 것이다. 우리는 재난에서 벗어날 수 없다. 때로는 질병이 우리를 심하게 괴롭혀 그 짧은 인생조차 길게 느껴질 수 있는 것이다. 따라서 비참한 우리 인류의 삶에서 죽음은 달콤한 피난처가 될 수 있다. 그리고 유한하기 때문에 즐거운 시간을 누릴 수 있는 능력을 우리에게 주신 신께서는 바로 그런 선물로 인해 우리를 부러워하는 것처럼 보일 정도다."

「에스더」에 대한 전통적인 주석을 쓴 랍비들은 아마도 십중팔구는 헤로도토스를 읽지 않았을 것이다. 그럼에도 불구하고 이러한 이교도의 체념에 가까운 토로에 거의 직접적인 대응처럼 보일만한 놀라운 주석이 있다. 이 주석을 쓴 랍비는 하만이 모르드개에게 자신에게 절을 하도록 명령했을 때 모르드개가 심지어 가장 위대한 인간조차 비참하고 무능해질 수 있다고 지적하며 대응했다고 주장한다. "여자에게서 태어나 불과 며칠만에 자만심에 가득 차 오만하게 행동하는 자가 누구인가? 그가 태어날 때 산고(産苦)의 고통이 있었으며 자랄 때도 고통과 신음소리가 있었다. 그의 모든 인생은 '고통으로 가득 차' 있으며 죽으면 결국 먼지로 돌아가는 것이다." 이렇게만 보면 인간의 삶에 대한 모르드개의 관점은 아르타바누스의 그것만큼이나 어둡게 보인다. 그렇지만 이 페르시아인 장군이 죽음까지 이르는 길이 길고 고통스럽다고 생각하며 신에게 불만을 토로했다면 모르드개는 인간의 연약함 자체를 신의 위대한 증거로 보고 있다. "나는 오직 하나님 앞에서만 무릎을 꿇을 것이다. 그분은 하늘 위에 살아 계신 유일한 분이며 모든 불의 근원이시고 이 땅을 품에 안고 자신의 권능을 하늘까지 펼치는 그런 분이시다."

헤로도토스에게 신은 숙명이나 운명 그 자체였고 유대의 랍비들에게 하나님은 그런 운명과 반대되는 구원이었다. 이 땅을 지배하는 것이 제비뽑기와 같은 운이나 우연일 수 있다. 그렇지만 바로 그 때문에라도 우리는 더욱더 하나님을 믿고 따라야 한다. 하나님이야말로 이 땅 위에 계시는 것처럼 운이나 우연 위에 계시는 분이기 때문이다. 그러면서 「에스더」의 경우 그 저자보다는 주석을 쓴 랍비들이 그녀의 정숙함을 강조했을 때와 마찬가지로 훨씬 더 신앙심이 깊고 하나님을 두려워하는 사람들이었다. 랍비들이 생각한 것처럼 「에스더」의 전체적인 구성은 그 자체로 하나님의 섭리에 대한 해석의 여지를 남겨두고 있다. 에스더는 어찌하여 아무도 예상하지 못하게 황후의 자리에 오를 수 있었는가. 황제는 왜 모르드개가 자신을 위해 했던 일에 주목하게 되었는가. 이런 일들이 없이 결정적인 순간에 하만의 음모를 막아낼 수 없었다면 그 결과는 어떻게 되었을까? 이러한 복잡한 내용과 구성은 결국 어떤 성스러운 힘이 작용했다는 뜻이 아닐까. 모르드개는 이런 암시를 준다. "이런 이야기를 나누고 있는 바로 지금 이 순간에도 당신은 왕위에 오를 수 있다."

그렇지만 「에스더」의 저자는 결코 그 이상의 이야기는 하지 않는다. 이 이야기의 배경은 우연이나 행운이 실재하고 신의 구속은 기껏해야 이론에 불과한 그런 세상이다. 이 세상에서 기적이란 우리가 정말 기적이라고 확신할 수 없는 그런 방식으로 일어나게 되며 그러면서도 주사위를 던져 얻게 되는 단순한 그런 행운이 아니다. 「에스더」에 등장하는 난감한 결론보다 이런 모호한 현실주의를 더 잘 표현할 수는 없으리라. 유대인을 말살하라는 앞서의 포고령을 취소할 수 없었던 아하수에로는 페르시아 제국에 있는 유대인들에게 새로운 포고령을 내린다. "왕이 여러 고을에 있는 유대인에게 허락하여 저희로 함께 모여 스스로 생명을 보호하여 각 도의 백성 중 세력을 가지고 저희를 치려 하는 자와 그 처자를 죽이고 도륙하고 진멸하고 그 재산을 탈취하게 하되" 유대인들은 이 명령을 "영광과 즐거움과 기쁨과 존귀함"으로 받아들였고 마침내 그 날이 오자 "자기를 미워하는 자 칠만 오천 인을 도륙하였다." 한편 「에스더」의 저자는 그럼에도 불구하고 유대인들이 적을 약탈하는 기회는 얻지 못했다고 애써 첨언하고 있기도 하다.

황제가 자신이 내린 명령을 취소할 수 없다고 하는 건 어쩌면 터무니없는 소리일지도 모른다. 그리고 대량학살만큼 내전을 불러오기 쉬운 상황도 없다. 그렇지만 이런 역사적으로 확인되지 않은 모호한 규칙은 「에스더」의 이야기 전개에 중요한 영향을 미쳤다. 페르시아 제국의 유대인들은 구원을 받는 것이 아니라 스스로를 구원해야 했다. 황제의 호의가 아닌 자위권 행사가 유대인들을 보호하는 가장 믿을만한 대안으로 제시된 것이다.

그렇다고 해서 「에스더」는 유대인들의 난감한 처지를 해결할 수 있는 유일한 방법이 도망을 쳐 유대인 나라를 세우고 그 안에서 사는 것이라는 결론을 내리지는 않는다. 그런 식의 해결책은 이 책의 저자로서는 아마 상상할 수 없는 것이었으리라. 크세르크세스의 할아버지가 되는 키로스 대왕 덕분에 「에스더」에 기록된 사건이 일어나기 이미 반세기 전부터 이스라엘 땅에서의 새로운 정착이 시작되고 있었다. 다만 그 지역 전체는 여전히 페르시아 제국의 영향력 아래 있었다. 어쨌든 모르드개는 예루살렘으로 가기 위해 제국의 수도인 수산을 포기하지 않았을 뿐더러 하만을 몰아내고 대신 총리 자리에 오르는 쾌거를 이룬다. 자신의 민족을 말살하라는 명령을 내린 바로 그 황제의 심복이 된 것이다. 「에스더」의 마지막 장은 이렇게 기록하고 있다. "유대인 모르드개가 아하수에로 왕의 다음이 되고 유대인 중에 존대하여 그 허다한 형제에게 굄을 받고 그 백성의 이익을 도모하며 그 모든 종족을 안위하였더라."

결국 이야기는 행복하게 막을 내리지만 모르드개가 찬양을 받는 모습은 이상하게도 그전에 하만이 유대인들에게 말살하려 했을 때 받았던 저주의 목소리를 다시 듣는 듯하다. 만일 모르드개가 제국의 총리대신으로서 "자신의 백성의 이익을 도모하며 안위하였다"면 그것이 페르시아 제국의 유대인들이 황제나 제국의 다른 신민들과 완전히 다른 관점을 가지고 스스로의 이해관계에 따라 자체적인 '법령'을 가질 수 있었다는 사실을 확인해주는 것일까? 이렇게 페르시아의 관점과 유대의 관점이 서로 상충된다면 강력한 권력을 쥐고 있는 한 유대인은 '이중 충성'이라는 족쇄로부터 어떻게 자유로울 수 있단 말인가.

이스라엘을 향한 미국 유대인들의 감정과 관련된 지금의 논쟁과도 익숙한 이런 시대착오적인 내용을 이해하면 「에스더」에 등장하는 일종의 역학(力學)의 문제가 유대 역사 전반에 걸쳐 얼마나 오래 지속되어왔는지를 알 수 있다. 확실히 『구약 성경』에는 모르드개 이전에도 있었던 유대인이 아닌 권력자를 섬기는 유대인의 이도저도 아닌 난감한 상황을 확인해볼 수 있다. 제일 먼저 등장하는 유명한 사례는 바로 야곱의 아들 요셉의 이야기로, 「창세기」를 보면 요셉은 자신을 질투하는 형들에 의해 이집트에 노예로 팔려간다. 그곳에서 사람들의 꿈을 해몽해주다가 마침내 모르드개와 비슷하게 이집트의 총리대신의 자리에 오르게 된다. "바로가 또 요셉에게 이르되 내가 너로 애굽 온 땅을 총리하게 하노라 하고 자기의 인장 반지를 빼어 요셉의 손에 끼우고 그에게 세마포 옷을 입히고 금사슬을 목에 걸고 자기에게 있는 버금 수레에 그를 태우매 무리가 그 앞에서 소리 지르기를 엎드리라 하더라 바로가 그로 애굽 전국을 총리하게 하였더라."

요셉도 모르드개처럼 자신의 권력을 이용해 이스라엘 민족을 돕는다. 기근에 시달리고 있던 가나안 땅에서 형제와 일가들을 불러와 이집트에 정착하게 한 것이다. 그렇지만 이것이 가능했던 건 자신의 민족과 자신이 섬기는 통치자의 이해관계가 아주 우연히 일치했기 때문이었다. 그로부터 바로 얼마 지나지 않아 이어지는 「출애굽기」를 보면 상황은 반전이 된다. '요셉을 모르는' 새로운 파라오가 나타나 이스라엘 민족의 번영이 잠재적인 위협이 된다고 판단하는 것이다. "그가 그 신민에게 이르되 이 백성 이스라엘 자손이 우리보다 많고 강하도다 자, 우리가 그들에게 대하여 지혜롭게 하자 두렵건대 그들이 더 많게 되면 전쟁이 일어날 때에 우리 대적과 합하여 우리와 싸우고 이 땅에서 갈까 하노라 하고."

하만과 마찬가지로 이집트의 파라오는 유대인을 결코 화합할 수 없는 잠재적인 배신자들로 생각했다. 그리고 이스라엘의 모든 사내아이들을 살해함으로써 민족 자체를 말살하려는 계획을 세운다. 이를 통해 「출애굽기」의 세계관과 「에스더」의 세계관 사이에는 중대한 차이점이 있음을 알 수 있는데, 「출애굽기」에서는 유대인들이 열 가지 재앙과 홍해의 기적 등을 통해 하나님에 의해 극적인 방식으로 구원을 받지만 「에스더」에서는 하나님이 한 번도 언급되지 않는다.

요셉과 모르드개가 보여주고 있는 각각의 모습은 조국을 잃은 상황의 유대인들이 가지고 있는 세력의 역설과 다름없다. 유대인들의 세력이 미미하면 잔혹한 적들의 먹잇감이 되지만 한 유대인이 민족 전체를 보호할 수 있을 정도의 권력을 쥐게 되면 유대인의 결속이라는 현실은 남들과는 다른 유대인들은 위험하다는 또 다른 증거가 될 수도 있다. 현재 유대인들의 국가인 이스라엘에서 국가의 이익은 대개 유대인들의 이익에 부합한다. 반면에 유대인들이 주변 환경에 거의 완벽하게 동화되어 있고 다원주의 문화로부터 많은 도움을 받은 미국에서 유대인으로서의 유대인의 이익과 미국인으로서의 유대인의 이익 사이에 어떤 갈등이 있다고 믿는 사람은 거의 없다. 오직 이런 합의가 무너질 때만 유대인들은 다시 한 번 모르드개와 에스더처럼 위험천만한 권력의 자리를 차지하는 일이 어떤 의미를 지니는지 알게 되지 않을까.

참고 문헌

아델 벌린(Berlin, Adele), 『JPS 성경 주석: 에스더편(The JPS Bible Commentary: Esther)』, 유대 출판 협회, 2001.

존 L. 버퀴스트(Berquist, Jon L.), 『페르시아 제국의 유대주의: 그 사회역사적 접근(Judaism in Persia's Shadow: A Social and Historical Approach)』, 미네소타: 포트레스 프레스(Fortress Press), 1995.

랍비 메이어 즐로토비츠(Rabbi Meir Zlotowitz) 옮김, 『에스더 이야기(The Megillah: The Book of Esther)』 제35판, 뉴욕: 브룩클린 메소라 출판사(Mesorah Publications), 2010.

모리스 사이먼(Maurice Simon) 옮김, 『미드라쉬 랍바: 에스더(Midrash Rabbah: Esther)』 제3판, 런던: 손치노 프레스(Soncino Press), 1983.

제3장
불편한 책 읽기

·

알렉산드리아의 필론
『율법의 해석(Φίλων ὁ Ἀλεξανδρεύς)』

필론은 로마 제국 시대 이집트 속주에 살았던 유대인으로 주로 그리스어를 사용했다. 이런 그의 모습은 로마 제국 시대의 국제인의 모습이라 할 수 있을 것이다. 그렇지만 그는 대략 *BCE 15년*에서 *CE 45년*에 걸친 일생 동안 자신의 고향이라고 할 수 있는 이집트 알렉산드리아에서 그리스 사람들과 유대인들 사이에 벌어진 내전을 목도했고 이는 공존이라는 로마 제국의 이상이 얼마나 그 뿌리가 얕은 것인지를 보여준 사건이었다. 고등 교육을 받은 상류층 유대인 가문 출신의 필론에게 그리스와 유대의 문화가 서로 조화를 이루고 있음을, 혹은 그래야만 한다는 걸 증명하는 일보다 중요한 사명은 없었다. 지금까지 남아 있는 그의 저작들은 『구약 성경』의 이야기들을 설명하는 형태를 취하고 있으며 그는 유대교의 지혜와 그리스 철학의 지혜가 하나로서 똑같다는 것을 주장하기 위해 이런 방식을 사용한 것이다. 필론은 어쩌면 『토라』를 합리적이고 보편적인 원전(原典)으로서, 그러니까 단순한 유대 역사와 전설의 기록이 아닌 자연과 도덕에 대한 영원한 진리의 정리된 표현으로써 해석하려 했던 최초의 유대인 중 한 사람이었을지는 모르나 이후에 많은 사람들도 그와 유사한 시도를 해왔다. 필론의 저작들은 유대 전통의 지혜와 속세의 사상을 조화시키는 일이 얼마나 어려웠는지에 대한 증언으로 찬란히 그 빛을 발하고 있으며 이 일은 지금도 여전히 난제로 남아 있다.

한때 유대 역사에서 큰 의미가 없었지만 근대 미국을 시작으로 가장 잘 알려지게 된 유대인들의 축제가 바로 하누카(Chanukah) 축제다. 이 축제가 인기를 끌게 된 한 가지 분명한 이유는 크리스마스를 축하하지 않는 유대인들에게 보통 12월에 벌어지는 이 축제가 그들만의 겨울 축제가 되어주었기 때문이다. 그렇지만 유대 역사상 가장 주변 환경과 성공적으로 동화된 미국의 유대인들도 이 축제를 기꺼이 받아들였어야 했다는 사실은 매우 얄궂은 일이 아닐 수 없다.

BCE 2세기 중반 그리스 셀레우코스 왕조의 안티오쿠스 4세에게 저항해 일어났던 마카베오(Maccabee) 일족의 반란을 기념하는 이 축제는 어쩌면 유대인들의 동화와 순응이라는 개념에 대한 잔혹한 공격일지도 모른다.

바로 이런 이유 때문에 마카베오의 반란의 역사를 그리스어로 기록한 「마카베오서(書) 하편(下篇)」은 유대 정경에 포함되지 못했지만 어쨌든 이 책의 중심에는 하누카와 관련된 익숙한 이야기가 있다. BCE 167년 안티오쿠스는 예루살렘 대성전에 제우스의 신상을 세우고 돼지를 제단에 바침으로써 성전을 더럽혔고 동시에 유대인들의 종교 활동을 금지시켰다. 아들을 할례시킨 산모나 돼지고기 먹기를 거부한 사람들은 모두 죽음을 당할 정도였다. 그렇지만 이런 공포 시대는 유대 마카베오와 그의 형제들이 일으킨 무장 반란으로 막을 내리게 되었는데 마카베오 일족은 일종의 유격전을 펼치며 점령군들을 몰아내었고 성전을 정화하고 이를 기념하기 위해 하누카 축제를 새로 만들었다. 결국 유대 마카베오가 전투에서 죽은 후 그 형제들은 새로운 독립 왕국을 세웠는데, 약 400년 전 다윗의 이스라엘과 유다 왕국이 무너진 후 최초로 등장한 주권 국가였다.

그러나 안티오쿠스의 박해가 유대인들이 겪은 고난의 정점이었다고는 해도 「마카베오서 하편」의 저자는 그 이전에 이미 유대인 자신들로부터 문제가 시작되었다는 사실을 분명히 밝히고 있다. 그에 의하면 어리석게도 유대인들은 철학과 운동 경기, 그리고 종교가 모두 그럴듯하게 하나로 잘 조화된 근동 지역의 지배적 문화인 그리스 문화에 동화되기를 바랐다는 것이다. 그렇지만 예루살렘 대성전의 대제사장인 이아소나스(Ιάσονας)가 이 성스러운 도시에 그리스의 관습을 들여오기 시작하면서부터 문제가 발생하기 시작했다. 대제사장의 그리스식 이름은 그 자체로 그리스 문화와의 동화를 증거하고 있는 것이다.

"그는 율법을 따르는 생활 방식을 깨뜨리고 율법에 위배되는 새로운 관습을 도입했다. 그는 경솔하게도 성채 아래 그리스식 연무장을 세우고는 젊은 귀족 남성들에게 그리스식 모자를 착용하도록 유도했다. 이아소나스의 사악함 때문에 이런 극단적 방식의 그리스화가 이루어졌으며 외국 방식이 도입되는 것이 늘어난 것이다. 이아소나스는 대제사장의 자격이 없는 경건치 못한 사람이었으며 다른 제사장들도 더 이상 제대로 된 예배를 드리려 하지 않았다. 이렇게 성소를 경멸하고 희생 제사를 무시하면서 율법에 위배되는 원반 던지기며 레슬링 경기에 참여했고 거기에 조상들이 따르던 절차나 조상들이 드높이던 명예를 무시한 채 그리스 방식의 명예와 명성에 가장 큰 가치를 부여한 것이다."

「마카베오서 하편」의 저자에게, 이렇게 계속해서 이어지는 이방 방식의 유입은 박해라는 천벌을 불러들일 유대인들의 원죄나 마찬가지였다. "이런 이유로 인해 엄청난 재앙이 그들을 덮쳤으며 그들이 존경하고 따르기를 바랐던 사람들과는 완전한 원수가 되어 응징을 당하게 되었다." 이 책이 전하고자 하는 선동적인 내용도 빠뜨릴 수 없는데, 바로 경건한 신앙심과 전통적인 예배는 하나님의 은총으로 이어지지만 새로운 그리스 문화와의 동화는 참극과 파괴를 불러올 뿐이라는 것이다. 「마카베오서 하편」은 이렇게 요약하고 있다. "지금까지 우리를 지켜주고 구원해준 건 바로 하나님이셨다."

이런 내용은 「신명기」에 묘사된 유대인들의 운명에 대한 예언과 정확하게 일치한다. 「신명기」에서 모세는 유대인에게 삶과 죽음, 축복과 저주 사이의 선택을 제시하며 유대인들 자신의 행위가 바로 그들의 운명을 결정하는 원인이 된다는 원칙을 확립했다.

예를 들어, 「열왕기」를 중립적인 시각으로 읽는 독자라면 바빌로니아 제국의 유다 왕국 침공은 피할 수 없는 일이라는 결론을 내릴 것이다. 이는 아주 단순한 정치적 힘의 문제로, 늘 그래왔던 것처럼 강자가 약자를 집어삼키는 현상일 뿐이었다. 그렇지만 「열왕기」의 저자와 유대의 선지자들에게 역사적으로 결정되는 것은 아무것도 없었다. 유다 왕국의 운명은 계속해서 이어진 왕들의 변덕스러운 신앙심과 하나님이 지우는 멍에를 수용하거나 거부하는 사람들의 태도와 관련이 있었다. 그렇지만 「마카베오서 하편」이 확인해주는 것처럼 역사에 대한 이런 관점은 단지 모순적인 자기위안일 뿐이다. 왜냐하면 가장 연약하고 무력한 민족이라 할 수 있는 유대인이 스스로의 운명을 결정할 수 있는 절대적인 자율권을 가질 수 있다고 주장하고 있기 때문이다. 이런 생각은 유대인들에게 그들의 고난을 견뎌낼 수 있는 놀라운 힘을 주었으며 또한 로마 제국에 대한 반란을 일으켰을 때는 비록 일부이기는 하지만 하나님의 이름으로 자결도 감수할 수 있을만한 의지를 주기도 했다.

그렇지만 하누카와 관련된 이야기는 그리스 문화를 향한 유대인들의 반응과 관련된 내용과는 한참 거리가 멀다. 「마카베오서 하편」이 기록되었을 무렵 유대인들은 유대 지방에서만 살고 있는 것이 아니었으며 실제로도 이 책은 '유대 지방에 살고 있는 유대인 형제들'로부터 이집트에 있는 같은 유대 민족들에게 보내는 편지로 시작이 된다. 그리고 이집트는 당시로서는 문화적으로는 알렉산드리아라는 위대한 도시로 상징되는 그리스의 세력권이었으며 그곳에서 그리스의 미술과 문학은 그 정점까지 이르렀다. 심지어 유대 지역에서조차 마카베오 시대 이후에도 하누카 이야기를 통해 우리가 예상하는 것과 같은 유대인과 그리스인들 사이의 문화적 갈등은 결코 없었던 것이다. 이런 갈등이나 분열은 이집트는 물론 유대인들이 살고 있던 다른 지역에서조차 찾아보기 어려웠다. 이에 대해 CE 1세기경에 살았던 어떤 사람의 이야기를 들어보자.

"그 어떤 국가도 그 인구 숫자 때문에 유대 민족 전체를 수용할 수는 없다. 따라서 유대인들은 유럽과 아시아에 걸쳐 섬이나 대륙을 가리지 않고 가장 번영하고 풍요로운 모든 국가에 퍼져 살고 있으며 거룩한 도성 예루살렘을 자신들의 근원으로 생각한다. 예루살렘에는 가장 위대한 하나님을 모시는 성전이 세워져 있으며 그 주변 지역에 대해서는 마치 조국이나 모국처럼 자신들의 아버지와 할아버지를 비롯해 아득한 조상들이 지배했었고 또 태어나고 자란 곳으로 여기고 있다."

이 사람이 바로 유대인 필론으로도 알려진 알렉산드리아의 필론이다. 그는 BCE 15년에서 CE 45년까지 이집트에서 살았으며 하누카 이야기를 통해 익숙한 유대인 대 그리스인이라는 단순한 이분법은 로마 제국이 지배하는 이집트 주민으로서 알고 있는 유대인들의 상황에는 적합하지 않다는 사실을 이미 충분히 인지하고 있었을 것이다. 필론은 자신의 조국은 결국 자신이 태어나고 자란 곳이라고 주장을 하면서도 유대의 근원이 되는 지역과의 연결 관계는 어느 정도 인정을 하고 있었다. 다만 그의 방대한 저술들 속에는 그 어느 곳에서도 그가 예루살렘을 그리워하고 있다는 느낌이 크게 전해지지 않으며 예루살렘 대성전을 방문했었다는 언급도 있지만 그때 일에 대해서는 별로 말하고 있지 않기도 하다.

물론 유대인으로서의 필론의 일생이 그렇게 일반적인 것은 아니었다. 그의 일생에 대해서는 거의 알려진 바가 없지만 적어도 그의 형은 알렉산드리아의 고위 관료였으며 조카인 티베리우스 율리우스 알렉산드로스는 유대교를 완전히 버린 대신 로마 제국의 고위 지방관이자 장군의 자리에까지 올랐다. 이러한 관계는 현재 번역, 정리되어 출판된 분량만 900여 쪽에 이르는 필론의 방대한 저작들과 더불어 그가 높은 교육을 받은 부자 출신이며 여유가 있고 학문을 아는 그런 사람이었다는 사실을 암시하고 있는 것이다. 또한 유대의 문화와 환경에도 아주 익숙했을 것으로 추측되는데, 그의 저작들은 모두 그리스어로 쓰였고 상당 부분이 『구약 성경』을 해석하는 형식을 취하고 있다. 다만 히브리어를 읽고 쓰지는 못했던 것 같으며 그리스어를 사용하는 대부분의 유대인들이 그랬던 것처럼 BCE 3세기경 알렉산드리아에서 그리스어로 번역된 『70인역 성경』을 주로 이용했다.

이를 통해 우리는 유대교와 『구약 성경』에 대한 필론의 관점에 대해 많은 것을 알 수 있는데 특히 필론 자신은 그와 관련해 아무것도 놓치거나 빠뜨린 부분이 없다고 생각했다. 게다가 그는 『70인역 성경』도 히브리어 원어로 된 『구약 성경』만큼 신성한 영감을 받아 만들어진 것이라고 믿었다. 그가 쓴 일종의 논문인 「모세의 일생」에는 이집트의 왕이 일흔 두 명의 유대 학자들을 알렉산드리아로 불러들여 『구약 성경』을 그리스어로 번역하게 한 전설이 반복해서 소개되어 있다. "이집트 왕은 모세의 율법이 인류의 반쪽, 다시 말해 이른바 야만인들 사이에서만 알려져 있으며 그리스 국가들이 이 율법의 존재에 대해 완전히 무지하다는 사실에 대해 수치스럽게 생각했다." 다만 여기서 한 가지 기억할 것은 그리스를 중심으로 보는 관점에서 '야만인'이란 불행하게도 그리스어를 충분하게 구사하지 못하는 사람들이며 따라서 그리스 사람들에게는 유대인도 야만인의 범주에 들어갔다. 어쨌든 이렇게 모인 번역자들은 저 유명한 알렉산드리아 등대가 서 있던 파로스 섬에서 각자 따로 작업을 했는데 번역이 완성되었을 때는 일흔 두 명의 번역이 말 그대로 글자 하나 다르지 않고 다 똑같았다고 한다. "마치 보이지 않는 누군가가 읽어주는 내용을 그대로 받아 적은 것 같았다."

필론은 이런 결과를 오직 기적으로밖에는 받아들일 수밖에 없었다. "세상에는 수많은 언어가 있지만 그중에서도 그리스어야말로 그 표현의 풍부함과 다양성이 타의 추종을 불허한다는 사실을 모르는 사람이 누가 있으랴." 또한 이 작업은 마치 단순한 언어의 번역이라기보다는 학자들의 수학적인 방식으로 가장 기본적인 원칙에 따라 『구약 성경』을 추론해낸 것 같았다. "개인적으로는 기하학과 논리학에서 증명이 된 것이라면 그 밖의 어떤 다양한 설명도 허용할 거라고 생각하지는 않지만, 어쨌든 일단 처음부터 제시된 명제는 바뀌지 않고 그대로 남아 있다. 바로 내가 생각하는 것과 똑같은 방식으로 이 사람들이 정확하게 대응되는 단어를 찾는 것이다. 단어의 뜻이 하나라서 별다른 문제가 없을 수도 있지만 그렇지 않다면 최대한 가능한 범위에서 명확하게 설명하고 공개되어야 할 것들은 공개되어야 할 운명이었다."

필론은 영리하게도 유클리드 기하학으로 대표되는 그리스 문화를 기준으로 내세우며 이 유대인의 경전에 권위를 부여한다. 다시 말해 경전이 기하학 그 자체만큼이나 정확하면서도 논리적이라는 것이었다. 그리스어를 사용하는 그의 독자들, 그러니까 필론처럼 상당수가 유대 혈통임에 틀림없을, 그리고 앞서 언급했던 것처럼 그동안은 경전을 '야만인들의' 글이라고 생각해왔었을 독자들에게 이런 모습은 유대 경전의 권위를 확인하는 효과적인 방법이었다. 이렇게 그리스어만큼 인정받는 수준으로 올라선 『구약 성경』은 양심적으로도 존경을 받는 데 문제가 없게 되었다. 마찬가지로 중요한 점은 그리스어를 사용하는 유대인들이 자기 민족의 신성한 경전을 읽을 때 제대로 준비가 되어 있지 않다고 느끼지 않아도 된다는 사실이었다. 필론이 기록했던 것처럼 『70인역 성경』은 단지 히브리 경전의 아류가 아닌 동등한 위치에 있는 경전이었다. "그들은 이제 두 경전을 자매로서, 아니 그보다는 거기에 기록된 진실과 사용된 언어를 통해 하나의 존재로 존경하고 숭배할 것이다."

* * *

그렇지만 심지어 필론이 이집트를 조국으로, 그리고 그리스어를 모국어로 주장한다고 해도 필론은 자신의 저술 그 자체로 알렉산드리아에 살고 있는 유대인들의 상황이 「에스더」에 등장하는 페르시아 제국의 수도 수산에 살고 있는 유대인만큼이나 불안정하다는 증거들을 제시하고 있다. 「플라쿠스를 반박하며」에서 필론은 CE 38년 알렉산드리아에서 일어났던 끔찍한 반(反)유대인 폭동에 대해 목격자로서 관련된 이야기를 풀어놓는다. 제목에 올라 있는 플라쿠스는 본명이 아울루스 아빌리우스 플라쿠스(Aulus Avilius Flaccus)로 필론에 따르면 하만 못지않게 유대인들에 대해 적개심을 갖고 있던 알렉산드리아의 로마 총독이었다. 필론에 따르면 "플라쿠스는, 재판을 주관하게 되면 재판정에 모습을 드러내는 모든 유대인들에게 혐오감을 나타내었고 습관처럼 보이던 관대함도 사라졌다"는 것이다.

그러나 비록 이 「플라쿠스를 반박하며」가 총독 개인에 대한 일종의 고발적인 내용으로 이루어져 있기는 해도 실제로 드러내고 있는 것은 알렉산드리아에 살고 있는 유대인들에 대한 일반적인 적대감을 표현한 것이었다. 유대인 공동체는 자신들의 자치권을 매우 중요하게 생각했으며 필론은 유대인들이 오랫동안 자신들의 선택에 따라 원하는 대로 예배를 보고 스스로를 통치하는 권리를 누렸다고 강조한다. 그렇지만 유대인들은 알렉산드리아 사회에서 다소 위험한 중간쯤 되는 위치로, 그리스어를 사용하는 지배층보다 세력은 약하면서도 이집트어를 쓰는 원주민들에 비해 법적으로는 우월한 위치에 있었다. 이로 인해 유대인들은 양측 모두로부터 불만과 부러움의 대상이 되었고 알렉산드리아라는 도시도 일촉즉발의 상황에 놓이게 되었다고 필론은 이야기한다. "알렉산드리아의 사람들은 질투심과 악감정으로 폭발 직전에 있었다. …… 그리고 동시에 사람들은 유대인들에 대한 고대로부터 이어져 내려오는, 그러니까 말하자면 타고난 적개심으로 가득 차 있었던 것이다."

이러한 적개심은 유대인의 자존심이 지나치게 드러나면서 본격적인 폭력행위로 옮겨가게 되었다. CE 38년, 로마 황제가 임명한 유대의 왕 아그리파(Agrippa)는 자신의 친구이자 황제인 칼리굴라로부터 승인을 받고 막 로마에서 유대로 오고 있던 중이었다. 알렉산드리아에서 잠시 머무르게 된 아그리파는 그곳의 유대 공동체로부터 따뜻한 환영이나 공개적인 대중적 지지를 받을 수 있을 것이라 기대했다. 어쩌면 필론의 형이 알렉산드리아의 시민 대표로 아그리파를 맞았을 가능성도 있다. 필론은 이에 대해 '아그리파를 환대하러 나간 사람' 정도로 에둘러서 표현을 한다. 그리고 예상대로 열렬한 환영이 이어지자 이번에는 유대인이 아닌 사람들이 이에 반대하는 집회를 열기 시작했다. 일단의 알렉산드리아 사람들이 그 지역의 악명 높은 광인(狂人)이었던 카라바스라는 자를 붙잡았는데 카라바스는 "계절에 상관없이 하루 종일 벌거벗은 채로 거리를 떠돌아다니며 아이들이나 젊은이들을 희롱하며 괴롭히던 자"였다. 사람들은 이 카라바스를 아그리파를 흉내 내듯 왕처럼 꾸며 거리에 내보냈고 이는 분명 새로운 유대 군주를 불쾌하게 만들기 위한 의도였다. "사람들은 파피루스 잎을 펼쳐 왕관 대신 머리에 씌우고 망토 대신 문 앞에나 까는 깔개를 몸에 두르게 했다. …… 그리고 젊은이들이 역시 왕의 경호 병사를 흉내 내어 작대기를 창 대신 어깨에 둘러매고 양옆에서 카라바스를 호위했다."

필론이 기록한 바에 따르면 플라쿠스는 아그리파에게 가해지는 이런 공개적인 모욕을 그 자리에서 중단시킬 수 있었을 것이다. 어쨌든 아그리파는 로마 제국과 우호적인 관계의 인물이었으니까. 그렇지만 심복 하나가 플라쿠스의 유대인을 싫어하는 편견에 부채질을 했다. 그는 플라쿠스에게 알렉산드리아 시민들의 지지를 얻는 가장 손쉬운 방법은 유대인에 대한 적개심을 공공연하게 드러내는 것이라고 조언했던 것이다. 그리하여 플라쿠스는 "소란을 일으킨 모든 사람들을 그대로 내버려두고 아예 아무런 벌도 내리지 않았으며 적개심을 드러내고 아그리파를 희롱하는 사람들에 대해서도 아무것도 보지도 또 듣지도 못한 척 무대응으로 일관했다." 이런 플라쿠스의 태도에 고무된 알렉산드리아의 군중들은 단순히 유대인을 반대하는 도발을 넘어서 치명적인 짓을 저지른다. '유대교 예배당에 우상을 세우려' 한 것이다. 다시 말해 유대 지역에서 마카베오의 반란을 불러일으켰던 일을 알렉산드리아에서 되풀이하려 한 것이다.

이러한 공격적 행위에 대한 유대인들의 반응을 묘사하는 필론의 방식은 매우 효과적이다. 그는 유대인들의 신앙심을 찬양하지 않으며 동시에 우상 숭배라는 개념에 대한 공포심도 표출하지 않는다. 그보다는 오히려 중립적이고 거의 사회학에 가까운 시각으로 관찰을 했다. "모든 인간들 사이에서 벌어지는 관습에 대한 자연스러운 다툼은 삶을 위한 일반적인 다툼보다도 더 중요하게 보인다." 이것이야말로 다문화 사회를 살아가던 사람의 삶의 지혜이다. 그는 다문화 사회에서는 공동체의 상징이 그 고유한 가치를 훨씬 넘어서는 위력을 발휘한다는 사실을 잘 알고 있었으며 전략적으로 유용한 또 다른 요점을 제시한다. 그에 따르면 유대교 예배당, 혹은 회당인 시나고그는 유대인들이 함께 모여 황제의 안녕을 위해 기도하던 장소였다. 따라서 유대교 회당을 모독하는 행위는 황제를 위한 기도를 가로막는 행위나 다름 없다. 이런 식으로 필론은 유대인들의 이해관계와 로마 제국의 황제인 칼리굴라의 이해관계를 일치시키려는 시도를 한다. 바로 플라쿠스 일파와 알렉산드리아 시민들에 대항하기 위해서였다.

필론의 기록을 읽어가다 보면 이런 사건들이 나중에 역사를 통해 벌어지는 수많은 학살이나 박해와 비슷한 모습이라는 것을 깨닫게 된다. 알렉산드리아의 유대인들은 이웃들로부터 따돌림을 당해 "도시에서도 아주 좁은 구역에 몰려 살고 있었다." 유대인들이 벌이는 사업도 일종의 불매운동에 휘말려 유대인들은 가난과 기아에 허덕였다. 페르시아 제국의 하만이 유대인들을 개인적으로 해치는 것이 아니라 다른 사람들이 그렇게 할 수 있도록 허용한 것처럼 플라쿠스 역시 유대인들을 '외국인이자 이방인들'로 공개적으로 선언하며 아무런 법적인 보호를 받지 못하게 했으며 "누구든 원하면 마치 전쟁 포로를 다루듯 그렇게 유대인들을 박해하는 데 동참할 수 있도록" 했다. 필론의 설명처럼 이웃이 이웃을 죽이는 학살극은 늘 그렇듯 특히 더 잔혹한 법이었다. 이렇게 가까이서 일어나는 폭력의 본성은 아프리카에서 빈번하게 일어나는 인종 학살을 떠올리게 한다. 필론은 유대인들이 거리로 끌려와 짓밟혀 죽임을 당하고 돌이며 막대기로 두드려 맞고 산 채로 불태워지는 모습을 기록했다. 하지만 그중에서도 최악은 공격자들이 보이는 천박한 즐거움이었다. "이러한 일을 저지른 사람들은 마치 연극 무대의 어릿광대들처럼 희생자들의 고통을 흉내 내었다."

필론이 「플라쿠스를 반박하며」를 쓴 목적은 그저 유대인들에게 행해진 일들을 기록하기 위해서가 아니라 유대인의 적들은 결국 하나님의 심판을 받게 될 것이라는 사실을 보여주기 위해서였다. 폭동이 끝나고 난 후 플라쿠스는 로마로 소환되어 멀리 있는 섬으로 유배를 당했다가 결국 황제의 부하들에 의해 살해당하고 말았다. 필론은 이에 대해 플라쿠스가 너무 늦게 교훈을 깨달았다고 썼다. "오, 모든 인간과 신들의 왕이시여! 당신은 결국 유대인들을 버리지 않으셨고 그 섭리도 잘못된 방향으로 흐르지 않았습니다. …… 그리고 나는 이런 모든 일을 증명하는 증거가 될 것입니다. 내가 유대인들을 적대시하며 계획했던 모든 끔찍한 일들에 대해, 이제는 내가 나 스스로를 고통스럽게 하고 있는 것입니다." 필론은 플라쿠스가 울면서 이렇게 말했을 거라고 상상했다.

그렇지만 필론이 알렉산드리아의 폭동을 유대인과 유대인 하나님의 승리로 결론지으려 한다. 결국 하나님은 학살을 막아주지도, 또 가해자들을 응징하지도 않았다. 플라쿠스의 몰락은 로마 제국이 한 일이며 하나님의 섭리가 아니라 칼리굴라라는 폭군을 모시고 있던 제국의 고위 관리들이 맞이하던 일반적인 숙명에 더 가까웠다. 그리고 필론이 「플라쿠스를 반박하며」에서 반복적으로 암시하는 것처럼 칼리굴라는 유대인들로서는 그리 믿을 수 있는 친구가 되지 못했다.

이러한 내용은 「플라쿠스를 반박하며」의 속편쯤 되는 또 다른 기록인 「황제를 알현하며」에 분명하게 드러나 있다. 필론은 이 희귀한 형태의 자서전을 통해 자신이 어떻게 알렉산드리아 유대인들의 대표로 뽑혀 폭동에 대한 뒤처리를 위해 칼리굴라 황제의 도움을 요청하고자 길을 떠나게 되었는지 기록하고 있다. 그는 자신이 뽑힌 이유가 "나이와 받은 교육에 걸맞은 신중함을 갖추고 있었기 때문"이라고 기록했다. 또한 이 기록은 훗날 역사가들이 필론의 출생과 죽음의 시기를 추정하는 데 도움을 주기도 했다. 어쨌든 유대인 사절들이 로마로 가서 만난 칼리굴라 황제는 그들을 지나치게 경멸적인 태도로 대했다. 황제는 일단 황궁의 일부를 새로 건축하는 문제에 대해 명령을 내리느라 사절단을 기다리게 했고 그런 다음에야 비로소 조롱하는 듯한 질문을 던졌다. "왜 당신들은 돼지고기를 먹지 않는가?" 사실 필론은 처음에는 칼리굴라를 플라쿠스를 내치는 데 이용된 하나님의 도구로 생각했었지만 이제는 황제 역시 유대인들의 분명한 적이라는 사실을 깨닫게 되었다. "황제는 유대인들에 대한 형언할 수 없는 적개심을 드러내었고 따라서 황실의 대신들도 황제가 자신이 증오하는 민족이 입은 상처에 대한 번거로운 보고를 들어주는 것 이상의 다른 일은 아무것도 하지 않을 것이라고 생각했다."

도대체 왜 황제는 이런 감당할 수 없는 적개심을 품게 된 것일까? 이런 의문에 대한 필론의 대답은 간단했다. 칼리굴라는 신으로서 숭배받고 싶어 했고 유대인들은 이런 일을 절대로 받아들이지 않을 것이라는 사실을 잘 알고 있었기 때문이었다. 자신에 대한 숭배를 밀어붙이기 위해 황제는 예루살렘 대성전 안에 자신의 거대한 황금 조각상을 세우라는 명령을 내린다. 안티오쿠스의 뒤를 따르듯 칼리굴라 황제는 유대인의 신앙심과 자존심과 관련해 가장 예민한 부분을 건드린 것이었다. 필론과 사절단이 이런 계획을 알게 되었을 때 그들은 "너무 놀라고 공포에 질려 말도 못할 정도"였다. 그들은 이 일이 유대인과 로마 제국 사이에 치명적인 갈등을 불러올 수 있는 중

대한 신성 모독 행위라는 사실을 정확하게 인지했다. "황제는 유대인들이 자신들의 종교와 관련해 금지된 일을 단 하나라도 허용하게 된다면 기꺼이 죽음도 불사할 것이라는 사실을 잘 알고 있었다. 모든 민족은 자신들의 관습과 율법을 지키고 싶어 하는데 그중에서도 유대인들은 그런 성향이 가장 강했다." 필론의 기록이다.

그로부터 겨우 반세기가 지나 예루살렘에서의 이런 로마의 도발은 실제로 요세푸스가 기록했던 이른바 유대 전쟁과 성전, 도시, 그리고 유대인들의 고향에 대한 완전한 파괴로 이어졌다. 그렇지만 시리아 총독으로 있으면서 조각상을 세우는 일에 반대했던 페트로니우스의 신중함 덕분에 어쨌든 칼리굴라의 황금 조각상은 만들어지지 않았다. 페트로니우스는 유대인들과 정면 대결을 하는 대신 가능한 한 완벽하게 만들라는 핑계를 대며 조각상 작업을 교묘하게 지연시켰다. 황제는 분노했지만 어쨌든 페트로니우스는 CE 41년 칼리굴라가 암살당할 때까지 이 일을 미룰 수 있었고 결국 조각상 건립은 취소되었다. 「황제를 알현하며」는 그다음 이야기를 전하지는 않았고 필론은 칼리굴라의 몰락에 대해 다른 저작을 통해 이야기하겠다고 약속하며 끝을 맺지만 그 책은 지금은 전해지지 않는다. 아마도 「플라쿠스를 반박하며」가 보여주었던 것처럼 유대인에 대한 칼리굴라의 적대감이 어떻게 하나님의 응징으로 이어졌는지를 보여주는 도덕적인 내용을 담고 있었을 것으로 추정된다.

이 두 편의 글은 역사적인 가치 외에도 다국적 제국의 다문화 도시에 살고 있는 한 유대인으로서의 필론 자신의 사고방식에 대한 흥미로운 단면을 보여주고 있다. 그는 유대인 공동체와 자신을 강력하게 동일시하면서 동시에 예루살렘 대성전에 대한 자신의 경외심을 분명히 밝히고 있다. 그는 성전에 가해지는 신성 모독에 대해 다른 사람들과 똑같이 공포심을 느꼈고 하나님께서 유대 민족을 보살필 것이며 결국 적을 응징할 것이라고 확신한다. 그러면서도 그리스와 로마의 문화에 대한 그의 태도는 「마카베오서 하편」에서 볼 수 있는 어딘지 불안해 보이는 엄숙주의와는 거리가 멀다. 세속적이며 철학적이었던 필론은 유대인들의 애국심은 단순한 애국심이 아니며, 모든 사람들이 똑같이 자신들의 관습에 매여 있다는 사실을 잘 알고 있었다. "모든 민족에게…… 조국에 대한 사랑은 타고난 것이며 민족적 관습과 율법에 대한 열정도 마찬가지이다. 그리고 비록 그것이 실제와는 달리 그들 자신에 속하는 모든 사람들에게 아름답게 보이는데, 왜냐하면 사람들은 이러한 문제들을 이성이 아니라 애정의 감정으로 판단하기 때문이다."

이러한 관점이 하나님의 은총을 바라는 유대인들을 폄하하지는 않지만 대신 좀 더 넓은 관점에서 바라보게 하며 상충되는 다른 민족들의 관점을 생각할 때는 다소 회의적이거나 심지어 상대주의적인 시각을 갖게 해준다. 특히 필론이 유대인과 그들의 하나님에 대한 공격에 대해 불만을 제기할 때, 그는 종교적 배경이 아닌 유대인의 법적 권리와 오래전부터 이어져 내려오는 특권, 그리고 제국을 향한 충성심에 근거하여 그렇게 하는 것이다. 즉, 그는 로마 사람들이 사회의 합의된 가치에 호소하는 내용에 기꺼이 귀를 기울일 것이라 생각하며 이런 주장을 펼친 것이다. 누군가는 필론이 유대교 안팎을 넘나들며 그리스의 과학과 철학 교육을 받은 알렉산드리아 유태인으로서의 입장을 완벽하게 반영하고 있다고 말하기도 한다. 그리고 그가 유대 경전을 다시 해석하게 되었을 때, 그는 그러한 이중적 의식을 통해 유대교의 모습을 바라보았다.

* * *

필론을 어떤 성향의 작가이자 사상가로 분류하는가 하는 문제는 그리 쉽지 않다. 그는 종종 세계의 창조와 하나님의 본성과 같은 형이상학적 주제들도 다루었고 플라톤이 말하는 우주의 개념도 자주 소개하기는 했지만 그렇다고 해서 그런 성향의 철학자는 아니었다. 필론은 스토아 철학으로부터 배운 잘 다듬어진 윤리적 행동의 기준을 가지고 있었다. 바로 행운이 지배하는 사회에서 내면의 자유를 유지하는 방법에 관한 것이었다. 그러면서도 필론은 에픽테토스(Ἐπίκτητος)처럼 스토아 철학을 가르치는 스승도 아니었는데, 사실 그의 수많은 저작 중에 철학적 주제와 직접적으로 연결되는 건 몇 편되지 않으며 그 내용은 「덕성에 관하여」라는 제목으로 묶여 따로 정리되어 있다.

필론의 저작 대부분은 주로 「창세기」와 「출애굽기」의 서사적 부분에 초점을 맞춘 『구약 성경』의 주석과 해석이다. 그 구성과 관련하여 날짜나 순서에 대해서는 거의 알려진 바가 없지만 학자들은 이글들을 두 개의 연작 모음으로 나누어 구분하고 있다. 그중에서도 『율법의 해석』은 누군가의 말처럼 필론의 사상을 연구하는 데 있어초급 과정에 들어간다고 볼 수 있다. 『율법의 해석』은 『토라』에 등장하는 중요한 사건과 인물들에 대해 쓴 것으로 아마도 유대교에 대한지식이 거의 없는 유대인이나 혹은 유대인이 아닌 다른 민족을 독자로 해서 만들어진 것 같다. 각 소제목은 「천지 창조」로부터 시작해「아브라함에 대하여」「요셉에 대하여」「모세의 일생에 대하여」 그리고 「십계명에 대하여」 등으로 이어지는데 결국 필론은 『구약 성경』에서 가장 유명한 이야기들을 요약해 소개하고 있는 것이다.

이 연작들을 모두 다 읽고 난 '초급자'는 이제 다음 '과정'에 들어갈 준비가 된 것이다.『율법의 해석』이 일반적인 내용을 담고 보통의 독자들을 대상으로 하고 있다면 그다음 과정이라 할 수 있는 『율법의 비유』는 비교적(秘敎的, esoteric)인 내용을 담아 앞서 다루었던 익숙한 이야기들을 풀어 거기에 숨겨진 종교적, 철학적 진리와 관련된 비밀스러운 설명으로 바꾸어 『구약 성경』을 읽는 방법을 가르친다. 『율법의 해석』이 요약이라면 『율법의 비유』는 분석이며, 에덴동산 이야기와 이스라엘의 기원에 이르기까지 「창세기」의 전반부에 걸쳐 거의 한 줄 한 줄씩 그 분석이 진행된다. 필론은 『구약 성경』 안에 숨어 있는 정수를 알아내기 위해 본래의 문장이 사라질 때까지 단어 하나하나를 쥐어짜듯 파헤친다.

필론의 주석이 독특하고 전통적인 유대교를 정의하는 랍비들의 주석과 완전히 다른 이유는 그리스 철학에 더 가까운 것으로 보이는 개념과 원칙들을 가르치기 위해 『구약 성경』을 사용하는 방식에 있다. 필론이 이런 작업을 할 때 깃들여 있는 정신은 때로 오늘날의 많은 자유주의 신학자들이 『성경』에 관해 쓰는 방식을 생각나게 한다. 예를 들어 마치 21세기의 독자가 「레위기」에 나오는 동성연애자들을 반대하는 율법은 무시하거나 혹은 에둘러 해명하려 하면서 「신명기」 율법의 인도주의적 경향에만 집중하려 하듯 필론은 『구약 성경』에서 그리스어를 사용하는 자기 자신의 세대의 발전된 사상과 일치하는 부분만을 찾아 소개하려고 한다.

하지만 동시에 그가 『구약 성경』을 자신이 가장 소중하게 여기는 확신의 원천으로서 제시하기 위해 기울이는 정성은 결국 유대교에 대한 필론의 깊은 충성심을 시사하는 것이라고 볼 수 있다. 「모세의 일생에 대하여」에서 필론은 조상들로부터 이어져 내려오는 관습을 포기한 사람들에 대해 경멸하는 듯한 내용을 쓰고 있는데 어쩌면 그가 알렉산드리아의 유대인들을 염두에 두고 있었다고 상상할 수도 있을 것이다. "그들은 그들의 관계와 친구들을 간과하고 그들이 태어나고 자라면서 지켜온 율법을 저버리는 것이다. 그들은 민족이 지켜온 관습을 무엇이든 비난받지 않을만한 것으로 바꿔버린다. …… 그들은 현재 살고 있는 관습을 진심으로 소중하게 여기고 있기 때문에 더 이상 그 어떤 고대의 관습이나 방식도 제대로 기억하지 못하고 있다." 필론은 자신이 속해 있는 유대 민족의 유산을 지키려는 욕망과 하나님과 윤리에 대한 자신의 '새로운' 직관을 유대교와 조화시키는 필요 사이에서 놀라울 정도로 균형을 잘 잡고 있다.

필론이 이렇게 균형을 잡기 위해 사용하는 전략의 일부는 『율법의 해석』 연작의 첫 번째 글인 「천지 창조」에서 찾아볼 수 있는데, 여기서 필론은 심각한 도전에 직면하게 된다. 바로 「창세기」에 등장하는 이 세상이 하나님에 의해 '무(無)'에서 창조되었다는 우주론을 그리스 철학에서 이야기하는 우주는 영원한 것이며 신은 그저 삼라만상을 움직이는 원칙에 불과하다는 우주론과 조화시키는 문제이다. 그리고 그로부터 1,000년이 지난 후 마이모니데스는 『당혹자에 대한 지침』을 통해 같은 문제에 봉착하게 되는데 그 점에 대해서는 이 책에서도 곧 다루게 될 것이다. 어쨌든 필론은 그보다 앞서 이렇게 지적한 적이 있다. "어떤 사람들은 창조주가 아니라 세상 그 자체를 경외하며 창조주 자체가 없는 영원한 존재로 표현하기도 한다. 그리고 불경스럽게도 하나님이 아무런 활동도 하지 않는 상태에 있는 것처럼 잘못 나타내기도 한다." 다시 말해 필론은 자신의 주된 독자들이 기꺼이 수용할만한 우주에 대한 개념이 어떤 것인지 정확하게 알고 있었으며 독자들의 사고방식도 잘 알고 있었다. 왜냐하면 그도 그들과 똑같은 그리스식 교육을 받았기 때문이었다.

이런 문화적 맥락에서 『구약 성경』에 대한 권위를 얻기 위해서는 이 『구약 성경』을 신성한 영감을 받은 입법자뿐만 아니라 우주의 활동을 연구한 사상가이며 철학자의 작품으로 제시하는 것이 중요하다. 모세가 『모세 5경』 전체를 개인적으로 썼다는 전통적 견해를 지지하는 필론에게 이것은 모세를 "일찌감치 철학의 정상에 이르렀으며 하나님의 말씀을 통해 가장 훌륭하고도 중요한 자연의 원칙을 배웠던 사람"으로 다시 정의하는 것을 의미했다.

결국 필론은 '하나님의 말씀'을 '자연의 원칙'과 같은 것이라고 주장하면서 입법자 모세와 철학자 모세 사이에 존재하고 있는 엄청난 간극을 교묘하게 줄이는 데 성공했다.『구약 성경』에 따르면 하나님이 스스로를 인간들에게 드러내시기로 결심을 해야 인간이 하나님에 대해 알 수 있는 것은 분명하다. 그리고 그런 계시의 내용들은 자연의 기본적인 원칙들을 통해 추론할 수 있는 종류의 것이 아니다. 예를 들어, 하나님께서 시나이산에서 모세에게 말씀하시는 내용의 대부분은 자신을 드높이기 위해 만들어지는 성막의 정확한 재원과 관련된 것인데, 전적으로 일종의 정보에 해당할 뿐 철학적인 부분은 어디에서도 발견할 수 없다.

하지만 필론에게 하나님은 초자연적인 창조주인 동시에 자연의 법칙과 본성 안에 내재하는 존재이다. 이런 그의 생각은 그가 창조 나흘째 되던 날, 즉 하나님께서 해와 달과 별을 만드신 날에 대해 이야기를 할 때 분명하게 드러난다. 「창세기」에서 하나님은 하늘에 빛을 만드는 이유에 대해 이렇게 설명하고 있다. "하나님이 가라사대 하늘의 궁창에 광명이 있어 주야를 나뉘게 하라 또 그 광명으로 하여 징조와 사시와 일자와 연한이 이루라 또 그 광명이 하늘의 궁창에 있어 땅에 비취라 하시고" 따라서 천체(天體)는 실질적인 목적으로 만들어진 것으로 지상에 빛을 뿌리고 시간을 구분하게 해주는 역할을 한다.

필론도 그러한 사실을 잘 알고 있었다. "그분이 그렇게 하신 이유 중 하나는 그들이 빛을 줄 수 있기 때문이었다. 또 다른 이유는 그들이 어떤 징조를 나타낼 수 있기 때문이다." 그렇지만 천체를 창조한 가장 중요한 이유는 사람들이 천체를 관찰해 철학에 이르게 하기 위해서였다.

"보라…… 완벽한 음악적 법칙에 따라 배열된 이 모든 천체의 조화로운 춤은 영혼을 위한 비할 데 없는 기쁨과 즐거움이다. 그리고 영혼은 이렇게 계속해서 이어지는 놀라운 모습들을 대를 이어 누리며 아주 탐욕스럽게 바라본다. 또한 늘 그렇듯 넘치는 호기심을 가지고 눈에 보이는 이러한 것들의 실체가 무엇인지 확인한다. 과연 이런 것들은 창조되지 않고 처음부터 존재했는가 아니면 창조로 인해 시작이 되었는가. 그리고 이들의 움직임의 특징은 무엇이며 모든 것들을 통제하는 근본적인 힘은 과연 무엇인가. 이러한 의문으로부터 철학이 발생하게 되었으며 이제는 인간의 삶 속에서 설명이 필요 없는 완전한 선 같은 건 더 이상 자리를 잡을 수 없게 되었다."

플라톤은 철학의 근원이 경이로움으로부터 시작된다고 했으며 필론도 이에 동의한다. 따라서 별들은 하나님을 상징하는 것으로 인간이 그분을 이해하는 길에 나서기 시작할 때 이끌어주기 위해 남겨둔 실마리이다. 이것이 의미하는 바는 무엇일까. 그것은 바로 신성한 지식의 시작은 모든 인간과 민족에게 가능하다는 사실이다. 그리고 이스라엘 민족은 『토라』를 받았기 때문에 가장 직접적이고도 완전한 하나님의 지식을 전수받을 수 있었다. 그런데 자연의 길을 따라 하나님께 가까이 가는 방법도 있으며 거기에는 의지하고 따라야 할 어떤 특별한 계시도 필요하지 않다. 필론은 분명 자연의 법칙에 가까운 이야기를 하고 있는 것이다. "보편적 세계에서 통용되는 이 구조는 자연의 올바른 섭리이며 좀 더 자세하게 설명한다면 신성한 일치를 이루어내는 눈으로 확인할 수 있는 율법이다."

법이 지배하는 우주에 대한 이런 냉정하고 합리적인 이해는 「창세기」 자체에서도 여러 가지 걸림돌을 만나게 된다. 인간의 창조에 대한 이야기를 생각해보자. 필론은 「창세기」에서 하나님이 인간을 두 번 창조한다는 사실에 주목한다. 먼저 1장 27절에는 "하나님이 자기 형상 곧 하나님의 형상대로 사람을 창조하시되 남자와 여자를 창조하시고"라는 구절이 나오며 2장으로 넘어가면 하나님이 흙으로 사람을 지으시고 생기를 그 코에 불어넣으신 후 다시 그 갈빗대를 취하여 여자를 만들었다는 유명한 이야기가 등장한다. 현대 성경 연구의 관점에서 이 이야기는 『구약 성경』의 다른 많은 이중의 기록과 마찬가지로 두 가지 다른 구전을 결합해 새롭게 만들어낸 것으로 이해된다.

그렇지만 필론에게는 또 다른 설명이 필요했다. 무엇보다도 그는 "하나님이 자기 형상대로 사람을 창조하시되"라는 구절을 문자 그대로 이해해서는 안 된다는 점을 분명히 하고 싶어 한다. 그는 "단지 육신의 특징들을 가지고 유사점을 판단할 수 있다고 생각하는 사람이 있어서는 안 된다"고 경고하며 "하나님은 인간의 형상을 하고 있지도 않으며 인간의 육신 역시 하나님의 형상과 닮지 않았다"고 말한다. 유대교의 전통과 필론 자신에게 하나님은 그리스 신화에서 이야기하는 인격화된 신의 모습이 결코 아니다. "닮았다는 건 영혼의 가장 중요한 부분, 즉 다시 말해 정신이다." 정신이 "그것을 담고 있는 육신에게는 일종의 신인 것처럼" 하나님은 우주의 정신이며 본질적으로 내재되어 있는 지성이다.

뒤이어 모세는 이 인간의 창조와 관련된 첫 번째 언급에 대해 엄격하게 말해 인간의 '의식'의 창조를 언급하고 있다. "하나님의 형상에 따라 만들어진 인간은 남성이나 여성이 아니라 의식이나 개념, 혹은 상징이며 오직 지성이나 영적인 것으로만 인식될 수 있으며 그 자체로 영원히 존속하는 것이다." 평범한 현실을 넘어서며 그런 현실의 모범이 되는 순전한 의식의 영역에 대한 이런 플라톤적인 개념은 『율법의 비유』에서 훨씬 더 자세하게 다뤄지게 된다. 이제 「천지창조」에서 필론은 인간의 의식의 창조가 전체 과정의 첫 번째 단계라는 사실을 분명히 밝힌다. 먼저 의식을 창조한 후 하나님이 거기에 살과 피를 입힌 것이다. "창조주께서는 흙으로 육신을 창조하시고 인간의 형상을 빚어내셨다. 그렇지만…… 영혼은 그 창조된 육신에서 비롯된 것이 전혀 아니며 천지만물의 아버지이자 지배자로부터 나온 것이다. …… 바로 이런 이유 때문에 인간은 더 나은 영생의 자연의 경계선이 있다고 말하는 것이 더 타당할 것이다. …… 육신은 사라질 것이로되 그 정신과 지성은 영원히 살아남을 것이다." 이런 식으로 해서 필론은 「창세기」를 글로써 전달되는 평범한 느낌이 아닌 아주 이질적인 불멸의 지적 영혼의 교리로 해석하는 것이다.

필론은 『구약 성경』의 다른 이야기들을 비유나 우화로 재빨리 설명하고 넘어간다. 예를 들어 그는 생명의 나무와 지식의 나무가 자라는 에덴동산이 있다고는 거의 믿지 않았다. "이 땅 위에 과거부터 지금까지, 그리고 앞으로도 생명이나 지식의 나무 같은 건 존재한 적도 없고 존재하지도 않을 것이다." 그는 거의 빈정거리듯 이렇게 적고 있는데, 이것은 역사의 연속성에 대한 놀라운 견해가 아닐 수 없다. 『구약 성경』에 기록된 것 같은 그런 기적의 시대는 존재하지 않았고 지금도 마찬가지이다. 그보다는 오히려 하늘의 별들이 언제나 같은 길을 따라 움직이고 있는 것처럼 이 세상도 그때나 지금이나 똑같은 모습을 간직하고 있다. 다시 말해, 에덴동산의 나무들에 대해 쓸 때 모세는 단지 '비유적 정신을 가지고' 이야기를 한 것이다. 생명의 나무는 단지 "가장 큰 덕성, 다시 말해 영혼을 영원히 이어지게 만들어주는 신들을 향한 경건함"의 상징일 뿐이었다.

「천지 창조」를 마무리하며 필론은 '다섯 가지 가장 아름다운 교훈'이라는 철학적 교리로 마무리한다. 「창세기」 이야기를 통해 자신이 발견했다고 생각하는 교훈들이다. 각각의 교훈은 필론 자신의 시대에 널리 퍼져 있던 일종의 오류들에 대한 모세의 선제공격으로 시작이 된다. 먼저, "무신론자들을 납득시키기 위해 모세는 신이 실제로 존재하고 있다고 가르친다." 두 번째로 '다신교 교리'를 반박하며 '하나님은 한 분'이라고 가르친다. 세 번째, 모세는 '이 세상은 창조되었다'라고 가르친다. 따라서 "창조가 아니라 계속해서 영원히 존재하고 있다고 생각하는 사람들을 반박하는 것이다." 네 번째, 모세는 '창조주가 한 분이시기 때문에 이 세상은 하나'라고 주장하며 '수많은 다른 세계가 있다고 믿는 사람들'을 반박한다. 그리고 다섯 번째로 "모세는 우리에게…… 하나님은 이 세상을 위해 자신의 섭리를 보여준다고 가르친다." 하나님은 단지 우주의 움직임만 설정해놓은 이른바 '부동의 동자(不動—動者, ὁ οὐ κινούμενος κινεῖ)'가 아니라 끊임없이 자신의 창조물들을 관리하고 감독하는 존재인 것이다.

이런 다섯 가지 교리들 중에서 우리가 현재 전통적인 유대교라고 생각하는 것과 크게 다른 것은 하나도 없다. 그렇지만 유대교의 전통 기도인 쉐마의 "이스라엘아 들으라 우리 하나님 여호와는 오직 하나인 여호와시니"로 상징되는 유대교와 필론의 수사적 설명인 '하나님은 한 분이시다' 사이에는 그 느낌과 의미에 있어 커다란 차이점이 있다. 전자가 유대인의 선택에 대한 이야기라면 후자는 그리스식 철학적 논쟁의 도입을 의미한다. 필론의 글에 긴장감이 퍼져 있는 건 그가 유대 정경의 특별한 사건과 율법들을 일반적 세계에 대한 추상적 진실로 해석하기를 원하기 때문이다.

* * *

이러한 긴장감은 특히 2부로 이루어진 「모세의 일생에 대하여」에 잘 나타나 있다. 우리가 이미 살펴본 것처럼 필론이 생각하는 모세는 단순히 유대 민족을 위한 입법자가 아니라 주로 우화와 비유의 형태로 나타나는 보편적 교훈을 가르치는 철학자였다. 그렇지만 합리적인 것과는 거리가 한참 먼 내용들을 포함시키지 않고서는 모세의 이야기를 다시 풀어 전달할 수 없다. 사실 그의 일생은 불타는 덤불숲에서부터 이집트를 덮친 열 가지 재앙과 홍해가 갈라지는 사건까지 온갖 기적으로 가득 차 있다. 필론이 이러한 사건들을 성실하게 기록한 것은 그렇게 할 수밖에 없었기 때문이다. 그렇지만 그는 그런 낯선 것들을 인정하는 동시에 상징주의로 사람들이 납득할 수 있게끔 그렇게 이야기를 풀어나간다. 필론의 글에서 모세에게 일어난 모든 일들은 도덕적인 교훈을 가르치기 위한 수단이었다.

앞서 언급했던 불타는 덤불숲에 대한 이야기를 생각해보자. 「출애굽기」 3장에서 모세는 "떨기나무에 불이 붙었으나 사라지지 아니하는" 장면을 목도한다. 그리고 그 안에서 "모세야 모세야" 하고 자신을 부르는 하나님의 목소리를 듣는다. 그렇지만 「모세의 일생에 대하여」에서 이 이야기를 다시 전할 때 필론은 모세가 그 목소리를 듣지 못했다고 주장한다. 오히려 그는 비록 실제로 기적처럼 불이 붙었으나 사라지지 아니하는 덤불숲이 있었지만 이 일은 "이런 식으로 보이는 놀라운 광경 때문에 그 어떤 목소리와도 다른 침묵 속에서" 일어났다고 쓰고 있다. 필론에게 덤불숲, 혹은 떨기나무는 눈에 보이는 것이지 귀에 들리는 것이 아니었다. 노예가 된 이스라엘 민족의 운명에 대한 수수께끼 풀이처럼 숨겨진 의미를 담고 있는 상징이라는 것이다. "불타는 덤불숲이 억압받는 사람을 상징한다면, 그

타오르는 불은 억압하는 자들을 상징한다. 그리고 불이 붙었지만 덤불숲이 사라지지 않는 건 그렇게 억압을 당하는 사람들이 결코 완전히 패배해 사라지지 않을 것이라는 사실을 상징하고 있다." 이렇게 해서 필론은 타오르는 덤불숲에 대한 기적의 본질을 완전히 부정하지는 않고 그 이야기를 더 쉽게 받아들일 수 있는 기적으로 바꾸었다. 즉, 눈으로 보이는 형태인 비유 안에 좀 더 합리적인 의미를 담은 것이다.

이와 유사한, 모세가 시나이산에 올라가 십계명을 받는 이야기를 생각해보자. 필론은 「십계명에 대하여」에서 이 문제를 살펴보고 있는데 사람들은 하나님이 정말 실제로 율법을 말로 설명했다고 생각하지는 않는다는 것이다. "하나님이 스스로를 그런 목소리를 통해 나타냈을까? 천만에! 그런 생각은 결코 하지 않는 것이 좋다. 왜냐하면 하나님은 인간과 같지 않고 따라서 입과 혀와 성대에 의지할 필요가 없기 때문이다." 그보다는 오히려 하나님은 "공기 중에서 만들어지는 보이지 않는 소리…… 명료함과 분명함으로 가득 채워져 대기를 만들고 널리 뻗어나가 그것을 불타는 화염으로 바꾸는 합리적이고 이성적인 영혼"을 기적적으로 만들어낸다. 이런 모습은 『구약 성경』에서 묘사하고 있는 기적과 크게 다르지 않는 것 같지만 필론이 느끼기에는 좀 더 합리적이고 조화로운 모습이다. 물리학의 법칙과 하나님의 신성을 다 담고 있기 때문이다. 하나님이 실제로 말을 하는 대신, '합리적인 영혼'이 하나님의 생각을 인간의 지성에게 직접 전달하는 것이다.

「모세의 일생에 대하여」에는 그 밖에도 『구약 성경』 안에서 합리적 이성과 상충되는 부분을 줄이려고 시도하는 내용을 많이 찾아볼 수 있다. 「출애굽기」에서 이스라엘 민족이 갈증에 시달리게 되자 하나님께서는 모세에게 직접 말로서 바위를 내리쳐 물이 나오게 하도록 지시를 한다. 그렇지만 필론의 글을 보면 모세는 정확하게 그런 지시를 받아 그렇게 하는 게 아니라 '하나님께 영감을 받아' 바위를 내려쳤고 물이 나오는데 "원래 그 바위 아래 감춰져 있던 샘물이 있었는지 혹은 처음으로 보이지 않는 지하의 수로를 통해 물이 그 아래로 흘러가고 있다가 힘이 가해지면서 뿜어져 나오게 되었는지" 알 수 없지만 어쨌든 여기에는 자연적인 이유가 개입을 한 것이다.

그럼에도 불구하고 필론이 독자가 이의를 제기하는 것을 상상하는 방식에서 분명히 드러나듯, 자신이 소개를 해야 하는 기적들에 대해서는 특별히 방어적인 태도를 유지하고 있다. "만일 이러한 사실들을 믿지 않는 사람들이 있다면 하나님을 알지도 못하고 또 하나님을 알려고 노력조차 해보지 않는 것이다." 그러면서도 필론은 『구약 성경』에 등장하는 기적들을 단지 '하나님의 여흥거리'라고 하며 계속해서 폄하하고 있다. "정말로 위대하면서도 진지한 관심을 받을만한 가치가 있는 것들은 천상의 창조와 저 하늘의 별들에게 일어나고 있는 변혁들이다. …… 그리고 지구는 우주의 가장 중심에 위치해 있다." 다시 말해 천문학이 보여주는 천체의 진리는 전통적으로 그리스 철학에서는 신성에 대한 숙고와 연결이 되어왔다. 필론은 하나님에 대해 생각할 때 불타는 덤불숲이나 물이 뿜어져 나오는 바위보다는 이렇게 별들에 대해 생각하는 것을 더 좋아했다. 그렇지만 전자가 하나님의 권위를 보여주는 존경할만한 증거라면 후자는 부정은 할 수 없다 해도 딱히 내세울만한 것은 되지 못했다.

모세라는 인물 자체에 대해서는 필론은 수염을 덥수룩하게 기르고 산에 오르는 선지자가 아니라 높은 수준의 교육을 받은 철학자로 생각하고 싶어 했다. 특히 자신의 열정을 잘 파악하고 제어한다는 점에서 스토아학파의 철학자로 상상했던 것이다. 그래서 우리는 필론의 글을 통해 나일강에서 구원을 받아 이집트 공주의 손에 길러진 어린 모세가 그리스 출신의 교사들에게 전통적인 교육을 받았다고 생각하게 된다. '수학과 기하학, 그리고 음악 전반에 걸친' 교육이었다. 필론에 따르면 모세는 이런 교육과정들을 어렵지 않게 따라와 "그에게는 무엇인가를 배운다기보다는 마치 이미 알고 있는 모든 것을 다시 기억해내는 것 같았다." 바로 학습이란 실제로는 이전 생애에서 알고 있던 것들을 다시 기억해내는 것이라는 플라톤의 철학을 언급하고 있는 것이었다.

그렇지만 필론에게 모세의 지적인 성취보다 더 중요한 건 스토아 철학의 금욕주의를 실천했던 능력이었다. 모세는 비록 이집트 왕실에서 자랐지만 "마치 자신의 열정을 꽁꽁 묶어둔 것처럼 자기 절제와 불굴의 정신을 가지고 행동했다. …… 그리고 자연스러우면서도…… 폭력적이며 광적인 다른 모든 열정을 하나도 빠뜨리지 않고 자신의 뜻에 따라 길들이고 억제했던 것이다." 다시 말해 모세는 스토아 철학의 목표라고 할 수 있는 합리적인 자유와 균형의 상태에 이르렀다고 볼 수 있다. 만일 이런 것들 중 어느 하나도 『구약 성경』의 원문으로부터 쉽게 추론해낼 수 없다 해도 필론에게는 문제될 것이 없었다. 필론은 올바른 사람이 반드시 갖추고 있어야 할 덕성에 대해 확신을 하고 있었고 모세가 그런 덕성을 갖추고 있다는 사실은 논리적인 결과일 뿐이었다. 모세는 당대의 어떤 인물들 중에서 가장 뛰어났으며 당연히 그런 덕성을 충분히 갖추고 있었을 터였다.

또한 필론에게 있어 모세가 『모세 5경』에서 가르친 율법들은 그의 독단적인 견해도 아니고 소수의 인간들에게만 적용될 수 있는 것도 아니었다. 그보다는 오히려 이 유대의 율법이라는 것은 적절하게, 그러니까 비유적으로 잘 이해할 수만 있다면 인류에게 주어진 가장 완벽한 법으로서 제대로 살아갈 수 있는 최선의 방법을 제공해줄 수 있었다. 우리는 종종 인간의 이성으로만 접근할 수 있는 자연의 법칙을 하나님만 나타낼 수 있는 계시와 비교하곤 한다. 그렇지만 필론은 모세의 율법이 그 자체로 자연의 법칙을 완벽하게 나타내고 있다고 주장하며 이런 구분을 계속해서 의미가 없게 만들고 있다. "어떤 사람이 각각의 개별적이고 특정한 율법이 갖고 있는 힘을 정확하게 확인하려고 한다면 그는 그런 모든 율법들이 영원한 자연의 법칙에 순응하며 우주의 조화를 목표로 하고 있다는 사실을 알게 될 것이다." 필론이 "모든 민족과 국가가 각자의 관습을 포기하고 자신들의 율법을 완전히 버리며 유대 민족이 그들의 율법을 통해 누리고 있는 영광을 함께하려 할 때…… 태양이 떠오르며 별빛이 사라지듯 모든 다른 법들을 아우르는 바로 그 율법을 따르는" 그런 날이 오기를 고대한 것은 바로 이런 이유 때문이다.

절도와 간통, 그리고 살인처럼 모든 문화권에서 금지하고 있는 그런 법을 공유하는 유대의 율법, 다시 말해 십계명 등과 같은 율법에 대해 일반적인 논의를 나누는 일은 그리 어렵지 않다. 그렇지만 필론은 유대 율법의 솔직한 속성에 대한 자신의 견해는 유대인이 아닌 독자는 물론 심지어 일부 유대인들에게조차 매우 역설적으로 들릴 것이라는 사실을 잘 알고 있었다. 어쨌든 고대 세계에서 로마나 그리스의 관습과 비교할 때 유대인들의 특정한 관습은 어떤 식으로든 사람들의 관심을 끌 수밖에 없었다. 앞서도 한 번 소개했지만 로마 제국의 칼리굴라 황제는 유대인들의 돼지고기를 먹지 않는 일에 대해 공개적으로 조롱을 하지 않았던가? 또한 할례 의식 역시도 다른 민족에게는 기이하게 보일 수 있었다. 그렇다면 이러한 율법들이 어떻게 합리적이며 자연스러운 것이라고 말할 수 있을까?

필론은 이 문제를 「십계명에 대하여」에 이어지는 4부로 구성된 「특정 율법에 대하여」에서 다루고 있으며 모세의 율법과 법전에 대해 자세하게 설명하고 있다. 그리고 어쩌면 자연스러운 일일지도 모르지만 우선 할례 의식부터 이야기하고 있는데, 필론은 "유대인들의 할례 의식은 예나 지금이나 조롱을 당하고 있음"을 잘 알고 있었으며 이에 대한 변호를 하고 싶었던 것 같다. 이에 대해 필론이 「창세기」에 "너희는 양피를 베어라 이것이 나와 너희 사이의 언약의 표징이니라"라고 나온 대로 하나님의 명령에 따라 유대인들이 할례 의식을 행했다고 말한다면 전혀 그에게 유리할 것이 없었다. 이런 설명은 신앙심 깊은 유대인들을 납득시킬 수는 있겠지만 그런 유대인이라면 애초에 설득 같은 것이 필요 없기 때문이다. 필론이 보여줄 필요가 있었던 건 하나님께서 이스라엘 민족에게 무엇인가를 하라고 임의로 지시를 내린 사실이 아니라 하나님의 모든 지시가 자연스럽고 이성적이라는 사실이었다.

실제로 필론은 종교상의 목적이 아닌 의료상의 목적으로 할례 의식을 행하는 세 가지 상식적인 이유를 제시하고 있다. 먼저 할례는 여러 가지 관련 염증 등을 예방할 수 있으며 두 번째, 포피 아래 더러운 것이 남아 있을 수 없기 때문에 성기를 깨끗하게 유지시켜 준다. 그리고 마지막으로 정력을 강하게 만들어줘 '정액이 쉽게 그 길을 따라 진행할 수 있도록' 해준다. 그러나 필론은 여기에서 한 걸음 더 나아간 주장을 펼친다. 바로 할례가 단지 실질적인 것 이상의 상징적 가치가 있다는 것이었다. "무엇보다도 할례는 정신을 흐리게 하는 즐거움의 절제를 상징한다." 성과 관련된 기관 일부를 '절단'하는 할례 의식은 성적인 즐거움이란 '과도하고 불필요한 것'이라는 사실을 영원히 각인시켜주는데 이 성적 즐거움은 필론이 따르는 자기 절제에 가장 큰 위험이 되는 존재였다. 두 번째로 할례는 "인간이 스스로를 알게 되고 끔찍한 질병이라 할 수 있는 영혼의 불필요하고 헛된 상념들을 내버리게 된다는 상징이다." 하지만 이에 대한 그의 설명은 조금 예상 밖인데, 필론은 남자와 여자는 자녀를 가질 수 있기 때문에 '오만함으로 가득 차게 된다'고 주장을 한다. 스스로 생명을 창조할 수 있기 때문에 신과 같다고 생각하게 된다는 것이다. 따라서 생식 기관에 어떤 표시를 새김으로써 인간은 진정한 창조자가 아니라 하위 창조자라는 사실을 기억하게 만들어준다는 것이 필론의 주장이었다.

유대 율법에 대한 이런 상징적 해석은 율법에 대한 권위를 더할 수도 있지만 동시에 실질적인 순종이 불필요하게 보이게 만들 가능성도 있다. 결국 할례 의식의 진정한 의미가 관대함이나 겸손과 관련되어야 한다면, 할례라는 번거로운 절차 없이 바로 그대로 관대해지고 겸손해지기 위해 노력을 할 수는 없는 것일까? 우리가 일단 어떤 표시의 의미를 이해하게 되었다고 해서 그 표시 자체가 그 중요한 의미를 잃게 되는 것은 아니지 않을까? 필론은 이러한 의견이 나오리라는 사실을 정확하게 인지하고 있었으며 사실 그는 당대의 많은 유대인들에게 율법에 대해 바로 이런 식으로 생각할 수 있도록 운을 뗐다고 볼 수 있다. 「아브라함의 이주에 대하여」에서 그는 "지성이 감지할 수 있는 사물의 상징에 대한 글로 된 율법을 바라보면서도…… 냉담한 무관심으로 대하는 사람들이" 있다고 말한다.

필론은 이것은 실수라고 주장한다. "우리는 보이지 않는 것들에 대한 정확한 확인과 율법의 절대적인 준수 모두를 중요하게 생각하면서 두 가지에 해당되는 것 모두를 다 생각해봐야 한다. 할례 의식은 즐거움과 모든 열정을 절제하는 상징이기 때문에 '특정한 율법들'이라는 주제에 계속해서 주목하여 할례와 관련되어 제정된 율법을 폐지하려는 움직임은 따르면 안 된다." 또한 "그 자체로 어떤 단순하고 적나라한 진실을 추구하려는 것"은 실수이다. 그보다는 오히려 율법의 실제 의미는 영혼과 육신이 분리될 수 없는 것처럼 그 형식과 분리될 수 없는 것이다.

"그러나 이런 모든 것들이 각각 육신과 영혼을 닮아 있다고 생각하는 것이 옳다. 그러므로 우리가 육신을 영혼의 거처라고 생각하고 돌보는 것처럼 우리는 단순한 말과 용어로 이루어진 율법도 중요하게 생각해야 한다. 먼저 율법 자체를 존중해야 율법이 품고 있는 상징이나 의미 같은 다른 것들도 좀 더 분명하게 이해될 것이기 때문이다. 같은 방식으로 대개 사람은 다른 사람들의 비판이나 비난을 피할 수 있다."

필론의 주장이 담고 있는 열정이나 순수함은 의심의 여지가 없다. 하지만 그렇다고 해서 그의 주장이 모두 납득할 수 있다는 건 아니다. 필론은 유대인들이 모세의 율법을 계속 따라야 하는 두 가지 이유를 제시한다. 먼저 필론은 법을 지켜야 그 뜻이 유지된다고 주장한다. 우리가 법을 지킬수록 그 법의 의미를 더 잘 알 수 있게 된다는 것이다. 두 번째, 필론은 법에 대한 공개적인 불순종은 비난을 자초하는 일이라고 경고한다. 누군가는 이런 비난이 법을 잘 따르는 다른 유대인에게서 나올 것이라고 생각하겠지만 필론에 따르면 '모든 보통 사람들'이 비난을 하게 된다고 한다. 아마도 그는 율법을 어기는 유대인은 심지어 이방인들에게조차 비난의 대상이 된다고 생각한 것 같다. 왜냐하면 보통 외부의 다른 민족들은 유대인들이 자신들의 고대의 전통을 성실히 잘 따를 것이라고 생각하고 있기 때문이다.

그렇지만 이 두 가지 이유 중 그 어느 것도 문제의 핵심을 말해주지는 못한다. 즉, 단지 상징에 불과한 법은 법으로서의 제구실을 하지 못한다. 하나님께서 명령하셨기 때문에 무엇인가를 하는 것은 다른 사람들이 그렇게 기대하고 있기 때문에 무엇인가를 하는 것과는 완전히 다른 개념이다. 필론과 동시대를 살았던 사도 바울은 문자 그대로의 율법과 그 숨은 의미 사이에 대한 필론의 구분을 받아들여 급진적으로 발전시켰다. 바울은 예수 사후에 말이나 문자로 된 율법은 더 이상 아무런 구속력이 없다고 믿었다. 실제로 그런 율법은 참된 신앙의 분명한 장애물이었으며 그런 율법을 따르는 일이 바로 잘못된 '유대화'의 사례였다. 필론의 저작들은 이런 식으로 초기 기독교의 지적인 분위기를 함께 공유했으며 바울을 비롯한 복음서 저자들의 세계관을 연구하는 학자들에게는 아주 귀중한 자료를 제공해주었다. 사실 필론의 저작들을 보존하고 후세에 전해준 것은 유대인이 아닌 기독교인들이었다. 당대의 유대 랍비들의 저작에서는 그의 이름을 전혀 찾아볼 수 없지만 오리게네스(Ὠριγένης)나 에우세비우스(Εὐσέβιος) 같은 초기 기독교의 저술가들은 경탄하는 마음으로 필론의 글들을 인용했던 것이다.

* * *

『율법의 해석』에서 필론은 유대 정경의 내용과 그 숨은 뜻이 서로 균형을 이루도록 하기 위해 끊임없이 애를 쓴다. 반면에 『율법의 비유』에서는 아주 대조적으로 『구약 성경』 속 이야기의 문자적 의미는, 은밀한 철학적 의미가 그 모든 위대함을 통해 갑자기 솟아나듯, 그렇게 그 외피(外皮)를 벗어던질 수 있다. 이런 모든 비교적 관점에서 필론이 바라보는 『구약 성경』은 실제로 하나의 거대한 비유이며 그 진정한 주제는 이스라엘 민족을 하나님께서 선택된 민족으로 부른 것이 아니라 각자의 덕성에 따라 살고 있는 개인들을 하나님께서 선택해 부르는 것이다. 이런 식으로 해서 필론은 유대인들만의 경전에 보편적인 용도와 지위를 부여했던 것 같다. 『구약 성경』은 처음에는 유대인들만을 위한 것이었으나 실제로는 모든 이들을 위해 만들어진 것이다. 실제로 필론은 『구약 성경』에서 '이스라엘' 혹은 '히브리' 사람들이라고 말할 때 그것이 단지 유대인들만을 의미하는 것이 아니라 하나님의 말씀에 기꺼이 귀를 기울이는 모든 사람들을 의미한다고 주장했다.

비유적 관점에서 글을 읽는 방식은 필론이 살고 있던 그리스 세계에서는 이미 일상적인 일이었다. 스토아 철학자들은 이러한 비유적 관점을 사용해 호메로스의 서사시들을 해석했고 보기 좋지 않은 신성모독의 기록을 지혜의 문학으로 바꿔 해석하려 했다. 필론은 같은 기술을 『구약 성경』에 적용하며 특히 「창세기」의 전반부에 집중했는데, 이런 그의 대담한 시도는 자못 놀라운 것이었다. 이런 식으로 『구약 성경』을 읽는 그리스 문화권의 유대인은 필론뿐만은 아니었으나 결국 그의 저작들이 지금까지 전해지며 유대의 정경을 이해하는 우리의 일반적인 방식과 큰 대조를 이루는 방식을 제시하고 있다.

3부로 이루어진 그의 「비유적 해석」은 『율법의 비유』에서 제일 처음 등장하는 글인데, 필론은 「창세기」 2장 1절로 그의 「비유적 해석」을 시작한다. "천지와 만물이 다 이루니라." 이 대목은 마치 우주론에 대한 내용처럼 보이지만 필론의 주장에 따르면 실제로는 인간의 영혼에 대한 내용이다. "상징적으로 이야기하자면 모세는 정신을 하늘이라고 부르고 육신을 땅이라고 부른 것이다." 필론의 설명이다. 천상의 진리로 이어지는 정신과 물질적 욕망에 이끌리는 육신 사이의 이러한 이중적 의미는 필론의 모든 성경적 비유를 구성하고 있으며 대부분의 그리스 철학 역시 이런 이중적인 비유를 차용했다. 우리가 '천지', 즉 하늘과 땅이라는 대목을 읽을 때 우리는 '정신과 육신'을 생각해야 하고, 모세 자신도 그렇게 의미하고 있다는 것이다.

필론은 회의적인 독자에게 일어날 수도 있는 일에 대해서는 전혀 인정을 하거나 믿지 않는다. 『구약 성경』에 대한 그의 해석은 문자 그대로의 의미에 대한 일종의 폭력이라고 볼 수 있다. 하지만 그는 자신이 모세가 의도하고 있는 진정한 의미를 밝혀내고 있다고 확신하고 있었다. 그의 저작에서 드물게 스스로를 드러내는 대목에 이르면 필론은 성스러운 영감이라고 할 수 있는 비유에 대한 통찰력을 하나님이 주신 선물을 통해 얻게 되었다고 설명하고 있다.

"때때로 나는 텅 빈 마음으로 책상 앞에 앉았다가 갑자기 충만해져 모든 것을 채우게 된다. 여러 가지 생각들이 보이지 않는 방식으로 저 높은 곳에서 나에게 쏟아져 내려 내 안에 자리를 잡는다. 따라서 나는 이런 신성한 영감의 영향을 통해 놀라울 정도로 흥분하게 되고 내가 지금 어디 있는지 또 지금 옆에 누가 있는지, 그리고 나 자신은 물론 내가 무엇을 말하고 무엇을 쓰고 있는지조차 잊어버린다. 그러다 문득 풍부한 해석과 빛의 즐거움, 그리고 가장 강력한 통찰력을 느낀

다. …… 가장 밝은 빛이 내 눈을 밝히듯 그런 통찰력이 내 마음과 정
신을 밝혀주는 것이다."

필론에게는 이것이야말로 신비한 무아지경이나 시인의 영감이 지
적인 형태로 나타난 것이며 모세가 정말로 의미했던 내용들이 일종
의 현현(顯現)의 형태를 취해 모습을 드러낸 것이었다. 우리가 『율법
의 해석』에서 이미 확인했던 것처럼 필론은 특히 하나님에 대한 비
합리적이거나 또는 의인화된 설명처럼 보이는 내용들을 제거하는
데 관심이 있었다. 예를 들어 이 세상이 엿새만에 창조되었다는 이
야기는 그에게는 단지 은유나 비유에 지나지 않았다. "이 세상이 정
말로 엿새만에 창조되었다고 생각하는 것은 그야말로 지나치게 단
순하게 보는 것이다." 오늘날 천지 창조를 하나의 비유로 보는 세심
한 독자들을 돕는 건 지질학이나 진화론일지도 모른다. 우리는 과학
을 통해 지구가 수십억 년의 역사를 갖고 있다는 사실을 잘 알고 있
기 때문에 『구약 성경』의 원문을 쓰여 있는 그대로 받아들일 수 없
으며 오직 비유로 생각해야 그 가치를 인정받을 수 있는 것이다.

필론은 엄격한 논리에 의해 같은 결론에 도달한다. 그의 추론에
따르면 시간은 '이 세상 다음의 것'이며 그 시간을 담을 수 있어야 비
로소 하나의 존재가 될 수 있다. "세계가 시간에 맞춰 창조된 것이

아니고 세계가 창조된 결과로 인해 시간이라는 존재가 생겨났다고 해야 맞는 말이다." 모세가 하나님께서 엿새만에 세상을 창조하셨다고 말할 때, 그는 숫자 6의 특별함을 전달하면서 비유적으로 말하고 있다. 이른바 '수신비주의(數神秘主義)'라는 그 특유의 논리에 따라 필론은 숫자 6이 '완벽한 숫자'라고 설명한다. 바로 세상에는 앞과 뒤, 위와 아래, 그리고 오른쪽과 왼쪽의 여섯 가지 방향이 있기 때문이다. 이러한 이유 때문에 필론은 숫자 6이 우리가 살고 있는 진짜 세계에 적합한 상징이라고 생각한다. 또한 필론은 안식일과 십계명을 포함해 『구약 성경』에 등장하는 모든 숫자에 대해 이런 식으로 설명을 할 수 있었다.

필론은 계속해서 아담과 이브 이야기의 각 장면은 물론 때로는 단어 하나까지도 이런 비유적 해석을 시도한다. 그는 하나님이 어떻게 세상을 창조했는지, 피조물들과 추상적 개념의 관계, 그리고 인간의 영혼과 육신 사이의 갈등 등을 설명하면서 복잡한 철학적 체계를 계속 발전시켜 나간다. 동시에 그는 원문 안에 있는 난감한 부분들은 신성이 없는 부조리한 것으로 처리한다. 그에 따르면 이브는 실제로는 아담의 갈비뼈로 만들어진 것이 아니었다. 여기서 갈비뼈는 "정신이 갖고 있는 여러 가지 힘들 중 하나이며 그 힘은 육신의 바깥쪽에 위치하고 있다." 그리고 여자는 그 자체로 "외부의 육신이나 감각에 대한 가장 자연스러우면서도 적절한 이름"이다.

하늘과 땅이 정신과 육신의 상징인 것처럼, 여기에서는 남성과 여성이 같은 역할을 한다. 육신이나 외부의 감각에 대한 필론의 낮은 평가를 생각한다면, 여자라는 존재에 대해서 별반 호의적이지 못한 설명이라고 볼 수 있다. "이러므로 남자가 부모를 떠나 그 아내와 연합하여 둘이 한 몸을 이룰지로다." 「창세기」에 등장하는 이 구절은 결혼에 대해 아주 확실한 확인처럼 보이는데, 필론에게는 진정 행복한 결합이 아니라 그저 하나의 상징일 뿐이다. "외적인 감각으로 인해 정신이 감각의 노예가 된다면 결국 우주의 하나님인 아버지와 삼라만상의 어머니, 즉 하나님의 지혜와 덕성을 모두 떠나게 되며 그렇게 분열되어 그 외적인 감각과 하나가 된다."

필론은 이와 똑같은 철학적 발상을 이스라엘 민족의 역사에도 적용한다. 「아브라함의 이주에 대하여」에서 그는 유대 역사의 기초가 되는 사건을 다룬다. 바로 「창세기」 12장에 나오는 하나님과 아브라함의 언약에 대한 이야기다. 이 이야기 역시 필론에 의해 영혼과 육신의 우화로 탈바꿈한다. 하나님께서 아브라함에게 "너는 너의 본토 친척 아비 집을 떠나 내가 네게 지시할 땅으로 가라"고 말씀하셨을 때, 하나님은 아브라함에게 이스라엘의 땅이 되는 진짜 땅을 약속하신 것이 아니다. 그보다는 오히려 아브라함에게 자신의 육신을 버리라고 하신 것이다. "그가 머물고 있던 고향은 육신을 상징한다. ……
왜냐하면 육신은 땅의 흙으로 이루어진 것이기 때문이다." 하나님이
아브라함에게 원했던 변화는 살고 있는 땅을 바꾸는 것이 아니라 도
덕의 문제였다. "역시 같은 말이지만, 정신 속에 자리 잡고 있는 감
각들로부터 자유로워져라. 그 어떤 것도 나를 속박하지 않게 하고
그런 모든 것들을 극복하라. 그런 것들은 나 자신에게 딸려 있는 것
에 불과하니 거기에 휘둘러서는 안 된다. 내가 바로 나의 주인이니
휘둘리지 않고 지배하는 법을 배워라." 이런 주장은 모두 스토아 윤
리학에서 사용하는 수사로, 필론은 이를 유대인들의 신성한 역사 안
에서 발견한 것이다.

물론 의문도 생겨난다. 그 역사는 여전히 확실하게 신성한 것일
까? 유대인들은 특별한 조상과 고향을 지닌 특별한 민족인가 아니
면 그저 보편적인 조건을 위한 상징일 뿐인가? 이에 대한 필론의 대
답은 일부러 애매함을 가장한 것처럼 보인다. 「아브라함의 이주에
대하여」에서 필론은 「출애굽기」라는 제목이 자신의 사고의 핵심적
인 움직임을 완벽하게 잘 나타내고 있다고 지적한다. 그가 끊임없이
추구하는 것이 바로 육신과 세상으로부터 '탈출'하여 지성과 독립이
있는 약속의 땅으로 가는 것이었다. "다시 말해 이집트는 육신이다."
육신으로부터의 모든 개인의 해방이 곧 새로운 '출애굽'이라는 말이

다. 그의 이야기는 계속된다. "히브리 민족은 앉은 자리를 털고 일어나 외적인 감각의 대상을 떠나 지성의 대상으로 향하는 일에 익숙한 사람들이다. 무엇보다도 히브리라는 이름 자체가 '떠나는 사람들'로 해석이 된다."

그렇다면 히브리 사람, 혹은 유대인들은 모두 다 해방된 영혼들일까? 필론은 「신명기」의 유명한 구절을 통해 많은 것을 설명하려 한다. "여호와께서 너희를 기뻐하시고 너희를 택하심은 너희가 다른 민족보다 수효가 많은 연고가 아니라 너희는 모든 민족 중에 가장 적으니라." 필론에게는 이 이야기도 자신이 지상에 있는 모든 거주민들에 비교하는 영혼에 대한 비유이다. 이 작은 세상에도 "즐거움이나 식욕, 그리고 슬픔이나 어리석음, 불의와 같은 모든 세상적인 감정에 전혀 빠지지 않는 수많은 사람들이 있다. 세상의 모든 악행은 바로 이런 감정들과 긴밀하게 연결되어 있는 것이다."

그렇지만 '자기 절제를 잘하고 올바른 이성을 따르는' 선택받은 영적인 사람들의 숫자는 얼마 되지 않는다. 하나님이 가장 적은 이스라엘 민족을 기뻐하신다고 말했을 때 그 의미는 무질서한 다수가 아닌 영혼 안에 올바른 본능을 지닌 소수의 사람들, 잘 절제된 영혼을 지닌 소수의 사람들을 선호하신다는 것이다. "하나님의 눈에는 불의한 수많은 사람들보다 숫자는 적지만 선한 사람들이 더 좋게 보인다." 그리고 이 소수의 사람들이 진정한 이스라엘 민족이라고 필론은 기록한다. 그가 모든 공의로운 사람들이 유대인인지 아니면 모든 유대인이 공의로운 사람들인지 어느 쪽이 사실이라고 생각했는지는 결코 정확히 알 수 없다. 혹은 어쩌면 역사의 끝자락에 두 부류의 사람들이 하나로 합쳐져 모든 인간이 다 모세의 율법을 따르는 날이 올 것이라고 믿었는지도 모른다.

필론은 「신명기」에서 아주 짧은 부분만 인용했고 그다음 구절은 소개하지 않았다. "여호와께서 다만 너희를 사랑하심을 인하여, 또는 너희 열조에게 하신 맹세를 지키려 하심을 인하여 자기의 권능의 손으로 너희를 인도하여 내시되 너희를 그 종되었던 집에서 애굽 왕 바로의 손에서 속량하셨나니"라는 다음 구절에서 우리는 유대인의 정체성에 대한 전통적인 이해로 되돌아가게 된다. 바로 개인적인 덕성이 아닌 역사와 언약의 산물이다. 필론은 『구약 성경』을 우화로 바꿔 해석하며 결코 그런 의도는 아니었겠지만 유대 역사의 우연성과 특수함을 축소해 전달하고 있다. 그가 소개하는 비유에서 느껴지는 연민은 유대의 유산에 대한 존중과 이성에 대한 존중을 하나로 합치려는 노력에서 비롯된 것이다. 알렉산드리아의 필론은 이러한 비교와 경쟁에 대한 시대의 요구를 소개하고자 했던 최초의 유대 지식인이었고 이런 시도는 결코 그의 시대에서 끝나지 않았다.

참고 문헌

에리히 S. 그루엔(Gruen, Erich S), 『민족의 유산과 헬레니즘: 유대 전통의 재발명(Heritage and Hellenism: The Reinvention of Jewish Tradition)』, 캘리포니아 대학교 출판부, 1998.

『케임브리지 필론 안내서(The Cambridge Companion to Philo)』, 애덤 카메사르(Kamesar, Adam) 편집, 뉴욕: 케임브리지대학교 출판부, 2009.

새뮤얼 샌드멜(Sandmel, Samuel), 『알렉산드리아의 필론: 입문편(Philo of Alexandria: An Introduction)』, 옥스퍼드대학교 출판부, 1979.

C.D. 영(Yonge) 옮김, 『필론 전집: 개정판(The Works of Philo : New Updated Edition)』, 매사추세츠: 헨드릭슨 출판사, 1993.

제4장
인생의 선택

•

플라비우스 요세푸스(Φλάβιος Ἰώσηπος)

『유대 전쟁사(Ἰουδαϊκός Πόλεμος)』

유대를 진압한 로마의 승리를 기념하기 위해 지어진 티투스 개선문

유대 지방에 살고 있던 유대인들이 *CE 66*년 로마 제국의 지배에 항거했을 때 유대인들이 시작한 이 전쟁으로 인해 결국 예루살렘 대성전은 파괴되었고 이스라엘 땅에서의 유대의 전통적인 지배는 사실상 막을 내렸다. 이 사건은 아마도 유대 역사에 있어 가장 큰 재앙이었을 것이며 가장 잘 기록된 사건일 것이다. 그리고 이 전쟁을 기록한 한 권의 책이 바로 『유대 전쟁사』다. 이 책을 쓴 플라비우스 요세푸스는 자신이 기록한 전쟁에 직접 가담한 당사자이며 장군으로서 반란군을 이끌었다. 전투에서 패배해 포로로 사로잡힌 후에는 로마 제국의 편에 서서 동료 유대인들을 설득해 항복을 권유하기도 했던 요세푸스에게 유대 반란은 소수민족이 선택한 일종의 자살 행위였지만 반란군 당사자들에게는 정치와 종교의 자유를 되찾기 위한 처절한 도전이었다. 『유대 전쟁사』를 읽는다는 것은 유대 역사가 만들어지는 데 결정적인 역할을 했으며 종교적 폭력과 관련해 지금 우리의 시대까지 영향을 미치고 있는 이 전쟁에 대한 논쟁 속으로 다시 뛰어드는 것이다.

BCE 5년도 저물어갈 무렵 어느 날 정오에, 예루살렘 대성전을 찾은 사람들은 기이한 광경을 목격하게 된다. 대략 마흔 명이 넘는 젊은 사람들이 손에는 곡괭이를 들고 밧줄에 의지해 지붕에 버팅기면서 매달려 있었다. 당시 유대의 왕인 헤롯 대왕은 자신의 왕궁에서 죽어가고 있었으며 그의 요란하면서도 유혈을 동반한 통치에 늘 반항적이었던 유대 사람들은 그가 최근에 벌이고 있는 건축 작업에 크게 분개하고 있었다. 바로 대성전 정문에 황금 독수리 조각상을 설치하는 작업이었다. 로마 제국의 군단이 독수리로 장식된 깃발을 앞세우고 진군한다는 점을 생각한다면 이 황금 독수리상은 결국 모든 유대인들이 로마의 발아래 있음을 상기시켜주는 상징인 셈이었다.

그렇다고 해서 헤롯이 유대인들에게 성전이 갖고 있는 중요한 의미를 과소평가했다고 비난받기는 어렵다. 오히려 30년이 넘는 통치

기간 동안 그는 성전을 크게 보수했으며 탑과 기둥들, 그리고 황금 지붕을 새로 세워 로마 제국 안에서도 가장 화려한 건축물로 만들었다. 요셉 벤 마티아스(Joseph ben Matthias), 훗날 로마식으로 플라비우스 요세푸스로 알려지게 되는 유대 제사장은 유대인들의 주요 축제일이면 예루살렘으로 몰려드는 수많은 유대인들 앞에서 헤롯의 대성전이 얼마나 대단한 장관을 연출했는지를 잘 기억하고 있었다.

"성전이 아니라고 생각하고 바라보아도 모든 것이 다 마음과 눈을 깜짝 놀라게 할만했다. 크고 두꺼운 황금판이 사방을 덮고 있었는데 동이 트면 그 첫 햇살을 어찌나 강렬하게 반사하는지 사람들은 그 광경을 보려다가 태양을 똑바로 바라보는 듯해서 결국 눈길을 돌릴 수밖에 없었다. 또한 사정을 잘 모르는 낯선 사람들에게는 마치 눈으로 덮인 산처럼 보이기도 했는데, 금으로 덮이지 않는 부분은 눈부시게 흰색으로 치장되어 있었기 때문이다."

헤롯으로서는 대성전에 대해 적어도 유대인들이 생각하는 중요성에 어울릴만한 그런 외적인 치장을 해주었던 것이다. 솔로몬 왕이 처음 세웠고 BCE 586년 바빌로니아 제국에 의해 파괴되었다가 페르시아 제국의 호의로 다시 세워졌던 예루살렘 대성전은 유대 종교 의식의 중심지였다. 짐승을 희생 제물로 드리는 의식도 쉼 없이 계속되었는데, 특히 유대의 3대 축제일이라고 할 수 있는 유월절과 오순절, 초막절이 되면 유대 지역은 물론 그 밖의 각 지역에 살고 있던 유대인들이 예루살렘으로 몰려들어 예배를 보았다. 로마 제국 시절의 유대인들은 성전과 제사장들을 위해 2드라크마의 세금을 냈다고 한다.

예루살렘 대성전은 유대인들의 자긍심과 소망의 중심이었으며 특히 정치적 주권이 제대로 확립되지 않을 때 더욱 그랬다. 겉으로는 마카베오의 반란으로 하스몬 가문이 왕위에 오른 BCE 2세기 무렵부터 유대 출신의 왕들이 유대지역과 유대인들을 다스려왔다고 하지만 중동 지역의 군소 왕국들 중에서 로마 제국의 세력권을 벗어날 수 있는 왕국은 하나도 없었다. 그리고 BCE 63년, 삼두 정치로도 유명한 로마의 장군 폼페이우스 마그누스가 유대 내전에 개입해 이 지역을 거의 속주 비슷하게 로마 세력권으로 편입을 시켰다. 그 이후 유대 지역의 왕은 어떤 식으로든 로마 황제의 승인을 받아야 왕위에 오를 수 있었는데, 헤롯 자신은 하스몬 가문 출신도 아니고 더군다나 정통 유대인도 아닌 유대교로 개종한 이웃의 이방 부족 출신에 불과했지만 마르쿠스 안토니우스의 호의로 왕위에 오를 수 있었다. 카이사르의 사후에 벌어진 로마의 내전에서 헤롯 가문이 안토니우스를 도왔던 대가였다.

헤롯이 성전 정문에 독수리상을 세운 것은 유대인들의 감정을 이중으로 거스르게 된다. 먼저 정치적으로 이 일은 유대 지역이 로마에 완전히 굴복했음을 나타내는 것이었으며 종교적으로는 십계명의 두 번째 계명인 우상 숭배 금지를 위배하는 일이었다. "불법적인 행위였다," 요세푸스는 유대 역사 중에서도 가장 처절했던 시기를 다룬 자신의 『유대 전쟁사』에서 이렇게 설명하고 있다. "유대인들의 성역에 살아 있는 것의 모습을 흉내 낸 조각상이나 초상화를 걸어두는 건 분명 율법에 위배되는 행위다."

유다와 마티아스라는 이름의 영향력 있는 랍비 두 사람이 헤롯의 죽음이 가까워오자 로마의 거만한 독수리를 무너뜨릴 때가 왔다며 제자들을 독려하기 시작한다. 랍비들은 예루살렘의 젊은 유대인 청년들에게 다가올 처벌에 대해서는 걱정할 필요가 없다고 말했다. "비록 위험이 뒤따른다 하더라도 선조들의 율법을 지키기 위해 죽는 것은 영광스러운 일이다. 그렇게 죽음을 맞이하는 사람들에게는 영생과 영원한 축복이라는 확실한 희망이 있지만 영혼이 가난하고 선조들의 율법과 지혜를 모르며 그저 눈앞의 삶에만 얽매이는 사람들은 의로운 죽음은 알지 못한 채 병으로 죽어갈 뿐이다."

이러한 호소는 피 끓는 일반 대중들에게 먹혀들어갔고 이윽고 랍비들의 추종자들이 모종의 일을 꾸미기 시작했다. 당시 상황에 대한 요세푸스의 기록이다.

"정오가 되어 많은 사람들이 대성전 안뜰로 걸어가고 있을 때 지붕으로부터 튼튼한 밧줄을 타고 내려온 일단의 무리들이 곡괭이로 황금 독수리상을 부수기 시작했다. 이 소식은 곧 근위대 장교에게 전해졌고 병사들이 몰려와 마흔 명 가량의 청년들을 붙잡아 왕 앞으로 끌고 갔다. 왕은 너희들이 감히 황금 독수리를 부수려 했냐고 물었고 청년들은 그렇다고 대답했다. 그렇다면 누가 그 일을 시켰느냐는 질문에는 선조들의 율법이라는 대답이 나왔다. 그런데 이제 곧 목숨이 달아날 형편에 처한 청년들은 왜 그렇게 즐거워했을까? 그건 죽음 이후에 더 큰 축복을 누리게 될 것이라 확신했기 때문이었다."

폭도들의 소원은 이루어졌다. 헤롯은 사로잡힌 젊은이들과 그들을 부추긴 랍비들을 모두 산 채로 불태워 죽였다. 그렇지만 이 사건도 그 자체로만 보면 소소한 일화에 불과한 것이었는지도 모른다. 이 일이 있기 전에도 유대 지역의 권력 다툼의 와중에 이미 숱한 피가 뿌려졌으며 이제 얼마 지나지 않아 헤롯이 죽게 되면 더 큰 위기가 닥치게 될 터였다. 하스몬 가문과 헤롯 가문의 음모와 책략은 요세푸스의 역작이 기록하게 될 엄청난 대재앙의 서곡에 불과했다. 그 역작 『유대 전쟁사』는 바로 CE 66년 로마 제국에 대항에 일어난 유대인의 반란을 다루게 된다.

이 반란은 이후 4년간 이어지게 되며 그 4년은 그 후 2,000년의 세월이 지날 때까지 유대인들이 누린 마지막 정치적 독립의 기간이었다. CE 70년, 베스파시아누스 황제의 아들인 티투스가 이끄는 로마 군대가 예루살렘을 함락시키고 대성전을 완전히 불태운다. 이 과정에서 수많은 유대인들이 죽어갔는데, 요세푸스의 기록에 따르면 그 사상자만 110여만 명에 이르렀다고 한다. 물론 그 숫자가 너무 크기 때문에 고대의 모든 역사가들 중에 그의 주장을 액면 그대로 받아들인 사람은 하나도 없다. 어쨌든 그로부터 몇십 년이 지나 제2차 유대 반란도 실패로 돌아가자 이제 유대와 예루살렘이라는 지명은 지도에서 완전히 사라지게 되고 예루살렘 대성전은 그날부터 지금까지 다시는 일어서지 못하게 된다. 그저 지금 우리가 알고 있는 것처럼 유대교의 예배당 혹은 회당이라고 하는 시나고그가 성전을 대신해 그 자리를 차지하고 있을 뿐이다. 1967년 이른바 6일 전쟁에서 이스라엘 군이 승리를 거둔 후에야 대성전이 있던 자리는 다시 한번 유대인들의 손에 완전히 들어오게 된다.

세계 역사에 기록될만한 이런 대재난과 비교하면 BCE 5년에 있었던 황금 독수리상의 파괴는 그저 소소한 일화에 지나지 않은 것이리라. 그렇지만 요세푸스는 자신만의 이유 때문에 이 황금 독수리의 사건을 자신의 책에 소개했다. 바로 처참한 비극으로 끝났던 유대 전쟁을 촉발시킨 것과 똑같은 열정이 거기에도 있었기 때문이다. 또한 계속해서 반란이 이어지도록 만든 똑같은 도덕적, 정치적인 문제도 거기 포함되어 있었다. 황금 독수리상을 부수려고 했던 랍비들과 그 젊은 추종자들에 대해 우리는 어떻게 생각해야 할까? 그들은 예일대 출신이자 미국 독립 전쟁의 영웅으로 영국군에게 잡혀 사형을 당하면서 조국을 위해 바칠 목숨이 하나뿐이라 유감이라는 말을 남겼던 네이선 헤일(Nathan Hale)처럼 애국심을 지닌 이상주의자들이었을까, 아니면 유대교의 원칙을 위해 죽을 각오를 함으로써 유대교의 생존을 보장받으려 했던 종교적 순교자들이었을까? 영광스러운 죽음과 천국에서의 보상이라는 그들의 이야기는 어쩌면 우리에게 지금 우리들이 직면하고 있는 근본주의 테러리스트들을 더 연상시킬지도 모르겠다. 바로 생명을 경시하기를 자랑스러워하며 폭력을 휘두르는 사람들 말이다.

이러한 질문들은 요세푸스가 CE 66년에 로마에 맞서 싸우려 결심했던 유대인들에 대해 기록할 때 훨씬 더 설득력 있게 다가왔을 것이다. 그가 비록 소수의 사람들이, 그것도 분열된 상태에서 세계에서 가장 강대한 제국에 대항하다 전멸할 것이라는 것을 예감했더라도 말이다. 황금 독수리상을 파괴하려 했던 젊은이들처럼 급진적인 저항 세력인 열심당원들에 이끌려 로마에 대항해 일어선 유대인들 역시 유대의 독립과 종교적 신념을 위해 목숨을 걸었다. 그렇지만 이것은 그저 상징적인 희생일 뿐으로, 상식적으로 생각을 하는 사람이라면 누구나 유대인의 폭동이 실패로 끝날 것을 예측할 수 있었을 것이다.

실제로 요세푸스는 고대 역사가라는 자신의 자유로운 위치를 이용해 자신이 다룬 주인공 중 한 사람인 헤롯 대왕의 증손자 헤롯 아그리파 2세의 입을 빌어 자신의 처연한 감상을 전하고 있다. 아그리파 2세는 로마 제국의 동맹자이자 중동 일부 지역을 다스렸던 유대의 왕이다. 『유대 전쟁사』 제2권을 보면 아그리파는 예루살렘에 모인 분노한 유대인들에게 장황한 연설을 통해 로마 제국에 저항하는 위험을 무릅쓰지 말라는 경고를 한다. "이 세상을 지배하는 주인에게 그대들 홀로 항거할 생각인가? 싸울 병사는 어디 있고 무기는 또 어디 있는가? 로마가 지배하는 바다로 나설 함대는 어디 있으며 군자금은 또 어떻게 마련할 것인가?" 아그리파는 유대인들에게 현재 모든 민족과 국가들이 다 로마의 지배를 받고 있다는 사실을 상기시켰다. "그대들이 갈리아 사람들보다 더 부유하며 게르만 사람들보다 더 강력하고 그리스 사람들보다 더 지혜로운가? 아니면 그런 모든 민족들을 합친 것보다 더 그 숫자가 많은가? 도대체 무슨 확신을 가지고 로마 제국의 위세에 도전을 하겠다는 것인가?"

이후에 벌어진 사건들은 결국 아그리파가 옳았다는 사실을 증명해주었다. 로마에 저항하는 일은 결국 재앙의 전조일 뿐이었다. 그렇지만 2,000년이 지난 지금 로마 제국은 역사의 한 흔적으로만 남았고 아그리파가 경고를 보냈던 그 도시는 다시 한 번 유대인 국가의 수도가 되었다. 그 2,000년 동안 조국을 잃고 전 세계를 떠돌아다니던 일도 있었지만 동시에 놀라운 종교적 창의성과 온 국민의 인내심이 있었다. 그리고 이 인내심은 CE 66년의 반란을 통해 나타난 신앙의 힘이 없었다면 불가능했을 것이다. 『유대 전쟁사』가 보여주는 신앙의 힘은 파괴와 창조 모두에서 가장 강력한 위력을 발휘한다. 요세푸스가 제시하는 의문은 누가 우리의 존경을 받을만하냐는 것이다. 영광스러운 죽음을 향해 달려간 유대인인가, 아니면 동포들에게 살아남아야 할 이유를 호소했던 유대인인가?

* * *

요세푸스는 단지 글로만 이런 문제를 다루었던 것이 아니다. 그는 당대에 그들과 함께 살았으며 거의 같은 시기를 살다 죽었다. CE

37년 예루살렘에서 태어난 요세푸스는 인생의 전반부를 유대 지방에서 보낸 후 후반부는 로마에서 보내다 대략 CE 100년경 세상을 떠난다. 그 전반부와 후반부를 나누는 것이 바로 유대 전쟁이다. 유대 전쟁에서 갈릴리 지역 사령관이었던 그는 포로로 잡힌 후에는 로마 측에 아주 가치 있고 유용한 존재가 되었다. 그리고 이 전쟁 덕분에 유대 제사장이던 마티아스의 아들 요셉은 로마 제국의 역사가 플라비우스 요세푸스가 될 수 있었던 것이다. 전쟁이 로마 제국의 승리로 끝난 후 그는 제국군 소속으로 로마로 이주해 정복자들에게 유대인들에 대해 설명과 변호를 하려 애쓰며 남은 생을 보냈다.

CE 75년경에 완성되었다고 전해지는 『유대 전쟁사』에서 요세푸스는 유대 반란의 원인과 그 끔찍했던 결과들에 대한 자신의 견해를 밝히면서 그 기간 동안 자신이 어떤 역할을 했었는지에 대해서도 상세하게 설명하고 있다. 훗날 쓰게 되는 장대한 분량의 『유대 고대사(Ἰουδαϊκὴ ἀρχαιολογία)』에서는 「창세기」부터 당대에 이르기까지의 모든 유대 역사를 새롭게 써내려감으로써 유대인들에 대해 세상의 새로운 평판을 얻기 위해 노력한다. 짧은 분량으로 된 일종의 반박문인 『아피온 반박문(Φλαΐου ωσήπου περὶρχαιότητος ουδαίων λόγος)』 역시 같은 목적으로 쓴 것이다. 두 권으로 이루어진 이 책에서 요세푸스는 여러 비판자들에 대항해 자신의 민족을 변호하고 있다. 그가 마지막으로 남긴 『플라비우스 요세푸스의 생애(Ἰωσήπου βίος)』는 당대에 썼으나 유일하게 지금까지 전해지는 자서전이라고 볼 수 있는데 현대적인 감각의 회고록과는 거리가 멀지만 그를 둘러싸고 있던 사회적, 그리고 정치적 세상에서의 요세푸스의 위치를 어느 정도 짐작할 수 있다.

『플라비우스 요세푸스의 생애』에서 요세푸스가 처음 자신에 대해 전해주는 이야기는 그가 유대 사회 상류층 출신이라는 것이다. 그의 조상 중 한 사람은 하스몬 왕가와 결혼으로 맺어졌기 때문에 요세푸스에게도 왕가의 피가 흐른다고 할 수 있으며 또한 왕실 못지않게 사회적으로 중요한 의미가 있는 제사장의 직분을 맡아 예루살렘 대성전을 지키고 의식을 행하는 특수 계층에 속해 있었다. 그의 설명에 따르면 제사장 직분은 스물네 개의 계급으로 나뉘어져 있었는데 실제로 요세푸스 자신은 그중에서도 최고위직에 소속되어 있었다고 한다. 이런 출신 성분에 더해 배운 사람으로서의 개인적 권위도 내세우고 있는데 사실 유대 문화권에서는 신성한 지식을 쌓은 사람들을 아주 높이 평가하고 있었다. "내가 어렸을 때, 그러니까 대략 열네 살이 되었을 무렵부터 나는 나의 배우려는 열의에 대해 모든 사람들의 칭찬을 받았다. 예루살렘의 제사장들이며 주요 인사들이 자주 함께 나를 찾았고 율법의 핵심 내용들에 대한 정확한 해석에 대해 나의 의견을 묻곤 했다."

이런 자기소개는 아주 중요한 점을 에둘러 나타내고 있다. 바로 요세푸스의 유대인으로서의 정체성을 분명하게 드러내주는 것이다. 이런 모습은 나중에 그가 유대인과 로마인 사이에서 충성심으로 인해 벌어지는 갈등을 다소 거북스럽게 묘사할 때 중요한 역할을 하게 된다. 요세푸스가 유대 지방을 넘어 처음 다른 세상을 만나게 된 건 그에 따르면 스물여섯 살 때의 일로 우리가 앞서 살펴보았던 필론의 경우와 비슷하게 유대 공동체를 대신해 로마의 사절단으로 가게 되었을 때다. 사절단의 목적은 부당하게 투옥된 동료 제사장들을 대신해 네로 황제에게 탄원을 하는 것이었다. 로마로 가는 도중에 배가 침몰하는 위험을 겪기도 했지만 어쨌든 일단 로마에 도착하자 그곳에 있는 유대 공동체의 도움을 통해 황제의 호의를 얻어낼 수 있었다. 그리고 요세푸스는 황제가 총애하던 알리투리우스(Aliturius)라는 이름의 유대인 배우와 친구가 된다. 우리는 그가 기록한 이런 세세한 내용을 통해 대성전이 파괴되기 훨씬 전부터 로마 제국 전역에는 고향을 떠난 유대인들이 떠돌며 살고 있었음을 확인할 수 있다.

그런데 요세푸스의 기록에 따르면 로마에서 돌아오자마자 '로마 제국에 대항해 반란을 일으키겠다는 희망'의 바람이 예루살렘에 불어 닥치고 있는 것을 목도하게 된다.『플라비우스 요세푸스의 생애』에서 그는 자신은 그 즉시 이런 분위기에 반대했다고 설명하고 있다. "따라서 나는 이 격앙된 사람들을 막으려고 노력했고 마음을 바꾸라고 설득했다. …… 왜냐하면 나는 이런 전쟁의 결말이 우리로서는 최악의 상황이 될 것이라는 사실을 예견했기 때문이다. 그렇지만," 요세푸스는 다시 후회스럽다는 듯 이렇게 기록한다. "나는 그 사람들을 설득할 수 없었다. 그 무모한 사람들의 광기는 나로서는 감당하기가 너무 힘이 들었다."

『유대 전쟁사』를 통해 요세푸스는 상황이 어떻게 자신이 예상한 대로 돌아가게 되었는지 자세하게 설명하고 있다. 유대인들의 패배 이후 쓴 이 책을 요세푸스는 200년도 더 오래전에 있었던 일로부터 시작한다. 바로 셀레우코스 왕가의 안티오쿠스 4세에 대항해 일으켰던 마카베오의 반란 사건이다. BCE 167년에 일어났던 이 반란은 우리가 앞서 제3장에서 살펴보았던 것처럼 하누카 축제의 기원이 되었고 400년 전 바빌로니아 제국이 다윗의 왕국을 정복한 이래 처음으로 독립된 유대 국가가 세워지는 계기가 되었다. 그렇지만 요세푸스는 자신만의 주장을 펼치는 데 시간을 낭비하지 않는다. 게다가 심지어 유대인들이 자치권을 회복했던 이 시기에도 내부의 분열은 끊이지 않았다. "유대 지배계층 사이에 불화가 시작되었다." 『유대 전쟁사』의 서두에서 그는 이렇게 쓰고 있다. "그 어떤 탁월한 지도자도 경쟁자들에게 뒤처지는 것을 참을 수 없기 때문에 자리를 향한 경쟁이 시작되었던 것이다." 이것이야말로 이후 150년이 넘도록 이어지는 유대 정치 활동의 기록을 조밀하게 그려나갔던 요세푸스의 주제이다. 유대 지배계층 내부에서는 일가친척을 포함해 서로 경쟁하고 도전하는 일이 끊임없이 이어졌다. 따라서 처음 하스몬 가문의 아리스토불루스가 형인 안티고누스를 죽이고 왕위를 요구하게 된 건 "악랄한 모리배들이 만들어낸 중상모략의 결과였다."

하스몬 가문이 같은 이름을 계속해서 돌려쓰는 바람에 역사를 배우는 사람들도 곤란을 겪긴 했지만, 어쨌든 한 세대가 지나자 또 다른 아리스토불루스가 등장해 형제인 히르카누스와 오랜 기간 내전을 벌인다. 그리고 히르카누스가 로마 장군 폼페이우스에게 내전에 개입해 자신을 왕위에 복권시켜달라고 청을 넣는 순간 결국 이 내전은 로마 세력을 유대 왕국으로 불러들이는 계기가 되고 말았다. 폼페이우스는 예루살렘을 함락시켰으며 유대인들의 분노에도 아랑곳하지 않고 제사장들만이 들어갈 수 있는 성전의 신성한 경내에 들어가겠다고 고집했다. "당시에 있었던 여러 재난들 중에서도 이방인이 성전 안으로 들어가려 했던 이때의 일만큼 모든 유대인들이 전율했던 참화가 바로 눈앞에서 벌어진 적은 없었다." 폼페이우스는 심지어 대성전에서도 가장 신성하다고 여겨지던 내부의 지성소까지 들어갔다고 하는데, 그곳은 오직 대제사장만이 출입할 수 있는 곳이었다.

그렇지만 유대 지역이 로마 제국의 세력권 안에 들어가게 된 건 처음에는 별다른 문제가 없었다. 요세푸스도 지적했지만 폼페이우스는 예루살렘 대성전의 존재를 사실 크게 존중해주었다. "폼페이우스는 예루살렘을 함락한 지 단 하루만에 성전을 지키는 자들에게 명령해 성전을 정화하고 늘 하던 대로 제사의식을 거행하라고 지시했다." 로마 사람들은 심지어 하스몬 가문이 다음 세대까지 유대 지역을 지배하도록 내버려두기도 했다. 물론 서로 갈등을 벌이는 것도 그대로 내버려두었다. 결국 로마는 매우 다양한 관습과 각자 다른 예배 의식을 가진 여러 민족들과 사람들을 다스리는 데 익숙했던 것이다. 유대인들은 로마의 세력을 인정하기만 한다면 자기 자신들의 문제는 대부분 원하는 방식대로 처리해나갈 수 있었다.

요세푸스에 따르면 그런 상황이 바뀌기 시작한 건 BCE 40년부터다. 당시 카이사르의 후계자를 자처했던 마르쿠스 안토니우스는 하스몬 가문을 내쫓고 헤롯을 유대의 왕위에 앉힌다. 하지만 왕관은 내어줄 수 있었어도 국가까지 줄 수는 없었고 따라서 헤롯은 3년간에 걸친 전쟁을 통해 자신이 다스릴 영토를 직접 확보해야만 했다. 그리고 이렇게 해서 유대 지역의 실질적인 왕이 된 후에도 헤롯은 유대인들이 계속해서 자신을 왕위 찬탈자로 대한다는 사실을 직면해야 했던 것이다. 요세푸스에 따르면 한 번은 하스몬 가문의 왕자들 중 마지막 생존자인 요나단이 제사장에 임명되었는데, "요나단이 제사장의 신성한 의복을 걸치고 의식을 벌이며 제단 앞에 나서자 거기 모인 수많은 사람들이 몰락한 왕조를 가엾게 여기며 눈물을 터뜨렸다." 그러자 이 모습을 본 헤롯은 그 자리에서 요나단을 연못에 빠뜨려 죽이고 말았다.

헤롯 자신의 통치 역시 이전에 그랬던 것처럼 역시 내부 갈등에 의해 분열을 겪었다. 그의 아들들이 벌인 경쟁과 서로는 물론 아버지를 향해 꾸민 음모에 대한 이야기는 『유대 전쟁사』에서도 상당 부분을 차지하고 있다. 이런 일들이 벌어질 때마다 권력을 원하는 자들은 로마의 지원을 요청해야 했고 유대의 운명이 로마의 권력에 의해 좌지우지되고 있다는 사실은 더욱더 분명해졌다. CE 6년이 되자 유대 지방에 대한 로마의 지배는 공식적인 것이 되어버렸다. 로마는 헤롯의 아들인 아르켈라오스를 몰아내고 총독을 보내 유대 속주를 직접 관리하기로 결정했다. 그렇게 간신히 명맥을 유지하던 유대의 독립은 이제 완전히 역사 속에서 사라졌다.

그렇지만 로마 사람들이 이렇게 유대의 왕가를 몰아내면서 유대인들의 불만을 막아주던 완충지대 역시 사라져버렸다. 우리가 헤롯 대왕과 성전의 황금 독수리 사건에서 이미 살펴보았던 것처럼 유대 지방의 유대인들은 상징적인 폭력 행위에 매우 민감했다. 다만 독수리 사건의 경우 대중의 분노는 헤롯 자신을 향해 있었다. 그렇지만 이제부터는 로마의 황제로부터 말단 병사에 이르기까지 로마 관직에 있는 사람이 유대의 신앙이나 자존심을 건드리는 일을 벌일 때마다 유대인들의 분노가 직접적으로 로마를 겨냥하게 될 터였다.

『유대 전쟁사』의 다음 부분은 이렇게 유대와 로마가 서로 주고받는 갈등의 기록이다. 우리가 앞서 제3장에서 살펴보았던 것처럼 이러한 갈등 중에서도 가장 중대했던 고비는 칼리굴라 황제가 자신의 조각상을 대성전에 세우려 했을 때다. 이 일은 요세푸스가 아직 어린 시절이던 CE 40년에 일어났지만 그는 마치 자기 눈으로 목격했던 것처럼 이 사건에 대해 생생하게 기록하고 있다. 로마 총독 페트로니우스는 칼리굴라의 이런 계획을 유대인들에게 알렸고 유대인들은 엄청난 희생도 마다하지 않겠다는 각오를 보였다. "유대인들은 황제와 로마 사람들을 위해 하루에 두 차례씩 희생 제물을 바쳤다. 그렇지만 만일 황제가 유대인들 사이에 조각상을 설치하려 한다면, 그는 먼저 유대 민족 전체를 희생 제물로 바쳐야만 할 터였다. 유대인들은 자기 자신들은 물론 아내와 자녀들까지 희생할 각오가 되어 있었다."

만일 칼리굴라가 조각상 설치를 밀어붙였더라면 유대인들의 반란은 아마 한 세대쯤 앞선 CE 40년에 터졌을 것이다. 다행히 황제가 암살되면서 이런 일은 벌어지지 않았지만 근본적인 원인은 그대로 남아 있었다. 요세푸스는 거의 몇 년마다 유대와 로마 사람들 사이의 갈등이 폭발하는 모습을 지켜보았다. 유대인들은 종교에 대한 모욕과 자신들의 무력감을 상기시키는 것 같은 로마의 모든 무례한 행동에 대해 일일이 반발을 했고 그래서 사소한 일도 폭동에 불을 붙이고 악화시킬 위험이 있었다. 한 가지 예를 들면, CE 26년에서 36년까지 유대 지역의 총독을 지냈던 빌라도는 예루살렘에 로마 군단의 깃발을 내걸었는데 앞서 언급했던 헤롯 대왕의 황금 독수리 조각상처럼 로마 제국을 상징하는 이 깃발들은 "사람의 손으로 만든 그 어떤 형상도 예루살렘 안에 세우는 것을 허락하지 않았던" 예루살렘 사람들의 분노를 자아냈다. 사람들은 일종의 대규모의 불복종 운동을 펼쳐 빌라도의 집 앞에 모여들어 닷새가 넘도록 한 발자국도 물러서지 않고 버텼고 결국 빌라도는 '유대인들의 종교적 열정'에 놀라 두 손을 들고 깃발을 철수시키고 말았다.

종교와 관련된 축제일은 또 다른 특별한 갈등의 순간이 되었다. 유월절이 되면 수많은 유대인들이 예루살렘으로 모여들어 성전에 제물을 바쳤는데, 그러면 로마 군단 병사들이 질서를 유지하기 위해 동원되었다. 어느 해인가 한 병사가 "겉옷을 들어 올리고 몸을 숙인 후 유대인들을 향해 엉덩이를 흔들며 외설스러운 소리를 냈다." 이런 모욕적인 행위를 보고 격앙된 유대인들이 병사들에게 돌을 집어 던졌고 이 사건은 결국 큰 싸움으로 번지고 말았는데, 요세푸스에 따르면 3만 명이 넘는 사상자가 발생했다고 한다. 이렇게 사소한 도발도 그런 치명적인 결과를 낳을 수 있는 만큼, 유대와 로마 사람들이 전면적인 갈등에 휘말리게 되는 것은 시간 문제였다.

시간은 마침내 CE 60년대 중반으로 접어들었고 당시 로마 총독은 게시우스 플로루스(Gessius Florus)였다. 요세푸스는 이 플로루스에 대해 탐욕스럽고 오만하며 완전히 파렴치한 인물이라는 악평만을 남겼다. "플로루스보다 더 진실을 멀리하고 더 교묘한 범죄를 저지르기 위해 머리를 쓴 사람은 없었다." 요세푸스는 심지어 플로루스가 의도적으로 유대인들의 반란을 도발했다고까지 주장한다. "유대인들의 반란이야말로 자신의 잘못을 감출 수 있는 플로루스의 유일한 희망이었다." 요세푸스의 이런 주장의 진위여부와 상관없이 플로루스가 유대인들의 감정에 대해 특히 무관심했다는 건 분명한 사실이다. 예를 들어 예루살렘 대성전의 예산은 전 세계 유대인들이 이를 위해 모은 돈으로 아무도 함부로 건들 수 없는 것이었지만 플로루스는 이 중 상당한 금액을 마음대로 유용했다. "황제의 명령이라는 구실을 들이대면서"였다. 이에 대한 저항으로 몇몇 유대인들이 가난한 총독을 위해 돈을 걷자며 바구니를 들고 거리를 돌아다니기 시작하자 플로루스는 이런 풍자적인 행위에 격렬한 반응을 보이며 병사들을 동원해 무려 3,600명을 살해했다고 한다.

상황은 걷잡을 수 없이 빠르게 악화되기 시작했고 무엇보다도 예루살렘의 고위층에 속하는 시민들, 다시 말해 요세푸스 같은 사람들은 이런 상황에 대해 크게 우려를 했다. 점점 커지는 위기감에 대해 설명할 때 요세푸스의 감정은 모두 이런 상류층이나 지배층의 그것을 대변하고 있으며 격앙된 일반 대중들이 선을 넘지 않도록 설득하는 일이 가장 어렵고 곤란한 일이었다는 사실을 보여주려고 한다. 요세푸스에 따르면 대량학살이 끝난 후 제사장들은 성전의 신성한 보물들을 대중들 앞에 내보이며 "로마 사람들이 이런 하나님의 보물들을 약탈해가는 일이 벌어지지 않도록…… 사람들 앞에 엎드려 호소했다"고 한다. 그렇지만 로마 병사들이 예루살렘 사람들의 환영 인사에 답례하기를 거부하며 모욕을 가하자 다시 폭동이 시작되면서 이런 전략도 먹혀들지 않게 되었다.

『유대 전쟁사』에 따르면 바로 이 시점에 유대의 왕 아그리파 2세가 앞서 언급했던 호소문을 통해 유대인들에게 로마 제국을 거역하지 말 것을 호소했다고 하는데, 우리가 앞서 살펴보았던 것처럼 아그리파 2세는 예루살렘 사람들에게 세계를 지배하고 있는 로마 제국의 위상과 그런 그들을 이기는 일이 불가능하다는 것을 상기시킨다. 아그리파 2세는 심지어 하나님조차도 로마 제국의 편을 들 것이라고까지 주장한다. "하나님의 도움이 없었다면 그토록 거대한 제국이 어떻게 일어설 수 있었겠는가." 아그리파 2세가 실제로 이런 말을 했었는지는 상관이 없다. 다만 요세푸스가 자신의 책을 통해 이런 기록을 남긴 목적은 분명한데, 유대인들이 사전에 경고를 받았었다는 사실을 보여주려 한 것이며 결국 유대인들은 자신들이 어떤 일을 벌이려는지 잘 알고 있는 상태에서 반란에 나섰다는 의미이다. 유대인들은 심지어 자신들은 하나님의 이름으로 반란을 일으키는 것이라고 주장했지만 그 하나님도 그들의 편을 들어주지 않았다. 앞으로 어떤 일이 벌어지든 그건 로마 제국이 아닌 유대인들의 책임이라고 요세푸스는 믿었다.

그러나 유대인들은 아그리파의 이야기를 듣지 않았다. 사실 『유대 전쟁사』에서는 위대한 웅변도 역사의 흐름에 별반 영향을 미치지 못했다는 사실을 반복해서 강조하고 있다. 훗날 요세푸스 역시 그랬지만 아그리파의 연설은 사람들을 달래고 반란을 막기 위한 것이었으나 말로 하는 그 어떤 연설도 그런 목적을 달성하지는 못했다. 종교적 열정과 민족의 자부심이 위태로운 지경에 이르렀을 때 이성이 부르짖는 목소리는 들리지 않는다는 사실을 요세푸스는 우리에게 말하고 싶었던 것이 아닐까.

CE 66년, 마침내 전쟁이 시작되었고 그 원인은 아주 우연한, 그러니까 1914년 제1차 세계대전의 기폭제가 되었던 페르디난드 공(公)의 암살만큼이나 우연한 일이었다. 당시 성전의 젊은 제사장이었던 엘르아살은 사람들의 분노에 편승해 로마 제국과 황제를 위해 지금까지 드려오던 제사를 중단하자고 동료 제사장들을 설득했다. 이것이야말로 총독 플로루스가 결코 용인하지 않을 것을 알고 있던 모든 사람들을 자극할만한 동기가 되었고 요세푸스의 기록에 따르면 예루살렘의 다른 지배층들은 이른바 열심당원들로 알려진 엘르아살의 추종자들에게 제발 마음을 바꿔먹으라고 읍소한다. "빨리 제정신을 차리고 제사를 다시 시작하지 않으면 그런 모욕에 대한 대가를 치르게 된다." 로마 사람들이 반드시 보복을 해올 것이라는 뜻이었다.

그렇지만 반란 세력은 말을 듣지 않았다. 이들은 성전을 장악하고 예루살렘을 지키고 있던 로마군 수비대를 둘러쌌다. 신변의 안전을 보장받은 수비대 병사들이 무기를 버린 채 항복을 하기 위해 앞으로 나오자 엘르아살과 열심당원들은 약속을 저버리고 그들을 학살한다. "병사들은 저항을 하지도 자비를 구하지도 않았다. 그저 처음의 약속과 맹세에 대해서 소리 높여 항의했을 뿐이다." 요세푸스는 유대인 반란이 이렇게 배신과 불명예로 시작되었다는 사실을 강조하고 있는데, 엘르아살이 이끄는 과격파들과 첨예한 대립을 했던 요세푸스로서는 가능한 한 이들을 나쁘게 그리고 싶었는지도 모른다.

이윽고 유대인들과 이방인들 사이의 전투가 유대 지역 외각에서 시작되었다. 시리아를 관할하는 로마 총독 세스티우스 갈루스(Cestius Gallus)는 잘 훈련된 대규모 군단병들을 거느리고 예루살렘으로 진격을 했지만 도시를 둘러싸고 포위전을 시작하자마자 "별다른 저항을 겪지 않았는데도 불구하고 아무런 설명도 없이 마치 포기라도 한 듯 병사들을 철수시키는 도무지 이해할 수 없는 일을 저지른다." 이런 로마군의 퇴각에 고무된 반란군들은 이들을 예루살렘 외각의 좁은 골짜기로 몰아넣고 군단 하나를 통째로 몰살시키고 말았다. 유대인들로서는 도저히 믿기지 않는 어마어마한 대승리로, 이들은 로마의 위세도 결국 무너질 수 있다는 확신을 갖게 되었다. 그렇지만 로마군이 결국은 유대인들을 제압하게 될 것이라 믿어 의심치 않았던 요세푸스로서는 이런 승리는 그저 사태를 더 악화시킬 뿐이라고 생각했다. 그는 갈루스의 패배를 '재난'에 가까운 일이라고 여겼으며 유대 지배층이 느끼고 있던 심정을 정확하게 표현했다. "갈루스의 패배 이후…… 예루살렘의 수많은 저명인사들은 침몰하는 배에서 탈출하듯 그렇게 도시를 빠져나갔다."

* * *

요세푸스가 왜 그토록 처음부터 유대인들의 반란을 강하게 반대했는지 이해하기란 그리 어렵지 않다. 『유대 전쟁사』를 집필할 무렵 그는 베스파시아누스 황제의 후원을 받으며 로마에 살고 있었는데 유대 전쟁에 대한 기억은 아직도 생생했고 사실 베스파시아누스가 황제가 된 것도 유대 전쟁의 사령관으로 전쟁을 승리로 이끌었던 공이 컸다. 그리고 그의 후손들도 그 사실을 결코 잊지 않을 터였다. 지금도 로마 시내에 서 있는 '티투스 개선문(Arcus Titi)'은 플라비우스 왕조의 영광을 나타내는 일종의 광고판으로 거기에는 패배한 유대인들이 자신들의 신성한 보물들을 로마에 공물로 바치고 있는 모습이 새겨져 있다. 두말할 나위 없이 요세푸스로서는 유대 반란에 직접 참여하는 것을 꺼릴만한 모든 이유를 갖고 있기는 했으나 그렇다 하더라도 요세푸스가 이런 반란 소식에 정말로 낙담했다는 사실을 의심할 필요는 전혀 없다. 고위 제사장 직분을 맡아하던 가문 출신의 요세푸스는 유대 사회의 지배계층이라 할 수 있었으며 사실상 로마 사람들과 제국의 지배에 협조함으로써 평화를 유지해 번영을 누려온 그런 계층에 속해 있었다. 요세푸스는 『유대 전쟁사』를 통해 자신들은 반란을 막아보기 위해 최선을 다했으며 그러면서도 또 반란의 지도자로 박해를 받았다고 주장하고 있다. 유대인들이 들고 일어난 배경에는 종교적이면서 애국적인 동기 외에도 경제적인 문제가 개입되어 있었던 것으로 보인다. 반란군들이 예루살렘을 장악하고 처음 한 일은 채무 관련 기록을 보관하고 있던 관청들을 불태워버린 것이며 이 일은 도시의 가난한 사람들에게 분명 큰 지지를 받았을 것임에 틀림없다.

이제 요세푸스의 이야기에서 처음으로 큰 의문이 들기 시작한다. 그는 처음에는 전쟁에 반대했다고 하는데 그런 그가 왜 로마군의 진격에 맞서 갈릴리 북부 지역을 수비하는 책임을 맡아 반란군의 주요 장군 중 한 사람으로 합류하는 데 동의했는지 설명을 해야 하는 것이다. 왜 그렇게 했는가에 대해서 그는 『플라비우스 요세푸스의 생애』를 통해 설명을 하고 있는데, 로마군과 맞서 싸우기 위해서가 아니라 자신의 중재 아래 유대인들이 반란을 그치도록 설득하기 위해 그렇게 했다고 주장한다. "갈릴리 지역 전체가 로마 제국에 대한 반란에 완전히 합류한 것이 아니라는 사실이 알려지자…… 그들은 나를 보내…… 반란을 일으킨 사람들을 설득해 무장을 풀도록 하려 했다."

그렇지만 정말로 사정이 그랬는지 밝혀내기란 쉽지 않다. 사실상 『플라비우스 요세푸스의 생애』의 내용 거의 대부분은 요세푸스가 갈릴리 지역 사령관을 맡았던 이유를 설명하고 그 일을 정당화하는데 할애하고 있다. 이렇게 보면 이 책은 자서전이라기보다는 자기 변론을 위한 보고서에 가까운데, 자신이 불가능한 상황에서 최선을 다했다는 걸 유대와 로마 사람들 모두에게 보여주려는 의도로 보인다. 요세푸스가 그저 허울뿐인 새로운 유대 정부의 대리인으로서 파견되는 동안 예루살렘의 반란군은 재빨리 '시온의 자유'와 같은 구호를 새겨 넣은 주화를 찍어내기 시작했다. 그리고 갈릴리에 도착한 요세푸스 앞에 펼쳐진 건 내전에 가까운 무정부 상태였다.

유대 지역의 어떤 도시들은 로마 군단과의 일전도 불사할 태세였지만 또 어떤 도시들은 반란에 동참하기를 거부했다. 예루살렘이 있는 요세푸스의 상관들과 경쟁 파벌들은 그를 끌어내릴 음모를 꾸미며 다시 소환하려 했고 지역의 여러 군벌들은 각자의 영지를 지배하며 그의 권위에 저항했다. 그중에서도 특히 기스칼라의 요한(John of Giscala)으로 알려진 자가 그의 강력한 적수가 되었는데, 요한은 유대 전쟁에서 아주 중요한 역할을 하게 된다. 요세푸스는 요한에 대해 '더할 나위 없이 악명 높은 악덕 협잡꾼'으로 묘사했고 그런 그들 앞으로 다가오고 있는 건 로마 군단의 위협으로 요세푸스는 자신이 이끄는 병력으로는 결코 전투에서 승리할 수 없음을 잘 알고 있었다.

'장군' 요세푸스가 감당해야 할 난감한 상황은 한 무리의 '대담한 젊은이들'이 대담무쌍한 강도질을 계획하면서 정점에 오르게 된다. 아그리파 휘하의 한 고위 관료의 아내가 갈릴리 지역을 지나갈 때

도적들이 그녀가 탄 마차를 습격해 금과 은으로 된 보물이며 옷가지, 그리고 가구 등을 빼앗아 달아난 것이다. 아그리파는 우리가 아는 것처럼 일종의 로마의 대리인으로 유대 반란을 극력하게 반대했는데, 이렇게 그의 관료의 아내를 강도질함으로써 이 젊은이들은 암묵적으로 로마에 반대하는 자신들의 주장을 알린 셈이 되었다. 아직도 로마와의 전쟁을 막을 수 있다는 희망을 품고 있던 요세푸스로서는 빼앗은 물건들을 돌려주고 사과를 하는 것이 가장 현명한 해결 방법이었다. 그렇지만 이런 소식이 알려지자 사람들은 요세푸스가 로마의 꼭두각시 노릇을 하며 조국을 배신하려는 계획을 세우고 있다고 생각하게 되었다. 지역의 유지이자 사피아스의 아들인 예수아(Yeshua)라는 사람은 『토라』 두루마리를 펼쳐들고 이렇게 외치며 사람들을 선동했다. "형제들이여! 우리는 우리 자신을 위해 요세푸스 개인을 몰아내자는 것이 아니라 조국의 율법에 따라 우리를 배신하려는 총사령관을 내치자는 것이오!"

요세푸스는 이 위기를 포함해 다른 여러 번의 위험을 벗어날 수 있었는데 본인 자신의 설명에 따르면 기민한 판단력과 지혜 덕분이었다고 한다. 그의 기록을 보면 언젠가 한 번은 사람들 앞에서 이야기를 하는 도중 거의 암살당할 뻔한 적도 있었지만 그때는 배 위로 뛰어들어 그 자리를 피함으로써 살아날 수 있었고 또 반란군 지도자 중 한 사람인 클리투스와 맞섰을 때는 선수를 쳐 죄의 대가로 손을 직접 자르도록 몰아붙이기도 했다고 한다. 어쨌든 요세푸스가 로마뿐만 아니라 같은 유대인들로부터도 많은 위협을 받고 있었다는 사실은 분명하다.

그 이후 어떤 일들이 벌어졌는지 자세히 알기 위해서는 다시 『유대 전쟁사』로 돌아가야 한다. 베스파시아누스와 그의 아들 티투스가 이끄는 로마 군단이 갈릴리 지역에 도착하자 요세푸스는 어려운 결단을 내린다. 그동안 그는 로마군의 포위 공격에 대비해 최선을 다해 수비를 강화해두었기 때문에 잠시 동안이라도 공격을 막아내는 일이 불가능하지는 않았을 것이다. 그럼에도 불구하고 그의 이성은 여전히 그가 해야 할 유일한 책임은 항복하고 자비를 구하는 것이라고 이야기하고 있었다. 『유대 전쟁사』에서 그가 3인칭으로 자신의 심정을 쓴 것을 살펴보자. "그는 유대인들을 기다리고 있는 피할 수 없는 파국을 보았다. 그리고 마음을 바꿔먹어야만 살 수 있다는 사실도 잘 알고 있었다." 그러면서도 그의 양심은 이렇게 어려운 순간에 같은 민족을 포기할 것을 허락하지 않았다. "그는 로마에 항복한다면 자신은 분명 용서를 받을 수 있을 것이라 확신했지만 자신의 조국을 배신하고 신뢰를 저버리느니 몇 번이고 죽는 길을 택할 터였다. 자신을 싸우라고 내보낸 사람들과 함께 차라리 마음 편히 지내기 위해서였다."

　그리고 이것이 바로 유대인들이 패배한 후 그가 쓴 책에서 요세푸스가 스스로를 소개하는 모습이었다. 반란 자체에 가장 반대했으며 상황과 충성심으로 인해 어쩔 수 없이 절대로 진심으로 확신하지 못했던 전쟁에 참전한 사람의 초상이었다. 그렇다고 해서 그가 용감하게 싸우지 않았다는 건 아니다. 오히려 요세푸스는 CE 67년 여름 갈릴리 지역의 욧바 혹은 요타파타(Jotapata)라고 부르는 도시에서 포위전이 벌어졌을 때 자신이 세운 천재적인 전략으로 베스파시아누스의 군대를 막아냈던 일을 분명 자랑스럽게 기록하고 있기도 하다. 도시의 수비를 책임지고 있던 요세푸스는 요타파타의 물이 곧 떨어지리라는 사실을 잘 알고 있었다. 그렇지만 그는 "병사 몇 명에게 옷을 흠뻑 물에 적셔 성벽 가장자리에 매달아 두게 했고 이윽고 벽 전체에 물이 흐르게 된다." 이 속임수는 로마군을 당혹시켰고 그들은 저렇게 아무렇게 쓸 정도로 성 안에 물이 넘쳐나니 포위전이 길어질 수밖에 없을 거라고 생각했다.

　물론 로마군의 위력은 여전히 상상할 수 없을 정도였다. 로마군은 당시로서는 가장 정교한 투석기를 보유하고 있었고 엄청난 위력으로 돌을 날려 보낼 수 있었다. "방어벽 위 요세푸스 근처에 서 있던 한 사내는 사정권 안에 있다가 날아오는 돌에 맞아 머리통이 마치 자갈처럼 500미터 가까이 날아가버리고 말았다." 또한 로마군은 강철로 만든 거대한 공성퇴(攻城槌)까지 끌고 와 요세푸스가 세웠던 방어용 성벽을 부수는 데 사용했다. 유대인들은 날아오는 돌은 황소 가죽을 펼쳐서 막아내고 공성퇴 앞에는 왕겨로 채운 자루를 쌓아 최선을 다해 방어했다. "공성퇴가 내려칠 자리를 봐두었다가 밧줄에 매단 자루를 늘어뜨렸다."

요세푸스의 기록에 따르면 로마군은 깊은 인상을 받은 모양이다. "그들은 유대인들의 놀라운 용기에 어안이 다 벙벙했다." 그렇지만 그런 용기로도 로마군의 가장 무서운 무기인 엄격한 군율까지 극복해낼 수는 없었다고 요세푸스는 강조하고 있다. 『유대 전쟁사』를 보면 앞서 언급했던 요타파타 포위전에 대해 기록하기 전에 잠시 화제를 돌려 로마의 군사 조직에 대해 설명을 한다. 로마 군단이 어떤 무기를 사용하며 어떻게 숙영지를 만드는지, 그리고 병사들은 어떤 훈련을 쉼 없이 받는지 등에 대한 내용으로 요세푸스에 따르면 로마 사람들은 규율과 계획을 매우 중요하게 생각하기 때문에 "행운으로 인한 성공보다 계획된 실패를 더 바란다. 왜냐하면 그런 승리가 있으면 사람들은 자꾸 우연에 기대게 되기 때문이다."

그렇다고 해서 또 유대의 반란 세력이 로마군과 판이하게 달랐던 것만은 아니었다. 요세푸스는 유대인들이 놀라운 용기를 가지고 있다며 자랑스럽게 이야기하는데 사실 그런 용기가 없었더라면 감히 절대로 로마 제국에 맞서 싸울 수 없었을 것이다. 그렇지만 그 용기는 거칠고 무분별하며 거의 광기에 가까운 용기였으며 무모한 공격과 절망적인 마지막 반격을 통해 소모되고 말았다. 요세푸스는 이렇게 요약한다. "한쪽은 오랜 경험과 세련된 용기로 무장을 하고 있는 반면 다른 한쪽은 짐승과 같은 용기와 맹목적인 분노 말고는 아무것도 없었다." 결국 47일간에 걸친 영웅적인 저항 끝에 요타파타는 베스파시아누스가 이끄는 로마 군단의 손에 떨어지고 말았다. 그리고 "포위 공격 기간 동안 치러야 했던 희생을 생생하게 기억하고 있는 로마 사람들은 누구에게도 자비도 동정도 보여주지 않았다. 병사들은 유대 사람들을 요새 밖으로 내던져 학살했다. …… 심지어 요세푸스의 정예병들의 상당수는 자살을 선택했다. 자신들이 이제는 더 이상 로마 병사를 한 사람도 더 죽일 수 없다는 것을 깨달았고 최소한 로마 병사들의 손에 죽을 수는 없다고 생각했기 때문이다. 그리고 그들은 마을에서 가장 멀리 떨어진 곳까지 가서 자살을 했다."

* * *

만일 요세푸스가 병사들과 함께 자살을 선택했더라면 그는 유대인들에게는 찬사를, 그리고 로마 사람들로부터는 존경을 받게 되었을 것이다. 결국 로마 역사에는 자기 자신에게 어울리는 죽음을 맞이한다는 유명한 선례가 있는 것이다. 바로 브루투스 같은 전설적인 인물들이 맞이한 죽음이나 율리우스 카이사르의 암살 사건 등이다. 그리고 유대 반란 그 자체로도 자살에 가까운 수많은 용기를 보여주었다. 예를 들어 『유대 전쟁사』를 보면 요세푸스는 예루살렘 포위전 당시 티투스가 자살에 가까운 작전을 위한 지원병을 모집하는 장면에 대해 이야기를 한다. 티투스는 연설을 통해 자연사를 맞이하는 것보다 빠르고 격렬하게 죽는 것이 더 낫다는 로마식 전통에 대해 이야기하고 있다.

"모든 훌륭한 군인은 전장에서 칼에 의해 죽은 영혼이야말로 가장 순수한 원소인 정기(精氣)에 의해 환영을 받는다는 사실을 잘 알고 있다. 그리고 별들 사이에서도 환영을 받으며 친근한 정령이자 호쾌한 영웅으로 자신의 후손들 앞에 나타나게 된다는 것도. 반면에 병든 육신 안에서 낭비되고 있는 영혼들은 비록 세파로부터는 완벽하게 자유로울지는 몰라도 지하의 암흑 속으로 사라져버리고 망각 속으로 깊이 빠져들어 생명과 육신, 그리고 기억까지도 단 한 번에 소멸이 되어버린다."

그렇지만 만일 요세푸스가 이런 길을 택했더라도 그의 이름은 지금은 아무도 기억을 못하고 세상은 유대 전쟁에 대해 거의 아무것도 알지 못하게 되었을 것이다. 죽음보다는 삶을 택했던 그의 열망, 그리고 자신의 생존을 확인하기 위해 걸어야 했던 먼 길은 그의 명성에 흠집을 냈고 그런 일면에 대해서는 지금도 완전히 무시하는 것이 불가능하다. 그렇지만 이런 인생의 선택에 있어 어떤 수치스러운 대가를 치렀다 하더라도 요세푸스는 그 시작부터 자신의 정치적 견해를 지배해온 논리에 대해서만은 결코 자신을 속이지 않았다. 제자들을 충동질해 황금 독수리상을 부수게 했던 랍비들도, 그리고 로마 제국에 대항해 전면전을 벌였던 열심당원들도 아예 죽음 자체를 염두에 두지도 않거나 아니면 죽음을 절대적인 선으로 생각했다. 요세푸스는 유대인들이 독립이라는 절망적인 목표를 추구하다 모든 것을 잃느니 차라리 외세의 지배 아래에서라도 살아남는 것이 더 좋다고 믿었다.

심지어 요타파타 포위전 와중에서도 요세푸스는 자신이 탈출을 꿈꾸며 이 문제를 '다른 지도층들'과 의논했다는 사실을 감추지 않는다. 그는 자신의 탈출이 다른 이들에게 궁극적으로는 이익이 될 수 있다고 설득하려 한 것을 아주 놀랍도록 솔직하게 기록하고 있다. "요세푸스는 자기 자신의 안전에 대한 불안감은 감춘 채 자신이 떠날 계획을 세우는 건 남아 있는 사람들 때문이라고 주장했다. 계속 이곳에 남아 있는다 해도 크게 도움을 줄 수 없다는 것이었다. …… 반면에 포위를 당한 이곳에서 탈출한다면 외부에 대규모의 지원군을 요청할 수도 있을 터였다." 그렇지만 유대인들은 이 말을 확신할 수 없었고 요세푸스에게 그냥 그 자리에 남아 있으라고 했다. "아이들과 노인, 그리고 아기를 품에 안은 여인들이 그의 앞에 엎드려 눈물을 흘렸다."

그리고 마침내 로마군이 진격해 들어와 사방에서 학살극이 벌어지자 요세푸스는 다시 똑같은 선택의 기로에 직면하게 되었고 그는 다시 살아남는 길을 선택한다. 로마 사람들은 필사적으로 그를 찾아내려 했는데, "요세푸스를 사로잡아야만 실질적으로 전쟁이 마무리되기 때문"이었다고 요세푸스는 기록했지만 이건 유대 전쟁 당시의 자신의 중요성에 대한 철저한 과장에 가깝다. 그렇지만 그는 3인칭으로 이렇게 기록하고 있다. "어떤 거룩한 섭리에 따라 요세푸스는 적들의 한가운데서 홀연히 사라져 위에서는 보이지 않는 동굴 한쪽 끝과 연결된 깊은 구덩이 속으로 뛰어들었다." 다른 마흔 명의 '중요 인물'들과 함께 요세푸스는 로마군이 그들을 발견할 때까지 이틀 동안 그 동굴 안에 숨어 있었다.

베스파시아누스는 장교들을 보내 요세푸스에게 항복한다면 안전을 보장하겠다고 전한다. 분명 그는 그 제안을 받아들이고 싶었겠지만 아무런 안전을 보장받지 못한 나머지 사람들은 철저하게 이를 거부한다. 그리고 불명예보다는 죽음이 낫다는 사실을 그에게 상기시켜주었다. "그렇게 목숨이 아까운가? 노예로서의 삶을 감당해낼 수 있겠나?" 그러면서 다 함께 자살을 해 로마군에게 포로를 사로잡는 즐거움을 주지 말자고 독려한다. "칼을 줄 테니 직접 찌르겠나, 아니면 누가 찔러주기를 바라나?" 유대인들은 반쯤은 타협하듯, 그리고 반쯤은 위협하듯 이렇게 말한다. "만일 스스로 죽음을 선택한다면 유대인들의 총사령관으로 죽는 것이고 남의 손을 빌린다면 그때는 그저 배신자로서 죽는 거지."

이 대목에서 저자인 요세푸스는 가능한 가장 강력한 표현을 동원해 항복하는 것이 그에게 얼마나 불명예가 되는지를 보여주고 있는데, 그렇다면 자신의 선택을 정당화할 수 있는 유일한 방법은 생존에 대한 더 강력한 동기를 만들어내는 것으로, 명예와 충성이라는 대의명분을 뛰어넘을 수 있는 아주 강력한 동기가 필요했다. 그리고 그런 유일한 동기는 신성한 명령뿐이라는 사실을 요세푸스는 깨닫는다. 따라서 요세푸스는 독자들의 입장에서는 아주 자연스럽게도 "어느 날 밤 꿈을 꾸었는데 하나님께서 나타나셔서 유대인들에게 다가올 재앙과 로마 황제들이 누릴 행운에 대해 모두 미리 알려주셨다"고 이야기한다.

따라서 지금 요세푸스는 하나님이 직접 로마인들에게 승리를 안겨주셨다고 넌지시 이야기하고 있는 것이고 실제로 하나님이 전지전능하다는 것 말고는 로마군의 승리를 제대로 설명할 길이 없었고 하나님마저 포기한 명분을 붙잡고 죽어야 할 이유도 없었다. 이윽고 요세푸스는 묵상 속에서 결단을 내린다. "하나님께서 창조한 유대인들에게 하나님의 분노가 이르렀고 모든 영광이 로마 사람들에게로 가는 것을 하나님께서 기뻐하셨으며, 하나님께서 나의 영을 택해 장차 닥쳐올 일을 알게 하셨으니 나는 기꺼이 로마군에 항복해 목숨을 구하겠지만 분명히 선언하거니와 그것은 배신이 아니라 하나님의 종으로서 그렇게 하는 것이다."

『유대 전쟁사』에서 다음에 이어지는 이야기는 하나님께서 계속해서 요세푸스를 돌보신다는 내용도 되고 또 그 스스로가 아주 영리해서 자신을 돌봤다는 내용도 된다. 먼저 그는 자살은 로마 귀족들도 택하는 방법이긴 하지만 하나님의 뜻에 어긋난다는 주장을 하며 동료 유대인들에게 장황한 연설을 한다. "하나님께서 주신 선물을 인간이 함부로 다룬다면 하나님께서 화를 내실 거라 생각하지 않는가? 우리의 생명은 하나님으로부터 받은 것이니 그것을 버릴 권리도 그분께 있는 것이다." 이것이 요세푸스의 논리였다. 그렇지만 앞서 아그리파 2세가 그랬던 것처럼 이런 웅변은 듣는 사람들의 마음을 사로잡는 데 완전히 실패하고 말았다. 유대인들은 '그의 비겁함을 비난했으며' 마치 스스로에게 사형 선고를 내리려고 하는 것처럼 보였다.

그러자 꾀가 많은 걸로 이미 잘 알려진 요세푸스는 계획 하나를 제시한다. 자살이 아니라 차례로 서로를 죽이는데 그 순서는 제비를 뽑아 공평하게 결정하자는 것이었다. 이렇게 하면 아무도 빠져나갈 수 없다. 결국 "다 죽었는데 마지막 남은 사람이 마음을 바꿔 죽지 않는다면 불공평한 것이 아닌가?" 그렇게 제비를 뽑았고 요세푸스는 마지막까지 살아남은 두 사람 중 하나가 되었다. 그리고 어떻게 되었을까? 그는 자신을 죽이려고 하는 남자를 "설득해 약속을 하고 결국 둘 다 살아남았다."

이 사건에서 요세푸스가 제비 뽑는 일에 뭔가 술수를 부려 마지막으로 남은 두 사람에 자신이 뽑히게 만들었다는 의심이 드는 건 어쩔 수 없다. 바로 자신이 '불공평'하다고 말했던 그 일이 정확하게 일어난 것이다. 확실히 그는 동료 유대인들에게 했던 약속을 어겼고 모두 다 바로 요세푸스의 눈앞에서 그렇게 죽어갔다. 어쨌든 그는 이런 상황에서의 생존이 완전한 불명예라는 사실을 스스로 증명해 보인 셈이 되었다. 그 이후로 계속 요세푸스가 다른 사람들에 의해 겁쟁이에 배신자 취급을 받았다는 사실은 그리 놀랍지 않다. 그는 살아남기 위해 지나치게 엄청난 대가를 치른 것이다.

그렇지만 그것으로 요세푸스의 계획이 끝난 것은 아니었다. 로마군에 항복한 요세푸스는 사령관 베스파시아누스 앞으로 끌려갔고 곧 그를 감옥에 가두라는 명령이 떨어진다. 그런데 요세푸스는 모든 사람들을 밖으로 물린 후 '비밀리에 전할 말이 있다'고 말한다. 그리고 엄청난 예언을 한다. 정말로 하나님으로부터 영감을 받은 건지 아니면 그 자신의 순간적인 기지였는지 모르겠으나 요세푸스는 베스파시아누스에게 그가 로마의 다음 황제가 될 것이라고 말한 것이다. "지금부터 그대를 기다리고 있는 놀라운 소식을 전하겠소." 요세푸스가 입을 열었다. "그대 베스파시아누스는 로마의 다음 황제가 될 것이오. …… 그리하여 나의 주인이 될 뿐만 아니라 모든 땅과 바다, 그리고 민족의 주인의 되는 것이오." 그리고 오직 이 소식을 전하기 위해 살아남겠다는 결정을 하게 된 것이라고 말했다. "나도 유대의 율법과 장군이라면 어떻게 최후를 맞이해야 하는지 잘 알고 있소. 그렇지만 나를 살아남아 여기로 보낸 건 바로 하나님이시오."

요세푸스가 이런 예언을 했던 67년 여름은 전혀 그 예언과 어울리지 않는 상황이었다. 당시 로마의 황제는 네로였으며 베스파시아누스 능력은 뛰어났지만 그저 노쇠하고 무뚝뚝한 군 사령관일 뿐으로 먼 변방에서 복무하고 있는 중이었다. 그렇지만 역사는 베스파시아누스의, 그리고 요세푸스의 편이었다. 이듬해인 68년, 네로는 권좌에서 쫓겨나 자살로서 최후를 맞이했다. 네로 사후에 이어진 권력의 공백기에 로마에서는 장군들이 차례차례 황제의 자리에 올랐다가 물러났고 최종적으로 베스파시아누스가 그 자리에 앉음으로써 권력 쟁탈전은 막을 내리게 된다.

이집트에서 자신이 이끄는 군단에 의해 황제로 추대된 베스파시아누스는 자신이 잡은 권력을 제대로 휘두르기 위해서 빨리 로마 본국으로 돌아가야 했다. 그리고 아들인 티투스를 유대 지역 사령관에 임명하고 로마로 떠나기 전에 이런 놀라운 행운을 예견했던 유대인 죄수를 기억해냈다. "신의 말씀을 대신 전하며 내가 황제가 될 것을 예언했던 사람이 계속해서 죄수로 남아 포로 생활을 견뎌나가야 한다는 건 있을 수 없는 일이다." 베스파시아누스는 이렇게 말했고 요세푸스는 즉시 자유의 몸이 되었다. 그리고 특별한 명예의 상징으로 그를 묶고 있던 쇠사슬은 그냥 풀어준 것이 아니라 도끼로 끊어냈다고 한다. '부당하게 족쇄를 차야 했던 사람에 대한 일반적인 절차'였다.

로마 사람들의 신뢰를 얻게 된 요세푸스는 고문이자 통역관으로 티투스가 이끄는 로마 군단에 종군한다. 티투스가 예루살렘을 포위하자 요세푸스는 유대인들이 그를 향해 쏘고 던지는 화살이며 돌을 피해 성벽 주위를 돌면서 동포들에게 더 늦기 전에 싸움을 그치라고 호소한다. 『유대 전쟁사』에 등장하는 어느 긴 연설을 보면 요세푸스는 유대인들에게 자신이 이미 깨달았던 사실을 알리고 설득시키려 애쓰는 모습이 나온다. 유대 반란군으로서 가장 민감한 부분에 일격을 가하려는 것이었다. 결국 이들이 반란을 일으킨 건 로마 사람들의 모욕으로부터 하나님의 대성전을 지키기 위한 이유도 어느 정도 포함이 되어 있었다.

그런데 요세푸스는 유대 역사를 되돌아보며 자신들을 보호해주실 하나님을 신뢰하는 대신 무기를 손에 들게 됨으로써 죄를 범했다고 주장했다. 그는 『구약 성경』 속에 등장하는 다양한 사례들을 소개하며 특히 하나님이 이스라엘의 대적들을 역병으로 치셨던 부분을 강조했다. "우리의 조상들이 무력으로 원하는 바를 이루었던 적은 한 번도 없었다." 요세푸스는 이렇게 주장했다. "또한 모든 것을 하나님께 고한 후에도 무력이 없다고 해서 원하는 바를 이루지 못한 적도 없었다." 그렇지만 이런 그의 주장은 또 다른 의문을 자아냈다. 유대인들로서는 싸움을 포기하려 할 때 하나님께서 자신들의 편에 서 계시게 될지 어떻게 알 수 있단 말인가? 반란군들 입장에서는 자신들이 모든 문제를 하나님께 다 고했다고 믿고 있었다. 그렇지만 패배가 눈앞에 다가온 상황에서 그들은 요세푸스가 주장하는 뻔한 결론, 그러니까 하나님이 다른 편에 섰다는 말을 들어주지 않았다. "세상의 권력을 원하시는 대로 때로는 이곳에 또 때로는 저곳에 맡기시는 하나님께서는 이번에는 로마의 손에 권력을 쥐어주셨다." 요세푸스는 이렇게 주장했고 그건 하나님께서 항상 예루살렘에 있는 성전에 거하시리라 믿고 있던 경건한 유대인들로서는 상상할 수조차 없는 최악의 이단과 같은 말이었다.

* * *

요세푸스에게 유대 전쟁에 대해 이야기하는 일은 글을 쓰고 전하는 사람으로서의 균형을 정교하게 이어 맞추는 일이기도 했다. 그리고 그가 쓴 책의 마지막 부분인 CE 70년의 예루살렘 함락 이야기보다 설명하기 더 까다로운 부분도 없었다. 우선 그는 유대 반란군의 용기와 그들이 겪었던 고난에 대한 정당한 평가가 내려지기를 원했던, 그야말로 유대인 편에 섰던 작가였다. 『유대 전쟁사』를 시작하면서 그는 이렇게 이야기한다. "내가 기록하는 이 사건들에 대한 이야기는 나 자신의 감정과 느낌을 그대로 반영하는 것으로 나로서는 내 조국에서 벌어진 비극을 보고 통곡하지 않을 수 없다."

그러면서도 동시에 요세푸스는 로마에 항복하고 자신의 일신을 베스파시아누스의 손에 맡겼던 유대인이기도 했다. 그는 로마에 있는 베스파시아누스의 자택에 살면서 『유대 전쟁사』를 썼을 뿐만 아니라 그 책을 베스파시아누스와 티투스에게 먼저 보이고 허락을 구하기도 했다. 『아피온 반박문』에서 그는 이런 말을 남긴다. "나는 내가 관련된 모든 일들의 진실에 대해 아주 잘 알고 있으며 따라서 다른 누구보다도 이 전쟁의 최고 사령관이었던 베스파시아누스와 티투스에게 내가 쓴 글의 증인이 되어주기를 요청하는 바이다." 이것은 제국주의에 대한 광고와 출판물에 대한 사전 검열이 결합된 것으로 그가 쓴 전쟁 이야기가 공식적으로 인정을 받을 수 있었음을 보여 준다.

그렇다면 요세푸스는 로마 사람들의 기분을 거스르는 일 없이 대성전이 불타는 등 엄청난 재앙으로 점철되었던 예루살렘 함락에 대해 어떻게 묘사할 수 있었을까? 그가 선택한 해결책은 이 모든 일의 책임이 바로 유대인 자신들에게 있다고 주장하는 것이었다. 물론 그의 표현에 따르면 유대 민족 전체가 아니라 죄 없는 사람들까지 강제로 전쟁에 끌어들인 반란군 지도자들의 책임이었다. 우리는 이미 앞서 반란군들이 아그리파의 경고를 듣기를 거부하고 협상을 호소했던 제사장들을 무시하며 또 요세푸스의 설득에 화살로 답했던 모습들을 살펴보았다.

그렇지만 요세푸스에 따르면 반란군들이 저지른 가장 과한 행동들은 예루살렘 포위전 당시 일어났다고 한다. 당시 예루살렘은 근처에서 몰려든 피난민들과 성전에 제사를 드리러 온 사람들로 북적이고 있었는데, 그렇다 하더라도 반란군들이 분열되어 서로 대립하고 다투지만 않았다면 그런 상황에서도 장기간을 버틸 수 있는 충분한 물자와 식량이 공급될 수 있었다는 것이 요세푸스의 주장이었다. 실제로 당시 예루살렘에는 서로 갈라져 반목하는 세 무리가 있었는데, 하나는 엘르아살이 이끄는 열심당원들이며 두 번째는 요세푸스의 숙적이라 할 수 있는 기스칼라의 요한이 이끄는 무리, 그리고 마지막으로 군벌인 사이몬 벤 기오라가 이끄는 무리들이 있었다. 요세푸스는 이 세 무리가 벌인 다툼과 학살로 로마군이 공격해오기도 전에 이미 예루살렘은 무너져버렸다고 주장한다.

따라서 포위공격 기간 동안 벌어진 기근은 로마군 탓이 아니라 반란군 내부의 분열 때문이었다는 것이다. "예루살렘을 포위해 유대인들을 무력화시키고 결국 도시 전체를 파괴한 것을 모두 로마군의 탓으로 돌리는 것 같았다." 그리고 이런 책임 전가는 굶주림의 광기가 어떻게 예루살렘을 갈가리 찢어놓았는가를 묘사하는 대목에서 더욱 커진다. 반란군 병사들은 사람들이 식량을 감추고 있다고 의심하며 고문을 했다. "병사들은 날카로운 것으로 사람들의 성기를 찌르고 급기야는 산 채로 몸에 말뚝을 박아 넣었다." 가족끼리도 서로 음식을 훔쳤으며 심지어 자기 자식의 입에서 먹을 것을 빼앗아 먹는 어머니도 있었다.

공포와 광기는 식인까지 벌어지며 그 절정에 달하게 되는데, 요세푸스는 이런 광경을 아주 자세하게 묘사하고 있다. 예컨대 마리라는 이름의 한 여자는 자기 아기를 구워 반을 먹고 반을 반란군에게 먹으라고 주었다는 식이다. 이런 범죄가 알려지자 공포가 예루살렘 전체를 뒤덮었다. "모두들 자기 눈앞에서 벌어지는 비극을 보았고 그것이 마치 자기 자신의 일인 것처럼 몸을 떨었다." 수많은 유대인들이 「신명기」에 나오는 끔찍한 예언을 기억했을 것이다. "그들이 네 전국에서 네 모든 성읍을 에워싸고 네가 의뢰하는 바 높고 견고한 성벽을 다 헐며 네 하나님 여호와께서 네게 주시는 땅의 모든 성읍에서 너를 에워싸리니 네가 대적에게 에워싸이고 맹렬히 쳐서 곤란케 함을 당하므로 네 하나님 여호와께서 네게 주신 자녀 곧 네 몸의 소생의 고기를 먹을 것이라." 유대인이 고통을 당한다 해도 그것은 결코 하나님의 존재를 부인할 이유가 되지 못한다. 왜냐하면 하나님은 말씀을 통해 이미 그러한 고난이 올 것이라고 예언했기 때문이다. 저주 역시 축복과 마찬가지로 언약의 일부인 것이다.

요세푸스는 이러한 상황 속에서 로마의 예루살렘 함락은 차라리 구원처럼 여겨질 수도 있었을 것이라 기록한다. "비록 로마군의 손에 함락은 되었지만 포위기간 동안 서로 견뎌내야 했던 것보다 더 나빠진 건 아무것도 없었다. 그리고 함락이 되고 난 후에도 아무것도 새롭게 겪거나 참아야 할 일도 없었다. 예루살렘은 이미 무너지기 전에 더 큰 고난을 겪었으며 정복자들은 더 많은 것을 가져다주었다. 다시 말하지만 예루살렘은 내부의 분열로 무너졌고 로마군은 성벽보다도 훨씬 더 단단하게 자리 잡고 있던 그 분열을 끝낸 것이다. 따라서 모든 비극의 책임은 논리적으로 유대인들에게 있다고 말할 수 있다. 그래야 로마 사람들에게도 공평하다."

심지어 요세푸스는 성전이 불타버린 일도 로마군의 잘못은 아니라고 주장한다. 최소한 사령관이었던 티투스의 명령은 아니었다는 것이다. 전통적으로 전해 내려오는 유대 전승에 따르면 티투스는 하만의 뒤를 잇는 가장 악명 높은 악당 중 하나이다. 티투스는 성전에서도 가장 성스러운 곳으로 매춘부를 데리고 들어갔다고 하며 하나님은 그에 대한 응징으로 고약한 벌레를 내려 보내 무려 7년 동안 그의 머릿속에 살며 괴롭히도록 했다고 한다. 그렇지만 요세푸스는 그의 후원자이기도 했던 티투스가 성전만은 건드리지 말라는 특별한 명령을 내렸었다고 주장한다. "티투스는 인간이 아닌 어떤 물건을 대상으로 전쟁을 벌이는 사람은 아니었다. 그리고 어떤 일이 벌어지더라도 그런 예술 작품을 파괴하는 일도 없었다. 그런 일이 있어 봐야 손해를 보는 건 결국 로마 사람들이며 그냥 내버려두어야 로마 제국의 전리품이 되는 것이다."

그 대신 대성전에 불이 붙은 횃불을 던져 대화재를 일으킨 것은 순간적인 상황에 따라 행동했던 한 평범한 병사였다고 한다. 그렇지만 또 다른 방향에서 본다면 이런 일이 벌어지도록 허락을 해 유대인들에게 응징을 가한 것은 바로 하나님 자신이 아니었을까. 결국 유대 달력에서 대성전이 불탄 날은 아브월 제9일로, 600년도 더 오래전에 바빌로니아 제국이 제1성전을 무너뜨렸던 바로 그날이었다. 요세푸스는 이 일이 분명한 하나의 상징으로, "대성전은 이미 아주 오래전부터 하나님에 의해 불로 정죄를 받을 운명이었으며 시간의 수레바퀴를 따라 예정된 운명의 날이 다가온 것"이라고 기록했다.

대성전의 파괴를 끝으로 요세푸스의 『유대 전쟁사』는 자연스럽게 막을 내리게 된다. 그렇지만 그는 일종의 '후기'처럼 보이는 글 두 편으로 이야기를 이어나가기로 결심한다. 이 글들은 전쟁의 결과에 대해 승자와 패자가 각각 어떤 반응을 보였는지를 알려주고 있다. 로마에게 유대 반란군의 패배는 특별히 적절한 때에 이루어졌다고 볼 수 있는데 새롭게 로마의 황제 자리에 오른 베스파시아누스는 율리우스 카이사르 가문의 피가 흐르지 않는 첫 번째 황제로 유대 전쟁에서의 승리 등 온전히 군인으로서의 명성을 통해 그 자리에 오른 것이다. 또한 베스파시아누스의 아들 티투스는 로마 세력에 대항하는 마지막 위협을 제거하고 영광스럽게 개선을 했다.

요세푸스가 설명하는 것처럼 황실의 아버지와 아들은 화려한 구경거리를 보여주었다. 로마의 전통에 따라 군단의 개선 행렬이 로마 시내를 가로지르며 예루살렘 대성전에서 약탈해온 보물들, 즉 일곱 가지의 촛대와 황금 탁자, 그리고 『토라』 두루마리 등을 시민들에게 보여주었으며 또한 꽤 높이 세워진 가설무대 위로는 배우들이 올라가 전쟁터에서 있었던 몇 장면들을 연기했다. "밝게 빛나던 풍경이 갑자기 초토화되고 적들이 모두 전멸했다." 로마 사람들은 전쟁과 정복이라는 현실을 스스로에게 속이지 않았다. 그들은 자신들이 유대인들에게 저지른 일들을 자랑스럽게 생각했으며 요세푸스는 이런 모습을 특별히 잔인하다고 보지 않고 자연스러운 모습으로 봤다. "유대인들이 겪은 고통은 결국 이번 전쟁을 시작하면서 유대인들이 스스로 자초한 일이다."

그렇지만 요세푸스는 자신의 『유대 전쟁사』의 마지막을 로마의 승리를 묘사하는 것으로만 끝맺지는 않는다. 대신 그는 다시 유대 지방으로 돌아가 예루살렘 함락 후 몇 년 동안 마지막 저항의 기운으로 타오르던 모습과 로마 군단이 몇 년 동안 주둔했던 모습을 교차로 살펴본다. 73년 로마 군단은 마침내 마지막 저항의 중심지인 난공불락의 마사다 요새까지 이르게 된다. 마사다 요새에는 마지막 남은 반란군들이 모여 있었다. 날카로운 협곡 위의 요새는 난공불락으로 보였지만 로마군은 결국 공성용 보루들을 세울 수 있었고 이를 통해 전략적인 우위를 점하게 된다. 결국 어느 날 밤 로마군은 마사다 성벽까지 올라 불을 질렀고 다음 날 아침에 전개될 마지막 일격을 준비한다.

바로 이 부분에서 요세푸스는 『유대 전쟁사』에 방점을 찍을만한 마지막 위대한 연설을 책 속에 끼워 넣었다. 이 연설은 놀랍게도 유대 전쟁에 대한 요세푸스 자신의 견해를 직접적으로 반박하며 동시에 요타파타 포위전에서 그가 했던 행동들도 암묵적으로 비난을 하고 있다. 『유대 전쟁사』 전체를 통해 요세푸스는 언제나 협상과 합리적 이성, 그리고 생명의 소중함을 지지하는 편에 서 있었다. 그는 불명예와 동포들로부터 쏟아지는 증오를 각오하고 생명을 지키려고 했다. 이제 마사다 반란군의 지도자인 엘르아살은 마지막 남은 사람들에게 죽음을 각오하라는 길고도 장렬한 연설을 한다.

그 내용은 그저 죽음이 포로로 잡혀 노예 생활을 하는 것보다 낫다는 로마 사람들의 사상에 관한 것이 아니었다. 엘르아살은 그 대신 자살에 대한 유대인들만의 특별한 경우를 이야기한다. 바로 하나님께서 자신이 선택한 민족을 버렸다는 요세푸스의 주장이 옳았다고 인정을 하는 것이었다. "오래전 하나님께서는 유대 민족 전체에게 이런 경고를 하셨다. 우리가 하나님께 받은 생명을 잘못 사용하면 그것을 다시 거두어 가시겠다는 경고다. 이제 우리는 전쟁에서 패배했고 죽음이 아닌 살아 있는 것 자체가 인간에게 재앙이라는 사실이 분명해졌다." 플라톤 철학에서 일부 내용을 가져온 엘르아살은 죽음만이 진정한 생명을 가져다줄 수 있으며 지상에서의 존재는 그저 살아 있는 죽음에 불과하다고 주장한다. "죽음은 우리의 영혼에 자유를 준다. …… 그렇지만 그 영혼이 죽을 수밖에 없는 육신 안에 갇혀 있고 그 비참함을 나누고 있는 동안은 엄격하게 말해 그 영혼도 죽은 것이나 다름없다."

『유대 전쟁사』를 통해 우리는 귀를 가로막고 듣지 않는 사람들 앞에 이성적이고 합리적인 연설이나 이야기가 얼마나 무용지물이었는지를 확인했다. 그렇지만 이제 마침내 그 연설은 듣는 이들의 마음을 움직였고 마사다의 유대인들은 다급히 서로를, 그리고 스스로를 죽일 준비를 마친다. "마치 무엇에라도 홀린 사람들처럼 모두들 서두르며 다음 사람보다 더 빨리 죽기를 원했다. 그리고 그것이 무슨 마지막으로 남는 사람에게서는 결코 찾아볼 수 없는 그런 절대적인 남자다움과 지혜의 증거처럼 생각을 했다. 그렇게 저항할 수 없는 욕망으로 그들은 자신들의 아내와 자녀, 그리고 마지막으로 스스로를 학살하고 말았다." 마지막으로 열 사람이 남게 되자 그들은 제비를 뽑았다. 제비에 뽑힌 한 사람이 나머지 아홉 사람을 죽이고 마지막으로 자살을 했다. 요타파타에서의 요세푸스와는 달리, 마사다의 사람들은 모두 자신들이 내뱉었던 약속을 지켰다.

거의 1,000여 구가 넘게 쌓인 마사다의 시체 더미를 통해 어쩌면 요세푸스는 유대 반란의 논리가 어떻게 흘러갔는지를 말하고 싶었던 것이 아닐까. 한 민족이 죽음에 열광하면 결국은 죽음밖에는 기대할 것이 없다. 그렇지만 동시에 요세푸스는 겁쟁이며 엘르아살은 영웅이라는 도무지 떨쳐버릴 수 없는 그런 아픈 감정도 생긴다. 마사다는 유대인들의 용기와 저항 정신의 상징이 되어 그 후 지금까지 2,000년이 넘는 세월 동안 유대인들을 고무시키고 있다. 그렇지만 마사다에서 보았던 민족정신은 곧 사라지고 말았다. CE 70년에 벌어졌던 대재앙 이후 유대인들에게는 새로운 삶의 방식을 찾는 일이 더 큰 도전이 되었던 것이다.

참고 문헌

마틴 굿맨(Goodman, Martin), 『로마와 예루살렘: 고대 문명의 충돌(Rome and Jerusalem: The Clash of Ancient Civilizations)』, 뉴욕: 알프레드 A. 크노프 출판사, 2007.

요세푸스(Josepbus), G. A. 윌리엄슨(G. A. Williamson) 옮김, 『유대 전쟁사(The Jewish War)』, E. 메리 스몰우드(Mary Smallwood) 개정, 펭귄 클래식, 1981.

테사 라자크(Rajak, Tessa), 『요세푸스: 역사가와 그가 살았던 사회(Josephus: The Historian and His Society)』, 포트레스 프레스, 1984.

요세푸스, 윌리엄 휘스턴(William Whiston) 옮김, 『요세푸스 전집(The Works of Josephus)』, 헨드릭슨 출판사, 1987.

제5장
울타리를 세우며

·

『피르케이 아보트(Pirkei Avot)』

『피르케이 아보트』, 혹은 '선조들의 어록'은 랍비들이 중심이 된 가장 유명한 문학 작품일 것이다. 각종 속담이나 격언을 모은 이 책은 CE 250년경 만들어진 것으로 추정되며 그 이전에 수세기 동안 살았던 랍비들의 영적, 그리고 도덕적 지혜를 기록하고 있다. 예루살렘 대성전이 무너진 이후 그리고 하나님께 제사를 드리는 일이 불가능해지고 나서 유대교를 실질적으로 이끌게 된 것이 바로 랍비들이며 이들은 유대교를 디아스포라와는 상관없이 세계 어디에서도 지켜나갈 수 있는 책과 율법의 종교로 새롭게 정의했다. 『피르케이 아보트』는 이 새로운 랍비 중심의 유대교의 원리와 원칙들을 제시하고 있으며 동시에 『토라』

연구의 중요성과 자기 절제의 필요성, 그리고 앞으로 실제로 닥쳐올 세상에 대해 깊이 숙고하고 있다. 특히 앞으로 닥쳐올 세상이란 선한 행위가 보상을 받고 악한 행동은 벌을 받는 그런 세상이라는 것이다. 대성전 파괴 이후의 유대교를 정의한 율법과 주석의 방대한 모음집인 『탈무드』의 정신 역시 이 짧은 책에 잘 구현되어 있으며 아마도 이 책은 세계 역사에서 한 종교의 지혜를 가장 잘 기록하고 정리해놓은 책들 중 하나일 것이다.

플라비우스 요세푸스의 『유대 전쟁사』는 포위 공격을 당하던 시절의 예루살렘을 일컬어 로마 제국의 침략군과 타협을 모르는 냉정한 사령관들 모두가 감탄해 마지않던 도시라고 했다. 요세푸스에 따르면 수많은 유대인들이 도시를 탈출해 로마군에 투항하고 싶어 했다지만 도시의 출입구를 지키고 있는 유대 병사들 때문에 그렇게 하지 못했다. 이런 광경은 예루살렘이 무너진 후 수 세기 동안 유대 전승의 일부가 된 한 이야기에 의해 다시 확인이 되었는데, 그 이야기란 요세푸스 자신의 책이 지닌 매혹적인 울림을 그대로 갖고 있는 그런 이야기다.

이 이야기에 따르면 열심당이 내세운 전쟁 우선 정책에 대해 앞장서 반대한 사람들 중 한 명이 당대의 가장 저명한 랍비였던 요하난 벤 자카이(Yochanan ben Zakkai)라고 한다. 랍비 요하난은 예루살렘의 유대인 유력자들에게 이렇게 묻는다. "나의 자녀들이여, 왜 그대들은 이 도시를 파괴하고 성전을 불태우려 하는가?" 그는 예루살렘이 멸절되는 것을 보느니 차라리 베스파시아누스에게 투항하기를 권하는데, 이런 그의 주장은 요세푸스가 예루살렘의 지도층에 권유하던 온건파적 주장과 완전히 똑같은 것이다. 그렇지만 열심당원들은 이런 말에 귀 기울이기를 거부했으며 대재앙을 예견한 요하난 역시 살아남는 쪽을 선택하기로 마음먹었다고 한다.

요하난 벤 자카이는 두 제자에게 자신이 들어갈 관 하나를 만들라고 한 뒤 그 안에 누워 죽음을 위장한 뒤 제자들에 의해 유대 병사들의 감시를 피해 빠져나갈 수 있었다고 한다. 당시 관습으로 죽은 시체는 예루살렘 안에서 그날 밤을 넘겨 머무를 수 없었다. 일단 예루살렘을 빠져나간 요하난의 관은 베스파시아누스 앞에 놓이게 되는데, 관에서 나온 그는 단 한 가지 요청을 한다. "아무것도 바라지 않소. 그저 야브네(Yavneh)라는 곳만 건드리지 말아주시오. 그러면 그곳으로 가서 제자들을 키우고 기도원을 지은 후 모든 율법을 지키며 살겠소." 베스파시아누스가 그 요청을 받아들여 요하난이 야브네에 사는 것을 허락하자 요하난은 마치 요세푸스가 그랬던 것처럼 예언을 하나 한다. 바로 지금 앞에 서 있는 로마의 장군이 다음 황제가 된다는 것이었다. 왜냐하면 유대 정경에 따르면 "예루살렘 대성전은 다른 누구도 아닌 오직 왕 앞에서만 무릎을 꿇게 될 것이기 때문"이었다. 그리고 불과 며칠 후 수도 로마에서 전령이 도착해 베스파시아누스가 새로운 황제가 되었음을 알린다.

만일 우리가 요세푸스의 기록을 신뢰할 수 있다면 요하난에게 일어났다고 하는 이 일화는 물론 사실과는 다르다. 우선 예루살렘 포위전을 지휘했던 건 베스파시아누스가 아니라 그의 아들 티투스였다. 그렇지만 이 이야기 속 정치적 배경은 요세푸스의 설명과 일치한다. 요하난 같은 누군가가 열심당에 반대해 예루살렘을 탈출하려 했을 가능성은 완벽할 정도로 충분했기 때문이다. 그렇지만 이 이야기에서 가장 중요한 부분은 대성전이 무너지고 난 후 유대교 신앙에 어떤 일이 일어났는지를 상징적으로 설명하고 있다는 사실이다. 예루살렘이 함락되고 성전이 불에 타 무너졌다는 소식이 요하난 벤 자카이에게 전해지자 "요하난과 그의 제자들은 옷을 찢고 크게 울며 통곡하였다." 수도의 초토화는 그들에게는 감당할 수 없는, 말 그대로 전 우주가 무너지는 듯한 대사건이었을 것이다. 결국 예루살렘 대성전은 유대인들이 생각하는 우주의 중심이었으며 하나님이 명하신 대로 그분께 제사를 드릴 수 있는 유일한 장소, 그리고 대제사장이 지성소 안에서 하나님과 함께 거할 수 있는 그런 곳이었다. 따라서 성전이 없다면 유대교의 신앙과 그 활동은 더 이상 아무런 의미가 없었다.

그렇지만 예루살렘에서 죽어 사라진 것들이 야브네에서 다시 태어나게 되었다고 이 이야기는 전하고 있다. 요하난이 살아남기 위해한 번 죽었다 다시 태어난 것처럼, 성전의 불타오르는 화염과 함께끝난 것처럼 보였던 유대교도 랍비들의 노력 아래 다시 새로운 생명을 얻었다. 요하난 벤 자카이의 지도 아래 학자며 현자들이 모여들게 된 야브네는 성전 중심의 유대교가 랍비 중심의 유대교로 옮겨가게 되는 지름길 역할을 해주었다. 성전과 희생제물이 사라진 유대교는 특별히 율법과 기도, 그리고 가정과 시나고그에서의 예배가 중심이 되는 그런 종교가 되었다. 그리고 유대의 율법을 수호하는 랍비들은 이제 제사장들을 대신해 유대 사회의 지도자가 되었다.

유대인들의 종교적, 그리고 정치적 삶에서 일어난 이러한 변화는유대인들을 이끄는 주체가 책으로 바뀌어가게 되었다는 사실을 알려준다. CE 70년, 유대인들은 예루살렘 대성전을 잃었다. 그리고반세기가 지나 유대 지방에서는 다시 한 번 로마 제국에 대항하는봉기가 일어난다. 바로 바르 코크바(Kochba)의 반란으로 알려진 최후의 시도였다. 그리고 다시 한 번 로마는 유대의 반란을 진압하고 승리를 거두게 되는데 이번에는 하드리아누스 황제가 예루살렘을 완전히 파괴하기로 결정했고 아예 새로운 이름인 엘리아 카피톨리나 (Aelia Capitolina)라는 이름을 붙여 로마가 직접 통치하는 속주로 바뀌 버린다. 유대 지방이라는 이름도 지도에서 사라져 팔레스타인이 되 었으며 그 후 2,000년 동안 이 이름을 사용하게 된다.

이런 두 번째 재앙과 함께 하나의 역사가 사라지고 또 다른 역사 가 시작된다. 『유대 전쟁사』에서 확인할 수 있는 유대 역사는 다른 나라의 역사와 별반 다를 것이 없다. 바로 왕들과 정복 전쟁을 중심 으로 누가 권력을 차지해 그 권력으로 어떤 일을 했는지에 대한 연 대기인 것이다. 그렇지만 유대인들은 CE 1세기가 지날 무렵부터 시 작해 20세기가 될 때까지 그러한 권력이나 주권을 다시 차지하지 못 했으며 이 오랜 기간 동안 유대 역사는 다른 방식으로 기록이 되어 야만 했다. 권력이나 주권의 이야기가 아닌 사상과 믿음에 대한 이 야기였다. 그 이야기에서 가장 중요한 전환점들은 전쟁의 승리나 장 대한 기념물들의 건축이 아니라 바로 책을 쓰는 일이었다.

CE 1세기에서 5세기에 이르기까지 랍비들이 중심이 된 유대교는 두 가지 중요한 책들을 바탕으로 이루어졌다. 현대적인 의미의 책이 라기보다는 그저 원문이나 원전이라는 말 정도가 더 어울릴 법한 이 책들은 각기 상당히 많은 분량과 권수로 이루어져 있으며 일반적인 책들과는 다르게 읽힌다. 그 첫 번째는 바로 『미슈나』로 지난 세월 동안 구전으로 전해 내려온 엄청나게 방대한 양의 유대의 율법을 정리한 것이다. 랍비들의 관점에서 이러한 '구전 율법'들은 『모세 5경』에서 볼 수 있는 '성문 율법'들과 마찬가지로 어느 하나 신성하지 않거나 권위가 없는 부분이 없었다. 실제로 랍비들은 이 구전 율법들도 모세가 시나이산에서 하나님으로부터 직접 듣고 옮긴 것으로 믿고 있었으며 그날 이후 교사로부터 학생에게 아주 진지하고 성실하게 전해져 내려왔다. 랍비들에게 '토라'라는 말은 단순히 『모세 5경』을 뜻할 뿐만 아니라 이러한 율법과 해석 전체를 아우르는 말이다.

CE 200년에 이르러서야 이러한 구전 전승은 『미슈나』로 정리 및 기록이 된다. 지금까지 기억과 암송으로만 전해지는 것들을 글로 기록하게 된 동기는 바로 바르 코크바 반란 이후 유대인들이 놓이게 된 절박한 상황이었다. 유대인들의 삶의 기반 자체가 무너지고 나자 얼굴과 얼굴을 맞대고 전달하던 기존의 연결망은 더 이상 믿을 수 없는 것이 되어버렸고 생존을 위해서는 지금까지 말로 하던 전승을 문자로 바꿔야 했다. 예후다 하나시(Yehudah HaNasi), 혹은 훗날 '왕자 유다'로 불리게 된 사람이 바로 이 이전 세기의 주요 랍비들의 율법에 대한 공식적인 해석을 모은 『미슈나』의 편집자라고 할 수 있다. 흔히 '선생'을 뜻하는 '타나임(Tannaim)'으로도 알려져 있는 이 랍비나 현자들은 엄청나게 다양한 주제들에 대한 율법을 해석했는데, 그 내용은『미슈나』에 63가지 소제목과 내용으로 정리되어 있다. 바로 결혼과 이혼, 계약과 배상, 그리고 안식일과 축일 등이다. 『미슈나』에는 또한 성전에서의 의식과 제사장들의 지위와 관련된 엄청나게 많은 자료들이 담겨 있다. 이러한 율법들이 글로써 정리되던 시기는 물론 성전이 이미 1세기도 더 전에 사라진 이후였지만 랍비들은 계속해서 이런 지식과 내용들을 일종의 가상의 형태로 유지하고 지켜왔던 것이다. 또한 더 이상 직접적으로 적용할 수는 없어도 여전히 유대 교육의 중심으로 남아 있었다. 로마가 지배하는 팔레스타인 지역에서의 유대인들의 삶은 점점 몰락해 갔으며 랍비들이 가르치는 교육의 중심지는 동쪽으로, 그러니까 페르시아 제국이 다스리는 바빌로니아 지역으로 옮겨갔다. 바빌로니아는 예루살렘의 제1성전이 무너진 이후 유대 공동체의 본향 같은 곳이었는데 이제 로마 제국 안에서 기독교가 일어나면서 유대인들과 유대교에 대한 박해가 늘어가자 유대의 교육이 페르시아 지역에서 자리를 잡기 시작했던 것이다. 바빌로니아의 랍비들은 계속해서『미슈나』를 공부했고 질문을 던지면 토론으로 그 해답을 찾았다. 이러한 토론들은 그 자체로 또 CE 500년 무렵까지 구전으로 정리되고 전달되었는데 이런 구전 내용들을 글로 모은 것이 바로『바빌로니아 탈무드』다. 또한『예루살렘 탈무드』라는 것도 있는데, 팔레스타인의 랍비들이 벌인 토론을 바탕으로 하고 있지만 『바빌로니아 탈무드』에 비해 별반 권위를 인정받지는 못하고 있다.

『탈무드』는 『미슈나』와 이후에 추가된 주석들로 이루어져 있으며 이 주석들은 또 따로 『게마라(Gemara)』라고도 부르는데 '완성' 혹은 '완결'이라는 뜻이다. '아모라임(Amoraim)'이라고도 부르는 『게마라』를 쓴 랍비들은 『미슈나』의 랍비들인 타나임과 나누는 끊임없는 대화 속에서 스스로의 존재를 드러냈다. 이 랍비들은 율법에 대해 질문을 던지며 그 뒤에 있는 원라나 원칙들을 밝혀내고자 노력했고 그렇게 밝혀낸 원칙을 새로운 문제나 상황에 적용시키려 했다. 이와 관련된 논쟁들은 히브리어와 같은 셈족 계열이며 근동 여러 지역에 걸쳐 사용된 아람어로 기록이 되었고 그 결과 『탈무드』를 완전하게 이해하려면 히브리어와 아람어 모두에 통달해야 했다.

『탈무드』가 완성되고 근대 사회가 시작되기 전까지 약 1,000년이 넘는 기간 동안 『탈무드』 연구는 유대식 교육의 바탕이 되어왔다. 심지어 유대의 율법 준수 방식을 다듬고 세대를 이어가며 유대 정신을 가르친 것은 『구약 성경』이라기보다는 『탈무드』라고 할 수 있다. 물론 여기서 말하는 유대 정신이란 남성의 정신을 뜻하는데, 오직 남자들만이 『탈무드』를 연구할 수 있었기 때문이다. 어쨌든 이러한 학습과 훈련은 일찍부터 시작되어 "다섯 살에는 『구약 성경』, 열 살에는

『미슈나』…… 그리고 열다섯 살이 되면 『탈무드』를 공부한다.” 바로 오래전 어떤 현자가 정해놓은 유대식 교육 과정이다. 『탈무드』는 전 세계 교육받은 유대인이라면 누구나 공유하는 일종의 '공통 과정'이 었으며 오늘날까지도 이어져 유대 종교 교육의 핵심을 이루고 있다.

그리고 또한 『탈무드』는 단순한 한 권의 책 이상의 의미를 지닌 다. 우리는 이 책을 요세푸스나 필론의 책을 읽는 것과 같은 방식으로는 읽을 수 없는데 어쨌든 그 표준형 판본만 흔히 2절판이라고도 하는 제일 큰 크기로도 6,000쪽이 넘어가는 것이다. 게다가 한 사람이 아닌 적어도 십수 명이 넘는 랍비들의 주장과 견해를 담은 것이라 그 안에서 펼쳐지는 논쟁의 과정이 때로는 그 결론보다도 더 중요할 때가 있다. '할라차(halakha)'라고도 하는 율법의 해석과 관련된 내용 말고도 유명한 랍비들의 기적과 같은 일화부터 실제로도 유용한 약물과 음식물에 대한 조언들이 포함된 '하가다(aggadah)'라고 하는 전설과 전승이 『탈무드』의 주요 내용들이다. 이토록 방대하고 다양한 내용 덕분에 “『탈무드』라는 바다에서 평생 동안 마음껏 헤엄쳐라. 다만 절대로 그 끝까지 도달하지는 못할 것이다”라는 말이 전해질 정도다.

* * *

다행히도 『탈무드』의 현자들이 생각하는 세계관을 간략하게 찾아 정리한 책도 있다. 바로 그들의 윤리적 사상과 영적인 우선순위에 대한 내용들인데, 이 책이 바로 『피르케이 아보트』이며 보통 '선조들의 어록' 정도로 번역이 된다. 물론 히브리 원문을 문자 그대로 해석하면 '선조들의 책'이라고도 할 수 있을 것이다. 이 『피르케이 아보트』는 대략 CE 250년을 전후해서 완성이 되었다고 전해지며 『미슈나』가 만들어진 지 한두 세대쯤 지난 이후의 일이다. 여기에는 율법에 대한 내용 대신 주로 랍비 중심의 유대교가 처음 시작되었을 무렵 중요한 역할을 했던 인물들의 각종 격언이나 속담이 수집되어 있다. 이런 내용들을 통해 우리는 성전이 무너진 이후의 유대교를 정의하는 이상과 삶의 방식, 그리고 도덕적인 위험에 대해 알 수 있다.

『미슈나』나 『탈무드』보다는 훨씬 더 접근하기가 쉬운 『피르케이 아보트』는 확실히 가장 인기가 높은 랍비 중심 문학이라고 할 수 있다. 이 책의 내용은 수많은 유대교의 기도책에 포함이 되어 있으며 전통적으로 유월절과 오순절 사이의 안식일에 읽는데, 원래는 다섯 개의 장(章)으로 되어 있고 여섯 번째는 나중에 추가된 것으로 이 기간 동안 매 안식일마다 한 장씩 읽을 수 있도록 구성이 되어 있다. 또한 많이 알려져 있지는 않지만 『피르케이 아보트』가 우리에게 전하고자 하는 내용을 해석하는데 중요한 것이 이 책에 대한 최초의 주석인 『랍비 나탄이 전하는 선조들(Fathers according to Rabbi Nathan)』인데, 대략 CE 3세기에서 4세기경 만들어졌다고 전해진다.

예를 들어 요하난 벤 자카이와 베스파시아누스에 대한 이야기는 『랍비 나탄이 전하는 선조들』에 등장하며 『피르케이 아보트』의 중요 주제 중 하나인 '성전 중심의 유대교에서 랍비 중심의 유대교로의 변신'을 다루고 있다. 『피르케이 아보트』에도 성전에 대한 내용이 나오지만 보통 사람들이 생각하는 것만큼, 그리고 그동안 유대인들의 생활 속에서 매우 중요한 역할을 했던 것만큼은 나오지 않는다. 예컨대 우리는 '예루살렘 대성전에서 우리의 선조들이 행한 열 가지 기적들'에 대해서 배우게 되는 정도인데 이 기적들은 모세가 홍해를 가른 것과 같은 그런 엄청난 기적이 아닌 놀랍도록 좀 더 실질적인 방식으로 하나님의 뜻을 반영하는 그런 기적들이다.

우선 다른 무엇보다도 유대인들의 성전은 하나의 거대한 도축장과 비슷해서 매일 수천 마리의 가축과 짐승들이 제물로 바쳐졌다. 그렇지만 "그 고기 냄새가 결코 여성의 유산의 원인이 되지는 않는다"고 『피르케이 아보트』는 말한다. "그 고기는 절대로 썩은 것이 아니며 심지어 그 근처에서는 파리 한 마리 보이지 않았다." 성전은 또한 순례자들이 모이는 곳으로 주요 축제일이 다가오면 백만 명이 넘는 유대인들이 몰려들곤 했었다. 그렇지만 "그렇게 사람들이 모여 있음에도 불구하고 그래도 각자 엎드려 쉴 수 있는 정도의 공간은 확보할 수 있었으며," "어느 누구도 '예루살렘에서 하룻밤 지낼만한 곳이 없었다'고 말한 적이 없었다." 이런 것도 편의시설과 관련된 일종의 기적이며 성전을 별다른 문제없이 꾸려나가는 과정에서 드러나는 일종의 놀라운 자긍심을 나타내는 것으로도 보인다. 그토록 많은 사람들과 그토록 많은 짐승과 가축들이 모여들지만 사건이나 사고가 거의 일어나지 않는 기적이라는 것이다.

그렇지만 『피르케이 아보트』는 성전 시절의 향수나 혹은 성전이 무너진 이후의 비탄에 대해 너무 많은 부분을 할애하지는 않는다. 그 대신 추상적이면서도 간결한 표현으로 그 당시 유대인들에게 벌어진 재앙들은 우연히 일어난 것들이 아니라 하나님의 심판이었다고 설명한다. "이 세상 위로 칼날이 떨어진다. 정의가 부정당하고 제대로 이루어지지 않았을 뿐더러, 『토라』를 잘못 이해한 사람들 때문이다." 『피르케이 아보트』는 또한 이렇게 이야기한다. "우상 숭배와 성적 문란, 유혈 참사, 그리고 땅의 해방 문제 때문에 이 세상에서의 추방이 시작된다." 여기서 말하는 '땅의 해방'이란 『구약 성경』의 율법이 이야기하는 안식년을 의미하는데, 율법에 따르면 유대인들은 매 일곱 해마다 이스라엘의 땅을 갈지 말고 그대로 묵혀두어야 했다. 따라서 유대인들이 이 안식년을 제대로 지키지 않았기 때문에 그 땅에서의 추방과 망명 생활에 책임이 있다는 것이다.

그렇지만 '땅의 해방'을 무시하는 일은 우상 숭배나 살인과 같은 수준의 죄악으로 여겨지지는 않는 것 같다. 결국 우상 숭배와 살인은 도덕적, 그리고 영적인 범죄에 속하지만 안식년 문제는 기껏해야 전례(典禮)나 의전(儀典)에 대한 위반 정도로만 보인다. 그러면서도 『피르케이 아보트』의 핵심적인 교훈 중 하나는 랍비들이 하나님의 율법이나 계율을 이런 식으로 나누지는 않는다는 것이다. 왜냐하면 랍비들은 하나님이 직접 내려주신 모든 계율, 즉 '미츠바(mitzvot)'를 전적으로 믿고 따르고 있으며 따라서 모든 계율은 똑같이 지켜져야 하기 때문이다. 『피르케이 아보트』 안에서는 보통 '랍비'라고만 알려져 있는, 율법과 계율을 알릴 수 있는 권위를 지녔던 예후다 하나시는 이렇게 말한다. "우리는 계율에 대한 보상을 정확히 알지 못하기 때문에 사소한 계율도 중요한 계율처럼 신중하게 지켜야 한다."

랍비 엘르아살 벤 히스마(Rabbi Eleazar ben Chisma)도 계속해서 직관과는 반대되는 말로 같은 점을 지적했다. "새를 제물로 드리는 일과 월경의 시작은 율법의 중요한 요소이며 그에 비해 천문학과 기하학은 지혜로 들어가기 전 잠시 거쳐가는 것들이라고 볼 수 있다." 새를 제물로 드리는 일에 대한 율법은 『미슈나』에서 가장 비밀스럽게 다루는 문제 중 하나이며, 의식적으로 불경스럽게 취급되어 그 기간 동안 성생활이 금지되는 여성들의 월경은 혐오스럽거나 품위가 없는 그런 주제로 보일 수도 있다. 어쩌면 『토라』를 연구하는 학자라면 율법에서 이런 부분은 그냥 넘어가고 싶어 할 것도 같은데, 그래도 이런 것들도 분명히 지켜야 할 계율에 속하며 이는 수학이나 천문학 같은 단순한 속세의 지식보다 훨씬 더 중요하다는 것을 의미한다. 엘르아살 자신이 저명한 천문학자였다는 사실도 이런 문제의 핵을 이해하는데 도움을 준다. 그는 천문학을 좋아했지만 비록 가장 사소한 종교적 의무라도 그보다 훨씬 더 중요하다는 사실을 잘 알고 있었다.

그렇지만 율법이나 계율에 대한 이러한 헌신은 랍비들이 커다란 궁지에 몰리게 되었다는 것을 뜻한다. 짐승을 드리는 제사와 십일조, 제사장들의 정결 문제 등 수많은 계율들이 결국 전적으로 성전에서의 일과 관련이 되어 있기 때문이다. 그런 율법들은 오직 성전 중심의 유대교라는 맥락에서만 따르고 지킬 수 있는 것들이다. 이제 성전이 무너지고 난 마당에 랍비들은 어떻게 해야 그런 율법과 계율들을 충실히 지킬 수 있을 것인가. 이에 대해 『랍비 나탄이 전하는 선조들』에서는 두 가지 해결책을 제시하고 있는데, 모두 『피르케이 아보트』의 세계관에서 매우 중요한 문제를 다루고 있다. 먼저 요하난 벤 자카이에 대한 또 다른 이야기를 들어보자.

"요하난 벤 자카이가 예루살렘에서 빠져나오자 랍비 여호수아가 그를 따라 나오며 무너진 성전을 바라보았다. '우리에게 화 있을진저! 랍비 여호수아가 이렇게 울부짖었다. '이스라엘의 죄를 속량하던 곳이 저렇게 무너져버렸구나!' 그러나 랍비 요하난이 이렇게 말했다. '내 아들아, 슬퍼하지 말지니라. 우리에게는 또 다르게 죄를 속죄할 방법이 있느니라. 그것은 무엇인가? 바로 사랑과 친절의 행위다. 하나님께서는 인애를 원하고 제사를 원치 아니하며 번제보다 하나님을 아는 것을 원한다는 말씀도 있지 아니한가?'"

랍비 중심의 유대교에서 경건하고 도덕적인 삶은 하나님을 기쁘게 하는 방법으로 짐승의 제사를 대체하게 되었다. 그렇다고 해서 랍비 중심의 유대교가 종교적인 형식과 적법한 절차를 무시하고 오직 마음만 중요시하는 그런 종교라는 말은 아니다. 오히려 『피르케이 아보트』에서 가장 놀라운 점은 율법 안에서 윤리적인 행위와 그에 대한 전념을 주장하는 방식이며 이러한 것들은 결국 동전의 양면이라고도 볼 수 있는 것이다. 만일 『토라』에서 소개하는 수많은 계율들이 성전 없이 지켜질 수 없다 하더라도, 랍비들은 주의 깊은 공부를 통해서 그러한 계율들을 여전히 기억하고 전달할 수 있다. 실제로 『랍비 나탄이 전하는 선조들』에서도 제사와 관련된 율법의 공부는 실제로 제사를 드리는 것과 똑같다고 주장하고 있다. "하나님께서는 짐승을 제사드리는 것보다 『토라』를 공부하는 것을 훨씬 더 마음에 들어 하신다. 따라서 현자가 자리에 앉아 회중들에게 설명을 하면, 하나님께서는 그 일을 제단에 살찐 짐승과 피를 바치는 것과 똑같이 취급하시는 것이다." 랍비는 제사장의 직분을 대신하며 경전을 공부하는 일은 결국 하나님께 예배를 드리는 것과 마찬가지이다.

* * *

끔찍한 파괴의 현장에서 탄생한 종교인 랍비 중심의 유대교가 연속성을 구축하고 유지하는 일에 큰 관심을 기울였다는 건 어쩌면 당연한 일일 것이다. 『피르케이 아보트』가 모세까지 거슬러 올라가는 조상들의 이름을 나열하는 족보로 시작되는 것도 바로 그 때문이다. 그렇지만 이 족보는 『구약 성경』에 등장하는 수많은 이런저런 '가계도'의 나열과는 달리 단지 생물학적인 가족 관계가 아닌 지성의 계보이다. 아버지와 아들의 이름이 아닌 수 세기가 지나도록 끊어지지 않는 교사와 제자들의 관계를 나타내고 있는데, 이들이야말로 구전 율법을 후세에 전달하는 책임을 졌던 사람들이다.

누군가의 말처럼, 구전 율법 자체가 없었다면 랍비들은 그것을 만들어내야 했을지도 모른다. 결국 글로 만들어진 『토라』, 즉 『모세 5경』은 실제 생활에 적용하기 위해서는 그에 따른 해석이 필요한 수백수천 개의 율법을 소개하고 있다. 한 가지 알기 쉬운 예를 들어보자. 「출애굽기」를 보면 하나님께서는 이스라엘 민족에게 쉬는 날인 안식일에는 아무런 일도 하지 말라고 명하셨다. 그렇지만 정확하게 어떤 활동을 일로 규정할 수 있을까? 구전 율법은 바로 이러한 질문에 대한 해답을 제공하는데, 훗날 벌어지는 각기 다른 수많은 상황에 따라 하나님의 율법이나 계율이 어떻게 적용되었는지를 보여주고 있다.

그렇지만 또 유대인들은 『토라』에 대한 이러한 해석들이 옳은 것인지 어떻게 확신할 수 있었을까? 바로 구전 율법이 성문법만큼 오래되고 확실하게 권위를 가졌을 때만 그렇게 할 수 있었는데, 다시 말해 해석에 사용되는 구전 율법 역시 모세가 시나이산에서 하나님으로부터 직접 전해들은 것이어야만 했다. 물론 이런 구전 전승들이 그렇게 전해 내려왔다는 구체적인 증거가 전혀 없는 것은 당연한 일이다. 현대의 학자들은 『미슈나』에 정리된 율법들 상당수가 기껏해야 헬레니즘 시대, 즉 BCE 4세기에서 1세기 사이부터 전해 내려온 것으로 추정하고 있다. 그렇지만 『피르케이 아보트』의 랍비들은 이러한 율법들이 모세까지 거슬러 올라간다는 사실을 믿어 의심치 않았고 이러한 연결 관계의 최초의 이름들을 언급하는 것으로 『피르케이 아보트』는 시작이 된다. "시나이산에서 모세는 『토라』를 받아 그것을 여호수아에게 넘겨주었고 또 여호수아는 장로들에게 넘겨주었다. 장로들은 그것을 다시 선지자들에게, 그리고 선지자들은 대회당에 모인 랍비들에게 전해주었다."

여기 제일 먼저 등장하는 이름들은 『구약 성경』을 통해 이미 잘 알려져 있다. 우선 모세가 있고 그 모세의 후계자인 여호수아가 있다. 여호수아가 임명한 장로들은 그의 사후 이스라엘 민족을 이끌었으며 그다음 나오는 선지자들이란 훗날 이스라엘과 유대 왕국의 역사에 등장했던 여러 선지자들을 뜻한다. 그렇지만 여기서 말하는 '대회당'은 『구약 성경』에서는 찾아볼 수 없다는데 어쩌면 지금은 그 정확한 기능을 알 길이 없는 일종의 교육 기관일 수도 있고 또 유대 역사의 신화시대와 역사 시대를 연결하기 위한 목적으로 랍비들이 만들어낸 개념일 수도 있다. 어쨌든 이 부분에서부터 『피르케이 아보트』가 보여주는 계보에 개인의 이름들이 등장하기 시작한다. 먼저 '의인 시메온(Simeon the Just)'은 BCE 3세기경 살았던 제사장 중 한 명으로 추정이 된다. 그리고 그의 이름 뒤로 등장하는 잘 알려지지 않은 여러 이름들 중 일부는 그냥 만들어진 이름일 가능성도 있다. 차례차례 『토라』를 물려받게 되는 이 현자들의 이름은 둘씩 '짝을 지어' 나오며 마지막으로 BCE 1세기경 살았던 유명한 랍비들인 힐렐과 샴마이(Hillel and Shammai)가 등장하면서 마무리가 된다. 또한 『미슈나』를 통해 익숙한 랍비들의 이름도 등장하며 그중에는 CE 2세기경에 살았던 랍비 예후다 하나시의 이름도 포함이 되어 있다.

이렇게 해서 『피르케이 아보트』는 1,500년 전까지 거슬러 올라가는 권위 있는 계보를 완성하게 되며 이것이야말로 분열과 재난이 이어졌던 유대 역사의 정체성과 직접적으로 반대가 되는 놀라운 연속성이라고 할 수 있다. 우리는 이 계보와 이름들을 통해서는 제1성전이나 제2성전의 파괴에 대해서는 아무것도 알 수가 없다. 또한 잃어버린 열 지파의 추방과 바빌론의 유수, 혹은 유대 전쟁 이후 벌어진 디아스포라에 대해서도 알 수 없다. 이러한 일들은 역사적으로 일어난 정치적인 사건들이며 『피르케이 아보트』는 지나간 과거에 대해 이런 관점으로 이해하는 일에는 아무런 관심이 없는 것이다. 실제로 이 책은 과거와 미래라는 개념 자체에 대해 특별한 흥미도 관심도 보이지 않는다. 중요한 것은 바로 『토라』이며, 우리는 『토라』가 영원히 이어지는 현재 속에 살고 있는 것이다. 『토라』는 사막에서 이스라엘 민족을 이끌었고 로마 제국 시대의 유대인들을 다스렸으며 아마도 이 세상이 끝날 때까지 유대인들의 삶을 이끌고 지배할 것이다.

『피르케이 아보트』의 정치와 역사에 대해 생각하는 이런 방식은 특히 200년 전 요세푸스의 그것과 비교하면 상당한 차이가 있다는 사실을 알 수 있다. 『유대 전쟁사』에서 볼 수 있는 비교적 최근의 유대 역사는 그야말로 완전히 힘의 정치라는 논리에 따라 그려진 것으로, 궁정의 음모와 가족 간의 갈등, 그리고 침략 전쟁 등이 얽히고설킨 것 그 이상도 이하도 아니었다. 우선 열심당원들은 정치적 주권이라는 개념을 제일 중요하게 생각했고 따라서 그 주권을 위해서는 얼마든지 죽을 각오가 되어 있었다. 반면에 『피르케이 아보트』는 힘도 재산도 다 빼앗긴 사람들이 쓴 것으로 이 책에서 말하는 '정부'란 바로 로마 제국의 지배권을 의미했다. 그리고 그러한 지배권을 조심스러운 존중과 철저한 공포의 조합으로 대했다.

유대 전쟁 당시 살았던 걸로 추정되는 제사장이자 관료였던 랍비 하나냐는 정부란 일종의 주어진 기능을 다해야 한다는 점을 인정했다. "정부가 별 문제없이 움직이기를 기도하라. 정부에 대한 두려움이 없다면 사람들은 서로를 가만두지 않을 것이다." 요세푸스가 기록했던 유대인들 내부의 끔찍했던 갈등을 기억한다면 하나냐가 이야기하는 이런 홉스의 사회계약론을 상기시키는 주장을 이해하기가 쉬울 것이다. 즉, 어떤 정부라도 아예 없는 것보다는 낫다는 것이다. 그렇지만 만일 정부가 하나의 필요악이라 해도 그것이 악이라는 사실에는 변함이 없다. 권력이란 결코 유대인이 소유하거나 열망

할만한 것이 아니다. 권력은 항상 변덕스럽게 작용하는 외부의 힘이며, 권력의 관심을 일깨우는 일은 위험하기 짝이 없다. "정부의 움직임을 주시해라. 정부는 필요할 때만 친구가 되며 이익이 될 때만 친절하고 곤란에 빠진 사람들의 편은 들어주지 않는다." 로마 제국과 상대했던 경험이 있었던 유대 공동체의 지도자 라반 가믈리엘의 말이다. 또 다른 현자 한 사람도 간결하게 이렇게 이야기한다. "노동을 찬양하고 권력을 멀리하라. 그리고 정부의 친한 친구가 될 생각은 접어라." 『랍비 나탄이 전하는 선조들』은 이 이야기를 좀 더 풀어서 말한다. "누군가 평범한 한 사람이 권력자의 관심을 끄는 일은 별로 없다. 그렇지만 일단 관심을 받게 되면 권력자는 늘 그 사람을 주시하다가 결국에는 죽여버리고 그 사람의 모든 재산을 빼앗아간다."

따라서 만전을 기하기 위해 그저 남의 눈에 뜨이지 않게 지내는 것이 제일 좋다. 그렇지만 『피르케이 아보트』에 등장하는 가장 중요한 권고 중 한 가지는 이보다 한 걸음 더 나간다. 위대한 랍비 힐렐은 이런 말을 남겼다. "한 남자가 물 위를 떠가는 두개골 하나를 보고는 이렇게 말했다. '당신이 누군가 다른 사람을 물에 빠뜨려 죽였으니 또 다른 사람들이 당신을 그렇게 했겠지. 그리고 그 사람들도 다른 누군가에 의해 그런 꼴을 당하게 될 것이고 말이야.'" 뭔가 수수께끼 같은 소리로 들리지 않는가? 랍비 힐렐은 그 두개골이 살인자의 것이라는 사실을 어떻게 알 수 있었단 말인가? 그는 단지 살인자는 언제나 벌을 받는다는 하나님의 정의를 강조한 것일 뿐일까? 어쩌면 그는 자신이 살고 있던 세상에 대해 그저 좀 더 일반적인 이야기를 하고 싶었는지도 모르겠다. 마치 『햄릿』에 등장하는 요릭의 두개골을 연상시키는 이 떠다니는 두개골은 폭력이 더 큰 폭력을 부르는 이 세상이 무의미한 살육의 한 장면일 뿐이라는 사실을 보여주는 것 같다. 이런 살인과 폭력의 굴레에서 위험을 감수하느니 거기서 빠져나오는 것이 더 낫다.

물론 이 책에는 공포보다 권력을 더 두려워하는 랍비들의 의견 말고도 더 많은 내용들이 있다. 『토라』를 공부하는 현자들의 역할 중 한 가지가 바로 재판관의 일인데, 이들은 소송 내용을 듣고 유대 율법에 따라 문제를 해결한다. 그렇지만 때로는 이 정도의 권력조차 현자들에게 경원시당할 때도 있었다. 그 이유는 두 가지인데, 먼저 권력 자체가 사람의 성향에 영향을 미치며 또 무엇보다 중요한 『토라』 공부에 소홀히 하게 되기 때문이다. 랍비 이쉬마엘은 이렇게 말했다. "재판관의 활동을 스스로 자제하는 사람은 적의와 탐욕, 그리고 거짓과 멀어지는 것이다. 오만한 결정을 내리는 사람은 사악하고 교만한 바보이다." 그래도 어쩔 수 없이 재판관 노릇을 해야 한다면 자만심이나 편견 없이 해야 한다고 랍비들은 충고한다. 랍비 유다 벤 타바이는 이렇게 말한다. "소송 당사자가 앞에 서면 모두가 똑같이 죄책감을 느끼게 만들고 재판이 끝나 그 자리를 떠날 때는 모두가 다 판결에 불만 없이 가도록 하라."

『랍비 나탄이 전하는 선조들』에서는 또 다른 관점을 제시하며 권력은 하나의 무거운 짐이자 유혹이 될 수 있다는 점을 분명히 밝히고 있다. 어떤 고관은 유감스럽다는 듯 이렇게 선언했다. "내가 높은 자리에 오르기 전에는 누군가 '꼭 그렇게 높은 사람이 되라'고 말할 때마다 내가 소망하던 일이 하나 있었다. 바로 그 사람을 괴롭혀 죽여버리는 일이었다! 그런데 이제 막상 높은 자리에 오르고 보니 누군가 그 자리에서 내려오라고 말할 때마다 이제는 그 사람을 죽여버리고 싶다! 이렇게 한 번 출세하는 것도 어렵지만 그 자리에서 내려오는 일은 더 어렵다." 어쩌면 가장 최악의 위험은 현자가 권력의 단맛에 취해 그것을 즐기기 시작하는 것일지도 모른다.

그렇다면 권력의 제대로 된 모습은 어떤 것일까. 랍비 네후냐 벤 하카나는 공직을 『토라』 공부에 전념하지 못한 대가로 하나님이 내리시는 형벌로 보았는데, 그런 그가 이렇게 말했다. "『토라』의 멍에를 기꺼이 짊어질 사람이라면 정부의 공직이나 세상의 근심이 가져다주는 멍에를 피할 것이다. 그렇지만 『토라』의 멍에를 거절할 사람이라면 정부의 공직이나 세상의 근심이 주는 멍에를 짊어질 만할지도 모른다." 사실 모든 종류의 '세상의 근심'은 그저 혼란이나 소동으로 여겨져야 한다. 랍비 메이어는 간단하게 이렇게 정리한다. "세상일은 더 적게, 『토라』는 더 많이."

*　*　*

그런데 현자들이 말하는 '『토라』는 더 많이'란 뭘 더 많이 하라는 뜻일까? 그 해답은 『피르케이 아보트』에 나오는 내용을 통해 더 분명하게 알 수 있는데, 그저 율법을 따르고 지키는 것 이상의 무엇인가를 의미한다. 물론, 율법을 따르고 지키는 일도 중요하며 『피르케이 아보트』의 내용 중 상당 부분은 경건한 유대인들이 지켜야 하는 윤리적 이상을 설명하는 데 할애되어 있다. 그렇지만 『토라』는 단순히 율법의 실천 내용들을 모아놓은 책이 아니며 『구약 성경』, 그리고 더 나아가 『미슈나』 안에서 구체화된 지식 그 자체이다. 그리고 이런 지식의 대부분이 구전으로 전승되었기 때문에 '『토라』를 한다'는 건 유대의 율법 전승을 공부하고 암기하며 가르칠 의무를 포함한다. 이 공부를 위해 자신들의 일생을 바친 사람들이 바로 랍비와 현자들이며 이들은 그야말로 가장 높은 존경을 받아야 마땅하다. 실제로 『피르케이 아보트』는 『토라』를 공부한 현자들이 만들어낸 결과물이 바로 유대교의 목적이며 학자들의 일생이야말로 인간이 누릴 수 있는 삶 중에서도 최고의 삶이라고 강력하게 주장하고 있다.

물론 유대인, 그러니까 랍비들의 관점에서 유대교를 따르는 사람이라고 해서 자신의 일생 전부를 『토라』를 공부하는 데 바칠 수는 없다. 『피르케이 아보트』에서 반복해서 강조하는 것이 바로 학자라고 해도 학문과 생활력 사이의 균형을 맞출 수 있어야 한다는 것이다. 때로 이런 책들을 보면 공부에 전념하기 위해 자발적으로 빈한한 생활을 택하라고 독려하는 것처럼 보인다. "이것이 『토라』의 방식이다. 빵과 소금으로만 견뎌라. 물도 아껴서 마셔라. 『토라』를 공부하는 동안은 가난한 생활을 견뎌내야 한다." 그렇지만 이러한 결핍도 영적인 관점에서 보자면 유일한 진짜 사치이다. "이 세상에서 행복하게 살 것이며 다가올 세상에서 모든 좋은 것들이 너의 것이 될 것이다. …… 왕의 식탁을 부러워하지 마라. 너의 식탁이 그의 것보다 더 큼이라."

많은 위대한 랍비들은 랍비인 동시에 상인이나 정원사 일도 했다. 라반 가믈리엘은 생활을 위해 일을 하는 것이 실제로도 영적인 이익을 가져다준다고 말한다. "『토라』의 공부와 노동을 함께 하는 건 좋은 일이다. 왜냐하면 이 두 가지를 모두하기 위한 노력으로 죄악을 피할 수 있기 때문이다. 노동이 없는 『토라』 공부는 아무 쓸모가 없으며 결국 죄악을 불러온다." 어떤 경우라도 대부분의 사람들에게 있어 공부와 노동을 병행하는 일이 실제적으로 꼭 필요하다는 것이다. 랍비 엘르아살 벤 아자르야는 아주 현실적으로 이렇게 말했다. "생활이 없으면 『토라』도 없다." 동시에 그는 하나님의 율법을 무시하는 사람들은 결코 성공할 수 없을 것이라고 말하며 이렇게 말을 맺는다. "『토라』가 없으면 생활도 없다."

재산 문제를 제외한다면, 『피르케이 아보트』는 랍비 중심의 유대교에서 『토라』를 공부하는 현자들이 일종의 상류층을 이루고 있었음을 분명히 밝히고 있다. 유대인들의 왕국과 성전이 완전히 무너지고 난 후 구세대의 지배층들, 즉 고관대작이나 제사장들은 더 이상 어떤 권력도 누리지 못했다. 그리고 그 공백을 채운 것이 율법을 이해하고 보존할 수 있는 지식인들, 즉 랍비들이었다. 이들은 큰 존경과 함께 대우를 받을만한 자격이 있었다. "너의 집을 지혜가 머무는 곳으로 만들어라. 지혜의 발아래 겸손히 앉아 그 지혜의 말씀들을 마음껏 받아들여라." 그렇지만 이들은 최소한 어느 정도 능력 위주로 평가가 되었다. 부자라면 『토라』를 더 편하고 쉽게 공부할 수 있을지도 모른다. 하지만 가장 위대한 현자들 중에는 가난한 집안 출신도 많았다. 그리고 원칙적으로 『토라』는 필요한 재능이 있는 사람이라면 누구나 공부할 수 있었다. 따라서 이 랍비 중심의 유대교는 어느 정도 이전에 있었던 어떤 체제보다도 더 민주적이라고 말할 수 있었다. 랍비 요세는 이렇게 말한다. "『토라』를 공부할 정도로 넉넉하지 않다면 그럴수록 더욱더 언젠가 공부할 그날을 위해 스스로를 준비하고 있어야 한다."

교만함을 이끌어낼 수밖에 없는 랍비들의 사회적 지위와 겸손함을 요구하는 그들의 신앙심 사이에 갈등이 생기는 건 어쩔 수 없는 일이리라.『피르케이 아보트』도 어느 시대 어느 곳에서나 그랬듯, 랍비들도 특수한 상황에 처해 있는 사람들을 상대할 때면 고압적이고 조급한 모습을 보일 수밖에 없다는 사실을 인정하고 있다. "현자들의 불로 그대의 몸을 따뜻하게 데워라. 그렇지만 너무 가까이 다가가 몸을 태우지 않도록 조심하라. 현자들이 물어뜯는 것은 여우의 그것과 같고, 현자들의 독침은 전갈의 그것과 같으며, 그들의 속살거림은 독사의 그것과 같으니 그들이 하는 모든 말들이 뜨거운 불길과 같다."

『피르케이 아보트』는 이렇게 교만의 위험성을 인지하고 계속해서 학자들에게 스스로를 높이는 일의 위험성에 대해 경고한다. 요하난 벤 자카이의 말이다. "『토라』를 많이 공부했다고 해서 다른 보상을 바라면 안 된다. 공부하는 것 그 자체가 그대에게는 보상이다." 결국 『토라』의 공부는 유대인들의 첫째가는 의무이며 그 의무를 다했다고 해서 어떤 특별한 보상을 바라지 말라는 뜻이다. "『토라』의 지혜를 자신을 높이는 데 사용하면 안 된다." 랍비 자독은 이렇게 동의하며 한 걸음 더 나아간다. "또한 자신을 깎아내리는 데 사용해서도 안 된다." 다시 말해 『토라』를 공부하는 학자들은 자신의 지식을 호구지책으로 삼거나 보수를 받고 가르치는 일을 해서는 안 된다는 뜻이다. 『토라』로 돈을 버는 것보다는 하찮은 일이라도 다른 일을 해서 돈을 버는 것이 더 낫다.

실제로 『토라』를 공부하는 학자들에 대해서는 『토라』를 단지 배우고 가르칠 수 있는 주제 이상의 것으로 다룰 것을 사람들은 기대했다. 『토라』를 공부하는 건 요하난의 말처럼 인간 존재의 진짜 목적이며 『피르케이 아보트』에서 이야기하는 것처럼 일종의 도덕관념이자 끊임없는 순종과 관심을 요구하는 초자아가 된다. 『토라』를 공부하지 않는 모든 시간은 그냥 낭비이다. "만일 두 사람이 앉아 있는데 『토라』에 대해 한 마디도 나누지 않는다면 그건 그냥 서로를 비웃고 조롱하는 시간일 뿐이다." 한 현자는 이렇게 말했다. "그렇지만 두 사람이 나란히 앉아 『토라』에 대한 이야기를 나눈다면, 하나님께서 두 사람 사이에 거하시는 것이다."

위대한 랍비 힐렐은 『탈무드』를 일컬어 친절하고 참을성 많은 스승이라고 했고 또 심지어 이런 말도 남겼다. "공부하지 않는 자는 죽는 게 더 낫다." 그렇지만 또 그냥 공부만으로는 충분하지 않다. 학생은 자신이 배운 것을 잊지 말고 간직해야만 하는데, 기억이나 암기는 『토라』를 책으로서가 아니라 구두로 배우던 시대에 특히 중요하게 여겨지던 방식이었다. 율법을 제대로 기억하지 못하면 후대에 전해지는 작업이 영원히 중단되는 것이다. 바로 이런 이유 때문에 "자신이 배운 것을 하나라도 잊어버리는 사람에 대해 정경에서는 영혼에 죄를 짓는 사람이라고 했다."

역시 하나님께서 창조했으며 『토라』 못지않게 중요한 자연의 아름다움도 학자가 자신이 하는 공부에 집중하는 것을 방해할 수는 없다. 『피르케이 아보트』에서도 가장 유명한 이야기들 중 하나가 이점을 정확히 지적하고 있다. 랍비 야코프의 말이다. "누군가 공부를 하며 길을 걸어가다 잠시 하던 공부를 멈추고 이렇게 말했다. '얼마나 아름다운 나무인가! 이 얼마나 멋진 들판인가!' 이런 사람이 있다면 『토라』에 의해 자신의 영혼에 죄를 짓는 사람으로 여겨질 것이다." 이 말은 자연의 아름다움을 보는 일 자체가 잘못되었다는 뜻이 결코 아니다. 실제로 유대인들은 자연의 아름다움 속에서 배운 내용을 암송하는 일을 특별한 축복으로 여겼다. 그렇지만 유대인들의 세계가 세속적인 것을 추구하는 것이 아닌 주로 책과 지식인을 중요하게 여긴다는 사실은 분명하다. 『랍비 나탄이 전하는 선조들』을 보면 랍비 야곱 벤 하나니아는 『토라』에 대한 이러한 헌신을 아주 극단적인 모습으로 그리고 있다. "만일 누군가 한밤중에 잠에서 깨어 처음 내뱉는 말이 『토라』의 내용이 아니라면, 태어나자마자 탯줄이 그의 목을 졸라 아예 세상의 빛을 보지 못하고 세상을 떠나는 것이 더 나을 것이다."

그렇지만 『토라』 공부에 대한 이런 랍비들의 맹목적인 집중은 경건한 유대인을 또 다른 종류의 죄에 빠지게 만들 위험이 있다. 바로 이론과 실제의 괴리라는 죄다. 결국 율법을 자세히 설명하는 일 자체가 일종의 예배이며, 심지어 성전에서 제사드리는 일까지 대신할 수 있다면, 그 율법을 지키고 따르는 일은 부차적인 문제로 치부될 수도 있다. 지성과 이해가 경건과 실천을 넘어서는 것처럼 보일 수도 있다는 뜻이다.

실제로 『피르케이 아보트』의 현자들은 이런 점을 염려했으며 이에 대한 경고를 통해 분명히 밝히고 있다. "나는 평생에 걸쳐 현자들 사이에서 살아왔다." 랍비 중심 유대교에서 가장 중요한 위치를 차지하는 랍비들 중 한 사람인 시메온 벤 가믈리엘의 말이다. "그렇지만 지금까지 나는 침묵보다 더 나은 것을 발견하지 못했다. 공부가 중요한 것이 아니라 실천이 중요한 것이다." 또 다른 랍비인 하나냐 벤 도사는 그보다 한 걸음 더 나아가 실천으로 쌓아올리지 않은 지식은 분명 사라지고 말 것이라고도 말했다. "행동이 지혜를 넘어서는 사람이 있다면 그의 지혜는 영원할 것이다. 그렇지만 지혜가 행동을 넘어선다면 그의 지혜는 곧 사라지고 만다." 랍비 이쉬마엘도 율법에 대한 지식보다 율법에 대한 실천이 더 중요하다는 사실에 동의한다. "가르치기 위해 공부하는 사람은 계속해서 공부하고 또 가르칠 수 있다. 실천하기 위해 공부하는 사람은 계속해서 공부하고 가르치며 또 배운 것을 따르고 실천할 수 있다."

그렇지만 이런 구조 속에서도 실천이 지식보다 중요한 것은 사실이지만 또 실천 이전에 지식이 먼저 있어야 한다는 것도 분명한 사실이다. 랍비 중심의 유대교와 이전의 유대교와의 차이는 지적인 이해와 윤리적 행동을 하나의 삶의 방식으로 묶어낸 것으로, 바로 『토라』라는 삶의 방식이다. 복잡한 율법 체계 위에 세워진 종교에서는 전문가에 가까운 지식을 능수능란하게 다루지 못한다면 제대로 경건한 신앙생활을 하는 것이 불가능하다.

힐렐은 이런 문제에 대해 간결하게 정리한다. "흉포한 자는 죄 짓는 걸 두려워하지 않고 무지한 자는 경건한 신앙인이 될 수 없다." 여기에서 '무지함'을 뜻하는 히브리어 원문은 '암 하레츠(am ha'aretz)'로 그 원래 뜻은 '땅의 사람들' 즉, 말 그대로 하면 농부나 소작농을 뜻하며 『탈무드』에서는 주로 『토라』에 대한 지식이 거의 없거나 아예 없는 일반적인 유대인으로 묘사되고 있다. 『탈무드』에서 이야기하는 지식인이나 상류층은 이런 사람들을 종종 무시하는 경향이 있으며 이 '암 하레츠'가 유대의 율법을 제대로 따르거나 지킬 수 있다고 생각하지 않는다. 분명 그런 사람들은 하나님께서 원하시는 행동이 무엇인지 정확히 알지 못하기 때문에 '경건한 신앙인'이 되는 것이 불가능하다. 랍비들에게 있어 정확하게 아는 것이야말로 행동을 위한 필수조건이며, 지식과 행동이 모두 갖춰져야만 제대로 된 경건한 신앙생활을 할 수 있는 것이다.

『피르케이 아보트』는 모든 유대인들이 의지할만한 수단으로 여겨지며, 학자들과 현자들, 그리고 학자나 현자가 되고 싶어 하는 사람들이 가장 먼저 예로 들 수 있을만한 내용들을 담고 있다. 『피르케이 아보트』에 제일 먼저 등장하는 이야기가 그러한 기풍을 확립했는데, 앞서 언급했던 모세가 받았던 『토라』를 마지막에 이어받은 '대회당에 모인 랍비들'은 세 가지를 이야기했다. "심사숙고해 판단하고, 많은 제자들을 길러내며, 『토라』의 주위에 울타리를 세워라." 여기서 이야기하는 '판단'은 어떻게 살 것인가에 대한 개인의 판단이 아니라 유대 율법에 따라 벌어지는 소송에 대한 전문적인 판단이나 심판을 의미한다. 그리고 이런 재판관 역할을 하는 현자는 역시 자연스럽게 교사로서의 직분도 수행하게 되며 '많은 제자들을 길러내는'

책임을 지게 된다.

그런데 "『토라』의 주위에 울타리를 세운다"라는 건 어떤 의미일까? 우선 먼저 기술적이며 상식적인 의미를 생각해보자. 『토라』의 계율 주위에 울타리를 세운다는 건 본래의 계율을 범하지 못하도록 새로운 율법을 만들어 시행한다는 뜻이다. 랍비들이 세운 수많은 법칙들은 『구약 성경』의 율법들 주위에 둘러쳐진 '울타리' 구실을 한다. 예를 들어 유대인들이 안식일에 노동을 금하는 율법을 어기지 않도록 하기 위해 랍비들은 노동의 의미가 정확하게 무엇인지 그 포괄적인 개념을 발전시켜 서른아홉 가지 기준으로 나눈 후 안식일에 절대 해서는 안 되는 일들에 대한 일련의 규칙들을 만들어냈다. 이런 광범위한 금지 사항들이 바로 울타리를 이루며 잠재적으로 위험한 행동의 영역 전체를 알려주기 때문에 유대인들은 부주의하게라도 율법을 어기지 않고 살 수 있었던 것이다.

이 '울타리를 세우는' 일이 뜻하는 내용은 『랍비 나탄이 전하는 선조들』에서 좀 더 분명하게 드러난다. 예컨대 유대 율법은 여성이 월경을 하는 기간과 이후 일정 기간 동안 부부가 성관계를 가지는 일을 금하는데, 목욕재계를 통해 깨끗하게 됨으로써 비로소 금지 기간은 끝이 난다. 이 율법을 어기는 일을 막기 위해 『랍비 나탄이 전하는 선조들』은 「레위기」에서 이야기하는 내용을 좀 더 알아듣기 쉽게 풀어서 제공하고 있다. "보라, 「레위기」에서는 이렇게 말하고 있다. '너는 여인이 경도로 불결할 동안에 그에게 가까이하여 그 하체를 범치 말지니라.'" 다시 말해, 율법에서는 그냥 성관계를 금지하라 정도까지만 이야기하는 것이 아니다. 모든 종류의 '접근'을 금하고 있는 것이다. 남편이 그냥 잡담을 하다가 아내를 껴안거나 입을 맞출 수도 있지 않을까? 「레위기」에서는 '그에게 가까이하지…… 말지니라'라고 말한다. 그러면 아내가 그냥 남편과 한 침대에 누워 떨어져서 자면 어떨까? 다시 한 번 말하지만 「레위기」에서는 '그에게 가까이하지…… 말지니라'라고 말한다."

이러한 '접근'의 금지는 성관계를 금지하는 율법 주위에 세워진 울타리다. 이 울타리를 통해 죄의 범위가 확장되어 죄를 저지르는 것을 더 어렵게 만든다. 랍비들이 그러한 금지령을 얼마나 중요하게 생각했는지는 다음 구절에서 분명하게 드러난다. 한 경건한 학자가 젊어서 죽었다. 그의 아내는 이런 불공평한 일이 일어난 것에 대해 큰 충격을 받고 그 마을에 있는 랍비를 찾아가 왜 하나님께서 그토록 선한 사람을 일찍 데려가셨는지 그 이유를 알려달라고 요구한다. 결국 한 현자가 그녀로부터 부부는 아내가 월경을 하는 동안은 성관계를 하지 않았으나 대신 옷을 입은 채 같이 잠을 잤다는 고백을 받아낸다. "남편의 살과 내 살이 맞닿긴 했으나 그 이상 아무런 일도 일어나지 않았습니다." 아내는 이렇게 말하며 율법을 어기지 않았다고 주장한다. 그렇지만 둘이 함께 잔 것만으로도 『토라』의 주위에 둘러쳐진 울타리를 넘어선 것이며 따라서 현자는 엄격하게 대답한다. "그를 죽게 한 하나님께 영광 돌릴 지어다." 죽음은 적절한 응징이었다. 죄를 지어서가 아니라 그 죄에 너무 가까이 다가간 대가였다.

* * *

그렇지만 좀 더 넓은 의미에서 보자면 누군가는 '『토라』 주위에 울타리를 세우는 일'이 『피르케이 아보트』의 전체 정신을 아주 잘 표현하고 있는 것이라고 말할 수도 있을 것이다. 『토라』와 거기에서 이야기하는 삶의 방식은 『피르케이 아보트』에서 소개하는 내용들에서는 주위를 둘러싸고 있는 모든 유혹들에 극단적으로 취약한 것으로 그려진다. 인간은 단지 이 죄악으로 가득 차 있는 이 세상으로부터가 아니라 자기 본성 안의 죄에 물든 부분으로부터도 스스로 경계선을 그어야 한다. 실제로 랍비 아키바는 윤리적인 삶이란 계속해서 울타리를 세워가는 삶으로 봤다. "전통이란 『토라』 주위에 세워진 울타리다. 십일조는 재산 주위에 세워진 울타리다. 맹세는 절제하기로 한 약속 주위에 세워진 울타리다. 그리고 침묵은 지혜 주위에 세워진 울타리다.”

　『피르케이 아보트』는 종종 죄를 저지를 수밖에 없는 우리의 성향을 계속해서 의식하는 것만이 윤리적 재난을 막을 수 있다고 이야기한다.『랍비 나탄이 전하는 선조들』에 나오는 이야기들은 이런 분위기를 완벽하게 보여주고 있다. “이런 이야기가 있다. 무슨 뜻인지 한 번 생각을 해보자. 두 길 사이에 놓은 통로 하나가 있다. 한쪽 길은 불길에 휩싸여 있고 한쪽 길은 눈에 파묻혀 있다. 만일 누군가 불길 쪽으로 가까이 간다면 그는 불에 그슬릴 것이며 눈길로 가까이 간다면 몸이 얼어붙을 것이다. 그러면 어떻게 해야 하나? 두 길 사이를 지나가며 불에도 그슬리지 않고 몸도 얼어붙지 않도록 조심해야 한다.”

　유대교는 금욕주의를 따르는 종교가 아니며 랍비들은 결혼과 자녀 양육을 종교적인 의무로 보았기 때문에 독신생활 같은 건 하지 않았다. 실제로 『피르케이 아보트』가 보여주고 있는 이 세상의 여러 신중한 문제들은 세상을 숨어 사는 수도사나 은자가 아니라 부모가 되어 매일 생활을 꾸려나가는 세상을 실제로 살아가는 유대인들이 깊이 생각해봐야 하는 그런 것들이다. 바로 이런 이유 때문에 랍비들은 우리가 살고 있는 이 세상과 그 밖을 동시에 넘나드는 엄격한 절제를 강조했다. 따라서 일반적으로 유대인 남성이 결혼을 한다는 가정하에, 『피르케이 아보트』는 이렇게 이야기한다. "한 남자가 자신의 아내와 너무 많이 이야기를 한다면 그는 스스로 죄를 짓고 『토라』의 지혜를 무시하다가 결국에는 지옥에 떨어지게 된다."

모세 마이모니데스는 여기서 말하는 '이야기'를 성관계를 완곡하게 표현한 것이라고 해석했고 결혼한 사이라도 과도하게 관계를 가지는 것에 대한 경고로 생각했다. 그렇지만 한편으로는 이런 내용들을 그냥 액면 그대로 받아들일 수도 있을 것 같다. 현자들은 남자가 아내와 나누는 대화가 『토라』에 대한 내용은 아니고 가족이나 개인적인 문제일 것이라고 추측했고, 이런 이야기들은 언제나 신성한 것과는 거리가 멀었다. 또 다른 현자는 아주 사소한 죄라 할지라도 우리의 삶에 영향을 미칠 수 있다고 경고했다. "늦잠이나 한낮에 마시는 포도주 한 잔, 특별하지 않은 잡담, 그리고 아무 의미 없는 모임 참석 같은 이런 모든 일들은 사람들의 정신을 흐리게 만든다."

실제로 랍비 힐렐은 이 세상에서 인간이 얻으려고 애쓰는 모든 것들은 궁극적으로는 비극의 원인이라고 생각했다. 그는 엄격한 비유를 내세우며 이렇게 말한다. "고기가 많을수록 구더기는 더 꼬인다. 가진 것이 많으면 걱정거리도 많다. 아내가 많으면 악한 마법을 쓴다. 하녀들이 많으면 더 방탕해지고 하인들이 많으면 도둑질이 늘어난다." 이 사례들에서 찾아볼 수 있는 공통점은 많은 아내와 하인들이 부자의 특권인 문화권에서 그 지위를 상징한다는 것이다. 또한 아내들이 악한 마법을 쓴다는 건 하나밖에 없는 남편의 사랑을 독차지하기 위해 필요한 경우 마법이나 주술의 힘이라도 빌리려 한다는 의미이다.

그러나 내가 가진 지위의 상징들은 죽은 다음에는 아무런 소용이 없으며 힐렐은 우리가 죽을 때까지 맡은 바 책임을 다해야 한다고 주장한다. 또 다른 현자인 아카비아 벤 마할렐은 우리의 시작과 끝이 모두 불쌍하고 가련하다는 사실을 상기시켜준다. "내가 어디에서 왔으며 어디로 가는지, 그리고 훗날 누구의 앞에서 지난 일들을 고하게 될지 세 가지만 되짚어본다면 우리는 죄의 유혹에 빠지지 않을 것이다. 우리는 어디에서 왔는가? 하찮은 정액 한 방울에서 온 것이 아닌가? 우리는 어디로 가는가? 흙과 구더기 그리고 다른 벌레들이 있는 곳으로 돌아간다. 우리는 마지막에 누구의 앞에서 지난 일들을 고하게 되는가? 바로 주인 중의 주인 되시는 하늘에 계시는 하나님 아버지 앞이다."

마찬가지 이유로 우리는 죽음 이후까지 이어질 수 있는 선한 행동을 모든 열심을 다해 실천하고 추구해야 하며 따라서 힐렐의 비유 나머지 절반은 우리가 살면서 추구해야 하는 것들을 보여준다. "『토라』를 읽을수록 더 큰 생명을 얻게 된다. 배움이 많으면 지혜도 늘어난다. 스승과의 더 많은 대화는 더 많은 이해를 불러온다. 더 많은 자비를 행할수록 더 많은 평화를 누린다. 좋은 평판을 얻었는가? 결국 다 나에게 돌아온다. 『토라』에서 지혜의 말씀을 배웠다면 앞으로 다가올 세상에서 이미 자신이 있을 자리를 마련한 것이다.” 『토라』의 지식은 썩지 않는 유일한 보물이며 우리는 그것만으로도 하나님을 기쁘게 하고 영생을 얻을 수 있다.

앞으로 다가올 세상, 즉 경건하게 신앙생활을 한 사람들은 보상을 받고 죄지은 자들은 벌을 받는 세상이라는 개념은 『피르케이 아보트』의 절대적인 핵심 주제이다. 「신명기」에서는 이 땅에서의 저주와 축복을 약속했다. 만일 이스라엘 민족이 하나님께 순종한다면 많은 재산과 풍작을 이룰 것이며 그렇지 않다면 추방과 굶주림을 면하지 못할 것이다. 랍비들은 이 세상 다음의 세상을 하나님의 정의가 이루어지는 곳으로 보았으며 때로는 핵심을 지적하기 위해 상업과 관련된 비유를 사용하기도 했다. 랍비 아키바는 하나님을 가게 주인에 비유했다. “모든 것은 다 기록이 되어 있고 모든 것에는 다 가격이 매겨져 있다. 가게가 문을 열면 가게 주인은 물건을 팔거나 외상을 주고 그 내용을 장부에 기록한다.” 랍비 탈폰에게 하나님은 까다로운 고용주다. “하루해는 짧은데 할 일은 많다. 일꾼들은 게으르고 품삯은 만만치 않으니 주인이 까다롭게 굴 수밖에 없다.”

이러한 비유나 모습들은 결국 하나님이 인간의 모든 행위를 주의 깊게 보시고 모든 사람들에게 그가 한 대로 똑같이 되돌려주신다는 것을 나타내는 것이다. 『피르케이 아보트』는 이러한 하나님의 감시라는 개념에 깊이 빠져 있다. "이 세 가지만 기억한다면 율법을 범하고 싶은 유혹에 절대로 빠지지 않을 것이다. 내 위에 누가 있는지 생각하라. 눈을 들어 그분을 보고 귀 기울여 들으라. 그리고 내가 하는 모든 일이 책에 기록되고 있음을 명심하라." 예후다 하나시의 말이다. 또 다른 현자는 이렇게 말한다. 누구와의 상의도 없이 우리가 태어난 것처럼 나중에 올 세상에서 우리의 운명이 어떻게 될지 역시 그 누구와도 상의할 수 없다. "우리의 뜻과 상관없이 우리는 태어나고 자랄 수 있다. 우리의 뜻과 상관없이 우리는 살거나 죽을 수 있다. 우리의 뜻과 상관없이 우리는 주인 중의 주인 되시는 하늘에 계시는 하나님 앞에 나아가 심판을 받게 될 것이다."

때때로 덕행과 보상에 대한 이런 사고방식이 과도하게 어떤 거래나 계산처럼 들릴 수도 있을 것이다. 랍비 야코프는 이렇게 말한다. "이 세상은 다가올 다른 세상 앞에 있는 입구와 같다. 그 입구에 서서 스스로를 잘 준비해 본관(本館)으로 들어갈 자격을 갖추도록 하라." 그렇지만 『피르케이 아보트』의 다른 부분들을 보면 계율에 대한 다른 접근 방식을 찾아볼 수 있다. 안티고누스의 말이다. "보상을 받는다는 조건하에 주인을 섬기는 그런 사람이 되지 마라. 아무런 조건 없이 섬기는 그런 사람이 되라." 결국 『토라』가 천지창조에서 가장 중요한 것이라면, 아무런 보상 없이 『토라』의 가르침을 행하는 일이 어쩌면 『토라』 그 자체보다 더 가치가 있을지도 모른다. 계명을 지키는 일 자체가 우리가 알고 있는 것들 중 가장 즐거운 기쁨이기 때문에, 하나님께서는 우리가 그분의 율법을 지키는 것에 대한 보상으로 더 많은 새로운 율법을 내려주심으로써만 우리에게 보상을 해주실 수 있다.

벤 아자이가 다음과 같이 말한 것도 바로 이 때문이다. "계율에 대한 보상은 계율이며 계율을 어기는 것에 대한 보상은 계율을 어기는 것이다." 그리고 앞서 잘 준비해 본관에 들어갈 자격을 갖추라고 했던 랍비 야코프는 또 이렇게 말한다. "지금 이 세상에서 참회를 하고 선행을 베푸는 짧은 시간은 다가올 다른 세상에서 평생을 보내는 것보다 더 가치가 있다. 그리고 다가올 새로운 세상에서의 짧은 만족의 시간은 지금 이 세상에서 보내는 평생보다 더 가치가 있다." 앞으로 다가올 세상은 지금 이 세상보다 좋은 곳이다. 그렇지만 이 세상에서 선행을 하는 것이 새로운 세상보다 더 좋다. 만일 여기에서 모순을 느낀다면 그것은 보상보다는 그 보상을 받을만한 자격을 갖추는 일이 제일 큰 만족을 준다는 믿음에 대해 모순을 느낀다는 것이다.

그렇다면 이 세상에서 끝없이 이어지는 우리의 사명은 행복한 숙명으로도 볼 수가 있다. 이 세상에 완벽한 사람은 아무도 없으며 『토라』의 지식을 완벽하게 다 얻을 수 있는 사람도 없다. 그렇지만 그러한 완벽에 대한 추구가 축복받는 인생을 만들어준다. 랍비 타르폰은 『피르케이 아보트』에서도 가장 유명한 말을 남겼다. "일을 끝마치는 것도 또 그것을 피하는 것도 다 내가 마음대로 할 수 있는 일이 아니다." 오늘날의 관점에서 이 말은 이 세상을 발전시키는 책임을 나눠 지고 있는 인류를 겨냥한 말처럼 여겨진다. 그리고 분명 그런 해석이 어색하지 않다. 그렇지만 실제 문맥 속에서 '일'이라는 말은 물론 『토라』와 관련된 공부와 실천을 의미한다. "『토라』를 많이 공부했다면 그만큼 많은 보수를 받게 될 것이다. 왜냐하면 주인되시는 하나님은 일한 만큼 보수를 지급하시는 분이기 때문이다." 타르폰의 이야기는 이렇게 끝을 맺는다.

이와 똑같은 도덕적 주장이 『피르케이 아보트』에서 가장 널리 알려졌다고 할 수 있는 이야기에 힘을 보태준다. 랍비 힐렐의 세 가지 질문이다. "내가 나 자신을 위해 존재하지 않는다면 누가 나를 위해 존재할 것인가? 내가 혼자뿐인 존재라면, 도대체 나는 누구인가? 그리고 지금이 아니라면 언제가 적절한 때인가?" 이 말 역시 굉장히 다른 방식들로 해석될 수 있는 여지가 있다. 아마도 오늘날에는 보편주의와 상호 책임에 대한 권고로서 두 번째 질문에 더 많은 관심을 두게 될 것이다. 이른바 3대 유대교 교파 중 가장 진보적이고 근대화된 개혁 운동파에 의해 출판된 『피르케이 아보트』 판본에는 이런 내용의 주석이 포함되어 있다. "우리는 또한 이러한 내용을 유대교 공동체의 구성원들에 대한 사회적 정의를 제한하지 말라는 지침으로 본다. 우리는 배타주의를 초월하고 도움을 필요로 하는 공동체 구성원 모두를 도울 책임이 있다."

그렇지만 대부분의 유대 역사에 있어 힐렐의 세 가지 질문은 마치 신 앞에 선 개인의 책임에 대한 설명처럼 서로 다르게 해석될 수 있다. 예컨대 『랍비 나탄이 전하는 선조들』에서는 하나님이 보시기에 '덕행을 쌓는' 일의 중요성을 일깨운다고 해석한다. 이런 시각에서 첫 번째 질문은 각각의 개인은 하나님 앞에서 스스로의 정당성을 증명해야만 한다는 뜻이다. 두 번째 질문은 우리가 아무리 노력하더라도 결코 완벽함에 도달할 수 없다는 뜻이며 마지막 세 번째 질문은 우리는 평생에 걸쳐 너무 늦기 전에 우리 스스로의 정당성을 증명해야만 한다는 뜻으로 해석된다. 같은 생각을 바탕으로 랍비 엘리에셀은 이렇게 충고한다. "죽기 전에 언젠가는 참회하라" 그리고 우리는 언제가 죽는 날인지 결코 알 수 없기 때문에 우리는 마치 우리가 심판을 바로 앞두고 있는 것처럼 그렇게 하루하루를 살아가야 한다.

이렇게 해서 랍비들은 각각의 유대인들의 영혼을 전 우주를 배경으로 한 연극의 주인공으로 바꾸었다. 유대인 전체가 정치라는 무대 위에서 자기 자리를 내려놓은 바로 그 순간부터다. 성전이 무너진 이후의 세계에서 『피르케이 아보트』는 마치 유대인들은 많은 것들을 빼앗겼으나 『토라』로부터는 결코 떨어져 나올 수 없었다고 말하는 듯하다. 그리고 벤 베그 베그는 이렇게 주장한다. 『토라』는 모든 것이라고. "한 장 한 장 넘길수록 모든 것이 그 안에 들어 있다. 늘 『토라』를 찾고 『토라』와 함께 자라고 늙어가라. 절대로 『토라』를 멀리하지 마라. 그 어떤 것도 『토라』보다 나은 것은 없다."

도널드 하먼 아켄슨(Akenson, Donald Harman), 『놀라운 경이: 성경과 탈무드의 발명(Surpassing Wonder: The Invention of the Bible and the Talmuds)』, 시카고대학교 출판부, 2001.

유다 골딘(Judah Goldin) 옮김, 『랍비 나탄이 전하는 선조들(The Fathers According to Rabbi Nathan)』, 예일대학교 출판부, 1955.

메이어 즐로토비츠(Meir Zlotowitz)·노손 셔먼(Nosson Scherman) 편역, 『피르케이 아보스: 선조들의 어록(Pirkei Avos: Ethics of the Fathers)』, 메소라 출판사, 1999.

레너드 크라비츠(Leonard Kravitz)·케리 M. 오리츠키(Kerry M. Olitzky) 편역, 『피르케이 아보트: 유대 윤리학에 대한 현대 주석(Pirkei Avot: A Modern Commentary on Jewish Ethics)』, URJ 프레스, 1993.

제6장
선택받음에 대한 문제

•

투델라의 벤야민(Benjamin of Tudela)

『투델라의 벤야민 여행기(The Itinerary of Benjamin of Tudela)』,

예후다 할레비(Yehuda Halevi) 『쿠자리(Kuzari)』

12세기에 접어들면서 유대인들은 박해와 폭력의 대상으로 전락했으나 유대인들의 문화는 이슬람 세력이 지배하고 있던 에스파냐 지역에서 크게 번창했다. 『투델라의 벤야민 여행기』로 잘 알려진 에스파냐 태생의 여행가 투델라의 벤야민은 당대의 유대 세계에 대해 자신이 조사한 내용을 알리기 위해 여행기와 통계적 증거를 하나로 합치는 작업을 했다. 당시 유대인들은 유럽의 에스파냐에서 중동의 예멘까지 넓은 지역에 흩어져 살았지만 벤야민은 유대인들이 여전히 이른바 이스라엘의 땅을 갈망하고 있음을 강조한다. 그 땅은 이제 기독교 십자군들이 지배하고 있는 낙후된 지역이었다. 이런 상황에서 역시 에스파냐 태생의 위대한 시인인 예후다 할레비는 유대의 사상을 정의하는 책 중 한 권을 집필한다. 이 책『쿠자리』는 랍비가 이교도 왕을 유대교로 개종시키기 위해 설득을 하며 나누는 가상의 대화로 이루어져 있다. 자신의 주장의 정당함을 입증하기 위해 이 랍비는 단지 신앙으로서의 유대교뿐만 아니라 모든 경쟁자들에 대한 이스라엘 민족과 이스라엘의 땅의 우월함에 대해 아주 대담한 주장을 펼친다. 선택받은 유대인들에 대한 할레비의 옹호는 유대인의 무력함에 대한 이유와 실제 상황에 대한 모든 논쟁에 도전하며 자신의 책『쿠자리』를 지금까지 선보인 책들 중에서 유대교에 대한 가장 영향력 있는 변론서로 만들었다.

1160년대 어느 때쯤, 벤야민 벤 요나(Benjamin ben Jonah)라는 이름의 한 사내가 자신이 태어난 에스파냐 북부의 투델라(Tudela)라는 도시를 떠났다. 그리고 세상을 돌아보기 위해 길을 나섰다. 무엇이 그로 하여금 그토록 먼 길을 떠나게 만들었는지, 그것이 일 때문인지 신앙심인지 아니면 그저 순수한 호기심 때문이었는지는 알 수 없다. 그렇지만 그가 여행을 다녀와 쓴 책은『투델라의 벤야민 여행기』로 알려져 있으며 중세 시대 유대인들의 생활상을 전해주는 독특한 기록으로 지금까지 남아 있다. 에스파냐에서 팔레스타인에 이르기까지, 벤야민은 어디를 가든 그 지역에 살고 있는 유대인들의 규모와 지도급 인사들의 이름, 그리고 그의 관심을 끌만한 중요한 일들을 모두 다 기록했다. 만일 개인적으로 들어가볼 수 없는 곳이 있다면 다른 여행자들의 이야기에 자신의 상상력을 섞어 모자라는 부분을 채웠고 때로는 깜짝 놀랄만한 이야기를 만들어내기도 했다. 예를 들어 그는 자신이 중국을 여행했다고 주장하며 여행기를 썼는데, 거기에는 '그리핀이라고 부르는 거대한 새'의 발톱에 매달려 위험천만한 바다를 가로질러 갔다는 이야기가 포함되어 있다.

그렇지만 비록 이렇게 뻔히 보이는 지어낸 이야기들에도 불구하고, 『투델라의 벤야민 여행기』는 12세기 유대인 세계의 민낯을 보여주고 있다. 무엇보다도 그는 유대인들의 대부분, 그러니까 무려 열 명 중 아홉 명이 서쪽으로는 유럽의 에스파냐와 동쪽으로는 지금의 이라크 지역까지 뻗어 있는 이슬람 문화권의 지배 아래 살고 있다는 사실을 확인했다. 벤야민이 서유럽의 기독교 국가들을 방문했을 때 그는 심지어 가장 큰 규모의 도시에서도 작은 유대인 공동체를 찾아냈을 뿐이었다. 예컨대 프랑스의 아를 지방에는 200여 명, 그리고 이탈리아의 나폴리에는 500여 명 정도가 모여 살고 있을 뿐이었는데, 중동 지방으로 가보니 유대인들의 숫자가 엄청나게 많았다. 시리아의 알레포에는 5,000여 명, 그리고 이라크의 모술에는 약 7,000여 명의 유대인들이 모여 살고 있었다는 것이다. 이슬람의 최고 지도자라고 할 수 있는 칼리프가 머물고 있는 바그다드에는 "대략 4만여 명의 유대인들이 아주 안전하게 번영을 누리며 존경까지 받고 살고 있었다." 벤야민은 아주 자랑스럽게 이렇게 기록하고 있다.

그가 기록했던 숫자들은 그리 정확하지 않을지는 모른다. 하지만 그렇다고 해서 우리가 받는 인상이 달라지지는 않는다. 이슬람의 지배하에서 유대인들은 번영을 누렸고 기독교의 지배하에서는 비참한 생활을 면치 못했다. 이런 현상은 로마나 콘스탄티노플 같은 거대한 기독교의 수도에서 특히 두드러졌다. 로마에는 200명의 유대인들이 살고 있었으며 거기에는 위대한 학자들도 포함되어 있었다고 벤야민은 기록한다. 그렇지만 그곳의 유대인들은 유대 왕국의 멸망과 유대인들에 대한 경멸을 보면서 1,000년이 넘는 세월을 견디며 살아가고 있었다. 벤야민은 티투스의 황궁을 가보았다고 하는데, 로마 원로원은 "2년 안에 예루살렘을 함락시키라고 명령했지만 3년이 지나도록 제대로 임무를 해내지 못했다는 이유"로 티투스를 비난했다고 한다. 또한 역시 로마에 있는 라테라노 성당에는 청동으로 만든 기둥들이 서 있는데, 모두 다 예루살렘 대성전에서 약탈해온 것이라는 소문이었다. "각 기둥에는 '다윗의 아들 이스라엘의 왕 솔로몬'이라는 이름이 새겨져 있었다." 그 지역에 살고 있는 유대인들에 따르면 이 기둥들은 매년 아브월 제9일이 되면 '물기를 머금는데' 그야말로 성전이 무너진 것을 슬퍼하는 눈물이라는 이야기였다.

12세기가 되어 크게 세력이 줄어들기는 했지만 어쨌든 여전히 동로마 제국의 수도가 자리하고 있는 콘스탄티노플에서는 유대인들이 들리는 것 이상의 모욕을 당하며 살고 있었다. 콘스탄티노플 그 자체는 벤야민의 말처럼 놀라운 것들로 가득 차 있었다. "콘스탄티노플처럼 부유한 도시는 세계 어디에서도 찾아볼 수 없다. 이곳에는 그리스어로 된 모든 책들을 다 읽고 배운 사람들이 모여 있으며 모두들 즐겁게 먹고 마신다. 그리고 모든 사람들이 자기 집에서 다들 편안하게 살고 있다." 그렇지만 유대인들만은 예외였다. 유대인들은 아예 도시의 경계 안에 사는 것 자체가 금지되어 있었으며 2,500명이 모여 살고 있는 바닷가에 면한 유대인 거주 구역은 차라리 빈민가에 더 가까웠다.

"유대인들은 말을 타고 돌아다니는 일이 허락되지 않았다. 단 한 사람, 황제의 주치의인 랍비 솔로몬 하미츠리만 예외였는데 이 하미츠리 덕분에 유대인들이 받는 탄압이 상당히 줄어들었다고 한다. 그렇지만 유대인들이 받는 대우는 여전히 형편없었고, 그들에 대한 증오심도 대단했다. 특히 가죽을 다루는 무두장이들은 일을 하면서 나오는 더러운 구정물을 유대인들의 집 문 앞에 버리는 식으로 유대인 거주 구역을 더럽히고 있었다. 따라서 동로마 제국의 사람들은 그 사람의 성품에 상관없이 다들 유대인들을 증오했고 박해의 대상으로 삼아 거리에서도 폭행을 저지르며 수단과 방법을 가리지 않고 가혹하게 대했다. 그렇지만 유대인들은 모두 여유가 있고 선량했으며 친절하고 자비심도 많았다. 그리고 자신들의 숙명을 유쾌하게 견뎌냈다."

알렉산드리아에 살고 있던 그리스계 주민들이 같은 지역의 유대인들을 대상으로 폭동을 일으킨 지 1,200년이 지났지만 변한 것은 거의 없어 보였다. 그렇지만 벤야민의 기록에 따르면 바그다드는 분위기가 아주 달랐다고 한다. 바그다드의 칼리프는 유대교를 존중했고 심지어 히브리어도 할 줄 알았다고 한다. 벤야민은 특히 유대 공동체의 공식적인 대표자라고 할 수 있는 다니엘 벤 히스다이가 누리고 있는 위치에 특별히 깊은 인상을 받았다. 벤야민은 히스다이가 일국의 왕자 못지않은 행세를 하는 것을 보고 깜짝 놀랐다. 콘스탄티노플의 유대인들이 말조차 타고 돌아다니지 못하고 있을 때 다니엘 벤 히스다이는 당당하고 호사스러운 생활을 누리고 있었던 것이다.

"다니엘 벤 히스다이는 닷새마다 위대한 칼리프를 알현하러 갔다. 기병들과 유대인, 그리고 다른 이방인들이 그를 호위했으며 그가 지나가기 전에 '다윗의 아들이자 고귀하신 분께서 지나가니 어서 길을 비켜라!'라는 외침이 울려 퍼졌다. 히스다이는 말 위에 올라타고 수를 놓은 비단 옷으로 몸을 감싸고 있었으며 머리에는 커다란 터번을 둘렀다. 그리고 터번에는 하얀색의 긴 천과 장식용 사슬이 매달려 있었는데, 거기에는 예언자 무함마드의 이름이 새겨져 있었다. 마침내 칼리프 앞에 나아가게 되면 히스다이는 그의 손에 입을 맞춘다. …… 그러면 칼리프의 궁전에 모여 있던 모든 고관대작들이 자리에서 일어나 히스다이를 맞이했다."

벤야민의 눈에 비친 다니엘은 지난 1,000년 동안 세상이 잊고 있었던 모습, 바로 유대인의 왕의 모습과 다름이 없었다. 실제로 "다니엘 벤 히스다이는 족보상으로 그 혈통이 이스라엘의 왕, 다윗까지 거슬러 올라가는 사람이었다." 그리고 『투델라의 벤야민 여행기』에서 볼 수 있는 것처럼 이 지역의 유대인들이 누리는 권력도 특히 벤야민을 놀라게 했다. 지금까지 그가 여행을 하며 본 것이라곤 모두 무력하고 비참한 모습들뿐이었기 때문이었다.

그렇지만 이스라엘의 땅 그 자체만큼 충격적이고 굴욕적인 모습을 보여주는 곳은 어디에도 없었다. 이제는 팔레스타인으로 이름이 바뀌어버린 그곳은 벤야민의 여정에서 그야말로 가장 중요한 곳이 될 수밖에 없었는데, 그로서는 평생 글로만 읽었던 곳을 직접 눈으로 볼 수 있는 그런 기회였다. 우리가 신화로 이해하고 있는『구약성경』의 이야기는 벤야민에게는 모두 역사 그 자체였으며 그는 눈에 보이는 모든 곳에서 그 흔적을 찾아 헤맸다. 헤브론에서는 관리인에게 뇌물을 주고 지하로 내려가 이스라엘의 조상들이 묻혀 있는 무덤들을 보았으며 사해(死海) 근처에 가서는 "롯의 아내가 뒤를 돌아보다 변해버렸다는 소금 기둥을 보았다. 양 떼가 와서 계속 그 기둥을 핥지만 시간이 지나면 다시 제 모습을 되찾는다고 한다."『구약성경』시대 이후의 유대교 역시 땅 위에 그 흔적을 남겼다. 벤야민은 힐렐과 샴마이 등 위대한 랍비들의 무덤을 찾아가기도 했다.

그렇지만 예루살렘 대성전이 무너진 이후 요하난 벤 자카이가 학교를 세웠던 야브네에 이르러서는 이제는 유대인이 전혀 살고 있지 않다는 사실을 알게 되었다. 그리고 요세푸스 시대만 해도 축제일이면 100만 명이 넘는 유대인들이 모여들던 예루살렘은 이제 "작은 도시가 되어…… 이슬람교도들이 야곱의 아들들, 시리아 사람들, 그리스 사람들, 카프카스 사람들 그리고 서유럽의 백인을 의미하는 프랑크 사람이라고 부르는 온갖 종류의 사람들이 모여 있었다." 벤야민이 찾아낸 예루살렘의 유대인들의 숫자는 200여 명에 불과했으며 그들은 "예루살렘의 저 끝에 있는 다윗의 탑 아래 모여 살고 있었다." 당시 예루살렘을 지배하고 있던 건 기독교 십자군들로 그들은 1099년 도시를 점령하고 유대인들을 학살했었다. 벤야민이 찾아갔던 무렵인 1170년에는 십자군들의 위세를 예루살렘 전역에서 확인할 수 있었는데, 솔로몬 왕의 궁궐로 불리는 건물은 300여 명의 기독교 기사들이 머무는 숙소가 되어 있었다.

『투델라의 벤야민 여행기』에서 벤야민이 보는 예루살렘은 후대의 다른 많은 여행자들과 마찬가지로 당혹스러울 정도로 실망스러운 모습이었다. 콘스탄티노플이나 바그다드의 화려한 모습과는 달리, 훨씬 더 유명하고 역사도 오래된 예루살렘은 그저 폐허만 보여줄 뿐이었다. 무너지고 남은 대성전의 서쪽 벽은 "과거 제사장들이 제사를 드리기 전 몸을 씻던 인공 연못이 있던 자리였다." 아직도 유대인들이 사용하고 있는 유일한 건축물에 대해서 벤야민은 "지금은 유대인들이 왕에게 매년 세를 바치고 염색 공장으로 사용하고 있었다"라고 언급했다. 심지어 공동묘지조차 유대인들의 몰락의 증거일 뿐이었다. "기독교인들이 묘지를 파괴해버리고 비석들을 가져다 자기들 집을 짓는 데 사용했다."

유대인들의 몰락한 모습을 수없이 목격한 후에 벤야민이 실제로 그렇든 그렇지 않든 유대인이 아직도 저력이 있다는 사례로 읽힐만한 이야기들을 열심히 찾아 기록하려 했던 건 그리 놀랄 일도 아니다. 바그다드에 살고 있는 유대인들의 문명화된 화려한 모습도 그중 하나겠지만 벤야민을 정말로 흥분시킨 건 몰락해버린 유대인들조차 결코 물러서지 않는 투지를 갖고 있었다는 사실이다. "왈라키아 사람들이라고 불리는 민족이 있었다." 벤야민은 도적 떼와 거의 다를 바 없는 사람들의 예를 든다. "그들은 산 위에 살다가 내려와 그리스 마을들을 급습해 약탈하고 파괴했다." 그렇지만 벤야민이 흥미를 보인 건 다른 이유 때문이었다. "왈라키아 사람들은 유대식 이름을 사용하고 있었고 어떤 사람들은 아예 자신들을 유대인이라고 내세우기도 했다. 실제로도 왈라키아 사람들은 유대인들을 형제라고 불렀으며 유대인들과 마주치게 되면 강도질은 해도 다른 이방인들을 만났을 때와는 달리 죽이지는 않았다. 어쨌든 그들은 무법천지에 살고 있는 무법자들이었다." 벤야민은 이렇게 글을 끝맺었지만 완전히 못마땅한 그런 느낌은 아니다.

나중에 벤야민은 예멘 지방에 대해서도 기록을 남기는데, 예멘에서는 "유대인들이 수많은 요새화된 거대 도시들을 지배하고 있었다. 이방인이라는 굴레는 그곳의 유대인들에게는 해당되지 않았다. 그들은 이웃이자 동맹인 아라비아 사람들과 함께 멀리 떨어진 곳들을 습격해 전리품들을 약탈해온다. …… 주변 사람들 모두가 이 유대인들을 두려워하고 있었다." 그는 아주 만족스러운 기분으로 이렇게 기록했다. 실제로 벤야민에게 예멘 지방은 일종의 환상의 나라나 마찬가지였다. 우선 인구의 숫자부터 타나이에는 30만 명, 그리고 틸마스에는 10만 명 등 터무니없을 정도로 규모가 큰 도시들이 있었으며 지도상의 비어 있는 부분들조차 벤야민에게는 유대인들의 힘이라는 환상을 투영할 수 있는 공간이었다.

이러한 환상은 다윗 알루이에 대한 기록에서 다시 드러난다. 알루이는 비록 대단치는 않지만 실제로 존재했던 인물로 중앙아시아 지역에서 페르시아 제국에 반기를 들었다가 실패한 전력이 있었다. 그렇지만 벤야민의 이야기 속에서 알루이는 유대인 군대를 이끌고 "예루살렘을 탈환하고 이교도들의 굴레로부터 유대인들을 해방시켜줄 것이라고 약속했던" 거의 구세주에 가까운 그런 인물로 그려진다. 알루이는 다윗이라는 이름이 연상시키듯 스스로를 '유대인들의 왕'이라고 이야기하고 다녔으며 몸을 보이지 않게도 만들고 물 위를 걸어갈 수도 있는 능력 등 마법의 힘을 가지고 있다고 말하기도 했다. 그렇지만 알루이는 페르시아 유대인 공동체의 보수적인 지도자들인 신중론자들에 의해 견제를 받았는데, 이들은 하만의 대량학살 계획이 다시 되살아나 페르시아가 유대인들을 모두 다 멸절하려 들지 모른다는 두려움에 사로잡혀 있었다.

유대 공동체의 장로들 역시 이스라엘의 땅을 신학적 배경을 바탕으로 정복하겠다는 알루이의 계획에 반대했다. "구속의 때는 아직 이르지 않았다." 장로들은 이렇게 말했다. "우리는 구속의 때에 대한 징조를 아직 보지 못했으며 어느 누구도 무력만으로는 그 일을 이룰 수는 없다." 이것이야말로 1,000년 이상 이어진 유대인들의 추방과 방랑에 대한 일반적인 유대 방식의 대응이었다. 팔레스타인으로 되돌아가는 건 유대인 자신의 힘으로는 할 수 없었다. 하나님께서 그들이 지은 죄에 대한 응징을 모두 끝내시고 난 후에야 그분의 방식대로 유대인들을 고향으로 데리고 가실 터였다. 알루이는 이런 논리에 반대하며 자기 뜻을 고집한 것이며 유대인 군대를 이끌고 예루살렘으로 진격해 스스로 문제를 해결하겠다고 위협하고 나서자 그의 장인은 뇌물을 받고 자고 있던 사위를 죽여버린다.

먼 훗날 또 다른 유대인 작가인 벤저민 디즈레일리에게 영감을 줘 한 편의 소설로도 탄생하기도 했던 이 알루이에 대한 이야기는 마치 디아스포라 무저항주의에 대한 쓸쓸한 비난처럼 들리기도 한다. 『투델라의 벤야민 여행기』의 마지막 부분에서 벤야민은 자신들이 되찾으려고 하는 문제에 대해 유대인들에게서 느끼는 답답함과 아직 적절한 때가 이르지 않았다는 사실을 알고 있는 자신의 지식 사이에서 갈등하는 모습을 보인다. "만일 우리가 정해진 때가 아직 되지 않았거나 거기에 이르지 못했다는 사실에 대해 두려움이 없다면 우리는 다 함께 모일 수도 있었을 것이다. 그렇지만 우리는 그날의 때가 이르기 전까지는 감히 그렇게 할 수 없다. …… 하나님의 사자들은 계속 나타나 끊임없이 이렇게 말할 것이다. '오직 주님만을 찬양하라.' 벤야민은 이렇게 기록하고 있다. 『투델라의 벤야민 여행기』에서 말하는 디아스포라 시대의 유대인들의 삶은 화려하고 매력적일 수도 있고 또 억눌리고 보잘것없는 그런 삶일 수도 있다. 그렇지만 여전히 그 맥이 끊어져버린 삶이라는 사실에는 변함이 없다.

* * *

벤야민이 이스라엘의 땅에서 찾아가보았던 유명한 무덤들 중에 유독 한 무덤이 눈에 들어온다. 지금의 이스라엘 북부에 위치한 티베리아스라는 곳에는 온천이며 유대교 회당과 함께 "요하난 벤 자카이와 예후다 할레비의 무덤이 있었다." 요하난의 경우는 벤야민이 기록한 무덤의 위치가 정확하게 알려져 있지 않은 다른 많은 초기 랍비들 중 한 명이었지만 예후다 할레비의 경우는 좀 다르다. 할레비는 『탈무드』를 따르는 현자가 아니라 시인이었으며 벤야민이 여행을 시작하기 불과 몇십 년 전에 세상을 떠난 사람이었다. 많은 학자들은 그의 이름이 벤야민의 책에 올라 있는 건 그저 우연의 일치일 뿐이라고 생각한다. 왜냐하면 『투델라의 벤야민 여행기』의 판본에 따라 각기 다른 이름들이 나오기 때문이다. 따라서 그저 요하난 벤 자카이와 함께 있는 고대의 어느 랍비의 무덤이라는 편이 더 자연스럽게 들어맞을지도 모른다.

그렇지만 만일 예후다 할레비의 무덤이 정말로 티베리아스에 있었다면, 할레비가 그의 소망대로 이스라엘 땅에서 죽어 묻혔다는 결정적인 증거가 될 수도 있다. 할레비는 말년에 들어 전적으로 이스라엘의 땅에 대한 이상에만 몰두했으며 그가 생각하는 이스라엘의 땅은 구속을 위한 기도의 판에 박힌 목표가 아닌 살아 있는 가능성으로서 언젠가 유대인들이 실제로 가서 하나님께 더 가까이 다가갈 수 있는 그런 땅이었다. 할레비가 히브리어로 쓴 가장 유명하고 감동적인 시들 중에는 이러한 갈망이 영적으로 아주 구체화되어 이스라엘의 땅과 결합되는 모습을 표현하고 있는 시들도 있다.

"내 마음은 동쪽에, 그리고 나는 서쪽에 있노라,

그것도 서쪽에서도 제일 먼 곳에!

입에 들어가는 음식이 도대체 무슨 맛인지

먹어도 알 수가 없구나

어떻게 하면 내가 맹세했던 일들을 이룰 수가 있을까?

어떻게 하면 내가 하기로 했던 일들을 할 수 있을까?

시온의 땅은 기독교도들의 손에 들어가 있고

나는 이렇게 이슬람교도들의 땅에 있는데!"

레이먼드 쉰들린(Raymond Scheindlin)이 번역한 이 히브리어 시를 보면 할레비의 일생과 당대의 지정학적인 상황에 대한 기본적인 사실들을 어느 정도 파악할 수 있다. 할레비가 언제 태어났는지는 정확하게 알려져 있지 않지만 대략 1070년에서 1085년 사이로 알려져 있는데, 태어난 장소 역시 확실치는 않다. 그는 여행기를 남긴 벤야민처럼 투델라 태생이거나 혹은 비슷한 이름의 톨레도 태생인 것 같으며, 어느 쪽이든 에스파냐의 "서쪽에서도 제일 먼 곳에" 살았다는 사실은 분명하다. 에스파냐가 위치하고 있던 당시의 이베리아 반도는 기독교도가 지배하는 북쪽과 이슬람교도가 지배하는 남쪽으로 갈라져 있었으며 유대인들은 현대에 이르러 이른바 문화적 황금기로 알려지게 된 당시의 분위기에 일조를 하고 있었다. 바로 에스파냐 땅에 세계에서 가장 부러워할만한 문명 중 하나인 정교하고 세련된 이슬람 문명이 꽃을 피우던 시대였다. 또한 이 시기는 유대인들이 사회적으로는 아니지만 주변 환경에 문화적으로 동화되었던 유대 역사에 있어 아주 드문 그런 시기 중 하나이기도 했다. 유대인들은 아라비아어로 쓰고 말했으며 이웃하고 있는 이슬람교도들과 비슷한 생활방식을 유지했고 철학 사상과 시의 형식을 활발하게 교류하고 바꾸어나가는 데 일조를 했다.

때로 유대인들은 기독교와 이슬람 공동체 사이에 끼어 있는 소수 민족으로서 이런 주변인이라는 위치에서 이득을 보기도 했으며 개인적으로는 이슬람의 정복자들을 위해 일하며 놀랄 만큼 높은 지위에 오르기도 했다. 예컨대 사무엘 하나지드(Shmuel HaNagid) 혹은 '왕자 사무엘'로도 불렸던 한 언어학자는 예후다 할레비가 태어나기 불과 20여 년 전에 죽은 사람이었는데 이슬람 세력이 지배하고 있던 그라나다에서 최고위직에 올랐다. 그 역시 히브리어로 시를 썼는데 그의 시대는 무엇보다도 히브리 문학의 황금시대라는 점에서 그 의미가 있으며 아마도 고대부터 20세기에 이르기까지 히브리 문학과 문화가 가장 융성했던 시기였을 것이다.

그렇지만 또 이 시기를 한없이 미화하기도 쉬운데, 에스파냐에 살고 있던 유대인들의 처지는 실제로는 여전히 불안했다. 대중들의 적대감이나 갑작스러운 정권교체에 매우 취약했던 것이다. 이런 우려는 1090년에 현실로 드러나, 당시 젊은 청년이던 할레비는 이슬람

왕조의 한 갈래인 아몰라비드 왕조의 그라나다 점령 소식을 듣게 된다. 북아프리카 지역에 기반을 두고 있으며 신앙이 엄격했던 이 왕조는 유대인들을 완전히 몰아내면서 전설처럼 이어지던 그동안의 관용의 문화에 종지부를 찍으려 했다. 90년대가 저물어갈 무렵에는 제1차 십자군이 예루살렘을 정복하러 가는 길에 지금의 독일 지역의 유대 공동체를 초토화시킴으로써 다시 한 번 유대인들의 무력한 처지가 부각되기도 했다. 할레비는 이 사건에 대해 시 한편을 남긴다.

"기독교와 이슬람 군대 사이에서
나를 지켜줄 군대는 어디로 갔나
저들과 맞서 싸우러 나갔으나
그대로 패배하니 우리도 무너져내린다
항상 패배는 이스라엘의 몫이구나"

여러 가지 측면에서 예후다 할레비는 이미 잘 자리를 잡은 문명화된 에스파냐 남부 지역 유대인들이 사는 방식을 그대로 따랐다. 그는 시인이었지만 개업을 한 의사였으며, 자신이 성인이 된 이후 살았던 톨레도와 코르도바의 유대인 공동체의 지도자이기도 했다. 그렇지만 할레비는 말년에 접어들면서 아주 극적이고 의미심장한 방식으로 그런 삶을 버리게 된다. 에스파냐 지방의 문명이 정점에 달하고 팔레스타인은 투델라의 벤야민이 보여주었던 것처럼 전쟁의 상흔만 남은 낙후된 지역에 불과했을 때, 할레비는 문득 이스라엘의 땅으로 순례여행을 떠나야만 하겠다는 생각을 하게 된다. 그는 이러한 소망을 뜨거운 마음을 담은 시로 표현하기도 했으며 친구들과 가족들이 깊이 우려하는 것을 뒤로 하고 마침내 꿈꾸던 일을 실행에 옮기겠다는 결단을 내린다. 1140년, 아마도 그의 나이가 육십 대 중반에 이르렀을 무렵 할레비는 지중해를 가로지르는 것으로 이 위험천만한 여정을 시작했고 제일 먼저 이집트를 방문해 1년 가까운 시간을 보낸다. 그리고 이듬해인 1141년 봄, 그는 팔레스타인을 향해 길을 떠났다.

할레비가 이집트에서 보낸 시간들은 그의 인생 가운데서 단연코 가장 제대로 된 기록으로 남아 있는데 이는 역사학 연구에서 가장 놀라운 발견으로 기록되는 한 발굴 작업 덕분이다. 1896년 솔로몬 쉐흐터(Solomon Schechter)에 의해 훗날 카이로 게니자(Cairo Geniza)로 알려지게 되는 문서 보관소가 발굴이 되었는데, 어느 유대인 회당의 다락방에 오랜 세월 동안 버려져 있던 종이 더미들 사이에서 그 기록 시기가 1,000년 이상 거슬러 올라가는 각종 원고며 편지들이 발견된 것이다. 그리고 거기에는 예후다 할레비에 대한 편지들도 함께 있었다. 이 발굴의 결과로 그가 이집트에서 보낸 약 9개월 동안의 행적을 자세하게 추적하는 일이 가능해졌으며 그가 팔레스타인으로 떠나는 배에 올라탄 정확한 날짜도 알 수 있게 되었다. 바로 1141년 5월 7일의 일이었다.

역시 게니자에서 나온 같은 해 쓴 편지 한 통에는 할레비가 죽은 것으로 언급되어 있다. 따라서 만일 그가 정말로 팔레스타인에 도착했다면 그는 고작해야 죽기 전까지 몇 개월 정도만 팔레스타인에서 지낼 수 있었던 것이며, 정확하게 그가 어떤 식으로 세상을 떠났는지는 알려져 있지 않다. 그보다 수 세기가 지난 후 기록으로 남아 전해지는 중세의 한 전승에 따르면, 할레비는 예루살렘 성문 앞에서 시온에 대한 자신의 열정을 담은 시 한 편을 암송하다가 한 아라비아 기병에 의해 살해되었다고 한다. 그렇지만 이런 상징적인 순교는 실제로 있었던 사건으로는 생각되지 않으며 노년으로 접어든 시인이 힘든 여정을 마치고 자연사했다고 보는 것이 더 타당할 것이다. 만일 벤야민의 기록을 믿을 수 있다면 할레비의 무덤은 티베리아스에 있었을 것이고 이후 30년 이상 순례자들에게 개방이 되었을 것이다.

그리고 시간이 지나면서 할레비가 시를 쓰며 이룩한 문학적 성취는 점차 희미해져 갔다. 그가 쓴 시의 일부는 유대교의 기도서 등을 통해 보존이 되었으나, 대부분은 시간이 흐르면서 사라져 중세 시대

의 원고들이 수집되는 과정에서 일부가 발견되어 19세기에 출간이
되었다. 그리고 할레비의 이름은 겨우 다시 유대 문학의 대가로 자
리를 찾게 되었다. 그렇지만 그 후로도 오랜 세월 동안 할레비의 이
름이 회자되게 해준 작품은 따로 있었다. 시가 아닌 산문체로 된 대
화록으로 『쿠자리』라는 제목의 책이다. 『쿠자리』는 유대교에 관한
글 중에서도 가장 영향력 있는 저술 중 하나가 될 자격이 충분하며,
이스라엘의 땅과 할레비 사이의 애정을 상징하는 하나의 기념비라
고도 볼 수 있다.

* * *

유대교에 대한 할레비의 기이하고 또 때로는 당혹스럽기도 한 관
점을 이해하려면 『쿠자리』의 아라비아어로 되어 있는 원래의 제목
을 살펴보는 것이 중요하다. 할레비가 이 '하자르 민족의 책: 멸시당
하는 신앙을 변호하기 위한 증거와 논증에 관한 책'을 쓰던 당시, 그
러니까 책 속에 처음 언급된 바에 따르면 1129년, 혹은 나중에 다시
개정된 내용에 따르면 1140년대 무렵의 유대교는 정말로 전 세계적
으로 '멸시당하는 신앙'이었다. 기독교도들과 이슬람교도들이 에스
파냐와 팔레스타인 성지의 지배권을 두고 다투는 동안 그 결과로 인

해 고통을 겪었던 건 바로 유대인들이었다. 할레비가 다른 모든 종교와 비교해 유대교의 우월함을 과격하게 주장한 것은 당시의 이런 실질적인 분위기와는 상반되는 것이었다.

할레비가 취한 『쿠자리』의 형식은 그의 이런 일종의 동경에 대한 단서를 제공해준다. 투델라의 벤야민이 유대 왕국과 도적들의 이야기를 반쯤 상상해서 열심히 적어 내려갔던 것처럼, 할레비 역시 유대인의 주권과 관련해 아주 드문 사례를 배경으로 삼았다. 바로 하자르족의 왕국이다. 이 왕국은 흑해(黑海)와 카스피해 사이, 중앙아시아 어디쯤에 위치하고 있으며 전해오는 이야기에 따르면 하자르족의 왕과 지배층은 CE 8세기경 무렵에 유대교로 개종을 했다고 하는데, 이 소식은 에스파냐에 살고 있는 유대인들에게 마치 풍문처럼 반쯤은 과장이나 첨삭이 더해진 상태로 전해지게 된다. 하자르족에 대해서는 실제로 알려진 바가 거의 없었기 때문에 유대인이 누리는 권력에 대한 환상을 투영하기에는 아주 이상적인 배경이 되어주었다.

할레비의 책 『쿠자리』는 하자르의 왕이 유대교로 개종하는 과정을 대화를 통해 설명하는 형태를 취하고 있으며 왜 한 지배자가 이 '멸시당하는 신앙'과 운명을 함께하려 했는지에 대한 설명을 찾기 위해 애를 쓰고 있다. 그는 왜 훨씬 더 그 세력이 크고 강력한 이슬람교나 기독교로 개종하지 않은 걸까? 또 왜 모든 종교를 일종의 은유로 보면서 모든 종파를 초월하는 철학자들의 접근 방식을 따르지 않고 하나님은 오직 지적인 능력을 통해서만 이해할 수 있다고 생각한 걸까? 실제로 책 속에서 대화가 시작되면 하자르의 왕은 이런 사상을 대표하는 대표자들의 이야기에는 기꺼이 귀를 기울이지만 유대인과는 대화를 나눌 필요가 없다고 생각한다. "유대인들에 대해서는, 나는 그들이 숫자가 적고 지위가 낮으며 일반적으로 멸시를 당하고 사는 사람들이라는 것에 만족하고 있다."

이런 부정적인 시선을 극복하기 위해 할레비는 왕이 어느 랍비와 다방면에 걸친 대화를 나누는 모습을 보여준다. 이 랍비는 왜 유대교가 유일한 진짜 종교인지 설명하고 오직 유대교로 개종을 해야만 하나님을 진정으로 믿고 따를 수 있다고 주장한다. 결국 왕은 여기에 설득당해 유대교로 개종하고 할례까지 받은 뒤 나라 안의 다른 사람들에게 유대교를 알리기 시작한다. 그렇지만 이 이야기가 끝나려면 아직 멀었다. 일단 왕이 개종하고 나자 랍비는 왕에게 유대교의 원칙과 관계들을 가르치기 시작했고 외부에서 볼 때 기이하거나 비논리적으로 보일 수 있는 수많은 사례들에 대해서도 변론을 펼쳤다. 그러면서 랍비는 언제나 철학이 주는 유혹에 대항해 왕의 신념을 지지하고 지켜주려고 했다. 유대교에 있어 철학은 이슬람교나 기독교와는 비교할 수 없을 정도로 가장 위험스러운 경쟁자였다. 할레비에 따르면 두 사람이 나누는 대화 전체의 목적은 처음부터 "철학과 다른 종교를 따르는 사람들이 가하는 공격에 대항해 내가 내놓을 수 있는 주장과 대답들을 진술하려는 것"이었다. 무엇보다도 철학자들은 가장 어려운 적수였다.

『쿠자리』는 종교적 도덕관념에 대한 왕의 갈등에 대해 이야기를 하면서 시작이 된다. 왕은 신앙심이 깊고 "하자르 왕국에서 종교 활동을 하는 데 열심"이었지만 어느 날 밤 꿈에서 천사가 나타나 하자르의 신앙은 올바르지 않다고 이야기한다. "그대의 사고방식은 창조주 하나님께서 분명 기뻐할만한 것이지만 그 행동의 방식은 그렇지 않다." 책의 첫 장에 나오는 천사의 이런 이야기는 아마도 『쿠자리』에서 가장 기본적으로 비교하고자 하는 대상들에 대해서 알려주는 것이리라. 바로 생각과 행동 사이의 차이, 하나님에 대한 올바른 의견을 유지하는 것과 하나님이 명령하는 것을 행하는 것과의 차이다. 만일 모든 것이 다 좋은 의도를 가지고 있다면 그렇게 천사가 처음부터 왕 앞에 등장할 필요는 없었을 것이다. 천사의 이야기는 하나님이 '생각하는 것' 이상의 무엇인가를 요구하신다는 사실을 분명히 밝히고 있다. 하나님은 인간이 특별한 방식으로 자신을 섬기고 자신을 가장 기쁘게 할 특별한 행동을 하기를 바라신다.

이런 방식으로 토론을 구성함으로써 할레비는 처음부터 그가 '철학자들'이라고 부르는 사람들의 종교에 대한 접근 전체를 옳지 않은 것으로 보이도록 만든다. 할레비를 처음부터 읽어온 독자들이라면 여기서 말하는 '철학자들'이 알 파라비와 이븐 시나와 같은 전통적인 이슬람 사상가들을 의미한다는 사실을 알아차릴 수 있을 것이다. 그렇지만 복잡한 중세 아라비아 사상에 대한 지식이 없어도 '철학'을 통해 할레비가 무엇을 말하고자 하는지 그 기본적인 내용을 이해하는 건 어렵지 않다. 실제로 자신이 믿는 신앙과 관련해 왕을 궁지에 몬 첫 번째 사람이 바로 철학자로, 이 철학자는 자신이 신과 신앙에 대해 어떻게 생각하는지 짧게 설명하고 있다.

철학자가 된다는 건 신이 이미 세상에 잘 알려진 종교를 통해 스스로를 보여주는 것 말고도 수많은 다른 방식을 통해 신을 이해한다는 의미이다. 유대인과 기독교도, 혹은 이슬람교도에게 신은 창조주인 동시에 자신만의 확실한 방식으로 역사에 개입하는 존재이다. 예컨대 신은 선택받은 선지자들을 통해 자신의 뜻을 드러내거나 기적을 행하고 또 심지어 인간의 형상을 하고 이 땅 위에 나타나기도 한다. 이러한 신에게 기도를 올리는 일은 어쩌면 당연한 일인데, 신은 자신이 인간사에 엄청나게 많은 관심을 갖고 있다는 사실을 이미 잘 나타내고 있기 때문이며 역사의 흐름을 바꿀 능력이나 의지도 있다. 반면에 철학자는 신에 대해 이런 식으로 생각하기를 거부한다. 철학자가 왕 앞에 나와 내뱉은 첫 일성은 이런 점을 분명히 나타낸다. "신은 어떤 욕망이나 의도를 초월하는 존재이기 때문에 그 안에 무엇인가를 더 좋아하거나 싫어하는 감정 같은 건 없습니다."

이 철학자가 회의적이라거나 혹은 무신론자가 아니라는 사실은 이내 분명해진다. 그는 신의 존재 자체를 의심하지는 않는다. 그보다는 오히려 아리스토텔레스가 했던 방식으로 신을 이해하고 있다. 신을 '모든 피조물들의 창조 과정에서 그 근본적인 원인이 되는 존재'로 보는 것이다. 신은 아리스토텔레스가 말하는 것처럼 '제일원인(第一原因, The First Cause)'이며 오직 홀로 우주의 운행을 설정한 존재이다. 모든 것이 다 불완전한 반면 신은 홀로 완벽하다. 그렇지만 철학자가 지적하는 것처럼 완벽한 존재라는 개념은 신이 무엇인가를 욕망하고 원한다는 가능성 자체를 차단해버린다. 우리는 뭔가 부족할 때 그것을 원하거나 욕망하기 때문에 만일 신에게 무엇인가 부족한 것이 있다면 신은 완벽한 존재가 될 수 없다.

이렇게 본다면 신이 역사에 어떤 특별한 결과를 가져오는 행동을 할 것이라고 상상할 수는 없다. 분명 신은 인간에게 매일매일 어떤 일이 일어나는지 알고 있는 그런 존재는 아닐 것이다. 우리가 살고 있는 세상은 늘 변화하지만 완벽한 존재로서의 신은 변할 수 없다. 다시 말해 신이 갖고 있는 지식 역시도 변할 수 없다는 의미이다.

"따라서 신은 폐하에 대해서 알지 못합니다." 철학자는 왕에게 이렇게 말한다. "신은 우리가 생각하고 행동하는 것보다 훨씬 더 적게 생각하고 행동하며 우리의 기도를 듣지도 않고 우리의 행동을 관찰하지도 않으십니다." 그가 말하는 신은 하나의 원칙이나 원리이지 인간과 같은 존재가 아니다. 철학자는 신은 '의지'로서 행동하는 것이 아니고 '발산' 즉, 스스로 내뿜는 힘의 존재로서 행동한다고 강조한다. 어떻게 보면 신은 단순하게 자연의 법칙으로도 생각될 수 있으며 따라서 자연의 법칙에 대고 기도를 올리는 건 아무런 의미가 없는 일이다.

철학자가 할 수 있는 일은 신에게 기도를 올리는 것이 아니라 신에 대해 심사숙고하는 것이다. 충분한 재능을 타고났으며 또 올바른 훈련을 받았을 때 인간은 우주와 신의 본성에 대해 완벽하게 이해할 수 있으며 그에 따라 인간의 정신은 신성한 지성과 효과적으로 하나가 될 수 있다. 이러한 인간이야말로 "과학의 모든 분야에 있어 그 내면의 진리를 파악했으며 따라서 천사와 동급이 될 수 있다"고 철학자는 설명한다. 이런 경지에 오른 인간은 신체적으로가 아닌 정신적, 그리고 영적으로 인간의 본성을 벗어날 수 있으며 따라서 더 이상 육신의 병이나 죽음에 대해서 염려하지 않는다. "완벽한 인간은 다른 인간과 이미 하나가 되었기 때문에 그 영혼 역시 육신이나 내장이 죽어 썩는 일 같은 것에 염려하지 않고 신성한 지성과 하나가 됩니다." 이렇게 설명을 하는 과정에서 철학자는 그 자신도 과거의 위대한 사상가들이 알고 있던 것과 똑같은 진리를 깨닫게 되고 따라서 철학자도 그들과 하나가 된다. "철학자의 영혼은 그가 살아 있음에 기뻐합니다. …… 플라톤과 아리스토텔레스의 동료가 된 것을 즐기면서요."

이런 합리적인 논리와 관조적인 방식에 따라 신을 알게 된 모든 사람들은 일종의 조직화된 종교를 이용하거나 필요로 하지 않는다. 철학자는 종교에 대해 모욕을 섞어 이야기하며 왕에게는 어차피 모든 종교와 신앙은 환상이기 때문에 무엇을 믿고 따르던 아무 상관이 없다고 충고한다. 왕은 그저 자신의 마음에 드는 종교를 어떤 것이든 선택만 하면 된다. "폐하의 성품을 다스리는 데 도움을 주는 종교라면 어떤 것이든 상관없습니다. 그리고 사람들이 동의하기만 한다면 왕실과 국가를 다스리는데 도움을 주는 종교도 선택할 수 있습니다." 다시 말해 정치적 편의를 위해 신앙을 선택해야 한다는 뜻이며, 또한 이런 기준으로 선택을 한다면 아무도 '멸시당하는 신앙'인 유대교를 선택하지 않는 것이 당연하다.

책의 처음을 여는 철학자의 이런 주장에 대한 왕의 반응은 놀라울 정도로 모순적이며 양면적이다. "그대의 이야기는 과연 설득력이 있다. 그렇지만 내가 찾고자 원하는 것과는 일치하지 않는다." 왕은 아리스토텔레스가 그리는 신의 개념에 대해서는 분명 마음이 끌렸지만 그 자신의 종교적인 경험이 그런 생각을 받아들이는 일을 가로막는 것이다. 왕은 자신이 꾸었던 꿈이 신의 뜻이라고 계속 믿고 있으며 그러면서도 철학자가 믿고 따르는 신은 사람들에게 절대로 그런 식으로 자신의 뜻을 전달하지 않는다는 사실도 믿었다. 사실, 철학자가 왕에게 이야기한 내용들은 그가 꿈에서 만난 천사에게 들은 내용들과는 완전히 반대였다. 철학자는 신을 올바르게 이해하는 문제가 의식이나 예배보다 더 중요하다고 말했지만 천사는 완전히 이해하는 것만으로는 충분하지 않다고 말했다. "나는 내 영혼이 순수하며 나의 행동들은 하나님의 은혜를 입기 위해 계산된 것임을 이미 잘 알고 있다." 왕은 이렇게 설명한다. 그럼에도 불구하고 만일 왕이 하나님을 믿고 따르는 일에 있어 무엇인가가 부족하다면, 그건 하나님이 결국 인간의 행위에 관심을 갖고 있다는 뜻이다. "의도가 숨어 있는 매개체를 통해서가 아니라 그 진정한 본성에 의해 하나님을 기쁘게 만드는 그런 행위의 방식은 당연히 반드시 존재한다."

이윽고 왕은 세상에 이미 그 모습을 드러내고 있는 종교들의 주장을 모두 살펴볼 결심을 하게 된다. 그리고 먼저 가장 대표적인 종교들부터 시작한다. "나는 기독교도들과 이슬람교도들에게 먼저 물을 것이다. 왜냐하면 이들 중 하나는 분명 하나님이 기뻐하시고 만족하시는 그런 종교일 것이기 때문이다." 먼저 그는 기독교의 '학자' 혹은 신학자를 불러들이는데 이 학자는 자신의 신앙은 모든 면에서 철학자의 그것과는 반대되는 입장에 서 있다고 설명한다. 기독교인이라면 "하나님은 자신이 창조한 존재들을 돌보며 인간과 관계를 유지하고, 분노와 기쁨, 그리고 동정심을 보이며, 또 자신의 선지자들과 선택한 사람들에게 말하고 그 모습을 드러내 보인다"는 사실을 확신하고 있다는 것이다.

이것이 기도를 드릴 가치가 있는 하나님이다. 그렇지만 이렇게 본다면 이 학자는 유일신 신앙이라면 어떤 종교의 신자도 될 수가 있는 것이 아닐까. 기독교도를 더 특별하게 구별 짓는 건 특정한 교리에 대한 믿음이다. 학자가 말하는 기독교의 교리는 예컨대 예수는 하나님의 아들이며 '인간의 겉모습'을 하고 세상에 나타나 아버지 하나님, 그리고 성령과 함께 삼위일체를 이루며, 인류의 구속을 위해 십자가에 매달려 죽었다는 것 등이다.

그렇지만 이 학자 혹은 신학자가 이러한 교리들에 대해 설명할 때조차 그는 유대교에 대한 기독교의 밀접한 의존성을 주장하고 있다. 그의 지적에 따르면 기독교도들은 "『토라』에 적힌 모든 내용과 이스라엘 자손들의 기록들"을 믿고 있으며 이를 자신들의 『구약 성경』으로서 믿고 따르고 있다. 실제로 기독교도들은 스스로를 "비록 이스라엘의 직계 혈통은 아니더라도" 새로운 이스라엘의 자손들이라고 부르는 것을 영광스럽게 생각한다. 기독교도들은 자신들이 원래는 유대인들에게 주어진 축복을 이어받았다고 생각한다. 할레비가 강조한 것처럼 예수는 엄격하게 말하면 유대인이며 유대의 율법을 따랐다. "『신약 성경』에도 이렇게 나와 있습니다. '내가 율법이나 선지자나 폐하러 온 줄로 생각지 말라 폐하러 온 것이 아니요 완전케 하려 함이로다.'"

왕은 이 기독교도가 자신에게 하는 말을 완전히 부정하지도 않지만 그렇다고 완전히 다 받아들이지도 않는다. 왜냐하면 "논리가 그대가 말하는 것들의 대부분을 부정하고 있기 때문이다." 하나님이 인간의 형상을 하고 나타난다는 개념, 인간의 여성이 하나님을 잉태하고 출산한다는 개념을 기독교도로 자란 사람이라면 자연스럽게 받아들일 수 있을지는 몰라도 이런 이야기를 처음 전해들은 왕의 입장에서 믿기에는 너무나 기이하게 보였다. "나는 이러한 내용들을 받아들일 수 없다. 왜냐하면 내가 그 안에서 자라난 것이 아니라 너무나 갑자기 내게 다가왔기 때문이다." 그렇지만 왕이 기적이나 초자연적인 현상들에 대해 완전히 마음의 문을 걸어 닫고 있지 않다는 점은 매우 중요하다. 왕은 그런 이야기들을 믿고 싶어 하지만 '논리에 가까운' 무엇인가가 필요하다는 느낌을 받는다. 자신의 마음이 아닌 이성을 설득시켜줄 수 있는 그런 주장이다.

이윽고 '이슬람의 박사'가 왕 앞에 나선다. 이 박사 역시 이슬람 신앙의 핵심적인 교리부터 먼저 이야기한다. 『쿠란』은 알라, 즉 신의 말씀이며 그 완전함이 신성한 기원을 증거한다. 무함마드는 '예언자들의 마지막 봉인(封印)'이며 그가 세운 신앙은 기독교와 유대교를 대신하게 되었다. 모든 민족은 이슬람교로 개종할 수 있으며 신도들은 천국에서 그 보상을 받을 것이다. 그렇지만 다시 한 번 왕은 모호한 태도를 보인다. 『쿠란』에 대해서는 '기적일 수 있다'고 인정하지만 아라비아어를 읽을 수 없기 때문에 그 완벽함을 시험할 방법이 왕으로서는 없다. "내가 『쿠란』을 보더라도 같이 아라비아어로 된 다른 책들과 구별하지는 못할 것이다." 왕은 이렇게 말한다.

이 말을 들은 박사는 슬쩍 입장을 바꾼다. 박사는 단지 『쿠란』이 기적이어서가 아니라 그 기적은 무함마드가 행한 것이며 그것으로 그의 신앙의 진실이 증명된다고 주장한다. 그렇지만 왕은 기독교에 대해 들으면서 보였던 것과 똑같은 회의주의적인 모습을 그대로 유지한다. 신께서 기적을 행하실 수 있다는 사실에 대해서는 왕도 인정을 했다. "인간의 마음으로는 사물의 본질을 바꾸는 기적이 아니라면 신이 인간과 교류한다는 사실을 믿을 수 없다." 그렇다면 왕은 이슬람교에서 정말로 일어났다고 주장하는 특별한 기적들에 대해서 어떻게 해야 믿을 수 있게 될 것인가? 왕은 그 기적을 정말 믿게 되려면 그 기적이 특정한 수준 이상의 기준을 만족시켜야만 한다고 주장한다. 예를 들면 이런 것이다. "기적이란…… 수많은 사람들이 보는 앞에서 일어나야 하며 사람들은 전에 어떤 기록이나 전승을 통해서 보고 들은 적이 없는 그런 상황을 눈으로 분명하게 목격을 해야 한다."

이제 이슬람교도 박사는 할레비가 준비해놓은 함정으로 제 발로 곧장 걸어 들어가게 된다. 박사는 이슬람교에서는 그렇게 수많은 사람들 앞에서 벌어지는 기적 같은 건 믿지 않는다고 항의한다. "우리의 경전도 모세와 이스라엘 자손들의 이야기로 가득 채워져 있지 않습니까? 아무도 알라께서 이집트에서 한 일을 부정하지는 못할 겁니다. 그분께서는 바다를 가르시고…… 시나이산에서는 모세에게 말씀하셨습니다." 또한 이스라엘 자손들을 이집트에서 이끌어내실 때 한 모든 일들도 언급했다. 분명 누구도 이러한 이야기의 진실성을 의심하지는 못할 것이다. "거기에 상상이나 기만이 있을 거라고 의심하는 사람이 전혀 없다는 것도 이미 잘 알려져 있는 사실이 아닙니까?"

그렇지만 물론 이런 이야기들은 이슬람교의 경전인 『쿠란』에 포함되기 전에 먼저 유대인들의 「출애굽기」에 이미 아주 오래전에 기록이 되어 있었다. 할레비는 아주 교묘하게 이런 식의 대화를 구성해가며 기독교도와 이슬람교도 모두가 결국에는 유대교를 자신들의 신앙의 증거이자 근본으로 인정하도록 만들었다. 기독교도들이 하나님과 새로운 언약을 맺었다는 사실을 믿으려면 유대인들이 하나님과 맺었던 옛 언약을 먼저 믿어야만 한다. 그래서 왕은 처음에는 신경을 쓰기에는 너무 대수롭지 않아 무시를 했던 그 종교로 관심을 돌리는 것 외에는 다른 선택의 여지가 없게 되었다. 왕은 이렇게 말한다. "결국 나는 스스로 유대인들을 찾을 수밖에 없게 되었다. 왜냐하면 유대인들이야말로 이 땅 위의 신성한 율법에 대한 증거 그 자체라는 사실을 내가 알게 되었기 때문이다."

* * *

이제 『쿠자리』의 나머지 부분에서 랍비가 등장해 왕과 대화를 나누는 상대이자 그의 스승이 된다. 그 전에 왕은 우선 랍비를 경멸하듯 이렇게 말한다. "나는 사실 어떤 유대인과도 이런 대화를 나눌 생각이 없었다. 유대인들의 가엾은 처지로 인해 칭찬할만한 것은 아무것도 남아 있지 않기 때문에 그들이 얼마나 궁지에 몰려 있고 또 좁은 소견을 갖게 되었는지 잘 알고 있기 때문이다." 할레비는 사람들이 판단을 할 때 권력과 부에 대한 세속적인 생각에 의해 영향을 받는다는 사실을 잘 알고 있었으며 또 세상 사람들이 유대인들의 곤란한 처지를 그들이 저지른 죄의 결과로 여기며 비난하고 있다는 사실도 잘 알고 있었다. 어쩌면 유대인들 자신도 이것을 사실로 여기고 있을지도 모른다. 지금까지 유대인들은 이 세상에서 권력이 어떻게 나누어지는지를 보아왔고 자신들의 무력감을 부끄럽게 여길 수밖에 없던 때도 있었다. 『쿠자리』는 다른 종교들에 대항해 유대교를 변호하려는 목적으로 만들어졌지만 결국 그 진짜 독자는 유대인들이며 다시 말해 유대인들이 느끼는 두려움과 염려를 달래기 위해 만들어진 것이라고 볼 수 있다.

랍비는 조금도 기세가 꺾이지 않고 자신이 믿는 신앙의 원칙을 선언하며 이야기를 시작한다. 그는 처음부터 자신이 철학자와 기독교도, 그리고 이슬람교도와는 다른 접근 방식을 취하고 있다는 사실을 분명하게 밝힌다. 이 랍비에 따르면 유대교는 하나님의 본질과 세상의 창조, 천국과 지옥, 혹은 그 어떤 엄격하고 진지한 신학적 의문들과 관련해서도 어떤 특별한 교리에 의해서 정의되지 않는다. 유대교가 따르는 신조는 완전히 역사적인 것이며 따라서 유대 민족에게 특정한 사건들이 실제로 일어났다는 사실부터 믿으라고 요구한다.

"나는 아브라함과 이삭과 이스라엘의 하나님을 믿습니다. 나는 이스라엘의 자손들을 기적과 징표들을 보이며 이집트에서 이끌어내신 하나님을 믿습니다. 하나님께서는 기적적인 방법으로 홍해와 요단강을 갈라 유대인들을 이끄신 후 사막에서 그들을 먹이시고 땅을 허락하셨습니다. 그리고 모세에게 율법을 내려주시고 수많은 선지자들도 그 율법을 이어받았습니다. 선지자들은 율법을 준수하는 자들에게는 희망의 약속을, 그리고 준수하지 않는 자들은 두렵게 만들며 하나님의 율법이 살아 있음을 증명했습니다. 우리의 신앙은 모든 영역을 아우르는 『토라』를 중심으로 이루어지는 것입니다."

이 마지막 문장에는 거의 경고에 가까운 의미가 내포되어 있다. 랍비는 유대교를 편하게 접근할 수 있는 그런 신앙으로 내세우기 위해 특별한 노력을 하지는 않는다. 오히려 그 반대로 기독교도나 이슬람교도와는 달리 유대교 신앙에 대한 그의 이런 선언 속에는 개종에 대한 언급이 전혀 없으며 또한 유대교를 받아들이는 사람들에 대한 보상의 약속도 전혀 없다. 랍비에 따르면 유대교는 유대인들을 위한 것이다. 바로 아브라함과 그의 자손들, 『토라』를 그들만의 아주 특별한 소유물로 받은 사람들이다.

이런 랍비의 이야기에 대한 왕의 첫 번째 반응은 그를 편협하다고 비난하는 것이었다. 왕은 이렇게 묻는다. 왜 자신이 믿는 하나님을 "이 세상의 창조자이자 주인, 그리고 인도자"라고 말하지 않는가? 왜 모든 것을 주관하시는 분이며 모든 사람들이 섬겨야 할 분으로 말하지 않는가? 그렇지만 랍비는 하나님의 그런 모습들은 너무 추상적이라서 신실한 믿음을 이끌어낼 수가 없기에 그렇게 말했다고 대답한다. 대화의 다른 부분에서도 종종 그러했던 것처럼 할레비는 랍비의 입을 빌어 이러한 문제를 더 분명하게 밝혀줄만한 비유 하나를 든다. 랍비는 왕에게 당시로서는 저 멀리 거의 알려지지 않은 땅이었던 인도의 왕에 대한 소문을 들었다고 말한다. 이 왕은 가장 정의롭고 존경받는 왕이라고 하는데 오직 그런 그의 명성만으로 그 왕을 존경해야만 하는 걸까? 물론 그렇지 않다고 하자르의 왕은 대답한다. 단순히 소문만 듣고 그렇게 하기에는 충분하지 않다는 것이다. 그러자 랍비가 또 이렇게 물었다. 만일 그 인도의 왕이 심부름꾼과 함께 "오직 인도에서, 그것도 왕궁에서만 구할 수 있는 귀한 선물들과 그 선물들을 누가 보냈는지 정확하게 적은 편지를 덧붙여 보낸다면" 어떨까. 그렇다면 이제는 단지 소문만이 아닌 '권력과 부에 대한 구체적인 증거'를 손에 쥐게 되었기 때문에 상황이 달라질 수도 있다는 것을 왕은 인정한다.

그러자 랍비는 하나님을 아는 것도 마찬가지 이치라고 말한다. 철학자도 다른 종교를 믿는 사람들도 자신들이 믿는 신이 갖고 있는 권세와 권능에 대해 주장을 할 수 있다. 그렇지만 유대인들은 추상적인 신을 경배하는 것이 아니다. 유대인들은 '아브라함과 이삭과 야곱의 하나님'을 경배하는 것이며 그 하나님은 역사 속에서 특별한 행위들을 통해 스스로의 모습을 분명하게 드러내셨다. 유대인은 이렇게 지적한다. 하나님께서는 이스라엘 민족에게 십계명을 내려주실 때 스스로를 '세상의 창조자'가 아니라 "너를 애굽 땅, 종되었던 집에서 인도하여낸 너의 하나님"이라고 밝히셨다. 유대인들은 「창세기」뿐만 아니라 「출애굽기」를 통해서도 하나님을 배웠으며 우주의 창조주가 아니라 그들만의 특별한 율법자로서 경배하고 따르는 것이다.

이제 랍비는 앞서의 기독교도와 이슬람교도처럼 기적에 대해서도 이야기를 한다. 그렇지만 다른 종교의 기적들과는 달리 할레비는 유대 역사에서 일어난 초자연적인 사건들은 분명한 증거들을 바탕으로 절대로 반박할 수 없는 것들임을 이해해달라고 우리에게 말하고 있다. 이집트로부터 탈출한 60만 명이 넘는 이스라엘 민족 모두는 홍해가 갈라지고 시나이산에서 하나님이 모습을 드러내는 것을 눈으로 목격했다. 그리고 사막에서는 모두 다 하나님이 내려주시는 만나를 먹었다. 60만 명이 넘는 사람들 모두를 속이거나 혹은 거짓말을 하도록 만드는 일이 가능할까? "60만 명이 넘는 사람들이 40년이 넘는 세월 동안 겪은 일이기 때문에 반박할 수 없습니다." 이 말을 들은 왕도 고개를 끄덕인다. 마침내 왕은 너무나 공개적으로 잘 알려져서 그 진실성을 도저히 어떻게 반박할 수 없는 그런 기적을 발견하게 된 것이다.

물론 할레비도 간과한 것이 있다. 60만 명이라는 숫자가 마치 바다를 갈랐다는 것처럼 조작되었을 가능성이다. 결국 두 가지 이야기 모두 오직 『구약 성경』을 통해서만 알려진 것들이 아닌가. 우리에게 쥐어진 증거라는 것도 기적에 대한 수많은 개인의 증언이 모인 것이 아니라 하나로 합쳐진 하나의 증언으로, 충분히 조작되었을 가능성이 있다. 그런데 『구약 성경』에 대한 현대의 회의주의는 할레비가 이야기하지 않은 기적들과 관련된 불신으로부터 시작이 되었다. 할레비로서는 출애굽과 관련된 이야기가 완전히 날조되었다는 주장보다는 그런 일이 실제로 일어났다는 주장을 차라리 더 믿을 수 있으리라. 뭔가를 날조하기 위해서는 또 그만큼의 음모가 필요하지만 출애굽의 기적은 오직 하나님의 행위로서만 가능하다. 만일 오늘날을 사는 우리가 할레비와 다르게 생각한다면, 그건 기적이 아니라 조작이 있었다고 생각하는 편이 더 편리하기 때문이다.

어쨌든 왕은 『구약 성경』의 역사적 진실성에 대해서는 어떤 이의

도 제기하지 않았다. 그리고 일단 랍비의 주장을 받아들이게 되자. 유대교가 단 하나의 진실된 종교라는 생각이 굳어졌다. 그렇지만 여전히 왕을 곤란하게 만드는 문제가 하나 있었다. 랍비가 매우 자랑스럽게 주장했던 바로 그 사실, 하나님이 오직 유대인들에게만 자신의 모습을 드러낸다는 사실이었다. 왜 모든 세상을 향해 그 모습을 드러내시지 않는 것일까? 왕은 이렇게 주장했다. "『모세 5경』이 완벽한 건 그 책이 히브리어로 쓰였다는 사실 때문인가. 그렇다면 인도나 하자르의 백성들은 그 내용을 이해할 수 없을 텐데…… 모든 인류가 다 참된 길로 인도되는 것이 신성한 지혜에 더 잘 어울리지 않을까?"

여기에서부터 『쿠자리』의 핵심적인 내용이 시작된다. 바로 유대교의 핵심적이면서 끝없이 이어지는 문제들 중 하나이다. 「신명기」를 보면 하나님께서 오직 이스라엘 민족과 언약을 맺었다는 사실에 대해 의심을 하거나 불편해하는 내용은 없으며 이것이 모세가 열거하는 저주와 보상에 관한 분명한 전제이다. 그렇지만 다문화 사회 속에 살며 그리스 철학의 보편주의를 이어받은 예후다 할레비로서는, 유대인들이 선택을 받았다는 사실이 아주 심각한 문제가 될 수 있다. 하나님께서는 왜 자신의 모습을 다른 언어가 아닌 오직 히브리 언어 속에서만 드러내셨는가? 왜 하나님은 그냥 이 세상의 창조주가 아니라 굳이 아브라함의 하나님인가?

이러한 의문들은 유대교에 대한 존재론적 도전이 되며, 할레비는 이에 대해 단순하면서도 급진적인 해답을 제시한다. 하나님께서는 유대인들이 다른 민족들에 비해 질적으로 우수했기 때문에 그들을 선택하셨다는 것이다. 그리고 유대인들이 우수한 이유는 하나님께서 그들을 선택하셨기 때문이다. 만일 이런 설명이 문제가 된다면, 그냥 그대로 내버려두면 된다. 『쿠자리』는 이런 문제를 기꺼이 포용하면서도 심지어 자랑스럽게 내세우기도 한다. "율법이 우리에게 주어졌습니다." 랍비는 이렇게 설명한다. "왜냐하면 하나님께서 우리를 이집트에서 구해내셨으며 우리와 함께 계속 거하셨기 때문입니다. 유대인은 선택받은 민족입니다."

유대인이 왜 질적으로 우수한가를 설명하기 위해 할레비는 거의 유전 법칙에 가까운 이야기로 이해될 정도의 영적인 상속의 이론을 발전시켰다. 최초의 인간인 아담은 모든 것이 완벽했다. 하나님께서 직접 창조했기 때문이다. 다시 말해 아담은 '신성하고 영적인 존재와 연결되어 있다는 사실'을 기꺼이 누렸으며 이 '신성한 영향'을 마치 유전자처럼 아들인 셋에게 전해주었고 다시 노아와 아브라함에게까지 이르게 된다. 유대 민족의 각 세대마다 이 축복을 물려받은 사람들이 하나씩 등장하는데, 「창세기」의 믿기 힘든 이야기로서가 아니라, 정말로 하나님의 특별한 관심의 대상이 되는 사람이 한 번에 한 사람씩 나타나는 것처럼 보이는 것이다. 『구약 성경』에서 축복이자 혹은 장자의 상속권이라고 부르는 신성한 정수가 아브라함으로부터 시작해 이삭과 야곱에게까지 이어졌으며 야곱은 훗날 그 이름을 이스라엘로 바꾸게 된다. 이삭의 형제인 이스마엘과 야곱의 형제인 에서가 신성한 유산을 나눠받지 못한 것은 불공평하게 보일지도 모르겠으나, 할레비는 공평함은 이 문제와는 아무런 상관이 없다고 주장한다.

야곱, 그러니까 이스라엘의 세대 이후 하나님의 축복은 한 사람이 아닌 모든 이스라엘 민족에게로 확대되어 전해진다. "이전에는 오직 따로 구별된 개인들에게만 허락되었던 성스러운 축복이 수많은 사람들에게 내려진 첫 번째 사례일 것입니다." 랍비의 설명이다. 그리고 할레비는 계속해서 이런 유전자의 비유를 연상시키는 주장을 전개해나간다. 만일 성스러움이 물려받을 수 있는 것이라면, 모든 유대인들은 그 성스러움을 간직하고 있으며 악한 유대인이라면 아마도 '신성한 정수'를 아주 조금만 가지고 있을 것이다. 그렇지만 그 정도로도 자신의 자손에게 전해주기에는 충분한 양이다. 만일 할레비가 유대인들의 믿음의 산물이 아닌 내재된 특성에 대해 이야기하고 있다는 의심이 조금이라도 든다면, 랍비가 왕에게 개종자의 지위에 대해 이야기하는 내용을 들어보자. "어떤 이방인이라도 유대교로 개종을 했다면 아무런 조건 없이 우리가 누리고 있는 행운을 함께 나눌 수 있습니다. 그렇지만 우리 유대인들과 완전히 똑같아지는 것은 아닙니다."

유대인들이 신성한 정수를 이어받았다는 것, 그리고 그들이 '천사들과 동등한 계급'에 속한다는 증거는 오직 유대인들에게서만 선지자들이 탄생할 수 있다는 것이다. 랍비는 나중에 개종자도 "경건한 신앙인이자 학자가 될 수 있지만 결코 선지자는 되지 못한다"고 설명한다. 할레비가 세운 기준 안에서 선지자들과 보통 인간들과의 관계는 인간과 짐승들과의 관계와 같다. 선지자들은 초자연적인 일들을 행할 수가 있다. 불 속을 걸어가고 미래를 내다보며 아프거나 결코 늙지 않는 등 선지자들이 행하는 여러 기적들은 『구약 성경』 속에 여러 차례 소개되고 있다. 철학자들이 아무리 현명하고 덕성이 높아도 결코 하나님의 성스러운 은혜를 누릴 수 없다는 증거가 바로 이것이다. 지적으로 가장 위대한 인간도 신성한 정수에는 미치지 못한다. 랍비는 다시 이야기를 시작하며 철학자를 "뭐가 뭔지 하나도 모르면서, 그리고 환자에게 얼마만큼의 분량을 주어야 하는지도 모르면서" 의사의 진료실에 들어가 마음대로 약을 나눠주기 시작하는 그런 사람에 비유한다. 반면에 유대의 선지자들은 하나님의 은혜를 얻기 위해 필요한 공식을 정확히 알고 있기 때문에 뛰어난 의사들이 그러하듯 인간들을 도울 수 있다.

당연한 일이겠지만 랍비의 이런 말은 왕의 귀에는 음악처럼 달콤하게 들린다. 꿈속에서 천사가 그에게 잘못하고 있다고 한 말이 단순히 그의 잘못 때문만이 아니라면, 『쿠자리』의 시작부터 그가 찾고자 했던 건 과연 무엇일까? 왕이 랍비에게 이렇게 말한다. "내가 생각했던 이론과 꿈속에서 보았던 내용들을 이제 그대가 확인해주었다. 인간은 오직 하나님의 명령에 때라 행동할 때만 성스러운 영향력이라는 축복을 받을 수 있는 것이구나." 그럼에도 불구하고 왕은 여전히 랍비가 주장하는 유대인의 지위와 실제 세상에서의 지위 사이의 극명한 간극에 대해 고민을 한다. 지금의 유대인들은 살던 땅에서 추방당해 모든 사람들의 핍박과 박해의 대상이 되어 있지 않은가.

랍비는 그 사실을 부인하지 않는다. 그렇지만 그 추방조차도 선택받은 민족이라는 모순적인 증거가 될 수 있다고 주장한다. 다른 민족들은 자연적, 혹은 역사적인 이유 때문에 번영을 하기도 또 고통을 당하기도 하지만, 유대인들은 다르다는 것이 랍비의 설명이었다. "유대인들이 겪는 일들은 그저 자연의 법칙에 의한 것이 아니라 신성한 의지에 의한 것들입니다. …… 온 세상이 다 평안한데도 우리가 기근이나 죽음, 그리고 야수들에게 괴롭힘을 당한다면 그건 우리가 하나님께 불순종한 결과입니다. 따라서 우리가 근심하는 건 단순한 자연이 아닌 훨씬 더 높은 권위에 의해 의도된 결과입니다." 「신명기」에서 약속한 것처럼, 유대인들에게 삶과 죽음은 축복과 저주의 결과이다. 만일 그들이 저주를 받았다면 하나님을 거역하는 잘못된 선택을 했기 때문이며 이러한 응징은 유대인들이 회개를 하도록 만드는 목적이 달성될 때까지 계속 이어질 것이다. "만일 우리들 중 대다수가…… 지금의 낮은 처지를 통해 하나님과 그분의 율법에 대한 겸손을 배웠더라면 그토록 오랜 세월 동안 고통을 견디지 않아도 되었을 것입니다." 그렇지만 랍비는 이러한 시험의 기간이 끝나면 유대인들은 인류의 대표자라는 정당한 위치를 다시 되찾게 될 것이라고 여전히 확신하고 있었다. "만일 우리가 하나님의 뜻에 따라 이런 추방과 고단한 처지를 견뎌낼 수 있다면…… 우리는 구세주를 직접 맞이하는 자랑스러운 세대가 될 수 있을 것입니다."

마침내 왕도 고개를 끄덕인다. 『쿠자리』를 통해 유대교는 기독교와 이슬람교에 대항해 승리를 거두었다. 그렇지만 왕이 진실을 파악했다거나 혹은 개심의 경험을 해서가 아니라 랍비의 주장이 가진 위력 때문이었다. 하자르의 왕은 결코 유대인들의 정수를 함께 완벽하게 나누지는 못할 것이다. 그렇지만 그들의 신앙을 받아들임으로써 그 누구보다도 더 하나님을 기쁘게 하는 일에 가까이 다가갈 수 있게 되었다. 그래서 왕은 총리대신을 불러들인다. 그리고 "어느 날 밤 유대인들 몇 명이 모여 안식일을 축하하고 있는 동굴로 찾아간다. 왕과 총리대신은 자신들의 정체를 알리고 유대교를 받아들인 후 할 례를 받는다. 그리고 다시 왕궁으로 돌아와 열심을 다해 유대의 율 법을 배웠다."

* * *

『쿠자리』의 제1부라고 할 수 있는 부분에서 왕은 랍비에게 도전 적으로 또 때로는 심지어 모욕적으로 말을 했다. 세상의 기준에서 보면 전혀 두드러질 것이 없는 유대교가 실제로는 진실로 하나님께 이르는 길이라는 사실을 증명하는 건 유대인인 랍비의 몫이었다. 그 렇지만 이어지는 2부와 3부, 그리고 4부와 5부를 통해 랍비가 유대 교에 대한 왕의 질문에 대해 이론과 실제를 통해 대답을 해나가자 왕의 말투가 달라지기 시작했다. 마침내 왕은 개종을 했고 랍비와는 이전과는 다른 관계가 되었다. 이제는 더 이상 주인이 아니라 탄원 자이자 제자로서 랍비의 권위를 인정했으며 자신의 새로운 신앙을 이해하기 위해 랍비에게 도움을 요청한다.

이러한 수업의 과정에서 안식일과 각종 전례(典禮), 『탈무드』, 그리고 금욕 생활 등등 많은 주제들이 다뤄진다. 특히 랍비는 유대교는 세상을 완전히 등지는 금욕주의에 대해서는 반대한다는 점을 강조했으며 거기에 히브리어 문법과 신비와 전승, 그리고 여러 유대교 종파에 대한 주제들도 곁들여졌다. 이런 내용들을 통해 할레비는 유대교에는 인간의 이성으로 받아들이기 어려운 그런 신념이나 관습 같은 것이 아주 많다는 점을 인정하고 있다. 실제로 왕이 랍비에게 묻는 질문들 중 일부가 이보다 1,000년도 더 오래전에 필론이 자신의 『구약 성경』과 관련된 주석에서 설명하려 했던 내용과 똑같다는 점은 아주 놀라운 일이 아닐 수 없으며 지금도 여전히 유대인들을 난감하게 만들고 있다.

할례 의식에 대해 생각을 해보자. 랍비는 많은 유대 율법들이 '사회적이며 이성적'이라고 주장했으며 모든 종류의 사회에서 공유하고 있는 내용이라고도 했다. 예를 들어 십계명에서 도둑질이나 살인을 금지하고 있는 내용 등이 그렇다는 것이다. 그렇지만 할례 의식은 이러한 범주에는 들어가지 않는다. 할례는 어떤 이성적인 기준으로도 정당화하기 어려운 도무지 그 쓸모를 알 수 없는 행위이다. "철학에 있어서 할례라는 것이 얼마나 의미가 없는지 생각해보라." 할례비는 이렇게 기록하고 있다. 그렇지만 랍비에게는 이러한 설명할 수 없는 이유가 할례를 특별히 더 가치 있는 행위로 만들어주는 것이었다. 우리는 그 이유를 이해할 수는 없지만 하나님께서는 이유 없는 행동은 절대로 하지 않으신다는 사실을 잘 알고 있기 때문에 할례가 신성한 계획에서 빠질 수 없는 일부분을 이룬다는 사실에 대한 믿음을 가져야만 한다. 앞서 언급했던 의사의 비유로 되돌아가서, 랍비는 할례 의식을 제대로 된 의사가 아픈 환자에게 처방한 치료약에 비유한다. 환자는 그 약이 왜, 그리고 어떤 식으로 자신의 몸을 치료하는지 알지 못한다. 그렇지만 그는 의사의 지시와 처방을 계속 따라야만 한다. "이성보다는 순종이 우선입니다." 랍비의 말이다. "몸이 아픈 사람이 의사의 처방과 지시에 반드시 순종하는 것처럼 말입니다."

이런 주장은 예루살렘 대성전이 무너지기 전 행해졌던 짐승을 드리는 제사처럼 비이성적으로 보이는 또 다른 유대 관습에도 똑같이 적용된다. 이런 제사가 중단된 후 1,000년의 세월이 지난 시대를 살았던 할레비에게 이러한 관습은 낯설고 또 어딘가 혐오스럽게도 보였을 것이다. "너는 양 한 마리를 잡아 그 피를 몸에 바르고 가죽을 벗긴 후 내장을 제거한 뒤 씻어 사지를 절단해 그 피를 뿌려라…… 만일 이것이 하나님의 성스러운 명령이 아니라면 이런 모든 행동들을 정상으로 취급하지 않을 것이며 이런 일을 통해 하나님과 가까워지는 것이 아니라 더 멀어진다고 생각할 것입니다." 그렇지만 이런 짐승의 제사 역시 하나님께서 명령한 것이며 따라서 분명 의미가 있는 일이다. "모든 일이 적절하게 다 이루어지고 나면, 신성한 불을 보게 되거나 또 자신에게 새로운 영이 들어왔다는 사실을 깨닫게 될 것입니다. 전에는 몰랐던 진정한 미래와 놀라운 현상들을 보게 되는 것입니다."

유대교에서 일어나는 여러 일들은 우리가 이해할 수 있어서가 아니라 그저 하나님의 명령이기 때문에 그렇게 해야만 한다. 우리는 이미 만들어진 단계를 따라갈 뿐이며 그렇게 하면 기대했던 결과에 이를 수 있다는 믿음을 가져야 한다. 그 결과란 결국 하나님께 더 가까이 다가가는 것이다. 이런 관점에서 본다면, "종교적인 행위들은…… 자연의 이치와 같은 것입니다." 랍비는 이렇게 주장한다. 우리가 그 정확한 이유를 이해하는지의 여부와는 상관없이 분명 확실한 결과들로 나타나는 그런 과정이라는 것이다. 그리고 물론, 12세기에는 사람들이 제대로 이해하고 있는 자연의 과정은 얼마 되지 않았다. 랍비는 성관계를 예로 든다. 최초의 인류는 성관계와 자녀의 출산 사이에는 아무 관계가 없다고 생각했을 것이라는 게 랍비의 주장이었다. 따라서 성관계는 마치 성전에서 드리던 짐승의 제사처럼 '무의미'하며 '이해할 수 없는' 행위로 보이지 않았을까. 오직 시간이 흐른 뒤에야 사람들은 성관계가 인류가 존속되는 데 실제로 필요한 수단이라는 사실을 깨닫게 되었으며 그것은 하나님의 명령도 마찬가지이다. "그 원래의 뜻을 모른다면 결과가 분명하게 밝혀질 때까지는 아무런 의미가 없는 일이라고 생각할 것입니다."

다시 한 번, 할레비가 의도와 행위에 대한 『쿠자리』의 본래의 구별을 강조하고 있다는 사실이 분명해진다. 철학자들의 도구인 이성과 논리는 신성하게 드러나는 믿음을 이해하는 데 충분하지 않다. 그렇지만 할레비 자신은 어느 정도는 합리주의자이며 당대의 철학도 잘 알고 있었고 이성의 중요성도 마치 잠들지 않는 유령처럼 『쿠자리』의 주변을 계속해서 맴돌고 있다. 특히 이 책의 5부에서는 왕이 랍비에게 아리스토텔레스의 철학에 따라 유대교를 설명해달라고 요청한다. "전통이 영혼을 만족시킬 수 있다면 그 자체로 좋다. 그렇지만 불안한 영혼은 조사나 탐구를 더 선호한다." 다시 말해 과학적 지식을 필요로 한다는 뜻이다.

랍비는 왕의 요구를 만족시켜주기로 한다. "폐하께 분명한 기준 하나를 드리겠습니다. 그러면 물질과 형태, 요소, 자연, 영혼, 지성 그리고 철학에 대해 어느 정도 분명한 개념을 이해하는 데 도움이 될 것입니다." 랍비는 이렇게 약속한다. 실제로 랍비는 이 일을 아주 잘 해냈고 결국 왕은 속세의 철학에 대해 어느 정도 매력을 느낄 정도까지 되었다. 그렇지만 랍비는 또 이성은 『토라』와는 달리 우주의 본질에 대한 만족스럽거나 완벽한 설명을 절대로 내놓을 수 없다고 주장해야만 했다. 철학자들은 이 세상이 4가지 요소가 결합되어 만들어진 산물이라고 말한다. 그렇지만 "『토라』에 따르면 이 세상과 동물과 식물들을 창조한 건 하나님이시며, 어떤 중간 단계나 요소의 결합을 내세울 필요가 없다." 어느 정도 시점이 되면 종교를 믿는 사람은 세상을 그저 믿음으로 받아들이는 법을 배워야만 한다. "이러한 견해를 논리적으로 확인하거나 반박하려고 애를 쓴다면 인생은 그저 무의미하게 흘러갈 뿐입니다."

이 세상에 대한 철학적인 이해와 유대 방식의 이해의 차이점은 언어에서 찾아볼 수 있다. 『토라』에서 하나님은 두 가지 다른 이름이 있다. 복수형으로 사용되는 '엘로힘(Elohim)'과 '야훼(YHWH)'다. 현대의 학자들에 따르면 이렇게 이름이 다른 이유는 우리가 알고 있는 것처럼 『토라』가 여러 가지 서로 다른 원전들을 기초로 하고 있기 때문이라고 한다. 물론 할레비는 『토라』를 인간이 기록했다는 그런 개념 자체를 전혀 받아들이지 않았을 것이다. 그리고 할레비에게 하나님의 이름이 두 개인 것은 어떤 교훈을 알려주기 위해서였다. 랍비는 이렇게 말한다. "엘로힘은 이 세상의 지배자 혹은 주인이라는 의미를 갖고 있는 단어입니다." 그리고 복수형으로 쓰이는 이유는 예전의 '우상숭배자 이방인'들이 자연의 여러 가지 현상들을 각기 다른 신의 모습으로 생각했기 때문이라는 것이었다. "이러한 신들은 인간의 육신과 우주를 아우르는 여러 가지 현상이나 힘만큼 그 숫자가 많습니다." 계속해서 이어지는 랍비의 설명이다.

좀 더 철학적인 관점에서 보자면 '엘로힘'의 하나님은 이 세상의 움직임을 주관하는 여러 가지 힘들의 총합으로 볼 수 있으며 사물의 본성에 대해 여러 가지로 심사숙고함으로써 지적으로 이해하고 알 수 있는 그런 하나님이다. 그렇지만 『쿠자리』의 시작 부분에서 철학자들이 묘사했던 신과 같은 이런 하나님은 "우리 인간과 너무나 동떨어져 있어 우리에 대해 아는 것이 별로 없으며 따라서 크게 신경을 쓰지도 않는다." 우리에게 엘로힘 하나님은 열역학 제2법칙이나 빅뱅 이론처럼 열렬하게 믿거나 따를 수 있는 그런 대상은 되지 못한다.

그렇기 때문에 하나님은 유대인들에게만 '야훼'라는 이름으로 그 모습을 드러내셨다. 사실 이 야훼라는 이름은 히브리어의 자음 4개를 그대로 연결한 것으로 지금의 우리들은 '야훼'라고 발음하기는 하지만 유대인들은 전통적으로 이런 식으로 소리 내어 하나님의 이름을 읽거나 발음하지는 않았다. 이 야훼야말로 '르우벤이나 시메온'과 같은 인간의 이름처럼 '딱 들어맞는 적절한 이름'이라고 랍비는 설명한다. 우리가 부를 수 있고 이야기를 걸 수 있는 그런 이름이라는 것이다. 야훼 하나님은 아담을 창조하시고 이집트에서 유대인들을 구원해주신 분으로 이처럼 우리의 기도를 들으시고 역사에 개입하신다. 『쿠자리』의 제4부에 해당하는 내용을 보면 할레비는 랍비의 입을 빌어 이 야훼와 엘로힘의 차이를 이렇게 요약하고 있다. "엘로힘의 의미는 관찰과 연구라는 방식을 통해 이해할 수 있습니다. 왜냐하면 이 세상을 관리하고 이끄는 주인이라면 당연히 이성을 바탕으로 하고 있을 것이기 때문입니다. …… 그렇지만 야훼의 의미는 이런 연구나 생각으로는 이해할 수 없습니다. …… 오직 직관과 예언을 통한 통찰력으로만 이해할 수 있는 것입니다." 왕은 그 즉시 둘 사이의 차이점을 이해할 수 있었다. 그리고 그 차이점은 스스로가 처음부터 이해하고 있던 의도와 행위의 차이점과 똑같았다. "인간은 사랑과 자신의 성향, 그리고 확신의 문제 때문에 야훼 하나님을 갈망하지만 만일 엘로힘 하나님을 따른다면 그건 심사숙고한 결과일 것이다." 왕은 이렇게 주장한다.

그리고 유대교는 철학이라는 모호한 주장에 대해 실질적인 반박이라고 볼 수 있다. 할레비는 순수하게 속세의 관점과 용어들을 가지고는 유대의 역사를 이해할 수 없다고 주장한다. 그보다는 오히려 "성스러운 땅에서 특별히 선택을 받은 이스라엘 민족에게 주로 일어났던 사건들을 하늘의 관점으로 기록한 것이다. …… 따라서 이스라엘 민족은…… 세상의 모든 일들은 우연의 결과라고 주장하는 그리스 에피쿠로스학파의 관점을 따르는 이단자들에 대한 증거이다."

* * *

만일 이스라엘 민족이 하나님과의 관계에서 그들만 따로 특별히 어떤 특권을 부여받았다면 이스라엘의 땅 역시 그와 유사하게 특별한 의미를 지니고 있다고 해야 이치에 맞는다. 랍비에 따르면 결국 예언이란 신성한 지식 중에서도 가장 권위가 있는 것이며 오직 이스라엘 민족에게만 허용되는 것이다. 그리고 또한 "예언을 하는 사람이라면 누구든지 이 땅에 대해서도 그렇게 해왔다." 왕에게는 하나님께서 어떤 특별한 지역에 대해서 그렇게 특별한 관심을 기울일 수 있다는 사실은 오직 한 민족에게만 자신의 모습을 드러낸다는 주장만큼이나 기이하게 느껴졌다. 그렇지만 랍비는 이스라엘의 땅의 영적인 자산은 다른 곳의 어떤 자원이나 보물과 같은 개념이라고 주장한다. "세상 어느 곳이든 특별한 식물이나 금속 혹은 짐승들이 있는 법입니다." 랍비의 지적이다. 그리고 성스러운 땅의 가장 중요한 자원이라면 누군가의 말처럼 당연히 하나님이다.

『토라』는 하나님께서 언제나 이 성스러운 땅에 자신의 모습을 드러낸다는 사실을 증거하고 있다. 실제로 랍비는 지금 팔레스타인이라고 불리는 땅은 "엿새 동안의 창조 과정이 끝난 후 세상의 역사가 시작된 곳"이라고 주장한다. 따라서 세상에서 이야기하는 하루의 시작은 팔레스타인으로부터 계산하는 것이지 사람들의 주장처럼 해가 뜨는 동쪽의 중국을 기준으로 계산하는 게 아니라는 것이다. 랍비는 에덴동산은 실제로 팔레스타인 지역에 있었다고 단언하기도 한다. 또한 하나님께서 모세에게 계명과 율법을 내려주신 시나이산과 아브라함이 아들 이삭을 희생 제물로 바치려다 기적적으로 구원을 받았던 모리아산도 팔레스타인에 위치하고 있다. 유대의 역사는 하나님께서 아브라함을 불러 기거하고 있던 우르 지방을 떠나 훗날 이스라엘의 땅이 되는 곳으로 정착하라고 명령하시면서 시작이 되었는데, 할레비는 이 과정을 식물이 자라는 과정에 비유한다. "농사를 짓는 사람이 사막 한가운데서 좋은 나무의 뿌리를 발견해 잘 개간된 땅에 옮겨 심어 잘 가꾸어 크게 자라게 만들었다."

아브라함을 통해 수확하게 된 작물은 바로 예언이었고 이스라엘 민족은 "자신들에게 주어진 땅에 남아 있으며 요구된 조건을 충족시키는 한" 그 예언이라는 작물을 계속 자신들의 것으로 갖고 있을 수 있었다. 『쿠자리』에 등장하는 선지자, 혹은 예언자들은 철학자들보다 더 우월한 존재로 생각된다. 철학자들이 그저 보고 듣고 생각할 수 있다면 선지자들은 무엇이든 확실하게 알 수 있었다. 그렇지만 할레비가 이 책을 쓰고 있던 당시에는 예언이나 선지자는 이미 오래 전 세상에서 사라져버렸고 이스라엘의 땅은 기독교 십자군의 손에 들어가 유대인들은 아예 그 땅의 출입이 금지되어 있는 상황이었다. "모든 민족들이 그 땅으로 성지 순례를 갈 수 있는데 우리 유대인들만 그렇게 하지 못하고 있습니다. 왜냐하면 우리는 하나님의 벌을 받고 치욕스럽게 살고 있기 때문입니다."

이 대목에서 한 가지 자연스러운 의문이 들 수 있다. 이스라엘의 땅이 여전히 성스러운 땅인가? 이제 예루살렘 대성전도 무너져 사라지고 유대인들은 모두 흩어져버렸는데, 팔레스타인도 그냥 가난하고 황폐한 땅에 불과하지 않은가? 왕은 회의적인 모습으로 랍비에게 이렇게 말한다. "나는 팔레스타인의 거주민들이 다른 곳의 사람들보다 더 뛰어났다는 소리를 지금까지 한 번도 들어본 적이 없다." 실제로도 분명 에스파냐며 이집트, 그리고 메소포타미아 지방으로 흩어져 별다른 걱정 없이 살고 있던 유대인들은 팔레스타인에 대해 특별한 관심을 보이지 않았고 심지어 찾아가보는 일도 거의 없었다. 과거 이스라엘 민족의 땅이었던 그곳은 앞서 투벨라의 벤야민의 사례에서 본 것처럼 이제는 그저 기도와 신앙적인 희망의 대상으로만 남아 있었다. 그 땅이 구속이 될 날을 간절히 기다렸던 것이다. 그렇지만 그 땅에 실제로 가서 정착한다는 생각은 거의 불가능한 일이 되었다.

그런데도 할레비는 『쿠자리』를 통해 그렇게 몰락해버린 이스라엘의 땅이 지금도 특별하게 축복을 받은 땅으로 남아 있다고 단언한다. 이스라엘의 땅과 이스라엘 민족 사이에는 분명한 유사성이 있다. 유대인들이 살던 땅에서 추방당한 후에도 여전히 하나님이 선택한 민족으로 남아 있는 것처럼, 그 땅 역시 하나님이 특별히 선택한 곳이며 그렇게 버려진 것처럼 보여도 그 사실은 변하지 않는다. 이런 하나님의 특별한 사랑은 설명할 수는 없지만 그렇다고 취소할 수 있는 것도 아니다. 할레비는 이 땅의 소중함에 대해, 그리고 그곳에 사는 사람들이라면 자연스럽게 받게 되는 축복에 대한 랍비들의 이야기들을 소개한다. "성스러운 땅에 거주하는 것이 더 좋다. 비록 그 땅의 거주민 대부분이 지금은 이방인들이라 할지라도 이스라엘 민족들끼리 모여 있는 다른 땅의 성읍에 거하는 것보다는 더 낫다. 그리고 성스러운 땅에서 단 몇 걸음이라도 걸었던 사람은 다가올 새로운 세상에서의 행복을 보장받을 수 있다."

그렇지만 어쨌든 살던 땅에서 쫓겨나 세상을 떠돌고 있는 유대인들은 그 이스라엘의 땅으로 돌아가려는 노력조차 하지 않고 주저하고 있다. 왕은 그 즉시 이런 점을 지적한다. "만일 그렇다면 그대 유대인들은 그곳으로 돌아가려는 노력을 하지 않음으로써 자신들의 율법을 따르는 의무도 제대로 이행하지 못한 것이며 그 땅을 그저 삶과 죽음이 교차하는 평범한 곳으로 만든 것이다." 그리고 지금까지 왕의 모든 의문과 질문에 대해 척척 답을 해왔던 랍비는 이번에는 그저 고개만 끄덕일 수밖에 없었다. 유대인들은 이스라엘의 땅에 무관심한 것에 대해 정말로 비난을 받아 마땅했다.

여전히 할레비는 그 땅으로 다 같이 돌아가자는 식의 주장은 하지 않는다. 하물며 알루이가 꿈꿨었고 그보다 800년이 더 지난 다음 근대 시온주의의 창시자인 테오도르 헤르츨이 실제로 시작했던, 정치적 활동을 통해 주권을 되찾자는 그런 주장 같은 것도 하지 않았다. 12세기라는 역사적 상황 속에서 유대인들이 본향이라고 할 수 있는 팔레스타인 땅을 다시 회복한다는 생각은 말 그대로 상상조차 할 수 없는 일이었다. 만일 할레비가 동포들을 비난한다면 그것은 정치적인 무저항주의 때문이 아닌 경건한 열정의 부족 탓이었으리라. 하나님께서 유대인들에게 팔레스타인의 땅을 되돌려주지 않는 이유에 대해 랍비는 단지 유대인들이 아직 진정으로 그것을 원하지 않기 때문이라고 간단하게 설명한다. "우리는 우리 열조의 하나님을 순수한 마음으로 만날 준비가 되어 있지만 그 전에 먼저 우리 열조들이 이집트에서 만났던 것과 같은 구원을 찾아야만 합니다." 유대인들이 온 마음을 다한 헌신으로 그렇게 하는 데 실패하는 한 시온 땅에 대한 그들의 모든 기도는 '찌르레기나 개똥지빠귀의 재잘거리는 소리나 다름없는' 것이다.

따라서 랍비는 『쿠자리』의 제2부와 책 전체의 마지막 부분에서 자신의 진짜 본심을 드러낸다. 유대인들이 하나님의 신성한 도움 없이 팔레스타인으로 돌아가는 일은 불가능할지도 모른다. 그렇지만 최소한 한 사람의 고독한 순례자로서는 그 땅을 돌아보는 여정을 시작할 수 있다. 랍비는 그렇게 하기로 결심을 한다. 왕은 그런 랍비를 다시 설득하려고 한다. 어쨌든 하나님의 임재를 팔레스타인에서는 더 이상 찾아볼 수 없다. 그리고 "순수한 마음과 희망이 있다면 누구든 그 어느 곳에서라도 하나님께 가까이 다가갈 수 있는 것이 아닌가." 왕은 랍비의 행동이 디아스포라 시대의 유대교에게 심각한 존재론적 도전이 된다는 사실을 알아차린 것이다. 만일 오직 특정한 땅에서만 하나님의 임재를 발견할 수 있다면, 단 한 번도 그 땅에 가보지 못한 모든 유대인들이 보이는 그 헌신은 도대체 무슨 의미가 있단 말인가?

랍비는 재빨리 그러한 생각을 부인한다. 하나님과 접촉하기 위해서 굳이 꼭 이스라엘의 땅으로 갈 필요는 없다. 왜냐하면 성령은 "덕성스러운 삶을 영위하고 순수하고 정직한 마음을 지닌 유대인이라면 그 누구에게나 함께 거하시는 것"이기 때문이다. 그렇지만 랍비가 하려는 순례의 여정이 품고 있는 숨은 뜻 역시 그냥 무시하기는 어려운 것이다. 그의 순례는 『쿠자리』에서 보여주고 있는 의도와 행위 사이의 차이점이라는 핵심이 되는 구분을 다시 한 번 보여주고 있다. 누군가는 디아스포라 시대의 유대인들이 자신들의 선한 의도와 하나님에 대한 신앙과 헌신에 의지하고 있으며 이것으로 충분하다고 말하기도 한다. 왕 역시도 이 책의 마지막 장에서 그렇게 이야기하고 있다. "그대 유대인들이 진심으로 그렇게 말했다면 그 모든 것들을 하나님께서는 다 알아주실 것이다." 하나님께서 그대가 진정으로 돌아가고자 한다는 사실을 알고 계시는 한, 정말로 팔레스타인으로 돌아갈 필요는 없다.

그렇지만 랍비가 이 책의 대화를 통해 왕과 독자들에게 정말로 가르쳐준 것이 한 가지 있다면 그건 바로 하나님께서는 의도만으로 만족하시지는 않는다는 사실일 것이다. 만일 그렇다면 왕이 처음에 유대교로 개종할 필요는 없었을 것이다. 하자르 왕국의 종교가 무엇이었든 간에 그것도 마음만 있었다면 하나님을 기쁘게 해드릴 수 있지 않았을까. 할레비는 그렇지 않다고 말한다. 하나님께서는 유대인들에게 특별한 율법을 내려주셨고 마치 자연 법칙이 흘러가는 과정처럼 정해진 올바른 방법에 따라 지켜져야 그 효력을 발휘할 수 있다고 할레비는 말한다.

『쿠자리』의 마지막 장에서 제기되는 의문은 '알리야(aliyah)', 즉 이스라엘 땅으로의 회귀가 하나님께서 내려주신 불변의 율법 중 하나에 속하는가 하는 것이다. 그리고 이에 대한 할레비의 대답은 정확하지는 않다. 우리가 살펴본 것처럼, 랍비는 디아스포라 시대의 경건한 유대인들은 하나님과 연결되어 있다고 인정한다. 그렇지만 랍비는 또한 마음으로만 품고 있는 경건한 신앙심이란 오직 '행위가 불가능 할 때만' 허용된다고도 말한다. 다른 말로 하면 '행위야말로 그 보상을 받기에 완벽한 자격'이라는 것이다. 그리고 그의 주장에 따르면 예루살렘으로 돌아가는 일은 불가능한 일은 아니다. 단지 그저 굉장히 어렵고 위험한 일일 뿐인데, 그렇다고 그런 시도를 단념하게 할만한 그런 정도의 수준은 아니다. 랍비는 자신은 이미 많이 늙었다고 고백한다. 그리고 더 이상 잃을 것도 많지 않다고도 말한다. 만일 팔레스타인으로 가는 순례길에서 죽게 된다면 하나님의 은혜를 입게 되는 것이며 그러한 죽음을 통해 그동안 지은 대부분의 죄에 대한 속죄를 할 수 있다고 확신할 수 있다. "용기와 담대함을 가지고 전쟁터에서 부와 명예를 얻기 위해 위험을 무릅쓰느니 순례의 길을 택하는 것이 더 낫다고 생각합니다." 할레비는 책의 마지막 구절을 통해 만일 유대인들이 본향을 회복할 수 있다면 바로 이런 각각의 유대인들이 가진 놀라운 헌신으로 그렇게 할 수 있다는 것을 암시하고 있는 것이다. "예루살렘은 유대인들이 그 먼지와 돌 하나까지도 간절히 원하게 될 때야 비로소 다시 세워질 수 있을 것입니다."

랍비는 드디어 이렇게 자신의 제자가 된 왕과의 대화를 마친다. 그리고 왕은 하나님께서 랍비의 여정에 함께해주실 것을 기원한다. 물론 예후다 할레비에게 이러한 결론은 말이나 글로 보는 것 이상의 의미를 지니고 있었다. 『쿠자리』의 집필을 끝마친 할레비는 책에 등장했던 랍비처럼 자신도 직접 순례의 길을 떠나게 되며 예상했던 것처럼 그 과정에서 세상을 떠나게 되었다. 할레비가 선택한 길은 어떤 면에서 본다면 1,000년도 더 오래전 요세푸스가 겪었던 길을 연상시킨다. 이스라엘의 땅을 탈출하면 살겠지만 그 땅을 선택하면 죽음을 맞이하게 되는 것이다.

할레비는 후자를 선택했고 요세푸스는 전자를 선택했다. 이것은 어쩌면 정치적 현실보다 더 강력한 종교적 상상력의 위력에 대한 증언일지도 모른다. 요세푸스가 살아 있는 유대인 왕국의 상징이라면 할레비에게 이스라엘의 땅은 오직 『구약 성경』을 통한 상상력과 신학적인 개념 안에서만 존재하는 것이었다. 『쿠자리』에서 이스라엘의 땅의 거룩함은 유대 민족, 즉 이스라엘 민족의 거룩함에 대한 당연한 결과물이다. 그것을 믿는다면 이성이나 논리에 도전하고 예언과 전승, 그리고 기적의 권위를 신뢰하는 것이라고 랍비는 주장한다. 『쿠자리』는 이러한 도전과 저항에 있어 기념비적인 작품이며 바로 그런 이유 때문에 현대의 이성의 시대에서도 여전히 사람들을 감동시키는 힘을 지니고 있다.

참고 문헌

예후다 할레비, 하트위그 히르슈펠트(Hartwig Hirschfeld) 옮김, 『쿠자리』, 헨리 슬로님스키(Henry Slonimsky) 서문, 뉴욕: 쇼켄(Schocken), 1964.

힐렐 할킨(Halkin, Hillel), 『예후다 할레비』, 뉴욕: 넥스트북/쇼켄, 2010.

투델라의 벤야민, 『투델라의 벤야민 여행기: 중세로의 여행(The Itinerary of Benjamin of Tudela: Travels in the Middle Ages)』, 뉴욕: 나이팅게일 리소시스, 2010.

레이먼드 P. 쉰들린(Scheindlin, Raymond P.), 『외로운 비둘기의 노래: 예후다 할레비의 순례 여정(The Song of the Distant Dove: Yehuda Halevi's Pilgrimage)』, 옥스퍼드대학교 출판부, 2008.

제7장
하나님을 향한 생각

•

모세 마이모니데스(Moses Maimonides)

『당혹자에 대한 지침(The Guide of the Perplexed)』

1983년 발행된 이스라엘의 지폐. 마이모니데스의 초상화가 새겨져 있다

고대와 현대를 막론하고 수많은 유대인 사상가들은 이성과 논리에 의한 결론과 신앙의 명령이라는 정반대되는 개념 사이의 갈등에 직면해왔다. 12세기 말 최고의 유대인 사상가이자 법률 해석가였던 모세 마이모니데스는 이집트에서 마지막으로 완전하게 이런 '당혹감'을 제거하기 위한 글을 쓰기 시작했다. 그의 논문이라고 할 수 있는 『당혹자에 대한 지침』에서 마이모니데스는 이성과 신앙이 겉으로 보이는 것처럼 그렇게 서로 대립하는 개념이 아니라는 주장을 펼친다. 그보다는 오히려 『구약 성경』의 본문에 대한 철저한 분석을 통해 천사의 존재부터 할례 의식까지 이성과 반대되는 것처럼 보이는 모든 내용들이 이성적인 진실의 가르침으로 이해되어야 한다고 주장했다. 하나님은 육신이나 어떤 욕망도 없으며 완전하게 초월적인 힘의 존재로서 엄격한 생각을 통해서만 하나님에 대해 알 수 있다는 것이 올바른 이해일 것이다. 이러한 엄격한 철학적 신념을 유대의 정경, 그리고 전승과 조화시키기 위해서는 지성에 의지하는 기념비적인 노력이 필요했고, 이 책 『당혹자에 대한 지침』은 유대 철학의 핵심적인 성과가 되었다.

『쿠자리』는 이성은 하나님께로 이어지는 길의 단지 일부분만을 보여줄 뿐이라고 주장한다. 우리는 지성을 통해 엘로힘 하나님에 대해 알 수 있다. 엘로힘 하나님은 자연의 힘들을 통해 우주를 관장한다. 반면에 우리는 또 유대 민족을 선택했던 인간을 연상시키는 야훼 하나님에게는 그런 식으로는 절대로 가까이 다가설 수 없다. 우리는 엘로힘 하나님에 대해서는 깊이 심사숙고하지만 야훼 하나님은 그냥 사랑한다. 그렇지만 예후다 할레비가 활동하던 즈음, 그를 능가하게 되는 유대 사상가 한 명이 탄생하게 되며 그는 이러한 이분법에 이의를 제기하게 된다. 모세 마이모니데스는 하나님을 사랑하는 것은 하나님에 대해서 열정적으로, 그리고 끝없이 생각하는 일과 전혀 다를 것이 없다고 주장했다. 실제로 인간 지성의 전체 목적은 하나님에 대해 올바로 이해하는 것이다. 이런 이해를 할 수 있는 데 필요한 능력과 교육, 그리고 성향을 갖춘 사람들은 정말로 축복받은 사람들이다. 하나님에 대해 지나치게 단순하게 혹은 보고 듣는 대로만 생각하는 대다수의 사람들을 포함한 모든 사람들은 하나님에 대해서 실제로는 전혀 알지 못한다.

마이모니데스는 하나님에 대해 올바르게 생각하는 법을 유대인들에게 가르치는 일을 자신의 사명으로 삼았다. 다시 말해 자신이 흔한 오해로 생각했던 것들을 뒤집겠다는 뜻이었다. 예를 들어 하나님께서 육신을 가지고 있다거나 천사는 인간의 형상에 날개가 달려 있다는 생각 등이다. 그렇지만 『구약 성경』을 그냥 평범하게 읽는다면 이런 실수가 일어나는 건 어쩌면 당연한 일일 것이다. 그래서 마이모니데스는 유대인들에게 정경을 읽는 새로운 법도 가르쳐야만 했다. 표면적인 의미와 숨겨져 있는 진실을 신중하게 구별하는 그런 방법이었다. 그리고 이슬람교가 지배하던 에스파냐 지방에서 철학적으로 더 발전된 문화를 접했던 마이모니데스는 『구약 성경』의 세계관을 자신이 반박할 수 없는 과학적 진리라고 여겼던 것들과 조화시킬 필요가 있었다. 바로 아리스토텔레스와 다른 속세의 철학자들이 가르쳤던 그런 진리였다. 만일 세상에 오직 한 가지 진실이나 진리만 있다면, 이성과 종교는 갈등 자체를 빚을 수가 없다. 그런데도 그렇게 보인다면, 그건 단지 종교가 우리에게 가르치는 내용을 제대로 이해하고 있지 못하기 때문이다.

이러한 모든 것들은 결국 유대 사상에 있어 하나의 혁명으로 발전하게 되었다. 그렇지만 만일 마이모니데스가 혁명가가 아니었다면 그는 유대의 전통에 대해 반대하는 것이 아니라 그 안에서 활동했던 사람이라는 뜻이 된다. 유대교 교리에 대한 대담한 재해석을 명확하게 정리한 사람은 지금까지 살았던 사람들 중에서 유대 율법에 대해 가장 완벽하게 알고 이해할 수 있었던 사람이기도 했다. 『당혹자에 대한 지침』을 쓰기 전 마이모니데스가 완성했던 중요한 철학 저술은 유대 율법에 대한 포괄적 요약을 담은 『미슈나 토라(Mishneh Torah)』로, 심지어 더 중요하고 기념비적인 작품으로 평가되기도 한다. 이 책을 통해 마이모니데스는 상상할 수 있는 모든 주제에 대하여 유대교의 분명한 가르침들을 적용할 수 있다고 주장한다. 『탈무드』의 복잡하고 모호한 율법에 대한 논쟁들을 분명하고 실제로 사용할 수 있는 법전으로 정리했다는 것이다. 이러한 책들을 쓰기 위해 마이모니데스는 수 세기에 걸쳐 완성된 율법책들을 정리해야만 했다. 또 그 일 못지않게 자기 자신의 판단 능력에 대해 어마어마한 확신부터 가져야만 했는데, 왜냐하면 그는 사실상 『미슈나 토라』가 유대 문화의 중요한 전통 원전들을 대신하게 될 것이라고 말해왔기 때문이었다. 유대인들이 "모세는 모세이며 그 누구도 모세를 대신할 수는 없다"라고 말한다 해도 전혀 놀랄 일은 아닐 것이다. 모세 마이모니데스는 「출애굽기」의 그 모세처럼 유대 사람들에게는 또 다른 입법자나 마찬가지였다.

히브리어 이름이 모세 벤 마이몬(Moshe ben Maimon)인 마이모니데스는 1138년 에스파냐 코르도바에서 태어났다. 예후다 할레비를 비롯하여 수많은 다른 유대 지식인들처럼 그 역시 이슬람이 지배하던 에스파냐 문화의 영향을 크게 받았다. 그렇지만 그가 태어났을 무렵에는 이러한 유대 역사의 황금시대가 서서히 저물고 있었다. 마이모니데스가 열 살이 되었을 무렵 북아프리카에서는 금욕적이고 엄격한 이슬람의 한 종파인 알모하드파가 일어나 에스파냐 남부 지역을 정복한다. 당시의 기록에 따르면 알모하드의 지배하에 있던 일부 유대 공동체들은 이슬람교로 개종을 하든지, 아니면 죽음을 당하든지 하는 양자택일의 기로에 서게 되었다고 한다. 또한 다른 유대 공동체들도 차별과 박해의 대상이 되었다.

마이모니데스의 가족은 에스파냐에서 오랫동안 터를 잡고 살았으며 수많은 세대에 걸쳐 학자와 법률가들을 배출한 집안이었다. 그렇지만 앞서 언급했던 대재난으로 이들은 어쩔 수 없이 에스파냐를 떠나 처음에는 북아프리카의 페즈로, 그리고 1166년에는 이집트로 이주해 지금의 카이로 남부 지역이며 당시의 이집트 수도였던 푸스타트(Fustat)에 정착을 한다. 그리고 1204년 세상을 떠날 때까지 마이모니데스는 이집트에 있는 유대 공동체의 주요 인사로 활동했다. 세계 도처에 흩어져 살고 있던 유대인들이 그의 책을 읽었고 법률적 문제에 대해서 그의 자문을 구했다. 에스파냐 출신의 다른 유대인 지식인들처럼 마이모니데스도 의사가 되어 생계를 꾸려나갔으며 그 명성이 높았다. 그는 의학에 대한 책도 여러 권 발표했고 그가 돌본 환자들 중에서는 십자군에 대항했던 것으로 유명한 이슬람 군주 살라딘 휘하의 고관들도 여럿 포함이 되어 있었다.

마이모니데스가 『당혹자에 대한 지침』을 쓰기 시작하던 1180년 무렵에는 이미 유대 율법에 대한 그의 주요 저술 중 하나인 『미슈나 토라』와 그 이전에 완성했던 『미슈나 주석』이 발표된 후였다. 그는 유대 법률학자와 저술가로서 당대 제일의 위치를 확고히 했고 그가 써내려가는 새로운 철학 작품들은 당연히 친구들과 적들 모두의 관심을 끌었다. 그리고 그를 비난하는 적들은 그 숫자가 만만치 않았다. 그렇지만 마이모니데스는 다른 대부분의 작가나 저술가들과는 달리 자신의 글이 많은 사람들에게 알려지는 것을 원하지는 않았다. 그보다는 오히려 『당혹자에 대한 지침』의 서론 부분에서 분명하게 밝힌 것처럼 그는 원래는 자신의 제자인 요셉 벤 유다(Joseph ben

Judah) 한 사람을 염두에 두고 책을 써왔다. 요셉 벤 유다는 자신의 공부를 미처 다 마치기도 전에 이집트를 떠나 시리아로 가버린다.

마이모니데스가 설명하는 것처럼 요셉은 공부를 하는 과정에서 일종의 위험한 단계에 접어들고 있었다. 그는 중세의 고급 교육과정의 바탕이 되는 수학과 논리학, 그리고 천문학의 기초 단계를 마쳤으며 이제 막 마이모니데스가 '성스러운 문제들' 그리고 '예언서의 비밀들'이라고 부르는 내용들을 공부하기 시작할 참이었다. 여기까지 다다른 학생은 영적, 지적 불안감에 시달리기가 쉽다. 마이모니데스의 표현에 의하면 '당혹감'에 사로잡히게 되는 것이다. "깜짝 놀랄 일들이 너에게 벌어졌으니 너는 당혹해할 수밖에 없다." 이런 상황에서 마이모니데스는 남자는 자신이 과학적 문제들에 대해 배운 내용과 『구약 성경』을 통해 읽은 내용들을 서로 조화시킬 수 없다고 기록했다. 굳이 남자라고 한 건 그 당시에는 오직 남자들만이 이런 종류의 고급 지식들을 배울 수 있었기 때문이다. 어쨌든 그 학생은 신앙의 위기라 할 수 있을만한 상황을 경험하게 될 터였다.

"인간의 지성이 그를 이끌고 가 그 지성의 영역 안에 거하게 했을 때 그는 율법의 외피(外皮)에 의해 고뇌를 느꼈음에 틀림없다. …… 따라서 그는 자신의 지성을 따라 문제가 되는 내용과 관련해 자신이 기존에 알고 있는 것들을 포기하고 그 결과로 율법의 기초가 되는 것들도 포기하게 되었다고 생각해야 하는 것인지 당혹스럽고 혼란스러운 상태에 빠져들게 된다. 아니면 그는 이러한 내용들에 대한 자신의 이해를 굳게 유지하며 스스로를 자신의 지성에만 의지하지 않도록 하여 차라리 등을 돌려 지성으로부터 멀어지는 쪽을 택해야 하는 것일까. 그러는 동시에 자신이 스스로에게 상실감을 안겨주고 자신이 믿고 있는 종교에도 해를 끼쳤다는 사실을 인지하면서?"

'이런 몹시 당혹스럽고 곤란하기까지 한' 상황 속에서 두 가지 중 한 가지는 희생할 수밖에 없다는 생각에 이끌리게 된다고 마이모니데스는 말한다. 과학적으로 맞지 않고 불합리한 내용으로 가득 차 있는 『토라』 아니면 선조들의 믿음으로부터 등을 돌리도록 만드는 자신의 지성, 둘 중 하나를 포기하려는 것이다. 그렇지만 마이모니데스의 관점에서는 그 어느 쪽도 희생해서는 안 되며, 인간은 하나님께 가까이 가기 위해 이성과 율법 모두를 필요로 한다. 따라서 마이모니데스가 『당혹자에 대한 지침』을 쓴 목적은 요셉 벤 유다를 비롯해 비슷한 어려움을 겪고 있는 모든 독자들에게 지금 마주하고 있다고 생각하는 선택의 기로는 잘못된 것이라는 사실을 보여주려 함이었다. 그리고 이 문제를 해결하기 위해 그가 사용한 방법은 『구약 성경』을 그저 보이는 그대로 받아들이지 않는 것이었다. 그보다는 오히려 '매우 모호한 우화들'로 가득한, 말과 생각에 있어 비유적인 방식으로 되어 있기 때문에 이를 제대로 이해하게 된다면 결국 이성의 진리가 그 안에 있다는 사실을 깨닫게 된다는 것이다. "만일 우리가 이러한 우화들을 그에게 설명하거나 혹은 우화와 비유로 이루어져 있다는 사실을 깨닫게 해준다면," 마이모니데스는 이렇게 이야기한다. "그는 올바른 방향으로 가서 이렇게 당혹한 상태를 벗어날 수 있을 것이다. 내가 이 책을 『당혹자에 대한 지침』으로 부르는 것도 바로 그런 이유 때문이다."

그렇지만 마이모니데스의 목적이 말해주는 중요한 점은 그가 알려주려는 가르침이 그저 우연히 『구약 성경』을 집어 들게 되는 모든 독자들을 대상으로 하고 있는 건 아니라는 사실이다. 그는 『구약 성경』을 읽는 대부분의 사람들이 그냥 눈에 보이는 대로, 글자 그대로 읽고 있다는 사실을 잘 파악하고 있었으며, 따라서 정경의 표면적인 의미에 대한 사람들의 믿음을 깨어 부수는 일은 그들의 믿음이나 신앙 자체를 무너뜨리는 일이나 다름없었다. 일반적인 독자들의 눈에는 이런 저자의 모습은 이단으로 비칠 수밖에 없으며 마이모니데스는 물론 그의 『당혹자에 대한 지침』 역시 실제로 훗날 종교적으로 엄격한 사람들이 주기적으로 공격하는 대상이 되기도 했던 것이다.

예를 들어 13세기 초 프랑스에 살던 유대인들 중에서 『당혹자에 대한 지침』을 소지하고 있던 사람들은 기독교 교회에 의해 산 채로 화형에 처해졌는데, 기독교에 모욕을 가했다는 것이 그 이유였다.

그렇기 때문에 마이모니데스는 스스로를 자신이 유대 신비주의의 오래된 전통이라고 생각하는 것들과 동일시한다. 이 전통이란 중요한 주제들을 간접적이고 개인적으로 논의하는 것으로, 이렇게 하면 일반 대중들과 문제를 일으키지 않으면서 초심자들을 제대로 가르칠 수 있었다. 예를 들어 『탈무드』에서는 공개적으로 가르치지 말아야 하는 주제가 두 가지 있다고 말한다. 바로 「창세기」에서 이 세상의 창조 과정을 이야기할 때 나오는 '세상의 시작에 대한 설명'과 선지자 에스겔이 보았다던 '불의 전차에 대한 설명'이다. 이 두 가지는 유대 신비주의에서 중요한 몫을 담당하고 있으며 극단적인 종류의 형이상학적 사고를 하는 데 어느 정도 도움을 주었다. 따라서 랍비들은 이런 내용들을 지나치게 서로 많이 나누는 일에 대해 경고를 한 것이다. "단 한 사람 앞에서라도 에스겔이 보았던 전차에 대해 가르치지 않는 것이 좋다. 다만 그가 현명하고 스스로 잘 이해할 수 있는 능력이 있을 경우는 예외로 인정한다. 그 밖의 경우에는 오직 제목 정도만 알려주면 족하다."

마이모니데스는 『탈무드』에 나오는 이런 구절들을 가져와 자신의 『당혹자에 대한 지침』에 그대로 적용했다. 그는 독자들에게 이렇게 경고한다. "나의 목적은 진리를 잠시 살펴본 후 다시 감추는 것이다. 그렇게 해서 사람이라면 아예 거스를 수 없고 저속하거나 비천한 사람들에게는 알려지지 않은 신성한 목적에 대항하지 않으려는 것이다. 그런 사람들에게 이런 진리가 알려지는 것은 하나님께서 특히 염려하시는 일이다." 이것이 종교적인 진리에 대한 상류 지식층의 솔직한 접근 방식이었다. 대다수의 사람들이 제대로 이해를 할만한 준비가 되어 있지 않은 그런 문제들은 언제나 있는 법이며, 따라서 전체적인 지식은 항상 소수의 사람들만이 다루는 것이 좋았다.

그렇지만 '천지 창조의 시작'과 '에스겔의 전차'에 대한 설명을 하기 위해 마이모니데스가 사용한 접근 방식이 전혀 신비적이거나 상징적이지 않다는 사실은 매우 중요하다. 그는 수비학(數秘學, 수를 이용한 점술)이나 마술, 또는 특별한 비법 등에 대해서는 전혀 관심이 없었는데, 반면에 다른 이론가나 사상가들은 이런 방식으로 『구약 성경』의 수수께끼들을 풀려고 애를 쓰곤 했다. 마이모니데스는 오히려 확신을 가지고 이 두 가지 문제에 대한 설명은 원래부터 '과학' 그 이상도 이하도 아니라는 입장을 고수했다. 천지창조는 '자연의 과학'이며 에스겔의 전차는 '신성의 과학'이라는 것이다. 이런 주제들의 진짜 수수께끼는 거기에 수수께끼 자체가 없다는 것이 아닐까. 이런 것들은 단순히 유대의 전승에서 세상과 신성에 대한 이성적 연구에 대해 붙인 이름에 지나지 않으며 철학자들도 같은 주제들을 자신들의 저술 속에서 다루곤 했다.

실제로 마이모니데스는 유대교가 먼저 이러한 지식을 전수받았고 나중에야 그리스 철학자들이 그 뒤를 따랐다고 주장한다. 그가 『당혹자에 대한 지침』을 통해 자세하게 주장하는 것처럼 『구약 성경』 안에서도 가장 환상적으로 생각되는 설명들, 그러니까 예를 들어 모세가 시나이산에서 본 "그 발 아래에는 청옥을 편 듯"한 하나님의 형상 같은 설명이나 묘사 등은 오직 자연의 진리에 대해 가르치는 우화로서만 이해될 수 있다. 만일 당대의 유대인들이 자신의 주장을 듣고 충격을 받았다면 그건 디아스포라 이후 수 세기가 넘는 세월 동안 유대인들이 이러한 우화들을 읽는 방법을 잊어버렸기 때문이라고 마이모니데스는 기록하고 있다.

다시 말해 마이모니데스가 스스로도 그렇게 생각하며 또 독자들이 그렇게 봐주기를 원했던 자신의 모습은 혁명가가 아니라 일종의 복원을 하는 사람이었다. 그는 『당혹자에 대한 지침』의 후반부에 이렇게 기록하고 있다. "이러한 문제들과 관련해 많은 과학적 지식들이 진리를 세우기 위해 동원되었다는 사실을 알아야 한다. 시간이 지나면서, 그리고 이방 민족이 우리를 지배하게 되면서 우리의 종교적 공동체 안에서는 이런 내용들이 다 사라져버렸다. 또한…… 이런 문제들을 모든 사람들에게 다 밝히는 것이 허락되지 않은 것도 그들이 사라져버린 이유 중 하나라 할 수 있을 것이다." 『탈무드』를 비롯해 다른 랍비들의 저술들 속에 아직까지 남아 있는 모든 고대의 지식들은 "핵심이라고 할 수 있는 몇 안 되는 알곡들로, 그 겉은 여러 겹의 껍질들이 둘러싸고 있다." 그리고 유대인들은 제대로 읽는 법을 잊어버렸기 때문에 겉으로만 드러나는 의미를 유일한 것으로 알고 있어서 "겉모습만 보고는 그 안에는 중요한 내용은 아무것도 없다고 생각한다."

마이모니데스는 스스로를 이성주의자나 합리주의자로 솔직하게 내세운다. 그렇지만 종교라는 맥락 안에서는 이성이 가장 이국적인 신비주의나 혹은 그 이상으로 좋지 않은 것처럼 받아들여질 수 있다는 사실을 그는 잘 알고 있었다. 그렇기 때문에 천지창조나 전차의 설명에 대한 그의 합리적인 해석에도 불구하고 그는 여전히 이런 것들은 오직 소수에게만, 그것도 아주 일부나 실마리만 가르쳐야 한다는 랍비들의 원칙을 따르고 있었던 것이다. "율법을 따르는 공동체에 속한 우리들에게 부여된 의무는 어떤 문제에 대해 정확하게 이야기하지 않는 것이다. 그 문제란 대다수의 사람들이 이해하지 못하거나 혹은 우리의 의도와는 다르게 사람들의 상상력에 의해 나타나는 진리에 대한 것이다"라고 마이모니데스는 경고한다. 오직 요셉 벤 유다와 같은 좋은 성품을 갖고 있으며 유대 율법과 과학에 대한 지식 교육을 착실하게 받은 학생만이 두려움이나 공포에 사로잡히는 일 없이 이런 마이모니데스의 주장에 귀를 기울일 수 있다. 그는 또한 자신만의 특이하고 생생한 비유를 들어 이렇게 말하기도 한다. 즉, 아직 준비되지 않는 사람에게 이러한 '신성한 과학'을 갑자기 소개하는 일은 아기에게 "딱딱한 빵과 고기를 먹이고 포도주를 마시게 하는 일과 같아서 아기를 죽게 만들 수도 있다. 빵과 고기, 그리고 포도주가 먹어서는 안 되는 나쁜 음식이어서가 아니라 아직 그런 것들을 먹고 소화시키기에는 아기가 너무 약하고 어리기 때문이다."

그렇지만 이런 조심스러움은 글을 쓰는 사람인 마이모니데스에게는 한 가지 문제점을 안겨주었다. 구전을 통한 교육은 소수만을 대상으로 하며 각 세대를 거쳐 교사로부터 학생에게 개인적으로 전달되는 방식이다. 그렇지만 일단 그런 교육 내용을 책으로 옮기게 되면 글을 읽을 수 있는 사람은 누구든 쉽게 접근할 수 있게 되는 것이다. 마이모니데스는 스스로에게 이렇게 묻는다. "그렇다면 나는 이제부터 어떻게 해야 내가 생각한 새로운 내용들을 글로 적어 내려갈 수 있단 말인가?" 이런 질문에 대해 그는 두 가지 해결 방안을 생각해본다. 먼저 자신이 발견한 내용들이 자신의 죽음과 함께 사라지지 않도록 하기 위해 그대로 후손들에게 남기는 방법이다. "만일 내가 내게는 너무나 분명하게 드러나는 내용들을 글로 적는 일을 포기한다면 그 지식은 내가 죽으면 함께 사라질 것이다. …… 그렇다면 그런 행동은 극히 비겁하다고 생각할 수밖에 없다." 특히 마이모니데스의 통찰력을 통해 영적으로 많은 도움을 받을 수 있는 '당혹스러운 상황에 처해 있는 모든 사람들'에게는 이런 일이 일종의 배신이 될 수도 있다고 그는 생각한다. "이를테면 진리 중의 진리를 알 자격이 있는 사람들에게 도둑질을 하는 것이나 다름없다."

그렇지만 그가 이러한 문제들에 대해 정확하게 밝히고 있지 않은 『당혹자에 대한 지침』의 다른 부분에서, 마이모니데스는 자기 자신의 이런 용기에 대해 또 다른 설명을 제시하고 있다. 그는 좀 더 깊은 의미로 보면 자신이 어떤 성스러운 계시도 받은 일이 없다고 부인하면서 모든 사상과 통찰력들은 그저 하나님의 선물일 뿐이라고 믿고 있으며 이에 대해서는 '넘쳐흐르다'라는 비유를 사용한다. 하나님이 자신을 다 내던져 전해주는 신성한 정수가 넘쳐흘러, 우리의 이성적이며 상상력이 넘치는 능력이 행동으로 옮겨지도록 자극한다. 마이모니데스는 또 이렇게 설명한다. 인간의 이성적 능력이 이렇게 넘쳐흐르는 하나님의 은혜를 받게 되면 "이를 통해 그 사람은 질문을 하고 이해를 하게 되며, 알고 분별하게 된다." 그리고 만일 이러한 신성한 지적 자극을 충분히 받았을 경우 그 자신의 정신에 담겨진 내용들도 넘쳐흐르기 시작해 하나님이 나눠준 사상과 지식을 다른 사람들의 정신과 나누게 된다. "이런 부가적인 완벽함이 없다면 과학적인 내용들은 책들에는 소개되지 않을 것이고 선지자들은 사람들에게 진리에 대한 지식을 배우라고 하지 않을 것이다."

＊　＊　＊

가장 중요한 형이상학적 질문들을 다루려는 의도로 탄생하게 된 이 『당혹자에 대한 지침』은 히브리어 단어 공부를 좀 더 깊게 하는 것처럼 보이는 내용들을 계속 다룸으로써 비교적 조심스럽게 시작이 된다. 왜냐하면 마이모니데스는 '당혹감'의 근본적인 원인은 사람들이 『구약 성경』을 제대로 읽어내지 못했고, 그중에서도 특히 비유적이고 상징적인 내용들을 이해하지 못했기 때문이라고 믿었기 때문이다. 「창세기」에 등장하는 인간의 창조에 대한 내용에 대해 생각을 해보자. "하나님이 가라사대 우리의 형상을 따라 우리의 모양대로 우리가 사람을 만들고" 우리는 인간이 어떻게 생겼는지 알고 있다. 따라서 만일 인간이 하나님의 형상을 따라 하나님의 모양대로 만들어졌다면 우리는 하나님이 어떻게 생겼는지를 알게 되는 셈이며 또 하나님에게도 인간과 같은 육신이 있다는 사실도 알게 되는 셈이다.

분명 이런 내용은 『구약 성경』을 심상하게 읽는 사람이라도 어떤 특별한 느낌을 받을 수밖에 없을 것 같은 그런 인상을 준다. 결국 『구약 성경』은 에덴동산을 거니시는 하나님, 보좌 위에 앉아 계시는 하나님, 모세에게서 등을 돌리시는 하나님, 그리고 제사로 드려지는 짐승의 고기 냄새를 즐기시는 하나님에 대해 이야기하고 있다. 정신적으로, 그리고 또 감정적으로도 하나님은 우리 인간과 비슷해 보인다. 하나님도 화를 내고 실망도 하며 사랑하는 사람들에게는 선물을, 증오하는 사람들에게는 벌을 내린다. 물론 하나님이 우리 인간과 똑같을 수는 없다. 하나님은 무한한 힘을 지니고 있으며 그를 통해 기본적으로 불가지(不可知)의 영역 안에 계신 분이시다. 그렇지만 우리로서는 하나님께 기도를 올리면서 누군가 우리를 이해해줄 존재와 이야기를 나누고 있다는 느낌이 들 정도의 유사성만 있으면 충분한 것이다.

마이모니데스는 하나님에게 육신과 정신이 있으며 필요와 욕망이 있다고 생각하는 식의 이런 오해를 제일 먼저 고치고자 했다. 어쩌면 하나님의 물리적인 부분에 대한 믿음이 너무 많이 퍼져 있었기 때문에 마이모니데스가 그렇게 열정적인 어조로 공격을 했는지도 모른다. "그러므로…… 하나님에게 육신이 있다는 교리나 혹은 육신이 하나님께 속해 있다는 설명 같은 것을 믿게 될 때 우리는 그분의 질투와 분노를 불러일으키게 된다. 우리는 하나님이 우상을 숭배하는 자들보다 훨씬 더 증오하는 적수가 되는 것이다." 마이모니데스에게 하나님에게 실제로 육신이 있다고 믿는 사람은 하나님을 제대로 믿지 않는 무신론자나 다름없었다.

우리는 이런 내용을 통해 마이모니데스가 생각하는 종교란 어떤 것인지 아주 많은 부분을 알게 된다. 그는 하나님에 대한 올바른 개념을 유지하는 문제에 대해 이렇게 엄청나게 강조를 하고 있다. 유대교는 믿는 자들과 공동체와 선택받은 사람들, 율법 체계, 그리고 종교적 전승 등 여러 가지로 정의될 수 있는데, 마이모니데스가 등장하기 전까지는 여기에 속하지 않는 것들도 종교를 믿는 사람들이 무조건 받아들여야만 하는 여러 전제들의 집합체인 교리가 될 수 있었다. 그렇지만 마이모니데스가 최초로 자신의 『미슈나 주석』을 통해 모든 유대인들이 믿고 따라야 하는 열세 가지 신앙의 원칙들을 제시하게 되는데, 그중 하나가 바로 하나님을 무형(無形)의 존재로 인정하는 것이다.

이런 이유 때문에 『당혹자에 대한 지침』은 '형상'과 '모양대로'라는 말을 정의하는 것으로, 아니 그보다는 이러한 말들에 대해 일반적으로 잘못 알려진 정의를 수정하는 것으로 시작이 된다. 마이모니데스는 이렇게 기록한다. "사람들은 히브리어에서 '형상'이라는 말이 사물의 모양과 형태를 나타내고 있다고 생각한다. 이렇게 생각을 하고 있기 때문에 하나님에게 형상이 있다는 단순한 교리가 생겨나게 된 것이다. ······ 사람들은 하나님에게도 인간의 모양과 형태를 닮은 그런 육신이 있다고 생각을 한다." 대신 아마도 '훨씬 더 크고 빛이 나는' 그런 모습이라고 생각하거나 상상할지도 모르겠다. 사실은 이런 물리적인 '닮음'은 히브리어에서는 완전히 다른 말로 표현이 된다고 마이모니데스는 주장한다. 『구약 성경』이 사용하는 말은 '첼렘(tselem)'으로 물리적인 모양이 닮았을 때 적용되지 않고 그 본질이나 정수가 닮았을 때 사용이 된다. "실체가 먼저 있어야 그 개념이 비로소 의미를 지니게 된다." '모양대로'라는 말도 마찬가지이다. 「시편」의 기자는 "나는 광야의 당아새 같고"라는 말도 했지만 여기에서 슬픔을 나타내기 위해 사용한 비유적 표현이 분명 "「시편」의 기자가 날개와 깃털이 있는 새의 모양을 닮았다"는 것을 나타내지는 않는다.

인간 속성의 어떤 점이 우리로 하여금 하나님의 형상과 모양을 닮게 했는지 이해하기 위해서는 먼저 인간 속성의 정수, 즉 우리 인간을 다른 피조물들과 구별되게 하는 특성이 무엇인지 생각해보아야 한다. 마이모니데스에 따르면 그 해답은 오래전 필론이 그랬던 것처럼 아주 분명하다. "이제 인간은…… 하늘 아래 그 어떤 존재들에게 서도 찾아볼 수 없는 아주 기이한 특성을 지니고 있다. 바로 지적 이 해력이다." 그리스 사람들이 생각했던 것과 비슷하게 인간은 '신성 한 지성이 함께하기 때문에' 이성을 가진 동물이라고 볼 수 있다. 따 라서 우리는 하나님의 모양대로 창조된 것이다. 그렇지만 지성은 완 벽한 무형의 현상이라고 마이모니데스는 주장한다. 우리가 생각을 할 때 사용되는 지성에는 "육신도 전혀 없고 감각도 없으며 팔이나 다리도 없다."

마이모니데스는 지성을 인간의 본질로 찬양한다. "이러한 능력은 우리 안에 존재하는 특성들 중 가장 고귀한 것이다." 왜냐하면 우리 는 오직 지성을 통해서만 하나님에 대한 진정한 지식을 얻고 그분 과 가까워질 수 있기 때문이다. 마이모니데스가 유대인이라면 지켜 야 할 신앙의 원칙들을 정리했을 때 그는 단지 유대인이 유대 공동 체 안에서 자신의 신분을 확인하기 위해 공개적으로 지켜야 하는 것 들만을 의미했던 것은 아니었다. 그는 그야말로 정말로 믿어야만 하 는 원칙과 원리를 이야기했던 것이다. 그리고 그런 원칙이나 원리를 이해하지 못한다면 믿음을 갖는 일은 불가능하다. "믿음이란 완전한 개념 그 자체이다." 마이모니데스는 『당혹자에 대한 지침』에서 이렇 게 이야기한다. "그렇지만 그 개념은 영혼 안에서 나타난다."

또한 마이모니데스에게 하나님에 대해 잘못 이해하고 있는 사람은 실재로는 하나님을 전혀 알지 못하는 것과 같았다. 예를 들어 '코끼리'라는 단어는 알고 있으면서 누가 코끼리가 뭐냐고 물으면 "다리 하나에 날개가 셋이 달리고, 바다 저 깊은 곳에 살며 투명한 몸통에 인간의 형상과 모양을 닮은 넓적한 얼굴을 하고 인간처럼 말하며 때로는 하늘을 날고 또 때로는 물고기처럼 헤엄치는 동물"이라고 대답하는 격이다.

중세의 동물 우화집이라면 그런 동물이 있는 모습을 상상하기란 그리 어렵지 않을 것이다. 그렇지만 마이모니데스는 이렇게 묻는다. 우리는 코끼리에 대해 그런 식으로 설명한 사람이 실제로 코끼리에 대해서 이야기하고 있다고 말할 수 있을까? 단지 몇 가지 세부적인 묘사만 틀리게 말한 것뿐이라고? 그렇지 않다. 우리는 아마도 이런 결론을 내려야 할 것이다. "그 사람이 그런 식으로 상상한 건 그저 지어낸 거짓말에 불과하며 그런 동물은 어디에도 존재하지 않는다." 코끼리에 대해 잘못 생각하는 것은 코끼리가 아닌 뭔가 다른 것을 생각하는 것이나 마찬가지이며 하나님에 대해서도 똑같이 적용할 수 있다. 만일 어떤 사람이 자신이 하나님을 안다고 말하지만 하나님에게 육신이 있다고 한다면 그가 하나님에 대해서 알고 있는 모습은 그저 이름만 똑같은, 스스로 지어낸 가상의 존재일 뿐인 것이다.

마이모니데스는 『구약 성경』 자체가 그런 실수에 쉽게 빠지도록 만든다는 사실을 인정한다. 한 오래된 유대교 속담에 따라 그가 반복해서 일깨우는 것처럼, '『토라』는 인간의 언어로 이야기하고 있기 때문'이다. 이해력이 떨어질 수밖에 없는 "수많은 사람들은 육신이란 확실하게 존재하는 실체를 가지고 있으며 의심할 여지없는 사실로서만 인식한다." 좀 더 쉽게 이야기하면 '있다'라는 말은 어떤 것이 일정한 공감을 차지하고 있다는 뜻이며 물리적으로 존재한다는 뜻이기도 하다. 그리고 만일 하나님이 최고로 완벽한 존재라면 인간으로서 그런 완벽함을 표현할 수 있는 유일한 방법은 우리 스스로에게 해당하는 완벽함에 대한 모든 특성을 하나님도 갖고 계시다고 이야기하는 수밖에는 없다. 예를 들어 사람이 움직일 수 없다면 우리는 그 사람에게 심각한 장애가 있다고 생각할 것이다. 따라서 『구약 성경』은 하나님에게 움직일 수 있는 능력이 있는 것처럼 이야기한다. 하나님에게 실제로 육신이 있고 움직일 수 있어서가 아니라, 하나님 자체는 전혀 부족한 점이 없다는 개념을 전달하기 위해서이다. 이런 모습은 생명 그 자체에 대한 개념에도 마찬가지로 적용될 수 있다. 하나님을 보고 마치 인간이 살아 있다고 말하는 것처럼 '살아 계시다'라고 말하는 것은 부정확한 표현이다. 결국 하나님은 결코 죽지 않지만 우리 인간의 생명은 그 자체로 피할 수 없는 죽음을 암시한다. 그렇지만 우리가 하나님을 보고 '살아 계시다'라고 말할 때는 인간의 관점에서 살아 있는 것이 죽은 것보다 더 우월한 개념이기 때문에 그렇게 말하는 것이다.

이러한 것들은 어쩔 수 없이 지어낸 비유들로, 보통 사람들에게 하나님의 존재에 대한 개념의 일부를 전달해줄 수 있다. 이런 것들이 없다면 대부분의 사람들은 "이 세상에 신이 있는지 없는지조차 모르는 상태로" 삶의 끝을 맞이하게 될 것이다. 그렇지만 때가 되면 진짜로 이해할 수 있는 소수의 사람들, 즉 "주님께서 부르시는 남은 무리들'인 얼마 되지 않는 각각의 개인들"은 이러한 비유와 우화들이 없어도 "태어나면서부터 품어온…… 환상들을 끝내게 될 것이다." 마이모니데스는 자신이 정리한 『구약 성경』과 관련된 어휘 목록에서 하나님의 의인화와 관련된 모든 내용들을 체계적으로 정리해나간다. 하나님은 들고 나시는 분이 아니며 우리 머리 위에 계시는 분도 아니고 또 일어서거나 앉아 계시는 분도 아니다.

그렇지만 우리가 하나님에게는 가져다 붙일 수 없는 것은 단지 육신의 문제뿐만이 아니다. 마이모니데스의 열세 가지 원칙들과 쉐마기도에 나오는 것처럼 만일 하나님이 한 분이시라면 우리는 어떤 종류의 형용사나 술어도 그분께 적용할 수는 없다. 마이모니데스는 하나님이 실제로는 '눈과 귀, 손, 그리고 입이나 혀'를 갖고 있지 않다는 사실을 이해하는 일은 그리 어렵지 않다고 말한다. 이러한 것들은 모두 일종의 꾸며주는 표현으로, 하나님이 보고 들을 수 있다는 사실을 암시하려는 것이다. 하나님을 이야기할 때 실제로 더 이해하기 힘든 개념은 보고 듣는 것이 꾸며주기 위한 비유적 표현이라는 사실이다. 실제로 하나님은 인간들이 그러하듯이 이 세상에서 벌어지는 일들에 대해 생각하거나 인식하지 않는다. "하나님은 어떠한 능력도 소유하고 계시지 않다." 마이모니데스는 이렇게 주장한다. "하나님 안에는 그분이 행동하고 알고 또 의지를 갖는 일과 아무런 관련이 없는 그분의 순수한 정수 말고는 아무것도 존재하지 않는다."

예후다 할레비는 『쿠자리』를 통해 신은 너무나 완벽해서 인간의 세상과는 완전히 유리되어 있으며 저 아래 세상에서 일어나는 일에는 전혀 관심을 두지 않는다는 '철학자들'의 주장에 반대했었다. 마이모니데스 역시 『당혹자에 대한 지침』의 일부분을 통해 이와 거의 흡사한 주장을 펼친다. 만일 하나님이 완벽하게 초월적인 존재라면 "하나님은 아마도 시간과 공간을 초월하신 분으로서 우리와는 아무런 관계가 없을 것이다." 논리적 명제로서 이야기하자면 "하나님과 그분의 피조물들 사이에는 어떠한 면에서도…… 아무런 관계가 없다." 관계란 어떤 종류의 유사성을 의미하는 것이기 때문에 신성한 존재와 물질 사이에는 절대로 어떠한 접점도 있을 수 없는 것이다.

마이모니데스는 또 다른 구체적인 비유를 들며 이렇게 이야기한다. "예를 들자면 100척 정도 되는 길이와 후추의 매운맛하고 아무런 관계가 없는 것과 같다." 길이란 공간적인 수량의 개념이며 매운맛은 사물의 특성이다. 따라서 이 두 가지를 서로 비교할만한 아무런 방법이 없다. 100척이 후추의 맛보다 더 길다고 말할 수 있는가? 후추의 맛이 100척보다 더 맵다고 말할 수 있는가? "그렇다면 하나님께서 창조하신 피조물들과······ 하나님과의 관계를 어떻게 유지해갈 수 있을까?" 마이모니데스는 이렇게 묻는다. "이렇게 단순히 서로 어떤 차이가 있다는 것을 넘어서 존재의 진정한 실체 사이에 엄청난 차이가 있을 때는?"

만일 인간의 표현으로 하나님에 대해 이야기할 수 있는 방법이 전혀 없다면, '인간의 언어'는 단지 형언할 수 없는 존재를 설명하기 위한 초보자의 시도에 불과한 것이라면, 하나님에 대한 가장 적절한 표현이나 묘사는 아예 아무런 말도 하지 않는 것이다. 그리고 실제로 이것이야말로 마이모니데스의 냉정한 결론이다. 이른바 '부정의 방법(via negativa)'이라는 중세 철학의 전통을 그대로 유지하면서 "하나님에 대한 설명은······ 설명을 하지 않는 것이 가장 올바른 방법"이라고 그는 믿었다. 우리가 하나님에게 어떤 특성이 있다고 주장하려 할 때마다 우리의 그런 의도가 얼마나 경건한 신앙심을 바탕으로 하고 있는지와는 상관없이, 하나님을 보고 선하시고 자비로우시며 또 정의롭다고 부르짖어도 우리는 이미 그분의 순수한 정수 그 자체를 훼손하는 것이다. 일단 우리가 인간에게나 적용할 수 있는 말이나 개념을 하나님께는 실제로 전혀 그렇게 할 수 없다는 사실을 깨닫게 된다면, 각각의 단어가 그분을 설명하는 데 실패하는 방식을 이해함으로서 하나님에 대한 제대로 된 지식을 얻을 수 있다. "하나님을 높이려는 시도를 하지 않을 때마다 우리는 하나님을 점점 더 많이 이해할 수 있게 된다." 마이모니데스의 말이다.

마이모니데스는 또 다른 비유를 들어 이러한 과정이 어떻게 진행이 되는지 설명한다. 일단의 사람들이 '배'라는 말을 들었다고 가정해보자. 그렇지만 이들은 배가 무엇인지 전혀 모른다. 결국 한 사람이 배는 광물이 아니라는 것을 알아내었다. 그리고 또 다른 사람은 배가 동물이 아니라는 사실도 알아냈다. 세 번째 사람은 배가 사각형 같은 완벽하게 균형 잡힌 모양이 아니라는 걸 알았다. 네 번째 사람은 배가 전체가 다 단단한 물체가 아니며 가운데가 비어 있다는 걸 알게 되었다. 이렇게 아닌 부분들을 확인하면서 배라는 실체에 점점 더 가까이 다가갈 수 있으며 잘못된 가능성들을 충분히 제거해 나간다면 마침내 머릿속으로 배의 모습을 정확하게 그려볼 수 있을 것이다. 우리는 하나님에 대해서도 같은 방식으로 생각할 수 있는

데, 잘못된 설명들을 하나씩 제거해나간다면 결국에 남는 것이 바로 하나님의 진실된 실체일 것이다. "하나님에 대해 부정해야 할 것들이 하나씩 분명해질 때마다. …… 우리는 의심할 여지없이 하나님께 조금씩 더 가까워지는 것이다."

　이 길을 따르는 것은 언어의 진짜 한계와 맞닥뜨리는 것이며 그 한계란 결국 생각의 한계이기도 하다. "어떤 언어든, 언어로 표현할 수 있는 범위란 참으로 좁다." 마이모니데스는 이렇게 주장한다. "따라서 우리는 꼭 표현을 하겠다는 생각을 버리지 않으면 이러한 개념을 제대로 표현할 수가 없다. 그러므로 우리가 신은 하나라는 사실을 보이고 싶다면 그저 하나님은 한 분이라고만 말을 하면 될 뿐 다른 말은 아무것도 필요가 없다. 심지어 '하나'라든지 '많다'라는 말조차 인간이 만든 기준의 일부분일 뿐이 아닌가." 그리고 하나님은 양이나 숫자의 기준 같은 것들과는 아무런 상관이 없으신 분이시다. 마이모니데스는 적어도 우리가 하나님께 수많은 수식어를 갖다 붙여야 그분께 영광을 돌릴 수 있을 거라는 생각을 하는 실수를 저지르지 말아야 한다고 주장한다. 길고 지루한 기도며 이리 다듬고 저리 다듬은 설교는 그야말로 원래의 의도와는 정반대로 사람들을 하나님께로 더 가까이 가게 만드는 것이 아니라 더 멀어지도록 만든다. 마이모니데스는 냉정하게 결론을 내린다. 누구든 "하나님에게…… 분명한 특성이 있다고 단언하는 사람은 미처 깨닫기도 전에 신의 존재에 대한 자신의 믿음을 저버린 것이다."

* * *

『당혹자에 대한 지침』의 앞부분들은 전적으로 하나님에 대한 올바른 관점을 정립하는 데 할애되어 있다. 그렇지만 우리가 일단 마이모니데스가 원하는 방식으로 하나님을 이해하는 방법을 배우게 된다면 우리는 새로운 문제점과 마주하게 된다. 이런 하나님이 어떻게 유대인의 하나님이 될 수 있었는가? 할레비가 『쿠자리』를 통해 주장한 것처럼 유대인들의 하나님에 대한 기본적 사실 중 하나가 하나님이 역사에 개입한다는 개념이다. 하나님께서는 아브라함을 부르셨고 모세에게는 『토라』를 내려주셨으며 사람들을 가려 뽑아 자신의 선지자로 삼으셨다. 그리고 자신의 관심을 나타내시기 위해 기적도 행하셨다. 아무런 특성이나 특징도 없고 이 세상과 아무런 관계도 맺지 않고 있는 마이모니데스의 하나님은 이런 일들 중에서 하나라도 하고 계시는가?

이러한 의문에 대답하기 위해 마이모니데스는 유대교에 대한 광범위한 재해석에 착수한다. 여기에는 천지창조와 예언, 그리고 계명에 대한 유대인들의 일반적인 관점에 도전하는 내용들도 포함되어 있다. 모두 다『당혹자에 대한 지침』을 통해 새롭고 획기적인 방식으로 다시 생각하게 되는 내용들이다. 그렇지만 하나님에 대한 마이모니데스의 철학적이며 이성적인 관점은『구약 성경』의 모든 내용들과 일관되게 들어맞는다.『구약 성경』을 제대로만 읽을 수 있어도 외피가 아닌 핵심에 접근할 수 있는 것이다. 그가 내세우는 혁명은 역시 유대인 현자들이 공통적으로 소유하고 사용했던 지혜를 다시 되살리는 것이었다. 마이모니데스가 하나님에 대해 이야기하는 내용들은 '우리의 율법에 견주어 낯설게' 보일 수도 있다고 그 자신도 인정한다. "그렇지만 실제로는 그렇지 않다. 나의 모든 관점들은 우리의 선지자들과 율법의 수호자들이 말한 것들과 전혀 다르지 않다."

『당혹자에 대한 지침』에서 제일 먼저 다루는 주제는 천지창조다. 그리고 마이모니데스는 과학의 가르침과 유대교의 가르침 사이에서 심각한 모순과 마주하게 된다. 마이모니데스는 새로운 이론을 주장한 것이 아니라 단순하게 중세 시대의 일반적인 관점을 되풀이해서 이야기한다. 그는 우주는 "수많은 구체(球體)들로 이루어져 있으며 하나의 구체안에 또 다른 구체가 있고 그 사이에 빈 공간은 없다. …… 왜냐하면 그 구체들은 완벽한 구형이며 또 완벽하게 서로 맞닿아 있기 때문이다. 모든 구체들은 다 똑같이 원을 그리며 움직이고 있다"라고 선언한다. 이렇게 회전하고 있는 구체들의 중심에는 바로 우리가 살고 있는 지구가 있으며 네 가지 요소가 끊임없이 서로 다른 모습으로 조합을 되풀이하고 있기 때문에 일종의 변화의 중심이라고도 볼 수 있다. 그렇지만 지구를 둘러싸고 있는 각각의 구체들에는 서로 다른 물질로 만들어진 다른 별들이 있고 이런 별들은 변하지 않는다. 앞서 언급한 것처럼 구체들은 원을 그리며 움직이고 있기 때문에 어떤 의미에서는 살아 있는 것이 틀림없다. 죽은 물체는 움직이지 않기 때문이다. 실제로 마이모니데스는 이 구체들이 지성과 영혼을 소유하고 있는 '이성을 갖춘 살아 있는' 물체들이라고 기록했다.

이러한 세계관을 완성하기 위해 아리스토텔레스는 BCE 4세기경에 신의 존재를 가정할 필요가 있다는 것을 인정했다. 그의 주장은 단순했다. 구체들은 끊임없이 움직이고 있으며 움직이는 모든 것은 생명이 있다. 그러므로 구체의 제일 바깥쪽은 구체 전체를 움직이게 만드는 힘 자체이며 이를 아리스토텔레스 철학에서는 '제1운동자(第一運動者, First Mover)'라고 부른다. 이 제1운동자는 스스로는 움직이지 않기 때문에 신과 동일한 존재로 이해할 수 있다. 마이모니데스가 설명했던 것처럼 이런 다양한 이유들 때문에 아리스토텔레스는 이 우주가 영원한 존재라고 믿었다. 신은 지금까지 그러했듯 앞으로도 언제나 구체들을 움직일 것이며 그러한 것들이 '무(無)'에서 비롯되었을 가능성은 전혀 없다. 그렇지 않다고 믿는다는 건 어떤 모순처럼 보일 수밖에 없다. 예를 들어 신은 움직이지 않는 존재로 정의할 수 있는데, 대신 다른 모든 것들의 근원이며 신의 근원이 되는 것은 아무것도 없다. 그렇지만 만일 우주가 시간에 맞춰 창조가 되었다면 신을 그렇게 하도록 만든 어떤 원인, 즉 아무것도 창조하지 않은 상태에서 우주를 창조하도록 변화시킨 원인이 반드시 있어야 할 것이다. 이에 대해 마이모니데스는 이렇게 설명한다. "의심할 여지없이 하나님에게 그분을 가능성에서 실제로 움직이도록 만든 무엇인가가 반드시 있었을 것이다."

마이모니데스는 하나님과 천지창조에 대한 유대인들의 관점에 대해 '이해하기에 굉장히 어려운 점'이 있다는 사실을 인정한다. 「창세기」에 등장하는 천지창조에 대한 설명을 보면 마치 하나님께서 어느 한 순간에 아무것도 없는 상태에서 우주를 창조했다고 말하는 것 같다. '태초에 하나님께서 천지를 창조하시니라.' 그런데 이런 일이 일어나려면 어느 때인가 하늘과 땅은 존재하지 않고 하나님은 존재하는 그런 순간이 있어야만 한다. 실제로 마이모니데스는 이 문제를 철학과 유대교 사이의 갈등의 중심으로 생각하고 관심을 가졌다. 만일 우주가 영원히 존재하고 있는 것이라면, 영원히 변하지 않는 규칙에 묶여 있는 존재라면 하나님이라 해도 그 역사 안에 개입할 수 있는 여지가 전혀 없다. 반면에 우주가 신성한 명령에 의해 창조되었다면, 그리고 하나님의 의지가 개입을 했다면 하나님께서는 어떤 중요한 순간에 자신의 창조 활동의 과정, 즉 역사에 개입하는 것을 선택할 수 있다는 뜻이다. 예를 들어 하나님께서는 시나이산에서 모세와 이스라엘 민족에게 그 모습을 드러내셨고 또 『토라』도 주셨다.

모든 것은 이렇게 추상적이고 우주철학적인 문제로 보이는 질문에 달려 있다. 마이모니데스는 이렇게 기록하고 있다. "이 세상에 때에 맞춰 창조되었다는 것을 믿어야 모든 기적들이 가능하고 율법이 가능하다는 사실을 알 수 있다." 결국 『구약 성경』의 이야기는 신성한 의지를 신뢰하지 않고는 대답할 수 없는 여러 의문들만 남겨놓은 셈이다. "왜 하나님께서는 누구에게는 예언에 따른 계시를 주셨으면서 또 누구에게는 주시지 않았는가? 왜 하나님께서는 이 율법을 이 특별한 민족에게 주셨는가 그리고 왜 다른 민족들에게는 법을 허락하시지 않으셨는가…… 그렇다면 하나님께서 이 율법을 내려주신 목적은 무엇이었는가?" 이러한 질문에 대한 유대교의 답변은 예후다 할레비가 『쿠자리』에서 이야기한 것과 비슷하다. "하나님께서 그렇게 하시길 원하셨다. 혹은 하나님의 지혜가 그렇게 하도록 요구했다." 그렇지만 만일 우리가 아리스토텔레스의 세계관을 받아들인다면, 이러한 질문들에 대해서는 "율법의 모든 외적인 의미에 대해 거짓임을 밝히거나 무시하는 것"을 제외하고는 '어떤 식으로든' 답을 줄 수 없을 것이다.

　이것 역시 『당혹자에 대한 지침』이 발표된 때부터 오늘날에 이르기까지 마이모니데스가 우리에게 무엇을 말하려고 했는지 독자들이 궁금해하는 부분들 중 하나이다. 실제로 마이모니데스는 자신의 주장처럼 아리스토텔레스의 관점을 받아들이기를 거부했을까? 아니면 『당혹자에 대한 지침』을 시작하면서 사용하기로 약속했던 실마리나 순간적인 기지 등을 통해 자신은 실제로는 아리스토텔레스의 주장에 동의하고 있다고 은밀하게 말하려고 한 것일까? 결국 "율법에 대한 외적인 의미에 대해…… 거짓임을 밝히는 일"은 마이모니데스 자신이 『당혹자에 대한 지침』에서 직접 했던 일들을 아주 잘 설명하고 있다고 볼 수 있다. 마이모니데스가 그 마음 깊은 곳에서는 그런 일이 유대교에 피해를 줄 수 있음에도 불구하고 얼마든지 아리스토텔레스에 전면적으로 동의할 수 있는 철학자라는 가정도 어느 정도는 가능하다. 만일 그가 자신의 진정한 신앙을 감추려고 했다면 그것은 아마도 그가 종종 이야기했던 것처럼 진실이란 그렇게 책을 통해 보통의 사람들 앞에서 아무렇게 펼쳐 보일 수 있는 그런 것이 아니었기 때문일 것이다. 확실히 마이모니데스는 그의 글을 읽는 독자들로 하여금 그의 진정한 의도를 곰곰이 생각하게 만드는 그런 애매한 표현들을 좋아했다. 예를 들어 그가 우주의 영원성에 대한 아리스토텔레스의 주장을 설명할 때 그는 이렇게 기록한다. "이것 역시 이해하기 굉장히 어려운 점이 있다. 모든 지성인들은 이런 문제의 해결책에 대해 고심하고 그 비밀을 밝힐 때 심사숙고를 해야만 한다." 그렇지만 '비밀'에 대한 해결책을 전혀 밝혀주지 않는 상황이 이어지면서 독자들은 이 '지성인'들이 도달하고자 하는 결론이 도대체 무엇인지 궁금해할 수밖에 없다.

어쨌든 마이모니데스가 내린 최종적인 결론이 우주의 창조에 대한 문제가 인간의 이성으로는 해결될 수 없다는 사실을 지적한 것은 분명하다. 아리스토텔레스나 「창세기」에서 제시하는 모든 해답들, 즉 우주의 영원성이나 '무'에서 창조는 우리에게 대답할 수 없는 또 다른 의문들만 남긴 셈으로, 우리는 그 안에서 가장 나쁘지 않은 것을 선택할 수밖에 없다. 마이모니데스도 이렇게 기록한다. "때에 따라 천지가 창조되었다는 우리의 믿음 때문에 어떤 불명예스러운 일을 당할 수도 있다." 그렇지만 "천지와 우주가 영원하다는 믿음에는 그보다 더 큰 망신이나 불명예가 따라붙을 수도 있다." 왜냐하면 도움을 받지 못하는 이성이 무기력한 이런 상황에서 유대인들로서는 『구약 성경』과 선지자들의 지혜를 신뢰하는 것이 의무이기 때문이다. "예언이란…… 인간이 심사숙고해서 해결할 수 없는 문제들을 설명해준다."

다시 한 번 마이모니데스는 비유와 우화를 통해 상황을 좀 더 분명하게 설명하려 한다. 한 사내아이가 고립된 섬에서 태어났고 그 어머니는 세상을 떠났다고 가정해보자. 아이는 오직 아버지만 보고 자라났으며 인간을 포함한 어떤 종류의 여성을 단 한 번도 본 적이 없다. 그러던 어느 날, 아이는 마이모니데스가 했던 것과 비슷한 질문을 던진다. "우리는 어떻게 이 세상에 존재하게 되었으며 어떤 식으로 세상에 태어나게 되었는가?" 아버지는 아기가 어머니의 자궁 안에서 자라다 일정한 크기가 되면 '신체의 아랫부분'의 열린 부분을 통해 세상에 나온다고 설명한다. 그렇지만 이 말을 들은 아이는 곧바로 반박을 한다. 자신이 지금까지 본 모든 생물들은 숨을 쉬고 먹고 배설을 한다. 그런데 자궁 안에 있는 태아도 숨 쉬고 먹고 배설을 하는가? 물론 현대 생물학의 지식 같은 것이 있을 리 없는 아버지는 그렇지 않다고 대답한다. 그러자 아이는 아버지의 이야기가 모두 다 거짓말이라고 확신한다. 태어나기 전의 아기가 완전히 자란 인간의 모습과 그렇게 다를 수 있다는 이야기를 받아들일 수 없었던 것이다.

마이모니데스의 결론은 이렇다. 우리도 우주의 창조에 대해 고민할 때 이와 비슷한 과정을 거친다. 아리스토텔레스 철학은 우리가 현재의 모습으로부터 과거의, 그리고 항상 그래왔던 모습까지 거꾸로 추론할 수 있다고 가정한다. 반면에 신앙심 깊은 유대인들은 마치 태아가 성인의 모습과 완전히 다른 것처럼 '태초의' 우주의 상태가 오늘날과는 아주 달랐다고 주장한다. 따라서 우리는 우주에 대해서는 어떤 정확한 지식도 알아낼 수 없다. "어떤 존재가 지금 완성되어 완벽한 상태로 있다 하더라도 그것이 어떤 식으로라도 전에도 그렇게 완벽한 상태였다는 사실을 알려주지는 않는다." 마이모니데스의 주장이다. 이러한 원리에 따라 그는 『구약 성경』에 대한 아리스토텔레스 철학의 도전을 완전히 무너뜨렸다고 선언한다. "나는 율법주위에 거대한 성벽을 쌓아올렸다. 그리고 그 벽은 율법을 향해 사람들이 쏘아 올리는 돌들을 막아낸다."

* * *

그렇지만 일단 천지창조에 하나님이 개입할 수 있다는 주장을 확고하게 내세운 마이모니데스는 결코 그 원리를 달리 이용하려 하지는 않는다. 오히려 『당혹자에 대한 지침』이 『구약 성경』을 그런 식으로 계속해서 해석하려 했던 건 역사에 대한 하나님의 적극적인 개입을 제한하기 위해서였다. 마이모니데스는 기적을 바탕으로 한 신성불가침의 역사에 대한 내용을 가능한 한 규칙을 바탕으로 한 자연스럽고 합리적인 설명으로 바꾸고 싶어 한 사람이었다. 그래야 육신도 특징도, 그리고 욕망도 전혀 없는 존재로서의 하나님에 대한 자신의 기본적인 이해를 계속해서 유지할 수 있었기 때문이다. 바로 충동적이거나 예측할 수 없는 방식으로 행동하지 않는 철학적인 하나님이었다.

하나님에 대한 이러한 관점이 『구약 성경』의 본문이 제시하는 표면적인 의미와는 서로 조화되지 않는 사실을 마이모니데스도 잘 알고 있었다. 유대인들이 생각하는 하나님은 종종 그렇게 충동적이고 예측할 수 없는 방향으로 행동하는 것처럼 보인다. 『당혹자에 대한 지침』의 1부에 해당하는 내용에서 개별적인 단어나 내용을 해석했던 것처럼, 마이모니데스는 계속해서 이성적 추론에 덜 문제가 되는 방향으로 『구약 성경』 속에 등장하는 초자연적인 현상들을 설명하려고 한다. 예를 들어 『구약 성경』 전체를 통해 여러 중요한 순간마다 등장하는 천사는 대부분의 경우 인간의 모습을 하고 나타난다고 기록되어 있다. 예컨대 「창세기」를 보면 두 천사가 소돔에 있는 롯의 집을 찾아와 하룻밤을 보내는 장면이 나오기도 한다.

그렇지만 마이모니데스가 생각하는 천사란 인간의 형상을 빌어 나타난 하나님 그 자신이었던 반면에 유대교에서 말하는 천사는 철학에서 천구(天球)에 지성을 부여한 것과 같은 개념이라고 그는 주장한다. 지구를 움직이는 이러한 지성은 변덕스러운 지배자의 방식이 아닌 물리적 법칙을 따르는데, 천사들은 우리가 현재 자연의 힘이라고 부르는 개념과 다르지 않다는 것이다. 바로 우리가 살고 있는 세상을 이 상태 그대로 유지하기 위해 규칙적으로, 그리고 예측가능하게 작용하는 힘이다. 따라서 하나님께서 천사들을 이 땅에 내려 보내셨다고 말하는 건 하나님이 이 세상을 자연의 힘을 통해 지배하신다는 사실을 단순히 비유적으로 말하는 것과 다름없다. "왜냐하면 천사들을 통해서가 아니라면…… 우리는 하나님께서 행하시는 행위들을 결코 알아내지 못하기 때문이다."

이렇게 해서 마이모니데스는 이른바 천사론이 내포하고 있는 모든 의미를 교묘하게 뒤집는다. 마치 이 땅의 왕들이 부리는 신하들처럼 하나님의 변덕스러운 기분에 따라 그 신성한 뜻을 전하기 위해 모습을 드러내는 사자가 아니라 중력과 같은 힘으로 작용해 그 신뢰성과 영속성을 통해 하나님의 뜻을 표현한다는 것이다. 마이모니데스는 어떤 이들에게는 이러한 하나님의 의지가 마치 어떤 폭로처럼 보인다는 사실을 잘 알고 있었다. 불타는 날개를 달고 나타난 천사는 자연의 법칙보다 하나님의 존재를 더 인상적으로 나타내는 증거처럼 보이지만 이런 식으로 생각을 하는 것은 정신적으로 미숙하다는 증거일 뿐이다. "만일 우리가 누군가에게…… 신이 천사를 보내 자궁 안으로 들어가 그곳에서 태아를 만들도록 한다고 말한다면 그 사람은 이런 주장에 만족해하며 그것이 마치 신성의 일부가 그 위대 함과 권세를 과시하는 모습으로 생각하며 받아들일 것이다." 그렇지 만 만일 "우리가 그에게 하나님이 정액에게 무엇인가를 만들어낼 수 있는 능력을 부여하셔서 태아의 사지와 형상을 만들게 하시는데, 그 능력이나 힘이 바로 천사라고 말한다면…… 그 사람은 이런 주장을 받아들이지 못하고 당황해할 것이다." 그렇지만 이것은 값싼 기적이 아닌 자연적인 현상으로 진정으로 하나님의 지혜와 권세를 증명해 준다.

만일 이것이 사실이라면 왜 『구약 성경』은 종종 천사들이 인간의 형상을 하고 그 모습을 드러냈다고 말하고 있는 것일까? 이에 대한 마이모니데스의 답은 모든 현상을 이성적이고 합리적으로 설명하고 자 하는 그의 계획이 한 걸음 더 나아갔음을 보여준다. "천사들의 모 습은 그것을 이해하는 사람들의 상태에 따라서, 그리고 예언적 상황 안에서 각각 달라진다." 여기서 말하는 예언적 상황이란 일종의 통 제된 환각으로 이 상태에서 선지자는 실제로 존재하지 않는 것들을 보게 되며 그 순간 비유는 실제로 인식할 수 있는 모습으로 바뀌게 된다. 마이모니데스에 따르면 만일 우리가 『구약 성경』을 제대로 읽는다면 우리는 천사가 등장하는 모든 장면과 그에 따른 본문을 통해 그것이 실제로 일어난 일에 대한 객관적인 묘사가 아닌 주관적인 환상이나 경험이라는 사실을 알 수 있을 것이라고 한다.

또한 마이모니데스는 계속해서 "모세를 제외한 다른 모든 선지자들에게 예언적 계시는 천사들을 통해서 나타났다"고 말하는데, 천사가 예언자의 어깨 위에 앉아 무엇인가를 말하고 있는 그런 장면을 뜻하는 것은 아니다. 오히려 그 반대로, '천사들을 통해서'라는 말은 자연의 과정을 의미한다고 보면 된다. 그리고 이런 설명은 전통적인 유대 방식의 관점과 관련해 또 다른 중요한 수정을 수반하고 있는 것이다. 예후다 할레비에게 유대인들이 우월하다는 증거는 오직 유대인들 중에서만 선지자가 배출된다는 사실이었다. 초인을 연상시키는 이 선지자들은 하나님의 말씀을 들을 수 있었고 또 기적도 일으켰다. 반면에 마이모니데스에게 선지자란 매우 지적이면서 통찰력이 있는 그런 사람에 더 가까웠다. 이들은 그 능력이 매우 잘 개발되어 있고 완벽할 정도로 균형이 잡혀 있어서 그 어떤 상황에서도 아주 정확하고 올바른 이야기를 전달할 수 있었다.

이런 설명이 하나님과 완전히 관련이 없는 것이 아니다. 왜냐하면 마이모니데스에게 모든 지적인 활동은 결국 하나님으로부터 비롯되는 것이기 때문이었다. 그렇지만 또 이런 일들은 간접적인 방식으로 일어난다. 앞서 한 번 언급했던 것처럼 신성한 정수가 '넘쳐흘러' 각각의 구체를 따라 중심으로 흐르다가 마침내 지구에 있는 인간에까지 와서 닿는 것이다. 대부분의 경우 이렇게 넘쳐흐른 신성한 정수는 우리의 정신적인 능력 중 한곳에만 와서 닿게 된다. 그것이 이성에 닿으면 그 사람은 '과학자'가 될 수 있으며 또 그것이 상상력에 닿으면 그 사람은 '점쟁이나 점성술사', 그리고 '기이한 장치와 비밀스러운 기술을 사용해 놀라운 일을 하는 모든 사람들'이 된다. 그런데 이성의 힘과 상상력이 동시에 모두 최고조에 다다르게 될 때만 그 사람은 비로소 선지자가 되어 '예언적 상황'을 볼 수 있으며 영감을 받은 말씀을 전할 수 있다.

선지자를 정의하는 중요한 기준 중 하나가 바로 미래를 볼 수 있는 능력이다. 「신명기」에는 진짜 선지자를 확인하는 방법은 그의 예언이 사실로 드러나는가를 보면 된다고 나와 있다. 그렇지만 마이모니데스에게는 이런 능력 역시 기적 같은 권능이 아니라 모든 사람들이 갈고 닦을 수 있는 정교한 기술이었다. "모든 사람들에게는 다 예언의 능력이 있다." 마이모니데스는 이렇게 기록한다. "다만 그 능력의 수준이 각자 다 다를 뿐이다." 누구든지 지금 일어나고 있는 일들을 바탕으로 해서 앞으로 어떤 일이 일어날지 어느 정도는 다 예측을 할 수 있다. 그렇지만 정말로 재능을 타고난 사람들만이 정확하고 틀리지 않게 예측을 할 수 있으며 또 오직 선지자만이 즉석에서 그런 일을 할 수 있다. 그런 경우 선지자가 전혀 생각을 하지 않고도 실제로 미래를 보는 것처럼 보일 수도 있다. 그렇지만 정확하게 말하면 "선지자의 정신이 아주 빠르게 기존에 있었던 모든 일들을 훑고 지나간 후 결론을 이끌어내는 것이며 따라서 마치 즉석에서 생각하지 않고 예언을 하는 것처럼 보일 수도 있다"

만일 예언의 실체를 이런 식으로 정의할 수 있다고 해도 누구나 다 선지자가 될 수 있는 것은 아니다. 하나님께서는 어리석거나 사악한 사람들을 골라 선지자로 바꿔놓으시지는 않는다. "무지한 사람이 선지자로 바뀌는 것은 불가능하다. 마찬가지로 어떤 사람이 마치 무엇인가를 깨달은 것처럼 하루저녁만에, 혹은 하루아침에 선지자가 될 수는 없다." 그렇지만 "예언이 인간의 본성 중에서도 완벽함을 나타낸다"는 이러한 관점에 대해서는 분명한 의문이 제기될 수밖에 없다. 분명 유대인이 아닌 사람들 중에서도 그런 정신적인 완벽함에 도달할 수 있는 그런 사람이 있을 것이다. 그렇다면 왜 오직 유대인들만 진정한 선지자가 될 수 있다는 것인가? 이러한 의문에 대해 마이모니데스는 한 가지 단서를 단다. '그의 자연스러운 성향에 따라 예언을 하기에 적합한' 모든 사람들은 선지자가 될 수 있지만 하나님께서는 때때로 여기에 개입을 하셔서 사람들이 예언의 행위를 하는 것을 가로막으신다. 따라서 오직 그분의 선택을 받은 사람만이 실제로 예언을 할 수 있는 것이다. 이 경우 이런 하나님의 개입은 절대로 피할 수 없는 유일한 거부권이라고도 볼 수 있다.

예언에 대한 마이모니데스의 이런 사실적인 이해는 조금만 더 확대를 하면 『구약 성경』에 등장하는 거의 모든 사례들을 다 설명할 수 있을 정도다. 뭐든 목록으로 만들어 정리하는 일을 대단히 좋아했던 마이모니데스는 예언도 열한 가지 등급으로 나누어 정리했는데 이 등급은 그가 다양한 선지자들의 경험들을 어떻게 분류하고 있는지를 보여준다. 꿈속에서 하나님의 목소리를 들은 사무엘은 이사야만 못한데, 그는 꿈속에서만 하나님의 모습을 본 것이다. 그렇지만 아브라함은 꿈이 아니라 깨어 있는 상태에서 하나님의 목소리를 들었으니 어느 면으로 봐도 두 사람보다 더 우월한 위치에 있다고 볼 수 있다.

그렇지만 이런 공식에 해당되지 않는 예언과 선지자가 있다. 『구약 성경』상에서 꿈이나 환상이 아니라 직접적으로, 그리고 수많은 목격자들 앞에서 하나님과 이야기를 나눴던 유일한 선지자가 있으니 그가 바로 시나이산에서 하나님에게 율법을 전해 받았던 모세다. 만일 유대교에 초자연적인 부분이 있고 마이모니데스가 평생에 걸쳐 공부해온 유대 율법이 단순히 인간이 세심하게 계획하여 만들어낸 것이 아니라면 모세 역시 다른 선지자들과 분명하게 달라야 한다. 실제로 모세는 지금까지 살았던 그 어떤 인간과도 달라야 했고 시나이산에서 하나님을 만난 것도 우주의 역사에서 특별했던 한 순간이 되어야만 한다. 목소리도 없고 육신도 없는 하나님이 단 한 번 직접 자신의 모습을 드러내고 입을 열어 말을 한 것이다.

마이모니데스에게는 이런 사실을 인정할 수밖에 다른 선택의 여지가 없었고, 결국 그렇게 했다. 물론 지금 이 부분을 읽고 있는 독자라면 그가 진심으로 그렇게 했는지 궁금하게 여길 수도 있을 것이다. "모세를 제외한 다른 모든 선지자들에게 예언적 계시는 천사들을 통해서 나타났다"라고 그는 기록했는데, 다시 말해 자연적인 과정이라는 일종의 중재를 통해 그렇게 되었다는 뜻이다. 그렇지만 모세의 경우 "그와 관련된 기적들은 다른 선지자들이 이야기하는 그런 기적의 범주에 속하지 않으며, 모세가 이해하는 범위는 이후에 등장했던 이스라엘의 모든 선지자들의 그것과는 사뭇 달랐다." 마이모니데스가 앞서 이미 언급했던 것처럼 지성만 가지고는 천지창조의 과정을 정확히 이해할 수 없으며 오직 믿음으로 그것을 받아들이는 수밖에는 다른 선택의 여지가 없는데, 우주 역사에 있어 또 하나의 중대한 전환점이었던 시나이산에서 있었던 일도 이와 마찬가지이다. 모세에게 일어난 일들은 "진정으로 우리가 이해할 수 있는 범위를 넘어선다." 이 두 가지 경우에서, 우리는 하나님이 보통 추상적인 모습으로 나타냈던 자신의 정체성을 깨뜨렸다고밖에는 달리 생각할 수 없다. 그리고 하나님은 자신의 뜻을 특별히 아주 놀라울 정도로 구체적으로 알리셨다. 그렇지만 마이모니데스는 더 이상 이와 같은 경우는 없을 것이라고 완전히 확신하고 있다. 우리는 앞으로 닥쳐올 격변의 세상에서도 하나님이 시나이산에서 그랬던 것과 똑같이 자신의 모습을 드러내실 것이라는 희망을 품을 수는 없는 것이다. "이것이 우리 율법의 근본적인 원칙이며 또 다른 율법은 절대로 존재하지 않을 것이다." 마이모니데스가 평생에 걸쳐 영향을 받았던 이슬람교처럼 재림을 이야기하는 다른 모든 종교들은 따라서 환상에 불과한 것이었다.

* * *

그렇지만 이 부분에서 마이모니데스는 다시 한 번 철저하게 그 범위를 제한한 상태에서 기적의 가능성을 주장하고 있다. 하나님은 아마도 이스라엘 민족으로 하여금 자신이 원하는 일을 무엇이든지 하도록 명령을 하셨을 것이고 그 이유는 자신이 그렇게 하는 것을 원했기 때문이었다. 그렇지만 마이모니데스의 관점에서는 우주가 즉

홍적인 변덕이 아닌 이성에 의해 합리적으로 운행되는 것처럼 유대의 율법도 합리적인 구조를 가지고 있으며 각 부분이 다 그 목적이 있고 실제로도 유익한 것으로 보인다. 만일 하나님의 계명이나 율법 가운데 우리가 그 목적을 이해하기 어려운 부분이 있다면 그것은 다른 누구도 아닌 바로 우리의 잘못이다. "모든 율법에는 다 그만의 목적과 이유가 있다. 우리가 그런 목적을 무시하거나 혹은 지혜로 이어지는 방식을 알지 못한다 해도 상관없다."

여기에는 예외란 거의 없다고 봐도 무방할 것이다. 마이모니데스는 심지어 가장 기이하게 보이는 율법이라 할지라도 모든 율법에는 거기에 맞는 합리적인 목적이나 이유를 댈 수 있다고 믿었다. 기록으로 남겨졌건 혹은 구전으로 전해졌건 상관없이 세대를 거쳐 이어졌고 현자들이 해석해온 『토라』의 율법들은 두 가지 유형으로 나뉠수 있는데, 그 첫 번째 유형은 마이모니데스가 전통에 따라 '판결문'이라고 부르는 것으로 "어떤 식으로든 우리에게 유용하다는 것은 분명하다." 이 판결문이라 부를 수 있는 율법들은 모든 인간 공동체들이 신성한 영감으로 어떤 이익을 얻었는가에 상관없이 '살인과 도둑질을 금하는 일'처럼 스스로 만들어낼 수 있는 그런 것들이다. 그렇지만 그 외의 다른 율법들은 오직 유대인들에게만 한정된 것으로 어딘지 임의적이며 설명할 수 없는 것처럼 보이기도 한다. 왜 『토라』

는 유대인들이 같은 밭에 각기 다른 씨앗을 파종하는 일을 금지시켰을까? 왜 아마와 양털을 함께 섞은 옷감은 사용하지 못하게 했을까? 이 두 번째 유형에 해당하는 율법의 가장 중요한 예는 이미 필론과 예후다 할레비도 곤란을 겪었던 할례 의식에 대한 문제일 것이다. 사내아이가 태어난 후 여드레째가 되었을 때 성기의 표피를 자르는 이 의식에 대해 합리적인 이유를 댈 수 있는 사람이 과연 있을까?

분명히 그 의미가 있는 율법과 그렇지 않은 율법들 사이의 차이점은 마이모니데스가 『당혹자에 대한 지침』 후반부에 소개하는 또 다른 차이점과 비슷하다. 마이모니데스에 의하면 유대 율법에는 두 가지 목적이 있다고 한다. '영혼의 평안과 육신의 평안'이다. 육신을 평안하게 만들어주기 위한 율법은 범죄와 무질서를 방지하며 우리의 안녕과 마음의 평화를 위협하는 위험요소들을 몰아낸다. 그리고 우리로 하여금 정의와 공정함, 친절함 그리고 다정함 등을 아는 좋은 사람이 될 수 있도록 독려한다. 왜냐하면 이러한 도덕적 품성들을 통해 우리가 다 함께 평화 속에서 번영을 누리며 살 수 있기 때문이다. 그렇다고 해서 도덕적인 완벽함만이 그 최종적인 목표는 아니다. 좋은 사람 혹은 선량한 사람이 되는 건 꼭 필요한 일이지만 그것만으로는 충분하지 않은 것이다. 인간으로서의 삶의 목표, 다시 말해 우리가 제일 먼저 선한 성품을 갈고 닦아야 하는 이유는 지성의 완벽함을 이루기 위함이다. 하나님과 우주에 대해 올바르게 이해하는 일은 가장 중요한 인간의 행위이며 인류의 '궁극의 완벽함'은 '심사숙고를 거치고 반드시 정밀한 조사가 수반되는 그런 과정을 지향하는 의견들'을 따르고 지지하는 것이다.

그렇지만 우리가 지적으로 완벽한 상태에 이를 수 있기 전에 우리는 먼저 우리에게 육신이 있다는 사실로 인해 제기되는 정신에 대한 근본적 도전을 이겨내야만 한다. 마이모니데스에게 정신과 육신은 마치 형식과 내용처럼 상호보완적인 관계이다. 인간은 정신과 육신으로 이루어져 있지만 우리를 인간으로 구별 지어주는 건 바로 정신이다. 물질로 이루어져 있는 육신은 우리를 끊임없이 악행으로 이끈다. 마이모니데스는 이렇게 기록한다. "인간의 모든 불순종과 죄악은 육신을 지배하지만 정신을 지배하지는 못한다. 그렇지만 인간의 모든 덕성은 그 정신을 지배할 수 있다." 그런데 우리가 육신에 의해서만 지배를 받게 되면 우리는 그저 '먹고 마시고 성을 탐닉하는 일'에만 몰두하게 된다. 우리가 정신에 의해서 지배를 받게 되면 '욕망과 분노를…… 통제할 수 있게 되고' 하나님에 대한 진정한 지식을 얻을 수 있다.

유대의 율법은 육신을 통제하고 채찍질할 수 있는 일이라면 무엇이든지 하지만 그렇다고 해서 율법이 유대인들을 금욕주의로 이끄는 것은 아니다. 예컨대 유대교는 남녀가 독처하는 것을 탐탁지 않게 여기며 결혼을 하고 자녀를 가질 것을 명령한다. 마이모니데스 자신의 경우 인생의 전반부를 학문을 연구하는 데 보냈지만 마흔이 훨씬 넘어 결혼을 하고 가정을 꾸려나가기 시작했는데, 신체적인 욕구에 대한 경건한 유대인들의 태도에 대해 다소 충격적인 비유를 들어 이렇게 묘사하고 있다. 왕에게서 배설물을 이곳에서 저곳으로 옮기라는 명령을 받은 한 남자가 있다고 상상해보자. 사회적 위엄을 갖추고 있으며 자유로운 신분이라면 그는 이 유쾌하지 않은 일을 아무도 몰래 한 번에 조금씩 해서 다른 사람들이 자신이 이렇게 더러운 일을 하고 있다는 사실을 알지 못하게 할 것이다. 그렇지만 만일 노예라면 "온몸을 더러운 배설물 속에 내던져 사람들이 그 더러운 모습을 보면서 웃고 박수를 치더라도 개의치 않고 배설물을 나르는 일을 할 것이다."

성적 욕망을 비롯한 우리의 육체적 욕망도 이와 같다. 현명한 사람들이라면 아무도 모르게 개인적으로 가능한 조금씩 그런 욕망을 채워가겠지만 어리석은 사람들은 이런 욕망을 인생의 중심에 두고 그 안에서 허우적거리며 인생을 낭비할 것이다. 그리고 율법은 우리의 그런 욕망을 가라앉히고 줄이는 내용을 담고 있다. 우리가 좀 더 현명해지도록 만들어주는 것이다. 『토라』가 동성애와 수간(獸姦)을 금지하는 것도 이와 같은 이유 때문이라고 마이모니데스는 주장하고 있다. 이러한 행위에 본질적으로 문제가 있어서가 아니라 성적인 유혹이 얼마나 그 숫자가 많고 다양한지를 단적으로 나타내고 있기 때문이다. 출산으로 이어지는 성관계 자체도 그리 좋다고 말할 수 없지만 자녀를 출산하는 것으로 정당화시킬 수조차 없는 성관계는 그야말로 악행 그 자체이다. "꼭 필요한 때를 제외하면 자연스러운 성관계조차도 혐오스러운 것으로 여겨져야 하며 자연스러운 방식을 넘어서는 모든 관계와 오직 즐거움을 위한 관계도 피해야만 한다."

같은 원칙으로 할례 의식의 문제도 설명할 수 있다. 마이모니데스에 따르면 할례 의식은 "성관계 자체의 횟수를 줄여주고 문제가 되는 신체 부위를 약화시켜 성과 관련된 행위가 줄어들며 그 신체 부위도 가능한 한 잠잠한 상태로 있게 된다." 오늘날 부모들이 아이들에게 포경 수술을 시킬 때는 통증을 최소화하고 가능한 자극을 줄일 수 있는 방법을 선호하는데, 마이모니데스에 따르면 통증이나 고통이 가장 중요한 핵심이다. "육신이 느끼는 고통이야말로 할례 의식의 진정한 목적이다."

따라서 유대의 율법은 오랜 세월 동안 유대인들의 이상이었던 특정한 인간의 유형을 만들어내기 위해 고안되었다고 볼 수 있다. "인간은 거칠고 반항적이어서는 안 되며, 호의적이고 유순하며 순종적이고 조용해야 한다." 그렇지만 우리가 이미 살펴본 것처럼 율법은 또한 인간이 하나님에 대해 올바른 방식으로 생각하도록 훈련을 시키기도 한다. 그리고 바로 이 때문에 비합리적으로 보이는 계명인 '법령'이 되어 효력을 발휘하게 되었다. 이러한 법령이 임의로 적용된다는 의심을 피하기 위해 마이모니데스는 놀라운 역사적 상상력을 발휘한다. 12세기에 유대교의 강력한 경쟁자라고 한다면 같은 뿌리에서 갈라져 나온 일신교인 기독교와 이슬람교가 있었다. 그렇지만 마이모니데스가 독자들을 일깨우듯이 『토라』가 주어졌던 시기에는 대부분의 민족들이 우상을 숭배하는 이교도들이었으며 이들은 또한 비밀스러운 의식을 통해 자연을 섬겼다. 그리고 이 시기에 이스라엘 민족은 그런 관습을 포기하고 하나님을 믿고 따르라는 가르침을 받아야 했다.

애매하고 알 수 없는 이유로 율법이 어떤 것들을 명령하거나 금지시킬 때마다 마이모니데스는 그 본래의 의도는 특정한 우상 숭배나 관습에 맞서려는 것이었다고 설명한다. 왜 유대인들은 아마와 양털을 섞은 옷감을 사용하는 것을 금지당했을까? 왜냐하면 마이모니데스가 근동의 이방인들이라고 부르던 '사비교도'들의 사제가 "식물 섬유와 동물의 털을 섞어 만든 옷감으로 옷을 해 입었기 때문이었다."

그리고 유대인들은 이런 사비교도들의 관습을 따르지 말아야 했다. 왜 어떤 나무든 처음 3년 동안 열린 열매는 먹으면 안 되는가? 사비교도들이 자신들이 신성하게 여기는 나무의 첫 번째 수확을 '우상 숭배를 위해 세운 사원'에서 자신들의 신에게 드렸으며 이 제사를 잘못 드리면 나무가 죽는다고 믿었기 때문이다. 왜 유대인들은 짐승의 젖과 그 짐승 고기를 같이 먹지 않는가? 마이모니데스도 이 문제에 있어서는 확실한 답을 해주지 못했지만 "개인적인 생각에 썩 만족스러운 답은 아니겠지만…… 일단 이런 조합 자체가 매우 이상하며…… 우상 숭배자들이 때때로 이런 식으로 요리를 해먹었기 때문인 것 같다. 그리고 그런 음식을 자신들의 축제나 축하 행사에서 먹었을 것이다."

이렇게 해서 마이모니데스는 유대인들의 '법령'을 기이한 것이 아닌 현명한 정책적 수단으로 추론해나간다. 이런 법령들은 율법의 두 가지 목적 중에서 후자를 위한 것이며 하나님에 대해 올바르게 생각하는 방식을 가르치는 역할을 한다. 그렇지만 마이모니데스도 깨달았듯이 율법을 해석하는 이런 방식에 내포된 의미 속에는 불안한 점이 있었다. 결국 『토라』는 우상숭배와 관련된 제사를 금지하고 있으며 제단의 모양과 짐승을 해체하는 과정까지 아주 많은 부분을 할애하며 유대인들 자신의 제사 의식과 관련해 매우 자세한 체계를 확립했다. 그렇지만 마이모니데스가 생각하는 하나님이 이런 제사를 통해 흡족해하며 기쁨을 누리는 모습을 상상하기란 어렵다. 세상의 근원이 되시는 분이 어떻게 고기 태우는 냄새 따위를 즐기실 수 있단 말인가?

마이모니데스는 모든 제사 도구와 의식의 집합체인 예루살렘 대성전이 실제로 하나의 '은혜로운 책략'으로 하나님에 의해 의도된 것이라는 결론을 내리고 있다. 제사 의식은 하나님에게는 실제로 아무런 의미가 없지만 아주 중요하고 익숙한 종교 의식의 일부이며 당시의 시대상과 배경을 생각하면 이런 의식을 그냥 없애버린다면 이스라엘 민족에게 커다란 충격을 안겨주었을 것이다. 대신 『토라』는 이런 제사 의식을 한곳에 모아 규칙을 적용해 제한하는 쪽을 택한다. 이렇게 해서 마법이나 신비주의로 빠지는 일을 줄일 수 있으며 이스라엘 민족은 율법이 신성한 것이라는 사실을 쉽게 인정하고 받아들일 수 있었다. 마이모니데스는 『당혹자에 대한 지침』 전체에서도 가장 대담한 주장을 실어 이 내용을 설명하고 있다.

"하나님의 지혜와 높이 칭송받으실 그분의 은혜로운 책략 등 그분이 창조한 피조물들과 관련하여 분명한 것은 이러한 모든 종류의 예배를 거부하고 포기하며 폐기하는 내용이 담긴 그분이 주신 율법을 요구하지 않았다는 사실이다. 항상 익숙한 것을 좋아하는 인간의 본성을 고려하면 이러한 율법을 받아들이는 일을 이해할 수 없었을 것이다. 당시의 사람들에게는 이러한 일들이 오늘날 사람들에게 하나님을 경배할 것을 요구하는 선지자의 출현과 비슷하게 보였을 것이다. 이 선지자는 이렇게 말한다. '하나님께서 우리에게 율법을 주셔서 당신에게 기도하거나 금식을 하거나 혹은 불행을 당했을 때 도움을 요청하지 말라고 하신다. 우리의 예배는 이런 수고와는 전혀 상관없이 오직 묵상으로만 이루어져야 한다.'"

결국 마이모니데스는 하나님께서는 기도를 듣는 것도, 또 그 기도에 대해 응답하시는 것도 짐승을 드리는 제사를 원하거나 거기에 반응하는 것 못지않게 원하지 않으신다고 말하고 있다. 마이모니데스가 계속 반복해서 이야기하고 있는 것처럼 하나님께로 다가가는 올바른 방법은 하나님에 대해서 생각하는 것이다. 신앙심 깊은 사람이 기도를 올리거나 금식을 하는 일까지 포함해 이러한 모든 '수고'를 통해서는 우리는 하나님께 전혀 더 가까이 다가갈 수 없다. 그렇지만 중세 시대를 살던 유대인들에게 이러한 주장은 너무나 감당하기 힘든 진실이었다. 마이모니데스의 이러한 접근 방식에는 다시 한 번 지식인의 자긍심과 신비주의가 분명하게 묻어남을 알 수 있다. 모세는 『토라』를 기록하면서 이스라엘 민족이 아이들 자신들이 익숙한 물건에 의지하듯 그렇게 자신들이 지키는 제사 의식에 매달리는 것을 허락해주었다. 그런 의식들이 애초부터 아무런 의미나 가치가 없는 것들이어도 상관이 없었다. 만일 모세와 같은 인물이 12세기에 또다시 나타났다면, 예컨대 '모세' 마이모니데스의 모습으로 나타났다면 그 역시 이 정도의 양보는 하려 하지 않았을까. 아무리 기도 자체가 쓸모없는 것이라 할지라도 유대인들에게서 기도를 빼앗으려 하지는 못했을 것이다.

짐승을 드리는 희생 제사의 필요성을 거부하는 이유는 또 있었다. 결국 『당혹자에 대한 지침』이 발표될 무렵 대성전은 이미 무너진 후 1,000년 이상이 지난 상태였고 유대교 역시 성전의 부재를 오래전부터 받아들여 왔다. 그렇지만 마이모니데스는 어쩌면 하나님과 인간 사이의 모든 종류의 상호 관계의 가능성을 거부하는 것처럼 보이기도 한다. 우리는 하나님에 대해 생각할 수는 있지만 그분께 말을 걸 수는 없으며 그분도 분명 우리에게 아무런 말도 하지 않으실 터였다. 그리고 이러한 거부는 신성한 보상과 응징의 가능성 자체를 배재하는 것처럼 보이기 때문에 심각한 도덕적 의미를 내포하게 된다. 하나님이 우리의 행동에 아무런 관심을 보이지 않는다면 우리가 어떤 행동을 했다고 해서 우리를 판단하거나 정죄하실 수 있을까?

여기에서 또다시 마이모니데스는 필요한 결론으로 이어지는 자신의 논리를 충실하게 따르고 있다. 순종에는 보상을, 그리고 불순종에는 응징을 약속한 『토라』의 모든 내용들 역시 하나님의 '책략'의 일부이다. "이것 역시 우리와 관련하여 하나님의 최초의 의도를 성취하기 위해 그분이 우리와 관련해 사용하시는 하나의 책략이다." 마이모니데스는 심지어 하나님이 악인들을 징치하신다는 아주 기본적인 종교적 원칙과 같은 개념조차 받아들이지 못했다. 이러한 믿음은 "상호 간의 부당한 행위를 전폐하기 위해서라도 꼭 필요하다"는 것이 마이모니데스의 생각이었으며 따라서 『토라』는 실용적인 목적을 위해 이런 믿음을 키워준 것이다. 그렇지만 그것은 어떠한 현실과도 맞아떨어지지 않았다.

아니, 오히려 그 반대일까? 여기서 또다시 마이모니데스의 대답들은 아주 모호한 것들이 되며 그가 『당혹자에 대한 지침』의 한 부분에서 이야기하는 내용은 다른 부분에서 보여주는 관점과 잘 조화되지 않는다. 그는 보상과 응징이 하나의 책략이라고 썼다. 그렇지만 그는 동시에 또 이렇게 단언한다. "책략이라고는 하지만 분명 율법의 기본적인 원칙이기도 하다. …… 인간에게 내려지는 모든 재앙과 또 인간이 누릴 수 있는 모든 좋은 일들은 그 대상이 한 사람이건 무리이건 모두 다 그것과 관련된 인간의 행위에 따라 결정되는 것이다." 이 말에 따르면 신성한 섭리가 실제로 철저히 보장되는 것처럼 보인다. 그렇지만 바로 얼마 지나지 않아 마이모니데스는 그와는 반대되는 것처럼 보이는 내용을 기록하고 있다. "이러한 믿음에 따라…… 나는 나를 이끌었던 증거에 따른 결론에 의지하는 것이 아니라 하나님과 선지자들의 책들이 의도하는 것으로 분명히 나타난 것들에 의존한다." 마이모니데스의 이런 말은 이성과 계시가 서로 모순되는 해답을 주고 있음을 암시하는 것처럼 보인다. 그렇지만 마이모니데스는 이성이 먼저이며 그런 다음에 종교가 이성과 화합을 이루어야 한다고 끊임없이 주장해왔다.

그렇지만 만일 우리가 하나님의 섭리가 실제로 무엇을 의미하는지 주의 깊게 생각을 해본다면 이러한 화합이나 조화를 이루는 일이 가능할지도 모른다. 우리가 이미 살펴보았던 것처럼 마이모니데스는 도덕적인 관점에서 하나님과의 친밀감을 정의하지는 않는다. 도덕이나 윤리적 행동이 아닌 지성이 하나님과 개인의 관계를 정의하는 것이다. 따라서 하나님의 섭리는 '지성의 결과'라는 주장도 타당성이 있다. 지적으로 더 완벽하게 될수록 인간은 하나님을 더 잘 이해할 수 있으며, 하나님을 더 잘 이해하게 된다면 하나님도 우리 인간을 더 잘 돌보아주실 것이다. 마이모니데스의 지적인 자긍심을 따라 그에 따른 결정적인 결론에 이르게 된다. "신성한 섭리는 모든 인간 개개인을 똑같은 방식으로 바라보지 않으며 대신 그 섭리는 인간의 완벽함의 등급에 따라 그 등급이 나누어진다.”

이 말을 액면 그대로 받아들인다면 터무니없거나 아주 불합리하게 들릴 수도 있을 것이다. 하나님이 무지한 사람들보다는 지적으로 우수한 사람들을 더 많이 돌본다는 주장을 믿으라는 건 양심에 대한 충격이 아닐 수 없다. 그리고 지적으로 우수한 사람들이 악의나 불행을 비껴나갈 수 있다는 것도 분명 사실이 아니다. 따라서 마이모니데스가 주장하는 내용, 즉 하나님께서 각각의 개인을 '돌보신다'는 말이 무슨 뜻인지 의문을 가질 수밖에 없다. 『당혹자에 대한 지침』의 전체적인 경향은 자연주의적인 관점에서 하나님에 대한 의인화된 관점을 재해석하는 것인데, 그렇다면 '돌보신다'라는 개념에 대해서도 그렇게 재해석을 해볼 수 있을까?

마이모니데스는 섭리와 신정론을 다루는 전통적인 내용의 「욥기」를 언급하며 이러한 자신의 뜻을 나타내고 있는 것 같다. 욥은 순전하고 정직하며 하나님을 경외하는 자로 적어도 겉으로 보기에는 아무런 이유 없이 끔찍한 벌을 받고 괴로워한다. 처음에 그는 자신이 겪은 불행에 대해 불평을 하지만 하나님이 폭풍 가운데서 그 모습을 드러내시고 자신의 압도적인 권세를 선언하시며 그를 놀라게 하자 잠잠해진다. “내가 땅의 기초를 놓을 때에 네가 어디 있었느냐?”

마이모니데스에게 이런 선언은 자신의 철학적 신앙에 대한 기본 원리를 재확인해준다. 그 원리란 하나님은 인간의 이해력을 넘어서시는 분이며 따라서 인간이 판단할 수 없는 분이라는 것이다. 섭리니 정의니 하는 말들을 포함해 인간이 사용하는 그 어떤 말도 하나님께 어울리지 않다. 마이모니데스는 이렇게 기록한다. "하나님의 섭리라는 개념은 우리의 섭리와 전혀 같은 개념이 아니며 또한 그분이 창조한 피조물들에 대한 그분의 통치라는 개념도 우리가 통치하는 것들에 대한 우리의 통치라는 개념과 전혀 다른 의미이다."

이러한 사실은 물론 거기에 숨어 있는 모든 의미까지 다 진정으로 이해할 수 있으려면 완벽한 지성을 지닌 인간인 철학자가 필요할지도 모른다. 그렇지만 일단 이해를 하고 나면 인간이 겪는 고통은 하나님을 향한 지적인 사랑에 더 이상 장애가 되지 않는다. "만일 인간이 이런 사실을 알게 된다면 인간이 겪게 되는 모든 불행의 짐은 가벼워질 수 있다. 그리고 불행을 겪게 된다고 해서 하나님에 대한 의심이 더해지는 일도 없을 것이다. 하나님이 이런 사실을 알건 모르건 상관없다. 그리고 하나님이 무시를 해도 관계없이 오히려 불행을 통해 하나님에 대한 사랑은 더해질 것이다." 어쩌면 이것이야말로 마이모니데스가 말하는 '하나님의 섭리는 지성의 결과'일지도 모르겠다. 하나님을 이해하게 되었다고 해서 인간이 불행을 피할 수 있는 것은 아니다. 그렇지만 적어도 침착함과 냉정함을 가지고 그러한 불행을 이겨나갈 수는 있다. 신성한 섭리에 대한 완전히 합리적이면서도 기적 같은 것과는 무관한 이런 해석은 예언과 천사에 대한 마이모니데스의 초기 해석과 완벽하게 일치한다.

『당혹자에 대한 지침』을 마무리 지으면서 마이모니데스는 마지막으로 우화 하나를 더 소개한다. 하나님과 인간 사이의 관계에 대한 자신의 이해를 설명하는 그런 내용이다. "왕이 왕궁에 살고 있고 다른 모든 신하와 백성들은 일부는 왕도(王都) 안에 또 일부는 왕도 밖에 살고 있었다." 여기서 왕은 물론 하나님을 의미하며 나머지는 하나님을 따르는 우리 인간들이다. 그렇지만 모든 사람들이 하나님과 똑같이 가까운 관계는 아니다. 왕도 밖에 살고 있는 사람들은 '교리적 신념이 전혀 없으며' 이방인이나 야만인들의 경우는 우리가 말하는 하나님에 대한 개념 자체가 없다. 마이모니데스의 관점에서 보자면 "그런 자들은 아예 인간으로 볼 수 없다." 한편 왕도 안에 살고 있으면서도 왕의 궁전으로부터 등을 돌린 사람들은 하나님에 대해 "잘못된 생각을 갖고 있다." 그것은 그들 자신의 잘못일 수도 있고 또 잘못된 신앙 안에서 자랐기 때문에 그럴 수도 있다. 이런 이단적인 신앙은 매우 위험한데 왜냐하면 다른 사람들을 진정한 신앙에서 벗어나게 만들 수도 있기 때문이다.

왕궁 담벼락에 걸쳐진 사다리에서 한 걸음 더 높이 올라가는 사람들은 '왕이 살고 있는 곳에 가까이 다가가 그 안으로 들어가려고 하는 사람들'이지만 왕궁 안으로 제대로 들어가는 방법을 알지 못한다. 마이모니데스에게 이 사람들은 율법을 지키는 유대인들로 계명을 준수하지만 그 진정한 의미는 무시한 채 살아간다. 한 가지 더 첨언하자면 여기에는 지금까지 이 땅 위에서 살아온 유대인들 대부분이 포함되며 이들은 하나님을 믿지 않는 자들보다 겨우 조금 나은 상태라고 할 수 있다. 그리고 왕궁까지 와서 왕궁 주위를 빙빙 돌아보지만 결코 그 안으로 들어가지 못하는 사람들이 있다. 이들은 유대의 현자들로 평생을 율법을 공부하고 그 복잡한 내용을 이해하는 데 보내지만 하나님에 대해서 철학적으로 생각하는 데는 실패한 사람들이다.

이 왕국에서 왕을 제외하고 가장 높은 지위에 있는 사람이라면 바로 왕궁 안에서 왕의 바로 옆자리에 앉아 있을 수 있는 사람들로 사실상 왕국의 모든 사람들이 그런 자리에 오르기 위해 애를 쓰고 있다고 보면 된다. 이들은 신성한 과학에 대해 심사숙고하며 마침내 하나님에 대하여 '모든 것들을 다 확인하고 어떤 것이 가능한지 그 범위와 한계를 알게 된' 사람들이다. 마이모니데스는 자신이 이런 사람들 사이에 속해 있거나 혹은 그럴 욕망을 품고 있다고 생각한다. 그렇지만 하나님께 가장 가까이 다가간 사람조차 기본적으로는 하나님에 대해 무지한 상태로 남아 있는 것이다. 그는 단지 "누군가 하나님께 그저 가까이 다가갈 수 있다는 사실에 대해 확신만 갖게 되었을 뿐이다." 하나님에 대한 절대적인 지식은 욥이 깨달은 것처럼 인간은 알기 불가능한 개념이다. 『당혹자에 대한 지침』은 한 위대한 유대인 사상가가 자신이 생각하는 주제에 대한 진실을 알리기 위해 노력한 결과물이다. 그리고 그 주제는 결국 오직 침묵에 의해서만 적절하게 설명할 수 있는 그런 것이었다. 마이모니데스는 「시편」에서 인용한 구절로 이렇게 마무리를 짓는다. "침묵으로 하나님을 찬양할지어다."

참고 문헌

허버트 데이비슨(Davidson, Herbert), 『모세 마이모니데스와 그의 저술들 (Moses Maimonides: The Man and His Works)』, 옥스퍼드대학교 출판부, 2005.

모세 할베르탈(Halbertal, Moshe), 『마이모니데스: 그의 삶과 사상 (Maimonides: Life and Thought)』, 프린스턴대학교 출판부, 2014.

버나드 루이스(Lewis, Bernard), 『이슬람교 속의 유대인들(The Jews of Islam)』, 프린스턴대학교 출판부, 1987.

마이모니데스, 슐로모 파인즈(Shlomo Pines) 옮김, 『당혹자에 대한 지침(The Guide of the Perplexed)』 전2권, 시카고대학교 출판부, 1963.

제8장
하나님의 비밀스러운 삶

·

『조하르(Zohar)』

중세 유대교의 신비주의를 뜻하는 카발라는 하나님에 대한 지식을 얻기 위해 『토라』보다 더 많은 이야기와 『탈무드』보다 더 많은 율법들을 다루고 있다. 유대 관습에 대한 카발라의 신비주의적 해석, 즉 신성과 악마의 힘 모두에 의해 움직이는 우주의 모습과 초심자들을 위한 마법의 힘의 위력 등은 유대교가 지니고 있는 모든 환상적인 속성들을 조명하고 있으며 오늘날 대부분의 유대인들이 배우고 있는 내용들과는 사뭇 다른 것들이다. 이런 카발라 사상의 중심에 있는 책이 13세기 에스파냐 지역에서 처음으로 알려지기 시작한 신비주의 정경인 『조하르』다. 『조하르』에 들어 있는 수많은 내용들은 『토라』의 구절 안에서 신성의 본성과 이 세상의 창조에 대한 비밀스러운 진실을 찾아낸 여러 고대 랍비들의 이야기를 주로 전해주고 있다. 『조하르』를 읽는다는 건 성관계에서 기도에 이르기까지 초자연적인 반향을 보일 수 있는 인간의 모든 행동과 관련된 성스러운 은유의 세계를 접하게 된다는 의미이다. 유대 역사를 통틀어 『조하르』는 신비주의를 공부하는 학생들에게 하나님에 대한 새로운 종류의 지식과 이 우주 안에서 각각의 유대인이 모두 다 중요한 역할을 할 수 있다는 사실을 알려주었다.

13세기의 마지막 해에, 에스파냐에 살고 있는 유대인들 사이에 신비스러운 책 한 권이 떠돌기 시작했다. 1,000년이 넘는 세월 동안 유대교의 근간을 이루었던 정경이라고 하면 『구약 성경』과 『탈무드』를 들 수 있는데, 『구약 성경』이 하나님에 의해 선택받은 유대인들의 신성한 역사를 전해주고 있다면 『탈무드』는 하나님께서 자신의 백성들이 따르고 살았으면 하는 율법에 대한 자세한 내용들을 제시해준다. 그렇지만 이제 에스파냐 카스티야 지방에 살고 있던 일단의 신비주의자들이 세 번째로 중요한 경전을 찾아냈다고 주장하며 그에 대한 글을 쓰기 시작한다. 분명 실제로는 『탈무드』보다도 오래되었지만 최근에야 발견된 책이라는 것이다. 이 경전은 수 세기에 걸친 편집 과정을 걸쳐 마침내 학자들에 의해 정리된 스무 개가 넘는 별개의 분책을 합쳐 대략 2,400여 쪽에 이르는 최종판인 『조하르』로 탄생하게 되었다.

히브리어 단어인 '조하르'는 '빛' 혹은 '광채'라는 뜻이며 『구약 성경』의 「다니엘」서의 한 구절에서 따온 것이다. 다니엘은 최후의 심판의 날에 어떤 일들이 벌어질지를 예언하며 이렇게 말했다. "땅의 티끌 가운데서 자는 자 중에 깨어 영생을 얻는 자도 있겠고 수욕을 받아서 무궁히 부끄러움을 입을 자도 있을 것이며 지혜 있는 자는 궁창의 빛, 조하르와 같이 빛날 것이요 많은 사람을 옳은 데로 돌아오게 한 자는 별과 같이 영원토록 비취리라." 이 내용에 따르면 지식은 구속의 열쇠이며 오직 지혜 있는 자만이 별과 같이 빛이 날 수 있다. 그렇지만 의로운 자가 알아야 할 것은 과연 무엇일까. 이 문제에 대해 『토라』에서 제시하는 전통적인 해답은 하나님이 유대인들에게 내려주신 이후 항상 유대교의 중심에 있었던 율법이다. 그리고 『조하르』 역시 빛나는 존재가 되기 위해서는 우리는 반드시 『토라』를 배워야 한다는 것에 동의한다. 그렇지만 『조하르』의 저자가 『토라』 안에서 찾아낸 것들은 초창기의 독자들이 읽고 깨달았던 내용들과는 사뭇 달랐다. "『토라』가 그저 그 안의 이야기들과 보통 사람들의 이야기들을 연결시키려 한다고 말하는 자에게는 화 있을진저" 『조하르』는 이렇게 이야기하고 있다. "만일 그것이 사실이라면 지금 당장이라도 보통 사람들의 이야기를 모아 『토라』를, 아니 그보다 더 나은 것을 만들 수 있지 않겠는가." 신성모독에 가깝게 들리는 이러한 선언은 『토라』가 하나님께서 유대 사람들에게 정말로 알아야 할 것들이 무엇인지 알려주기 위해 완벽하게 만들어낸 신성한 문서라는 개념 자체를 부정하는 것처럼 보인다. 실제로 『조하르』에는 이런 내용도 나온다. "만일 『토라』의 의도가 이 세상에서 벌어지는 일들을 다루려는 것이라면, 우리는 더 나은 것들을 담고 있는 이 세상의 책들을 가져다 그것들을 통해 다시 『토라』를 만들 수도 있을 것이 아닌가." 여기서 말하는 세상의 책들이란 결국 철학자들과 이방인들의 속세의 지혜를 담은 책들을 뜻하는 것이다.

물론 『조하르』의 핵심 사상 속에는 그런 내용이 담겨 있지 않다. "그렇지만 『토라』의 모든 말씀들은 높임을 받을만한 숭고한 신비스러움을 담고 있다"는 것이 『조하르』의 결론이다. 이러한 충격적인 내용들의 핵심은 결국 『토라』에는 그 표면적인 의미보다 훨씬 더 많은 것들이 담겨 있다는 점을 지적하는 것이다. 적어도 겉으로 보기에는 『토라』가 담고 있는 내용들의 상당 부분은 불합리하거나 논리에 맞지 않는 것처럼 보일 수도 있다. 필론에서 마이모니데스에 이르기까지 수많은 유대의 사상가들이 자신들의 철학적 저술들을 통해 설명해보려고 애썼던 문제들이다. 하나님께서 몸을 굽히셔서 직접 패역한 자와 죄인의 정확한 숫자까지 포함해 인간의 말들을 기록하셨다는 개념은 직관에 어긋나는 것처럼 보일 뿐더러 신성한 위엄에 대한 모욕으로까지 비춰질 수 있다. 『조하르』는 이렇게 설명한다. "와서 보라. 죽을 수밖에 없는 왕은 보통 사람들과 대화하는 일을 자신의 위신이 깎인다 생각하고 그들의 이야기 같은 것에는 관심을 두지 않는다." 그렇다면 왜 왕 중의 왕께서는 『구약 성경』에 등장하는 유대인이 아닌 "에서와 하갈, 라반 같은 보통 사람들의 이야기를 귀담아 들으시는" 것일까? 어떻게 그런 속세의 이야기들이 성스러운 책에 기록될 수 있는 것일까?

이런 의문에 대한 『조하르』의 대답은 『토라』는 우리가 상상하는 것 이상으로 훨씬 더 깊고 신비스러운 책이라는 것이다. "『토라』에 담긴 모든 말씀은 하늘의 이야기들을 전해주고 있다." 다시 말해 하나님의 진정한 본성에 대한 우주의 신비를 드러내고 있다는 뜻이다. "『토라』의 이야기들은 『토라』를 덮고 있는 일종의 겉옷이다." 그리고 그런 겉모습만 보고 그 실체를 오해하지 않도록 하는 일은 매우 중요하다. "만일 누군가 그 '겉옷'이 진짜 『토라』의 모습이며 그 속의 내용도 겉으로 보이는 것과 똑같다고 생각한다면, 그 사람의 영혼은 이 세상을 떠나 장차 다가올 새로운 세상에는 있을 수 없게 될지도 모른다." 다행히 우리에게는 『토라』의 숨겨진 비밀스러운 신비를 밝혀줄 『조하르』가 있다. 『조하르』를 읽는다는 건 지식이라는 빛을 얻는 것이며 카발라로 알려진 유대 신비주의 전승에 입문하는 것이다.

유대교에 대한 새롭고 대담한 해석과 복잡하고 신비한 상징주의로 무장한 카발라가 자라난 곳은 유대인들이 주로 거주하던 에스파냐의 카탈루냐와 카스티야 지방으로 그 시기는 대략 12세기에서 13세기로 넘어가던 무렵이다. 『조하르』는 처음 세상에 모습을 드러냈을 때 기존에 있던 놀라울 정도로 정교한 신비주의 전승의 도움을 받을 수 있었으며 이어지는 세기에는 유대교 신비주의의 중심이 되는 가장 뛰어난 신비주의 경전이 될 수 있었다. 실제로 중세 후기와 르네상스 시대의 수많은 유대인들에게 『조하르』는 『구약 성경』과 『탈무드』 다음가는 유대 민족의 정경 대접을 받았고 유대인들 사이에서 지식인 행세를 하려면 반드시 통달해야 하는 그런 책이 되어 있었다. 18세기에 접어들자 유대교 경건주의 운동인 하시디즘을 이끌던 랍비 코르테즈의 핀차스는 "『조하르』는 내가 유대인으로서의 정체성을 그대로 유지하는 데 큰 도움을 주었다"라고까지 말했을 정도였다. 핀차스는 물론 세대를 이어가며 『조하르』를 읽어온 사람들에게는 『조하르』에서 밝혀진 신비한 영역이 없는 유대교는 아무 의미 없는 종교의 껍데기일 뿐이었다.

그런데 13세기의 독자들은 어떻게 갑자기 유대 역사의 다른 위대한 현자들보다 『토라』를 더 잘 이해하게 된 것일까? 만일 『조하르』에 유대교의 정수가 담겨 있다면, 그 정수는 어떻게 그렇게 오랜 세월 동안 사람들의 눈앞에서 감춰져 있었던 것일까? 『조하르』 자체는 이런 수수께끼를 단순하고 대담한 방식으로 풀어낸다. 우선 『조하르』는 스스로를 새로운 책으로 내세우지 않았고 또 최초의 독자들도 그렇게 생각하지 않았다. 그 대신 CE 2세기경에 살았던 일단의 랍비들의 대화와 가르침들을 기록한 것이라고 주장하는데, 이 랍비들의 지도자는 『탈무드』를 연구했던 위대한 현자인 시메온 벤 요하이다. 『탈무드』에서 소개하는 랍비 시메온은 아주 특별한 사람으로, 단지 지혜가 많아 율법을 해석하는 능력만 뛰어났던 것이 아니라 신비스러운 힘을 지닌 거룩한 순교자였다. 그는 신비스러운 비밀을 가르치는 교사로서 신뢰할 수 있는 그런 안성맞춤인 인물이었다.

『탈무드』에서 소개하는 이야기를 계속해서 살펴보면 시메온은 다른 랍비들과 대화를 하면서 당시 팔레스타인을 점령하고 있던 세력인 로마 제국에 대해 아주 강도 높은 비난을 했다고 한다. 한 랍비가 로마 제국의 업적을 대담하게 칭송하면서 최소한 그들은 도로와 다리, 목욕탕 등을 건설하는 데 아주 뛰어나지 않느냐고 말하자 시메온은 아주 냉정하게 이렇게 반박했다고 한다. "그들이 만든 모든 것들은 다 그들 자신을 위해서 그렇게 한 것이다. 시장을 세웠다고? 거기 매춘부들을 두기 위해서지. 목욕탕을 세운 건 자신들이 이용하기 위해서이며 다리를 건설한 것도 통행세를 걷기 위해서일 뿐이니까." 이런 선동적인 발언이 당국의 귀에 들어가자 이미 유대 저항 세력의 상징으로 주목을 받고 있던 시메온에게는 결국 처형 명령이 떨어진다.

바로 여기서부터 시메온의 이야기는 정치적인 음모에서 완벽한 전설로 탈바꿈하게 된다. 먼저 랍비 시메온과 아버지 못지않게 지혜로웠다고 전해지는 그의 아들 랍비 엘르아살은 집에 숨어 공부를 계속했고 시메온의 아내가 몰래 전해다주는 빵과 물로 목숨을 이어갈 수 있었다. 그렇지만 결국 시메온은 아내가 붙잡혀 고문을 당하다 자신들이 숨어 있는 곳을 자백하게 되지 않을까 걱정을 하다가 결국 아들을 데리고 동굴로 가서 숨는다. 그 동굴에서 두 사람은 모래 속에 목만 남기고 온몸을 파묻은 채 12년 동안을 쥐엄나무 열매와 근처에 기적적으로 계속 물을 뿜어내던 샘물을 먹고 마시며 지낸다. 그 12년의 세월 동안 시메온과 그의 아들은 오직 『토라』만을 공부한 것이다.

그렇지만 로마의 황제가 세상을 떠나고 시메온에게 내려졌던 처형 명령이 취소되자 부자는 숨어 있던 동굴에서 나왔고 이제 그들에게는 보통 사람들의 수준을 훨씬 더 뛰어넘는 성스러움이 임해 타락한 이 세상을 더 이상 견딜 수 없을 정도가 되었다. 두 부자가 다시 이 세상으로 나와 제일 먼저 본 건 한 남자가 안식일에 밭을 갈고 있는 모습이었다. 이런 중대한 범죄 행위를 보고 두 사람이 그 죄인을 노려보자 농부는 불에 타 죽고 만다. 누군가는 하나님께서 시메온을 정의로운 복수자로 삼으셔서 유대인들의 방종을 꾸짖으려 하셨다고 생각할 수도 있을 것이다. 그렇지만 『탈무드』에서 전하는 이 이야기는 유대인들을 이런 광신적인 기준에 맞춰 살게 하려는 것이 그 주제가 아니었다. 실제로 시메온과 엘르아살이 계속해서 죄인들을 벌하기 위해 교외로 나아가자 하늘에서 이런 목소리가 들려와 두 사람을 저지한다. "너희들은 내가 만든 세상을 파괴하기 위해 동굴에서 나온 것이냐? 그렇다면 다시 너희들의 동굴로 돌아가거라!" 두 사람은 다시 동굴에서 한 해를 더 보내며 중용과 동정심의 가치를 배우고 나서야 겨우 다시 자유의 몸이 될 수 있었다. 그리고 이번에는 엘르아살이 분노하며 누군가를 불태우려 할 때마다 시메온의 시선으로 그런 아들의 분노를 달랠 수 있었다. "나의 아들아," 시메온은 마침내 이렇게 이야기를 한다. "너와 내가 세상에 도움이 될 수 있을 것 같구나." 아버지와 아들은 나머지 모든 유대인들을 합친 것보다 더 거룩하고 또 지혜가 넘쳐나는 사람들이 되었다.

『조하르』가 그 가르침의 시조로 삼았던 건 이렇게 신비스럽고 정체가 모호한 인물이었다. 실제로 많은 독자들은 『조하르』를 그저 '랍비 시메온의 가르침'으로 알고 있는 경우도 많았고 이 책의 형식 자체도 그러한 오해를 불러일으키게끔 한다. 우선 『조하르』는 중세 유대인들 사이에서 학술적, 그리고 종교적 담론을 위한 표준 언어로 사용되었던 히브리어나 예후다 할레비, 그리고 마이모니데스가 발전된 유대−아라비아 문화의 결과물들을 만들어내는 데 썼던 아라비아어로도 되어 있지 않다. 『조하르』에 사용된 언어는 바로 아람어로 이 아람어는 이른바 『바빌로니아 탈무드』가 만들어진 CE 3세기에서 4세기 당시 근동 지방의 공용어라고 할 수 있었으며 유대의 전통과 아람어 사이의 관계에 익숙했던 『탈무드』의 모든 독자들에게 『조하르』에서 사용된 아람어는 그 자체로 이 책이 고대의 본문이라는 것을 뒷받침하는 증거가 되어주었다. 그리고 『조하르』의 배경은 시메온 벤 요하이가 살았던 팔레스타인을 그 배경으로 하고 있어서 다양한 팔레스타인 도시들을 오고 가며 나눈 것으로 추정되는 대화들을 소개하고 있는데, 이 또한 『탈무드』를 읽은 에스파냐의 독자들에게는 익숙한 배경이 되어주었다.

그렇지만 만일 『조하르』의 원본이 그렇게 오래된 것이라면 왜 13세기가 될 때까지 이 세상에 그 모습이 드러나지 않았던 것일까?

그리고 왜 오직 단 한 사람만 그 사본을 가지고 있었던 것으로 알려졌을까? 그 한 사람, 랍비 모세 데 레온(Rabbi Moses de León)은 『조하르』를 최초의 열정적인 독자들에게 한 부분 한 부분씩 퍼뜨린 것으로 알려져 있다. 모세 데 레온과 이 새로운 책의 관계가 이토록 밀접하며 또 자신의 이름으로 펴낸 히브리어 저술들에 『조하르』의 상당히 많은 부분들을 인용했기 때문에 당대의 사람들이 시메온이 아닌 모세 데 레온을 『조하르』의 진정한 저자가 아닌지 궁금해했던 건 어쩌면 당연한 일일 것이다. 그리고 이런 의문은 우리가 『조하르』에 대해 가지고 있는 당대의 유일한 역사적 증거를 통해 어느 정도 해소되게 된다. 그 증거란 바로 랍비 아크레의 이삭 벤 사무엘(Rabbi Isaac of Acre)이 쓴 회상록의 일부로, 아크레의 이삭은 팔레스타인 출신이면서 1290년대에 에스파냐로 건너와 특히 이 놀라운 책에 대한 진실을 알아내기 위해 매진했던 사람이다.

지금은 오직 인용문의 형태로 훨씬 더 나중에 발표된 책들 속에 남아 있는 아크레의 이삭의 일기에 따르면 그는 "랍비 시메온과 그의 아들 랍비 엘르아살이 동굴 속에서 정리를 했다고 알려진 책 『조하르』가 어떻게 자신의 시대까지 남아 있을 수 있었는지를 알아내기 위해 에스파냐로 왔다." 이삭은 『조하르』가 성스러운 책이라는 사실 자체는 의심하지 않았다. "나는 이 책의 내용이 아주 놀랍기 그

지없으며 끝없이 물을 뿜어내는 샘과 같은 하늘의 근원으로부터 나왔다는 사실을 깨달았다." 그렇지만 그가 에스파냐의 여러 유대 신비주의자들에게 "글로 된 기록이 아닌 구전을 통해서 전달되다가 이제는 모든 사람들이 읽을 수 있게 정리된 이 놀랍고도 신비스러운 이야기가 어디에서 왔는지" 물어보았을 때 그가 들은 답은 다소 미심쩍은 것이었다. "누군가는 이렇게도 말했고 또 누군가는 저렇게도 말했다."

랍비 이삭이 이런 말들을 듣게 된 이유라고 추측되는 것 중 하나가 사실은 모세 데 레온이 단순히 『조하르』를 사람들에게 알린 것뿐만 아니라 실제 저자이기 때문에 그렇다는 주장이 있다. 그래서 이삭은 에스파냐 북부에 있는 도시인 발라돌리드를 찾아가 모세에게 진실에 대해 물었고 모세는 아빌라에 있는 자신의 집에 랍비 시메온 벤 요하이가 쓴 것으로 추정되는 고대의 책 한 권을 보관하고 있다는 사실을 확인해주었다. "만일 그곳으로 찾아온다면 그 책을 직접 보여주겠네." 그렇지만 애석하게도 모세 데 레온은 이삭과의 만남이 있은 직후에 세상을 떠나고 말았고 이삭은 『조하르』의 원본이라 할 수 있는 책을 볼 수 있는 기회를 다시는 얻지 못했다. 그리고 계속해서 『조하르』의 비밀을 추적하다가 이 책이 어떻게 세상에 모습을 드러냈는지에 대해 완전히 다른 사정을 듣게 된다. 이 이야기에 따르면 모세가 세상을 떠난 후 한 에스파냐의 신비주의자가 모세의 미망인에게 접근해 『조하르』의 원본을 손에 넣으려 했다고 한다. "그 책은…… 가치로만 따지면 금이나 보석보다 더 귀합니다." 그렇지만 진실을 알고 있어야 할 유일한 사람인 모세의 미망인은 그런 책은 한 번도 존재한 적이 없다고 딱 잘라 말했다.

"남편에게 그런 귀한 책이 있었다면 하나님께서 나에게도 그런 귀한 것을 내려주시기를 바랍니다만, 남편은 자신의 머리와 마음, 그리고 지식과 정신을 통해서만 직접 기록을 했을 뿐입니다. 그리고 남편이 다른 어떤 자료의 도움도 없이 스스로 뭔가를 쓰는 것을 보고 나는 이렇게 말하곤 했습니다. '사실은 그렇지도 않으면서 왜 보는 사람마다 당신이 다른 책을 베껴서 정리하고 있다고 말씀하시는 건가요? 실제로는 당신이 직접 쓰고 있는 것인데. 그냥 당신이 직접 당신 능력을 통해 책을 썼다고 말하면 더 좋지 않나요? 그러면 당신의 명성이 더 올라갈 것 같은데요.' 그러자 남편이 이렇게 대답했습니다. '만일 내가 사람들에게 나의 비밀을 이야기하고 내가 전하는 책을 내가 직접 쓴 것이라고 밝히면 사람들은 아무런 관심도 주지 않을 거요. 그리고 돈도 한 푼도 생기지 않겠지. 왜냐하면 내가 다 만들어낸 이야기에 불과하니까. 그렇지만 뒤집어 이야기하면 내가 랍비 시메온 벤 요하이가 성령의 은혜를 받아 쓴 『조하르』를 새롭게 정리하고 있다는 이야기를 들으면 사람들이 기꺼이 거액을 지불할 거라는 말이요. 당신이 직접 눈으로 보고 있는 것처럼 말이지.'"

이런 결정적인 증거를 통해 『조하르』는 가짜 저자의 이름을 붙인 책이라는 사실이 증명된 것처럼 보인다. 다시 말해 더 큰 권위를 부여하기 위해 이전에 살았던 유명한 사람의 이름을 갖다 붙인 것이다. 그렇지만 모세가 단지 돈을 많이 벌 요량으로 『조하르』를 만들어냈다는 주장은 완전히 믿기는 어렵다. 이처럼 방대하고 복잡하며 심오한, 그리고 열정적인 진심을 가지고 만들어진 책을 단순한 사기 행각으로 폄하할 수는 없는 것이다. 실제로 랍비 이삭 자신은 심지어 이런 상황에서도 『조하르』가 모세 데 레온의 완전한 창작품이라는 사실을 믿어 의심치 않았다. "모세 데 레온은 하나님의 능력을 받은 자이며 그가 이 책 안에 쓴 모든 내용들은 바로 그 능력을 통해 쓴 것이다." 자신이 결코 만들어낼 수 없는 황금판에 적힌 내용을 보고 번역해 『몰몬경(The Book of Mormon)』을 쓰게 되었다는 몰몬교의 창시자 조셉 스미스(Joseph Smith)처럼 모세 데 레온은 자신의 걸작을 창작이 아닌 발견이라고 부르고 싶어 했던 천재 종교인이었고 현대 학자들은 여러 가지 상황 및 내부 증거들을 통해 그가 최소한 『조하르』

의 핵심 내용을 직접 쓴 것으로 인정하고 있다.

* * *

『조하르』의 본문은 『토라』의 각 구절마다 하나씩 주석을 다는 형태로 되어 있으며 대부분의 내용이 「창세기」와 「출애굽기」에 할애되어 있다. 그리고 그 사이마다 각각의 제목이 따로 붙은 별도의 부분이 삽입되어 있는데, 거기에는 예컨대 랍비 시메온의 죽음이나 혹은 천국으로의 환상 여행, 그리고 하나님의 이름으로 편지의 의미 설명하기 등 극적인 내용들이 담겨 있다. 그런데 초심자 독자들이 어느 정도 유용하게 사용할 수도 있을 것 같은 교리나 개념의 체계적인 해설을 『조하르』에서는 언급조차 하지 않는다. 그 대신 마치 자연스럽게 이해되고 확장이 되는 것처럼 자세한 설명 없이 고도로 발전된 신비주의 개념에 대한 체계를 바로 소개하고 있으며 그것도 종종 특별한 순서 없이 정리가 되어 있는 것처럼 보이기도 한다. 그러므로 『조하르』를 펼쳐 읽기 시작한다는 건 사실상 접근이 불가능한 환상과 상징의 저 깊은 바다 속으로 아무런 도움 없이 갑자기 뛰어드는 일과 비슷하다.

그렇지만 그런 주석의 역할 말고도 『조하르』는 그 자체로 매우 대단하고 극적인 작품이다. 20세기에 들어 유대 신비주의를 연구했던 위대한 학자인 게르숌 숄렘(Gershom Scholem)이 『조하르』를 일컬어 일종의 '신비주의 소설'이라고 묘사했던 것처럼 이 책의 줄거리는 랍비 시메온 벤 요하이와 그의 제자들 사이에서 계속해서 이어지는 대화라고 볼 수 있다. 이들이 나누는 이야기는 대부분 어떠한 들어가는 말도 없이 시작되는 경우가 많으며 그냥 간략하게 "랍비 엘르아살이 이렇게 이야기를 시작하였다." 혹은 "랍비 유다가 말하였다"로 시작되기도 한다. 그렇지만 또 어떤 부분에서는 신비주의를 따르는 동료들 사이의 친밀함과 『토라』에 대한 자신들의 열정적인 사랑을 강조하는 서사적 구조 안에서 진행이 되기도 하며 또 때때로 한 쌍의 랍비가 여행길에서 신비스러운 이방인이나 기이한 아이를 만나 예상치 못했던 비밀을 전해 듣는 내용도 나오며 각 이야기나 대화의 말미에는 이야기를 전해들은 사람들이 기쁨의 눈물을 흘리며 엎드려 감사하는 장면으로 마무리되는 경우가 많다. "우리가 단지 이 이야기를 듣기 위해 세상에 태어난 것이라고 해도 우리는 감사하지 않을 수 없다." 새로운 『토라』의 비밀들을 배우게 된 랍비들은 대부분 이렇게 소리를 지르곤 했다.

'더 위대한 모임'이라는 제목의 글에서는 시메온의 이야기를 들으러 모인 랍비 세 사람이 가르침을 듣고 그 희열에 못 이겨 세상을 떠난 후 천사들에게 이끌려 하늘나라로 올라가는 내용이 나온다. "저들을 축복하라. 저리도 완전하게 승천을 하였구나." 시메온은 이렇게 소리 내어 말한다. '작은 모임'이라는 글을 보면 시메온 본인이 세상을 떠나는데, 그리스의 철학자 소크라테스와 비슷하게 세상을 떠나기 전날 밤 제자들을 만나 가르침을 전하지만 또 소크라테스와는 달리 그의 시신을 담은 관은 불길을 쏘아대며 하늘 위로 날아오른다. 전체적으로 보면 시메온은 『탈무드』에서 그랬던 것처럼 기적을 일으키는 사람으로 그려지며 지금까지 이 땅에 살았던 어느 누구보다도 하나님과 『토라』에 대해 많이 알았던 매우 특별한 사람이었다.

그리고 이런 장면 설정의 효과를 통해 독자들의 감정적인 관심도도 한껏 올라가게 되는데, 『토라』에서 제기되는 문제들을 분명하고 논리적인 개념에 맞춰 논의하는 『탈무드』와는 달리 『조하르』는 특별한 독자나 청자(聽者)들에게 신비스러운 비밀들을 드러내는 일에 대해 결코 잊지 않았으며 거의 음모론에 가까운 환상적인 내용들을 제공하고 있다. "신비주의를 믿는 동료들 사이에서 서로 드러나는 내용들은 모두 다 올바르고 적절한 것이겠으나, 나머지 다른 사람들에게는 그렇지 않을 수 있다." 랍비 시메온은 『조하르』의 한 부분에서 이렇게 지적하고 있다. 또 다른 부분에서는 『토라』와 그 숨겨진 비밀들을 배우는 초심자들 사이의 관계를 설명하기 위해 남녀관계와 비슷한 장면을 등장시키기기도 한다.

"이것을 무엇과 비교할 수 있으랴? 마치 아름답고 우아하며 사랑스럽기 그지없는 소녀와 같은데 그 소녀는 자신의 궁전 안에 거의 갇혀 있는 것이나 다름없다. 소녀에게는 특별한 연인이 있었는데 누구도 그 연인의 정체를 알지 못했다. …… 그래서 소녀는 어떻게 했는가? 소녀는 자신이 살고 있는 비밀 궁전의 작은 문을 열고 자신의 얼굴을 연인에게 보여준다. 그리고 소녀는 즉시 궁전 안으로 사라진다. 그 연인의 주변 사람들은 그 누구도 아무것도 보지 못했고 이해하지도 못한다. 그렇지만 소녀의 연인만은 알고 있다. …… 『토라』도 이와 같다. 오직 그 연인에게만 자신의 모습을 드러낸다."

동시에 『조하르』는 『토라』의 연구 역시 강조하고 있다. 『토라』의 진리와 숨은 의미를 연구하는 일은 우주적 반향을 불러일으키는 활동이며 『토라』의 해석은 단순한 신앙이나 지적인 활동을 넘어서서 하나님의 권능을 함께 나누는 일이다. "축복받으실 하나님께서는 『토라』에 빠져 있는 사람들의 목소리에 귀를 기울이신다. 그리고 『토라』 안에서 그들이 찾아내는 각각의 새로운 발견들을 통해 새로운 하늘나라가 만들어진다."

인간이 공부나 연구를 통해 하나님을 돕는 조력자가 될 수도 있다는 이런 대담한 제안은 『조하르』가 등장하게 된 진짜 이유를 지적하고 있다. 중세의 유대 철학은 신성과 인간 세계 사이의 어떠한 접촉도 거의 허락하지 않는 하나님에 대한 이해를 발전시켜 왔다. 그의 서재 안에 사본이 한 권 있었다는 기록이 남아 있는 걸로 봐서 모세 데 레온도 분명 그 존재를 알고 있었을 것으로 생각되는 마이모니데스의 『당혹자에 대한 지침』을 보면 하나님이 우리와는 완전히 다르다는 사실을 이해하기 위해 사용하는 비유나 형상들을 계속해서 제외시켜 나가다 보면 결국 우리 인간은 하나님에 대해서 아주 부정적으로밖에는 알아갈 수 없다고 주장하고 있다. 마이모니데스의 설명에 따르면 유대의 여러 관습은 우상 숭배에 대한 역사적인 대응책이나 혹은 도덕과 정치 교육의 도구로서 대부분 설명할 수 있다고 한다. 짐승을 드리는 제사나 심지어 기도까지도 하나님에게는 아무런 의미가 없으며, 그분은 사실 인간들 사이에서 벌어지는 일들에 대해서는 아무런 관심이 없는 분으로 정의할 수 있는 것이다. 마이모니데스가 세운 체계 안에서의 하나님과 인간 사이의 관계는 대단히 지적이면서 기본적으로는 일방적이라고 볼 수 있는 그런 관계이다. 인간은 하나님에 대해 생각함으로써 그분께 다가갈 수 있지만 하나님은 인간에 대해서는 아무런 생각도 하지 않으신다.

그런데 『조하르』는 이러한 마이모니데스의 주장들 모두를 대담하게 뒤집고 있다. 『조하르』는 모든 내용에 걸쳐 혹자는 하나님의 내면에 대해 아무것도 알 수 없다고 주장하고 있지만 그건 사실이 아니며, 오히려 그 반대로 『토라』의 경우도 제대로 읽기만 한다면 하나님께서는 부정적이고 추상적인 존재가 아닌 복잡하면서도 역동적인 그런 분이시라는 것을 알 수 있다고 주장한다. 거기에 모든 가능성과 행동들이 가득 차 있다는 사실도 아주 자세하게 이해하는 일이 가능한 것이다. 게다가 우주에서의 인간의 역할이 본질적으로 수동적이라는 것도 사실이 아니며 대신 하나님을 향하는 정신의 방향이 문제이다. 『조하르』는 우리가 살고 있는 이 세상이 실제로는 하나의 거대한 전쟁터라고 가르친다. 천사들과 악마가 그 전쟁터를 가득 메우고 있으며 악마의 힘은 계속해서 하나님의 조화를 깨뜨리려는 시도를 하고 있다. 여기에서 『조하르』가 생각하는 인간의 행위란 우리가 하나님을 필요로 하는 만큼 하나님도 우리를 필요로 하시기 때문에 그만큼 가장 긴급하고 중요한 문제이다. "하나님께서는 이 땅 위에 인간을 창조하셨다." 랍비 엘르아살은 이렇게 가르친다. "그리고 인간은 하늘의 영광을 따라 창조되어 천지 사방에서 이러한 영광을 다시 완벽하게 되살린다."

하나님과 세상의 모습을 이렇게 묘사하면서 『조하르』는 하나님에 대해 아무런 설명을 하지 않음으로써 오직 부정적으로만 이해할 수 있다는 개념인 '부정의 방법'이라는 전통에 정면으로 도전을 한다. 일단 우리라는 존재가 이 세상이 하나님의 피조물이라기보다는 하나님을 비추는 거울이라고 믿게 된다면 더 큰 종교적 상상력을 발휘하는 일이 허락되며 심지어 형상과 상징을 통해 이 세상을 표현할 수 있게 된다. 이 세상 자체는 일종의 비유의 백과사전이 되어 그 안에서 우리가 보거나 하는 모든 일들 속에는 하나님과 닮은 신비로운 현상들이 담기게 되는 것이다. 또한 이런 모습은 『조하르』 특유의 복잡하고 혼란스러우며 창의적 분위기를 만들어내는 상징들이 순수하게 확산이 되는 모습이기도 하다. 『조하르』의 모든 것들은 또 다른 모든 것들과 연결되어 있다. 히브리 문자에서 모음을 나타내는 점, 심지로부터 일어나는 불꽃, 무지개의 색깔, 그리고 인간 신체의 형태, 성관계, 강과 하천, 껍질과 알맹이가 있는 씨앗, 그리고 심지어 수염의 터럭 하나까지…… 우리에게 하나님의 본성에 대한 은밀한 진실들을 가르쳐주기 위해 존재하는 모든 것들과 연결이 되어 있는 것이다. 그리고 물론 유대교의 기본적인 요소들 역시 이런 내용들에 따라 재해석되어야 한다. 이스라엘의 조상들과 모세, 그리고 계명과 대성전, 안식일과 여러 축제들은 모두 다 하나님과 인간에 대한 심오한 비밀들을 감추고 있다. 궁극적으로는, 우주의 운명을 결정하는 건 다름 아닌 유대 사람들의 행위다.

* * *

모든 일신교는 결국 신이 가지고 있는 무한성이라는 본성을 인간의 유한한 삶과 어떻게 연결시켜야 하느냐는 문제와 맞닥뜨릴 수밖에 없다. 만일 신이 정말 그 자체로 인간의 이해를 완전히 넘어서는 존재라면 우리는 어떻게 그런 신과 관계를 맺는 일을 시작할 수 있을까? 유대교의 하나님과 천지창조 사이에는 절대적인 간극이 있는 것처럼 보이며 그 간극이 어떻게 이어질 수 있는지 이해하기란 여간 어려운 일이 아니다. 이런 문제에 대해 『조하르』를 통해 만개하게 된 유대 신비주의 전승은 대단한 상상력이 가미된 그런 대답을 내놓는다. 『조하르』에 따르면 일단 하나님은 궁극적인 의미에서는 전혀 그 정체를 알 수 없는 그런 존재이다. 이런 하나님의 특성을 '아인 소프(En Sof)', 즉 '끝이 없는' 무한한 존재라고 하는데, 이 아인 소프는 마이모니데스가 말하는 하나님과 유사하며 인간 정신이 표현하거나 이해할 수 있는 능력의 범위를 완벽하게 넘어서는 개념이다. "아인 소프에 대해서는 제대로 알 수 없다." 『조하르』는 이렇게 설명하고 있다. "그리고 아인 소프에는 끝도 없고 시작도 없다. …… 종말과 의지와 빛과 섬광도 없다. 모든 종류의 빛은 스스로의 존재를 위해 아인 소프에 의존하지만, 인식할 수 있는 그런 위치에 있지 않다."

『조하르』는 또한 아인 소프와 대양(大洋)을 비교하기도 한다. "바닷물은 손으로 움켜쥘 수 없거니와 일정한 형태를 지니고 있지 않다." 그렇지만 그런 바다도 육지에 의해 그 범위와 한계가 구분되는 정도의 형태는 취할 수 있다. 이 지구는 바닷물이 담길 수 있는 공간을 제공함으로써 바다를 정의한다. "바닷물이 담겨 있는 그릇, 그러니까 지구 위에 펼쳐지면 일종의 형상이 만들어지고 그러면 비로소 우리는 그 크기를 가늠할 수 있게 된다."『조하르』는 이렇게 설명한다. 그렇지만 우리로 하여금 하나님에 대해 생각할 수 있도록 해주는 그릇이나 용기는 무엇일까? 이 세상에 무한한 존재를 담을 수 있는 그런 것이 과연 존재할 수 있을까?

『조하르』가 제공하는 해답은 하나님은 '세피로트(sefirot)' 안에 담겨 있다는 것이다. 이 '세피로트'라는 단어는 '세피라'의 복수형이며 제대로 번역하기가 쉽지 않다. 그 본래의 히브리어 뜻은 '계산하다'이며 카발라에서 열 개의 단계나 특성, 혹은 하나님이 스스로 밝히는 자신의 측면들을 셈하고 확인하는 데 사용되는 방식이다. 세피로트는 하나님이 아인 소프라는 알 수 없음의 상태에서 이 세상에서 우리가 깨닫고 경배할 수 있는 그런 상태로 바뀌어가는 순차적인 단계로 볼 수 있으며 『조하르』가 그리는 모습 속에서는 둥근 구체의 모습으로 하나님의 존재를 감싸거나 혹은 담고 있어 우리는 그 모습을 눈으로 확인할 수 있다.

각각의 세피라에는 히브리어로 된 이름이 있어 성스러운 과정에서의 그 역할을 알려준다. 위에서부터 아래로 순서대로 보자면, '케테르(Keter, 왕관)' '코크마(Hokhmah, 지혜)' '비나(Binah, 이해)' '케세드(Hesed, 자애)' '딘/게부라(Din/Gevurah, 판결/힘)' '티파레트(Tiferet, 미)' '네트아크(Netsach, 인내)' '호드(Hod, 영광)' '이에소드(Yesod, 기반)' '말쿠트(Malkhut, 왕국)'의 순서로 정리가 된다. 그렇지만 이린 이름들은 완전히 확정되었거나 정확한 것은 아니며 일부 세피라는 또 다른 이름으로 알려져 있기도 하다. 또한 『조하르』 안에서 '세피라'라는 말은 실제로는 거의 등장하지 않으며 보통은 비유적으로 '힘' 혹은 '단계' 또는 '측면'이라는 말로 대체된다. 그리고 세피라의 이름들 역시 종종 각기 다르게, 비유적 혹은 암시적인 말로 대체되기도 한다. 다음에 소개하는 그림은 '세피로트의 나무'라고도 하는 전통적인 그림으로 세피라 사이의 관계를 이해하는데 도움을 준다.

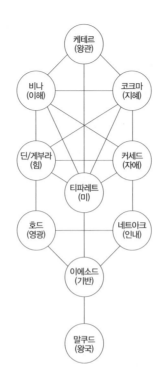

케테르
(왕관)

비나
(이해)

코크마
(지혜)

딘/게부라
(힘)

커세드
(자애)

티파레트
(미)

호드
(영광)

네트아크
(인내)

이에소드
(기반)

말쿠드
(왕국)

* * *

　이 복잡한 힘의 관계에는 특별히 중요한 부분들이 있다. 그림의
제일 꼭대기에는 천지창조의 문제에 대한 『조하르』의 해답, 즉 무
한한 존재가 어떻게 유한한 존재가 되었는가에 대한 이유를 찾아낼
수 있는데, 그 해답이란 그러한 과정이 한꺼번에 일어난 것이 아니

라 일련의 신성한 연쇄반응을 거쳐 각각의 단계가 인식이 가능한 현실로 더 가깝게 이동한다는 것이다. 아인 소프로서의 하나님은 세피로트의 범위를 벗어나는데, 왜냐하면 어떤 것도 그것에 대해 정확하게 말할 수 없기 때문이다. 그렇지만 첫 번째 세피라인 케테르는 천지창조를 향한 추진력으로서 제일 먼저 스스로를 드러내는 신성한 의지를 나타내며 거의 아인 소프와 마찬가지로 말로 표현할 수 없는 그런 개념이다. 그렇지만 동시에 케테르는 우리의 세상으로 연결되는 발산의 과정을 시작하며 『조하르』는 이러한 시작을 시적인 열정으로 표현하고 있다.

"태초에 왕께서 천상의 순수함에 인장을 새겨 넣으셨다. 암흑의 불꽃이 저 깊은 봉인 속 봉인에서 솟아올랐으니, 아인 소프의 신비, 물질 속의 안개, 반지의 깊은 곳에서 솟아오른 저 불꽃은 흰색도 아니요 검은색도 아니요 그렇다고 붉은색도 노란색도 아니니 그 어떤 색도 없었더라…… 그 불꽃의 안쪽, 저 가장 깊은 부분, 색이 칠해진 곳 저 아래로 아인 소프의 신비가 봉인되고 또 봉인되어 있더라. 그곳까지 뚫고 갈 수도 또 가지 못할 수도 있으니 지금까지 전혀 알려지지 않은 곳이더라. 그러다 결국 뚫고 가보니 신성한 한 지점이 역시 봉인된 채 빛나고 있더라. 그다음부터는 아무것도 알려진 바가 없으니 이것이

'시작'으로 제일 처음 나온 말이더라."

이것은 모순이 점철된 신비스러운 내용으로 잡히지 않는 것을 잡으려는 시도 속에서 불가능한 일이 결국 상쇄되어버리는 그런 모습이다. 물질적인 형태 속에서 무한한 존재가 그 모습을 드러내는 것을 색이 없는 암흑의 불꽃으로 묘사했으며 이 불꽃은 뚫고 들어갈 수도 있지만 또 들어가지 못할 수도 있다. 그리고 여기서 뚫고 들어가 도달하려는 '신성한 지점'이란 두 번째 세피라인 코크마, 즉 신성한 지혜다. 그다음 펼쳐지는 것은 비나로 우주의 흐름으로부터 나오는 이 비나는 코크마에 의해 영양을 제공받는 자궁을 상징하기도 한다. 그렇게 해서 천지창조가 시작되는 것이다. 만일 『조하르』가 여기에서 묘사하는 과정을 머릿속에서 그려보기가 힘들거나 또 각 세피라 사이의 구분이 모호하다면 그건 마이모니데스가 말했던 대로 설명할 수 없는 것을 설명하려는 시도 그 자체 때문이다. 바로 궁극적으로 완전히 다른 하나님의 모습과 우리 인간이 이해할 수 있는 실체 사이의 변화를 설명하려 하기 때문에 그런 것이다. 한편 『조하르』가 이야기하는 지점이며 불꽃이 현대 과학에서 천지창조에 대한 비유로 가장 자주 드는 예인 빅뱅(Big bang)을 연상시키는 것은 어쩌면 너무나 당연한 일일지도 모른다. 어쨌든 이런 과정을 이해하려는 노력 속에서 『조하르』는 형태가 없는 존재에 형태를 부여하기 위해 수많은 숫자와 형상들을 결합하며 종종 기이하고 신기함이 가득한 복잡한 내용이 되곤 한다.

"가르침을 받은 바, 코크마가 그 길을 따라 퍼져나가 바다에 바람을 불어넣자 물이 한곳에 모였고 비나의 쉰 개의 문이 열렸다. 이 길에서 열 개의 왕관이 빛나는 광선과 함께 쏟아져 나왔고 스물두 개의 길이 남았다. 바람이 이 길 위로 불어닥치자 비나의 쉰 개의 문이 열렸고 스물두 개의 글자가 희년(禧年)을 기념하는 쉰 개의 문에 새겨졌다. 그리고 신성한 이름을 뜻하는 일흔두 개의 글자가 새겨진 왕관이 주어졌다."

그렇지만 이런 모든 은밀하고 비밀스러운 형상에도 불구하고 세피로트의 나무의 제일 꼭대기에 있는 처음에는 코크마로, 그리고 비나로 펼쳐져 이어지는 케테르는 본질적으로 인간 지식의 영역을 넘어서는 존재이다. 케테르는 그다음 단계의 세피라이자 세피로트의 나무의 중심에 위치하고 있는 여섯 번째 티파레트와 함께 우리가 도달하게 되는 것은 우리 인간과 관계를 가질 수 있는 하나님의 또 다른 모습으로, 바로 우리가 기도를 올리는 『구약 성경』의 하나님이다. 티파레트의 또 다른 이름은 '축복의 성스러운 존재'라고도 한다. 그리고 여기에서 두 번째 충돌이 시작된다. 위에서 아래로 내려오는 방식의 천지창조는 오른쪽에서 왼쪽으로 마주보고 있는 하나님의 자애로운 사랑인 케세드와 하나님이 내리는 판결의 힘인 게부라 사이를 가로질러 가게 된다.

게부라 혹은 딘은 인류를 냉혹하게 다루며 율법을 제정하고 악행을 징치하는 하나님의 얼굴이며 하나님의 순수하고 자애로운 사랑과는 반대되는 개념이다. 이 두 가지 힘은 이 세상을 다스리기 위해 모두 존재해야 하는 것으로 따라서 게부라와 케세드는 티파레트 안에서 균형을 찾아야 하는데, 이 티파레트는 또 '라하밈(Rachamim)', 즉, 자비나 긍휼(矜恤)이라고도 불린다. 『조하르』에는 『구약 성경』과의 유사한 내용들이 매우 많은데 예컨대 케세드는 하나님이 처음 사랑한 인간인 아브라함이며 게부라는 자신이 제단 위에 바쳐짐으로써 처음으로 하나님에게 두려움을 느꼈던 이삭으로 볼 수 있으며 반면에 티파레트는 야곱이라는 완벽한 인간이며 반대의 존재들을 다 초월해서 합쳐진 그런 존재이다.

그리고 여기에서 우리는 세피로트의 나무 혹은 세피로트 체계 안에서 최초의 파열(破裂)과 마주하게 된다. 하나님의 왼손과 왼편으로 묘사되는 판결은 항상 자비나 긍휼의 인도하에 머무르는 것은 아니다. 스스로를 끔찍하고 통제되지 않는 폭력적인 힘으로 나타내기 위해 속박에서 잠시 벗어나기를 갈망하는 것이다. 이런 일이 벌어지게 되면 판결은 『조하르』가 말하는 '또 다른 측면', 즉 이 세상의 악의 힘이 되어 이를 통해 악마와 악한 정령들이 자신들의 권세를 얻게 된다. 이렇게 해서 『조하르』는 선하신 하나님께서 어떻게 이 세상에 악의 존재를 허락하시는지에 대한 설명이라 할 수 있는 자체적인 신정론을 제시한다. 이런 관점에서 보면 악은 하나님의 속성 중 하나가 제멋대로 움직일 때 발생하는 것이며 그 자체로의 실체나 힘이 아니라 하나님의 힘 사이에서 생기는 내부적인 불균형의 산물이다. 『조하르』는 이렇게 이야기한다. "하나가 다른 하나에서 나오듯 선함으로부터 악이 나오고 자비로움에서 판결이 나왔다. 그리고 그 하나는 다른 하나 안에 완전히 담겨 있다."

『조하르』 전체를 통해 풍부하게 발휘되는 비유적인 상상력은 특별히 '다른 측면'을 묘사하는 신화와 형상을 창조할 때 더 큰 힘을 낸다. 현대를 살아가는 대부분의 유대인들은 아마도 유대교는 지옥이나 악마의 존재를 믿지 않는다고 대답할 것이다. 이러한 신비적 존재들은 일신교에서는 찾아볼 수 없는 개념들이기 때문이다. 그렇지만 수 세기에 걸쳐 유대인들의 종교적 삶을 형성하는 데 기여해 온 『조하르』는 분명히 이러한 전통적인 관점을 따르지 않는다. 『조하르』는 악을 다스리는 남성과 여성 군주라고 할 수 있는 사마엘(Samael)과 릴리스(Lilith)의 존재에 대해 분명하게 이야기하고 있으며, 이 둘은 인간의 영혼을 삼키며 이 세상을 활보하고 있다. 특히 릴리스는 자신의 매력으로 남자들을 유혹해 죄에 빠지게 만든다. "인류를 유혹한 릴리스의 모습을 살펴보자. 그녀의 머리카락은 길고 백합처럼 붉다. 그녀의 얼굴은 흰색과 분홍색이 섞여 있으며 그녀의 귀에는 여섯 개의 장식이 매달려 있다. 그녀의 침대보는 이집트에서 가져온 아마포로 만들었으며 동방에서 온 보석 목걸이로 그녀의 목을 장식하고 있다." 그렇지만 남자가 릴리스에게 빠져 그녀와 자고 나면 릴리스는 자신의 본색을 드러내 "무시무시한 전사로서 불타는 옷을 입고 그 남자 앞에서 끔찍한 환상으로 육신과 영혼 모두를 겁에 질리게 만들며 눈동자에는 두려움이 가득 차게 만든다. 날카로운 칼 한 자루를 남자의 손에 쥐어주는데 거기에서는 독약이 방울방울 떨어진다."

카발라에서 그리는 이 세상의 악의 힘 중에서 그 극적인 모습은 덜하지만 여전히 중요한 것이 '켈리포트(kelipot)'즉, '외피' 혹은 '껍데기'이다. 이 껍데기는 우주의 신성한 정수를 감싸고 감추고 있는 일종의 방해물이며 '다른 측면'의 힘과 동의어라고 할 수 있다. 때때로 『조하르』는 그런 외피나 껍데기를 마치 판결의 힘처럼 하나님의 섭리 안에 꼭 필요한 존재로 묘사하기도 한다. "축복받은 존재인 하나님에게는 이 세상의 모든 것들을 창조하시고 세상이 제대로 돌아가도록 명령하시기 위해 그런 외피가 꼭 필요하다. 이 세상 만물은 내부의 핵심, 혹은 정수와 그 바깥쪽을 겹겹이 둘러싸고 있는 껍데기들로 이루어져 있다. …… 이 세상 모든 만물이 바로 그런 모습으로 이루어져 있으며 이 세상에 살고 있는 필멸의 인간도 그런 형상으로 되어 있다. 속과 겉, 그리고 정신과 육신 같은 이러한 모든 것들은 질서 있게 움직이는 세상을 위해 꼭 필요하다." 그렇지만 만일 그러한 껍데기들이 성스러움을 보호하고 있다면 동시에 일종의 방해물이 되어서 우리의 접근을 가로막고 있는 것이 아닐까. 『조하르』에서는 이런 외피나 껍데기를 선지자 에스겔이 환상 속에서 본 네 가지 끔찍한 권능 중 하나로 설명하고 있기도 하다. "내가 보니 북방에서부터 폭풍과 큰 구름이 오는데 그 속에서 불이 번쩍번쩍하여 빛이 그 사면에 비춰며."

『조하르』에서 묘사하는 우주는 악이 끊임없이 탈출하겠다고 위협하며 인류의 도덕적 삶이 극적인 악마의 힘과 마주하게 되는 그런 곳이다. 그리고 이러한 이원론은 성스러움과 불경스러움, 허락된 것과 금지된 것 사이의 구분에 대해 깊이 관여하고 있는 유대의 의식과 율법, 그리고 교육과 복잡한 방식으로 연결이 되어 있다. 예를 들어 이스라엘의 땅은 예후다 할레비도 인정했던 방식에 따라 형이 상학적으로 지구상의 나머지 땅들과 구분되어 있는데, 악마의 힘이 지구의 대부분을 지배하고 있는 껍데기의 법칙에서 제외되기 때문이다.

"성스러운 땅의 모든 것들은 다른 방식에 따라 움직이고 있다." 『조하르』의 설명이다. "왜냐하면 그 땅에서는 단단한 껍데기가 깨져 있고 어떠한 주권도 행사할 수 없기 때문이다." 심지어 유대인들이 살던 곳에서 추방을 당한 후에도 여전히 껍데기는 성스러운 땅을 통제할 수 없는데, 왜냐하면 하나님께서 그 위를 "신성한 덮개, 얇은 막으로 덮어 그 땅을 보호하고 계시기 때문이며 따라서 단단한 껍데기가 영향력을 발휘할 수 없다." 『조하르』에 따르면 이 '얇은 막'은 두 가지 기능을 하는데, 그 하나는 대성전이 서 있을 때 그랬던 것처럼 이스라엘의 땅에 쏟아지는 공격을 막아내는 신성한 영향력을 발휘하지만 동시에 이 땅에서 죽은 유대인들의 영혼이 그대로 통과해 하늘나라로 갈 수 있는 통과가 가능한 막이다. 따라서 성스러운 땅에서 죽는 일은 그대로 하나님께로 이어지는 길이며 성스러운 땅이 아닌 아직 단단한 껍데기가 지배를 하고 있는 다른 곳에서 죽은 유대인들은 자신들의 영혼이 "이리저리 떠돌아다니며 방황하는 것"을 보는 형벌을 받은 사람들이다.

일주일 중에서 안식일과 다른 날들 사이의 구별에도 역시 똑같이 형이상학적인 의미가 담겨 있다. 평일은 엄격한 판결의 힘인 게부라가 지배하지만 안식일에는 "모든 판단은 중단되며 즐거움과 기쁨만이 사방에 넘친다." 삼시세끼 풍성한 식사로 안식을 축하하는 것은 일주일의 길고 고단한 노동을 마친 대가 이상의 신성한 계율에 따른 것이며 이런 계율의 준수를 태만히 하는 것은 하나님께 직접적인 상처가 된다. "이 세끼의 식사를 통해 이스라엘은 하나님의 아들로 인정을 받는다. …… 만일 누군가 한 끼라도 거르게 된다면 그는 하늘에서 보시기에 문제를 일으키는 것이다." 이러한 축제는 또한 안식일에 속한 모든 유대인들과 함께 다른 영혼들에게도 양분을 제공하기 위한 방편이다. "이런 새로운 영혼들 덕분에 그들은 모든 고통과 분노를 잊고 하늘에서나 땅에서나 기쁨만 누리게 된다."『조하르』가 안식일을 유일하게『토라』전체와 같은 가치가 있다고 인정한 것도 바로 이런 이유 때문이다.

* * *

오른쪽과 왼쪽 사이, 성스러움과 '또 다른 측면', 그리고 사랑과 판결 사이의 대립은 우리가 살고 있는 세상의 대표적인 갈등 중 하나이다. 세피로트의 나무가 보여주고 있는 또 다른 갈등은 가장 중요한 하나님의 특징이라고 할 수 있는 티파레트와 가장 낮은 자리에 있는 세피라인 말쿠트 사이에 존재한다. 이 두 세피라는 세피로트의 나무 중심축을 따라 나란히 정렬하고 있으며 그 사이에 있는 이에소드로 연결이 되어 있다. 신성한 영역이 적절하게 조화를 이루게 되면 하나님의 영향력은 이러한 연결 관계를 통해 따라 내려와 말쿠트에 이르게 되며 그러면 말쿠트는 우리가 살고 있는 세상에 신성한 축복을 전해주게 된다. 이러한 측면에서 말쿠트는 '쉐키나(Shekhinah)'로도 알려져 있는데, 쉐키나는 성스러운 임재(臨在)로 이스라엘 민족들 사이에 거하며 역사를 통해 흘러가는 그들의 여정을 보호해준다. 쉐키나의 또 다른 이름은 '이스라엘의 회합'이며 세피로트의 나무 전체와 우리가 살고 있는 이 세상 사이의 핵심적인 중재자이다. 그런데 좀 더 정확하게 말하자면 『조하르』는 세피로트의 나무와 우리의 세상 사이에 천사와 다른 초자연적인 존재들로 채워진 실재하는 여러 개의 층을 가정하고 있는 것이다.

『조하르』는 하나님의 영향력이 세피로트의 나무를 통해 내려오는 것에 대한 수많은 비유를 제공하고 있다. 때로는 쏟아지는 비로, 때로는 음식의 나눔으로, 그리고 또 때로는 정원에 물을 대주는 강으로 비유하기도 하는 것이다. "거대한 강을 채워주는 샘이나 물의 근원처럼, 그리고 그 강으로부터 천지 사방으로 물이 흘러넘치듯……
하나님의 영향력은 순수한 은혜와 향기가 넘치는 성스러운 하늘의
강이다." 첫 번째 세피라인 케테르를 '고대의 성스러운 존재'의 우두
머리로 나타내는 한 가지 중요한 비유는 턱수염에서 신성한 기름을
흘리고 있는 백발의 노인이다. "기름이 왕의 머리에서 흘러 신성하
고 아름다운 턱수염에 이르고 다시 그곳에서 왕이 입고 있는 모든
화려한 옷을 적신다." 또 다른 부분에서 『조하르』는 티파레트와 말
쿠트 사이의 관계를 상징하는 자연의 세계를 유심히 관찰하다 촛불
의 불꽃 안에서 그 모습을 찾아낸다. "타오르는 불꽃 안에는 두 가지
빛이 있다. 하나는 빛나는 백색의 빛이며 다른 하나는 검은색 혹은
파란색의 빛이다. 백색의 빛은 위에 있어 곧바로 하늘 쪽으로 치솟
으며 그 아래 검은색 혹은 파란색의 빛이 있는데 백색의 빛을 받쳐
주는 모습이라 할 수 있으며 백색의 빛은 그 안에서 휴식을 취한다."
이러한 비유에서 백색의 빛은 티파레트를 나타내며 그 티파레트가
쉬는 검은색 빛은 말쿠트를 뜻한다.

그렇지만 그중에서도 가장 중요한 비유는 예상치 못한 부분을 가
리키고 있는데 그것은 바로 성관계다. 하나님 안에서 남성적 원칙
을 상징하는 티파레트와 여성적 원칙의 말쿠트가 합쳐지는 것은 이
에소드에 의해 이루어지며 이에소드는 티파레트에서 비롯된 일종의

생식기라고 볼 수 있다. 실제로 우리가 전통적 그림에서 볼 수 있는 윗부분의 아홉 개의 세피라는 인간의 신체를 그린 것으로 생각되는 데, 제일 위쪽의 세 개의 세피라는 인간의 머리이며 게부라와 케세드는 왼팔과 오른팔, 그리고 이에소드가 바로 인간의 생식기다. 또한 세피로트의 나무 전체는 카발라에서 이야기하는 태초의 인간 '아담 카드몬'을 나타내며 따라서 인류는 말 그대로 하나님의 형상을 따라 창조되었다고 말할 수 있는 것이다. 그리고 여기에서 다시 한 번 『조하르』와 마이모니데스 사이의 차이점이 분명하게 드러나는데, 유대 신비주의자들은 인간과 그 창조주의 외형적인 유사함을 주장하지만 『당혹자에 대한 지침』은 그에 못지않게 그런 주장을 부인하는 것이다.

세피로트의 나무를 이런 식으로 바라봄에 따라 티파레트에서 말쿠트로 신성한 정수가 흘러가는 방식은 정액이 남성에게서 여성의 자궁으로 흘러들어가는 방식과 같다고 볼 수 있다. 이러한 신비주의의 성적 비유는 『조하르』 어디에서나 찾아볼 수 있으며, 쉐키나를 여성 하나님 혹은 신성한 원리로 격상시키는 개념과도 관계가 있다. 어떤 학자들은 이렇게 유대교에 여성적인 신성을 부여한 것은 프랑스 프로방스(Provins) 지방의 유대인들과 에스파냐의 기독교도들이 사방에서 마주했던 동정녀 마리아에 대한 숭배의 영향을 받았기 때문으로 추정하고 있다. 숄렘이 볼 때 카발라가 유대인들 사이에서 엄청난 대중적 인기를 얻게 된 것은 바로 이런 신성의 여성화 덕분이었다. "이러한 개념의 도입은 유대교 신비주의의 가장 중요하면서도 지금까지 이어지는 혁신 중 하나였다. 하나님에 대한 절대적인 통일성의 개념과 신성의 여성화를 합치는 일에 분명히 어려움이 따르지만 결국 사람들의 인정을 받았고 또 그 어떤 신비주의의 요소들보다도 더 큰 대중적인 인기를 누리게 되었다는 사실은 깊숙이 자리하고 있는 종교적 필요성을 만족시켜주었다는 증거이기도 하다."

티파레트와 말쿠트가 남성과 여성으로서 하나로 합쳐지고 나면 세피라 구체들도 조화롭게 어울리고 이 세상은 축복을 받게 된다. "남자가 여자에 의해 자극을 받았을 때 그 일을 통해 새롭게 되고 축복을 받기 위해 사방에 서 있는 사람들의 숫자는 얼마나 될까? …… 그런 다음 여자는 마치 거기가 원래 자신의 자리인 듯 수수께끼 중의 수수께끼로 올라서게 되고 여자의 남편으로부터 즐거움을 얻어 모두 다 새롭게 되어 넉넉히 살찌게 된다." 그렇지만 불행히도 인류에게 이런 결합은 지속되지 않는다. 아담이 지식의 나무에서 금단의 열매를 따 먹게 되자 티파레트로부터 쉐키나는 분리가 되었고 성전의 파괴는 이러한 파국을 더욱 부채질했다. 『조하르』에서 쉐키나는 달에 비유되며 태양이라고 할 수 있는 티파레트로부터 빛을 받는다.

그렇지만 달이 이지러지는 과정을 거치는 것처럼 쉐키나 역시 때때로 그 빛의 근원으로부터 관계가 끊어질 때가 있다. "그렇지만 성전이 무너지고 나자 빛은 어둠이 되었고 달은 태양에 의해 더 이상 빛을 받지 못하게 되었다." 그리고 성스러운 배우자들이 이런 식으로 갈라서게 되자 지구는 어둠 속에 빠져들게 되었으며 이스라엘 민족은 자신들이 살고 있던 땅에서 추방을 당하게 된다. 그리고 '다른 측면'의 힘이 세상을 지배하게 되었다. 『조하르』에 따르면 우주의 무질서는 하나님의 두 가지 측면 사이의 성적 관계가 이상을 일으킨 것이 직접적인 원인이라고 한다.

"와서 보라. 축복의 하나님께서 이스라엘의 회합, 즉 쉐키나와 함께하실 때 여자와도 함께하시며 그녀는 먼저 하나님을 기쁘게 하고 크나큰 사랑과 욕망과 함께 가까이 다가가니 그녀는 오른편인 케세드에서 온 사랑으로 가득 차게 되며 그 오른편에는 수많은 사람들이 몰려 있더라. 그렇지만 하나님께서 사랑과 욕망으로 먼저 깨어나고 여자는 나중에 깨어나게 되면 하나님이 먼저 흥분한 뒤 그분의 여성적인 측면의 모든 것들이 흥분해 깨어나고 왼편에 있는 게부라도 깨어나며 거기 모여 있던 수많은 사람들과 온 세상의 왼편 역시 흥분해서 깨어나게 된다."

지금까지 살펴본 것처럼 이 세상의 운명은 마치 임의적이고 거의 신화에 가까운 과정의 대상처럼 보이기도 한다. 그리스 신화에서 신들 사이의 불화와 갈등은 인류의 재앙으로 이어졌다. 그렇다면 티파레트와 쉐키나는 서로 갈등하는 부부 사이로 아무런 잘못도 없는 우리가 살고 있는 세상에 피해를 주는 그리스 신화의 제우스와 헤라라고 볼 수 있는 것인가? 『조하르』에 신화적 요소가 강력하게 자리하고 있다는 사실은 의심의 여지가 없으며, 때때로 이런 개념은 다신교의 모습으로까지 이어지기도 하는데, 하나님이 열 개의 세피라로 구성되어 있다는 개념은 하나님의 통일성을 주장하는 전통적인 유대교의 개념과는 조화되기 어려운 것처럼 보인다.

그렇지만 『조하르』는 세피라 전체를 하나로 모아 티파레트와 말쿠트 사이의 사랑을 회복하는 것이 가능하다고 주장한다. 그리고 실제로 이 일이야말로 이 땅 위에 살고 있는 유대 민족의 사명이라는 것이다. 제대로 이해된 유대교의 정체성은 단지 계명과 금지 조항들의 임의적인 결합이 아니라 하나님이 자신과 함께 스스로 조화롭게 되는 기술이다. 『조하르』는 중세 시대에 찾아보기 힘들었던 간결한 철학적 내용들을 유대교에 가미했다. 바로 인간이 하나님을 필요로 하듯이 하나님도 인간을 필요로 한다는 개념이었다. 랍비 엘르아살이 이렇게 물은 적이 있다. 인간은 필연적으로 죽을 수밖에 없다는 사실을 잘 알고 계시는 하나님께서는 왜 우리를 이 세상에 내려 보내셨는가? "하나님께서는 무엇을 원하셨던 것일까?" 그 해답은 오직 인간의 선함만이 성스러운 영향으로 세피로트의 나무를 통해 이 세상에 흘러내려올 수 있도록 해주기 때문이다.

"물통에 담긴 물은 저절로 흘러넘칠 수 없다. 그러면 언제 물이 흘러넘치는가? 이 세상의 영혼이 완벽해졌을 때 물은 연결된 길을 따라 흘러 내려와 위와 아래를 포함해 온 사방을 완벽하게 만들어줄 것이다. 그리고 영혼은 하늘로 승천하고 여성의 욕망은 남성을 일깨우며 물은 아래에서 위로 치솟아 올라 물통은 살아 있는 물의 근원이 될 것이다."

어쩌면 『조하르』에서 반복해서 이야기하고 또 이야기하는 가장 중요한 종교적 가르침은 저 하늘 위의 세상은 그 온갖 비밀스러운 행위와 함께 아래 세상의 모습 그대로이며 또 그 반대도 마찬가지라는 사실이다. "축복의 하나님께서 천지를 창조하셨을 때 하늘나라의 모습을 본떠 땅 위의 세상을 만드셨다. 위와 아래의 모든 것들이 다 똑같이 균형을 이루고 있으며 이것이야말로 하늘과 땅 모두에서 빛나는 그분의 영광이다." 우리는 이미 인간의 형상이 태초의 인간인 아담 카드몬에서 비롯되었으며 강물의 흐름과 촛불의 불꽃은 세 피로트의 관계를, 그리고 인간의 성관계는 신성한 결합을 똑같이 닮았다는 사실을 확인했다. 하나님의 왼편은 여성이며 오른편은 남성이다. 밤은 '다른 측면'의 영역이며 낮은 생명의 영역이다. 『조하르』는 심지어 은하수가 실제로는 '천공을 가로지르는 뱀'이며 우리가 에덴동산에서 '아담을 유혹했던 그 최초의 뱀'을 기억하도록 하늘에 자리하고 있는 것이라고 이야기한다. 『조하르』의 세계는 충분하고도 넘치는 의미들로 가득 차 있으며 우리가 하나님의 진리에 대해 이해할 수 있는 상징들의 방대한 백과사전이다. 실제로 우리가 살고 있는 이 세상은 오직 인간의 깨달음을 위해서 창조된 것이다. "축복의 하나님께서 이 땅 위에 창조하신 모든 것들은 지혜의 신비를 담고 있으며 천상의 지혜를 인간에게 보여주고 있다. 따라서 인간은 모든 피조물들을 통해 지혜의 신비를 배워야 한다."

천지창조 자체가 하나님과 밀접하게 연결되어 있기 때문에 '아래 세상'과 '위의 세상'의 어떤 일이 일어나든지 서로 영향을 줄 수 있는 것이다. "한 사람이 이러한 자극을 아래쪽에 행할 때 그것은 마치 그가 흠잡을 데 없는 완벽함 속에서 성스러운 이름을 만드는 것이나 다름없다. 그가 아래쪽으로 무슨 일을 하든 그대로 위쪽도 자극을 받는다." 『조하르』가 이야기하는 성관계의 신비에 대해 생각을 해보자. 합법적인 성관계에서 남성과 여성의 결합은 우주적인 의무인데, 이런 땅 위에서의 성적 결합이 하나님 안의 성적 결합을 자극하게 되기 때문이다. "예컨대 누구든 성관계와 생식을 거부하면 모든 형상을 포함하고 있는 형상을 망치는 것이며 강물의 흐름을 막고 사방의 성스러운 언약에 해를 끼치는 것이다." 『토라』의 학자들에게는 이 점이 특히 신기했던 것 같다. 『조하르』가 '동료들'이라고 불렀던 신비주의 입문자들은 안식일에 아내와 성관계를 가졌다. 왜냐하면 안식일은 티파레트와 말쿠트가 세피로트의 영역에서 하나가 되는 날이기 때문이다. "이런 이유 때문에 동료들은 오직 사람들이 일을 멈추고 축복의 하나님이 자신의 일을 시작할 때 성관계를 가졌다. 그렇다면 하나님의 일이란 무엇인가? 자신의 짝과 관계를 맺어 성스러운 영혼을 세상에 내어놓는 일이며 따라서 이날 밤 동료들은 창조주의 신성함으로 스스로를 신성하게 만들고 자신들의 마음을 이끌어 훌륭한 자녀들을 만들어낸다."

이러한 관점에서 보면 누군가는 『조하르』야말로 지금까지 만들어진 유대교 문서들 중에서 성문제에 대해 가장 놀랍고도 긍정적인 내용을 담고 있다고 말할지도 모른다. 이것은 분명 성문제를 배설물을 옮기는 것에 비유하고 아무도 모르게 비밀스럽게 처리해야 할 품위 없는 일로 여겼던 마이모니데스의 관점과는 사뭇 다른 것이다. 그렇지만 또 동시에 성문제는 확실히 정말로 중요하기 때문에 『조하르』는 이 일이 올바른 방식으로 이루어져야 한다고 주장한다. "방탕하거나 음란하게 행해서는 안 되며, 또 짐승과 같은 음탕한 의도가 있어서도 안 된다." 다시 말해 경전을 읽는 것은 모두 남자여야만 했던 남성 중심의 시대에도 『조하르』를 읽는 모든 남자들은 자신의 아내와 성관계를 갖는 동안 다른 여자를 생각해서는 안 되었다. "만일 아내와 성관계를 가지려고 할 때 사악한 생각을 가지고 스스로를 더럽힌다면 그리고 자신의 생각과 욕망을 다른 여자를 향하게 하고 자신의 정액을 이런 사악한 생각과 함께 방출한다면 그 남자는 세상 저편의 고귀하고 성스러운 수준을 자신의 정결하지 못한 수준과 바꾸는 것이다." 게다가 남자는 자신의 아내를 성적으로 만족시켜줘야 할 의무가 있다. "남자는 여자와 함께할 때 두 가지 이유에서 기쁨을 안겨주어야 한다. 성관계의 기쁨은 계명 준수의 기쁨이며 계명 준수의 기쁨은 쉐키나의 기쁨이 되기 때문이다."

이러한 원칙들은 부부 사이의 친밀함을 더하기 위한 의도로 만들어진 것이다. 반면에 『조하르』는 허락된 범위를 넘어서는 성관계는 극악무도한 죄악으로 취급하고 있다. "쉐키나와 이 세상을 갈라놓으신 축복의 하나님께서 이 세상에 내려오시는 것을 가로막는 세 가지 행동이 있다." 그리고 이 세 가지 행동은 모두 성문제와 연관이 된다. 그 첫 번째는 생리 중인 여성과 관계를 맺는 것으로 이는 전통적인 유대의 금기 사항이기도 했으며 특히 『조하르』는 이렇게 강조하고 있다. "이 세상에 여자의 월경보다 더 더러운 것은 없다." 두 번째로 더러운 일은 유대인 남자가 이방 여성과 성관계를 맺는 것이다. 할례 의식을 한 남자의 성기는 세피라인 이에소드와 연결되어 있기 때문에 그 자체로 성스러운 지위를 갖고 있으며, 『조하르』는 이를 일컬어 '성스러운 언약' 그리고 '하나님과의 언약'이라고 부른다. 또한 "이방의 영역에…… 들어가는 일이" 절대로 있어서는 안 되었다. 하지만 또 『조하르』가 이런 내용을 굳이 강조한 것에 대해 당시 중세 에스파냐에서 '이방인들과의 복잡한' 관계가 널리 퍼져 있었다는 점과 관련해 의아해하는 사람들도 물론 있을 것이다. 어쨌든 마지막으로 『조하르』가 극단적으로 반대하는 행동은 바로 낙태였다. 출산은 미리 존재하고 있던 영혼을 새롭게 만들어진 육신 안으로 불러들이는 것으로 이해되었기 때문에 『조하르』에서는 낙태를 단지 살인을 넘어서는 하나님께서 손수 만드신 작품을 파괴하는 일로 여겼다. "인간이 축복의 하나님의 작품과 솜씨를 파괴하는 것이다."

그렇지만 성관계는 『조하르』가 관여하는 유대인들의 삶의 영역 중 일부일 뿐이었다. 성관계만큼 중요하게 여겼던 것은 기도이며 『조하르』는 기도를 절박한 형이상학적 목적을 가진 행위로 보았다.

그리고 여기서 다시 한 번 마이모니데스와의 두드러진 차이가 드러나게 된다. 마이모니데스는 기도를 인간의 약함 앞에 던져진 위로에 불과한 것으로 생각을 했으니 카발라를 따르는 신비주의자들은 신성한 구체의 불균형을 바로잡는 도구로 보았다. 이 부분에서 『조하르』는 '카바나(kavanah)'라는 매우 중요한 개념을 소개하고 있는데, 카바나는 기도의 의도 혹은 집중을 의미한다. 유대인들의 기도가 정확한 신비주의적 의도와 함께 암송이 될 때 세피로트의 체계 안에서 회복 혹은 '틱쿤(tikkun)'의 효과를 발휘할 수 있다. 이런 신비주의적 목적은 지금의 '틱쿤 올람(tikkun olam)' 혹은 '세상의 회복'이라는 개념하고는 사뭇 다른 것이며 미국이 유대인들의 사회 정의를 위해 일할 때 주로 쓰는 표현이다.

"축복의 하나님을 송축할 때, 그 사람의 목적은 축복의 하나님의 거룩하신 이름을 위해 생명의 근원으로부터 생명을 끌어내는 것이다. 그리고 하늘의 기름이 이 땅 위에 쏟아지도록 하는 것이다." 『조하르』는 이렇게 설명하며 신성한 영향력에 대한 가장 즐겨하는 비유 중 하나를 사용한다. "이 축복은 사람의 말을 통해 하늘의 근원으로부터 나오는 것이며 그 축복의 모든 근원과 단계는 축복을 받았다." 그렇지만 유대인들이 기도서의 정해진 형식을 무시하며 마음에서 우러나오는 대로 마음대로 기도를 올려야 한다는 의미는 아니며 전통적으로 이어져 내려오는 축복이 신중한 신비주의적 목적과 함께 암송되어야 한다는 뜻이다. 『조하르』에서 보여주는 하나님의 임재에 대한 또 다른 모습은 마치 예배자들로부터 위협을 받아 도망을 치는 한 마리 영양과 같다. "결국 우리는 축복의 하나님을 붙잡고 매달려야 하는 것이다. …… 그래야 단 한 시간이라도 하나님으로부터 버림을 받지 않게 된다." 기도가 하나님을 강제로 붙들어 그분의 은혜를 받는 것이 아니라 단지 예배자들 사이에 머물게 하는 것이 목적이라는 개념은 『조하르』가 유대인 개인에게 허락했던 매개체인 기도에 대한 충격적인 증언이자 고백이었다.

이와 유사한 신비주의적 관점의 설명은 다른 많은 유대의 관습에도 제공이 된다. 우리가 이미 살펴보았던 것처럼 많은 유대인 사상가들은 의미가 모호한 계명에 대해 합리적인 설명을 찾으려는 노력 속에서 종종 당혹감이나 불편함을 토로하기도 했다. 『조하르』는 이런 과정을 뒤집는다. 『조하르』 역시 여러 계명이나 계율에 대한 설명이나 변론을 펼치지만 합리적이나 이성적이지 않은, 신비주의적 관점의 설명들이다. 예를 들어 할례 의식에 대해서 필론이나 마이모니데스는 성적인 욕망을 징치하는 상징적인 목적을 부여했던 반면 『조하르』는 우주를 구할 수 있는 힘을 가진 일종의 공감이 가는 마법으로 설명을 한다. "남자 아이에게서 흘러나오는 피는 축복의 하나님께서 기뻐하시는 것으로, 이 세상에 심판의 날이 다가오면 하나님께서는 그 피를 찾아 세상을 구원하신다. …… 바로 그 피로 인해 이 세상은 사랑으로 정화되고 모든 세상이 구원을 받게 되기 때문이다."

그렇지만 경건한 유대인의 신앙 의식으로 구원을 받는 건 이 세상 뿐만이 아니다. 『조하르』가 그 해답을 찾고 있는 수수께끼 중 하나 인 인간의 영혼 역시 마찬가지이며 『조하르』에 따르면 이 영혼은 의 로움과 기도, 그리고 『토라』의 연구에 의해 구원을 받는다고 한다. 모든 인간은 실제로 세 개의 영혼으로 구성이 되어 있는데, 각각의 영혼에는 각기 다른 히브리어 이름이 있다. 먼저 '네페쉬(nefesh)'는 모 든 살아 있는 생물들이 공통적으로 가지고 있는 생령으로 인간이 태 어날 때 몸 안으로 들어와 죽으면 사라진다. 그렇지만 그 위 단계에 는 최고의 영인 '루아흐(ruach)'와 덕성을 쌓아야만 얻을 수 있는 '네샤 마(neshamah)' 등이 있으며 특히 네샤마는 "누구든지 나의 『토라』를 공 부하고 지키는 자는 나로부터 나의 보좌에서 나온 네샤마를 받아 생 명을 얻을 수 있다"라는 설명이 붙는다. 이러한 원칙에 따라 하나님 의 계명을 지키는 유대인만이 네샤마를 얻을 수 있으며 이렇게 해서 『조하르』는 세상의 관점에서 가장 무력한 민족인 유대인들에게 자 신들의 중요성에 대한 형이상학적인 가치를 부여한 것이다.

분명 『조하르』의 설명에 따르면 모든 개인의 영혼은 우주에서 각자의 역할을 가지고 있다. "모든 인류의 영혼은…… 이 세상에 내려오기 전에 하나님 앞에 이 세상에 나타나게 될 정확한 모습으로 하늘에 새겨져 있다." 하나님의 보좌는 영혼들이 모여 있는 거대한 보고이며 그 안에서 앞으로 태어날 모든 사람들의 영혼은 육신을 얻게 될 때를 기다리고 있다. 영혼 그 자체는 티파레트와 말쿠트의 신성한 관계에 의해 창조되었으며, 말쿠트의 고통스러운 노고의 결과인 쉐키나는 『조하르』에서 기이하고 신화적인 내용으로 묘사가 되고 있다. 『구약 성경』의 「시편」이 그리는 모습에서 영감을 얻은 쉐키나는 한 마리 사슴으로 묘사가 되는데, 이 사슴이 영혼들을 운반할 때가 되면 뱀이 그 생식기를 물게 되고 거기에 공간이 생기며 영혼들이 밖으로 나오게 된다.

『조하르』에 따르면 일단 영혼이 내려와 육신 안으로 들어갈 준비가 되면 하나님 앞에서 맹세를 하며 "『토라』를 공부하고 하나님과 믿음의 신비에 대한 지식을 얻을 것이다. 그리고 누구든 이 세상에 살면서 하나님에 대한 지식을 얻으려 힘쓰지 않는 자는 창조되지 아니함만 못하리라." 하나님에 대한 지식을 얻으라는 이러한 명령이 언제나 유대교의 중심이었다면, 유대 사상의 각기 다른 경향과 그런 사상을 나타내는 책들을 구별해주는 것은 이런 하나님에 대한 지식을 정의하는 방식이다. 『피르케이 아보트』의 랍비들에게 있어 윤리적인 행동과 『토라』 공부는 하나님께로 이르는 길이었다. 요세푸스가 기록했던 유대 반란군들에게는 무장 투쟁이, 그리고 마이모니데스에게는 지적인 숙고가 바로 하나님에 대한 지식이었다. 그런데 『조하르』의 경우는 그 급진적이고 낯선 모습과 절박함이 앞서의 여러 경우들을 훨씬 더 능가하고 있다. 『조하르』는 다른 어떤 유대 책들과 비교할 수 없을 정도로 우주의 매력을 찬양하며 유대인들로 하여금 초자연적인 무대의 중심에 뛰어들게 해 그들 자신의 행위와 의도가 우주의 운명에 영향을 미치도록 만들었다. 에스파냐의 유대인들이 누렸던 찬란했던 문화는 곧 저물고 말았고 결국 그곳에서도 떠날 수밖에 없었지만 자신들이 우주의 중심이라는 확신은 아마도 『조하르』가 남겨준 가장 중요한 가르침이었을 것이다.

참고 문헌

아서 그린(Arthur Green), 『조하르 안내서(A Guide to the Zohar)』, 스탠퍼드 대학교 출판부, 2004.

게르숌 숄렘(Gershom Scholem), 『유대 신비주의의 주요 흐름들(Major Trends in Jewish Mysticism)』, 쇼켄, 1946.

데이비드 골트슈타인(David Goldstein) 옮김, 『조하르의 지혜(The Wisdom of the Zohar)』 전3권, 아이제이아 타쉬비(Isaiah Tishby) 편집, 오리건: 리트먼 유대 문명 도서관(Littman Library of Jewish Civilization), 1989.

해리 스펄링(Harry Sperling)·모리스 사이먼(Maurice Simon) 공역, 『조하르(The Zohar)』 전5권, 손치노 프레스, 1984.

제9장
시온의 딸

•

하멜른의 글뤼켈(Glückel von Hameln)

『체네레네(Tsenerene)』『회상록(Memoirs)』

하멜른의 글뤼켈의 후손이자 번역가였던 베르타
파펜하임(Bertha Pappenheim)이 글뤼켈의 모습을 재현한 초상화

여성은 유대교 관습에서 언제나 그 중심에 있어왔지만 그 목소리나 주장은 유대 문학의 전통에서는 거의 드러나지 않는다. 20세기에 이르기까지 철학을 비롯한 여러 학문적 저술은 절대적으로 남성 지식인들의 영역이었다. 게다가 대부분의 여성들은 히브리어를 읽고 쓰는 법을 배우지 못했기 때문에 심지어 『성경』까지도 읽을 수 있는 기회가 없었다. 동부 유럽의 경우 유대 여성들에게 허락된 책은 『토라』를 이디시어로 다시 풀어 쓴 『체네레네』 정도였는데, 이 책은 유대교의 근간이 되는 이야기들을 담고 있다. 전통적인 주석과 신화, 격언, 여성의 덕목에 대한 교훈 등이 포함된 『체네레네』는 오랜 세월 동안 유대 여성들의 삶에 가장 큰 영향을 미친 책이라고 볼 수 있다. 그리고 그런 여성들 중에 17세기 독일에 살며 크게 사업을 일으키고 가문을 일으켰던 하멜른의 글뤼켈이 있었다. 그녀의 생생한 목소리가 담긴 『회상록』은 원래 자신의 자녀들을 위해 쓴 책이었지만 오늘날 당대의 유대 여성들의 삶이 어떠했는가를 알 수 있는 가장 귀중한 기록으로 남게 되었다.

『조하르』는 하나님 안에 여성과 남성의 모습이 다 들어 있다는 새로운 신학적 개념을 구축했다. 그렇지만 실질적으로 그런 『조하르』를 읽을 수 있는 자격은 다른 유대 전통 문헌들과 마찬가지로 엄격하게 남성들에게만 주어졌다. 실제로 오직 결혼한 40대 이상의 남성들만이 『조하르』가 가르치는 신비주의에 입문할 수 있었는데, 그런 남성들만이 새롭게 알게 된 비밀의 충격으로 인해 이단으로 빠지지 않을 만큼 경건하고 믿을 수 있다고 여겨졌기 때문이었다. 어쨌든 『조하르』를 읽건 전통적인 유대 교육의 핵심 교재라고 할 수 있는 『탈무드』를 공부하건 우선 아람어를 읽고 쓸 줄 알아야 했는데, 이 역시 여성들은 접근할 수 없는 영역이었던 것이다. 심지어 『구약성경』을 이루는 히브리어조차 여성들이 배울 수 있는 과정에서 빠져 있었다. 여성들은 가정의 모든 율법을 지키는 책임을 지고 있었기 때문에 유대교 관습에서 중심적인 위치에 있었는데, 여기서 말하는 가정의 율법에는 안식일을 지키며 정결한 음식을 장만하고 '니다(niddah)', 즉 철저하게 월경 주기에 맞춰 성관계를 갖는 일 등 많은 것들이 포함되어 있었다. 그렇지만 그 대부분이 남성들의 영역과 권리로 정해져 있던 유대교 경전의 공부와 실천에서 여성들은 어떻게 그 안으로 들어갈 수 있었을까?

독일과 동유럽 지역에 살고 있는 유대 여성들에게 그 해답은 바로 이디시어를 공부하는 것이었다. 이디시어는 독일 서부와 프랑스 동부에 최초로 정착했던 유대인 공동체에서 시작된 언어로, 대략 10세기를 전후해서 독일어와 히브리어를 뒤섞어 만들어진 완전히 새롭고 독특한 또 다른 유대인들의 언어이며 문자는 히브리 문자를 그대로 가져다 쓴다. 독일에서 흔하게 사용되었던 유대계 이름인 아스그나스(Ashkenaz)에서 따온 아슈케나짐(Ashkenazi)으로도 불리던 동유럽 거주 유대인들은 이디시어를 주로 사용하게 되었고 이후 이디시어는 1,000년이 넘는 세월 동안 이들의 모국어가 되어주었다. 히브리어는 여전히 유대인들이 신성하게 여기는 언어로 남게 되었으며 남자 아이들만 학교에서 『구약 성경』을 읽기 위해 히브리어를 배웠다. 그리고 또한 국제적인 학술용 용어로 명맥을 이어가게 된다. 그렇지만 이디시어는 누구나 쓸 수 있는 모국어로 유대인들은 남녀를 가리지 않고 모두 다 이디시어를 읽고 쓰는 법을 배웠으며 생계 활동을 비롯한 보통의 일상생활에서 쓰이는 언어였다. 다시 말해 여성은 물론이고 남성까지 히브리어를 읽고 쓸 만큼 제대로 교육을 받지 못했는데 책을 읽고 싶다면 그 책은 이디시어로 되어 있어야 읽는 일이 가능했다는 뜻이다.

16세기에 접어들면서 인쇄기술이 발달하기 시작하자 유대의 책 문화도 경쟁상대라 할 수 있는 기독교 책 문화와 비슷하게 바뀌어 가게 된다. 이디시어 책을 위한 새로운 시장이 열렸고 고객의 대부분은 여성 독자들이었다. 출판업자들은 이런 독자들을 만족시키기 위해 서둘러 많은 책들을 펴냈는데 거기에는 종종 속세의 연애소설 번역본들도 포함되어 있었다. 그렇지만 유대 여성들과 유대교의 전통을 가장 잘 이어준 책은 바로 『체네레네』다. 이 책은 곧 여성들의 필독서로 자리를 잡았고 종종 '여성들을 위한 이디시어 성경'으로 불리기도 했다. 1590년대 처음으로 출간이 되기 시작한 『체네레네』는 곧 200여 차례가 넘게 개정과 증보가 거듭되었고 지금까지도 가장 인기 있는 이디시어 책 중 하나로 남게 되었다. 동유럽 유대인 사회에서 이 책 한 권쯤 없는 가정은 없을 정도였다.

이 책은 제목 자체부터 여성 독자들을 염두에 두었다는 것을 알아차릴 수 있다. '체네레네'는 히브리어 단어인 '체나 우레나'를 이디시어 발음으로 바꿔 부르는 것으로, '와서 보라'라는 뜻이다. 바로「아가」에 나오는 "시온의 여자들아 나와서 솔로몬 왕을 보라"라는 구절을 인용한 것이다. 특히 이 대목을 인용한 것을 통해『체네레네』의 저자로 알려져 있는 폴란드 야노프 출신의 요셉 벤 이삭 아슈케나지가 이 책을 주로 여성 독자들을 대상으로 한 것임을 알려주고 있는데, 어쨌든 1622년판의 서문을 보면 이『체네레네』를 "남성과 여성들이 자신들의 영혼을 위한 안식처를 찾고 간결한 설명으로 살아 계신 하나님의 말씀을 이해할 수 있게 만들어주기 위해" 쓰게 되었다는 대목이 나온다. 히브리어로『구약 성경』을 읽을 수 없었던 유대인들도 쉽고 간결한 이디시어를 통해『체네레네』는 읽을 수 있었으며 수많은 유대 가정의 어린아이들은 엄마가 큰 소리로 읽어주는『체네레네』속 이야기들을 통해『구약 성경』의 이야기들을 처음 접할 수 있었던 것이다.

그렇지만『체네레네』는 단순히『구약 성경』을 풀어서 정리한 책만은 아니었다. 만일 그랬다면 그렇게 선풍적인 인기를 결코 끌지는 못했으리라. 그렇지만 요셉 벤 이삭이 만들어낸 것은『모세 5경』에 대한 자유로운 의역과 해석으로, 책을 읽는 독자들에게 유대인들이 전통적으로 정경을 어떻게 이해했는지를 알려주기 위해 다양한 참고 자료들을 인용했다.『체네레네』는 매주 안식일에 유대교 회당인 시나고그에 가서 큰 소리로 낭독을 할 수 있도록 『토라』를 주별로 나눠놓았으며 거기에 『하프토라(haftorah)』라고도 알려져 있는 『구약 성경』의 다른 이야기들을 곁들여 읽을 수 있게 덧붙여놓았다. 이렇게 하면 독자들은 히브리어를 알지 못하더라도 유대 공동체와 회당에서 『토라』를 읽을 때 그 내용을 따라갈 수 있었다. 『체네레네』는 『토라』의 각 구절마다 주석과 해석을 달아놓았는데 이는 『토라』의 내용에 상상력을 덧붙여 확장한 해설이라고 봐도 무방했다. 또한 또 다른 유대교의 전통 경전인 『탈무드』의 내용도 빠지지 않고 인용하고 있는데 훗날 권위 있는 학자로 이름을 날리게 되는 라시나 나흐만 같은 사람들도 젊은 시절 자신들의 지식을 넓히기 위해 『체네레네』를 공부했었다고 한다. 『체네레네』를 읽을 때 우리들은 그저 야곱 벤 이삭이 개인적으로 생각한 내용들을 듣는 것이 아니라 1,000년 이상의 세월을 거슬러 올라가는 현자들의 축적된 지혜를 배우는 것이다. 이런 모든 내용들을 알기 쉬운 이디시어로 번역한 『체네레네』는 남성과 여성을 가리지 않고 경전의 해석에 대한 새로운 세상을 열어준 것이다. 오늘날 대부분의 유대인들은 『구약 성경』을 읽는 전통적인 유대의 방식을 전혀 알지 못한다. 그렇지만 『체네레네』는 세상에 처음 선을 보인 지 400년이 넘는 세월이 흘렀지만 지금도 『주간 주석(The Weekly Midrash)』이라는 제목을 달고 이상적인 성경 공부의 입문서로서 계속 출간이 될 만큼 계속해서 각광을 받고 있는 것이다.

* * *

『구약 성경』은 도덕적인 교훈들을 모았다기보다는 이야기들이 모인 책이며 가장 위대하고 존경받는 인물이라도 그의 부족한 면을 조명하는 일을 꺼리지 않는다. 아내 사라를 여동생이라고 거짓말을 해 이집트의 파라오가 큰 실수를 저지를 뻔하게 만들었던 아브라함이며 또 형인 에서를 속여 장자의 권리를 빼앗아간 야곱 등은 아무리 좋게 보아도 존경하고 따를만한 위인들로는 보이지 않는다. 이런 약점과 실패들을 소개하며 이스라엘과 유대교의 남녀 위인들이나 조상들을 있는 그대로 솔직하게 드러내고자 하는 이런 의지를 보면 왜 『구약 성경』의 이야기들이 수천 년이 지난 지금까지도 여전히 생생하게 살아 있는 이야기로 전해지고 있는지 잘 알 수 있다.

그렇지만 『체네레네』는 이런 식의 의도와는 전혀 상관이 없으며 일종의 교훈을 주기 위한 책으로 그 목적은 『구약 성경』의 이야기들 속에서 도덕적인 교훈으로 쓸만한 이야기들을 추려내는 것이다. 실제로 이 책은 『피르케이 아보트』와 비슷하게 선한 사람과 올바른 유대인이 되는 명확한 기준을 제시하며 윤리적인 세계관을 발전시켜 나간다. 그렇지만 『피르케이 아보트』가 랍비와 『토라』의 학자들을 대상으로 하여 이상적인 유대식 생활 방식의 모범으로 『토라』 공부를 강조하는 것과는 달리, 『체네레네』가 보여주는 실천적 윤리는 더 많은 보통 사람들을 대상으로 하고 있다. 따라서 『체네레네』가 소개하는 『구약 성경』은 남편과 아내, 아버지와 어머니, 바깥일을 하는 가장과 주부 모두에게 유용하게 적용될 수 있는 교훈과 격언들이 모여 있는 책이며 『구약 성경』의 인물들과 일반적인 유대인 독자들의 필요성을 때로는 교묘하게 보일 정도로 연결해주고 있다.

또한 애초에 의도했던 독자들과 잘 어울리도록 이 『체네레네』는 특별히 『구약 성경』 속 여성 인물들을 여성적인 덕성의 모범으로 소개하는 일에 주목한다. 예컨대 이브나 미리암 같은 여성 조상이나 중요 인물들의 삶은 유대 전통이 여성들에게 요구하고 가르치고 싶어 하는 자질이나 특성들을 잘 보여주고 있다. 바로 신앙적인 경건함과 자애로움, 그리고 겸손과 순종 같은 자질이다. 그렇지만 동시에 『체네레네』는 『구약 성경』이 이런 여성 인물들을 종종 엄격한 잣대로 판단하고 있음을 인정하고 있으며 어쨌든 우리는 이런 여성들의 덕성뿐만 아니라 그들의 실패와 잘못으로부터도 교훈을 배울 수 있을 것이다. 하지만 이러한 모습은 『체네레네』가 이야기를 풀어나가는데 어려움을 줄 수도 있는데, 『구약 성경』에서 여성들을 멸시의 눈으로 바라보고 있는 여러 장면들을 그대로 인정을 한다면 어떻게 여성에 대한, 그리고 여성을 위한 내용을 『구약 성경』을 바탕으로 써서 전달할 수 있을까?

이런 곤란한 상황은 사실 아담과 이브의 이야기가 나오는 「창세기」의 시작 부분부터 극명하게 드러난다. 하나님은 아담을 잠들게 한 후 그의 갈비뼈 하나를 취해 여자를 만들었고 그 여자의 이름이 바로 이브다. 이런 이야기가 남성과 여성 사이의 적절한 관계에 대해 가르쳐줄 수 있다고 생각하는가? 우리는 이 내용이 남성 우월적이며 여성을 종속적인 관계, 심지어 노예와 같은 위치로 보고 있는 것이 아닌가 생각할 수도 있다. 그렇지만 『체네레네』는 조금 다른 시각으로 이 이야기를 바라본다. 이브의 창조로부터 배울 수 있는 첫 번째 도덕적 교훈은 남편과의 *끈끈한* 관계다. "하나님께서 아담을 잠들게 하신 건 남성은 그의 아내와 계속해서 다툼을 벌여서는 안 된다는 사실을 가르쳐주는 것이다. 만일 아내가 뭔가 자신을 불쾌하게 만들고 있다고 느껴지면 남편은 '자는 척' 하며 그런 일들을 못 본 것처럼 행동하여야 한다." 잠을 자고 있는 아담은 아내의 행동을 너무 자세하게 감시하지 않고 또 언제 눈을 감고 있어야 하는지를 알고 있는 이상적인 남편이라고 볼 수 있다.

『체네레네』는 여자의 창조에 대한 하나님의 합리적인 근거 즉, 남자의 돕는 배필이 되라는 뜻을 매우 중요하게 여긴다. 그렇지만 여기에서도 또 아내를 단순히 남편의 조력자로 격하시키는 설명이 되지 않도록 경전의 내용을 적절하게 해석하려 한다. 아내는 남편의 단순한 조력자라기보다는 남편의 성격과 더 나아가서 그의 운명을 결정할 수 있는 도덕적인 특성을 지니고 있다는 것이다. 여성은 자신이 속한 가정이 나아갈 도적적인 방향을 설정하며 『체네레네』는 책 전반에 걸쳐 그렇듯 역시 우화나 비유를 들어 이 점을 설명하려고 한다. "아주 훌륭한 여성을 아내로 둔 올바르고 정직한 한 남자가 있었다. 두 사람 사이에는 자녀가 생기지 않았기 때문에 결국 이혼을 했는데, 그 후 여자는 악한 남자와 결혼을 해 그 남자를 정직한 사람으로 바꾸어놓았다. 그리고 남자는 악한 여자와 결혼해 똑같이 악한 사람이 되고 말았다."

이 이야기를 도덕적인 관점에서 보자면 남자는 재료고 여자는 그 재료를 좋게도 혹은 나쁘게도 다듬어낼 수 있는 힘을 가지고 있다고 이해된다. 다시 말해 남자는 여자보다 결혼이 더 필요하다는 것이다. "남자는 아내를 찾지만 여자는 남편을 찾지 않는다." 『체네레네』는 이렇게 이어서 이야기하고 있는데, 남자가 더 적극적이고 여자는 수동적이거나 소극적이고 또 여자는 어떤 대가를 치르더라도 순결을 지켜야 한다는 그런 뜻이 아니라 그보다는 오히려 여성이 남성보다 스스로의 일을 혼자서 더 잘 꾸려나갈 수 있다는 의미로 해석이 된다. "여자는 남자로부터 떨어져 나간 존재이기 때문에 남자는 여자를 찾게 되어 있다. 그렇지만 여자는 아무것도 잃어버린 게 없고 따라서 뭔가를 찾을 필요도 없다." 아담과 이브의 창조 과정을 보면 이와 유사한 교훈을 찾아낼 수 있는데, 잘 알려진 것처럼 아담은 대지의 흙으로 창조되었고 이브는 그런 아담의 갈비뼈로 만들어졌다. "여자는 뼈로 만들어졌기 때문에 본질적으로 강할 수밖에 없으며 남자는 흙으로 만들어졌기 때문에 약하고 쉽게 무너질 수밖에 없다." 마찬가지로 "여자는 뼈로 만들어졌기 때문에 달콤한 목소리를 갖고 있다. 뼈로 다른 뼈를 내려치면 영롱한 소리가 울려 퍼지는 것과 같은 이치다. 그렇지만 땅을 내려친들 아무런 소리도 만들어내지 못한다."

이브와 뱀의 이야기에 이르면 『체네레네』는 더 큰 난관과 맞닥뜨리게 된다. 실제로 여자를 얕잡아보는 유대의 전통도 바로 여기에서부터 시작이 되는데, 에덴동산의 이야기는 마치 이 세상에 죄악과 죽음을 불러온 책임을 모두 여자에게 묻고 있는 듯하다. 그렇다면 「창세기」 본문에 계속해서 충실하면서도 어떻게 여성의 명예를 다시 회복할 수 있을까? 선악을 알게 하는 나무의 열매를 따 먹지 말라는 하나님의 단순한 명령도 지키지 못한 이브에 대해 우리는 어떤 설명을 찾아낼 수 있을까? 사실 『체네레네』는 이에 대해 여러 가지 설명을 제시하고 있다. "자신의 관점에서 보면 여자는 거짓말을 한 것이 아니다. 그저 잘못 이해를 했을 뿐이다." 어쩌면 이브는 먹어서는 안 되는 열매란 하나님이 말씀하신 대로 '동산 한가운데' 있는 나무의 가지에 매달린 열매라고 생각을 했다. 그렇지만 땅에 떨어져 있는 열매는 그 명령에 해당이 안 된다고 생각을 했을지도 모른다. 또 어쩌면 이브는 하나님께서 그 열매를 건드리는 것조차 금지했다고 잘못 생각을 하지 않았을까. 그런데 그 열매를 손으로 건드려도 아무런 일도 일어나지 않았고 따라서 이브는 하나님의 명령이 그저 공갈 협박이라고 생각을 했던 것 같다.

여전히 『체네레네』는 이브가 죄를 지었다는 사실에 대해서는 반박을 하지 못하고 있다. 그렇지만 아담도 함께 열매를 먹은 상황에서 이브만 더 비난을 받아야 할까? 『구약 성경』의 이야기는 남자에게 열매를 먹으라고 준 것 때문에 이브의 죄가 더 크다고 말하고 있다. "하나님께서는 아담에게 왜 그 열매를 먹었느냐고 묻자 아담은 자신의 아내인 이브가 먹으라고 주었기 때문이라고 대답했다." 『체네레네』는 여기에 서둘러 이런 설명을 더한다. "무슨 이런 대답이 다 있는가? 아내가 열매를 먹으라고 주었기 때문에 자신은 죄가 없다는 것인가? 하나님께서는 아담에게 직접 그 열매를 먹지 말라고 말씀하셨다. …… 아담은 하나님께서 직접 먹지 말라고 말씀하신 후에도 아내의 말을 들을 만큼 어리석었다는 것인가?" 최소한 아담은 아내에게 두 사람의 죄를 모두 미루는 것이 아니라 자기 자신이 지은 죄에 대해서는 스스로 짊어져야 한다.

그리고 어쩌면 이브에게도 단순히 그녀가 사악해서 그런 것이 아닌, 아담과 함께 자신의 죄를 나누어 져야 할 몇 가지 이유가 있었다. 결국 하나님은 이브를 아담의 아내로 창조하셨으며 두 사람에게 생육하고 번성하라고 명령하셨다. 그렇지만 두 사람 사이에 성적인 욕망이 일어나지 않는다면 그런 일은 불가능하다. 그리고 그 성적인 욕망은 선악을 알게 하는 그 열매를 먹어야만 나타날 수 있었던 것이다. 아담은 이렇게 설명한다. "따라서 나의 아내가 내게 그 열매를 주었고 나는 그녀에 대한 욕망을 품게 되었다." 돌려서 생각해보면 이브는 그저 하나님의 명령에 따라 인류를 존재할 수 있도록 하는 그런 필요조건을 만들어내려고 노력한 죄밖에 없다. 『체네레네』는 또 이런 대담한 가설을 세워본다. 그녀는 열매를 먹고 자신이 죽게 될 것을 알았다. 그 열매를 아담에게 준 것은 남편이 자신보다 더 오래 살 거라는 사실을 견디지 못했기 때문이다. "이브는 만일 자신이 죽는다면 남편도 함께 죽어야 다른 여자를 아내로 들이지 못할 거라고 생각했다." 이 설명에 따르면 이브의 행동은 사악함이라기보다는

사랑에 더 가깝다. 이브는 사랑 때문에 아담을 함께 죄에 빠지도록
유혹한 것이다.

그렇지만 이브가 정말 죄를 지었다 하더라도, 모든 여자들이 이브
가 받아야 할 벌을 함께 짊어져야 한다는 생각은 어딘지 모르게 불
공평하고 과도하다는 생각이 든다. "모든 남자들이 다 아담이 받은
저주로 인해 고통을 당하는 것은 아니다." 『체네레네』가 깨달은 사
실이다. 모든 남자가 다 종신토록 수고하여야 그 소산을 먹을 수 있
는 것은 아니다. 적어도 부자들은 그런 일 없이 편안하게 살고 있지
않은가. 그렇지만 "모든 여자는 부자나 가난한 것에 상관없이 모두
다 똑같은 저주를 받아" 출산의 고통을 겪게 되었으며 실제로 "부자
인 여성은 임산과 출산의 과정에서 더 큰 고통을 당하기도 한다." 왜
냐하면 그런 여자들은 대개 몸이 약하고 힘든 일을 겪어본 적이 없
기 때문이다. 이러한 내용은 가난한 사람들과 그들이 감당하고 있는
힘든 노동에 대한 일종의 성스러운 자비를 나타내고 있다. "어쩔 수
없이 노동을 하게 되는 여자들은 하나님의 동정심으로 임신과 출산
을 좀 더 쉽게 할 수 있게 되었다."

그렇지만 이브의 실수 때문에 모든 여성들이 다 이 세상이 끝날
때까지 고통을 당하는 게 과연 정당한 일일까? "만일 이브가 선악
을 알게 하는 그 열매를 따 먹지 않았다면 모든 여성들은 마치 암탉

이 알을 낳는 것처럼 아무런 고통 없이 쉽게 출산을 할 수 있었을 것이다."『체네레네』는 이런 불공정함에 항의를 하는 기도문의 형식을 제공하고 있다. "우주의 주인이시여, 이브가 선악을 알게 하는 열매를 따서 먹었다고 해서 우리들 모두가 죽음과도 같은 끔찍한 고통 속에서 아이를 출산해야만 하는 것입니까? 내가 그 자리에 있었다면 그 열매가 어떠한 즐거움도 주지 못한다는 사실을 잘 알았을 것입니다." 이렇게 해서 기도에 등장하는 이 유대 여성은 원죄라는 개념을 거부하며 오직 자신의 행위와 덕성으로만 판단을 해달라고 요구하고 있다. 그녀는 자신이라면 무엇이 잘못인지 깨달을 수 있었을 것이라고 주장하며 이브가 저지른 잘못에 대한 책임을 함께 지는 것을 거부하고 있는 것이다.

아담과 이브의 이야기에 대해 『체네레네』가 이렇게 자체적인 다양한 해석을 내놓게 되자 이 이야기의 숨어 있는 뜻은 여성들에게 훨씬 더 친밀하게 다가오게 되었다. 물론 아내에 대한 남편들의 우위는 변함이 없었으나 대신 서로를 인정하는 평등한 존엄성과 애정이 허락되는 좀 더 복잡한 방식으로 그 우월한 지위가 유지되었던 것이다. "하나님께서 보여주시는 또 다른 자비는 여자들이 비록 종들이 주인에게 그러하듯 남편에게 복종해야만 하는 저주를 받게 되었지만 여전히 남편을 싫어하지 않는다는 점에 있다. 하나님께서는 남편이 아내를 지배한다는 사실에도 불구하고 여자가 남편을 사랑하도록 만드신 것이다." 『체네레네』는 이렇게 마무리를 짓고 있다. 결혼은 동등한 관계는 아니지만 사랑을 바탕으로 하고 있으며, 그 사랑이 종속적 관계라는 고통을 경감시켜준다. 물론 종속적인 관계가 일종의 저주라는 사실은 변함이 없다. 그리고 이렇게 어떻게든 설명을 하려는 『체네레네』의 의지야말로 왜 여성 독자들이 이 책을 정경과 인생을 위한 안내서로 그토록 많은 신뢰를 보내왔는지에 대한 해답일 것이다.

『체네레네』가 『구약 성경』에서 이브 다음으로 중요하게 생각한 인물은 아브라함의 아내인 사라다. 「창세기」 12장을 보면 우리는 대단히 이례적인 일화 하나를 찾아볼 수 있는데, 아브라함은 사라와 함께 이집트를 지나가다 파라오가 자신을 죽이고 사라를 빼앗아 갈 수도 있으니 사라에게 서로 남매인 척하자고 이야기를 한다. 자신의 이런 행동을 정당화하기 위해 아브라함은 이렇게 말한다. "나 알기에 그대는 아리따운 여인이라" 너무 아름답기 때문에 파라오의 관심을 끌 위험이 있다는 뜻이었다. 그렇지만 주석에 따른 해석은 『구약 성경』의 내용을 있는 그대로 받아들이는 경우는 없다. 그보다는 오히려 각각의 단어들을 따로 떼어내 새로운 해석으로 이어질 수 있는 출발점으로 삼는다. 이 때문에 현대의 독자들은 이런 주석을 읽을 때 어색하거나 완전히 창작되었다는 느낌을 받기 쉽지만 만일 우리가 『구약 성경』의 각각의 단어들은 하나님께서 특별한 목적을 가지고 그 자리에 배치한 것이라고 생각한다면 각 단어들의 숨은 의미에 초점을 맞추는 이런 작업이 조금씩 이해가 되기 시작할 것이다.

따라서 『체네레네』는 아브라함이 한 말 중에서 '나 알기에'라는 말에 주목한다. 왜 아브라함은 "나 알기에 그대는 아리따운 여인이라"라는 말을 했을까? 우리는 그 이유가 지금에서야 비로소 아브라함이 사라가 어떻게 생겼는지를 '알게' 되었기 때문이라고 배우게 되었다. "아브라함과 사라는 겸손하고 조심성 있는 사람들로 아브라함은 속살을 한 번도 제대로 본 적이 없었다. 그러다 두 사람이 물가를 건너가게 되었고 사라가 어쩔 수 없이 옷을 걷어 올리게 되자 아브라함이 '나 알기에 그대는 아리따운 여인이라'라고 말하게 되었다." 이러한 해석이야말로 『구약 성경』의 이야기를 사실상 상상력을 통해 확장한 것이며 본래의 내용에서는 전혀 찾아볼 수 없는 새로운 세부적 사실과 일화들을 추가한 것이다. 그렇지만 이렇게 주석을 다는 방식은 본래의 내용을 그저 그럴듯하게 꾸미는 것이 아니라 완전한 진실을 드러낸 것처럼 보이기도 하며, 이번 경우에는 여성적인 겸손함에 대한 교훈을 이끌어내는 방법으로 사용이 되었다. 만일 사라가 남편 앞에서도 그렇게 항상 온몸을 감싸고 있었다면 보통의 유대 여인들도 적어도 옷차림에 대한 실질적인 겸손함이란 어떤 것인지 사라로부터 배울 수 있을 것이다.

나중에 알게 되지만 사라의 이런 덕성은 「창세기」에는 언급되지 않은 여러 다양한 기적들로 보상을 받았다고 한다. "현자들이 말하기를 사라의 일평생 동안 그녀가 안식일 예비일에 켜둔 촛불은 다음 날까지 꺼지지 않았다고 한다. 사라가 준비한 빵 반죽은 축복을 받았고 구름은 그녀의 장막 위에 머물며 그늘을 만들어주었다." 이러한 내용들은 훗날 이 이야기를 읽게 되는 유대 여성 독자들과 사라를 좀 더 가깝게 만들어주었다. 그녀들의 안식일 준비도 금요일 밤에 촛불을 켜고 빵 반죽을 만드는 등 이와 똑같았기 때문이었다. 게다가 사라는 127세까지 살았지만 "화장도 필요 없었고 스무 살에는 마치 일곱 살 난 여자아이처럼 사랑스러웠다." 그렇지만 사라가 일평생 동안 받았던 축복 중 가장 컸던 건 바로 이삭을 낳은 일이었다. 당시 사라는 나이가 너무 많아서 아이의 출산이 불가능한 일로 여겨질 때였다. 이 기적적인 출산은 「창세기」 이야기의 중요한 주제들 중 하나였지만 『체네레네』는 '게마트리아(γεωμετρία)'에 따른 랍비들의 해석을 인용함으로써 이 이야기를 조명하고 있다. 게마트리아란 히브리어 문자를 숫자로 치환해 그 뜻을 해석하는 방법이다. 예컨대 "사라는 127세까지 살았다"에서 '살았다'를 숫자로 치환하면 37이 된다. 그러면 우리는 이렇게 해석을 할 수 있다. "사라의 진짜 수명은 37세로, 이삭이 태어나고 모리아산에서 제물로 바쳐질 때까지 시간이 37년이라는 뜻이다. 이삭이 태어나기 전의 시간은 진정한 삶으로 계산하지 않는다. 자녀가 없으면 죽은 것이나 다름없기 때문이다."

만일 자녀를 낳고 어머니가 되는 일이 여성의 삶에서의 성취를 정의한다면 그 자녀를 갖기 위해 자신을 위한 짝을 만나는 일은 그중에서도 가장 중심에 있는 사건이라는 것이 『체네레네』의 주장이다. 따라서 『체네레네』는 아브라함의 종으로 이삭의 짝을 찾으러 떠나 덕성 깊은 리브가를 찾아 데려온 엘리에셀의 이야기를 아주 중요하게 조명하고 있다. 이삭의 짝을 찾는 일화를 다시 풀어 쓴 이야기 속에는 자신에게 걸맞는 짝을 찾는 일에 대한 실질적인 조언이 가득 차 있는데, 『구약 성경』의 이야기를 이용해 이 주제에 대한 유대 전승의 지혜를 전해주고 있는 것이다. 예를 들어 아브라함이 '가나안의 딸들'이 아닌 메소포타미아 지역에 살고 있는 자기 일족 중에서 아들 이삭을 위한 신붓감을 찾아야 한다고 주장하는 대목에 대해 『체네레네』는 우상을 따르는 무리들을 피하려 했다기보다는 가정의 평화를 위해 결정한 일이라고 말한다. "자신의 일족 중에서 아내를 취하면 가문의 위신이나 명예를 핑계 삼아 서로를 비방하는 일이 없기 때문이다."

엘리에셀은 메소포타미아 지역에 도착하자 우물가에서 물을 길러 오는 처녀를 기다리겠다고 하나님께 말한다. 만일 처녀가 관대하게 자신뿐만 아니라 자신이 몰고 온 낙타들에게도 물을 떠다 준다면 그 처녀가 이삭에게 어울리는 짝인 줄 알겠다는 것이었다. 그렇지만 그녀가 짝으로 적합한지를 평가하기 위해 직접 어린 처녀를 만나겠다는 생각은 『체네레네』의 저자에게는 예의범절에 어긋나는 일로 다소 충격이었던 것 같다. 일반적으로 나이가 차지 않은 어린 처녀들의 경우 신랑감이나 중매쟁이를 만날 때는 반드시 부모와 함께 만나야 했다. "왜 엘리에셀은 우물가에서 기다리며 처녀가 관대한지 확인하고 싶어 했을까? 직접 그 집으로 찾아가 그녀가 경건하고 영리한지 확인할 수 있지 않았을까?" 『체네레네』는 이에 대해 신중한 해석을 내놓는다. "집을 직접 방문했을 경우는 그 처녀가 정말로 지혜롭고 관대한지 제대로 확인할 수 없기 때문이다. 혹시나 어떤 부족한 점이 있다 하더라도 처녀의 부모가 손님 앞에서는 올바른 행동을 보이라고 가르쳤을 수도 있다. 따라서 엘리에셀은 우물가에서 그녀의 진짜 모습을 보고 싶어 했다. 그녀가 스스로 자신의 본성에 따라 올바르게 행동하는 그런 사람인지 눈으로 확인하고 싶어 했던 것이다." 이러한 설명은 당시의 전통적인 유대식 중매 과정에서 있었던 때와 장소에 따라 자신을 달리 꾸미거나 알리는 경우에 대해 많은 것들을 전해주고 있다. 한편, 여전히 독자들은 하나님이 리브가를 우물가로 보내셨기 때문에 거기에서 엘리에셀을 만나고 이삭과 결혼할 수 있었다고 믿고 있다. 따라서 "모든 인연은 하나님으로부터 비롯되는 것이다. 실제로 현자들은 누구든 태어나기 40일 전에 이미 하늘에서는 누가 누구와 결혼을 하게 될지 다 알려져 있다고 이야기 한다."

이삭의 다음 세대인 야곱의 이야기는 『체네레네』가 여성과 남성 사이의 관계에 대해 더 많은 내용들을 토론할 수 있는 기회를 제공하게 된다. 잘 알려진 것처럼 야곱은 라헬과 결혼하기 위해 그 아버지인 라반의 집에서 일곱 해를 일하지만 라반의 속임수로 라헬이 아닌 레아와 결혼하게 된다. 야곱이 그렇게 긴 세월을 일해주기로 동의했을 때 『구약 성경』은 야곱이 라헬을 너무나 사랑했기 때문에 그 세월을 마치 며칠 정도로만 여겼다고 전하고 있다. 그렇지만 『체네레네』에게는 "이해하기 어려운 이야기다. 대체적으로 누군가 한 여인을 사랑하게 된다면 둘이 결혼을 하기 전까지는 한 시간 한 시간, 혹은 하루하루가 엄청나게 길게 느껴지게 마련이다. 그런데 왜 「창세기」에서는 그 시간이 며칠처럼 느껴졌다고 말하고 있는 것일까?" 이 대목에서 『체네레네』는 『구약 성경』의 연대기 문제를 해결하려고 애쓸 때처럼 이번에는 심리적 부정확성의 문제처럼 보이는 내용 때문에 곤란을 겪게 된다. 그래서 『체네레네』는 사랑에 빠진 남자가 어떻게 행동하는지에 대해 독자들의 직관적인 느낌에 더 잘 일치할 것 같은 대안적인 해석을 제시한다. "이에 대한 해답은, 일단 7년의 세월이 흐르고 나니 그때는 야곱에게 그 세월이 불과 며칠처럼 느껴졌다는 것이다. 왜냐하면 라헬을 그만큼 많이 사랑했기 때문에 그렇다."

『체네레네』는 역시 야곱이 라반에게 "내 기한이 찼으니 내 아내를 내게 주소서 내가 그에게 들어가겠나이다"라고 말한 것에 대해서도 난감함을 느낀다. 마치 성적인 욕망을 적나라하게 드러낸 것 같은 이런 말에서 야곱의 뻔뻔스러움이 느껴지는 것 같기 때문이다. 적어도 이스라엘의 조상이라고 할 수 있는 이런 사람이 자신의 아내가 될 사람에 대해 이렇게 예의 없는 말투로 말을 해서는 안 되는 것이 아닐까? "아무리 거칠고 야비한 사람이라도 이런 식으로는 말을 하지 않을 것이다." 『체네레네』는 이렇게 탄식하고 있다. 그렇지만 우리는 야곱이 어떤 욕정에 이끌려 그렇게 말을 했다고는 믿지 않으며 다만 하나님의 뜻을 이룰 자녀들을 갖기 위한 경건한 소망으로 그렇게 했다고 믿고 있다. "정확하게 말하면 야곱은 이렇게 말했다. '내 나이 이미 마흔하고도 여덟이고 나는 열두 명의 자녀를 갖도록 운명 지어졌으니 지금이야말로 빨리 아내를 취할 때입니다.' 야곱의 생각은 오직 미래에 태어날 자녀들을 향해 있었던 것이다."

이야기가 계속 진행되어감에 따라, 『체네레네』는 『구약 성경』에서는 별다른 불평 없이 소개하는 내용들의 적나라한 감정이며 불편한 모습들을 부드럽게 다듬느라 많은 애를 쓴다. 예를 들어 『구약 성경』에서는 레아는 아이를 낳고 라헬은 그렇지 못했으며 따라서 라헬이 질투를 했다는 사실을 담담하게 전하고 있다. 그렇지만 윤리적인 모범이 되어야 할 사람이 어떻게 저렇게 속이 좁을 수가 있을까? "랍비 라시는 레아에게 자녀가 많았기 때문에 라헬이 질투한 것은 아니라고 기록하고 있다." 『체네레네』는 이렇게 우리를 안심시킨다. "그렇게 정숙하고 도덕적인 여성에게 그런 식의 질투는 있을 수 없는 일이다. 라헬이 질투한 것은 오히려 좋은 의도로, 레아에게 그런 축복이 임한 것은 그만큼 레아가 올바르고 정숙한 여인이었기 때문이며, 라헬은 자신도 그런 모습이 되고 싶다고 부러워한 것이다. 그리고 이런 종류의 질투는 허용이 된다."

야곱이 장인인 라반의 집에서 떠나는 대목에 이르면 이보다 더 곤란한 문제가 발생한다. 『구약 성경』에 나와 있는 바로는, 라헬이 야곱과 맺어진 후 다 함께 떠나게 될 때 그녀는 자기 아버지 라반의 '드라빔(teraphim)'을 훔친다. 드라빔은 당시 이 지역에서 가정을 지켜주는 수호신을 작은 조각상으로 만든 것으로 집 안에 보관을 했다. 이 대목은 마치 라헬이 하나님께서 선택한 민족의 남성과 결혼을 했음에도 불구하고 여전히 자신이 자라면서 섬겨온 우상들을 잊지 못하고 있으며 그것들과 떨어지는 것을 견디지 못하는 것처럼 보이게 한다. 물론 이런 생각은 『체네레네』에서 확인할 수 있는 것처럼 전통적인 유대 해석가들에게는 절대로 인정할 수 없는 그런 것이다. 이 책은 랍비 라시의 해석을 따른다. "라헬은 아버지 라반의 우상 숭배를 끝내기 위해 그렇게 한 것이다." 라헬은 실제로는 라반이 우상 숭배를 하지 못하게 막음으로써 하나님의 뜻을 좇은 것이다. 혹은 우상을 훔침으로써 "사람들이 우상이 도난당할 수 있다는 사실을 알게 되고 따라서 그 우상에 별다른 신성한 힘이 없다는 사실을 알게 해주려고" 그렇게 한 것이다.

야곱의 자녀들로 이어지는 다음 세대에서는 이웃 마을의 족장 세겜이 야곱의 딸 디나를 강간하고 야곱의 아들들이 세겜이 다스리는 마을의 모든 남자들을 학살함으로써 보복을 하는 끔찍한 이야기가 등장한다. 『체네레네』는 이 이야기를 통해 여성의 정숙성에 대한 교훈을 가르치려고 한다. 왜 『구약 성경』은 디나를 보통 우리가 생각하는 대로 야곱의 딸이라고 하지 않고 굳이 '레아의 딸'이라고 소개를 했을까? 전통적인 유대인들의 관점에서는 『구약 성경』에 등장하는 그 어떤 내용이나 표현도 우연으로 이루어진 것은 없으며 따라서 이런 소개도 그냥 무심하게 이루어진 것이 아니었다. 바로 디나가

"그녀의 어머니처럼 당돌한 성격이었다는 것을 암시하기 위해서였다. 디나의 어머니 레아는 자신이 직접 야곱을 만나러 가 그를 자신의 천막으로 끌어들인 과거가 있었다." 따라서 디나가 강간을 당한 것은 조용하고 얌전하게 자신의 집에 머물지 않은 결과이며 근본적으로 그녀 자신의 잘못이었다는 뜻이다. 『체네레네』는 이렇게 인정사정없이 문제의 핵심으로 파고든다. "주석에 따르면 한 가정을 따뜻하게 돌보는 건 가족 전체가 지은 죄를 속죄하는 여성이 있기 때문이다. …… 집 안에서 자란 포도나무의 가지가 집 밖으로 뻗어나가듯 그대의 아내가 가진 우아한 품성도 집 밖으로 가지를 뻗어, 그 자녀들은 세상 밖으로 나가 『토라』를 공부하게 되는 것이다." 누군가는 여성에 대한 이런 유대의 엄격한 가정교육이 있었던 건 사실은 유대 여성들이 생각했던 것만큼 그렇게 실제로 집 안에서 얌전하게 머무르려 하지 않았기 때문이 아닌가 생각할 수도 있을 것이다. 만일 『체네레네』가 유대 여성들의 행동을 단속하는 일에 그렇게 열심이었다면 그것은 아마도 『구약 성경』에 등장하는 여러 여성 조상들처럼 후대의 유대 여성들도 경건한 신앙적 이상을 따르기에는 여전히 너무나 인간적인 면모가 남아 있었기 때문이 아니었을까.

* * *

『체네레네』가 여성을 바라보는 관점, 그리고 여성 독자들에게 말하고자 하는 내용의 저변에 깔린 의식은 책 전체를 통해 분명하게 드러난다. "누구든 여자들을 하찮게 바라보아서는 안 된다." 이런 의식과 관점은 특히 모세의 누이였던 미리암이 홍해에서 불렀던 노래에 대해 이야기할 때 더 강조된다. "여성들도 의로운 남성들 못지않게 중요하다. ······ 누구든 여성도 높이 대우해주어야 한다. 의롭고 올바른 여성이 할 수 있는 덕행에는 그 끝이 없다." 그렇지만 이런 주장에서 또 알 수 있는 것처럼 여성의 명예는 정숙함이라는 조건을 엄격하게 지켰을 때만 얻을 수 있는 것이었다. 실제로『체네레네』에 따르면 미리암이 노래를 부를 때도 자신의 목소리가 잘 들리지 않도록 신중하게 북을 두드렸는데, "왜냐하면 남자가 여자가 부르는 노래 소리를 듣는 건 죄가 되기 때문이었다."

이와 유사하게 「출애굽기」에 등장하는 황금 송아지 우상에 대한 이야기를 할 때 여성은 그 죄와는 무관하다는 내용이 나온다. "여자들은 자신들의 장신구를 우상을 만드는 데 바치길 거부했기" 때문이었다. 반면에 여자들은 성막을 건설할 때는 자신들의 금은보석과 장신구들을 아낌없이 갖다 바쳤다. 이에 대해『체네레네』는 "황금 송아지를 떠받드는 사람들 중에 여자는 단 한 사람도 없었다"며 다시 한 번 그런 내용을 확인시켜준다. 그렇지만 또 그보다 몇 쪽 앞에서는 여성에 대한 『탈무드』의 노골적인 속담을 소개하기도 한다. "세상에 떠돌아다니는 말 열 가지 중 아홉 가지는 여자들이 한 것이고 나머지 한 가지만 남자들이 한 것이다." 시나고그에서도 특히 많은 말을 하는 건 여자들이라고 알려져 있다. "『토라』에서는 안식일에는 불을 다루는 일을 하지 말라고 한다. 여자들, 특히 안식일에 시나고그를 찾는 여자들에게는 실제로 불을 다루지는 않아도 요리 자체에 대한 이야기를 하지 말라고 가르쳐라…… 여자들은 늘 버릇처럼 그런 말들을 많이 하지만…… 시나고그에서는 그런 한가한 이야기에 너무 깊이 빠져드는 것은 금지되어 있다."

칭찬과 의심, 경외심과 비난 등 여자들에 대한 이런 복잡하고 정해지지 않은 태도는 『체네레네』를 남성과 여성 모두에 대한 유대인들의 전통적인 관점을 드러내는 책으로 만들었다. 그렇지만 이 책이 주는 교훈적인 목적은 단지 여성들의 행동을 다루는 것을 넘어서 모든 유대 독자들이 공감할 수 있는 내용으로까지 확장이 된다. 그리고 유대인들이 인생의 모든 영역에서 어떻게 행동해야 하는지에 대한 핵심적인 교훈을 전달하기 위해 『구약 성경』의 이야기들을 이용해 윤리와 행동에 대한 전통적인 유대의 모범을 설정해 보여주고 있는 것이다.

『피르케이 아보트』와 마찬가지로 1,000년도 더 오래전에는 이러한 모범이나 이상을 따르기 위해서『토라』공부가 유대의 정신적인 지주 역할을 했었다. "그냥 무심히 지나치지 말고 언제나『토라』가 제시하는 원칙에 따라 이야기하라"『체네레네』가「신명기」의 구절들을 해석하면서 권하는 충고다. 실제로『체네레네』가 바라보는 세계관에서『토라』가 굉장히 중요한 역할을 했기 때문에『체네레네』에는 모세에게『토라』가 주어지기 이미 오래전에『구약 성경』의 중요 인물들은『토라』를 공부했다는 내용이 나오기도 한다. 예를 들어「출애굽기」의 도입부분과 관련해서는 레위 족속은 이스라엘의 다른 부족들과 달리 파라오의 노역에 동원되지 않았다는 내용이 나온다. 바로 "파라오가 레위 족속에게만큼은 자유롭게『토라』를 공부하도록 해주었기 때문이며 따라서 다른 부족들에게 하나님의 계율에 대해 알려줄 수 있었다." 그렇지만 유대 역사에서 이집트 거주 기간에는 사람들에게 가르칠『토라』가 존재하지 않았고 시나이산이며 하나님과 율법의 임재는 여전히 먼 미래의 일이었다.

그보다 더 앞선 시기였던「창세기」시대에서『체네레네』는 사라가 '유월절 전날' 빵 반죽을 만들고 있는 장면을 묘사하고 있는데, 이스라엘 민족, 즉 유대인들이 이집트의 노예생활에서 풀려난 날을 기념하는 이 유월절 축제가 그보다 훨씬 더 오래전에 시작되었을 리는 없다. 이것은 마치『체네레네』안에 들어 있는 유대 해석자들의 관점이 자신들이 알고 있는 유대교와 그 의식, 축제일, 그리고 『토라』 연구를 다 반영하고 있는 것처럼 보이며, 그 배경도 시대적 오류에 아랑곳하지 않고 이스라엘의 최초의 조상들의 시대까지 거슬러 올라간다.

일반적으로 볼 때 『체네레네』는 때때로 신화적 방법을 사용해서 유대 역사가 아주 높은 수준의 영속성을 유지했다고 상상하는 것을 좋아했던 것 같다. 예컨대 「출애굽기」에서 모세가 불에 타오르는 덤불숲에서 들려오는 하나님의 명령을 듣고 이집트로 돌아가게 되었을 때, 『구약 성경』에서는 "모세가 그 아내와 아들들을 나귀에 태우고 애굽으로 돌아가는데"라고 설명하고 있고 『체네레네』는 이 나귀를 그 즉시 『구약 성경』에 등장하는 다른 나귀와 연결시켜 이 두 나귀가 똑같은 나귀라고 주장을 하는 식이다. "모세가 아내와 아들들을 태운 나귀는…… 아브라함이 아들 이삭을 태우고 제물로 바치러 가던 바로 그 나귀다. 그리고 언젠가 구세주께서 오실 때도 바로 그 나귀를 타고 오실 것이다." 기적처럼 오래 살고 있는 이 나귀야말로 미리 예정된 숙명을 밟아나가는 유대 역사의 산 증인이 아닐까. 이런 각각의 여정은 똑같은 짐승 한 마리를 통해 다른 듯 같은 이야기가 되는 것이다. 이와 유사하게 『체네레네』는 시나이산에서 이스라엘 민족이 불었던 숫양의 뿔 나팔은 그보다 아주 오래전 이삭을 대신해 제물로 바쳐졌던 바로 그 양의 뿔이라고 말한다. 그리고 이스라엘 민족이 광야를 떠돌 때 성막을 실은 수레를 끌던 황소는 수백 년이 흐른 뒤 솔로몬 왕이 새로 지은 대성전 앞에서 제물로 바쳤던 바로 그 황소다.

『체네레네』의 윤리적인 충고는 권고나 훈계의 범위를 뛰어넘어 『토라』 공부까지 확장된다. "『토라』 공부 그 자체는 가장 중요한 일은 아니다. 그보다는 오히려 올바른 일을 행하는 것이 더 중요하다." 『체네레네』의 이런 설명은 특히 이디시어를 구사하던 보통 사람들이 마음에 들어 할만한 그런 내용이었다. 실제로 『체네레네』가 계속해서 강조하고 있는 내용 중 하나가 부와 세상에서의 성공에 대한 적절한 태도로 학자들이 아닌 보통 사람들의 생활을 더 염두에 둔 내용이었다. 부와 재산은 결코 경멸이나 무시의 대상이 아니다. "부는 지혜로운 자들에게 주어지는 보상이며" 사람들로 하여금 "자선 활동을 포함해 여러 계율들을 충실히 지킬 수 있도록 해준다." 그렇지만 같은 맥락에서, 부는 저주로 뒤바뀔 수 있는 여러 유혹들을 제공할 수 있다. "악인이 부를 얻으면 어리석게 사용될 뿐더러 사람 자체도 파멸에 이르게 된다." 『체네레네』는 이렇게 경고한다. "그런 사람은 아무도 돕지 않으면서 오직 자기 자신만 생각하게 되며 다른 사람들과 소통하는 것도 거부한다. 사람들은 그를 미워하고 피하게 되며 아무도 돕지 않는 모습을 경멸한다. …… 결국 그렇게 나쁜 평판만 쌓이게 되고 모든 사람들의 입에 오르내리게 된다.”

부와 재산을 현명하게 사용하는 비결에 대해서 『체네레네』가 반복해서 강조하고 또 강조하는 말은 그 재산이 자기 자신의 노력을 통해서가 아닌 오직 하나님의 은총에 의해 모으게 된 것임을 깨달으라는 것이다. “하나님께서 누군가에게 부와 재산을 허락하셨을 때, 그 사람은 오직 하나님의 은혜로 자신이 부자가 될 수 있었음을 깨달아야 한다. 그는 자기 자신의 노력으로 성공을 했다거나 혹은 자신이 선한 행동을 많이 해서 하나님께 그런 선물을 받았다고 생각해서는 안 된다. 그보다는 오히려 그저 하나님의 자비로운 행위의 일부라고만 여겨야 하는 것이다.” 쉐마 기도의 일부가 되는 「신명기」의 말씀을 살펴보자. “너는 마음을 다하고 성품을 다하고 힘을 다하여 네 하나님 여호와를 사랑하라” 『체네레네』는 이 말을 ‘네가 가진 모든 것’으로 해석한다. “너는 네가 가진 돈으로 하나님을 사랑하라. 너는 하나님의 계율보다 돈을 더 사랑해서는 안 된다.” 이야기는 어느 랍비의 일화로 이어진다. 이 랍비는 초막절 의식에 사용할 과일을 원래 가격의 몇 배나 되는 돈을 더 주고 샀지만 자신이 가진 재산을 가장 유용하게 쓰는 방법은 바로 하나님의 계명을 위하여 사용하는 것이다.

그리고 또한 인생의 모든 영역에서 『모세 5경』이 알려주는 도덕적인 교훈보다 더 도움이 되는 건 없다. "하나님께서는 우리들 각자의 행위에 따라 거기에 어울리는 계명을 주셨다." 『체네레네』는 이렇게 말한다. 그리고 일상생활의 모든 상황에서 그러한 계명을 적용할 수 있는 기회도 있다. "복수를 하지 말 것이며 원한도 사지 마라." 『토라』는 이렇게 말하고 있으며 『체네레네』는 여기에 간단한 설명을 덧붙인다. "만일 이웃이 찾아와 뭔가를 빌리려 하거든 복수하겠다는 마음으로 이렇게 말하면 안 된다. '당신이 지난번에 나에게 도끼를 빌려주지 않았기 때문에 나도 당신이 원하는 걸 빌려주지 않겠다' 이렇게 하지 말라는 뜻이다." 제사장들이 입는 옷에 대해서는 『구약 성경』을 통해 이렇게 배운다. "누군가 기도를 하고 하나님의 계명을 실천하는 사람은 단정하고 깨끗하게 차려입어야 한다." 하나님께서는 이스라엘 민족이 광야를 떠도는 동안 그들을 품어준 광야를 축복하실 것이다. "그러니 학자를 초청해 자기 집에 머물게 해주고 정성스럽게 음식을 대접한 사람이 있다면 하나님께서는 얼마나 많은 축복을 내리시겠는가." 「레위기」에 나오는 문둥병을 어떻게 다뤄야 하는지에 대한 내용에 대해 『체네레네』는 이런 질병으로 정신도 역시 고통을 받는다고 언급하고 무엇보다도 "말이 많은 '병'도 다른 사람들을 아프게 만드니…… 이러한 이유로 사람들은 말을 너무 많이 하지 않도록 해야 한다"라고 결론을 내린다.

만일 『체네레네』가 그저 충고나 격언들을 모아놓은 책에 불과하다면, 그렇게 오랜 세월 인기가 있는 책이 되지는 못했을 것이다. 그렇지만 오히려 인기를 끌게 된 매력의 상당 부분은 『구약 성경』의 이야기들에 상상력을 가미해 자세히 풀어 설명하면서 동시에 오래된 이야기에 새로운 신화와 기적들을 쌓아올리며 좀 더 생생한 삶의 이야기로 소개한 것 때문으로 보인다. 「민수기」에 나오는 아론의 지팡이 이야기는 거기에 꽃이 피고 열매가 맺힘으로써 하나님께서 아론을 하나님의 진정한 제사장으로 인정하는 내용인데 이것만으로도 신기하고 재미있는 이야기지만 여기에 또 이런 주석이 덧붙여진다.

"또 다른 기적이 있었는데 이 아론의 지팡이에 오른편과 왼편에 각각 하나씩 열매가 맺혔다는 것이다. 오른쪽의 열매는 달콤했고 왼쪽의 열매는 쓰디썼다. 이스라엘 민족이 죄를 지으면 오른쪽의 열매는 색이 바래며 시들어갔고 왼쪽의 열매는 윤기가 흐르며 먹음직스러워졌다. 그렇지만 이스라엘 민족이 경건한 모습을 보이면 반대로 오른쪽 열매가 생기를 되찾았으며 왼쪽의 열매는 보기 싫게 시들어갔던 것이다. 따라서 이 지팡이 하나로 이스라엘 민족이 어떤 상황에 있는지 잘 알 수 있었다."

『체네레네』의 곳곳에서 우리는 대제사장이 가슴에 걸치고 있던 보석판을 세공하는 데 사용된 사밀이라는 마법의 벌레며 아브라함이 하나님의 이름을 새기는 데 썼고 훗날 야곱이 에서와 장자의 권리를 바꾸며 주었던 마법의 칼과 같은 이야기들을 접할 수 있다. 이런 자세한 내용들은 『구약 성경』에서는 사실 찾아볼 수 없으며 모두 나중에 만들어진 주석에 포함이 되어 있는데, 이런 주석들은 주석가들이 의미가 있고 적절하다고 생각하는 바에 따라 정경을 더 자세하게 설명하는 데 사용되었다.

또한 또 다른 종류의 전승을 통해 우리는 탄생 이전과 죽음 이후에 어떤 일이 벌어지는지 그 비밀을 알 수 있다. 『토라』가 출산한 여성에게 해당되는 정결의 의식에 대해 이야기할 때 『체네레네』는 주석을 인용해 아직 태어나기 전인 뱃속의 아이가 천사를 통해 『토라』의 내용 전부를 배우고 있다고 전한다. "아이가 태어날 때가 다가오면 천사가 아이의 입을 때려 모든 것을 잊어버리게 만든다. 아이가 태어나자마자 울음을 터트리는 이유도 바로 이 때문이다." 아직 이스라엘 민족이 광야를 떠돌던 시절, 모세의 권위에 저항해 반란을 일으켰던 고라는 땅이 갈라져 그 안에 떨어져 죽었는데, 우리는 주석을 통해 그 곳에는 단테의 『신곡』을 연상시키는 지옥인 게힌놈(Gehinnom)이 존재하며 "절반은 불구덩이, 그리고 나머지 절반은 눈보라와 우박이 떨어지며 악인은 불구덩이에서 우박 속으로, 그리고 우박 속에서 다시 불구덩이 속을 녹초가 될 때까지 오고 가지만 결코 쉬지 못한다"는 사실을 알게 된다.

『체네레네』가 전하는 이런 전설에 가까운 이야기들은 종종 아주 자세한 설명의 형태를 갖추고 있다. 왜 나이든 사람들은 희게 세어 버린 턱수염을 기르는가? "아브라함이 태어나기 전에는 사람들이 누가 아버지이고 누가 아들인지 구분을 잘 하지 못했다. 아무도 수염 같은 나이를 짐작할 수 있는 표시를 갖고 있지 않았기 때문이다. 아브라함의 시대가 되어 남자들이 수염을 기를 수 있도록 기도를 하게 되고 나이든 사람들은 이제 머리도 수염도 잿빛으로 변하게 되었다. 따라서 누가 아버지이고 누가 아들인지 구분을 할 수 있게 된 것이다. 아브라함은 잿빛 턱수염을 기른 최초의 남자였으며 수염은 나이든 남자의 모습을 더욱 위엄 있게 보이도록 해주었다." 이와 유사하게 야곱 이전의 나이든 사람들은 죽기 전까지 아픈 일이 없었다. "사람들은 그저 헛기침을 몇 번 하다가 조용이 죽음을 맞이했다. 심지어 길을 걷거나 어디를 가다가 그렇게 되는 수도 있었다." 우리가 보통 저주나 불운으로 생각하는 병은 실제로는 야곱의 기도에 대한 응답으로 내려진 축복이었다. "야곱은 죽기 전에 병으로 몸이 약해지기를 기도했다. 그렇게 해야 언제 가족들의 곁을 떠나고 또 언제 마지막 유언과 하나님께 대한 회개를 해야 하는지 알 수 있었던 것이다."

전반적으로 보면 『체네레네』는 독자들에게 "빵 부스러기를 땅에 떨어뜨리는 자는 가난하게 살게 된다"처럼 일부 마술이나 혹은 그저 미신이라고 치부될만한 것들도 가르치고 있다. 우리는 사악한 사람들을 절대로 가까이해서는 안 된다. 왜냐하면 "사람의 목숨을 앗아갈 수 있는 허락을 받은 죽음의 천사는 악인뿐만 아니라 주변에 마주치는 모든 사람을 죽이려 하기 때문"이다. 따라서 아무리 죄가 없는 사람도 죄 있는 사람 주변에 너무 가까이 있다가 목숨을 잃을 수도 있다. 훗날 「신명기」를 통해서 우리는 "수많은 사람들 중에서 한 사람의 악인이 죽으면 나머지 사람들도 그 악을 통해 죽게 된다."는 사실을 배우게 된다.

『체네레네』는 『구약 성경』의 이야기들을 초자연적인 세부 내용을 강조하거나 만들어냄으로써 더 이국적으로 만들고, 또 그 이야기들 중에서 윤리와 행동에 대한 유용한 충고들을 골라냄으로써 더 친근하게 만드는 그런 방식을 통해 그 진가가 발휘되었다. 따라서 『체네레네』를 읽는 독자는 하나님께서 아브라함과 모세를 위해 행하신 놀라운 기적들을 보고 경탄하면서도 동시에 모성애와 결혼 그리고 재산을 축적하는 일 등 자기 자신의 인생과 밀접한 관계가 있는 자세한 내용들도 배우고 깨닫게 되는 것이다. 그렇지만 아마도 가장 중요한 사실은 유대교의 가장 성스러운 경전들에 대한 지식을 이 책을 통해 배운 모든 세대의 모든 유대인들이 단지 여러 지식과 이야기만 배운 것이 아니라 독서의 방법 자체를 배웠다는 점이 아닐까. 바로 『토라』의 표면 속에 숨어 있는 깊은 의미를 파헤쳐 여러 이야기들과 말들, 심지어 문자 하나하나에서도 추가적인 의미를 발견하는 방법이다. 이렇게 해서 『체네레네』는 일반적인 독자들을 유대의 전통적인 경전에 가까워지도록 이끌었으며 그렇게 해서 마이모니데스의 철학적인 저술은커녕 『탈무드』조차 한 번도 읽어보지 못한 사람들도 유대인으로서 책을 읽는다는 것이 어떤 의미인지 깨달을 수 있게 되었다.

* * *

「민수기」에 대한 해설에서 『체네레네』는 인류에게 주어진 하나님의 계명의 가치를 비유를 들어 설명하고 있다. "배를 타고 가다가 바다에 빠진 사람이 있었다. 배의 선장은 그 사람에게 긴 밧줄을 던져주었고 그 밧줄을 잡으면 살 수 있다고 말해주었다. 우리는 하나님의 보좌로부터 멀어져서 이 세상으로 떨어져버렸다. 하나님께서는 그런 우리들에게 이렇게 말씀하셨다. '나의 계명을 꼭 붙들고 지키면 살 수 있으리라. 이 세상뿐만 아니라 앞으로 다가올 세상에서도.'"

1690년 글뤼켈이라는 이름의 한 유대인 여자가 사랑했던 남편을 추모하며 자신의 인생에 대한 글을 써내려가기 시작했다. 그리고 이 글은 바로 자신이 길고긴 일생을 통해 읽고 또 읽었음에 분명한 『체네레네』로부터 시작이 되었다. 글뤼켈은 자신의 책이 "도덕적인 교훈을 담은 그런 책과는 거리가 멀 것"이라고 적었다. 반쯤은 후회하는 듯한, 그리고 또 반쯤은 자랑스러운 듯한 모습이었다. "이미 우리의 현자들이 그런 내용에 대해서는 많은 글들을 남겼기 때문에 새삼스럽게 내가 더 덧붙일 내용은 없다. 게다가 우리에게는 이미 성스러운 『토라』가 있지 않은가. 이 세상을 살아가고 또 다가올 세상을 준비하는 데 필요한 모든 것들은 『토라』에서 찾아 배울 수 있을 것이다. 『토라』야말로 인생이라는 폭풍우가 몰아치는 바다에 빠져 허우적대는 우리에게 위대하고 은혜가 충만하신 하나님께서 내려주신 구원의 밧줄이며 우리는 그 밧줄만 잡으면 구원을 받을 수 있을 것이다."

이러한 언급은 유대 여성 독자들의 의식 속에 『체네레네』가 얼마나 깊숙이 투영되어 있는지 보여준다. 글뤼켈은 여러 가지 면에서 그녀가 살았던 시대와 배경 속의 유대 여성을 대표하는 인물이라고 볼 수 있다. 1646년 독일 함부르크에서 태어난 글뤼켈은 평생을 철학 연구와 『탈무드』 분석에 천착하며 유대의 전승과 전통을 주로 다룬 작품들을 남겼던 남자들과는 달리 평범하게 상업에 종사했다. 생계를 꾸려나가고 가정을 이끌었으며 온갖 어려움 속에서도 자신에게 다가온 기회를 놓치지 않았다. 분명 글뤼켈은 전형적인 유대인으로서의 삶을 유지하지는 않았다. "그저 선량하거나 신앙심 깊은 여자로 그렇게 고고한 척 살아가고 싶지는 않았단다. 내 아이들아, 아, 나는 그저 죄인일 뿐이다." 글뤼켈은 자신의 책을 시작하며 이렇게 기록한다. "아, 아비 없는 내 자식들을 어떻게 키워나가야 할지, 그리고 이 세상을 어떻게 살아가야 할지 걱정하다가 나는 보통의 평범한 삶과는 아주 멀어지고 말았다."

그렇지만 물론 그런 글뤼켈의 형편이야말로 그녀를 유대 문학의 전통에서 아주 독특한 인물로 자리매김하게 만들어준 것이다. 이른바 하멜른의 글뤼켈이 쓴 『회상록』은 원래는 그녀의 자녀들을 잘 키워나가기 위한 방편으로 시작된 개인적인 원고였지만 사본이 만들어져 그녀가 세상을 떠난 1724년 이후로도 오랜 세월 동안 세상에 전해지다가 1896년이 되어서야 비로소 이디시어 책으로 처음 정식 출간이 되었으며 20세기가 되어 독일어, 그리고 마침내 영어로 번역, 소개되었다. 하지만 출간과는 상관없이 독일을 중심으로 유럽

동부 지역에 모여 살던 유대인 공동체의 유대 여성들이 겪은 경험에 대한 아주 귀중한 기록으로 계속 남아 있었다. 기존의 전통 유대 문학에서는 사실상 전혀 찾아볼 수 없었던 새로운 경험과 기록이었다. 따라서 『회상록』의 번역자 중 한 사람인 베르타 파펜하임이 오스트리아 유대 여권주의자들 중 선구적인 인물이며 동시에 우연히도 글뤼켈의 후손 중 한 사람이라는 사실은 어쩌면 그리 놀라운 사실이 아닐 수도 있을 것이다. 글뤼켈이 살던 그 시대까지 그 어떤 유대 여성이나 혹은 유대 남성들조차도 글이나 책을 통해 자기 자신의 모습을 그토록 생생하게 드러낸 적이 없으며 또 그 어떤 책도 유대인으로 살아간다는 것이 어떤 의미를 갖는지에 대해 이런 직설적인 감상을 전해준 적도 없었다.

『회상록』이 보여준 유대인들의 삶의 변하지 않는 특징 중 하나가 바로 불안감이었다. 글뤼켈이 세 살이 채 되기도 전에 함부르크의 유대인들은 이 자치 도시를 직접 지배하고 있던 시민들에 의해 추방을 당하게 된다. 쫓겨난 유대인들은 근처에 있는 알토나로 가서 자리를 잡았는데 그곳은 덴마크 왕이 지배하던 좀 더 관용이 있던 도시였다. 그렇지만 꾸려나가던 사업체며 생계 수단을 함부르크에 그대로 남겨두고 왔기에 사람들은 어쩔 수 없이 다시 몰래 함부르크로 숨어들어 갈 수밖에 없었다. "어쩔 수 없이 가난하고 급박한 상황에 몰린 사람들은 통행증 없이 다시 함부르크로 몰래 숨어들어가려고 애를 썼다. 그러다 붙잡히면 당장 감옥에 던져질 뿐더러 다시 꺼내오는데 엄청난 돈이 들 뿐만 아니라 그 절차가 여간 까다로운 것이 아니었다. …… 집으로 돌아오는 길 역시 위험천만하기는 마찬가지였는데, 유대인을 증오하는 부랑자며 군인들, 그리고 하층민들의 공격과 박해가 이어졌던 것이다. 집에서 기다리고 있던 선량하고 마음씨 고운 아내들은 남편이 무탈하고 안전하게 돌아오면 하나님께 감사의 기도를 올리곤 했다." 글뤼켈은 성인이 된 후 대부분의 시간을 함부르크에서 보내게 되지만 그곳에 남아 있는 유대인들은 오직 조건부로 남아 있는 것이었으며 언제라도 다시 추방당할 수 있었다. "우리도 평화스러운 분위기를 누릴 때가 있었다. 그러다가 다시 박해를 받았고 그런 일들이 지금까지도 이어지고 있다. 나는 시민들이 자체적으로 함부르크를 지배하는 한 이런 일들이 계속 될까봐 두렵다."

그렇지만 『회상록』에서도 간헐적으로 등장하는 철저한 박해와 학살을 포함한 이러한 불안한 상황이 글뤼켈의 일생의 방향을 정하는데 결정적인 역할을 한 것 같지는 않다. 이런 상황은 역사 속 수많은 유대인들이 피할 수 없었던 삶의 한 부분이었으며 글뤼켈 역시 견뎌나가는 것밖에는 다른 선택의 여지가 없었다. 오히려 그녀가 일생 동안 신경을 쓰며 전력을 쏟았던 일은 두 가지로, 생활을 꾸려나가기 위한 사업과 그 못지않게 어렵고 힘들었던 자녀들의 배우자 찾기였다. 제인 오스틴의 소설 속에서도 특히 재산과 결혼 이야기가 중요하게 다루어지지만 당시 글뤼켈이 속해 있던 사회에서는 이런 문제들을 해결하기란 여간 어렵고 곤란하지가 않았다. 사업과 결혼은 글뤼켈이 자신이 꾸려나가던 가정의 성공을 헤아릴 수 있는 척도였으며 그 성공 여부에 따라 자신이 속해 있는 공동체에서 존경을 받을 수도 또 받지 못할 수도 있었다.

그런 존경을 바라고 기대하는 모습은 글뤼켈의 성격에서 가장 두드러지는 특징 중 하나였고 우리는 그런 사실을 『회상록』을 통해 알수 있다. 두 번 결혼했던 남편들과 재산의 대부분을 잃었던 인생의 후반부에 우리는 글뤼켈이 자기 자신이 살아갈 방편에 대해서는 거의 신경을 쓰지 않았다는 사실을 알게 된다. 그렇지만 사위 중 한 사람이 자기 집으로 와서 함께 살기를 청하자 그녀는 "자식들과 절대로 함께 살고 싶지 않은 많은 이유들이 있다"면서 그 청을 거절한다. 글뤼켈이 분명하게 밝혔던 중요한 이유 중 하나는 자신이 받을만한 특권과 인정을 받지 못하고 아무렇게나 대접을 받을 것이 두려워서였다. "내 자식들이 주는 빵이…… 낯선 자들의 빵보다는 나아 보이겠지만, 오 하나님! 내 자식들이 나에게 아무렇게나 무심하게 빵을 던져준다는 생각만 해도 차라리 죽는 게 더 나을 것 같다." 우리는 글뤼켈의 딸과 사위가 그녀를 잘 대접해준다는 사실을 알게 되었을 때 그녀가 보여준 안도감을 통해 글뤼켈이 이런 문제를 얼마나 두려워했는지를 어느 정도 짐작할 수 있다. "딸과 사위가 나를 어떻게 대해주었는지 전해야 할까. 하고 싶은 말이 너무나 많다. 자비로운 하나님 아버지께서 두 사람에게 복을 내려주시기를! 딸 내외는 내게 더 바랄 수 없을 만큼의 예의를 갖춰주었고 내 접시 위에는 가장 좋은 음식들이 놓였으니 내가 바라거나 내가 대접받을 만한 수준을 훨씬 뛰어넘는 것이었다." 그녀가 소개한 그 좋은 대접의 예는 보기에 따라서는 감동적일만큼 소박한 것들이었다. 글뤼켈에 따르면 점심 무렵에 집에 혼자 있을 때는 딸이 미리 그녀가 먹을 음식을 준비해 두었다는 것이다. "언제나 저녁밥이 준비되어 있었고 그것도 제일 맛 좋은 음식이 서너 가지나 되었다." 당연한 일이겠지만 음식이 문제가 아니었다. 바로 음식이 나타내는 특별한 존경의 마음이 더 중요했다.

글뤼켈이 종종 주제로 삼았던 돈 문제도 마찬가지였다. 『회상록』에서는 순수한 수입이 얼마인지 이야기하는 일 없이 어떤 사람을 소개하는 일은 거의 없었고 글뤼켈 자신은 사업상의 거래 내역에 대해서는 놀라울만한 기억력의 소유자이기도 했다. 특히 중단이 된 거래나 큰 손실을 본 거래에 대해서는 철저했는데, 그녀가 인생 말년에 가장 고통스럽게 생각했던 것이 상인으로 시작해 빚을 지고 망해버린 아들 뢰브의 무능력함이었다. 그렇지만 『체네레네』를 비롯해 다른 교훈적인 이디시어 책들의 열렬한 독자였던 글뤼켈은 오직 돈만을 목적으로 하는 것이 죄악이라는 사실을 잘 알고 있었다. 그녀는 첫 번째 남편이었던 하임을 예로 들며 자녀들에게 돈을 너무 소중히 여기지 말라는 충고를 계속해서 반복을 한다. "남편은 하루 종일 일에 매달렸지만 결코 단 한 번도 그날그날 『토라』를 공부할 시간을 따로 떼어놓는 일을 소홀히 한 적이 없었다." 그러면서 그녀는 남편이 기도시간을 방해받지 않으려고 중요한 사업상의 거래를 거절했던 이야기도 전한다. "그날 그렇게 거래 하나를 놓쳤고 결국 금전적으로 적지 않은 손해를 보고 말았다. 그렇지만 남편은 절대 이런 일들을 마음속에 담아두지 않았고 하나님을 성심성의껏 섬기는 일을 게을리하지 않았다. 결국 하나님께서는 그런 손해에 대한 보상을, 그것도 두 배, 세 배나 더 많이 해주셨던 것이다." 『체네레네』의 가르침처럼 돈은 하나님이 주시는 선물이었고 글뤼켈은 자신의 책에 『체네레네』의 내용을 거의 그대로 옮겨다 쓰곤 했다. "하나님을 마음만 가지고 섬기는 것만으로는 충분하지 않다. 계명에 따르면 '전심전력을 다해' 하나님을 섬기라고 하는데 다시 말해 우리가 갖고 있는 모든 것을 드리라는 뜻이다."

하임은 보석이며 귀금속을 취급했고 『회상록』에 따르면 유대인 사업가들은 친인척과 아는 사람들 사이에 구축된 국제적인 연결망 덕분에 사업을 크게 키워갈 수 있었다고 한다. 투자보다는 투기의 성격이 강하고 따라서 신뢰와 신용에 크게 의지할 수밖에 없었던 이런 사업에서 개인적인 관계란 기계를 돌아가게 하는 기름이나 마찬가지였다. 그렇지만 하임은 좀 유별난 사람으로 보였는데, 주로 아내의 사업적 판단력에 크게 의존하며 글뤼켈이 가족 사업에서 중요한 역할을 할 수 있도록 허락을 해준 것이다. 글뤼켈은 이렇게 자랑스럽게 기록하고 있다. "결코 과장하는 것이 아니라 남편은 다른 누구에게도 조언 같은 건 구하지 않았고 나와 함께 의논하지 않고서는 어떤 일도 결정하지 않았다." 그러던 남편이 세상을 떠나고 나자 이제 글뤼켈이 어쩔 수 없이 사업의 전면에 나설 수밖에 없었고, 잘 알려진 것처럼 그녀는 큰 성공을 거두게 된다. "업계에서 내 신용은 성장에 성장을 거듭했다. …… 증권 거래소가 열렸을 때 가서 은화 2만 탈러(Rthl, 독일의 옛 화폐 단위) 정도를 융통하려고 하면 금방 손에 넣을 수 있을 정도였다."

만일 몇백 년 정도만 더 늦게 태어났더라면 아마도 글뤼켈은 일반 사업이나 금융업에서 큰 두각을 나타낼 수 있었을지도 모른다. 그렇지만 17세기 독일에 살던 여성으로서 자녀를 낳고 양육하는 일은 글 뤼켈이 짊어져야 하는 여성의 가장 중요하고 당연한 의무였고 그녀에게는 최소한 열둘 이상의 자녀가 살아남아 곁을 지키게 된다. 아이를 낳는 일은 이미 십 대 시절부터 시작이 되어 중년에 이르기까지 계속이 되었고 어떤 경우에는 글뤼켈과 성년이 된 딸 중 하나가 동시에 아이를 낳는 일도 있을 정도였다. 글뤼켈의 기록이다. "나는 2년마다 아이를 낳았고 다른 모든 사람들처럼 아이들로 가득 찬 집을 보며 근심걱정이 가시질 않았다. 나는 내 자신이 이 세상의 어느 누구보다도 더 무거운 짐을 짊어졌다고 생각했으며 누구도 나만큼 아이들 때문에 고통받는 사람은 없을 거라고도 생각했다." 그리고 얼마 지나지 않아 남편인 하임이 세상을 떠나자 글뤼켈은 그동안 살아온 삶을 반추하며 자신이 행복한 사람이었다는 사실을 깨닫게 된다. "이 가련한 바보여, '네 상에 둘린 자식은 어린 감람나무 같은' 것을, 그렇게 아이들과 나란히 앉아 있던 내가 얼마나 운이 좋은 사람이었는지 그때는 왜 알지 못했을까." 그녀는 이렇게 「시편」의 한 구절을 인용하며 회한에 잠긴다.

글뤼켈에 따르면 하임은 앓아 누웠으면서도 의사를 부르기 꺼려했었다고 한다. 왜냐하면 사람들이 자신이 아픈 것을 아는 게 싫었기 때문이다. "남편은 자신이 아프다는 사실이 알려지면 아이들이

해를 입을지도 모른다는 바보 같은 미신에 사로잡혀 있었다. 사람들은 약골은 타고난 것이라고들 말한다. 남편은 아이들의 일 말고는 아무것도 생각하지 않는 그런 사람이었다." 이 일화는 다음 세대인 아이들의 미래와 지위에 대한 관심이 어느 정도로 컸었는지를 보여주는 분명한 사례이며 글뤼켈의 인생도 상당 부분 이에 따라 좌우가 되었다. 그녀에게 있어 돈은 사실 그 돈으로 살 수 있는 물건 정도의 가치만 갖고 있을 뿐이었고, 무엇보다 귀중했던 건 그녀의 자녀들의 안전이었다.

이런 이유 때문에 결혼과 관련된 협상은 감상적인 것과는 거리가 먼 매우 냉정한 사업이었으며 남녀는 각각 현실적인 문제들을 제일 먼저 고려하기 마련이었다. 글뤼켈의 딸들 중 하나는 한 젊은 남자의 청혼을 받았는데 그 남자는 "은화 5,000탈러를 현금으로 갖고 있었고 거기에 1,500탈러의 가치가 있는 집의 절반도 소유하고 있었다. 또 은으로 장식된 『토라』며 그 밖의 여러 가지 것들도 갖고 있었다." 글뤼켈은 처음에는 이 결혼에 찬성을 했다가 이내 뒷조사를 통해 남자가 실제로 자기 앞으로 갖고 있던 재산이 3,500탈러에 불과하다는 사실을 알고 잠시 망설이게 된다. "나는 이 결혼을 깨고 싶었다. 왜냐하면 결혼 계약을 하며 맺은 약속을 충실하게 이행하고 있지 못했기 때문이었다." 양 집안의 협상은 1년 이상을 더 끌었다. "나는 결국 하나님의 뜻에 따라 마지못해 딸을 베를린에 보내게 되었고 그곳에서 서둘러 결혼을 시키게 되었다." 『회상록』에 등장하는 또 다른 일화에서는 글뤼켈의 딸들 중 하나와 모세 크룸바흐의 결혼에 대한 사연을 소개하고 있다. "모세 크룸바흐는 메츠의 부자 아브라함 크룸바흐의 아들이었다." 이번 결혼의 경우 글뤼켈이 "여러 사람들이 보낸, 그 남자에게 아주 많은 단점들이 있으니 절대 결혼을 시키지 말라는 경고의 편지들을" 받을 때까지는 거의 성사될 뻔했었다. 유대 중산층들에게 결혼은 사업과 마찬가지로 주로 추측과 불완전한 정보를 기반으로 하여 잘못될 경우 크게 낭패를 볼 수 있는 일이었다. 예를 들어 아들 뢰브의 사업 실패는 상당 부분 그의 장인 탓이었는데, 그는 "사위에게 계속해서 신경을 제대로 쓰지 못했고 사위가 마치 고삐 풀린 망아지처럼 날뛰는 걸 그대로 내버려두었다."

따라서 『회상록』의 내용 중에서 성공적인 결혼 이야기가 가장 흥분되고 중요한 사건이라는 것도 납득이 간다. 결혼식을 둘러싼 예의 범절의 모든 자세한 내용들, 그러니까 어디서 치르고 무엇을 준비하고 예물가격은 얼마나 되는지 등등은 가족의 지위와 재산을 나타내는 척도나 다름없었다. 글뤼켈의 회상에 따르면 자신이 십 대 초반에 결혼을 하게 되었을 때 신랑의 가족이 격식을 갖춘 마차가 아닌 농부들이 끄는 수레를 보내 신부측 하객들을 태우려 하면서 문제가 발생했었다고 한다. "어머니는 무척 화가 나셨지만 아무런 행동도 취할 수 없었다." 하지만 글뤼켈의 딸 십보라의 결혼은 그와는 사뭇 달랐다. 클레베의 대공(大公)도 참석해 자리를 빛내주었던 아주 성대한 결혼식이었던 것이다. "지난 수백 년 동안 그런 대단한 영광을 입었던 유대인은 한 명도 없었다." 글뤼켈은 아주 만족스럽게 기록을 하고 있다.

그런데 이렇게 자녀들의 짝을 지어주는 일에 전심을 다해 최선을 다했던 어머니가 자신의 두 번째 남편을 선택하는 일로 해서 나락으로 떨어진 건 참으로 얄궂은 일이 아닐 수 없다. 첫 번째 남편인 하임이 세상을 떠난 후 14년이 지날 때까지도 글뤼켈은 남편에 대한 기억을 저버리고 재혼하는 것을 원하지 않았다. "나는 하임 같은 사람을 다시는 만날 수 없을 것이다." 그리고 어쩌면 글뤼켈은 미망인으로서 사회적 그리고 재정적인 독립을 누리고 있는 지금의 상황을 즐기고 있는지도 몰랐다.

그렇지만 결국 돈 문제가 그녀의 발목을 잡았고 쉰네 살이 되던 해 자신에게 쏟아졌던 수많은 청혼들 중에서 한 남자의 청혼을 받아들이기로 했다. 메츠 출신의 힐츠 레비는 아주 적절한 재혼 상대자처럼 보였다. 자신도 상처를 한 힐츠 레비는 부자라는 소문이 자자했고 결혼식이 진행되는 동안에도 예의에 어긋나지 않을 만큼 모든 행동들이 다 흠잡을 곳이 없었으며 '레몬과 포르투갈 오렌지' 그리고 '황금 사슬과 황금 장신구' 같은 비싸고 진귀한 선물들로 글뤼켈을 감동시켰다.

글뤼켈은 사실 자신의 두 번째 결혼에 대해 그리 큰 기대는 갖고 있지 않았다. 그녀가 바란 건 오직 "남은 날들을 평화롭게 살며 동시에 나의 영혼에게 좋은 일들만 하고 살 수 있을 만큼의" 물질적인 넉넉함뿐이었다. 그녀의 자녀들도 물론 계산에 들어가 있었다. "나는 내가 결혼하는 남자가 지니고 있는 재산과 특별한 지위가 나의 자녀들을 돌봐줄 뿐더러, 큰 부자가 되도록 이끌어줄 수 있음을 믿어 의심치 않았다." 그렇지만 일은 그녀의 뜻대로 되지는 않았다. "위대하신 하나님께서 나의 뜻과 계획을 들으시고는 웃으셨으리라." 힐츠는 그녀의 안전을 보장해주지 못하고 대신 파산을 하며 글뤼켈이 그 무엇보다도 두려워하던 불명예 속으로 그녀를 밀어 넣었다. 글뤼켈은 이 두 번째 남편에 대해 더할 나위 없이 쓰라린 심정으로 기록을 남긴다. 심지어 남편의 죽음조차도 배신으로 느껴질 정도였다. "힐츠는 영원한 안식을 찾아 떠났다. 그리고 나에게는 걱정과 불행만을 남겨주었다."

그녀의 평탄했던 일생의 끝에 드리워진 이러한 슬픈 결말은 글뤼켈에게 자신의 자녀들과 미래의 독자들, 그리고 부의 덧없음과 하나님의 섭리에 따른 측량할 수 없는 지혜에 대해 다시 한 번 생각해볼 수 있는 충분한 기회를 주었다. "창조주 하나님께 감사드린다. 하나님께서는 부족하고 보잘것없는 죄인인 나에게 내가 받은 벌보다 더 많은 자비와 은혜를 베풀어 주셨다. 그리고 나에게 나의 모든 슬픔을 견딜 수 있는 인내심도 가르쳐주셨다."

『회상록』을 처음 시작하면서 그녀가 말했던 것처럼, 글뤼켈은 성자나 성녀가 아니었으며 그녀의 머릿속을 가득 채우고 있는 건 하늘나라나 『토라』가 아닌 이 세상의 일들이었다. 우리들 대부분과 마찬가지로, 글뤼켈은 그녀 영혼의 영원한 숙명보다는 이 세상에서의 존경과 성공에 더 많은 관심을 기울였던 것이다. 그렇지만 궁극적인 가치의 문제에 이르러서는 그녀도 계속해서 자신이 『체네레네』를 비롯해 그와 유사한 책들에서 배웠던 것들을 잊지 않았다. 글뤼켈은 재산이나 돈은 의미가 없으며 우주와 세상을 주관하시는 건 바로 하나님이라는 사실을 깨달았고 또 유대인으로서 누릴 수 있는 최고의 삶은 기도와 공부를 게을리 하지 않는 삶이라는 사실도 알게 되었다. 그녀는 당대의 다른 유대인들과 마찬가지로 자신이 살고 있는 이 세상과 하나님께서 원하시는 그 세상이라는 실제와 이상 사이에서 적절한 균형을 유지하는 것을 목표로 삼았고 그것을 해냈다. 글뤼켈은 자녀들에게 이렇게 말했다. "자신이 할 수 있는 한 『토라』를 공부하는 시간을 따로 마련해두어라. 그리고 열심히 생업에 힘쓰며 아내와 아이들에게 적절한 생활을 제공해라. 이것 역시 하나님의 율법과 마찬가지이며 동시에 사람으로서의 도리다."

참고 문헌

폴 크리와첵(Paul Kriwaczek), 『이디시 문명: 사라진 민족의 부흥과 몰락 (Yiddish Civilization: The Rise and Fall of a Forgotten Nation)』, 뉴욕: 크노프, 2005.

마빈 로웬탈(Marvin Lowenthal) 옮김, 『하멜른의 글뤼켈의 회상록(The Memoirs of Glückel of Hameln)』, 쇼켄, 1977.

미리엄 스타크 자콘(Miriam Stark Zakon) 옮김, 『주간 주석: 체나 우레나(The Weekly Midrash: Tz'enah Ur'enah)』 전2권, 메소라 출판사, 1994.

제10장
이단과 자유

·

바뤼흐 스피노자(Baruch Spinoza)
『신학정치론(Tractatus Theologico-Politicus)』

바뤼흐 스피노자는 유대 역사에 있어 가장 유명한 이단아일 것이다. 1656년 네덜란드 암스테르담의 유대 교회에서 추방당한 스피노자는 짧았던 생의 말년을 하나님과 자연, 정치, 그리고 윤리에 대한 급진적이고 새로운 이해를 발전시키는 데 보냈다. 스피노자의 두 주요 저술 중 하나인 『신학정치론』은 근대의 세속 사상과 유대 전통의 교차점에 서 있다고 볼 수 있다. 필론 이후 여러 유대인 사상가들이 염두에 두었던 것과 똑같은 신학적 문제들에 대한 의견을 개진하기도 했던 스피노자는 이런 문제들에 대해 완전히 새로운 해답을 제시하며 『구약 성경』은 오직 이성에 의해서만 해석이 되어야 하고 선택받은 유대인이라는 개넘은 지어낸 이야기에 불과하다는 주장을 펼친다. 종교적 관용과 민주 정치에 대한 스피노자의 주장은 그를 근대 세계를 여는 사상가의 반열로 끌어올렸으며 그의 책은 이 세상 어느 곳에서 유대인과 유대교를 인정하고 수용해줄 수 있는가에 대한 중대한 의문을 던지고 있다.

바뤼흐 스피노자는 1632년 네덜란드에서 태어나 하멜른의 글뤼켈과 그리 멀지 않은 곳에서 비슷한 시기를 살았다. 실제로 암스테르담은 글뤼켈의 가족이 거래를 하던 도시들 중 한 곳이기도 했다. 그렇지만 지적, 영적인 세계에서의 두 사람 사이의 차이는 어마어마하다. 글뤼켈의 삶과 신앙은 100년, 아니 500년 전에 살았던 유대인들의 그것과 거의 차이가 없었고 학자가 아니었던 그녀는 전통적인 믿음과 독일계 유대인들의 관습을 다 수용했다. 반면에 암스테르담에 정착한 포르투갈계 유대인들은 유대교의 관습과 지식으로부터 거의 단절된 채 1세기 가까운 세월을 살아오다 이제 막 그 시기를 벗어난 사람들이었다.

이슬람이 지배하던 에스파냐에서 누렸던 유대인들의 황금 시기는 전부 다 찬란히 빛나던 시기만은 아니었다. 우리가 이미 살펴보았던 것처럼, 이베리아 반도의 유대인들은 언제나 이슬람은 물론 기독교 이웃들이 행사하는 폭력의 대상이었다. 그렇지만 이 시기는 최소한 상대적으로 관용적이며 문화의 교류가 활발했던 때로, 시작이 그랬듯이 종말도 극적으로 찾아왔다. 1391년, 에스파냐 전역에 걸쳐 반유대주의 운동이 일어나 수천 명이 넘는 유대인들이 학살을 당했고 수많은 유대인들이 목숨을 구하기 위해 강제로 기독교로 개종을 했다. 이후 다음 세기에도 반복된 강제 개종의 물결은 에스파냐어로 '개종자'를 뜻하는 '콘베르소(converso)' 혹은 '새로운 기독교인'을 만들어내게 된다. 이들 유대 개종자들은 때로 '마라노스(marranos)'라는 모욕적인 이름으로 불리기도 했으니, 바로 '야비한 돼지새끼들'이라는 뜻이었다.

이런 종교적 박해는 1492년에 그 절정에 달한다. 에스파냐의 페르디난드 왕과 이사벨라 여왕이 에스파냐 영토에서 모든 유대인들을 추방하라는 명령을 내린 것이다. 추방당한 유대인들의 대다수가 이웃나라인 포르투갈로 이주했지만 고작 5년이 흐른 후 포르투갈 역시 유대인들에게 기독교로 개종하든지 아니면 이 나라를 떠나라는 명령을 내리고 만다. 그 결과가 바로 포르투갈어를 구사하는 대규모 '개종자'들의 탄생이었다. 이들 중 상당수는 겉으로는 가톨릭교의 관습을 따르는 척하면서도 유대 정체성의 일부라도 유지하기 위해 많은 애를 썼다. 본격적인 추방과 박해가 시작된 지 1세기쯤 지난

1600년을 전후해서 이 개종자들은 이제 다시 암스테르담에 정착을 하기 시작해 네덜란드 사회가 제공하는 전례가 없는 수준의 관용을 누리게 되었다. 얼마 지나지 않아 상인과 무역업자들이 대다수를 차지하고 있던 이 포르투갈계 유대인들은 당당하게 다시 유대교로 돌아갈 수 있게 되었으며 다른 유대 공동체에서 모셔온 랍비들의 지도 하에 시나고그도 다시 세웠다. 네덜란드의 유대인 공동체는 전통과 변이가 결합된 독특한 관점에서 유대교에 접근을 시도했으며 이들은 어쩌면 유대교와 유대인의 의미를 다시 배워야만 했던 그런 사람들일지도 몰랐다.

이런 시대적 배경 속에서 17세기의 암스테르담에서 유대 역사상 가장 유명한 자유사상가를 배출하게 된 것은 어쩌면 우연이 아닐 것이다. 이 자유사상가, 바뤼흐 스피노자는 1656년 시나고그에서 진행된 공개 행사에서 일종의 파문을 당하고 말았다. 스피노자 가문은 17세기 초 암스테르담으로 이주해 정착을 했던 수백여 개에 이르는 포르투갈계 유대 일족들 중 하나였고 스피노자의 아버지는 베스 야곱 시나고그를 이끄는 이사회의 일원이 될 정도로 입지가 탄탄한 암스테르담의 시민이었지만 상업에 종사하던 그의 가문 자체는 특별히 부유하거나 눈에 뜨일만한 성공을 거두지는 못했다. 바뤼흐 스피노자는 유대식 이름으로는 바뤼흐라고 불렸고 포르투갈어를 사용하는 집에서는 벤토(Bento)라고 불렸으며 또 파문을 당한 후 기독교 사회에서는 라틴어를 사용하며 베네딕투스(Benedictus)라고도 불렸는데 모두 다 '축복을 받았다'라는 뜻에서 유래된 이름이었다. 어린 스피노자는 유대교 학교에 들어가 히브리어와 『구약 성경』을 배웠으며 학년이 올라가고 학교를 졸업해 가족들이 꾸려나가는 사업에 참여하기 전까지 『탈무드』와 유대 철학에 대해서도 공부를 했다. 특히 철학의 경우 마이모니데스의 『당혹자에 대한 지침』이 그의 사상에 지대한 영향을 끼쳤다고 한다.

그렇지만 이런 과정에서 종교에 대한 스피노자의 사상은 전통적인 유대식 방식에서 아주 크게 벗어나게 된다. 그가 살던 당시의 네덜란드 공화국은 유럽에서도 가장 자유롭고 관용이 넘치던 사회였고 과학과 철학의 최신 사상이 공개적으로 논의될 수 있는 그런 곳이기도 했다. 자신의 이론을 모국에서 가르칠 수 없었던 사상가들은 네덜란드로 이주하거나 혹은 네덜란드에서 자신들의 저술을 출간했고 그중에는 당대 최고의 철학자였던 프랑스 태생의 르네 데카르트(Rene Descartes)도 포함이 되어 있을 정도였다. 그리고 글뤼켈 가문이 살았던 함부르크와는 달리 스피노자가 살던 암스테르담은 유대인들과 이교도들이 서로가 믿는 신앙에 상관없이 서로를 경원시하지 않고 자유롭게 거래를 하거나 지적인 교류를 나누는 일이 가능했던 그런 도시였다. 스피노자와 같은 호기심 넘치는 젊은 사람들은 평균적인 네덜란드의 유대인이나 기독교인들이 불경스럽다고 생각할만한 종교에 대한 새로운 개념들을 아주 쉽게 만나볼 수 있었다.

도대체 이십 대 초반의 스피노자가 무슨 말을 했기에 유대교 지도층들이 그토록 분노했었는지는 확실히 알려져 있지 않다. 그의 초기 전기에 등장하는 어느 일화에 따르면 스피노자의 친구 두 사람이 그의 이단에 가까운 종교관에 대한 이야기를 듣고 스피노자에게 그런 불경스러움을 이끌어낼 만한 질문을 던졌다고 한다. "하나님에게는 육신이 있는가? 영혼이란 불멸의 존재인가?" 친구들의 이런 질문에 스피노자는 아마도 두 가지 모두에 대해 부정적인 답변을 했던 것 같다. 물론 하나님에게 육신이 없다는 개념 자체는 『당혹자에 대한 지침』을 통해 수도 없이 똑같은 문제를 다뤘던 마이모니데스에게는 불경스러움과는 별 상관이 없는 그런 주제였을 것이다. 그리고 사람이 죽은 뒤 그 영혼이 겪게 되는 일에 대한 마이모니데스의 관점은 우리가 일반적으로 생각하는 불멸성과는 한참 거리가 멀었다. 그렇지만 마이모니데스는 그 자신이 언제나 논란의 중심에 서 있던 사상가였으며 그의 합리주의는 대부분의 유대인들이 자신들의 신앙을 경험하는 방식에 대해 도전을 했다.

심지어 스피노자가 이 유명한 이야기를 알고 내세웠다 하더라도 그를 제대로 지켜주는 일에는 별다른 도움이 되지 못했을 것이다. 스피노자의 종교관에 대해 분개한 그의 친구들은 스피노자가 "모세의 율법을 증오하고 모욕했다"라는 말을 퍼뜨렸고 스피노자를 가르쳤던 랍비는 생각을 고치라고 간절히 부탁까지 했다고 한다. 또 심지어 그냥 말로만이라도 유대 신앙을 존중한다는 뜻을 나타내달라고 뇌물까지 제안했다고 하는데, 스피노자는 이를 거절하고 조용히 파문 선고를 받아들였다. 이 파문 선고는 유대교에서는 특히 '헤렘(cherem)'이라고도 하며 유대 공동체의 지도자들이 내린 이런 선고에 대해 스피노자에게 이렇게 답을 한다. "그렇기 때문에 더욱더 그들은 내가 이런 선고를 두려워하지 않는다고 해서 내가 스스로 원하지도 않는 일을 강제로 시킬 수는 없다."

유대교의 저주라고도 할 수 있는 헤렘이 공개적으로 선언되는 자리에서 스피노자에게 쏟아진 극단적인 내용의 이야기들을 생각해보면 이런 침착한 태도는 정말 놀라운 모습이 아닐 수 없다. 그들이 내린 선고는 「신명기」에서 하나님에게 불순종하는 자들에게 모세가 경고했던 저주를 연상시킨다. "밤이나 낮이나 그에게 저주가 내리리라…… 밖을 돌아다닐 때도, 또 집 안으로 들어올 때도 그에게 저주가 내리리라." 그렇지만 스피노자에게는 불명예나 저주보다도 더한 일이 기다리고 있었다. 파문을 당한 사람은 가족을 포함해 모든 유대인들과의 접촉이 금지된다. "어느 누구도 스피노자와 이야기를 나눠서도 안 되고 물론 글로 쓰는 필담도 금지된다. 스피노자에게 어떤 호의를 베풀거나 집에 머물게 해주어서도 안 되며 그의 주변에서 적어도 네 척(尺) 이상의 거리를 두어야만 한다." 전에도 암스테르담의 유대 공동체에서 비슷한 선고를 받은 유대인들은 있었다. 그렇지만 이렇게 스피노자처럼 암스테르담 시나고그가 발행한 문서를 통해 가장 극단적인 수준의 헤렘을 선고받았던 유대인은 스피노자가 처음이었다.

유대 공동체로부터 단절된 스피노자는 가족도 잃고 친구도 잃었으며 생계수단조차 빼앗기게 되었다. 파문 선고 이후 그는 남은 생애를 온전히 자신의 힘으로만 살아가야 해, 이후 렌즈를 갈고 닦는 일을 하며 조용히 생계를 꾸려나가게 된다. 그런데 이렇게 렌즈를 만드는 일은 오히려 크게 발전하는 광학 장치 분야에 관심이 많던 당대의 과학자들과 교류를 하게 되는 계기가 되기도 했으며 또 파문을 통해 스피노자는 철학자로서 특별한 이점을 누리는 그런 위치에 올라서게도 되었다. 유대 공동체의 일원도 아니며 또 그렇다고 신교도인 네덜란드 개혁파 교회 소속도 아니었던 스피노자는 유럽에서 어떤 종교적 원칙에도 얽매이지 않고 완전히 세속적인 삶을 살아간다고 자부할 수 있는 몇 안 되는 사람 중 하나였다. 그는 그 지향점이 어디든 자유롭게 자신의 사상을 추구할 수 있게 되었으며 심지어 다소간 주의를 기울이기는 했지만 네덜란드 지성계의 자유로운 분위기 덕분에 이런 자신의 사상을 공개적으로 발표할 수도 있게 된 것이다. 비록 그의 대표작이 자신의 형이상학 및 도덕적 사상을 정리한 『윤리학(Ethica)』이라고는 하지만 이 책은 그의 사후까지 원고로만 남아 있었으며 그의 사상이 널리 알려지게 된 건 국제적인 학계를 통해서였다. 스피노자는 얼마 지나지 않아 전통을 거부하는 대단한 사상가로서 명성을 얻게 되었으며 당대의 철학적 문제들에 대한 그의 관점들은 그 숫자는 얼마 되지 않지만 영향력이 큰 그와 뜻을 같이하는 사람들에게 큰 인기를 끌게 되었다. 그리고 역시 당대의 독실한 신앙인들은 스피노자의 이름을 입 밖으로 낼 수도 없는 무신론적 죄악과 연결시키며 아예 언급하는 것조차 꺼려했다.

그렇지만 1670년이 되고 스피노자의 나이 서른일곱이 되었을 때, 그는 비로소 자신의 사상들을 정리해 책으로 써서 발표해야겠다고 생각하게 된다. 스피노자를 이렇게 자극한 것은 자신의 친구였던 변호사이자 의사인 아드리안 콜바흐(Adriaan Koerbagh)와 관련되어 일어났던 사건의 영향도 어느 정도 있었다. 콜바흐는 관용적인 네덜란드 사람들도 받아들이기 어려울 정도로 급진적인 내용의 책을 출간했는데, 그는 다양한 네덜란드 단어에 대한 어원을 외국어를 통해 찾는 교양서를 가장해 모든 종교 조직들을 그저 미신일 뿐이라고 조롱했으며 예수의 신성을 부정했다. 그의 이런 공격이 더욱 문제가 되었던 건 그가 이런 일종의 반체제적인 견해를 당시 학자들과 철학자들의 언어인 라틴어가 아닌 네덜란드어로 출간을 했으며 따라서 일반 사람들도 읽을 수 있었다는 점이다. 암스테르담의 종교와 정치 지도자들에게 이런 현상은 단지 신앙뿐만 아니라 공공의 도덕에 대한 심각한 공격으로 여겨졌고 이들은 콜바흐에게 10년의 징역형을 구형하는 것으로 대응했다. 그리고 콜바흐는 투옥된 지 불과 1년 만에 세상을 떠나고 말았다.

심지어 네덜란드에서조차도 철학자들이 안전하게 이야기하는 데 한계가 있다는 것을 확인시켜준 이러한 사건이 일어난 후 스피노자는 자신이 수년에 걸쳐 작업해온 책을 출간하기로 결정한다. 라틴어로는 '트락타투스 티올로지코-폴리티쿠스(Tractatus Theologico-Politicus)', 즉 『신학정치론』쯤으로 부를 수 있는 이 책은 부제목이 알려주는 것처럼 "철학의 자유는 신앙심이나 공화국의 안정에 위험이 되지 않을 뿐더러 공화국과 신앙심 그 자체의 평화를 깨뜨리는 일이 없기 때문에 거부되어서도 안 되며 허용이 되어야 한다"는 사실을 보여주기 위해 쓰였다. 이 책이 스피노자 철학의 모든 것을 다 드러내고 있지는 않으나, 『신학정치론』은 하나님과 정경(正經)의 본질, 그리고 종교가 사회에서 떠맡고 있는 적절한 역할에 대한 스피노자의 관점을 깊이 탐구하고 있다. 스피노자는 자신이 이런 주제들을 통해 꼭 말하고 싶었던 내용들이 도전적이며 심지어 위험하기까지 하다는 사실을 잘 알고 있었다. 1670년의 시작과 함께 등장한 이 책은 제목만 적혀 있을 뿐 실제 저자의 이름은 빠져 있었고 한 가공의 출판업자 이름으로 함부르크에서 인쇄된 것으로 알려졌다. 실제로 이 책을 찍어낸 암스테르담의 출판업자가 불이익을 받는 것을 막아주기 위해서였다. 그렇지만 스피노자는 이 책이 자신의 동족들에게 철학과 종교를 분리하는 일이 필요하다는 사실을 일깨우기를 바라고 있었으며 각 개인에게 그들이 원하는 대로 생각하고 종교의 자유도 보장하는 일이 필요하다고 생각하는 데 도움을 주기를 또한 희망했다.

『신학정치론』을 마무리하며 스피노자는 겸손한 말투로 이렇게 이야기한다. "나는 내 조국의 정부가 내리는 조사와 심판과 관련해 내 스스로 문제가 될만한 내용은 이 책 어디에도 적지 않았다. 만일 정부 당국에서 내가 이 책에 쓴 내용 중 어떤 것이라도 이 땅의 법률에 저촉되거나 혹은 공공의 이익에 해를 끼친다고 판단한다면, 거기에 대해서는 아무런 이의가 없다. 나도 한 사람의 인간일 뿐이며 그렇기 때문에 실수를 저지를 수도 있는 것이다." 그러면서도 그는 여전히 이렇게 주장한다. "내가 쓴 내용들은 모두 완전히…… 경건한 신

양심과 도덕심에 일치한다." 그렇지만 책의 독자들은 스피노자가 언급했던 정부 당국의 판단까지 포함해 아무도 그렇게 생각하지 않았다. 오히려 『신학정치론』은 세상에 선을 보인 즉시 하나님에 대한 믿음을 무너뜨리려는 위험천만한 시도로 공격을 받게 된다. 한 비평가의 말을 빌면 이 책은 "모든 종교, 특히 그중에서도 유대교와 기독교를 파괴하며 무신론과 자유주의, 그리고 모든 종교에 대한 자유를 퍼뜨리려는 주된 목적을 갖고 있는 것처럼 보였다." 1674년, 네덜란드 전역에서 『신학정치론』의 판매가 금지되었고 얼마 지나지 않아 이 책의 진짜 저자로 정체가 드러나게 되어버린 스피노자는 심지어 같은 편이 되어줄 것으로 기대했던 자유주의 사상가들로부터도 공격을 당하고 있다는 사실을 깨닫게 되었다. 이런 상황은 그를 굉장히 의기소침하게 만들었고 결국 스피노자는 자신의 『윤리학』을 죽을 때까지 출간하지 않기로 결심하게 된다. 그리고 바뤼흐 스피노자는 마흔네 살의 이른 나이로 세상을 떠나고 말았다. 1677년의 일이었다.

* * *

스피노자가 『신학정치론』을 출간했을 때, 그는 14년째 암스테르담의 유대인 공동체로부터 추방된 상태였다. 유대 공동체의 그런 조치가 얼마나 권위와 강제성이 있었는지는 정확하게 알려져 있지는 않다. 그저 스피노자 이후에도 일부 유대인들이 비슷한 추방이나 파면 조치를 당했다는 기록만 전해질 뿐이다. 어쨌든 스피노자가 더이상 다른 유대인들 사이에서 살 수 없었던 건 분명하다. 그는 암스테르담을 떠났고 가장 가까운 친구이자 학계의 동반자들은 콜바흐 같은 자유사상가에 진보적 기독교도 같은 사람들만 남게 되었다. 그리고 마이모니데스나 예후다 할레비의 철학 저술들과 달리 스피노자는 특별히 유대 독자들을 염두에 두고 글을 쓴 것이 아니며 그의 『신학정치론』은 당연히 『당혹자에 대한 지침』이나 『쿠자리』와는 다르게 유대 철학과 관련된 작품이라고 부를 수 없었다. 아마도 스피노자가 원했던 '리베르타스 필로소판디(libertas philosophandi)' 즉 '사상의 자유'의 주요 대상이었던 라틴어를 읽을 수 있는 국제 사회의 지식인들, 특히 네덜란드의 지식인들에게 먼저 소개가 되지 않았을까.

그렇지만 『신학정치론』을 읽는다는 건 스피노자가 주장하는 바를 하나씩 확인할 수 있는 기회가 된다. 바로 마이모니데스 같은 초창기 유대 사상가들도 중요하게 생각했던 바로 그런 주제들에 대한 주장이다. 정경의 위상은 어떠하며 정경을 통해 알 수 있는 진리란 과연 어떤 것일까? 선지자들이 하나님에 대해 정말로 알았던 건 무엇일까? 유대 율법의 타당성이란 어떤 것이며 율법이 유대인들에게 주어진 이유는 과연 무엇 때문일까? 우리는 우주에 대한 지적, 그리고 과학적인 지식을 종교적인 신념과 어떻게 조화시킬 수 있을까? 이집트 알렉산드리아에 살며 그리스어를 구사했던 필론과 에스파냐의 이슬람 세력권 안에서 아라비아어를 쓰고 말했던 마이모니데스처럼 스피노자는 유대교와 그보다 훨씬 더 강력하고 더 유혹적인 지성의 세계의 교차점에 서 있었다. 그는 유대인들이라면 항상 들을 수밖에 없는 바로 그 질문을 던진다. 유대교의 얼마나 많은 부분이 다른 종류의 길을 가는 사상들과 마주해 살아남을 수 있는지, 또 살아남아야 하는지에 대한 질문이었다. 그리고 무엇보다도 철학자들의 합리주의와의 관계는 또 어떻게 되는가?

스피노자와 이전 유대 사상가들 사이의 가장 큰 차이점은 그들이 종교가 지배하는 세상 속에 살며 종교가 없는 인간의 삶을 상상하는 것이 불가능했다면 스피노자는 근대의 여명기를 살아가며 종교가 없는 진정한 속세의 삶이 가능해 보였던 최초의 시간과 공간 중 한때를 마주하고 있었다는 점일 것이다. 『신학정치론』의 머리말에서 스피노자는 자신이 암스테르담에 살며 종교적 차이란 그저 겉보기에 불과하다는 사실을 깨닫게 되었다고 주장한다. "그야말로 실로 오랜 세월이 흐른 뒤 처음으로 사람들은 상대방이 기독교도인지 유대인인지, 아니면 터키의 이슬람교도인지 혹은 완전히 다른 종교를 가진 사람인지 정확히 알 수 없는 그런 시대가 도래했다. 그저 이런 저런 방식에 따라 옷을 차려입고 다른 모습을 하며 이런 저런 예배당에 출석하고 특정한 신앙을 유지하거나 혹은 저 성직자가 아닌 다른 성직자를 더 따른다는 사실 정도만 알 수 있었던 것이다. 그것만 빼면 모든 사람들이 사는 삶은 각자 다 비슷했다." 스피노자가 이런 사실을 잘 알 수 있는 독특한 상황에 처해 있었다는 건 분명한 사실일 것이다. 그는 당대에 그 신앙의 여부와는 상관없이 기독교와 유대교 모두와 가까운 관계를 유지했던 몇 되지 않는 사람들 중 하나였다.

게다가 스피노자가 대학에서, 그리고 자신의 방대한 독서를 통해 배웠던 철학은 마이모니데스가 알았던 아리스토텔레스 사상과는 판이하게 다른 우주에 대한 관점을 제공해주었다. 스피노자는 데카르트며 뉴턴과 동시대의 사람이었고 새로운 과학지식을 배웠으며 이를 통해 왜 세상이 존재하는가에 대한 포괄적이며 물질주의적인 설명을 제공받을 수 있었다. 예를 들어 물체의 움직임에 대해 설명하기 위해 하나님의 신성한 의지에 기대는 것이 아니라 이제는 오직 물리학의 법칙만을 따라 공간 안에 존재하고 있는 모든 것들의 실체를 그대로 바라보는 일이 가능해진 것이다. 거기에, 과학적인 방법은 종교 그 자체에도 적용이 될 수 있어, 진리에 대한 주장들을 분석하고 또 『구약 성경』 속에 등장하는 내용들을 신화와 사실로 구분하는 데 사용할 수 있었다.

그렇다고 스피노자가 종교적인 내용이나 표현들을 완전히 배척했다는 뜻은 아니다. 오히려 그 반대로, 『신학정치론』은 계속해서 하나님에 대해 언급을 하고 있으며 하나님의 사랑을 일깨우고 있다. 그렇지만 마이모니데스가 『당혹자에 대한 지침』에서 하나님을 일반적인 유대인들이 생각하는 방식과 거의 관련이 없는 방식으로 정의했던 것처럼, 스피노자 역시 『구약 성경』 속 전통적인 하나님을 대신할 수 있는 자신만의 하나님에 대한 생각을 제시했다. 마이모니데스의 하나님은 완전한 초월적 존재 그 자체로 언어는 물론 이해에 이르기까지 인간의 경험 자체를 완전히 넘어서는 분이었고 스피노자의 하나님은 전적으로 내재적인 존재로, 존재하는 그 자체의 완전함으로 구분이 되었다. 『윤리학』에서 스피노자는 유명한 '데우스 시베 나투라(Deus sive Natura)', 즉 '하나님 혹은 자연'이라는 말을 남긴다. 스피노자에게 하나님과 자연은 하나이며 같은 존재로, 『신학정치론』에서는 또 이렇게 말하기도 했다. "자연의 힘은 하나님의 힘과 다를 것이 하나도 없기 때문에 우리가 자연적인 원인을 무시한다면 그만큼 하나님의 힘에 대해 이해하는 일이 어려울 수밖에 없다."

만일 하나님이 자연 그 자체라면, 즉 저 하늘의 별에서 인간의 사상까지 '모든 것'이라면 그런 하나님의 본질은 이제 새로운 의미를 지니게 된다. 스피노자에게 하나님은 다른 모든 이전의 사상가들에게도 그랬던 완벽한 존재였지만 그렇다고 완벽하게 정의롭고 완벽하게 친절하거나 혹은 완벽하게 지혜롭다는 의미는 아니었다. 그보다는 오히려 하나님 혹은 자연은 다른 어떤 방식이 아닌 바로 본연의 모습 그대로 존재할 수 있다는 뜻에 더 가까운 것이 아니었을까? 일어나고 있는 모든 일들은 이미 완전히 결정되어 있는 것이며, 그 안에서 인간이 어떤 행동을 취할 수 있는 여지는 전혀 없다. 우리는 독립적인 주체가 아니라 하나님의 실존에 따라 좌우될 수 있는 일종의 '형태'에 불과하며 인간과 자연세계의 활동은 이러한 형태들이 단지 필요에 의해 일정한 법칙에 따라 펼쳐지는 것뿐이다. 그러므로 하나님을 사랑하는 건 우리가 아버지나 재판권을 향해 느낄 수 있는 어떤 감사나 경외감의 감정과는 다르며 우리가 수학의 진리를 인정하는 것과 똑같은 직관적인 방식으로 이미 존재하고 있는 모든 것의 절대적인 필요성을 인정하는 것이다. 실제로 스피노자에게 있어 이런 인정이나 수용은 인간 행복의 핵심적인 비결이며 자신의 철학적 가르침의 목표이기도 했다. 그가 자신에게 쏟아지는 무신론자라는 비난에 대해 분개하며 반발했던 것도 바로 이런 이유 때문이었다. 스피노자 자신의 관점에서 그는 하나님을 부인한 적은 없고 다만 하나님을 올바로 이해하기 위해 인간성에 대해 먼저 가르쳤을 뿐이었다.

스피노자가 이야기하는 완벽하게 내재하는 하나님이라는 개념은 마이모니데스가 주장하는 완벽하게 초월적인 존재로서의 하나님과 실제로는 많은 공통점이 있다. 두 하나님 모두 인간의 기도를 들으시거나 인간의 일에 개입을 하지도, 또 그 어떤 종류의 감정도 느끼지 못한다. 두 하나님은 오직 지성을 통해서, 그리고 우주를 이해하려는 것만큼이나 인간의 마음과 정신을 가능한 한 많이 이해하려는 노력에 의해 접근할 수 있다. 그리고 두 하나님은 모두 『구약 성경』을 있는 그대로 읽으려는 독자들에게는 매우 심각하고 곤란한 문제가 된다. 이런 독자들에게 하나님은 육체적, 그리고 정신적으로 의인화된 하나님이기 때문이다. 이런 하나님을 유대교와 엮으려는 시도는 『조하르』로 대표되는 신비주의 유대교나 하멜른의 글뤼켈이 이야기하는 경건한 일반 종교로서의 유대교 등을 가리지 않고 지난 수천 년 동안 지속되어온 시도인데, 다시 스피노자의 시대에 와서 언어와 사상 모두에서 일종의 혁명을 필요로 하게 되었다. 스피노자가 『신학정치론』이 철학을 공부하는 지식층만을 위한 책이라는 경고를 통해 마이모니데스가 갔던 길을 그대로 따라가려 했던 것도 바로 이 때문이다. "다른 보통 사람들에게는 이 책을 그리 특별할 정도로 열심히 권하고 싶은 생각은 없다. 왜냐하면 어떤 식으로든 이 책이 그들의 마음에 들 거라는 기대를 가지기가 힘들기 때문이다. …… 그것은 마치 보통 사람들에게서 미신을 통한 두려움을 제거하는 일 만큼이나 불가능에 가깝다."

중세를 대표하는 유대 사상가이자 유대인 출신이지만 근대 일반 사회의 사상을 대표하는 사상가인 마이모니데스와 스피노자 사이의 가장 큰 차이점은 이러한 어려움이나 도전에 대해 대응하는 방식에 있었다. 마이모니데스는 『구약 성경』이 모두 진실이라는 전제하에서 출발을 한다. 다시 말해 우리가 이성을 통해 발견할 수 있는 확실한 진리가 『구약 성경』 안에도 똑같이 존재한다는 사실을 믿어 의심치 않는다는 뜻이다. 예를 들어 만일 『구약 성경』이 하나님이 보좌 위에 앉아 계신다거나 혹은 에덴동산 안을 거닌다는 등의 이성과 조화되지 않는 듯한 내용을 가르치는 것처럼 보인다면, 우리는 그런 내용들을 비유적인 관점에서 해석할 수밖에 없으며 그렇게 해서 합리적이고 이성적인 진실을 따르게 된다. 마이모니데스는 이런 식으로 독자의 '당혹감'을 해결해주려고 한 것인데, 사실과 철학 사이의 갈등은 그저 표면적인 것일 뿐 실제로는 그렇지 않다는 사실을 보여주려 한 것이다. 따라서 마이모니데스가 주장하는 합리주의는 유대교 안에 온전히 남아 있게 되었고 그런 사실은 유대의 율법을 연구하면서 보낸 그의 일생을 통해 확실하게 알 수 있다.

『신학정치론』에서 스피노자는 정확하게 바로 이 부분을 통해 마이모니데스를 공격한다. "마이모니데스는 『구약 성경』의 구절들에 대한 문자 그대로의 의미가 이성과 충돌하는 것을 발견하게 되면 그 정도가 얼마나 분명한지와는 상관없이 그저 다르게 해석하면 된다고 주장하고 있다." 스피노자는 이런 모습에 대해 이렇게 주장한다. "그렇다면 마이모니데스는 『구약 성경』의 진정한 의미가 『구약 성경』 자체로는 성립이 될 수 없으며 그 자체 안에서 찾아서는 안 되는 것이라고 주장하는 것이 아닌가." 우리는 『구약 성경』이 무엇을 말하려고 해야만 하는지를 이성을 통해 자유롭게 알 수 있을 때만 『구약 성경』이 말하고자 하는 바를 알 수 있다. 그렇지 않다면 우리는 결국 문자 그대로의 내용에 지나치게 의지하는 함정에 빠지고 말 것이다. 그렇지만 스피노자가 지적한 것처럼 이런 모습은 해석자에게 『구약 성경』의 본문에 원하는 의미를 부여할 수 있는 무한한 능력을 기본적으로 갖추고 있다는 전제가 된다. "그렇다면 우리는 우리 자신의 선입견에 따라 정경의 내용을 설명하거나 왜곡을 하고 또 문자 그대로의 의미가 완벽하게 분명하고 이해가 갈 때에도 그것을 거부할 수 있는 허락을 받았다는 뜻인가?"

스피노자는 이런 마이모니데스의 『구약 성경』의 해석 방식을 강하게 거부하며 그 대신 현재 비평적이며 역사적인 방법으로 알려져 있는 그런 방법을 제시하고 있다. 우리는 이성과의 일치라는 관점에서 '사실'이라는 추정만으로 정경에 접근해갈 수는 없다. 왜냐하면 그것이야말로 정경이 직접 증명을 해야 하는 것이기 때문이다. 스피노자 자신의 접근 방식은 의외로 간단해서 『신학정치론』을 먼저 읽었던 독자들에게는 어쩌면 놀라움으로 다가올 수도 있었을 것이다. "나의 정경 해석 방법은 자연의 해석 방법과 크게 다르지 않고 오히려 완전히 그와 유사하다고 볼 수 있다." 『구약 성경』은 어떤 특별한 영적인 혹은 신성한 안내를 요구하지 않으며 그저 우리가 과학적 실험에 적용하는 것과 똑같은 증거와 논리, 그리고 추론 등에 대한 관심을 요구할 뿐이다.

스피노자는 이런 자신의 접근 방식을 "정경을…… 정경 그 자체를 통해 해석하는 것"으로 묘사하고 있다. 정경이 말하고자 하는 의미를 알기 위해서는 우리는 먼저 할 수 있는 한 정경에 대해 많이 배워야 한다. 정경은 언제 만들어졌으며 어떤 언어가 사용되었는가, 그리고 진짜 저자는 누구이며 무슨 목적으로 만들어졌는가? 다시 말해 스피노자는 『구약 성경』에 일반 세속적인 문학 작품을 평가할 때 사용하는 것과 똑같은 역사적인 평가 방식들을 적용하기를 원했던 것이다. 이러한 원칙에 따른 첫 번째 자연스러운 평가 결과는 우선 히브리어에 대한 일정 수준 이상의 지식이 없이는 누구도 실제로 정경의 내용을 이해할 수 없다는 것이며 스피노자 자신은 히브리어에 대해 아주 잘 알고 있었다. "『구약 성경』과 『신약 성경』 모두 그 저자는 다 히브리, 즉 유대 사람들이다." 스피노자는 독자들에게 이런 사실을 일깨우는데 어쩌면 거기에 약간의 자부심이 섞여 있었는지도 모르겠다.

그다음으로, 『구약 성경』을 쓰는 데 기여한 "각 저자의 인생과 성향, 관심 분야를 아는 것이 중요하다." 왜냐하면 "우리가 어떤 사람의 정신 상태와 그 성향을 알수록 그 사람이 쓴 글을 더 쉽게 설명할수 있기" 때문이다. 스피노자는 이런 식으로 은연중에 하나님이 영감을 주었다는 개념을 깎아내리고 있다. 우리가 『구약 성경』을 읽을때 우리는 하나님의 목소리를 듣는 것이 아니라 그것을 쓴 인간의 목소리를 듣는 것이다. 그렇다면 결국 본문 그 자체의 신빙성에 대한 문제가 제기되게 되는데, 스피노자는 정경의 이른바 '무오류성(無誤謬性)'이라는 전통적인 관점을 일단 제쳐두고 사본의 제작과 전달 과정에서 왜곡이 일어날 수 있는 다른 보통의 인간들의 기록과 같게 취급하고 있는 것이다.

그렇지만 스피노자는 분명 『구약 성경』을 실제로 이해하기 위한 이런 모든 문제들에 대해 우리가 충분한 지식을 얻는다는 건 있을 수 없는 일이라고 확신하고 있었다. 그는 『구약 성경』에 사용된 히브리어에 대한 정확한 지식은 이미 오래전 유대 역사 속에서 사라져 버렸다고 믿었다. "유대 민족은 자신들의 문화와 예술적 성취들을 모두 다 잃었으며 그동안 있었던 수많은 박해와 학살의 고통을 생각하면 이것은 어쩌면 너무도 당연한 일일 것이다. 그리고 유대 언어와 책들에 대해서도 아주 일부만 전해 내려올 뿐이다. …… 따라서 『구약 성경』에 등장하는 수많은 명사와 동사의 진짜 의미는 완전히 알려지지 않았거나 그에 대한 의견이 분분하다." 스피노자는 유대인이 아닌 보통의 이교도 독자들은 따라올 수 없는 정통파 유대인이 가진 히브리어의 지식을 사용해 왜 정경의 본문을 해석하는 일이 어려운지 몇 가지 이유를 제시하고 있다. 우선 히브리어에는 모음이 없는 데다가 특정한 문자가 여러 가지 다른 의미로 사용되는 경향이 있다.

우리는 누가, 언제, 왜 『구약 성경』을 썼는지 정확하게 알지 못한다. 그리고 이런 문제에 대한 지식이 없이는 "그 진정한 의미를 알기 위한 우리의 노력은 무위로 돌아갈 것"이라고 논리적으로 추론한다. 그는 대담하게도 아리스토텔레스나 오비디우스 등의 사람이 창작한 것이 분명한 저작들과 『구약 성경』을 비교함으로써 핵심을 지적하려고 한다. 『구약 성경』의 「사사기」에 등장하는 삼손의 이야기는 사실 그리스 신화나 로마 제국의 서사시를 통해 읽은 내용과 그 신빙성 면에서 별다른 차이가 없다. 그렇지만 삼손의 이야기를 쓴 저자는 신성한 문제를 다룬 진정한 역사가인 반면에 오비디우스는 "오직 신화나 전설을 꾸며 쓸 의도로 그렇게 한 것"이라는 사실을 우리는 "우리 스스로에게 설득을 시켜야" 한다. 스피노자는 암묵적으로 이렇게 묻는다. 삼손이 다른 꾸며낸 이야기의 주인공들처럼 우리가 지금 신앙심을 가지고 실제로 받아들이고 있는 그런 인물로 의도되지 않았는지 과연 누가 알 수 있겠는가? 누가 어떤 의도를 가지고 이 「사사기」를 썼는지 정확하게 알 수 없다면 우리는 그 내용을 과연 어떻게 읽고 받아들여야 하는지 결코 확실하게 알 수는 없는 것이다.

* * *

그렇지만 이런 과학적인 정신으로 『구약 성경』을 읽는다는 것이 꼭 스피노자가 고대의 꾸며낸 설화들을 모은 책으로 결론을 내려버렸다는 의미는 아니다. 오히려 그 반대로, 그의 『신학정치론』은 일단 『구약 성경』을 실제로 일어난 사건을 영감을 받아 그대로 적은 기록이 아닌 것으로 생각한 이후, 그렇다면 『구약 성경』의 권위와 신빙성에는 어떤 것들이 남게 되는지에 대한 질문을 향해 열심히 많은 생각을 해보자고 주장하고 있다. 스피노자가 살고 있던 시대의 유럽에서 거의 대부분의 사람들이 정경을 하나님의 말씀으로 여기고 거기에 동의했다고 해서 정경을 계속해서 하나님의 말씀의 기록으로 받아들이는 것이 과연 이성적인 일일까? 만일 우리가 그렇게 한다면, 스피노자의 말처럼 "자유롭고 편견이 없는 마음으로 정경을 새롭게 확인했을 때" 그 결과는 우리에게 어떤 내용을 전달해줄 것인가? 스피노자에게 그 문제에 대한 해답은 하나님께서 제일 먼저 실제로 어떤 일을 하셨고 우리 인간을 어떻게 가르치셨는지에 달려 있었다. 『구약 성경』에서 하나님께서 진리를 인간들에게 전달하는 데 사용한 일반적인 방법은 '예언이나 계시'였고 스피노자는 이를 두고 "하나님에 의해 인간에게 드러나게 된 어떤 것들에 대한 특정한 지식"이라고 정의한다. 그렇지만 만일 하나님이 자연이라면, 그러니까 존재하는 그 자체로의 완전체라면 하나님에 대한 특정한 지식을 얻는 데는 계시 말고도 다른 방법이 있을 터였다. 또한 우리에게 수학처럼 영원히 변치 않으며 의심할 여지가 없는 그런 진리에 대해 접근할 수 있도록 해주는 과학적인 추론의 방식도 있다. 우리는 하나 더하기 하나는 둘이라는 것 같은 가장 절대적인 종류의 확실성이 어떤 것인지 잘 알고 있으며 스피노자에게는 진리에 대한 지식, 그러니까 하나님에 대한 지식이 바로 그런 절대적인 종류의 확실성이었다. 그는 이렇게 결론을 내린다. "그렇기 때문에 '예언'이라는 단어를 자연의 지식에 적용할 수 있다. 왜냐하면 우리가 이성이라는 자연의 빛에 의해 무엇을 알 수 있는가는 하나님과 그분만의 영원한 교리에 대한 지식을 얼마나 아느냐에 달려 있기 때문이다." 만일 하나님이 자연이며 자연의 법칙이 그분의 '교리'나 '천명(天命)'이라면, 그 교리는 즉흥적으로가 아니라 필요에 의해서 만들어진 것이며 따라서 과학이야말로 진정한 계시가 될 수 있다.

이런 식의 주장을 통해 스피노자는 비록 기독교나 유대의 가르침과는 조화되지 못하는 급진적인 개념들을 발전시키기는 했으나 계속해서 신앙인의 모습을 유지할 수 있었다. 그리고 그와 같은 기술이 『구약 성경』에 나타난 기적을 자연의 흐름에 대한 해석으로 보는 『신학정치론』의 논쟁 속에서도 나타난다. 보통 사람들이 이해하고 있는 기적에 대해 스피노자는 경멸이라도 하듯 "서로 구분이 되는 각기 다른 두 개의 힘, 즉 하나님의 힘과 자연적인 것들의 힘"이라는 존재를 상상하는 것이라고 기록하고 있으며 또 "사람들은 하나님의 힘을 인간 세상의 왕의 권위와 비슷한 것으로, 그리고 자연의 힘을 단순한 물리적인 힘과 비슷한 것으로 여긴다"고 말한다. 그리고 신성한 의지가 자연의 힘을 압도할 때 기적이 일어난다. 예를 들어

「사사기」를 보면 하나님께서는 태양이 지는 것을 멈추게 하셨고 여호수아는 그 밝음을 이용해 전투에서 승리를 거둘 수 있었다.

그렇지만 일단 하나님과 자연이 하나라는 스피노자의 전제를 받아들인다면 기적에 대해 이런 식으로 생각하는 건 분명 앞뒤가 맞지 않아 보인다. "자연의 보편적인 법칙은 그저 하나님의 교리일 뿐이며 성스러운 본성의 필요성과 완벽함에 따라 이루어지는 것이다." 누군가는 하나님이 중력의 법칙 자체이기 때문에 자신의 본성과 모순이 되지 않고서는 중력의 법칙을 중단시키는 일은 불가능하다고 말하기도 한다. 만일 우리가 성스러운 힘이 실제로 행동에 들어가는 것을 보고 싶다면 기적이 아니라 그저 규칙적으로 발생하는 사건의 흐름을 보면 된다.

만일 예언과 기적이 하나님에 대한 철학적 이해인 진리와 일치하지 않는다면 왜 정경은 기적에 대해 그렇게 자주 언급을 하는 것일까? 이에 대한 아주 회의적인 대답이라고 한다면 『구약 성경』이 오비디우스의 『변신이야기』와 마찬가지로 역사적으로 한 번도 실재하지 않았던 전설들을 사람이 다시 꾸며서 쓴 것이기 때문이라고 할 수 있다. 그렇지만 스피노자는 역시 회의적이라 할지라도 좀 더 수위를 낮춘 대답을 주고 싶어 하는데, 이를 통해 『구약 성경』에 분명히 어떤 진리를 전달하는 기능이 남아 있을 수 있다는 여지를 두려고 하는 것이다. 우리가 정경 속에 등장하는 초자연적인 사건들에 대해 읽을 때 우리는 정경의 저자들이 제시하는 이런 사건들의 설명으로부터 실제로 어떤 일이 일어났는지를 구분해야 한다는 사실을 기억해야만 한다. 『구약 성경』 속의 기적은 어쩌면 이 세상이 움직이는 이치에 대해 이해하는 데 한계가 있었던 저자들이 설명을 제대로 못하면서 벌어진 일이 아닐까. "'기적'이라는 용어는 인간의 신앙에 대한 존중으로만 이해될 수 있다."

예를 들어 앞서 언급했던 여호수아의 전투에 대해 생각을 해보자. 전투에 나선 여호수아는 하늘에 떠 있는 태양을 보고 움직이지 말고 멈춰서 있으라고 명령한다. "태양이 머물고 달이 그치기를 백성이 그 대적에게 원수를 갚도록 하였느니라." 이 일화는 17세기에 『구약 성경』을 읽던 독자들에게는 대단한 문제가 아닐 수 없었는데, 왜냐하면 바로 분명하게 태양이 지구의 주위를 돈다는 개념을 바탕으로 일어난 일이기 때문이었다. 17세기는 이미 천문학자인 코페르니쿠스가 지동설을 주장하고 증명을 한 시대였다. 하나님의 말씀이라는 『구약 성경』이 어떻게 우주의 운행에 대해 이런 터무니없는 실수를 저지를 수 있단 말인가? 그렇지만 스피노자가 정경을 읽는 방식은 이런 곤란함을 해결해준다. 그는 전투가 벌어지는 동안 날이 계속 밝도록 만들어준 어떤 일이 일어난 것 자체를 부인하지는 않는다. 그렇지만 당대의 제한된 천문학적 지식만을 가지고 있었던 『구약 성경』의 저자가 이런 현상에 대해 설명한 내용을 그대로 받아들이지는 않았다. "여호수아에 대한 이 이야기는 사실 아주 분명하다. 그의 일대기를 기록한 당시의 저자는 아마도 지구는 멈춰서 있고 태양이 움직인다고 생각했을 것이다. 그래서 전투가 벌어지는 동안은 태양이 멈춰서 움직이지 않는다고 기록한 것이다." 스피노자는 이렇게 주장한다. 따라서 이 일은 그저 단순한 인간 저자의 실수일 뿐이며 여호수아에게 일어났던 이 기적 같은 일은 분명 순수하게 자연적인 어떤 이유로 인해 일어났을 것이다. 예를 들어 이 이야기의 도입 부분에서 우리는 이스라엘 민족과 대치하고 있던 적군의 진영에 엄청난 우박이 떨어졌다는 내용을 볼 수 있다. 그리고 어쩌면 "엄청난 양의 얼음 우박이 아직 공중에 남아 있어서…… 그 때문에 태양빛이 평소보다 더 많이 굴절되거나 반사되었을 수 있다." 이 때문에 지상에 빛이 좀 더 남아 있게 되었다는 것이다.

스피노자는 예언 문제에 대해서도 비슷한 접근 방식을 취한다. 선지자들이 다양한 인간 및 인간이 아닌 형태로 하나님을 볼 수 있는 일에 대해 이야기할 때 우리는 그들이 실제로 하나님을 본 적이 없다는 사실을 논리적으로 추론할 수 있다. 왜냐하면 하나님은 형태 같은 건 전혀 없는 존재이기 때문이다. 그렇지만 또 그렇기 때문에 우리는 선지자들이 거짓말을 하고 있거나 혹은 이야기를 지어서 하고 있다고 결론을 내려서는 안 된다. 그보다는 오히려 스피노자는 우리에게 선지자를 상상력이 아주 풍부한 사람으로 바라보라고 주장한다. 바로 자신들이 보이지 않는 것을 볼 수 있다고 굳게 믿고 있는 그런 사람들이다. 이 선지자들은 철학자들이 하는 것과 같은 방식으로 진리의 본질을 바라보는 그런 특별한 통찰력은 갖고 있지 않았으나 기억에 남을만한 말과 모습을 통해 자신들의 가르침을 구체적으로 나타낼 수 있는 그런 능력이 있었다. 스피노자는 이렇게 주장한다. "선지자들은 다른 사람들에 비해 더 완벽한 정신적 능력을 타고난 것은 아니지만 상상력에 있어서만큼은 더 강력한 능력을 지니고 있었다고 말할 수 있다." 따라서 왜 각기 다른 선지자들이 각기 다른 모습의 하나님을 목격하고 각기 다른 말로 하나님의 목소리를 표현했는지에 대한 이유를 이 설명을 통해 알 수 있는 것이다. 각각의 선지자들은 자신의 특별한 정신세계와 성향이 이끄는 대로 하나님을 바라보았다. "만일 선지자가 쾌활하고 밝은 사람이라면 그가 받은 계시는 승리와 평화, 그리고 그 밖에 행복과 연결될 수 있는 그런 내용일 것이다. …… 만일 선지자가 우울한 성향이라면 그가 받은 계시는 주로 전쟁과 고난 등 모두 어둡고 힘든 내용에 관한 것이다."

만일 선지자들이 철학자들이 아니라면 그들이 하나님이나 혹은 진리의 본질에 대해 이야기하려 할 때 그 이야기에 귀를 기울일 필요가 없다. 그렇지만 스피노자는 일단 이런 상상력과 관련된 실수들을 제거하고 나면 선지자들은 여전히 중요하고 의미가 있는 내용들을 전달해주고 있다는 사실을 알 수 있다고 계속해서 주장하고 있다. 바로 철학이 아닌 도덕과 관련된 내용들이다. 『구약 성경』이 가르치고 있는 모든 도덕적인 내용들은 한 문장으로 정리될 수 있다. "이 세상에는 정의와 자비를 사랑하는 지고(至高)의 존재가 있으며 사람들은 정의와 자비를 이웃들을 향해 베풂으로써 그 지고의 존재를 받들고 복종해야만 구원을 받을 수 있다." 스피노자는 그가 이러한 일종의 구원의 공식을 해석하는 방식과 일반적인 신자들이 해석하는 방식 사이에는 굉장한 차이가 있다는 사실을 완벽할 정도로 철저하게 알고 있었다. 그는 사람들이 지옥이 아니라 하늘나라로 보내진다는 개념으로 '구원'받는다고는 믿지 않았다. 그리고 그는 우리가 하나님에게 '복종'하는 문제에 대해 선택권이 있다고도 생각하지 않았다. 자연의 흐름이란 이미 그 필요에 의해 결정이 되어 있는 것이다. 그렇지만 스피노자는 일부러 철학을 다루는 지식인층과 일반 신자들이 각기 다른 방식으로 해석할 수 있는 그런 언어를 사용했다.

"누군가 하나님은 본질적으로 혹은 상황에 따라 어디에나 임재하실 수 있다고 믿거나, 하나님이 자연의 필요성에 의해서 아니면 자기 마음대로 모든 것들을 다스리시거나, 또 하나님이 인간의 왕처럼 명령만 내리든 아니면 영원한 진리를 가르치든, 인간이 온전히 자신의 의지든 아니면 성스러운 교리의 필요성에 의해 하나님에게 복종하든, 그리고 올바른 행동을 하면 보상이, 악한 행동에는 응징이 자연스럽게 아니면 초자연적으로 일어나거나 하는 이런 일들은 사실은 신앙이나 믿음과는 아무런 상관이 없다. …… 실제로 모든 사람들은…… 이러한 신앙의 교리들을 반드시 자기 자신의 이해에 맞춰 받아들이고 또 어떤 방식이든 자신에게 쉬워 보이는 쪽을 택해 자신을 위해서 해석을 해야만 한다. 그래야 그런 내용들을 무조건적으로 그리고 완전한 정신적 동의로서 받아들일 수 있다."

따라서 스피노자가 주장하고 있는 것은 신앙적으로 경건해지기 위해 꼭 하나님에 대한 진정한 지식을 필요로 하지는 않는다는 것이다. 대부분의 사람들은 하나님에 대한 잘못된 내용들도 믿게 될 것이다. 왜냐하면 그들에게는 진정한 철학적 지식을 얻을 수 있는 지성이 부족하기 때문이다. 물론 보통의 일반적인 신앙인에게 이러한 무지는 큰 재앙이 될 수 있다. 종교개혁 운동 이후 유럽의 기독교는 구교라고 불리는 가톨릭과 이에 반대하는 신교도로 갈라져 그로 인한 전쟁으로 큰 참화를 겪었고 양측은 자신들만의 하나님을 '올바르게' 이해하는 방법을 상대방에게 강요하게 된다. 그리고 물론 수백 년에 이르는 세월 동안 기독교도들은 유대인들을 억압하며 폭력을 행사해왔는데 그 역시 자신들이 생각하는 하나님을 '올바르게' 이해하는 방법을 유대인들이 거부했기 때문이었다.

그렇지만 스피노자는 이런 식의 독단으로 인한 갈등으로부터 자유로운 근대의 인간을 선언한다. 중요한 것은 사람들이 서로에게 친절하게 대하며 정의와 자선을 행하느냐 하는 것으로, 그 밖의 다른 모든 것들은 절대적으로 개인의 양심의 문제다. 스피노자는 이렇게 결론을 내린다. "따라서 신앙은 모든 사람들에게 그야말로 마음대로 생각할 수 있는 자유를 허락하게 되며 사람들은 잘못을 저지르지 않는 한 어떤 질문에 대해서든 원하는 대로 마음대로 생각할 수 있다. 이를 이단이자 분리주의자로 정죄하는 사람들은 불순종과 증오, 갈등과 분노를 이끌어낼 목적으로 신앙을 앞세우는 사람들이다." 스피노자가 말하는 이단은 자신을 파문했던 유대 공동체의 지도자들에 대한 궁극의 비난이었다. 바로 누군가를 그 행위가 아닌 사상에 따라 판단하고 평가한 사람들이었다.

＊ ＊ ＊

『구약 성경』에 대한 자신의 분석을 완성하기 위해 스피노자는 또한 유대교에 대한 자신의 생각도 완전하게 정리를 해야만 했다. 유대교의 중심에는 하나님께서 유대인을 선택해 특별한 관계를 맺게 되었고 하나님의 율법을 받아 그분의 지배 아래 살게 되었다는 그들만의 주장이 있었다. 이러한 개념은 『구약 성경』의 기적과 예언들에 대해 합리적으로 생각해보려 할 때마다 문제가 되었고, 이전의 유대 사상가들에게도 역시 설명하기 곤란한 난제였다. 그렇지만 스피노자는 이런 문제를 생각하는 데 있어 자유를 누리고 있었고 이 점이 앞서 다른 사상가들과 다른 점이었다. 유대교를 공개적으로 거부하는 유대인으로서 스피노자는 유대인이 선택되었다는 개념에 대해 그것을 옹호해야 하는 부담이 전혀 없었다. 그는 『구약 성경』에 등장하는 기적이나 예언들에 대해 이성적인 속세의 방식으로 자유롭게 설명할 수 있었던 것이다.

실제로 『신학정치론』의 제3장은 이 선택이라는 개념 전체에 대한 날카로운 비판으로 시작되는데, 스피노자는 선택받은 민족을 일종의 유치한 허영심의 발로라고 보고 있었다. "누구든 자신이 행복하다고 생각하는 사람은 그 사람이 처해 있는 환경이 다른 사람들의 처치보다 더 낫거나 혹은 정말로 더 행복하거나 운이 좋아서 그럴 수도 있다. 또 때로는 진정한 행복과 기쁨이 뭔지 몰라서 그럴 수도 있어서, 그런 태도에서 비롯된 즐거움이란 그저 어리석거나 악의적이고 심술궂은 것일 수도 있다." 스피노자가 이해하는 하나님은 어떤 개인이나 집단을 선택하는 그런 존재가 아니었다. 제대로 된 축복이라면 '지혜와 진리에 대한 지식'을 의미하는 것으로, 하나님에 대한 개념과 그 개념이 암시하는 내용에 대해 완전히 지적으로 인정하게 되는 것이지 그저 하나님으로부터 특별한 대접을 받는다고 그것이 축복은 아니라는 것이다.

스피노자는 여전히 이스라엘 민족이 하나님의 은혜를 누렸다는 사실 자체를 완전히 부정하고 있지는 않다. 그보다는 오히려 그는 그런 신성한 은혜의 의미를 특징적으로 새롭게 정의를 했다. 가장 중요한 축복은 지적인 축복과 내적인 축복이며, 이런 축복들은 "결코 어느 한 민족에게만 국한된 것이 아니라 항상 인류 전체에 공통적으로 주어진 것"이었다. 이러한 내적인 축복을 누리기 위해서는 외부의 환경과 어느 정도 조화가 이루어지는 일이 필요한데, 그런 외부 환경은 '행운의 선물'로도 부를 수 있으며 바로 풍년과 평화, 안정, 건강 등이 여기에 속한다. 이러한 '선물'들은 또 일종의 재화(財貨)로 볼 수 있어, 사람들은 이런 것들을 지키기 위한 노력의 일환으로 함께 모여 정치 체제를 조직한다. 따라서 예상치 못하게 오랜 세월 동안 번영을 누리는 국가나 민족은 '하나님이 주시는 외적인 도움'을 누리고 있다고 말할 수 있는데, 여기서 스피노자가 뜻하는 건 단순한 세속적인 번영과 안녕이다.

이렇게만 본다면 『구약 성경』 속 일정한 시대의 이스라엘 민족은 하나님으로부터 선택을 받았다고도 볼 수 있다. "따라서 이스라엘 민족이 하나님의 선택과 소명을 받았을 때는 그들 민족이 번영과 성공을 누리고 있을 때뿐이었다." 그리고 이러한 성공은 최초의 입법자였던 모세가 이스라엘 민족에게 만들어준 정부의 체제 덕분이기도 했다. 『토라』에 담겨 있는 수많은 대단히 독특한 법들은 어떤 본질적인 가치를 지니고 있지 않을 뿐더러 그것을 행한다고 해서 하나님을 기쁘게 하지도 않는다. 그보다는 오히려 그런 법들은 사람들이 살아가는 데 있어 모든 측면에서 복종하는 것에 익숙해지도록 만들기 위해 고안된 것들이다. 그리고 이스라엘 민족에게 이런 철저한 가르침이 필요했던 건 그들이 이제 막 노예생활을 벗어난 비루한 사람들로 지성이나 도덕적 세련됨이 부족해 자기 자신들을 위해 어떤 일을 해야 하고 또 무엇이 옳은지를 몰랐기 때문이었다. 모세의 가르침은 아주 효과적이어서, 이스라엘 민족을 하나의 통일된 주체로 단련시켜 이후 수백 년 동안 자신들이 차지한 땅에서 주권을 행사할 수 있도록 만들어주었다. 이렇게 될 수 있었던 또 다른 이유는 바로 선택받은 민족이라는 개념 때문이기도 했는데 이스라엘 민족은 이를 통해 용기를 얻어 이웃의 민족들과 자신들을 구분하고 또 그들을 열등한 적으로 여길 수 있게 되었다. "이스라엘 민족이 자신의 조국을 사랑하는 건 단순한 애정이 아닌 경건한 신앙심이며 이는 동시에 다른 민족에 대한 증오로 이어졌고 매일 벌어지는 예배에 의해 훨씬 더 커지고 강화된 이런 신앙심은 급기야 제2의 천성으로 굳어졌다. …… 이런 모든 일들은 결국 이스라엘 사람들의 마음을 강퍅하게 만들어 오직 한 가지만을 따르는 고집과 자신들의 조국을 대표하는 용기로 모든 것을 견뎌나가게 해주었다."

그렇지만 유대 율법에 대한 스피노자의 이런 일종의 칭찬은 기껏해야 일부일 뿐이며 게다가 두 가지 부정적인 판단을 내포하고 있었다. 먼저, 이 율법은 유대 민족에 대한 하나님의 영원한 소망을 표현하고 있지 않으며 대신 그저 특정한 시간대와 배경을 위한 정치적 법령 형태를 띠고 있어서 유대인들의 국가가 무너진 이후의 『토라』는 순종을 강요할 수 있는 어떤 힘도 갖지 못하게 되었다. "이제 유대인들의 국가는 사라졌다." 스피노자는 이렇게 쓰고 있다. "이제 그들의 공동체와 국가가 사라졌으니 더 이상 모세의 율법에 구속될 필요가 없다는 것은 의심의 여지가 없다." 스피노자가 단지 '형식적인 의식'에 불과하다고 폄하했던 유대교의 모든 의식이나 예법들도 이제 무용지물이 되었다. 게다가 선택받은 민족이라는 것도 그저 집단적으로 누린 행운의 또 다른 이름에 불과한 것이기 때문에 그 집단이 무너졌다는 건 결국 유대인들이 하나님과 어떤 특별한 관계나 언약을 맺고 있다는 주장까지 폐기되었다는 뜻이다. 스피노자는 단호히 이렇게 말하고 있다. "그 어떤 유대인도 자신이 속해 있는 사회와 자신이 별개라거나 또 국가가 사람들이 받은 것 이상으로 하나님의 선물을 받았다고 생각하지 않았다. 그리고 자신과 이방인 사이에 어떤 차이점이 있다고도 생각하지 않았다."

다만 스피노자는 기독교인의 관점에 따라 이런 차이점이 생겨나고 퍼져나가게 되었다고 암시하고 있으며 이것이 유대교에 대한 스피노자의 설명에 숨어 있는 두 번째 암시다. 그는 유대교를 단순히 율법의 종교로 바라보는 사도 바울의 관점을 따르고 있다. 유대인들은 하나님에 대해 직접적으로 알 수 있는 은혜를 받지 못했기 때문에 그런 강퍅한 사람들에게 주어진 건 의미 없는 의식들뿐이었다는 것이다. 스피노자의 관점에서 하나님에 대한 진정한 지식을 알려준 유일한 선지자는 다름 아닌 예수 그리스도다. 유대 선지자들은 하나님을 환상이나 형상들을 통해 간접적으로 바라볼 수밖에 없었지만 "예수 그리스도는 진정으로 실체를 이해하거나 혹은 인식했다."

다시 한 번 말하지만 이것은 기독교인이 생각하는 그런 의미를 정확하게 뜻하고 있는 것은 아니다. 스피노자는 예수 그리스도가 하나님 자신이라거나 혹은 하나님의 아들이라고 말하는 것이 아니며 오직 하나님의 본성을 직관적으로 이해할 수 있었던 아주 보기 드문 인간들 중 한 사람이었다고 주장하고 있다. 바로 "하나님께서는 실제로 자기 자신의 본성과 완벽함의 필요에 따라서만 모든 것들을 다스리고 행동하신다는 사실"을 예수 그리스도는 이해했다는 것이다. 이런 이유에서 예수 그리스도의 가르침은 율법이나 계율의 형태가 아닌 '영원한 진리'의 형태를 취했다. 그리고 이런 의미에서 스피노자는 정통파가 아닌 관점으로 이렇게 말할 수 있었다. "하나님께서는 예수 그리스도를 모든 국가와 민족들에게 보내서 법의 노역으로부터 모든 사람들을 똑같이 해방시켜주시려 했다. 따라서 사람들은 율법이 강제해서가 아니라 이제부터는 자신들의 마음으로부터 우러나는 확고한 신념에 따라 올바른 사람을 살 수 있게 된 것이다."

물론 스피노자의 유대교에 대한 경멸과 기독교에 대한 존경을 읽는 기독교 독자들의 기분은 그리 나쁘지는 않았을 것이다. 그렇다고는 해도 그의 관점은 그 자신에게도 어려운 문제를 하나 남겨주었다. 만일 유대인들의 국가가 오래전에 사라졌다면, 유대의 율법도 효력이 없어졌고 각 유대인은 근본적으로 이방인들과 다를 바 없는 존재가 된 것이다. 그런데 유대교는 어떻게 계속해서 살아남을 수 있었을까? 믿음이 깊은 신실한 유대인이라면 이러한 질문 같은 건 나오지 않았을 것이다. 왜냐하면 그 대답이 너무나 명백했기 때문이다. 하나님께서 유대 민족과 맺은 언약은 영원한 것이며 하나님께서는 비록 고향 땅에서 유대 민족을 내쫓아버리는 벌을 주셨지만 그래도 늘 그들과 함께하셨다. 언젠가 구세주가 오시면 유대인들은 자신들의 땅을 되찾게 될 것이다. 그렇지만 스피노자는 합리적이고 역사적인 측면에서 유대인들의 생존을 어떻게 설명할 수 있을까?

스피노자의 대답은 암스테르담 유대 공동체에서의 그의 경험이 대체적으로 그에게 유대인에 대해 따뜻한 감정을 남겨주지 않았음을 드러내고 있다. 그는 유대인들이 생존할 수 있었던 건 유대인들 자체의 의지와 주변 민족들의 적대감의 결과라고 주장한다. 그는 또한 주변 민족의 이런 적대감은 유대인들의 의지에 대한 자연스러운 반응이라고 생각했다. "그토록 오랜 세월 동안 나라 없는 민족으로 떠돌던 유대인들에게 자신들이 먼저 다른 민족들과 등을 진 후 이런 적대감이 쏟아졌다는 건 전혀 놀라운 일이 아니었다." 이러한 유대인들의 유별난 자체적 차별의 오래된 상징이 바로 할례 의식이었고 앞서 언급했던 것처럼 필론 이래로 스피노자에 이르기까지 유대 지성인과 사상가들에게는 아주 난감한 문제였음에 틀림없다. 그렇지만 스피노자는 그런 할례 의식에 아무런 전통적 의미나 가치는 없다고 생각했다. 그저 유대인들이 스스로 다른 민족과 자신들을 구분하는 효과적인 형태의 기능이었을 뿐이다. "나는 할례라는 표시가 나도 설득당할 만큼 그런 대단한 중요성을 지니고 있다고 생각한다. 이 할례 의식만이 그들 유대 민족을 영원히 보존할 수 있도록 해준다는 그런 정도 수준의 설득이다."

여기서 스피노자가 '우리들'이 아닌 '그들'이라는 대명사를 사용한 것은 그가 자신을 추방한 유대 공동체로부터 스스로를 원칙적으로 배제한 것을 의미한다. 그리고 이 부분에서 스피노자가 유대교의 보존에는 내재적인 가치가 전혀 없다고 생각한 것도 분명한데, 그에게 유대교는 다른 종교와 비교해서 하나님에 대한 어떤 진리도 따로 특별하게 품고 있지 않았던 것이다. 실제로 스피노자는 유대인이 아닌 민족들의 세계가 먼저 문을 열고 유대인들을 받아들인다면 유대인들은 빠르게 거기에 동화되어 사라질 것이라고 주장하기도 했다. 그리고 이런 일이 강제로 개종해야 했던 에스파냐에서 이미 일어났었다는 것이 스피노자의 주장이었다. "에스파냐의 유대인들은 아주 빠르게 에스파냐 사람들과 동화되어 갔으며 따라서 아주 짧은 시간 안에 유대인에 대한 기억도 전통도 모두 다 사라져버리고 말았다." 물론 이런 주장은 에스파냐에서 일어난 일들에 대한 극단적인 오해였으며, 그곳에서 있었던 유대인들의 개종은 모두가 만족하는 동화가 아닌 오랜 세월에 걸친 의심과 조사, 그리고 박해로 이어졌을 뿐이었다. 그렇지만 어쩌면 스피노자는 이상적으로 합리적이며 세속화된 사회에서 일어날 수 있을 법한 일을 생각하며 그렇게 말을 했을 지도 모른다.

그렇지만 스피노자 역시 유대인의 미래에 대한 또 다른 가능성을 어렴풋이나마 제시하고 있다. 고향 땅을 떠나 세계 각지를 정처 없이 떠돌게 된 유대인들에게는 율법이 존재해야 하는 이유 자체가 없는 셈이었다. 그렇지만 주권이 있는 국가와 민족이라면 그들의 율법에는 분명 도움이 되는 면이 있었을 것이다. 그렇다면 유대인들이 다시 한 번 국가를 이룰 가능성이 있는 것일까? 스피노자는 이렇게 기록한다. "실제로 유대인들의 종교 원칙이나 원리가 그들의 용기를 약화시키는 것이 아니라 때로 어떤 기회를 줄 수 있다고 나는 분명히 믿고 있다. 왜냐하면 모든 상황은 변하게 마련이며 따라서 유대인들은 자신들의 국가를 다시 세울 수도 있으며 하나님께서 그들을 다시 선택하실 것이기 때문이다." 여기서 이야기하는 하나님의 '선택'이란 사실 세상에서 말하는 성공 그 이상도 이하도 아니기 때문에, 구세주가 다가올 미래를 그저 수동적으로 기다려야만 한다는 그런 의미가 아니라 유대인들이 실제로 해낼 수 있는 정치적 성공의 가능성을 뜻하는 것이다. 이 짧은 설명을 통해 스피노자는 또 다른 유대의 근대화, 다시 말해 누군가의 표현처럼 순응이 아닌 이른바 시온주의의 태동을 예견한 것일지도 모른다.

* * *

『신학정치론』의 내용의 상당 부분은 신학적인 질문에 할애되어 있다. 그렇지만 이 책의 마지막 부분에서는 이러한 내용들이 그저 스피노자의 진짜 목적의 서막에 불과했다는 사실이 분명하게 드러나 있다. 그 목적이란 다름 아닌 사상과 종교 예식에 대한 절대적인 자유를 주장하는 것이다. 그는 암스테르담이라는 도시가 이런 이상에 매우 가깝게 근접해 있다고 기록하고 있다. "이 번영하는 공화국의 장대한 도시에서 모든 민족과 인종에 속한 사람들은 가장 위대한 모습의 조화를 이루며 함께 어우러져 살아가고 있다." 그렇지만 실제로는 네덜란드의 정치 상황은 끊임없이 종교적 분쟁에 휘말렸으며 스피노자 역시 그런 사실을 잘 알고 있었고 그중에서도 콜바흐의 사례는 암스테르담이 자랑하는 그 유명한 관용정신의 한계를 여실히 보여주었다. 누군가의 말처럼 『신학정치론』은 스피노자 나름대로 암스테르담이 최고라는 명성에 부합하도록 독려하는 방법이었을

지도 모른다. 바로 그가 바랐던 종교와는 무관한 민주적인 공화국이 되는 것이었다.

왜 이런 형태의 정부가 최고인지에 대해 스피노자는 사회계약 이론에 대한 자기 자신만의 압축된 설명을 제공하고 있다. 사회계약론이라는 정치 철학을 처음으로 제시했던 토마스 홉스가 쓴 『리바이어던(Leviathan)』은 『신학정치론』이 발표되기 불과 몇 년 앞서 네덜란드어로 번역이 되어 출간되었는데, 홉스와 마찬가지로 스피노자는 인류는 자연적인 상태 그대로 출발을 해 모든 사람들이 각자 무엇이든 자신이 원하는 것을 할 자유가 있다고 상상을 했다. 그렇지만 이건 결국 인간의 삶은 끊임없는 투쟁의 연속이 될 수밖에 없다는 뜻인데, 바로 그 모든 사람들이 다른 사람들을 희생하며 자신의 욕망을 실현하기 위해 생득적 권리를 행사해도 된다고 인정했기 때문이다. 이런 불안한 상황에서 빠져나오기 위해 인간은 자신들의 개인적인 권리를 주권자 혹은 국가에 넘겨주는 것에 동의했으며 이 주권자 혹은 국가는 사회 전체에 집단적인 권위를 행사해 사회 모든 구성원들에게 이익이 되는 법률을 만들어 시행하게 되었다. 홉스에게 이러한 사회 전체를 아우르는 권위는 절대 왕정이었지만 스피노자는 가장 이상적인 형태의 정부는 바로 민주주의 정부라고 주장한다. "따라서 민주주의는 각자 모든 것을 다 할 수 있는 주권을 가진 사람들이 집단적으로 모여 하나가 된 것으로 적절하게 정의할 수 있다."

이러한 정의는 영적인 삶까지 포함해 정부에게 사실상 그 국민들의 삶 전체를 통제할 수 있는 무한한 권력을 준 것처럼 보일 수도 있다. 그리고 실제로 스피노자는 한 국가의 권위를 지닌 정부는 오직 하나여야 하므로 그 정부가 종교 역시 통제해야 한다고 주장한다. "종교와 신앙의 문제는 오직 정부만이 관할해야 한다." 그리고 종교에 대한 권위를 주장하는 교회와 같은 다른 기관이나 조직은 '정부를 분열시키려는 존재들'이라는 것이었다. 언뜻 듣기에 이러한 주장이 스피노자에게서 나왔다는 건 이상하게 보일 수도 있다. 그는 끊임없이 사상의 자유를 주장해오지 않았던가? 그렇지만 그는 이런 주장을 하는 것과 동시에 정부 권력은 오직 공공의 업무와 종교의 공식적인 형태에만 적용되어야 한다고 주장한다. "나는 경건한 행동과 종교적 예배의 형식을 말하는 것이지 경건이나 신앙 그 자체나 하나님에 대한 개인적인 예배를 의미하는 것은 아니다."

물론 스피노자에게 종교의 의식이나 행사들은 그다지 대수롭지 않은 문제들이었다. 그가 자신의 『구약 성경』 분석을 통해 보여준 것처럼, 그는 우리가 '정의와 자비'를 행사하는 한 정경이 우리에게 하나님의 어떤 특별한 방식으로 섬기라고 명령했다는 사실 같은 건 믿지 않았다. 따라서 스피노자는 유대인이든 기독교인이든, 또는 어떤 형태의 예배 형식을 취하든 신경을 쓰지 않았다. 왜냐하면 그는 하나님이 우리가 자신을 섬기는 데 있어 어떤 말이나 상징들을 사용하는지 신경을 쓴다고 믿지 않았기 때문이었다. 실제로 구교도와 신교도 사이에 전쟁이 일어난 지 1세기가 지난 후 보수적인 교회가 종종 진보적이고 자유로운 정부에 도전을 하곤 했던 나라에 살았던 스피노자는 정부가 종교를 통제하는 일이야말로 평화스러운 공존을 위한 열쇠라고 생각했음에 틀림없다.

그렇지만 개인적인 신앙이나 믿음에 대해서라면 스피노자는 일종의 절대주의자였다. "하나님에 대한 내적인 숭배와 신앙심은 모든 사람들 각자가 알아서 하는 것이다." 우리는 사람들이 어떻게 행동을 해야 하는지에 대해서는 뭐라고 이야기할 수 있으나 무엇을 믿는지에 대해서는 그럴 수 없다. 누군가는 하나님을 저 하늘 위 보좌에 앉아 계신 심판관이라고 생각을 하고 또 다른 누군가, 예컨대 스피노자 같은 사람은 하나님이 지금 존재하고 있는 모든 것들의 또 다른 이름이라고 생각한다. 그렇지만 둘 다 하나님을 섬기고 있다고 공언하는 한 국가나 정부가 거기에 간섭할 권리는 없다. 왜냐하면 스피노자가 앞서 이미 정의를 내려두었던 것처럼, 국가나 정부는 자신들이 할 수 있는 권한을 가진 문제에 대해서만 그렇게 할 수 있는 권리가 있었고 그 어떤 정부도 사람들의 영혼까지 간섭하며 '올바른'

생각만을 가지고 있는지 확인할 수는 없기 때문이다. 그는 『신학정치론』의 마지막 장에서 이렇게 단언한다. "어떤 한 사람의 정신이 완벽하게 다른 사람의 통제하에 들어가는 일은 불가능하다. 왜냐하면 어느 누구도 자유롭게 생각할 수 있는 자신의 생득적 권리나 능력을 다른 누군가에게 넘겨줄 수 없으며 또 그것이 어떤 문제든 자신이 직접 판단할 수 있는 권리도 마찬가지이기 때문이다. 그리고 그렇게 하도록 강요를 받을 수도 없다."

여기서 스피노자가 주장하는 권리에 대한 문제는 공공 정책이나 질서의 문제와 합쳐진다. 그는 국민의 생각이나 사상을 통제하려는 지극히 어리석은 시도를 하는 모든 정부는 위선적인 행동을 조장하고 폭동을 불러일으킬 뿐이라고 예언한다. 그 이유에 대해 스피노자는 이렇게 되묻는다. "한 국가에 있어 단지 다른 사람들과 다르게 생각하고 또 그 생각을 숨기는 방법을 모른다는 이유로 정직한 사람들이 범죄자들과 같은 취급을 당하는 일이 일어나는 것보다 더 큰 해악이 또 어디 있겠는가?" 마치 자신의 이야기를 담고 있는 듯한 이 질문이 뜻하는 바는 분명하다. 스피노자 자신이 그렇게 범죄자 취급을 받았고 유대인 공동체로부터 내쳐진 일도 그의 신념을 바꾸지는 못했고 오히려 더 강하게 만들어주었다. 종교적인 교조주의(敎條主義)와 맞서 싸운 자신의 경험을 통해 스피노자는 사람들이 특히 네덜란드 공화국과 같은 도시 중심의 각양각색의 모습을 갖춘 상업 사회 속에서 조화를 이루며 살아갈 수 있는 유일한 방법은 자신이 옳다고 생각하는 방식으로 살아갈 수 있는 최대한의 자유를 모든 사람들에게 다 제공하는 것이라고 확신하게 된다. "국가의 진정한 목적은 바로 자유다."

이렇게 해서 『신학정치론』 속 신학과 정치에 대한 논쟁은 같은 방향을 가리키며 끝을 맺게 된다. 스피노자의 관점에서 종교의 정경이든 국가든 우리의 정신을 지배할 권한을 가진 것은 아무것도 없다. 합리적 이성이란 언제나 자유로운 것이며 그런 이성에의 추구는 지혜와 행복을 얻을 수 있는 최선의 방법이다. 야심만만한 사제나 광기나 몽상에 휩싸인 수많은 선지자들이 우리에게 그와 다른 이야기를 해도 상관이 없다. 진정한 신앙심과 올바른 시민의식은 오직 윤리적인 행동만 요구할 뿐이며 우리가 다른 사람들을 정의와 자비로 대하는 한 우리는 하나님에 대해서 우리가 원하는 대로 마음껏 생각을 할 수 있다. 훗날 근대적인 자유 민주주의의 토대가 된 이러한 사상과 개념들은 바로 스피노자에게서 처음으로 시작된 것이다.

그런 스피노자가 쓴 『신학정치론』은 유대교에 대한 책으로서도 새로운 시대의 서막을 알렸다고 볼 수 있다. 우리가 이미 살펴본 것처럼, 스피노자가 유대교와 『구약 성경』에 대해 물었던 질문들은

500년 전 마이모니데스가, 그리고 1,000년 전 필론이 물었던 질문들과 흡사하다. 이성과 신앙을 어떻게 조화시킬 수 있는가, 유대의 율법은 어떤 의미를 갖고 있는가, 그리고 우리는 『구약 성경』을 어떻게 읽어야 하는가. 이러한 질문들은 근대적인 내용을 담고 있지는 않지만 유대인들이 철학적인 전통과 마주할 때마다 제기되는 것들이다. 이에 대한 스피노자의 대답을 근대적인 것으로 만들어준 건 그가 앞서 있었던 선배 사상가들과는 달리 결국 이성과 유대교는 서로 조화될 수 없다는 사실을 믿게 되었다는 사실이었다. 그리고 그는 이성의 편에 서기로 결정한다. 종교로서의 유대교와 하나의 정체성으로서의 유대인은 스피노자를 통해 처음으로 아무런 가치가 없는 과거의 유물임이 드러났다. 깨어난 시민이라면 종교와 결별한 보편적 사회를 지향하는 미래로 가는 길에서 그런 유물들을 반드시 내버려야만 한다. 근대 사회를 살아가게 된 유대인들에게 던져진 가장 큰 의문은 그런 사회가 정말로 존재할 수 있는지, 그리고 그런 사회의 일원이 되기 위해 유대교를 포기하는 일은 지불하기에 너무나 큰 대가는 아닌가 하는 것이었다.

참고 문헌

스티븐 나들러(Nadler, Steven), 『지옥에서 만들어진 책: 스피노자의 충격적 논문과 새로운 세상의 탄생(A Book Forged in Hell: Spinoza's Scandalous Treatise and the Birth of the Secular Age)』, 프린스턴대학교 출판부, 2011.

스티븐 나들러, 『스피노자 전기(Spinoza: A Life)』, 케임브리지대학교 출판부, 1999.

다니엘 B. 슈워츠(Schwartz, Daniel B.), 『최초의 근대적 유대인: 스피노자와 관념의 역사(The First Modern Jew: Spinoza and the History of an Image)』, 프린스턴대학교 출판부, 2012.

베네딕트 스피노자(Spinoza, Benedict), 『신학정치론(Theological-Political Treatise)』, 조너선 이스라엘(Jonathan Israel) 편집, 케임브리지대학교 출판부, 2007.

제11장
두 개의 세상 사이에서

•

솔로몬 마이몬(Solomon Maimon)

『자서전(Lebensgeschichte)』,

모제스 멘델스존(Moses Mendelssohn)

『예루살렘(Jerusalem oder über religiöse Macht und Judentum)』

18세기 독일에서는 이교도 사회가 사상 처음으로 유대인들에게 문호를 개방하기 시작했다. 그렇지만 유럽의 계몽주의 시대의 한 일원으로 들어가는 일은 그런 일을 시도할 만큼 사회적, 그리고 지적으로 '발전해 있던' 몇 되지 않은 유대인들에게도 아주 어려운 과정이었다. 리투아니아의 한 가난한 마을에서 태어나 성장하면서 『탈무드』 연구에서 비범한 재능을 보였던 솔로몬 마이몬은 속세의 철학자로 새롭게 태어나기 위해 남은 인생을 바쳤다. 여러 가지 결과를 낳았으며 개인적으로 큰 대가를 지불해야만 했던 이 여정을 그는 자신의 감동적인 기록인 『자서전』 속에 담았다. 모제스 멘델스존은 유대인 사상가로 독일에서 가장 큰 성공을 거두었으며 자신의 유대교 신앙과 철학적 신념 사이에서 올바른 균형을 잡기 위해 분투했던 사람이다. 후세에 큰 영향을 미치게 되는 그의 유명한 논문인 『예루살렘』에서 그는 공동의 의무가 아닌 개인의 헌신으로서의 근대 유대교에 대한 새로운 희망을 써내려갔으며 종교적 자유에 대한 주장과 유대 전통주의에 대한 변명을 합친 멘델스존은 오늘날까지도 유대인들의 삶을 계속해서 규정짓고 있는 그 절박한 긴장감을 조명한 것이다.

1780년대 초 부림 축제일도 다 지나가던 어느 날 밤, 슐로모 벤 여호수아(Shlomo ben Yehoshua)는 네덜란드 헤이그에 있는 어느 운하 가장자리에 몸을 기대고 자살을 할 용기를 쥐어짜고 있었다. 같은 유대인 가족과 친구들에게는 슐로모로 불리고 훗날 이방인 독자들에게 솔로몬 마이몬이라는 필명으로 알려지게 되는 이 남자는 자신과 같은 사람이 서 있을 곳은 이 땅 위에 없다고 생각하고 있었다. 리투아니아에서 태어나 장차 『탈무드』를 공부할 학자로 교육을 받은 마이몬은 이런 유대식 교육에 반항하며 당시 독일의 수도이자 독일 계몽주의 운동의 중심지였던 베를린으로 향했다. 철학자로 다시 태어나리라는 희망을 품고서. 그는 지성인들 중에 자신의 우상이자 위대한 유대의 합리주의자였던 마이모니데스의 이름을 따 자신의 이름을 마이몬으로 고친다. 그렇지만 비록 당시 '독일의 소크라테스'라 불리며 유대인들 중에서 계몽주의 운동의 선구자 역할을 했던 모제스 멘델스존 같은 인물들과 교류를 했지만 가난한 시골 마을 출신의 마이몬은 자신이 이 거대한 도시에 완전히 동화된 세련된 유대인들과 어울릴 수 없다는 사실을 깨닫게 된다. 게다가 그저 공부와 글쓰기에만 몰두했던 마이몬은 심지어 생계조차 제대로 꾸려나갈 수 없게 되고 말았다.

마침내 부림 축제일 밤 전통에 따라 '왁자지껄한 잔치'에 초대되어 잔뜩 취한 마이몬은 이제는 더 이상 버틸 수 없다고 생각했다. "삶 자체가 무거운 짐이었다." 10년이 지난 후 『자서전』을 쓰며 마이몬은 당시 일을 이렇게 회상했다. "사실 그때 당시만 해도 내가 실제로 바라는 건 아무것도 없었다. 다만 미래가 어떻게 될지 알 수 없었고 계속 살아가야 할 의미를 알 수 없었다. 도대체 이 세상에서 내가 무슨 쓸모가 있을까? 나는 이런 저런 경우에 대해 냉정하게 생각을 하다가 결국 이 세상에서의 삶을 그만 끝내기로 벌써부터 결심을 했었지만 그런 나를 망설이게 한 건 그저 내 비겁함일 뿐이었다. 이제 술도 충분히 마시고 취했겠다, 눈앞에는 깊은 운하가 입을 벌리고 있겠다, 마음만 먹으면 아무런 어려움 없이 나의 결심을 실행할 수 있을 것 같았다." 그렇지만 그는 선뜻 차가운 물속으로 뛰어들 수가 없었다. 그리고 그런 자신의 모습을 아주 우스꽝스러운 몰골로 이러지도 저러지도 못하고 있다고 묘사했다.

"나는 물속으로 뛰어들기 위해 이미 몸을 운하 쪽으로 기울이고 있었다. 그렇지만 상체만 그런 내 머리의 명령에 따랐을 뿐 하체는 분명 그런 명령을 따르기를 거부하는 것처럼 보였다. 그래서 나는 몸 반쪽만 물 쪽으로 기울인 채 한참을 그렇게 서 있었다. 물론 내 다리는 땅바닥에 단단히 고정이 되어 아주 조심스럽게 내 몸을 지탱해주고 있었기 때문에 누군가 그 꼴을 보았다면 내가 무슨 운하를 향해 절이라도 하고 있는 줄 알았으리라…… 나는 마치 약을 삼키기 위해서 약이든 잔을 계속 들었다 놨다, 그러다가 입술로 가져갔다 뗐다 하는 그런 사람이 된 기분이었다."

『자서전』에 따르면 마침내 마이몬은 자신의 이런 우유부단함을 보고 큰 소리로 웃기 시작하다가 자신의 나약함을 시인하고 집으로 돌아가 잠자리에 들었다고 한다.

그가 직접 쓴 이런 내용을 보면 우스꽝스럽게 보이기도 하며 건강한 의지가 병든 지성을 이기는 사례를 보는 듯도 하다. 그렇지만 운하 가장자리에 몸을 기대고 몸의 반쪽은 물 쪽으로, 그리고 나머지 반쪽은 땅 쪽을 향하고 있는 마이몬의 모습은 결코 웃을 일이 아니며 불가항력적인 진퇴양난에 빠진 모습을 상징적으로 보여준다. 게다가 실제로도 그는 죽을 때까지 두 가지 기본적인 정체성 사이에서 방황했고 어느 쪽에서 서 있어도 편안함을 누리지 못했다. 유대인으로서 솔로몬 마이몬은 전통과 관습, 그리고 가난함에 그 뿌리를 두고 있었는데, 그런 자신의 배경을 그는 미신에 사로잡힌 사람들의 도저히 고칠 수 없는 후진성이라고 묘사하기도 했다. 그렇지만 계몽주의 시대의 지식인으로 훗날 당대의 최고 철학자였던 임마누엘 칸트(Immanuel Kant) 못지않은 인정을 받게 되는 마이몬은 동포 유대인들의 신앙과 관습 등을 경멸하게 되면서 더 이상 유대인들 사이에서 살 수 없다는 사실을 깨닫게 된다. 헤이그에서 머무르고 있던 시절에 대해 그는 이렇게 기록한다. 마침 그는 어느 유대인 가정에서 포도주에 대해 의례히 하던 기도를 거부해 적지 않은 문제를 일으켰던 참이었다. "나는 단지 진리에 대한 애정으로 무엇인가 모순된 일을 하기 꺼려하는 것일 뿐이며 나로서는 혐오감을 드러내지 않고 내가 신학에서 의인화된 체계의 결과로 여기는 것에 대해 기도를 올리는 건 불가능에 가까운 일이라고 계속해서 설명을 했다." 그리하여 예상대로 헤이그의 유대인들은 "유대인 가정에서는 나라는 존재를 감당하는 것 자체를 끔찍한 죄악으로 여긴다"고 선언하며 그에게서 등을 돌리게 된다.

그렇지만 비슷한 처지에서도 크게 존경을 받았던 스피노자와는 달리 당시 마이몬은 스스로 유대교와 정통파 기독교 모두를 떠난 새로운 삶을 꾸려나갈 만한 위치에 있지 못했다. 사정이 이렇게 된 건 18세기 후반의 베를린은 17세기의 암스테르담과는 달리 관용이 넘치는 사회가 아니었던 것에도 어느 정도 그 원인이 있었다. 베를린의 유대인들은 엄격한 관리의 대상이었으며 독일 정부와 국민들이 보여주는 태도 역시 기껏해야 마지못해 베푸는 호의 정도였다. 그렇지만 마이몬과 스피노자가 달랐던 건 또 있었는데, 스피노자가 렌즈를 갈고 닦는 일을 하며 생활해나갔던 것과는 달리 마이몬은 자기에게 호의적이지 않은 세상을 헤쳐 나갈만한 자기 절제와 훈련이 부족했다. 친구들의 성화에 못 이겨 약 조제술을 배우고 심지어 관련 학위까지 땄지만 실제로 생업에 나서는 건 거부했던 것이다. 마이몬의 친구들은 그의 무분별한 태도며 시도 때도 없이 술을 퍼마시는 모습 때문에 여간 곤란을 겪은 것이 아니었다. "애초에 이 『자서전』부터 선술집 의자에 앉아 썼다는 말이 나돌 정도였다."

도시에 살던 중산층 출신에 당시로서는 국제인이라 할 수 있었던 스피노자는 별다른 어려움 없이 네덜란드의 이교도들과 융화가 되었지만 마이몬은 엄격한 독일 사회에 편입되기에는 변두리의 유대인 출신의 모습이 아직도 너무 많이 남아 있었다. 그는 모제스 멘델스존을 처음 만났을 때를 이렇게 기록한다. "멘델스존과 그의 신분 높은 친구들이 우아한 가구들이 가득 들어차 있는 아름다운 방에 있는 걸 보고 나는 나도 모르게 뒷걸음질 치며 다시 문을 닫았다. 다시 안으로 들어갈 용기 같은 건 생기지 않았다." 베를린에 거주하고 있던 상류 지식인층에 속하던 유대인들은 완벽한 독일어를 구사했지만 마이몬은 유대식 억양이나 습관을 죽을 때까지 고치지 못했으며 대화나 토론이 절정에 달할 때면 자기도 모르게 이디시어가 튀어나오곤 했다. 수학이나 종교 외의 다른 학문들을 공부할 때 그의 친구들은 "마이몬이 『탈무드』에 나오는 구절들을 나지막하게 흥얼거리며 박자에 맞춰 몸을 흔드는 모습"을 볼 수 있었고 어린 시절부터 익숙해진 이런 습관들은 도저히 떨쳐버릴 수 있는 것이 아니었다.

지금까지 언급한 이런 모든 이유들 때문에 마이몬은 두 개의 세상 사이에 이러지도 저러지도 못하고 있는 자신의 처지를 깨닫게 된다. 실제로 운하에서 어쩔 줄 몰라 하고 있던 마이몬의 모습은 150년 뒤에 등장하게 되는 작가 카프카가 당대의 독일계 유대인들의 모습을 묘사하며 사용했던 복잡하고 기괴한 비유들을 연상시키는 것이다. "다리는 여전히 유대인이라는 정체성 속에 사로잡혀 있으면서 양팔을 마구 휘둘러보았지만 새로운 땅은 아무리 해도 발견할 수 없었다." 카프카의 이런 말이 설명하는 것처럼 마이몬이 마주하고 있던 이런 진퇴양난의 곤란한 상황은 어떻게 해도 결코 해결될 수 없는 문제였다. 마이몬이 쓴 『자서전』은 고전이라 부를만한 유대 문학 작품들 중 하나인데, 단지 단순한 일기 형식이었던 하멜른의 글뤼켈이 쓴 『회상록』과는 달리 유대인 작가가 기록한 자기 관찰적인 성격의 최초의 회고록이었을 뿐더러 마이몬 자신이 유럽의 고급문화의 문을 두드렸던 수많은 유대인들 중 첫 번째 인물이기도 했다. 그리고 그는 겨우 한 발자국 정도만 그런 세계에 들여놓을 수 있다는 사실을 곧 깨닫게 된다.

* * *

솔로몬 마이몬이 그의 『자서전』을 1792년과 1793년에 걸쳐 출간했을 때, 그의 나이는 겨우 마흔 살에 불과했다. 그렇지만 그의 인생 대부분이 비록 절망 속에서 흘러가버렸다고는 해도 마이몬은 자신의 이야기가 남들에게 풀어놓을 만한 가치가 있다고 생각했다. 대신 있는 그대로가 아닌 비유와 우화의 형식으로 그렇게 할 생각이었다. 부유한 지식인들을 대상으로 독일어로 쓴 이 책에서 마이몬은 스스로를 수많은 난관들을 극복하며 무지한 상태에서 지식을 획득해나가는 일종의 영적인 영웅으로 묘사한다. 이 영웅의 여정은 또한 필연적으로 실제로 여러 지역을 지나가는 여행이 되어 리투아니아의 어느 궁벽한 시골 마을에서 시작되어 베를린의 상류 사회로까지 이어졌으며, 또 사회 종교적인 여정으로도 표현되어 그 배경이 변화를 거부하는 정통파 유대교에서 속세의 문학계가 중심이 된 공론의 장으로 연결이 된다. 이 이야기의 주인공이 어느 정도로 어려움들을 극복해나갔는가를 보여주기 위해 마이몬은 계몽주의의 가치에 경의를 표하는 동시에 독자들에게는 이 세상이 여전히 암흑 속에 남아 있다는 사실을 상기시켜 준다.

실제로 마이몬이 『자서전』의 중요한 배경이자 주제로 삼고 있는 동유럽 유대 사회의 후진성은 심지어 그 자신의 인생보다도 더 심할 정도이다. 이 책은 마이몬의 출생이야기로부터 시작되지 않는데, 사실 그는 단 한 번도 자신이 실제로 언제 태어났는지에 대해 언급을 한 적이 없으며 대략 1752년에서 1754년 사이에 태어난 것으로 알려져 있을 뿐이다. 대신 이 책은 폴란드의 사회적인 배경을 묘사하는 것으로 시작해 귀족은 물론 농민들까지 대부분의 국민들이 가난과 무지에 빠져 있던 현실을 강조하고 있다. 그는 이런 환경과는 달리 유대인들만은 '이 나라에서 거의 유일하게 도움이 되는 사람들'로

우뚝 섰다고 묘사하고 있다. 왜냐하면 유대인들은 최소한 모두 양조업이나 제빵, 토지 관리 등과 관련된 실용적인 직업이나 상업에 종사하고 있었기 때문이었다.

　그렇지만 마이몬은 바로 유대인들의 삶 역시 자신이 묘사하는 대로 '도덕적 무지와 어리석음'으로 가득 차 있다는 사실을 보여준다. 그가 드는 사례는 바로 자신의 가족 사이에서 벌어진 일들에서 가져온 것으로 우선 그 지역의 영주였던 란치빌 대공(大公)의 땅을 빌어 농사를 짓던 할아버지로부터 시작된다. 마이몬에 따르면 그 근처에는 다 쓰러져가는 다리가 하나 있었고 그 다리를 고치는 책임은 법적으로 영주인 란치빌 대공에게 있었다. 그렇지만 대공은 전혀 이 일에 관심이 없었고 마이몬의 할아버지도 자신의 권리를 내세우며 수리비용을 책임지는 일을 거부했다고 한다. 그래서 귀족들이 탄 마차가 지나갈 때마다 다리는 무너져내렸고 그러면 격노한 귀족은 근처에 사는 농부를 찾아 매질을 가하려고 했다. 마이몬의 할아버지는 매 맞는 일을 피하기 위해 다리를 늘 살펴보고 있다가 귀족이 탄 마차가 다가오면 가족 전체를 이끌고 숲으로 도망가 숨는 일을 되풀이했다. "그래서 가족 모두는 공포에 질려 집에서 달아났고 밖에서 밤을 지새우다가 한두 명씩 몰래 집으로 돌아오는 일도 빈번했다." 그러던 어느 날 또다시 다리가 무너져 화가 난 귀족 한 사람이 마이몬

의 아버지와 여덟 살 난 사내 아이 하나를 붙잡아 채찍질을 하며 양
동이 하나에 가득 찬 물을 다 마시라고 명령을 했고, 마이몬에 따르
면 이 일 때문에 그의 아버지는 몸을 완전히 망쳐버리게 되었다고
한다.

마이몬은 경멸과 불신이 뒤섞인 말투로 이렇게 기록하고 있다.
"이런 식의 삶이 몇 세대를 거쳐 계속해서 이어진 것이다." 다리에
얽힌 이 일화는 마이몬을 분노하게 했던 유대인들의 삶의 방식 전체
를 요약해서 보여주고 있다. 바로 수동적이며 위태하기 그지없는,
그리고 비합리적인 방식 그 자체였다. 만일 그의 할아버지가 그냥
비용을 지불하고 다리를 고쳤더라면 이렇게 굴욕적인 일이 반복적
으로 벌어지는 일도 없었겠지만 그는 너무나 고집이 세고 완고해서
아무런 죄가 없는 가족들이 계속해서 오랜 세월 동안 고통을 당해야
했다. 심지어 이렇게 곤란하고 어려운 일들이 벌어지는 와중에도 농
장은 분명 수익을 낼 수 있는 가능성이 있었고 그의 할아버지만 마
음을 먹으면 문제가 되는 비용을 감당해낼 수 있었다는 것이 마이몬
의 주장이었다. 그렇지만 그는 절대로 그렇게 하지 않았고 가족은
일도 제대로 못하면서 가난에 시달려야 했다. 가족들은 매 끼니마다
옥수수 빵만 먹었고 옷이라고는 '아마포로 만든 조악한 싸구려 옷들'
뿐이었다. 그리고 양초 같은 것도 없이 소나무 가지를 가져다 불을

밝혔다. 한편 헛간도 문단속을 제대로 하지 않아 자주 도둑이 들었고 심지어 도둑들이 암소 젖을 짜가기도 했다. "그런 일이 벌어져 암소 젖이 제대로 나오지 않으면 모두들 악마가 그런 짓을 했다고 생각했다. 누구도 어쩔 수 없는 그런 불행이 닥쳐온 것이라고 다들 체념하고 넘어갔던 것이다."

이런 곤궁하고 나태한 생활 속에서 재능과 야망이 실제로 보상을 받을 수 있는 분야는 마이몬의 말처럼 『탈무드』 공부뿐이었다. "집안에 돈이 많든지 아니면 신체적 능력이 뛰어나든지 하는 모든 재능들은 그들, 유대인들의 눈에는 다 실제로 어느 정도 가치 있는 것으로 인정을 받았다." 마이몬은 스피노자가 그랬던 것처럼 마치 자신과 동포들 사이의 거리를 강조하듯 유대인들에 대해 3인칭 대명사를 쓰며 이렇게 말한다. "그렇지만 그중에서도 뛰어난 『탈무드』 학자만큼 그 위엄을 인정받는 일은 또 없었다. 『탈무드』를 연구하는 학자는 언제나 모든 공적인 사무에서 혜택을 누리는가 하면 공동체 안에서도 존경을 받는 위치에 있었다." 특별히 『탈무드』 학자들이 인기가 높았던 곳은 다름 아닌 결혼 시장이었다. "부유한 상인들이며 농장주인들, 그리고 그럴듯한 직업이 있는 사람들 중에 딸이 있는 사람들은 할 수 있는 모든 연줄을 다 동원해서라도 뛰어난 『탈무드』 학자를 사위로 삼으려 했다."

    그렇지만 1,500여 년 전에 선을 보인『피르케이 아보트』이후 유대교의 중심으로 남게 된 이러한 문화적 이상은 마이몬의『자서전』에서는 그 모든 권위와 위엄을 잃고 만다. 마이몬은 랍비들을 중심으로 한 유대 지식인층과 그들의 덕행을 완전히 무시하거나 폄하하지는 않았다. "그들이 보여주는 성스러움은 마음에 와닿을 정도였다." 그는 이렇게 적고 있다. "랍비들과 학자들은 특별히 예의를 갖춘 모습으로 다른 유대인들을 대하지는 않았지만 그들이 보여주는 희망은 그야말로 신성한 것이었다." 물론 그는 여전히『탈무드』연구며 학자들에 대해 깊은 경멸과 실망을 감추지는 않았다. 계몽주의적 관점에서 지성과 지식이 비극적일 정도로 잘못 사용되는 것처럼 보이는 것들에 대한 경멸이었다. 마이몬에 따르면 유대인들은 이처럼『탈무드』연구에 온갖 정성과 존경을 바쳤지만 일반 유대 어린이들의 실질적인 학교 교육은 야만적인 모습 그 자체였다고 한다. "학교라고 해봐야 작고 어둠침침한 오두막일 뿐이었고 아이들은 의자며 맨바닥 위에 이리저리 흩어져 있었다. 더러운 옷을 아무렇게나 입고 책상 위에 걸터앉은 교사는 무릎 사이에 그릇 하나를 끼고 앉아 헤라클레스가 휘둘렀다는 방망이를 연상시킬 정도로 큼직한 절굿공이를 들고 담뱃잎을 부드럽게 갈고 있었다. 그러면서 동시에 교사랍시고 위세를 휘둘렀다. …… 이런 곳에서 아이들은 아침부터 밤까지 붙잡혀 있으며 단 1시간도 자신들을 위해 쓰지 못했다."

여기서 우리는 다시 한 번 마이몬이 동유럽 유대인들의 삶 속의 추악함과 원시적인 모습을 보며 본능적으로 반감을 내비치는 것을 확인할 수 있다. 마이몬의 기록에 따르면 어린 시절 그가 유일하게 훔쳤던 남의 물건은 장식이 된 싸구려 저금통이었다고 하는데, 그 안에 들어 있는 돈 때문이 아니라 태어나서 처음 본 예술 작품에 가장 가까운 물건이기 때문에 그랬다는 것이다. 그렇지만 거친 생활 태도와 더러운 환경보다 마이몬을 더 괴롭게 했던 건 모든 지성과 지식의 노력이 다른 모든 분야는 무시한 채 오직 『탈무드』에만 집중되는 것이었다. 수학이며 과학, 그리고 적어도 서구 사회에서 인문학의 핵심이라고 하는 역사 등은 아예 학과목에서 빠진 것뿐만이 아니라 그냥 무시되는 수준이었다. 마이몬은 어린 시절 히브리어로 된 어느 책의 표지를 보고 나뭇잎 모양의 무늬를 분필로 따라 그렸던 일을 회상했다. 어느 정도 눈썰미가 있었던 그의 아버지는 어쩌면 아들의 예술적 재능의 씨앗을 알아볼 수도 있었겠지만, 그저 덤덤하게 이렇게 말했을 뿐이었다. "너는 화가가 될 생각이냐? 너는 『탈무드』를 공부해서 랍비가 되어야 한단다. 그리고 『탈무드』만 이해할 수 있으면 세상 모든 걸 다 알 수 있으니까 말이다."

하지만 마이몬은 이렇게 되묻는다. 『탈무드』라는 게 결국 무엇인가? 아무짝에 쓸모없는 하잘 것 없는 이야기들을 모아놓은 책이 아닌가? 『탈무드』 공부가 실제로 어떻게 진행되고 어떤 결과를 낳는지를 보여주기 위해 마이몬은 자신의 『자서전』을 읽는 독자들에게 이런 터무니없는 모습들을 소개하고 있다. "예를 들어 『탈무드』에는 이런 내용들이 있다. 붉은 색 암소에 흰색 털이 얼마까지 섞여 있어야 붉은색 소로 인정할 수 있는가. 이 상처는 어떻게 씻어야 하고 저 상처는 어떻게 씻어야 하는가. 안식일에는 이나 벼룩을 죽여야 하는가 말아야 하는 가 등등." 이런 내용들이 수 세기 넘는 세월 동안 유대인들에게는 변하지 않는 가장 중요한 주제였으며 그건 마이몬의 우상이자 이름까지 땄던 마이모니데스조차도 마찬가지였다. 그렇지만 과학적 이성과 합리주의의 빛이 드리워진 계몽주의 시대에서 이런 문제들은 단지 적절치 않은 것을 떠나서 우스꽝스럽기 그지없는 그런 주제들이었다. 유대 율법에서 그 신성함과 일상생활에서의 적용을 빼버리고 나면 단순히 부담스러운 짐이 될 뿐이며 '자연스러운 사건들이 이해할 수 있고 도움이 되는 방향으로 서로 연결이 되어 있는 역사'와 같은 과목들에 밀려 사라질 것이다.

마이몬은 유대인 학자의 삶이 갖는 특권과 한계를 명확하게 알 수 있는 그런 위치에 있었다. 왜냐하면 그 자신이 어린 시절부터 랍비가 될 것으로 운명 지어질 정도로 『탈무드』 공부에 탁월한 재능을 발휘했었기 때문이었다. 그렇지만 그런 어린 시절에도 마이몬은 아버지에게 누가 하나님을 창조했느냐는 식의 질문을 했었다고 회상한다. 그리고 에서는 지상에서의 축복을 선택했고 야곱은 하늘나라의 축복을 선택했다는 내용을 공부할 때는 또 아버지에게 이렇게 말하기도 했다. "야곱은 그 정도로 바보는 아니었을 거예요." 비록 훗날 유대교로부터 멀어지는 원인이 되기는 했어도 어린 시절부터 보여준 영민함은 먼저 그를 『탈무드』 공부에 한해서 아주 돋보이도록 만들어주었고 열한 살이 되었을 무렵에는 이미 학자로까지 알려질 정도여서 벌써부터 마이몬을 사위로 점찍은 사람들이 줄을 설 정도였다.

　마이몬은 유대식 결혼 관습에 대해 우리가 다른 책 등을 통해 알아본 것보다 훨씬 더 혐오스러운 생각을 갖고 있었다. 예컨대 하멜른의 글뤼켈은 중매와 결혼에 따른 밀고 당기는 협상에 대해 솔직한 기록을 남겼고 성공적인 결혼을 전략적인 승리로 표현하기도 했다. 그렇지만 마이몬은 그런 모든 과정 자체가 부조리하며 비인간적이라고 주장했다. 마이몬의 아버지는 아들에게 부유하며 '품행이 방정한' 딸을 둔 집안에서 들어온 혼담을 거절한 적이 있는데 한쪽 다리를 전다는 것이 그 이유였다. 또 다른 혼담은 거의 성사될 뻔했지만 예비 신부가 수두로 세상을 떠나는 바람에 무산되기도 했다. 마이몬은 한 번도 만나본 적이 없는 신부가 세상을 떠난 일에 대해서 자신은 전혀 아무런 감흥도 없었다고 했고 그의 어머니는 매우 아쉬워했는데, 그가 냉소적으로 남긴 기록에 따르면 단지 결혼식에 쓰려고 구워놓은 케이크가 소용이 없게 되어 그랬다는 것이다. 그 이후에도 마이몬의 아버지는 두 집안과 오가던 혼담을 한꺼번에 취소하기도 했고 그러다 갈등이 일어나 사돈이 될 뻔한 집에서 꼬마 신랑을 아예 납치해가려는 시도를 하기도 했다. 이러한 모든 과정에 대해 마이몬은 그저 탐욕이 오가는 일이었을 뿐임을 분명하게 밝혔고 품위나 존엄성 같은 건 완전히 실종된 모습이라고 다시 반복해서 주장했다. 18세기 문학에서 성행하던 애틋한 감상이나 애정 같은 건 가난한 유대인들 사이에서는 전혀 알 수 없는 사치품이나 다름없었다.

어쨌든 우여곡절 끝에 일단 결혼을 하고 나자 상황은 더 나빠졌다. 나이가 열한 살밖에 되지 않은 새신랑은 장모에게 신체적인 학대를 당했고 사위도 장모에게 당한 만큼 그대로 돌려주었다. 『자서전』의 한 대목을 보면 그가 크림 한 접시를 장모의 머리에 부어버렸다는 이야기도 나오고 또 장모의 침대 아래에 숨어 유령 흉내를 내며 사위에게 더 잘 대해주라는 협박을 했다는 이야기도 나온다. 물론 성적인 문제에 있어서도 완전히 무시를 당하는 상태였는데, 첫날밤도 제대로 치르지 못한다는 사실이 알려지자 이 새신랑은 무슨 흑마법의 저주에라도 걸린 것처럼 이런 증세를 '치료'하기 위해 '마녀'

에게 끌려가기도 했다. 결국 어찌어찌해서 마이몬도 자식을 가질 수 있었고 그때 그의 나이는 겨우 열네 살이었다고 한다.

마이몬이 사례로 들며 설명하는 모든 일화나 사건들은 모두 그 자신이 알고 있던 세계의 야만성을 폭로하기 위한 것들이며 결국 그 세계에서 탈출할 수 있었던 자신의 정신적인 의지를 나타내고 있는 것이다. 그는 어린 시절부터 유대 사회가 제공해줄 수 있는 것보다 더 많은 지식과 문화적인 환경을 갈망했다. 일곱 살이 되었을 때 마이몬은 아버지의 책장에서 히브리어로 된 천문학 책 한 권을 찾아내 그 책을 보며 별들의 움직임을 나타내는 일종의 천구의(天球儀) 비슷한 것을 만들었다고 한다. 마이몬의 아버지는 아들의 그런 천재성을 자랑스러워하기는 했지만 다시 한 번 아들을 꾸짖으며 『탈무드』에만 집중하라고 잔소리를 했다고 한다.

그렇지만 무엇인가를 더 배우겠다는 마이몬의 열정은 나이가 들어갈수록 더 늘어만 갔다. "나는 더 많은 지식을 얻고 싶은 욕심에 몸이 달아올랐다. 그렇지만 누구의 가르침도 과학책도, 그 밖에 다른 아무런 수단도 없는 상황에서 어떻게 이런 목표를 달성할 수 있을 것인가?" 정말로 과학과 철학의 세계로 들어가기 위해 마이몬은 라틴어와 독일어 같은 이교도들의 언어를 공부할 필요가 있었지만 그걸 가르쳐줄 수 있는 유일한 교사는 가톨릭교도들뿐이었고 그들이 마이몬을 학생으로 받아들여줄 리가 없었다. 그러던 어느 날 그는 스스로 독학을 할 수 있는 천재적이지만 믿을 수 없을 정도로 힘든 방법을 생각해냈다. 히브리어로 된 두툼한 책을 몇 권 읽던 도중 어떤 부분에서 라틴어와 독일어 문자로 표시가 되어 있는 것을 발견하게 되는데, 이 문자들을 알파벳 순서에 따라 확인을 하고 분명 유사한 히브리 문자와 비슷한 소리로 발음이 될 것이라고 추측하게 된다. "예를 들어 나는 히브리어의 첫 번째 문자와 라틴어나 독일어의 첫 번째 문자가 그 발음이 비슷할 거라고 생각을 한 것이다." 이런 식으로 해서 마이몬은 라틴어와 독일어를 독학하게 되었고 우연히 찾아낸 오래된 독일어 책으로 자신이 쌓은 지식을 확인해보게 된다. 훗날 베를린에 가게 되었을 때 그가 처음으로 접한 근대 철학책은 어느 식료품점 주인 손에 들려 있었는데, 그 주인은 책을 한 장씩 찢어내어 버터를 포장하는데 쓰고 있었다고 한다.

이렇게 지식에 대한 마이몬의 호기심과 사랑은 그야말로 놀랍고도 대단한 것이었지만 역사에 기록될 만큼 그런 그의 성향을 두드러지게 만들어준 건 앞서 있었던 수많은 다른 유대인 지식인들과의 차이점이었다. 마이몬은 유대교 자체의 배경이나 맥락 안에서는 결코 자신의 지적인 취향을 만족시킬 수 없었던 것이다. 그가 쓴 『자서전』 내용의 상당 부분은 이교도나 이방인 독자들을 위한 설명에 할애되어 있었는데, 바로 마이몬 자신도 탐구하고 찾아내고자 했던 유대의 전승과 전통에 대한 부분이었다. 우리는 그가 『탈무드』 공부를 별 의미가 없다고 생각했다는 사실을 이미 잘 알고 있다. 청소년기에 접어든 마이몬은 카발라의 존재에 대해 알게 되었으며 어느 랍비의 감독 아래 『조하르』의 신비에 대해 파고들기 시작했다. 그렇지만 카발라의 상징적 언어들을 공부하게 되자 마이몬은 다시 한 번 말도 되지 않는 것처럼 보이는 것들과 마주하고 있다는 사실을 깨닫게 된다. 특히 세피로트의 나무며 하나님의 수염 모양 같은 것들은 "나에게는 가장 큰 골칫거리였다. …… 아무리 노력을 해도 이런 내용들 속에서는 어떠한 합리적인 의미를 찾을 수 없었던 것이다." 돌이켜보면 그는 유대 신비주의자들이 내세우는 주장이 실제로 하나님의 신성에 대해 영향을 미칠 수 있다고 믿는 일 자체를 부끄러워했던 것 같다. "다만 내가 생각한 것은, 이런 내용들을 입 밖으로 내어 이야기를 하고 그런 신비주의적 의미를 생각할 때 이러한 성스러운 결합이 실제로 일어나고 거기에서 전 세계가 축복을 기대할 수 있는가 하는 것이었다. 만일 이런 내용이 이성에 의해 통제가 되지 않는다면 과연 누가 과도한 상상력이 펼쳐지는 것을 막을 수 있단 말인가?"

유대교의 전통이나 전승 안에서 자신의 정신을 살찌울 만한 것들을 아무것도 발견할 수 없다면 마이몬에게 남은 선택은 유대교 밖으로 뛰쳐나가는 일뿐이었다. 그렇지만 그렇게 하기 위해서는 정말로 어린 시절을 보낸 리투아니아를 빠져나가 유럽 계몽주의의 중심지인 베를린을 향해 머나먼 여정을 떠날 수밖에 없었다. 이제 스물다섯 살이 된 마이몬은 가족의 곁을 떠나 동프로이센 쾨니히스베르크의 어떤 상인이 소유한 배에 몸을 실었다. 그렇게 해서 마이몬이 정처 없는 방랑의 시간들이라고 묘사한 그런 여정이 시작되었다. 이 기간 동안 그는 자신의 영적, 그리고 물질적인 필요가 채워질 수 있는 그런 정착지를 찾기 위해 계속해서 노력하고 또 실패하기를 반복하게 된다. 전체적으로 보면 마이몬의 이 대담한 도박은 성공했다고 볼 수 있는데, 실제로 그는 속세의 철학자로 명성을 날리는 데 어느 정도 성공을 거두게 된다. 그렇지만 그의 가장 중요한 후원자들 중 한 사람이었던 모제스 멘델스존과는 달리 마이몬은 독일 문화권 안에서 실제로는 자신만을 위한 정착지를 결코 찾아내지 못했다. 세상을 떠나기 얼마 전에야 그는 그를 가엾게 여긴 어느 귀족의 영지에 피난처를 찾게 되었고 그곳이 마침내 그가 영원히 쉴 수 있는 집이 되어주었다.

베를린에 입성하기 위한 그의 첫 번째 도전은 우스꽝스러운 대실패로 기록이 되었다. 베를린은 유대인들이 들고나는 일을 법으로 엄격하게 규제했고 도시 입구에는 일종의 자선 단체 비슷한 곳이 있어 새로 도착한 유대인들은 그곳에 머물며 자신들이 먹고살만한 수단이 있는지를 증명해야만 했다. 이곳에서 마이몬은 랍비 한 사람을 만나 자신의 꿈과 계획을 설명해주었는데 거기에는 『당혹자에 대한 지침』에 대한 주석을 출판하는 일도 포함되어 있었다. 마이몬의 정신세계에 가장 큰 영향을 미쳤던 유대 철학의 정수에 본인이 직접 단 주석이었다. 그러자 랍비는 자신이 '정통파를 열렬히 지지한다'는 사실을 밝혔지만 마이모니데스가 자유사상을 상징하는 위험한 존재라는 것을 알면서도 별로 걱정 같은 건 하지 않았다. 사실 이제 막 종교의 속박으로부터 벗어나기는 했으나 땡전 한 푼 없는 지식인에게 베를린의 유대인들이 신경 쓸 이유는 아무것도 없었던 것이다. 이런 종류의 지식인들은 종종 "오랫동안 가난과 굶주림에 시달리다가 갑자기 잘 차려진 식탁 앞에 서게 되면 미친 듯이 음식에 달려들고 그러다 폭식을 하게 되는" 그런 사람들로 취급되었다. 그리고 마이몬에게는 돈 몇 푼과 함께 당장 베를린을 떠나라는 명령이 떨어졌다.

이러한 좌절은 마이몬이 아무리 자신이 속박으로 여기는 유대교에서 탈출하기 위해 사투를 벌여도 그의 숙명은 동료 유대인들과 엮여 영원히 남게 되리라는 일종의 신호였다. 이후 수년 동안 마이몬은 자신이 찾아갔던 독일과 네덜란드 곳곳에서 그 지역의 유대 공동체가 마이몬이 공부를 많이 한 랍비이자 학자인 것을 알고 그에게 유대 전통에 따라 존경심을 표시할 때만 간신히 굶주림을 면할 수 있었다. 폴란드 서부의 도시 포즈난(Poznan)에 도착했을 때 마이몬은 '맨발에 반쯤 벌거벗은 모습으로 거의 쓰러지기 일보직전이었는데' 그 지역 랍비들의 우두머리가 그를 알아보고 지역 유지의 집으로 데리고 갔다. "그러자 근처에 살고 있던 모든 학자며 랍비들이 모여들어서는 나를 세상을 주유하는 저명한 랍비 대접을 해주며 토론을 벌였다. 그리고 나에 대해 더 많이 알아갈수록 친근했으며 그들이 내보이는 존경심도 더 높아져만 갔다."

정말 얄궂기 그지없는 일이었다. 마이몬 자신은 유대의 전통적인 지식이 아무런 쓸모가 없다고 생각하고 그것을 내던지기를 바랐지만 결국 그를 먹여 살려주고 사람들의 존경을 받도록 해준 것은 바로 그가 지니고 있던 지식이었다. 그렇지만 마이몬의 자유로운 사상을 따르는 본능은 밖으로 드러날 수밖에 없었고 그런 편안한 생활도 끝장이 나게 된다. 포즈난에서 2년을 보내는 동안 마이몬은 유대인들의 미신에 대해 무자비한 조롱을 가하다가 결국 그곳 유대인 공동체의 반감을 사게 되었다. 한번은 안식일 저녁 식사를 위해 잉어 한 마리를 준비하는 과정에서 이 잉어가 마치 무슨 말이라도 하듯 소리를 내는 것처럼 보이자 모든 사람들이 이 말하는 잉어를 어찌해야 할지 의견을 나누게 되었다. 마침내 랍비는 이 잉어에게는 분명 영혼이 있으며 따라서 정중하게 예의를 갖추어 땅에 묻어줘야 한다고 선언했다. 그렇지만 마이몬은 "만일 내게 그 잉어를 보여주었다면 영혼도 있고 말도 하는 잉어는 과연 어떤 맛이 나는지 당장에 먹어치웠을 것"이라고 빈정댔는데, 이 말이 알려지자 "근처에 좀 배웠다는 사람들은 모두 흥분해 나를 이단이라고 매도하고 모든 수단을 써서 나를 박해하려고 했다"고 마이몬은 기록하고 있다. 마이몬이 어디를 가든 이와 똑같은 도저히 참을 수 없는 유대의 문화가 그를 둘러쌌고 그는 그 안에서 참고 살아갈 수도, 또 그 안이 아니면 도저히 생계를 꾸려나갈 수도 없는 그런 상황에 빠지고 말았다.

살던 곳에서 쫓겨난 마이몬은 다시 두 번째로 베를린을 향했고 이번에는 걸어서가 아닌 마차를 얻어 타고 갔기 때문일까, 그는 베를린에 입성할 수 있었다. 마이몬은 형이상학과 신학에 대한 히브리어 논문을 보내 모제스 멘델스존과 안면을 틀 수 있었는데, 이 논문에서 그는 신성한 유대의 언어와 속세의 사상에 대한 용어 모두를 능숙하게 구사하는 모습을 보여주었다. 독학으로 습득한 이런 지식에 깊은 감명을 받은 멘델스존은 마이몬을 베를린에서도 '가장 저명하고 돈이 많으며 진보적인 지식을 소유한 유대인들'에게 소개시켜주었고 마이몬은 이 유대인들의 후원을 받게 되었다. 다시 말해 포즈난에서와 똑같은 생활을 하게 된 것이다. 다만 이번에는 그의 『탈무드』와 관련된 지식으로 신앙심 깊은 유대인들을 감동시킨 것이 아니라 철학적 지식으로 새로운 세상에 동화된 유대인들에게 깊은 인상을 심어준 것이다. 비록 그가 내세우는 전문적 지식의 내용은 달라졌지만 그 형식은 똑같았다. 결국 마이몬은 지식과 지성을 겸비한 학자에 대한 경외심이라는 유대의 전통을 이용해 도움을 받는 일을 결코 중단할 수 없었던 것이다.

그래도 마이몬은 여전히 완전한 정착을 이루지는 못했다. 베를린의 후원자들은 마이몬에게 무역 거래에 대해 공부를 해 생계를 직접 꾸려나갈 수 있는 방법을 제시해주었지만 그는 거절을 한다. "내가 받은 특별한 훈련의 결과 때문인지 나는 돈 버는 일이라면 그게 무엇이든 전혀 내키지 않았고 그저 조용하고 사색적인 삶만 그럭저럭 해낼 수 있을 뿐이었다." 어쩌면 마이몬은 어린 시절부터 『탈무드』 해석의 천재라고 불리며 특별하게 대접받는 일에 이제 너무 익숙해져버린 것이 아니었을까. 어쨌든 그는 이렇게 베를린을 떠나 함부르크로 향했고 다시 암스테르담으로, 그리고 헤이그까지 갔다가 다시 베를린으로 돌아왔다. 그런 다음 당시 독일 영토였던 브레슬라우(Breslau)도 가고 또다시 베를린으로 돌아왔던 것이다. 마이몬은 어디를 가든 기존의 인연들을 다 끊고 친구들과도 멀어졌다. 훗날 회상한 것처럼 그가 정말로 뿌리를 내린 곳은 그 어디에도 없었다.

"나는 이제 폴란드로 돌아가기에는 너무 많은 것들을 배웠다. 합리적인 분위기의 사회가 아닌 곳에서 비참하게 내 인생을 소모하기에, 그리고 미신과 무지의 암흑 속으로 그대로 가라앉아버리기엔 너무나 늦어버린 것이다. 그런 곳에서는 아무리 애를 쓴다 해도 나 자신의 모습을 제대로 찾을 수 없다. 반면에 독일에서의 성공도 내가 기대할 수 없는 것으로, 제대로 된 언어의 지식은 물론 그곳 사람들의 관습이며 예의범절을 내가 미처 알지 못했던 결과라고 볼 수 있었다. 나는 낯선 세상에 적절하게 적응할만한 능력을 결코 갖출 수 없었던 것이다."

자포자기하는 심정이 된 마이몬은 심지어 기독교로 개종할 생각까지 한다. 그러면 자신이 가는 길이 좀 더 수월해질지 모른다는 기대를 한 것이다. 그렇지만 늘 그랬듯 그는 이 문제를 상의하던 기독교 사제에게 자신은 정말로 기독교를 믿는 것이 아니며 그 신비함도 단지 '인간에게 가장 중요한 진리에 대한 우화적 표현'이라고 생각할 뿐이라고 말을 한다. 마이몬은 '나 자신의 이성과 배치되는 신앙 고백' 없이 그렇게 할 수 있을 때만 개종하겠다고 당당하게 이야기한다. 그리고 당연한 일이지만 사제는 이런 임시방편과 같은 개종의 의사를 거부한다. "당신은 기독교인이 되기에는 지나치게 철학자에 가까운 사람이다." 이것이 사제의 대답이었다. "그래서 결국 나는 강퍅한 유대인인 본래의 모습으로 그대로 남아 있을 수밖에 없었다.” 마이몬이 내린 결론이었다. 유대교와 유대 사회에 대한 그의 모든 비판과 더 밝고 더 나은 세상을 향한 그의 열망 속에서 마이몬은 결코 그 어떤 세상에도 속할 수 없게 되고 말았다.

* * *

만일 마이몬이 자신의 좌절된 야망을 한마디로 표현한다면 그건 바로 모제스 멘델스존과 같은 사람이 되고 싶었다는 말이 아닐까. 베를린에 도착한 마이몬이 바로 멘델스존을 찾았던 건 다 그럴만한 충분한 이유가 있어서였다. 마이몬은 『자서전』의 한 장(章)을 멘델스존에게 헌정하며 그가 ‘폴란드에서 지금 막 도착해 생각은 온통 뒤죽박죽이며 말도 도무지 알아들을 수 없는 그런 한 유대인’에게 크나큰 은혜를 베풀어주었다고 기록한다. 멘델스존은 마이몬과 같은 유대인들이 하는 말과 그들의 야망 모두를 ‘완벽하게 이해할 수 있는’ 그런 사람이었다. 왜냐하면 멘델스존 역시 그들과 비슷한 길을 걸어왔기 때문이었다.

1729년 독일 중부의 데사우(Dessau)에서 태어난 멘델스존은 랍비가 될 숙명을 타고난 또 다른 『탈무드』의 천재였으며 모제스 멘델스존이라는 이름은 그의 유대 조상 중 한 사람의 이름인 모셰 벤 멘델을 독일식으로 바꾼 것이다. 멘델스존은 열네 살이 되던 해 홀로 베를린을 향해 떠났고 훗날 마이몬이 그랬던 것처럼 그도 베를린 입구에서 유대인 경비원들에 의해 제지를 당한다. 멘델스존은 처음에는 자신이 존경하는 랍비를 따라 공부를 하기 위해 독일의 수도로 왔지만 역시 마이몬과 마찬가지로 『당혹자에 대한 지침』을 읽으면서 자신의 지식의 범위를 더 넓혀갔다. 그는 마이모니데스를 공부하는데 많은 노력을 기울이는데, "나는 그 때문에 연약한 존재가 되었으나 또 바로 그런 마이모니데스 때문에 오랜 시간에 걸쳐 나의 인생이 슬픔에서 기쁨으로 바뀌어갔으니 그를 정말로 사랑하지 않을 수 없다"고 말하고 있다. 얼마 지나지 않아 멘델스존의 관심사는 유대의 학문에서 속세의 철학으로 옮겨갔고 급기야 독일 문학계에 점차 자신의 이름을 알릴 수 있게 되었다. 1767년 그의 나이 서른일곱이 되던 해에 멘델스존은 영혼의 불멸성을 주장하는 논문인 『파이돈(Phaidon)』을 발표하면서 유럽 전역에 그 명성을 떨치게 되었다.

멘델스존이 이룬 업적은 유대인들과 기독교인들 모두에게 다 중요한 의미를 지닌다. 유대와 기독교 문화 사이의 해묵은 적대감과 갈등이 오랜 세월 이어진 이후 이제 두 세계 사이를 연결해줄 능력을 갖춘 것처럼 보이는 사람이 등장한 것이다. 멘델스존은 이른바

'하스칼라(Haskalah)', 즉 유대 계몽주의 운동을 구체적으로 실천한 사람이며 마이몬도 진저리를 쳤던 무거운 짐에 불과한 여러 미신들로부터 유대교를 해방시키고 싶어 했다. 그러면서 조상의 전통을 완전히 포기하지 않고 독일의 주류 기독교 사상가며 작가들과 깊은 관계를 맺어갔던 멘델스존은 개인적인 자격으로 유럽에 살고 있는 유대인들의 더 행복한 미래라는 희망을 구체적으로 실현시켜 나간 것처럼 보인다. 이러한 일을 수행하기 위해서는 아주 높은 수준의 참을성과 재주가 필요했는데, 마이몬은 멘델스존의 이런 의연함에 대해 이렇게 찬사를 보낸다. "그의 성향상, 그리고 그 자신이 고백한 것처럼 멘델스존은 강렬한 열정을 타고난 사람이지만 금욕주의 도덕을 오랫동안 실천하면서 그런 열정을 자제하는 법을 배웠다."

마이몬이 멘델스존을 만난 건 1780년 무렵의 일이며 그 후 불과 몇 년이 지나지 않아 멘델스존의 이런 자제력과 의연함은 가장 난감한 시험과 마주하게 된다. 독일의 지성인들 사이에서 유대인들에 대한 차별을 합법적으로 철폐하는 문제와 그들에게 완전한 시민권을 주는 가능성에 대해 뜨거운 논쟁이 불거진 것이다. 이러한 일들은 계몽주의의 승리를 의미하는 것이며 동시에 계몽주의를 지지하는 일부 기독교 후원자들의 관점에서는 유대인들 하면 떠오르는 불쾌한 특징들에 대한 편견을 일소할 수 있는 좋은 기회이기도 했다. 유대인들에게는 오랜 세월 동안 박해를 받으며 거래를 할 때 거짓말에 능하고 신체 능력은 유약하다는 등의 편견이 덧씌워졌던 것이다. 멘델스존은 1782년 발표된 어느 책의 서문에서 유대인의 해방에 대해 자신의 의견을 개진했는데, 그는 심지어 유대인을 지지하던 이교도들조차 버리지 못했던 유대인에 대한 이런저런 편견에 대해 변론을 제시하기도 했다.

그러는 동시에 멘델스존은 진정한 법적인 평등이란 유대인들도 다른 독일 국민들과 똑같은 법에 의해 적용을 받는 것이며 더 이상 랍비들이 갖고 있는 권위를 따라야 하는 대상이 아니라고 주장했다. 멘델스존은 유대인과 유대교가 분리되는 미래를 꿈꾼 것은 아니며 그보다는 오히려 유대 공동체가 자체적으로 합법적 자치권을 가져서는 안 된다고 주장한 것이다. 특히 유대인 개인의 양심을 통제하기 위한 야만적인 방식이라고 생각했던 공동체로부터의 파문이나 추방 같은 권한의 행사를 막아야 한다는 것이 멘델스존의 생각이었다. 그는 동료 유대인들에게 이렇게 간청한다. "만일 보호받는 관용의 대상이 되어 안전하게 살고 싶다면 똑같이 다른 사람들에게 관용을 베풀며 그들을 보호하고 안전하게 만들어주어야 하지 않겠는가."

이 서문이 '빛과 권리의 추구(Das Forschen nach Licht und Recht)'라는 제목의 가상의 저자가 쓴 소책자로 만들어지자 얼마 지나지 않아 일반

대중들의 뜨거운 반응을 불러일으키게 되었다. 이 소책자를 쓴 저자의 이름은 아우구스트 크란츠(August Cranz)로 소개가 되었고 진짜 정체는 멘델스존이 세상을 떠난 후에야 밝혀지게 되는데, 어쨌든 그 내용은 종교 문제에 대한 강제성에 반대하는 멘델스존의 주장을 바탕으로 하고 있다. 크란츠는 이렇게 묻는다. 유대교 자체가 율법을 통한 강요라는 개념을 바탕으로 하고 있지 않은가? 유대인들의 율법은 무수한 금지와 명령의 집합체이며 그에 대한 위반은 큰 처벌을 받게 되지 않는가? 그것도 채찍질이나 돌팔매질과 같은 무시무시한 방법으로? 그리고 만일 멘델스존이 이러한 율법의 측면을 거부한다면 그는 사실상 유대교 자체를 부정하는 것이 아닌가? 크란츠는 멘델스존에게 그가 주장하는 논리가 정확하게 어떤 뜻을 품고 있는지 말하라고 요구한다. 유대 율법의 권위를 부정했기 때문에 그는 더 이상 유대인이 아닌 것이다. 이미 그의 인생에 있어 여러 번 있었던 일이지만, 멘델스존은 표면적으로는 우호적인 분위기 속에서 기독교로의 개종을 권유받았는데 크란츠는 이에 대해 이렇게 쓰고 있다. "그대 선량한 친구 멘델스존이여, 그대는 이미 조상들의 종교를 포기했으니 이제 한 걸음만 더 나서면 우리와 하나가 될 수 있소."

가상의 인물이 가하는 이런 공격은 분명한 대답을 요구하고 있었다. 왜냐하면 그 공격이 멘델스존이 지닌 정체성의 핵심을 찌르고 있었기 때문이었다. 속세의 개인주의를 내세우며 아주 기꺼이 유대인으로서의 정체성을 포기했던 스피노자와는 달리 멘델스존은 유대 공동체의 대변인으로서의 자신의 역할을 매우 중요하게 생각했으며 유대교가 없는 자신의 인생은 감히 상상하지도 못했다. 어떤 면에서 보면 멘델스존의 인생 전체는 신앙심 깊은 유대인과 계몽된 개인이 동시에 존재할 수 있는 가능성, 그리고 근대와 전통이 공존할 수 있는 가능성에 대한 실험이었다. 만일 그런 공존이 불가능하다면 독일에 살고 있는 유대인들의 미래는 암울함 그 자체가 되는 것이 아닐까. 근대화의 혜택으로부터 제외되거나 혹은 근대화를 받아들이는 대가로 유대인으로서의 정체성을 포기하거나 둘 중 하나를 선택할 수밖에 없는 것이다. 세 번째 가능성은 주변 환경에 동화되고 그러면서도 계속해서 박해의 대상이 되다가 결국은 멸절되는 것인데, 사실은 감히 생각할 수도 없는 그런 가능성이었다.

이런 곤란한 상황에 직면한 멘델스존은 자신이 유대교가 개인의 자유와 양립할 수 있는 그런 신앙인으로서의 가능성에 대해 어떻게 생각하고 있는지 설명을 해야만 했다. 「신명기」 이후로 유대교의 중심은 유대인들 자신의 공동체로 옮겨가게 되었다. 모세가 대략적으로 설명했던 저주와 축복은 함께 공존하는 것이며 유대인들이 항상 기도하고 바라는 구원은 유대인들의 마음의 고향을 상징하는 시온으로 모든 민족이 되돌아가는 것이었다. 유대 공동체의 상징과 그 공동체를 강화시키는 수단은 바로 유대 율법이며 모든 유대 민족은 다 그 율법에 속박되어 있었다. 만일 유대인들이 자신들 고유의 율법적 권위 아래에서 살아가는 일을 포기하고 일반 독일 사람들과 똑같은 정치적, 그리고 법적인 평등을 누리려고 한다면 유대인이라는 정체성을 어떻게 보존할 수 있겠는가? 종교가 공동의 의무가 아닌 개인의 헌신으로 정의가 된다면 유대교의 미래는 어떻게 될 것인가? 이러한 의문들은 근대 사회에서 유대인들이 겪었던 어려움들을 대변하는 것이며 유대인들은 지금까지도 유대인으로서의 모습을 만들어가고 있다.

이러한 질문들에 대답하기 위해 멘델스존은 오늘날까지도 그의 최고 걸작으로 알려져 있는 저작 『예루살렘』을 집필한다. 이 책은 2부로 나누어진 일종의 소논문이나 평론으로 볼 수 있으며 1783년 발표가 되었다. 스피노자의 『신학정치론』으로부터 크게 영향을 받은 『예루살렘』은 역시 스피노자의 주장과 마찬가지로 종교 문제에 있어 절대적인 양심의 자유가 허락되어야 한다고 호소한다. 멘델스존은 또한 이러한 호소와 더불어 유대교의 기원과 원리에 대한 주장도 펼친다. 『예루살렘』의 부제이기도 한 '종교적 권력과 유대교'는 이런 두 가지 문제의 결합을 의미하는 것이다. 그렇지만 『예루살렘』

이 상징하는 정신은 급진적인 성향을 보였던 선배 사상가 스피노자와는 확연하게 다르다. 우선 제목이 나타내는 것처럼 멘델스존의 책은 유대인이라는 본바탕을 벗어나지 않는다. 스피노자의 이상이 꽃피는 곳이 국제도시인 암스테르담이었다면 멘델스존은 언제나 유대인들의 구원과 회복을 상징하는 기능을 해온 도시 예루살렘을 전면에 내세운다. 그렇지만 이런 구원이나 회복은 멘델스존의 관점에서 '시온'으로 돌아가자는 그런 개념은 아니며 그보다는 오히려 유대인들이 지금까지 감히 상상조차 하지 못했던 자유롭고 평등한 존재로 유럽 사회에 편입되는 모습을 가리키고 있다.

확실히 유대인들은 종교가 시민권이나 공직 진출 자격을 가로막지 않을 때만 비유대 국가에서 자리를 잡을 수 있는 것이다. 불과 몇 년 후 미합중국 헌법을 통해 실현이 되는 정치와 종교의 분리라는 진보적 이상은 멘델스존으로서는 진정한 유대인의 해방을 위해서 반드시 필요한 요소였다. 그렇기 때문에 멘델스존은 『예루살렘』을 통해 정의롭고 올바른 사회에서 정치와 종교의 적절한 영역과 각자가 감당해야 하는 책임을 정의하려고 애를 쓴 것이다. "정치와 종교, 국가의 법과 종교의 율법, 그리고 속세의 권위와 교회의 권위. 이렇게 상반된 사회의 두 대들보들이 서로 균형을 맞춘다면 아무 문제가 없겠지만 만일 그렇지 못하다면 결국 이 사회는 커다란 부담을 짊어지게 된다. …… 이것이야말로 정치가 풀어나가야 할 가장 어려운 난제 중 하나라고 볼 수 있다." 멘델스존은 책의 서두에서 이렇게 주장한다.

멘델스존에 따르면 정치와 종교 사이의 차이점을 구분하는 일반적인 방법은 정치는 현재의 안녕을, 그리고 종교는 영적인 신실함을 각각 추구한다는 사실을 알면 된다. 정치를 대표하는 국가는 지금 살고 있는 국민들의 안녕을 염려하며 현재 유럽의 종교를 대표하는 교회는 앞으로 다가올 내세와 관련해 교회 그 자체와 사람들의 영혼의 문제를 염려한다. 그렇지만 멘델스존은 이런 구분도 오해를 불러일으키거나 섣부르고 위험한 시도가 될 수 있다고 주장한다. 사실, 우리가 지금 생각하는 행복이나 미래의 행복 사이에는 차이점이 전혀 없는 것이다. "현재와 미래를 완전하게 나누어 생각한다는 건…… 진리와도 맞지 않으며 인간의 행복과 안녕에도 전혀 도움이 되지 못한다." 하지만 이렇게 현재와 미래를 구분함으로써 우리는 현재 이 땅 위에서 종교의 이름으로 범죄를 저지르면 장차 하늘나라에서 복을 받게 된다는 환상을 만들어내게 된다. "수많은 사람들이 하늘나라에서 인정받는 시민이 되기 위해 이 땅에서 나쁜 시민이 되는 길을 선택한다."

그렇다면 다시 말해서 우리는 지금 우리 옆에 있는 사람들에 대해서는 어떤 의무가 없으며 하나님에 대해서는 아마도 그와 상충되는 다른 의무를 지고 있다는 뜻일까. 멘델스존은 그렇지 않다고 주장한다. "인간이 짊어지고 있는 모든 의무는 결국 하나님을 향한 의무나 책임과 같은 것이다." 하나님께서 우리 인간에게 요구하시는 건 분명 서로서로에 대한 정의와 자비의 실행이다. 만일 그렇게 생각하지 않는다면 하나님께서 인간에게 뭔가 다른 것을 요구하신다고 상상할 수밖에 없다. 바로 우리의 충성심을 확인할 수 있는 그분만을 위한 희생이나 봉사다. 비록 『구약 성경』에 등장하는 하나님이 종종 이러한 모습을 보인다는 사실을 인정할 수밖에는 없다고 해도, 철학자들의 하나님, 다시 말해 멘델스존의 하나님은 그렇지 않다. 왜냐하면 그 하나님은 너무나 완벽해서 자신이 창조한 피조물들로부터 무엇인가를 요구할 필요가 없기 때문이다. "하나님께서는 우리의 도움 같은 건 필요로 하지 않으신다." 멘델스존은 이렇게 강조한다. "그분이 누리는 권리는 결코 우리의 그것과 상충되거나 혼동되는 일이 없다. 하나님께서는 그저 우리 인간에게 가장 좋은 것만을, 그것도 우리들 각자에게 가장 좋은 것만을 주려고 하실 뿐이다."

결국 정치와 종교, 국가와 교회는 모두 현세에서의 인간의 행복과 안녕을 책임져야 한다는 뜻인데, 다만 차이점이 있다면 '기독교와 유대교, 그리고 이슬람교를 포함한 모든 종교는' 종교 자체와 인간의 확신, 그리고 도덕적 신념에 관심이 있으며 국가는 오직 인간이 하는 행위에만 관심이 있다. 멘델스존은 여기서 '모든 종교'라는 표현을 통해 종교 사이에는 차이점이 전혀 없음을 또한 지적하고 있다. 일반적인 속세의 법률적 관점에서 보자면 누군가 도둑질을 하지 않았다면 그것으로 족하다. 도둑질이 나쁜 일이라고 생각해서 그렇게 했든 아니면 그러다 붙잡히면 처벌을 받을까 두려워 그렇게 했든 상관이 없다는 뜻이다. 국가와 종교의 관점에서 가장 중요한 문제는 결국 도둑질이 일어나지 않았다는 사실이다. 그렇지만 이런 인간의 외적인 행위만 바라보는 관점은 분명 필요하기는 하지만 이것만으로는 올바른 사회를 만드는 데 충분하지 못하다. 이상적인 인간이란 단지 나쁜 행동을 피하는 것이 아니라 자선과 선행, 그리고 정의를 실천해야 한다. 그리고 이렇게 더 높은 도덕성이 승리하기 위해서 인간은 행위만이 아닌 생각과 동기를 따로 관장하는 기관이 필요하다. 그것이 바로 종교, 그러니까 교회의 역할이다. 현세에서든 내세에서든 어떤 보상이나 응징을 가하는 것이 아니라 인간을 설득하고 가르치는 역할을 하는 기관이 바로 교회인 것이다.

이런 관점에 따르면, 교회는 믿음을 강요할 권리가 전혀 없을 뿐만 아니라 그러한 강요 자체가 교회가 설립된 진정한 목적을 정면으로 위배한다. 멘델스존은 이렇게 주장한다. "국가는 물리적인 권력을 쥐고 필요할 때면 그 권력을 사용한다. 그렇지만 종교의 권력이란 결국 사랑과 자비이다." 그리고 그 사랑이 협박이나 보상을 통해 나타난다면 그건 진짜 사랑이 아니며 개인의 마음으로부터 자발적으로 우러나와야만 한다. 그렇기 때문에 "제대로 된 사상이 없는 종교적 행위는 진정한 하나님의 뜻이 아닌 꼭두각시놀음에 불과한 것"이다. 멘델스존은 또 이렇게 강조하고 있다. "교회가 지니고 있는 유일한 권리는 인간을 충고하고 가르치며 보호하고 편안하게 만들어줄 권리다."

종교에의 강요는 다양한 형태로 이루어진다. 독일의 전신이라고 할 수 있는 프로이센을 포함해 유럽 전역에서는 기독교를 믿는 사람들만 공직이나 기타 높은 자리에 나설 수 있었다. 멘델스존도 자신도 쓰라린 경험을 통해 이런 사실을 잘 알고 있었는데, 그는 왕립 학술원의 회원 후보에 올랐지만 그런 명예로운 자리에 유대인이 오르는 것을 허락하지 않았던 국왕의 반대로 좌절하고 말았다. 기독교 신앙을 믿는다는 사실을 공개적으로 밝히는 것에 대해 이러한 보상을 줌으로써 이 사회는 결국 양심의 문제에 대해 실질적으로 뇌물을 주고 있는 것이나 마찬가지라는 것이 바로 멘델스존의 주장이었다. "같은 종교와 신념을 공유한다고 해서 이렇게 공개적으로 받게 되는 혜택은 아무리 작은 것이라고 해도 결국 '간접적인 뇌물'이라고 부를 수밖에는 없다." 그러면 야심이 있는 사람이라면 실제로는 전적으로 받아들이지 못하거나 완벽하게 이해하지 못하는 교리나 신조도 그대로 따르겠다는 맹세를 하게 된다. 실제로 멘델스존 자신은 교리나 신조에 대한 전체적인 개념에 대해 회의적이었으며 똑같은 말이라 할지라도 모든 사람들이 결코 다 똑같은 방식으로 이해하고 받아들이지는 않는다고 주장했다. 심지어 한 사람의 믿음이나 신조도 시간에 따라 바뀔 수 있는 것이다. "내가 지금 기꺼이 희생하고 있는 많은 문제들이 내일이면 그 사정이 완전히 달라질 수 있다." 사람들을 고정된 신앙의 공식 안에 묶어두는 일은 결국 위선을 부추기게 되고 만다.

만일 멘델스존이 신앙에 대한 긍정적인 보상을 받아들이지 못한다면 위협이나 처벌 같은 부정적인 보상은 말할 것도 없다. 멘델스존은 단호하게 이렇게 이야기한다. "파문이나 추방은 종교의 정신을 정면으로 위배하는 것이다." 그의 관점에서 보면 교회는 정통성만을 강요할 것이 아니라 개개인이 스스로 진리를 찾아갈 수 있도록 도와야 한다. 교회가 가르치는 도덕적 진실에 대해 의문을 품고 잘못된 길을 가는 사람이 있다면 그는 바로 그런 이유 때문에라도 교회의 제대로 된 가르침이 더 필요하다. 그런 사람을 내쫓거나 입을 다물게 하는 건 잔혹할 뿐더러 종교나 교회의 본래의 의도와도 배치된다. 멘델스존은 '이 도시의 저명한 성직자'의 말을 인용하며 이렇게 말한다. "의견을 달리한다고 해서 배척을 한다면 그건 마치 아픈 사람이 약을 구입하지 못하게 하는 것과 같다." 당연한 말이지만 파문이나 배척은 그저 교회에서의 자신의 위치를 염려하며 충분할 정도로 종교에 헌신한 사람들을 괴롭히고 상처를 줄 뿐이다. 멘델스존은 다음과 같은 글을 남기며 분명 스피노자가 당했던 파문을 염두에 두고 있었을 것이다. "파문을 당한 사람들과 파문을 시킨 사람들 중에서 과연 누가 더 진정한 종교를 따르고 있는지 한 번 살펴보라."

　멘델스존의 『예루살렘』 1부는 정치와 종교의 분리와 관련된 도덕적, 그리고 지적인 사례를 보여준다. 멘델스존의 이상은 종교적 문제에 대한 양심의 자유이며 교회를 포함한 종교 사원은 들어오기를 원하는 사람들 모두에게 문호를 개방하고 신앙의 고백에 대해 어떤 보상이나 벌을 전혀 주지 않는 것이다. 그리고 오직 이런 방식을 통해서만이 종교는 각각의 개인들을 가르치고 향상시키는 본래의 목적에 충실할 수 있다. 그러한 목적에 대해 멘델스존은 사실 충분한 재정과 공식적이고 합법적인 지위를 지닌 조직체인 교회가 과연 필요한 것인지 되묻고 있다. "교회는 재화나 재산에 대한 권리가 없다." 그리고 종교 지도자들은 무상으로 봉사해야 하며 기껏해야 자신들이 쓴 시간 정도에 대해서만 수고비를 받는 것으로 족하다. "교회는 보상을 하지 않으며 종교는 아무것도 구매하지 않고 아무것도 지불하지 않으며 임금을 분배해주지 않는다."

  그렇지만 지금까지도 멘델스존은 크란츠의 핵심적인 질문에 대해서는 아무런 말도 하지 않았다. 유대교는 이러한 자유주의적이며 개인주의적인, 그리고 자발적인 종교라는 개념에 어떻게 맞출 수 있을까? 개신교 교회의 경우 오직 개인의 신앙 고백 문제만 신경을 쓰며 멘델스존이 주장하는 바에 따라 조직이 될 수도 있음을 우리는 쉽게 확인할 수 있다. 그렇지만 유대교 회당의 경우는 결코 한 번도 개인들의 조직이나 모임이 된 적이 없었다. 유대교의 회당인 시나고그는 유대 공동체의 법적인 권위를 상징하며 그 공동체의 일원들은 파문 조치를 포함한 처벌이라는 위협 아래 유대의 율법에 복종을 한다. 크란츠는 계속해서 궁금해한다. 멘델스존이 이런 공동체의 권위를 타파할 수 있다면 그래도 그의 신앙을 유대교라고 부를 수 있는가? 크란츠는 소책자를 통해 계속 이렇게 이야기한다. "이 주제에 대해 당신 멘델스존이 이야기하는 모든 내용이 다 합리적이고 맞을 수도 있다. 그렇지만 대신 엄격한 의미에서는 당신 조상들의 신앙을 정면으로 거부하는 것이다. …… 그렇다면 친애하는 멘델스존, 당신은 어떻게 조상들의 신앙을 그대로 유지하면서 동시에 그 핵심 내용들을 제거해 신앙의 기초 전체를 뒤흔들 수 있는가?……"

멘델스존은 『예루살렘』 2부에서 이렇게 쓰고 있다. "이런 이야기는 나의 가슴을 에는 듯하다." 만일 유대교가 정말로 양심에 대한 억압을 바탕으로 하고 있는 종교라면, 독일인이자 유대인이며 계몽주의 운동가이자 정통보수파인 멘델스존의 둘로 나누어진 정체성은 결코 화해할 수 없는 깊은 갈등 속에 빠질 수밖에 없다. "내가 믿는 하나님의 말씀이 나의 합리적인 이성과 분명하게 모순되는 것이 사실이라면, 내가 할 수 있는 최선은 나의 이성에 대해 입을 다무는 것뿐이다." 멘델스존은 이렇게 인정을 한다. 그렇지만 그의 이성적 신앙의 핵심은 이성의 진리와 종교의 진리 모두가 같은 하나님으로부터 비롯된다는 것으로, 따라서 그 둘은 서로 모순이 될 수가 없다.

크란츠가 문제 삼는 내용은 멘델스존이 바로잡으려 했던 유대교의 본질에 대한 오해로부터 비롯된 것임에 틀림없다. 멘델스존은 이렇게 인정하고 있다. "내가 단지 이성이 받아들일 수 있는 정도가 아니라 인간의 능력에 의해 설명이 되고 증명이 될 수 있는 것 말고는 어떠한 영원한 진리도 알아보지 못한다는 건 사실이다." 하나님에 대해 인간이 알아야 하는 유일한 사실, 즉 하나님은 한 분이시며 우리의 창조주이시고 우리의 행동에 따라 벌을 주시거나 보상을 해주신다는 사실은 생각이 있는 사람이라면 언제 어디서나 깨닫고 이해할 수 있어야 한다고 하지만 이 말은 곧 하나님에게 모든 불의를 전가하겠다는 것과 다름 아니라고 멘델스존은 주장한다. 시나이산에서 본 것과 같은, 혹은 기독교인들이 예수를 통해 보았다고 믿고 있는 특별한 계시가 인간의 구원에 반드시 필요한 요소라면, 대다수의 인간들은 그저 그런 계시가 있는지도 전혀 몰랐다는 이유로 벌이나 저주를 받게 되는 것인가. "예컨대 아메리카나 아시아 대륙의 원주민들의 경우, 유럽에서 복음을 전해줄 때까지 마냥 기다리기만 해야 하는가. 이런 주장에 따르면 하나님의 복음이 없이는 사람들이 행복하게도 또 고결하게도 살 수가 없는데도?" 멘델스존은 이런 도전적인 질문을 던진다.

이러한 질문이나 주장은 오직 예수 그리스도를 인정하는 사람만 구원받을 수 있다는 의견을 고수하는 기독교에 대한 심각한 도전이 된다. 그렇지만 멘델스존은 원래의 종교 그 자체는 그가 '진정한 유대교'라고 부르는 종교와 완벽하게 조화된다고 주장한다. 다시 말해, 그가 믿는 유대교는 처음에 모세에게 제대로 전달되었으나 훗날 여러 가지 미신과 부가적인 내용이 따라 붙으면서 본래의 모습을 잃고 말았다. "진정한 유대교의 개념에 따르면 이 땅 위의 모든 거주민들은 행복하게 살 수 있는 운명인데, 그 운명에 도달할 수 있는 수단은 인간 개개인의 숫자만큼이나 광범위하며 그러면서 우선 굶주림을 막고 또 다른 인간의 필요를 채워주는 것과 같은 자선을 베풀어주는 방식이 되어야 한다." 유대교에서는 합리적 이성만으로 알아낼 수 있는 그런 하나님의 본성에 대해서만 가르치고 있으며, "구원에 반드시 필요한 영원한 진리에 대해서 그 어떤 독점적인 계시도" 제공하고 있지 않다. 예를 들어 쉐마 기도의 주제이기도 한 하나님은 오직 한 분이시라는 개념을 멘델스존은 이렇게 해석한다. "오, 이스라엘이여 들으라. 우리의 하나님은 유일무이하신 영원한 존재이시다!" 그렇지만 하나님의 그런 영원성과 유일성은 심지어 유대교에 대해서 전혀 알지 못했던 이교도의 철학자들도 잘 알고 있던 그런 특징이다.

유대교의 또 다른 특징은 기독교와 달리 그 신도들에게 무엇을 믿어야만 하는지 전혀 알려주지 않는다는 것이다. "모세의 율법의 모든 명령이나 지시 사항 중에는 '너는 이것을 믿어라 혹은 저것을 믿지 마라'와 같은 말은 단 한 마디도 없다"는 것이 멘델스존의 지적이다. 유대교의 역사 속에는 마이모니데스의 열세 가지 신앙의 원칙과 같은 모든 유대인들이 반드시 받아들여야 하는 그런 교리나 신조를 만들어내려는 시도가 여러 차례 있었다. 그렇지만 멘델스존이 말하는 것처럼 이런 '단지 즉흥적인' 발상은 결코 단 한 번도 유대인들의 전통의 중심에 서지 못했다. 멘델스존은 이렇게 기록한다. "하나님께 정말 감사하게도 그런 교리나 신조들은 아직 신앙을 옭아매는 족쇄가 되지는 않았다." 실제로 유대교를 제대로만 이해한다면 유대교가 신도들로부터 어떤 특별한 고백이나 맹세 같은 것을 요구하지 않는다는 사실을 잘 알 수 있을 것이다. "어느 누구도 어떤 상징이나 글귀, 혹은 신앙의 특정한 원칙을 따르겠노라 맹세나 다짐 같은 것을 할 필요가 없다." 유대인이라면 그저 하나님에 대한 기본적 진리들을 믿으면 되고, 그 기본적 진리란 결국 모든 인간들이 다 함께 믿고 따를 수 있는 것들이다.

그렇다면 유대인에게 유대교란 과연 어떤 의미가 있을까? 신앙의 원칙이나 교리를 가르치지 않는다면 시나이산에서의 계시는 과연 무엇을 나타내려 한 것일까? 멘델스존은 이에 대해 아주 간단하게 대답한다. 유대교의 정수는 믿음이 아니라 율법이라는 것이다. "계시로 나타난 종교가 있다면 또 계시로 나타난 율법이 있다"고 그는 주장한다. 유대교는 '영원한 종교적 진리가 아닌 계명과 율법'을 중요시한다는 뜻이다. 유대인이라면 안식일을 지키고 할례 의식을 치르며 율법에 맞게 조리된 음식을 먹고 그 밖에 하나님께서 명령하신 다른 모든 율법들을 따르며 유대인으로서의 정체성을 드러내게 된다. 유대인의 하나님은 비록 다른 모든 인류가 따르는 똑같은 신이지만, 그 신은 다른 어떤 민족보다도 유대인들에게 더 많은 것을 요구한다.

어떤 면에서 본다면 유대교에 대한 멘델스존의 관점은 스피노자의 그것과 아주 똑같다. 스피노자 역시 『토라』를 율법의 집합체이자 유대 민족의 삶을 규제하는 법규로 보았다. 그렇지만 스피노자는 유대 왕국이 사라졌기 때문에 율법 역시 그 의미가 완전히 없어졌다고 생각했고 멘델스존은 유대 왕국의 멸망과 유대인들의 추방 속에서도 살아남은 본질적인 도덕적 목적이 유대교의 의식이나 행사 안에 남아 있다고 믿었기 때문에 스피노자와 같은 결론은 내리지 않았다. 하나님께서는 일종의 지속적인 교훈으로서 유대의 율법을 만드셨으며 그 안에 있는 모든 의식이나 관습은 유대인들에게 하나님의 본질이나 혹은 서로에 대한 의무에 대해 가르쳤다. 멘델스존은 이렇게 기록한다. "이렇게 규정된 각각의 행위와 의식, 그리고 관습 등은 다 나름대로의 중요성과 의미가 있다. 모두 다 종교의 논리적 지식과 도덕의 가르침과 밀접하게 연결이 되어 있으며, 이런 신성한 문제를 돌아보거나 혹은 지혜로운 자들로부터 가르침을 얻기 위해 진리를 찾는 사람에게는 모두 중요한 기회가 되어주었다."

마이모니데스는 수많은 유대의 율법 뒤에 숨어 있는 윤리적 목적을 지적하며 이에 대해 상세한 설명을 해주었지만 멘델스존은 그렇게 하지 않았다. 그렇지만 그는 율법이 글로 기록되는 과정보다는 사람들 사이의 관계, 그러니까 교사에게서 학생으로, 혹은 부모에게서 자녀로 전달되는 과정을 중요하게 생각했다. CE 2세기경에 『미슈나』가 완성될 때까지 글로 기록된 율법을 보조하던 모든 해석과 관행이 포함된 구전 율법은 한 번도 하나의 본문으로 정리된 적이 없었고 이런 구전 율법을 배우기 위해 유대인들은 '입에서 입으로 전달되는 살아 있는 가르침…… 즉, 사회적 교류'가 필요했다. 유대 공동체 안에서 살아간다는 건 율법과 그 율법의 의미에 끊임없이 노출이 되어야 한다는 것을 의미했다.

"어린 시절 눈에 들어오는 모든 것들, 공적인 일이든 사적인 일이든, 그리고 집 안팎에서 일어나는 모든 일들과 눈으로 보고 귀로 듣는 모든 일들을 통해 유대인은 배우고 또 배운 것을 써먹을 수 있는 기회, 자신보다 나이가 많고 현명한 사람이 갔던 길을 그대로 따라갈 수 있는 기회, 마치 어린아이처럼 진지한 자세로 사소한 행동 모두를 관찰하고 또 역시 어린아이처럼 순종하며 그대로 받아들일 수 있는 기회, 이러한 일들의 영적인 면과 그 목적을 물어볼 수 있는 기회, 그의 스승이 이제 받아들이고 수용할 준비가 되었다고 생각하는 그런 가르침과 지시를 찾아 따를 수 있는 기회를 갖게 된다."

멘델스존에게 이러한 기회는 특별히 유대교의 아주 뛰어난 면으로 생각되었다. 왜냐하면 이렇게 해서 그가 일종의 근대화의 저주로 생각하는 글로 된 기록에만 의존하는 문제를 피할 수 있기 때문이다. 18세기에 살던 멘델스존은 이렇게 탄식했다. "지금의 우리의 존재 자체가 글과 문자에만 의존하고 있다. 그리고 우리는 죽을 수밖에 없는 인간이 어떻게 책이 없이 교육을 받아 스스로 완벽하게 될 수 있는지를 거의 이해하지 못하고 있는 것이다." 물론 글로 된 기록에 집중하는 건 특히 유대교의 대표적인 특성이었으며 종종 유대교가 누린 영광 중 하나로 알려지기도 했다. 그렇지만 멘델스존과 아마도 그가 영향을 받았던 것이 분명한 플라톤에게 글에만 의존하는 건 영적인 삶이 무너져가는 마지막 단계의 모습이었다. 원래 유대교는 글이나 문자 같은 건 필요로 하지 않았다. 왜냐하면 계율이라는 살아 있는 언어를 통해 소통을 하고 있었기 때문이었다.

그렇지만 『예루살렘』 2부에서 멘델스존이 쌓아올린 유대교에 대한 이해는 결국 역설과 모순으로 끝이 난다. 유대교는 법을 중요하게 생각하는데, 우리는 보통 법이 처벌과 응징을 통해 그 힘을 얻는다고 생각한다. 실제로 멘델스존은 이 책의 1부에서 법은 국가 권력의 영역이라고 정확하게 지적하고 있다. 그렇지만 유대의 율법은 멘델스존이 이해한 것처럼 이제 더 이상 국가를 기반으로 하고 있지 않다. 우리가 이미 앞에서 살펴보았던 것처럼 유대 전쟁을 통해 에루살렘 대성전이 무너진 후 "국가라는 유대관계는 사라졌다. 종교적 율법을 범하는 일은 이제 더 이상 국가에 대한 범죄가 아니었다." 이후 유대의 율법은 엄격하게 종교적인 모습이 되었으며 종교는 멘델스존의 주장처럼 누군가에게 강요를 할 수 없다. 그 결과 유대의 율법은 이제 "어떤 처벌이나 응징 같은 것과는 전혀 상관없게 되었고 누군가 양심의 가책을 받은 죄인이 스스로 자신에게 가하는 것 이상의 어떤 불이익도 줄 수 없게 되었다." 유대교는 강제성과 처벌이 없는 법전이며 오직 개인의 양심의 문제일 뿐이다. 모든 유대인들이 참여하는 공동의 통치가 이제 각 개인의 '자발적' 헌신으로 바뀌게 된 것이다.

그리고 이제 유대교의 미래는 유대인들이 스스로에게 지운 이중의 의무가 되었다. 유대인들은 공적인 일에 대해서는 자신들이 살고 있는 지역의 법을 따라야 했으며 사적인 일에 대해서는 또 계속해서 유대의 율법에 순종해야만 했던 것이다. 스피노자와는 달리 멘델스존은 유대의 율법을 처음 『토라』를 시나이산에서 내려주셨을 때처럼 하나님께서 '분명하고 공식적으로' 취소해도 된다고 할 때까지 계속 지켜나가야 한다고 주장했다. "할 수 있는 한 모든 짐을 다 견뎌라!" 멘델스존이 유대인 독자들에게 한 충고다. "살고 있는 지역에서 내려주는 일들을 당당하게 감당하라." 그는 심지어 예수 그리스도의 가장 유명한 명언까지도 감히 근대 사회를 살아가는 유대인들에게 적용하려 한다. "황제의 것은 황제에게 돌리고 하나님의 것은 하나님에게로 돌려라!"

그렇지만 멘델스존의 이런 말이 분명하게 밝히고 있는 것처럼 엄격한 원칙이나 짊어져야 하는 부담으로서의 유대교는 그리 매력적으로 보이지 않는다. 일단 유대의 율법을 따르기로 한 결정이 각각의 개인에게 맡겨지고 나면 일부의, 아니 어쩌면 대부분의 유대인들이 이러한 부담이 너무 지나치다고 생각하고 두 가지 다른 법을 따라 살아갈 방법이 없고 또 그럴 필요가 없다고 생각하게 될 것은 너무도 자명하다. 그리고 실제로 멘델스존의 가족들조차도 그렇게 생각을 했다. 그의 손자들은 모두 기독교도로 세례를 받았으며 그중에는 교회 음악의 대가로 불리게 되는 작곡가 펠릭스 멘델스존 바르톨디(Felix Mendelssohn-Bartholdy)도 포함되어 있었다.

좀 더 넓은 시각으로 보자면 멘델스존의 엄격한 정통파적 관점은 그 대부분이 개종을 했거나 새로운 종교 개혁 운동을 선택한 독일계 유대인들의 마음을 돌리지 못했다. 멘델스존이 주장했던 실제로 효력을 지닌 율법의 모든 요구사항들은 그런 종교 개혁 운동 속에서 사라져갔다. 그렇지만 멘델스존의 이상은 완전히 사라지지 않아 미국을 비롯한 세계 각 지역의 유대인들 중에는 여전히 근대화와 자신들의 전통을 조화시키려 애쓰는 사람들이 남아 있다. 하지만 그럼에도 불구하고 그런 정통파의 전통은 대부분의 유대인들에게는 너무나 무겁고 힘든 짐이라는 사실은 이미 증명이 되었다. 따라서 이 문제에 대해서는 유럽의 기독교조차도 계몽주의를 앞세우며 『예루살렘』의 마지막 부분에서 주장하는 것과 같은 내용을 받아들이는 일에 주저할 수밖에 없었으리라. "카이사르의 것은 카이사르에게 바쳐라. 그리고 너 자신은 하나님 그 자체에게 바쳐라! 진리를 사랑하라! 평화를 사랑하라!"

참고 문헌

슈무엘 파이너(Feiner, Shmuel), 앤서니 베리스(Anthony Berris) 옮김, 『모제스 멘델스존: 근대성의 현자(Moses Mendelssohn: Sage of Modernity)』, 예일대학교 출판부, 2010.

솔로몬 마이몬(Maimon, Solomon), J. 클라크 머리(J. Clark Murray) 옮김, 『자서전(An Autobiography)』, 마이클 샤피로(Michael Shapiro) 서문, 샘페인: 일리노이 주립대학교 출판부, 2001.

모제스 멘델스존, 앨런 아르쿠스(Allan Arkush) 옮김, 『예루살렘: 종교적 권력과 유대교(Jerusalem: or On Religious Power and Judaism)』, 엘릭젠더 알트먼(Alexander Altmann) 서문 및 해설, 매사추세츠: 브랜다이스대학교 출판부, 1983.

제12장
파괴와 구속

·

브라츨라프의 나흐만(Nachman of Bratslav)
『랍비 나흐만의 이야기(Sippurei Ma'asiyot)』

18세기 하시디즘이 부상하면서 동유럽에 살고 있던 유대인들의 삶에는 영적인 혁명이 일어났다. 비범한 존재감을 뽐냈던 이 운동의 창시자 바알 셈 토브는 그의 초자연적인 능력과 특별한 성스러움에 대한 인기 높은 민담을 통해 널리 알려지게 되었다. 이런 민담이나 이야기들은 하시디즘이 유대인 신앙에 대한 전통적인 형태가 아닌 자발성과 진실성을 더 강조하고 있다고 가르쳤다. 그렇지만 하시디즘과 관련된 이런 모든 이야기들 중에서도 『랍비 나흐만의 이야기』는 그 문학적인 정교함과 영적인 강도에서 독특한 위치를 차지하고 있다. 일반적인 속세의 민담이나 설화를 바탕으로 나흐만은 영적인 갈망과 혼란스러움에

대한 놀라울 정도로 근대적인 내용을 담고 있는 복잡하고 신비스러운 우화들을 엮어 나간다. 매력적인 구성과 환상적인 모험, 그리고 켜켜이 쌓여 있는 그 숨겨진 의미 등을 통해 이 나흐만이 쓴 『랍비 나흐만의 이야기』는 유대 문학의 새롭고도 진중한 분야를 개척하게 되었다.

18세기 후반이 되자 솔로몬 마이몬뿐만 아니라 수많은 동부 유럽의 유대인들은 자신들의 주변을 돌아보고 무엇인가 새로운 것을 추구하게 되었다. 그렇지만 마이몬을 유대교로부터 몰아냈던 가난과 억압 그리고 편협한 전통은 대부분의 유대인들에게 조금 다른 영향을 미치게 된다. 유대교를 버리고 떠나는 대신 수천수만의 유대인들이 완전히 새로운 종류의 유대교를 따르게 된 것이다. 바로 자신들이 살아가고 하나님을 경배하는 방식을 바꾸게 될 특별한 종교 부흥 운동이었다. 마이몬은 공부를 해나가는 과정에서 이런 운동과 마주치게 되었고 그의 『자서전』에도 이런 내용이 등장한다. 그는 이 부흥 운동에 대해 "나의 민족 중 일부가 이 운동을 새로운 경건파 운동이라고 불렀다"라고 기록하고 있다.

마이몬이 굳이 '새로운'이라는 말을 사용한 건 흔히 '경건파' 혹은 '경건한 자'로 번역할 수 있는 '하시드'라는 히브리어가 사실은 이미 오래전부터 사용된 말로 '엄격한 신앙심을 통해 스스로를 구별하는' 유대인을 가리켰기 때문이다. 『탈무드』만큼이나 오래된 이 말은 중세에 이르러서는 경건하고 독실한 독일계 유대인 모임을 가리키는 말로도 사용이 되었지만 이 '하시드'에서 파생되어 오늘날까지 사용되고 있는 '하시디즘'이라는 용어는 좀 더 다른 의미를 갖고 있다. 마이몬은 유대인이 아닌 독자들에게 이런 현상에 대해 어떻게 생각해야 하는지 정확하게 설명해주기 위해 고심을 했는데 그는 하시디즘을 그리스의 에피쿠로스학파 사상과 비교하며 유대 민족에 대한 정치적 지배력을 얻기 위해 애쓰는 '비밀 집단'이라고 불렀다. 마치 프리메이슨이나 일루미나티 같은 그런 비밀 결사 조직이라는 것이다. 그렇지만 그의 설명을 따라가다 보면 하시디즘이 단순한 음모론을 훨씬 뛰어넘는 의미를 갖고 있다는 사실이 분명해진다. 하시디즘은 유대인으로서 살아가는 새로운 방식을 제공하며 마이몬은 그 중요한 특징을 지나친 감상 없이 성실하게 설명한 것이다.

하시디즘은 지적인 면을 매우 중요하게 생각하고 도덕적으로 엄격한 랍비식 전통주의와는 달리 '영적인 활기'를 강조한다. "하시디즘을 따르는 사람들은 인간은 자신의 감정을 발전시키는 데 필요하다고 생각되는 한 육신이 원하는 것들을 모두 만족시켜줘야 하며 오감의 즐거움을 누리는 일을 찾아야 한다고 계속해서 주장한다. 왜냐하면 하나님께서는 그 모든 것들을 자신의 영광을 위해 창조하셨기 때문이다." 마이몬 자신은 이 새로운 운동을 반대하던 다른 여러 사람들과 마찬가지로 하시디즘 예배가 찬양과 춤을 강조하며 거기에서 기쁨을 찾는 것에 대해 품위가 없다고 생각했다. 그는 하시디즘을 따르는 어느 예배에서 기도를 드리는 의식이 혼란 그 자체였다고 묘사한다. 딸을 낳고 새로 아빠가 된 한 남자가 이 일을 축하받는데 "사람들에게 붙들려 바닥에 내동댕이쳐진 후 무자비하게 채찍질을 당했다"는 것이다. 이런 기괴한 광경은 훗날 '미트나그딤(mitnagdim)' 혹은 하시디즘의 '반대파'로 알려지게 되는 전통주의자들을 격노하게 만든다. 이들은 유대교의 중요한 권위자들을 자기들 편에 끌어들이는데, 거기에는 리투아니아 출신의 위대한 랍비이자 현자인 빌나 가온도 포함되어 있었다.

그렇지만 모든 랍비들이 하시디즘을 폄하한 반면 또 그 반대로 하시디즘의 자유로운 분위기를 따르는 유대인들도 많이 있었다. 마이몬의 기록처럼 하시디즘은 카발라의 비밀들을 열어젖히고 실제로 적용할 수 있도록 해주었으며 모든 유대인들이 '하나님 앞에 자아를 버리는 일'에 매진할 수 있도록 가르쳤다. 보통의 유대인들에게 이런 가르침을 따르도록 전하는 하시디즘의 스승을 보통 '짜딕(tzaddik)' 이라고 불렀는데 이 짜딕들은 보통 신비한 능력과 특별한 신앙심이 결합된 그런 사람들로 여겨졌다. 18세기가 저물 무렵에는 일단의 경쟁관계에 있는 이 짜딕들이 우크라이나와 폴란드의 주요 마을들에서 일종의 설교라고 할 수 있는 이야기들을 전해주며 살고 있었다. 마이몬은 자기 나름의 순례길을 통해 그중에서도 가장 위대한 짜딕으로 알려진 우크라이나 마저리치(Великі Межирічі)의 도브 바에르를 만나기도 했는데 그는 보통 간단하게 '설교자'로만 불리고 있었다. 마이몬은 특히 도브 바에르가 『구약 성경』에서 발췌한 구절들만을 가지고 즉석에서 설교를 풀어나가는 능력을 보고 깊은 인상을 받았다. 그러면서도 도브 바에르는 설교를 듣는 각 사람들이 모두 개인적으로 언급이 되는 듯한 느낌이 들도록 만드는 능력까지 있었던 것이다. "처음 그 자리에 참석한 사람들도…… 자기 자신의 영적인 삶이 언급되고 있다는 사실을 깨닫게 되었고 당연히 모두들 크게 놀라지 않을 수 없었다."

이 마저리치의 도브 바에르는 바알 셈 토브, 혹은 이스라엘 벤 엘리에셀로 알려진 하시디즘 운동의 창시자를 따르는 수제자였다. 바알 셈 토브의 '바알 셈(Baal Shem)'은 '올바른 이름의 주인'이라는 뜻이며 그는 동유럽의 유대 공동체에서는 아주 널리 알려진 그런 인물이었다. 그는 일종의 선한 마술사로 자신만이 알고 있는 유대 전승의 비밀스러운 지식을 이용해 아픈 사람들을 치료하고 귀신들린 사람을 고쳐준다고 알려져 있었는데, 그런 지식에는 하나님의 이름을 사용하는 법도 포함되어 있었다. 이성을 따르는 합리주의자였던 마이몬은 이런 바알 셈 토브에 대해 매우 오만하면서도 경멸적으로 기록을 하고 있다. "바알 셈 토브는…… 자신의 의학적 지식과 눈속임에 불과한 속임수를 교묘하게 뒤섞어 운 좋게 사람들을 치료함으로써 크게 추앙을 받았다." 그렇지만 그 추종자들에게 그는 그야말로 '모든 올바른 이름의 주인'이었으며 또 '베쉬트'라는 애칭으로도 불리면서 당대의 여러 유대 지식인과 성직자들 사이에서도 독보적인 인물로 자리매김했다. 1700년 즈음에 태어난 것으로 알려진 이 "베쉬트"는 1740년대 새로운 하시디즘 운동을 이끄는 지도자로 두각을 나타내 자신의 설교 기술과 강렬한 개성, 그리고 설교를 통해 전달하는 이야기들로 추종자들의 마음을 사로잡았다.

하시디즘의 가장 중요한 특징 중 하나라고 한다면 복잡한 율법이나 신비주의와 관련된 이론을 통해서가 아니라 이른바 주로 강담(講談)을 통해 그 교리를 전파하는 것이라고 볼 수 있다. 이러한 방식은 하시디즘이 대중들의 지지를 얻는 데 중요한 역할을 했다. 바알 셈 토브의 제자 중 한 사람은 이렇게 지적한다. "건강한 사람이라면 목이 마를 때 물을 마시면 그만이다. 그렇지만 몸이 아픈 사람에게는 물이 아니라 포도주와 우유가 필요하다." 일반적인 설교나 도덕적인 훈계 등은 물과 같아서 물론 사람들에게 나쁘지는 않지만 아픈 사람의 입맛을 당기지는 않는다. 살면서 지치고 힘들어 하는 보통의 유대인들에게 종교적 진리를 전하려면 이해하기 쉬운 이야기의 형식을 취하는 것이 더 효과적이다.

바알 셈 토브는 자신이 전하는 이야기들 속에서 자신에게는 유대 지도자가 갖춰야 할 일반적인 자격이 부족하다는 사실을 거리낌 없이 밝히고 있다. "폴란드에 사는 모든 유대인들은 태어날 때부터 랍비가 되는 길을 걷는 것이 운명이었으며 정말로 자격이 없다고 판단될 때만 이 과정에서 제외되었다." 바알 셈 토브는 어린 시절 아주 뒤떨어지는 학생이었다고 한다. 그의 아버지가 세상을 떠나고 나자 이웃들의 도움으로 학교에 갈 수 있었지만 공부를 싫어했다. "바알 셈 토브도 부지런히 책을 볼 때가 있었지만 그게 단 며칠을 가지 못했다. 그리고 마음대로 학교를 빠지고 숲 속 어딘가에 혼자 있곤 했는데…… 그렇게 학교를 빠지게 되자 결국 사람들은 그를 정직하고 올바른 사람으로 키워내려는 노력을 포기하게 되었다."

전해 내려오는 이 일화가 정확한 사실인지는 확인할 길이 없다. 그렇지만 이념적인 관점에서 분명하게 알 수 있는 점이 있는데, 결국 훗날 바알 셈 토브의 권위를 뒷받침하게 된 건 『탈무드』와 관련된 학자의 지식이 아니라 개인의 영감이라는 사실이었다. 그는 처음부터 끝까지 신성함과 지식을 동일시하는 기존의 '정통파'들에게 도전했고 그것이 그의 정체성이었다. 그가 사회로 나와 했던 일들은 분명 사람들의 존경을 받을만한 그런 일은 아니었다. 바알 셈 토브는 학교에서 교사의 뒤치다꺼리를 하거나 혹은 푸줏간에서 일을 하기도 했다고 전해지며 그런 와중에서도 그가 가진 존재감의 위력은 사람들을 사로잡아 위대한 학자들도 결국 그에게 경의를 표하게 된다. 저명한 랍비였던 에브라임은 그의 이마에서 빛나는 표시를 보고 난 후 이 젊은이의 영민함에 깊은 인상을 받고 그를 자신의 사위로 삼기에 이른다. 자신도 유명한 학자였던 에브라임의 아들은 아버지의 이런 결정을 이해할 수 없었고 특히 새로운 식구가 된 매제에게 『토라』를 가르치려 할 때 더욱 갈등이 심해졌다. "『토라』가 전해주는 가르침을 단 한 마디라도 외우도록 만들 수가 없었다." 마침내 그는 자신의 여동생에게 이렇게 말했다고 한다. "저런 매제가 있다는 사실이 정말로 부끄럽다."

그렇지만 서른여섯 살 생일의 바로 전날에 바알 셈 토브는 평범했던 생활을 벗어던지고 세상에 자신의 모습을 드러낼 때가 되었다고 생각을 한다. 이스라엘 벤 엘리에셀이 위대한 바알 셈 토브로 다시 탄생하는 순간이었다. 그렇지만 이후 전해지는 이야기는 이런 결심 뒤에 이어지는 모습도 역시 간결하고 소박했다는 사실을 보여준다. 바알 셈 토브는 여관을 운영하고 있었는데 어느 안식일에 학자 한 사람이 손님으로 찾아오게 되자 전통에 따라 정해진 『토라』의 일부분을 읽는 일을 잘 모르는 척하며 그 손님에게 안식일과 『토라』에 대해 '말로써 가르침을 달라'고 부탁을 한다. 이 학자는 자신이 아주 무식한 사람을 상대하고 있다고 생각하고 가능한 아주 짧고 간단하게 설명을 해주었다. 그날 밤, 학자는 벽난로에서 불이 번쩍하는 모습을 보고 잠에서 깨어나 확인을 해보지만 그건 진짜 불이 아닌 초자연적 현상에 의한 '거대한 백색의 발광'이 집을 가득 채우고 있는 모습이었다. 이를 보고 놀란 학자는 기절을 하고 이윽고 정신을 차리고 나자 바알 셈 토브가 자신의 머리맡에 서 있는 걸 보고 이렇게 말한다. "사람은 자신이 감당할 수 없는 걸 보아서는 안 된다." 분명 바알 셈 토브에게는 겉으로 드러날만한 지식이 부족했으며 그동안 세상에 비밀로 해온 그의 놀랍고도 신비스러운 능력도 이런 무지한 모습 뒤에 철저하게 감춰져 있었다. 여관에서의 일화는 바알 셈 토브가 자신이 직접 『토라』를 설명해주는 내용으로 이어진다. "아무도 전에는 들어본 적이 없는 비밀스러운 가르침이었다." 성스러운 경전에 대한 그의 직관적인 통찰력은 학자들의 지식을 훨씬 더 뛰어넘는 수준이었다.

손님으로 우연히 이 여관을 찾았던 학자는 바알 셈 토브의 첫 번째 제자가 되었고 근처의 브로디(Броди)라는 이름의 도시로 달려가 성자가 나타났다는 소식을 알린다. 소문이 퍼져나가고 멀고 가까운 곳을 가리지 않고 사람들이 모여들기 시작했다. 이렇게 모였던 사람들은 바알 셈 토브의 놀라운 신앙심에 대한 이야기를 또 다른 곳으로 퍼뜨렸다. 한 일화에 따르면 기도를 하는 동안 그가 얼마나 격렬하게 몸을 떨었는지 근처에 있던 통들에 담겨 있는 물이며 곡식들도 함께 몸을 떨었다고 한다. 그의 기도는 머릿속의 지식이 아닌 훨씬 더 깊고 높은 곳에서 우러나오는 것이었다. "나의 영혼이 하나님을 영접했을 때 나는 내 입이 마음대로 말을 하도록 내버려둔다. 따라서 내가 하는 모든 말들은 저 하늘나라에서 내려오는 것이다." 그는 전통적이고 형식적인 기도가 아닌 개인이 받는 영감을 더 중요시하며 이렇게 말했다. 하시디즘을 따르는 기도의 모습이 거칠고 투박하다는 사람들에게 바알 셈 토브는 이런 우화로 응수했다. "어느 날 한 풍각쟁이가 너무 멋들어지게 연주를 시작하자 근처에서 그 음악을 듣고 있던 모든 사람들이 다 몰려와 흥겹게 춤을 추기 시작했다. 그런데 도무지 무슨 일이 일어나고 있는지 알 수 없었던 귀머거리의 눈에는 모든 사람들이 다 무슨 고약한 일에 취해 미쳐 날뛰는 것처럼 보였다." 바알 셈 토브가 보여주는 흥에 취한 영적인 모습을 이해할 수 있는 사람만이 그가 전통을 벗어난 행동을 하는 이유를 이해할 수 있다는 것이었다.

　바알 셈 토브와 관련된 이런 이야기나 일화들 중 일부는 또 그의 기적에 가까운 권능에 대해서도 전해준다. 예를 들어 그가 산길을 걸어가다 절벽 아래로 떨어질 뻔한 일이 있었는데 '이웃하고 있던 봉우리가 그 절벽 아래로 먼저 몸을 던져 빈틈을 막아' 그를 구해줬다는 이야기 등이다. 그렇지만 이러한 이야기들의 내용보다 더 중요한 건 바로 이를 통해 알 수 있는 바알 셈 토브가 종교와 신앙을 실천하는 방식이다. 또 다른 이야기 속에서 우리는 그가 자연의 한가운데서 하나님과 소통하는 모습을 볼 수 있는데, 이런 모습은 유대교에서는 아주 색다른 것이었다. 또 다른 이야기들은 사람들이 바알 셈 토브의 깊고 경건한 신앙심이 아니라 그가 벌이는 기적과 같은 일들에 대해서만 주의를 기울이는 모습을 비판하고 있기도 하다. "도대체 이런 기적에 대한 이야기들은 무엇 때문에 하는 것입니까! 그저 주변 사람들에게 바알 셈 토브가 보여주는 하나님에 대한 사랑을 전해주십시오! 매주 안식일 전날 정오가 다가오면 그의 심장이 두방망이질 치기 시작해 그 주변에 있는 사람들이 다 그 소리를 들을 수 있을 정도입니다." 그리고 마이몬도 확인한 것처럼 여러 이야기들이 이 하시디즘의 창시자가 금욕주의와 엄숙주의에 반대하고 있음을 강조하고 있다. 그의 수제사 중 한 사람인 야곱 요셉은 매달 일주일씩 금식을 즐겨하다 바알 셈 토브의 제지를 받았다. "하나님께서는 우울한 모습의 주변이 아닌 계명 속에서 즐거움을 누리는 모습 주변에 머물고 계신다."

바알 셈 토브의 이야기들이 분명하게 전하고 있는 건 지적 능력과 성실함, 그리고 세련된 교양을 넘어서는 우월한 감정이다. 고대 이후 이상적인 유대인의 삶이란 오직 『토라』 공부에 모든 것을 바치는 그런 삶이었고 솔로몬 마이몬의 사례는 18세기까지도 동부 유럽에서 이런 이상이 실재하고 있었음을 보여주는 증거이기도 하다. 그렇지만 필연적으로 유대 사람들 가운데 극히 일부분만 이렇게 『토라』와 『탈무드』를 철저하게 공부할 수 있는 시간과 금전적 여유, 그리고 지적인 역량을 가지고 있었다. 따라서 노동자와 상인 계층에게 지식보다는 마음에서 우러나오는 헌신이 더 중요하다는 하시디즘의 가르침은 사람들에게 더 큰 환영을 받았다. 물론 그럼에도 불구하고 하시디즘조차 아직까지는 여성들을 가르침의 대상으로 보지는 않았다는 사실도 기억해두어야 할 것이다. 어쨌든 또 다른 유명한 이야기를 보면 바알 셈 토브가 시나고그에 들어가기를 거부했다는 내용이 나온다. 그는 이렇게 말한다. "시나고그는 이쪽 벽에서 저쪽 벽까지, 그리고 바닥에서 천장까지 가르침과 기도로 가득 차 있다. 그러니 내가 머무를 공간이 어디 있겠는가?" 따라서 바알 셈 토브는 마치 이렇게 말하고 싶은 듯하다. 보통의 기도는 시나고그 안에만 붙잡혀 있을 뿐 하나님에게까지 상달되지 않는다. 그리고 그 시나고그 안에는 짜딕들의 개인적이며 열정적인 기도가 머물만한 공간이 없다. 바알 셈 토브는 자신이 보았던 어느 양치기기의 모습과 같은 그런 성격을 좋아했다. 그 양치기는 펄쩍 뛰어올라 공중제비를 돌며 개울가를 뛰어넘은 후 이렇게 외쳤다고 한다. "나는 하나님의 사랑으로 이렇게 재주를 넘는다!" 이야기는 이렇게 이어진다. "그 모습을 본 바알 셈 토브는 이 양치기의 예배야말로 자신의 그것을 훨씬 더 뛰어넘는 그런 진짜 예배라는 사실을 깨달았다." 또 다른 이야기에서는 '느리고 둔한' 어느 남자 아이가 등장한다. 이 아이는 히브리어를 읽는 법을 결국 배우지 못했고 속죄일에는 나팔을 불며 기도를 대신했다. 아이의 아버지는 아들의 이런 모습을 부끄러워했지만 바알 셈 토브는 이런 아이의 열정을 크게 칭찬했다고 한다. 분명 이 하시디즘의 창시자가 생각하는 하나님은 그저 형식적으로 반복되는 기도보다는 어눌하고 말을 잘 못해도 마음에서 우러나오는 그런 기도를 더 좋아하셨다.

실제로 하시디즘의 신비주의의 중심에는 유대 신비주의라고 할 수 있는 카발라의 사상이 자리하고 있다. 특히 짜딕이 하는 기도들을 보면, 우주의 보수와 하나님과의 조화를 회복하는 일, 그리고 구세주의 출현을 앞당기는 내용들이 적극적으로 들어가 있다. 짜딕이 하는 일을 물심양면으로 돕고 또 그들의 설교나 기도, 그리고 선례를 따라가는 일은 결국 이 우주를 배경으로 한 대사건에 동참하는 일이나 다름없었다. 그리고 바알 셈 토브는 자신의 가르침이 이 세상의 구원을 앞당기는 일에 도움을 주고 있다고 확신했다. 앞서 언급했던 것처럼 그가 하는 일에 다른 사람들과 비슷하게 처음에는 회의적이었던 처남에게 보냈던 편지를 보면 바알 셈 토브가 1746년 유대인들의 새해 축제일인 로쉬 하샤나(Rosh Hashanah)에서 겪었던 일이 기록되어 있다. "내가 보고 겪은 일을 말로는 제대로 설명하지 못할 것 같다." 바알 셈 토브는 이렇게 쓰고 있다. 그렇지만 그는 곧 자신이 천국을 방문했으며 죽은 사람들의 영혼들을 보았고 사탄과 구세주 모두와 대화도 나누었다고 설명했다. 그는 구세주에게 얼마나 더 오래 기다려야 이 세상에 출현할 것인가를 물었고 이런 대답을 들었다. "그대의 가르침이 널리 퍼져 이 세상 전체에 알려지게 되면…… 즉, 모든 '캘리포트'가 제거되고 나면 구원을 위한 바로 그 때가 다가올 것이다." 여기서 말하는 '캘리포트'란 사악한 '껍데기' 혹은 '거죽'으로 『조하르』는 이 캘리포트가 세상의 선함을 감추고 있다고 묘사하고 있으며 모든 유대인들이 하시디즘이 전하는 해방의 소식을 받아들였을 때 비로소 사라지게 된다고 전한다.

1760년 바알 셈 토브가 세상을 떠나자 이번에는 그 제자들이 이 구원의 소식을 전하는 임무를 떠맡게 되었다. 바알 셈 토브 개인의 역량으로 움직였던 하시디즘 운동은 이제 여러 갈래로 갈라져, 여러 짜딕들이 여러 유대 공동체 안에 자리를 잡았고 그 권위가 교사에게서 학생으로 그리고 아버지에게서 아들로 이어지는 일종의 세습 체제가 완성이 되었다. 이런 각각의 하시디즘 중심의 공동체에서는 자체적인 전승을 발전시켰고 마저리치의 도브 바에르나 코리츠의 핀카스 같은 사람들에게는 전설과도 같은 이야기들이 따라붙게 되었다. 전통적인 랍비 중심의 유대교에서는 이런 하시디즘의 부상을 격렬하게 반대했지만, 그 세력은 점점 커져서 19세기 초에는 우크라이나와 폴란드의 유대인들 절반 이상이 이 하시디즘을 따르게 되었다.

그렇지만 이렇게 뚜렷한 존재감을 내보이는 종교적 운동 속에서도 젊은 세대들이 그 창시자에 대해 점점 잊어버리게 되자 일종의 상실감이 커져가기 시작했다. 게르숌 숄렘이 정리해 다시 소개한 어느 유명한 하시디즘과 관련된 이야기는 이러한 상실의 역학과 바알 셈 토브의 유산을 이어가기 위해 이야기를 만들고 전하는 일이 얼마나 중요한지 잘 보여주고 있다.

"바알 셈 토브는 어려운 문제와 마주하게 되면 숲 속의 어떤 장소로 가서 불을 지피고 기도하며 명상을 했다. 그러면 하려고 계획했던 일들이 술술 풀려나갔다. 한 세대가 지나 마저리치의 도브 바에르는 똑같은 문제를 맞닥뜨리게 되자 이렇게 이야기했다. '우리는 더 이상 불을 피울 수 없지만 기도는 계속할 수 있다.' 그러면 그가 원했던 일들이 실제로 다 이루어졌다. 다시 또 한 세대가 지나 이번에는 사스보의 랍비 모세 레이브에게 어려운 문제가 생겼다. 그리고 그는 바알 셈 토브처럼 숲 속으로 들어가 이렇게 말했다. '우리는 더 이상 불을 피울 수도 없으며 기도와 관련된 비밀스러운 명상을 하는 법도 알지 못한다. 그렇지만 우리는 그런 모든 것들이 관련되어 있는 숲 속의 특별한 장소를 알고 있으며 과거에도 그랬던 것처럼 그것만으로도 충분하다고 생각해야만 한다.' 그런데 또 다른 세대가 지나 리신의 랍비 이스라엘에게 어려움이 닥쳤을 때 그는 이렇게 말했다. '우리는 불도 피울 수 없고 기도도 할 수 없으며 특별한 장소가 어디 있는지도 알지 못한다. 그렇지만 우리는 그런 일들이 과거에 어떻게 이루어졌는지 이야기를 만들어 전할 수 있다.' 그리하여…… 그렇게 전해지는 이야기는 앞서 세 사람이 했던 일들과 똑같은 효과를 발휘할 수 있었다."

* * *

주로 짜딕들의 성스러움과 놀라운 능력을 주로 다루고 있는 하시디즘의 이야기들은 유대 문학의 새로운 분야로 자리매김을 하게 되는데, 특히 20세기로 접어들면서 마르틴 부버(Martin Buber)와 같은 서유럽 유대 학자들의 도움으로 이런 이야기들은 민속 문학의 보고로 전 세계에 알려지게 되었다. 그렇지만 이런 이야기들을 처음 만들고 전했던 18세기 중반의 가난한 우크라이나 마을에 살고 있던 유대인들에게는 이런 과정이 단순한 문학을 넘어서 그 자체로 종교적인 행위라고 할 수 있었다. 바알 셈 토브에 대한 이야기를 반복하는 건 그의 거룩함을 증거하고 또한 그의 가르침의 복음을 전하는 한 방법이었다. 이러한 이야기들은 바알 셈 토브가 세상을 떠난 후 몇 십 년 동안 구전으로 떠돌았으며 책의 형태로 처음 세상에 선을 보인 건 1815년의 일로, 그 제목은 『바알 셈 토브에 대한 찬양』이었다.

그렇지만 이듬해가 되자 굉장히 다른 종류의 하시디즘 이야기가 다시 책으로 만들어져 세상에 선을 보였다. 원래의 제목은 '일어난 일들에 대한 설명들'쯤 되지만 보통은 『랍비 나흐만의 이야기』로 번역되어 소개가 되었다. 랍비 나흐만은 하시디즘의 유산을 계승한 정통파 출신이라고 볼 수 있으며 그의 어머니는 바알 셈 토브의 손녀이고 그의 삼촌 바루크는 누구의 후광도 없이 스스로 저명한 짜딕의 자리에 오른 사람이었다. 바알 셈 토브가 세상을 떠난 후 12년이 지난 1772년 태어난 나흐만은 마치 왕위에 오를 준비를 하는 왕자들처럼 기대와 책임감이라는 무거운 짐을 짊어져야만 했다. 이런 혈통을 가지고 태어난 사람이라면 당연히 짜딕으로 성장하거나 아니면 적어도 영적인 소식을 전하는 한 가지 방법으로 이야기를 만들어 퍼뜨리는 그런 일을 해야만 했던 것이다. 실제로 나흐만은 자신의 수제자인 랍비 나단에게 자신의 이야기들은 가능한 많은 독자들에게 전해져야 하기 때문에 원래의 이디시어는 물론 히브리어 번역 등 두 가지 언어로 출간되어야 한다고 지시를 하기도 했다.

그렇지만 『랍비 나흐만의 이야기』는 하시디즘 문학의 전통과는 전혀 관련이 없다. 우선 이 책은 랍비 나흐만의 성스러움이나 그의 기적과도 같은 권능에 대한 이야기를 그의 추종자들이 전하는 그런 내용이 아니다. 그보다는 오히려 나흐만 자신이 지어낸 이야기들이라고 보는 것이 옳으며 비록 처음에는 그의 제자들이 모아 구전으로 전달되었을지도 모르지만 그전에 이미 글로 기록되었거나 최소한 그런 식으로 구성을 해놓은 흔적을 어디서든 발견할 수 있는 것이다. 경건한 신앙이나 교훈적 내용을 담고 있는 보통의 하시디즘 이야기와는 달리 나흐만의 이야기들은 역설과 은밀한 상징들로 가득 차 있다. 그의 이야기를 깊이 파고들면 들수록 더 많은 수수께끼가 발견되며, 바로 이런 이유 때문에 종종 독자들은 근대 사회에 등장한 유명한 동화 작가인 한스 크리스티안 안데르센(Hans Christian Andersen)의 환상적인 동화나 프란츠 카프카의 냉소적인 우화와 비슷한 느낌을 받는다. 나흐만의 이야기를 읽는다는 건 뭔가 설명하기 어려운 의미의 세계로 들어가는 것을 뜻하며, 그 세계에서는 오직 우리가 기존의 알고 있던 세계가 완전히 무너져내렸다는 사실만 분명하게 알 수 있다.

겉으로 보기에 나흐만의 이야기들은 흔히 볼 수 있는 환상적인 동화나 전설들과 매우 흡사하다. 왕과 왕자 혹은 말하는 짐승들이 등장하며 태어날 때 바꿔치기를 당한 아이나 모험을 떠나는 영웅들의 이야기도 등장을 한다. 학자들은 나흐만이 전 세계 어디서든 공통적으로 볼 수 있는 민담의 주제와 구성을 차용했음을 알게 되었는데, 아마도 동부 유럽의 유대인 공동체 밖의 여러 문화들을 통해 그러한 내용들을 알게 되었을 것이라 추정하고 있다. 실제로 나흐만의 이야기의 주인공들은 유대인이 아닌 경우가 훨씬 더 많으며 그들이 살고 있는 세상도 '슈테틀(shtetl)', 즉 나흐만도 익숙하게 알고 있는 유대인 마을이 아니라 다른 왕국의 왕실이나 저 멀리 낯선 곳에 있는 섬들과 같은 더 넓은 세상이다. 그의 이야기를 처음 전해들은 사람들은 분명 깜짝 놀라거나 심지어 충격도 받았을 텐데, 그럼에도 불구하고 신성한 짜딕들은 물론 보통의 사람들은 너무도 쉽게 이런 상상의 왕국 속에 빠져들어갔고 어쩌면 얄궂게도 나흐만이 자신의 이야기들에 대해 자조적인 모습을 보였던 건 바로 그 때문이었는지도 몰랐다. "사람들이 뭐라고 불만을 터트릴만한 이유라도 있을까? 결국 그냥 재미있는 이야깃거리에 불과한 것들이 아닌가?" 『랍비 나흐만의 이야기』의 초판본 서문에는 그가 이렇게 말을 했다는 내용이 기록되어 있다.

만일 나흐만의 이야기들이 보통과 다르거나 심지어 논란의 여지까지 있다면, 그건 단지 그 저자의 성향을 충실하게 반영한 결과일 뿐이리라. 나흐만은 하시디즘 정통파의 계보를 잇고는 있지만 교사나 지도자로서의 그의 이력은 늘 논쟁의 중심에 있었으며 그의 내면의 사생활은 그보다 더 심했다. 그의 난해하고도 비밀스러운 가르침 덕분에 그는 결국 좀 더 유명한 하시디즘 랍비의 반열에 오르지 못했지만 또 그런 현실과는 반대로 그의 추종자들은 주로 스스로 그의 뒤를 따르기로 결심한 상류 지식인들로 구성되어 그의 엄격한 가르침을 기꺼이 따르려고 했다. 동시에 이 추종자들과 제자들은 나흐만에게도 아주 헌신적이어서 1810년 그가 결핵으로 세상을 떠난 후에도 친척이나 제자들 중에서 그를 대신할만한 인물을 내세우지 않았다. 따라서 오늘날까지도 그가 태어나 활동했던 브라츨라프 지역의 하시디즘 추종자들은 오직 나흐만만을 그들의 참 스승으로 여기고 있으며 그런 이유 때문에 '죽어버린 하시디즘 추종자들'이라는 불명예스럽고도 냉정한 평판을 들어야 했다. 매년 로쉬 하샤나 축제일이 되면 브라츨라프 및 다른 지역에서 수천 명이 넘는 나흐만의 추종자들이 그가 세상을 떠난 우크라이나의 도시 우만(Умань)에 모여들어 그를 추모하며 그의 무덤가에서 예배를 드린다.

바알 셈 토브에 대한 이야기들 속에 반영되어 있는 유쾌함과 소박함은 나흐만의 일생에 대해 랍비 나단이 기록한 일화들 속에는 전혀 발견되지 않는다. "하나님을 섬기는 일에 대해 나흐만은 그 어느 것도 쉽게 생각하지 못했다. 모든 것은 오직 끝없이 반복되는 어려운 투쟁의 결과로 얻어졌다." 나단의 주장이다. 나흐만은 바알 셈 토브가 하나님의 임재를 뚜렷하게 느꼈던 것 못지않게 그 자신도 하나님의 부재를 절실하게 느꼈다. 심지어 어린 시절에도 "그는 종종 진심 어린 간구와 탄원으로 하나님께 기도를 올렸지만…… 그럼에도 불구하고 전혀 그 기도가 상달된다거나 이어진다는 느낌을 받지 못했다. 반면에 온갖 방법을 통해 하나님을 모시고 따르는 일에서 멀어진다는 기분이었다. 마치 하나님께서 그를 완전히 거부하는 것 같았다."

이 문제를 해결하기 위해 나흐만은 바알 셈 토브가 그렇게 하지 말라고 설교했던 자기 절제를 통한 금욕주의에 자연스럽게 이끌리게 된 것으로 보인다. 어린 시절의 나흐만은 먹는 일을 통해 느끼는 즐거움을 극복해야만 하겠다고 결심을 하고 음식을 씹지 않고 덩어리째로 삼키기 시작했다. 음식의 맛 자체를 보지 않기 위해서였다. 십 대가 되자 이번에는 안식일에서 다음 안식일까지 일주일간 금식을 하기도 하고 또 한겨울에는 벌거벗은 채로 눈밭에서 뒹굴기도 했다. 랍비 나단은 성적인 쾌락의 억제까지 포함해 나흐만이 했던 반복되는 자신의 육체에 대한 이런 학대를 군대의 정복 전쟁에 비유하기도 했다. "강력한 전사가 되어…… 자신의 열정을 극복하는 데 성공했다." 외증조부가 되는 바알 셈 토브의 영광을 물려받기에는 너무도 부족하다는 생각에 사로잡혀 있었던 나흐만은 그와는 완전히 반대 성향의 종교적 수양의 길을 만들어낸 것이 아닐까. 바로 그저 단순하게 하나님을 찬양하는 것이 아니라 하나님에게 다가가기 위한 실존적인 노력을 하는 것이었다.

성인이 된 이후의 나흐만의 인생은 그에 상응이라도 하듯 큰 고난을 겪게 된다. 1798년 그의 나이 스물여섯 살이 되던 해 나흐만은 이스라엘의 땅으로 순례의 길을 떠나기로 결정한다. 이런 일은 하시디즘을 따르는 랍비들에게는 드문 소망은 아니었다. 바알 셈 토브도 비록 끝까지 다 마치지는 못했지만 비슷한 여행을 떠난 적이 있었으며 그의 제자이자 나흐만의 친할아버지는 아예 갈릴리 지역에 정착해 죽을 때까지 그곳에서 살았다. 나흐만이 여행을 시작했을 때는 특히 매우 위험한 시기로, 나폴레옹이 이끄는 프랑스 군대가 이집트와 팔레스타인을 향해 막 진격을 하고 있었다. 그렇지만 나흐만에게 이런 위험은 장애가 아닌 더 매력적인 기회였다. "나는 내 스스로를 위험 속에, 그것도 더 크고 끔찍한 위험 속에 내던지고 싶어 한다는 사실을 잘 알고 있었다." 그는 이런 말을 했었다고 전해진다. 실제로 그가 지금의 이스라엘 북부에 있는 하이파에 도착한 지 몇 시간이 채 지나지 않아 그는 곧 고향으로 돌아가고 싶어질 거라는 말을 듣기도 했다. 마치 이제는 여행에서 겪는 고난 자체가 여행의 목적이 된 것 같았고 이런 어려움이 있기 때문에 몇 개월 간에 걸쳐 성스러운 장소들과 아직 규모는 작지만 날로 성장해가는 하시디즘 공동체를 돌아보며 성지에 머무를 명분이 생긴 것 같았다. 고향으로 돌아오는 길에서도 나흐만은 계속 어려움을 겪게 된다. 그는 터키 제국의 전함을 타고 여행을 했는데 도중에 프랑스 해군의 공격을 받아 배가 거의 침몰 직전까지 몰렸고 로도스 섬의 유대 공동체의 도움으로 겨우 프랑스군 포로 생활에서 풀려날 수 있었다.

1799년 우크라이나로 돌아온 나흐만은 짜딕으로서 본격적인 공인 생활을 시작한다. 그리고 이 결정은 그가 바다에서 겪었던 시련만큼이나 그에게 어려움을 주게 된다. 우선 그 지역의 경쟁자라고 할 수 있는 쇼폴러 제이드, 혹은 '쇼폴의 할아버지'라고 불리는 랍비와 아주 지리멸렬한 영역 다툼을 벌이게 되었는데, 이 일은 나흐만의 명성에 지울 수 없는 흠집을 남기게 되었다. 나흐만은 브라츨라프에 다시 정착을 해 구세주 신앙운동을 시작했는데, 그가 전하는 소식은 마치 나흐만 자신이 구세주이거나 혹은 구세주의 출현에 핵심적인 역할을 하는 것처럼 들렸다. 그렇지만 구세주는 결국 나타나지 않았고 1806년 나흐만의 외아들이 세상을 떠나면서 구세주 신앙에 대한 열정도 막을 내리게 되었다. 그리고 이제 치명적인 병에 걸려버린 그에게 남은 시간은 4년밖에 되지 않았고 그러는 사이 나흐만은 이야기를 전하는 사람이라는 새로운 사명을 부여받게 되었다.

1806년 여름, 개인적으로도 또 종교적으로도 큰 위기에 봉착해 있던 나흐만은 자신의 이야기를 전하기 시작한다. 주로 유대 축제일에 모여든 자신의 추종자들 앞에서였다. "랍비께서 이야기를 시작하셨다." 랍비 나단이 『랍비 나흐만의 이야기』 초판본 서문에 쓴 글이다. "그분께서는 '내가 이제 이야기를 시작해야겠다'고 말씀하셨으며 마치 이런 뜻이 있는 것처럼 들렸다. '나의 수업과 대화는 너희들을 하나님께로 다시 인도하는 데 아무런 영향을 미치지 못하기 때문에 이렇게 이야기라도 해야만 하겠다.'" 사실 나흐만은 가르침을 전하는 동안에도 여러 차례 이런 이야기들이 가지고 있는 구속의 기능에 대해 넌지시 암시를 하기도 했었다. "사람들은 어쩌면 평생에 걸쳐 잠에서 깨어나지 못하는지도 모른다. 그렇지만 진정한 짜딕이 전하는 이야기를 들으면 그런 잠에서 깨어날 수도 있다." 나흐만은 거기서 한 걸음 더 나아가 비록 왜곡되거나 혼란스러운 형태를 취할지라도 이방인들의 민담이나 설화 속에도 종교적 진리의 씨앗이 담겨져 있을지 모른다고 가르치기도 했다. "수많은 숨겨진 의미와 고결한 개념들이 이 세상이 전하는 이야기들 속에 담겨 있다. 그렇지만 이 이야기들은 부족한 부분도 있고 생략된 부분도 있으며 때로 혼란스럽기도 해서 사람들은 제대로 된 순서에 따라 이야기를 전하지 못하기도 한다."

다시 말해서 나흐만이 전하는 이야기들은 이런 혼란들을 바로잡을 것이며 이 세상의 이야기들을 본래의 뜻 그대로 전달하게 된다는 것이다. 따라서 기존에 있던 이야기들에 대한 개정이나 수정, 혹은 '틱쿤'이 나흐만이 쓴 『랍비 나흐만의 이야기』의 진짜 주제라고 보는 것이 타당할 것이다. 일찍이 『조하르』에서도 그랬지만 '틱쿤 올람', 즉 '이 세상의 회복'은 유대 신비주의의 핵심 사상으로, 유대인 각자의 기도와 행위가 하나님의 섭리 안의 상한 부분을 고칠 수 있다는 개념이다. 이러한 생각은 16세기의 위대한 유대교 신비주의자인 이츠하크 루리아가 크게 발전을 시켰으며 루리아는 천지창조 이후 남겨진 성령의 불꽃에 대한 신화를 정교하게 재현해냈는데, 이 불꽃은 우리 세상을 덮고 있는 껍데기, 즉 '캘리포트'에 가려 보이지 않는 것이다. 유대인들의 사명은 이 불꽃을 다시 되살려 하나님께로 되돌려 보내는 것이며 그렇게 하면 구세주의 출현의 시기가 더 앞당겨진다. 따라서 기도와 계율이 말 그대로 이 세상을 구원하게 되는 것이다.

* * *

과연 이야기가 이 세상을 구할 수 있는 것일까? 나흐만은 짜딕이 하는 다른 모든 일들과 마찬가지로 이야기를 전하는 일에는 구원이라는 목적이 있다고 말한다. 올바른 방식에 따라 올바르게 전해지는 이야기는 사람들을 하나님께로 인도할 수 있다. 그렇지만 이야기를 전하는 사람은 반드시 조심스럽게 그 일을 행해야 하며 자신이 알고 있는 영적인 진리의 이야기를 듣는 청중들의 수준에 맞춰 조정을 해야 한다. 나흐만의 설명처럼 갑자기 눈을 뜨게 된 장님은 우선 처음 보는 강렬한 빛으로부터 보호를 받아야 하는 것처럼 영적인 회복 상태에 있는 사람은 완전한 진리의 빛에 그대로 노출이 되어서는 안되는 것이다. 나흐만이 전하는 이야기는 일종의 치료기기로, 이야기를 듣는 사람이 자신의 수준에 따라 이야기에 숨어 있는 진짜 의미를 밝혀나갈 수 있도록 해준다.

『랍비 나흐만의 이야기』의 초판본에는 정경과 관련된 열세 가지 이야기가 포함되어 있으며 나중에 나온 책에는 그 진위 여부가 더욱 모호한 이야기들이 다수 포함되어 있다. 그리고 그중에서 가장 짧고 간단한 이야기조차 그 진짜 의미를 숨기고 있다고 말할 수 있다. 예를 들어 가장 짧은 「랍비의 아들」이라는 이야기를 살펴보면, 평생을 공부에만 전념한 어느 랍비의 아들 이야기가 나온다. 그렇지만 하시디즘 교리의 핵심은 열정과 영감이 없는 학자의 지식은 아무런 의미가 없다는 것이며 이 교훈은 젊은 랍비의 아들에게도 그대로 적용이 된다. 그는 "무엇인가 부족하다는 생각이 자꾸 들었고…… 여하튼 공부를 해도 또 기도를 해도 아무것도 느껴지는 것이 없다"고 불평을 한다. 그러자 친구 한 사람이 이 문제를 해결하기 위해 짜딕을 찾아가보라고 권한다. 하시디즘이라면 영적인 삶 속에서 부족하다고 생각이 되는 정열을 다시 불어넣어줄 수 있다는 것이다. 그렇지만 전형적인 전통파 랍비의 모습을 보여주는 그의 아버지는 하시디즘을 따르는 사람들을 태생이 비천하고 무지한 사람이라며 경멸한다. "왜 짜딕에게 가야 한단 말이냐? 너는 그 사람보다 더 많은 것을 이룬 학자다. 우리 가문도 훨씬 더 훌륭하니 그런 사람을 찾아가야 할 이유가 너에게는 없다."

이 이야기를 읽은 독자의 감정이 어디로 향하게 되는지는 불 보듯 뻔한 일이다. 독자들은 당연히 그 아들이 아버지의 뜻을 따르지 않고 짜딕을 찾아가는 것을 응원하게 된다. 이어지는 내용은 랍비의 아들이 정의를 위해 행하는 일련의 여러 시도들을 보여주고 있으며 그러한 각 시도는 마치 하나님의 뜻인 것처럼 보이는 여러 일들에 의해 방해를 받게 된다. 먼저 아버지와 아들이 짜딕을 찾아가려 하는데 두 사람이 타고 있는 마차가 뒤집어진다. 아버지 랍비는 이 사고를 '짜딕을 찾아가는 일은 하늘의 뜻에 적합하지 않다'는 경고로 받아들인다. 그렇지만 아들은 여전히 '자신 안에 뭔가 부족한 듯한' 기분을 느끼고 있어 다시 가던 길을 가자고 주장하는데 이번에는 마차의 바퀴 축이 부러져나간다. 그럼에도 불구하고 또다시 길을 떠난 두 사람은 어느 여관에서 잠시 가던 길을 멈추고 한 상인과 이야기를 나누게 된다. 두 사람이 자신들은 짜딕을 만나러 가는 길이라고 소개하자 상인이 이렇게 말을 한다. "그렇지만 그 작자는 아무런 쓸모가 없소!······ 나는 그 자가 죄를 저지르는 걸 본 사람이요." 이 일 역시 분명 하나님의 계시라고 생각한 두 사람은 짜딕을 찾아가려던 계획을 취소하고 말았다.

그러다가 그만 랍비의 아들이 세상을 떠난다. 그리고 얼마 지나지 않아 아들은 아버지의 꿈속에 나타나 그를 크게 꾸짖으며 이렇게 말한다. "가서 짜딕을 만나세요. 그러면 그분께서는 내가 왜 이렇게 화를 내는지 알려주실 것입니다." 아버지는 처음에는 꿈을 믿지 않았지만 연거푸 같은 꿈을 세 번이나 꾸게 되자 마침내 아들이 꿈에서 시킨 대로 짜딕을 찾아가기로 결심을 한다. 짜딕을 찾아가는 길에 예전에 부자를 만류했던 그 상인을 우연히 다시 만나게 되는데, 이 상인이 갑자기 악한 귀신이라는 자신의 본 모습을 드러낸다. 지금까지 마차를 뒤집고 바퀴 축을 부러뜨린 것도 바로 이 귀신이 저지른 일이었다. 귀신은 어떤 대가를 치르더라도 젊은 랍비의 아들이 하시디즘을 가르치는 스승을 찾아가는 것을 막으려고 했던 것이다. 악한 귀신은 이렇게 설명을 한다. "그대의 아들은 어두운 빛 쪽에 머무르고 있었고 짜딕은 그보다 훨씬 더 밝은 빛 쪽에 머무르고 있다." 다시 말해 두 사람은 보통 유대 신비주의의 상징들로 여겨지는 태양과 달 같은 관계라는 것이었으며 둘이 만나면 완벽한 빛을 만들어낼 수 있다는 것이었다. "만일 두 사람이 함께하게 되었다면 구세주가 이 땅에 바로 출현했을 것이다." 그렇지만 아버지 랍비의 거부감과 자만심, 그리고 지나친 조심스러움이 합쳐지면서 귀신은 그런 일이 벌어지는 것을 막을 수 있었고 이 세상은 그대로 타락한 상태를 유지하게 된 것이다.

　이 이야기가 주장하는 바를 이해하기란 그리 어렵지 않다. 그리고 바알 셈 토브와 그의 추종자들에게도 익숙한 내용이었을 것이다. 랍비를 믿지 말고 짜딕을 믿어야 한다. 랍비가 얼마나 큰 존경을 받고 있는지, 그리고 하시디즘을 따르지 않는 것에 대해 얼마나 많은 그럴듯한 이유를 댈 수 있는지는 상관이 없다. 그는 여전히 하나님의 뜻을 거역하고 있는 것이니까. 유대인과 랍비의 관계는 아들과 아버지의 관계보다 더 중요하다. 분명 짜딕은 아버지를 대신하고 오래된 낡은 권위를 대신하는 그런 인물이다.

그렇지만 일견 그 뜻이 분명해 보이는 이 이야기는 더 복잡하고 그야말로 나흐만 자신처럼 문제가 될만한 의미를 내포하고 있다. 결국 이 이야기 속 랍비는 계속해서 자신의 아들이 짜딕을 찾아가도 되는지에 대해 하나님의 뜻을 물었고 그 응답을 받았다. 다만 그는 그런 응답이 하나님이 아닌 사탄에게서 나왔다는 사실을 알아차리지 못한 것이다. 그러나 사탄이 그토록 그럴듯하게 하나님을 흉내낼 수 있는 세상에서 참된 선지자와 거짓 선지자를 어떻게 가려낼 수 있을까? 이 문제는 「신명기」의 역사만큼이나 오래된 것이며 지금도 여전히 우리를 불안에 떨게 한다. 만일 초자연적인 현상을 하나님이 아닌 다른 존재도 일으킬 수 있다면, 그리고 만일 우주에 존재하는 악의 세력도 우리의 삶에 개입을 할 수 있다면 우주의 언어를 해석하는 건 불가능한 일이 되지는 않을까. 하나님을 믿고 따르는 사람들은 서로 모순이 되는 해석 사이에서 방황하게 될 것이며 오직 자신의 신앙 말고는 아무것도 믿고 따를 수 없다. 그리고 나흐만은 바로 짜딕에 대해 전적인 믿음을 가지라고 주문을 하고 있다.

「황소와 숫양」이라는 이야기에서 나흐만은 또다시 이야기를 읽는 독자들의 신앙심을 고취시킬 만한 내용을 전달하고 있다. 그렇지만 이번에는 랍비와 짜딕이 있는 동유럽의 유대인 사회라는 익숙한 배경이 아닌 유대 역사의 몇 가지 핵심적 일화들을 떠올리는 우화와 비유를 통해서였다. 옛날 어떤 왕이 있었는데 이 왕은 온 나라 사람들에게 공식적인 종교로 다 개종을 하지 않으면 추방을 당하게 될 것이라고 공표를 했다. 분명 나흐만은 1492년 에스파냐에서 있었던 상황을 염두에 두었으리라. 당시 에스파냐에 살고 있던 유대인들은 강제 개종과 추방 중에서 양자택일을 해야만 했었다. 그리고 이 나라에서는 역시 에스파냐와 마찬가지로 일단의 유대인들이 겉으로는 개종을 했지만 비밀리에 여전히 유대교를 따르며 지키고 있었다. 『랍비 나흐만의 이야기』의 히브리어 번역판을 보면 이들을 일컬어 '아누심(anusim)'이라고 불렀고 바로 '에스파냐 지역의 개종한 유대인들'이라는 뜻이었다.

이런 강제 개종자들 중에는 왕실의 고위 인사도 있었는데 그는 왕이 세상을 떠나고 그 아들이 왕위를 물려받은 후에도 계속 나라의 일을 보고 있었다. 「에스더」의 모르드개 이야기를 차용한 듯한 이 이야기에서 이 고위 인사는 몇몇 신하들이 새로운 왕을 쫓아낼 음모를 꾸미고 있다는 사실을 우연히 알게 된다. 이 반역 음모를 사전에 막아낸 대가로 왕은 그에게 무엇이든 원하는 소원을 들어주겠다고 말했고 고위 인사는 당연히 "유대 신앙을 공개적으로 밝히고 기도할 때 입는 옷을 입고 성구함도 착용하게 해달라"고 부탁한다. 왕은 내키지는 않았지만 그의 소원을 들어주었다. 그러다 이 두 번째 왕도 세상을 떠나고 새로운 왕이 그 자리를 대신하게 되는데, 나흐만에 따르면 이 세 번째 왕은 '매우 현명한 사람'이었다. 현명한 왕은 왕실의 점성술사들을 불러 모아 "장차 어떤 것이 자신의 자녀들에게 해를 끼치게 될지, 그리고 어떻게 해야 그런 일이 벌어지는 것을 막아낼 수 있을지"에 대해 물었고 점성술사들은 '황소와 숫양'을 조심하라는 점괘를 내놓는다. 이 둘만 피한다면 왕의 자녀들은 안전할 것이라는 예언이었다.

그렇지만 지혜로웠던 세 번째 왕도 세상을 떠나고 이번에는 정복자이자 폭군인 왕이 등극하게 된다. 자신과 관련된 황소와 숫양의 예언을 알고 있었던 이 왕은 자신의 왕국에서 모든 황소와 숫양을 쫓아내라는 명령을 내린다. 그리고 동시에 왕은 앞서 등장했던 유대인 고위 인사에게 그의 할아버지가 허락했던 특권도 거둬들인다. 여전히 여러 왕을 섬기며 왕실에 남아 있던 그 고위 인사는 이제 유대인임을 공공연하게 드러내고 예배를 볼 수 없게 된 것이다. 이쯤에서 독자들은 왕이 이 명령 때문에 파국을 맞이할 것이라고 예상을 할 수 있으며, 왕이 꾼 꿈은 그런 사실을 확인시켜 준다. 왕은 하늘의 별자리에 대한 꿈을 꾸는데 바로 황소와 숫양을 상징하는 금우궁(金牛宮)과 백양궁(白羊宮) 별자리가 왕을 보고 비웃는 꿈이었다. 분명 예언은 사라지지 않고 아직 그대로 남아 있었다.

'공포에 사로잡힌' 왕은 현자를 불러 의논을 했고 이 현자는 왕에게 땅에서 자라나는 강철 막대기에 대한 이야기를 들려주었다. "누구든 두려운 일이 있는 사람이 이 강철 막대기를 찾아가면 근심 걱정이 사라진다고 합니다." 왕은 이 막대기를 찾아 길을 떠나려 했지만 그곳에 가려면 훨훨 타오르는 불길이 가로막고 있는 길을 따라 내려가야만 했다. 불길 앞에 선 왕은 "왕들과 함께 기도할 때 입는 예복과 성구함을 갖춘 유대인들이 길을 통과해 가는 모습"을 보게 된다. 저 사람들이 불길 속에서 살아남을 수 있다면 자신도 그렇게 할 수 있을 거라고 생각한 왕은 성급하게 불길 속으로 뛰어들었고 결국 불에 타 한 줌 재가 되고 말았다. 그렇지만 어떻게 이런 일이 일어날 수 있었던 것일까? 왕궁의 남은 신하들은 궁금할 수밖에 없었다. 왕은 예언에 따라 황소와 숫양을 피해오지 않았던가. 그렇다면 결국 예언은 처음부터 틀린 이야기였다는 것인가?

여기서 나흐만은 다시 한 번 하나님의 음성을 듣는 일 자체가 어려운 것이 아니라 그 음성을 올바르게 해석하는 일이 문제라는 사실을 우리에게 알려 준다. 황소와 숫양은 실제로 왕의 파멸을 상징한다는 것이 앞서의 그 유대인 고위 인사의 설명이었다. 그렇지만 그 파멸이 왕의 예상대로 벌어지지는 않은 것이다. 황소와 숫양에 대한 예언은 유대인의 상징과 관련이 있었다. 유대인을 상징하는 성구함과 거기에 매달린 끈은 바로 황소 가죽으로 만든 것이었으며, 역시 유대인이 기도를 올릴 때 입는 예복에 달린 장식은 다름 아닌 숫양의 털로 만든 것이었다. 불길 속에서 타지 않고 길을 지나간 왕들은 자기 나라에 살고 있는 유대인들을 잘 대해주었고 유대교 신앙도 공개적으로 지킬 수 있도록 허락을 해준 사람들이었다. "그렇지만 이 왕은 그렇지 않아서, 자기 나라의 유대인들이 예복과 성구함을 착용하는 것을 금지시켰다"는 것이 유대인 고위 인사의 설명이었다. '따라서 왕은 파멸한' 것이다.

19세기 러시아 제국의 세력 아래에 살고 있던 유대인 독자들에게 이 이야기가 전해주는 도덕적 교훈은 사실 그리 낙관적인 내용은 아니었다. 이 「황소와 숫양」 이야기의 바탕이 되는 「에스더」에서는 모르드개가 단지 페르시아 제국에 살고 있는 유대인들을 헤치려는 계획을 무산시켰을 뿐만 아니라 그 음모의 중심에 있었던 하만을 무너뜨리고 유대인들의 승리를 이끌어낸다. 그렇지만 나흐만의 이야기에는 이런 행복한 결말 같은 건 등장하지 않으며 그러한 암시조차 나오지 않는다. 이야기 속 첫 번째와 네 번째 왕과 같은 사악한 왕들이 자기 나라 안에 살고 있는 유대인들을 박해하는 일을 막을 수 있는 건 아무것도 없었다. 때로 유대인들은 왕실의 고위 인사조차 그러했던 것처럼 자신들의 정체를 숨겨야만 했다. 유대인들이 처해 있던 불안한 상황에 대한 유일한 보상은 결국 이교도 왕들은 자신들이 유대인들을 박해한 방식 그대로 하나님의 심판을 받게 된다는 것이며, 그저 옷과 작은 상자에 불과한 유대인의 예복과 성구함이 왕의 군대와 현자들보다 더 중요한 역할을 한다는 사실이었다.

　어떤 독자나 청자라도 나흐만의 이 이야기가 전하는 내용을 대부분 이해할 수 있을 것이다. 그렇지만 브라츨라프의 하시디즘 추종자들이 전하는 전통적인 주석을 읽어보게 되면 이 「황소와 숫양」 같은 직설적인 비유의 이야기조차 여러 가지 다른 관점으로 읽힐 수 있다는 사실을 알게 된다. 따라서 이야기에 등장하는 네 명의 왕은 각각 유대 민족을 정복하고 억압했던 네 제국으로도 볼 수 있다. 유대 민족의 종교를 금지하고 억압한 첫 번째 왕은 바빌로니아 제국이다. 바빌로니아는 솔로몬이 세운 예루살렘 대성전을 파괴했으며 유대 민족을 고향 땅에서 추방해버린다. 유대 신앙을 일부 인정해준 두 번째 왕은 페르시아 제국을 상징한다. 페르시아의 황제는 포로로 끌려온 유대인들이 고향으로 돌아가 성전을 다시 일으켜 세울 수 있도록 허락을 해주었다. '아주 현명했던' 세 번째 왕은 바로 철학과 과학으로 유명했던 알렉산드로스 대왕의 그리스 제국이다. 그리고 유대인들을 박해하다 그 대가를 처절하게 맛본 네 번째 왕은 다름 아닌 로마 제국이다. 로마 제국은 예루살렘의 제2성전을 파괴하고 유대 왕국 자체를 지도에서 말살했지만 그로부터 몇 세기가 지난 후 결국 자신들도 멸망해버리고 말았다. 이렇게 해서 「황소와 숫양」 이야기는 유대 역사를 풍자하는 내용을 담게 되었으며 역사 속에서 유대인들이 했던 중요한 역할 역시 상징하게 되었다.

나흐만의 이야기 주제가 이 세상으로부터 다음 세상으로 넘어가고 유대인으로부터 하나님으로 바뀌게 될 때 그의 이야기가 갖고 있는 진정한 위력이 한껏 드러나게 되는데, 우리는 그런 사실을 「겸손한 왕」이라는 카프카를 연상시키는 나흐만의 가장 수수께끼 같은 이야기 중 하나에서 확인할 수 있다. 이 짧은 이야기는 나흐만의 다른 여러 이야기들처럼 역시 어떤 왕이 등장하면서 시작된다. 그렇지만 이 왕은 '용감무쌍한 전사이자 진실되고 겸손한 자'로 알려져 있는 또 다른 위대한 왕을 찾고 있었다. 이 겸손한 왕은 바다와 사막을 통해 다른 세상과 단절된 그런 왕국에 살고 있었기 때문에 그 모습을 한 번도 보인 적이 없었다. 그리하여 이 왕을 찾는 또 다른 왕은 왕의 초상화라도 갖게 되길 간절히 바랐지만 "겸손한 왕은 모습을 감추고 드러내지 않았기 때문에 그 왕의 초상화를 갖고 있는 사람은 아무도 없었다." 그래서 왕은 이 겸손한 왕의 초상화를 얻기 위해 현자 한 사람을 사신으로 보내게 된다.

이 대목에서 「겸손한 왕」의 이야기는 예상치 못한 방향으로 흘러가게 된다. 나흐만이 새로운 주제, 즉 농담의 본질 쪽으로 관심을 돌리게 되기 때문이다. 현자는 마침내 겸손한 왕이 다스리는 왕국에 도착했고 이 땅의 특징을 배울 수 있는 가장 좋은 방법은 이 나라 사람들이 하는 농담을 배우는 것이라고 생각하게 되었다. "어떤 것을 이해하기 위해서 먼저 그 일과 관련된 농담부터 알아야 한다." 겸손한 왕이 다스리는 왕국의 모든 농담들은 모두 한 사람이 만들어내고 있었다. 그래서 현자가 그 사람을 찾아가보니 그 농담이라는 것들이 실제로 이 왕국의 악행이나 죄와 밀접하게 연관이 되어 있었다. "현자는 그 나라 사람들이 거래를 할 때 어떻게 서로를 속고 속이는지, 그리고 재판정에 서게 되었을 때 그 재판이 어떻게 위증과 뇌물에 의해 결정되는지에 대한 농담들이 만들어지고 있다는 사실을 알게 되었다."

이런 사실을 알게 되자 현자는 심각한 고민에 빠지게 된다. 만일 이 왕국의 겸손한 왕이 '진실한 사람'이라면 그런 왕이 다스리는 나라가 어찌 이렇게 타락할 수가 있단 말인가? 그에 대한 해답을 찾기로 결심한 현자는 왕궁 앞에 나아가 이렇게 호소를 한다. "도대체 이 나라의 왕은 누구인가? 이 나라는 처음부터 끝까지 거짓이란 거짓으로 가득 차 있고 그 안에 어떠한 진실도 남아 있지 않다." 이러한 일들이 벌어지는 와중에도 현자는 여전히 어딘가에 깊숙이 몸을 감추고 있는 왕의 모습을 한 번도 보지 못했고 현자는 전략을 바꾸게 된다. 아마도 그 겸손한 왕은 자신의 왕국이 악으로 가득 차 있다는 사실을 잘 알고 있으며 바로 그런 이유 때문에, 그러니까 '이 땅의 악행을 견딜 수 없어서' 몸을 숨기고 있는 것이리라. 이렇게 생각해보니 왕이 모습을 감추고 있다는 사실 자체가 그 왕이 훌륭하고 선한 왕이라는 사실을 증명해주는 것 같았다.

여기까지 생각이 미친 현자는 매우 과장된 어조로 왕을 찬양하기 시작한다. 그렇지만 왕의 겸손함은 참으로 대단한 것이어서 자신에 대한 찬양이 커지면 커질수록 더욱더 움츠러들게 되었고 마침내 "왕은 말 그대로 그 모습이 완전히 사라져버렸다." 그리고 이렇게 형체 자체가 사라져버린 왕은 자신을 그토록 잘 이해하고 있는 현자를 보고 싶은 마음에 몸을 감추어주던 휘장을 잡아 당겼다. "그렇지만 그렇게 하는 와중에 왕은 결국 자신의 얼굴을 드러내게 되었고 왕의 모습을 본 현자는 그 모습을 그림으로 담아 자신의 왕에게로 가져갈 수 있었다." 「겸손한 왕」은 여기서 이야기가 끝이 난다.

『랍비 나흐만의 이야기』 초판본에는 이 「겸손한 왕」 이야기에 편집자라고 할 수 있는 랍비 나단의 주석이 들어가 있다. 나단은 나흐만이 처음 이 이야기를 들려주었을 때 "자신이 하는 이야기들 속 수수께끼들을 암시하는 구절과 실마리가 바로 이 이야기 속에 들어 있다고 분명히 말했지만…… 그 수수께끼들이라는 게 우리의 지식이 닿을 수 있는 범위를 훨씬 더 넘어서는 것들이었다"라고 기록하고 있다. 그 숨겨진 수수께끼의 수준은 다른 어떤 이야기보다 이 「겸손한 왕」 이야기가 제일 높으며, 이야기 자체가 온갖 역설로 가득 차 있다. 선한 왕이 악한 왕국을 다스린다. 위대한 왕은 너무나도 겸손해서 자신에 대한 찬양을 듣는 것을 견뎌내지 못한다. 현자는 단 한 번만 모습을 비추고 사라져버린 왕의 초상화를 그린다. 그리고 아마도 현자가 고향으로 가져온 그 초상화는 그냥 백지였으리라. 그렇지만 그 백지야말로 어떻게 보면 왕의 진짜 초상화라고 할 수 있지 않을까.

그렇지만 이런 모순과 역설들 때문에 「겸손한 왕」 이야기가 뜻하는 바가 정확하게 드러나고 있다. 온 세상에 그 명성을 떨치고 있으나 아무도 그 얼굴을 한 번도 보지 못한 겸손한 왕은 당연히 나흐만이 생각하는 하나님의 모습이다. 『구약 성경』과 유대 전승을 보면 하나님을 계속해서 왕으로 비유하고 있음을 알 수 있으며 나흐만의 이야기들 속에서도 왕이 등장할 때는 하나님을 상징한다는 사실을 충분히 인지할 수 있다. 그렇지만 만일 겸손한 왕이 하나님이라면 그 하나님은 이 세상을 무질서하게 다스리고 있다는 말이 된다. 모든 일들을 공정하고 질서 있게 처리하는 것이 아니라 아예 그 모습을 감춘 상태에서 사람들이 자신들이 저지르는 죄악에 대해 농담이나 할 정도로 냉소적이고 강퍅해지도록 내버려둔 것이다.

　이러한 하나님의 부재를 설명하는 일은 카발라의 주요 목적 중 하나이며 「겸손한 왕」 역시 나흐만의 다른 대부분의 이야기들과 마찬가지로 이런 유대 신비주의의 상징들을 다루고 있다. 『조하르』는 하나님의 속성들이 조화를 이루지 못할 때 이 세상이 타락하게 된다고 설명하고 있다. 사악한 '측면'이 세상을 지배하게 되고 '쉐키나', 즉 '하나님이 임재하는 영광'이자 이스라엘의 영이 사라지게 된다는 것이다. 따라서 「겸손한 왕」을 통해 우리는 하나님이 그 모습을 감출 정도로 타락한 세상을 만나게 된다. "왕이 왕국 사람들로부터 스스로 멀리 떨어져 있다." 현자는 이렇게 말하는데, 이런 모습이야말로 유대 신비주의에서 이야기하는 신정론을 완벽하게 요약한 것이다. 이러한 상황에서 하나님께로 다가가는 유일한 방법은 하나님의 '무

(無)'라는 속성을 통해서이다. 카발라에서도 가르치고 있듯이 하나님의 궁극의 속성은 바로 '아인 소프', 즉 '끝이 없는 무한한 존재'이며 인간의 언어나 인간이 생각하는 개념으로는 표현할 수조차 없다. 하나님이 그 모습을 감추었을 때, 하나님이 이해할 수 있는 형태를 취하는 일을 멈추었을 때 우리는 그분의 정수와 마주할 수 있으며 결국 아무것도 없는 백지의 초상화를 통해서만 우리는 하나님의 모습을 바라볼 수 있다.

이런 대담한 설명은 마치 이해할 수 없는 역설처럼 들리기도 하는데, 나흐만의 이야기를 통해 그 설명은 좀 더 이해하기 쉽고 믿을 수 있는 내용으로 바뀌게 된다. 나흐만이 설명하는 그대로, 『토라』의 진리는 논리적인 주장이 아닌 단순한 설명이나 이야기의 형태일 때 더 이해하기가 쉽다. 「겸손한 왕」 역시 짜딕이 이 세상과 하나님 사이의 거리를 좁히는 데 얼마나 중요한 역할을 하는지 분명하게 설명해주고 있다. 하나님을 찾아 떠나 결국 그분의 끝없이 무한한 속성을 엿볼 수 있었던 현자는 다름 아닌 짜딕의 모습이다. 이야기의 시작 부분에서 겸손한 왕의 명성을 전해 듣고 그의 모습을 보기를 간절히 바랐던 왕은 스스로는 아무런 노력도 하지 않고 단지 현자를 자신의 사자로 대신 보내는데, 이와 마찬가지로 보통의 유대인들의 영혼은 하나님께 직접 가서 닿을 수 없으며 오직 짜딕이라는 매개체를 통해서만 그렇게 할 수 있다.

그렇지만 이러한 내용들은 단지 일반적인 설명에 불과할지도 모른다. 「겸손한 왕」에 대한 브라츨라프 주석을 보면 유대 신비주의의 상징들과 연결이 되도록 그 내용을 훨씬 더 깊이 파헤치고 있는데, 이야기 속에 등장하는 두 왕, 즉 첫 번째 왕과 겸손한 왕은 두 개의 세피라인 말쿠트와 비나를 상징하며 현자는 둘 사이를 연결해주는 이에소드다. 그리고 겸손한 왕이 살고 있는 왕국은 우리가 살고 있는 세상으로도, 또 이스라엘의 땅으로도 이해될 수 있다. 또 혹은 유대의 신비주의가 설명하는 천지창조 과정의 한 단계일 수도 있다. 유대 신비주의 관점에 따른 해석에는 나흐만의 그것과 달리 말 그대로 신비스러운 의미가 담긴 요소들이 자리하고 있다는 것이 특징이다. 나흐만이 전해주는 이야기들이 갖고 있는 장점이라면 비록 일부 내용은 여전히 그 의미를 잘 알 수 없어도 역사적, 도덕적, 형이상학적, 그리고 신비적 관점에 따른 각기 다른 해석이 각자의 기능을 할 수 있다는 점일 것이다.

* * *

「겸손한 왕」과 비슷하게 나흐만이 전하는 『랍비 나흐만의 이야기』에서 가장 길고 규모가 큰 이야기들은 주로 타락한 세상에 대한 비유다. 이러한 이야기들 뒤에 숨어 있는 특별한 신화는 나흐만이 이츠하크 루리아가 전하는 카발라를 통해 배운 것으로, 루리아는 성스러운 빛이 너무나 밝고 강해서 세피라의 '그릇' 안에 담을 수가 없다고 가르친다. 우주에서 제일 먼저 일어났던 대재앙에서는 이 그릇들이 모두 깨지면서 신성한 불꽃이 '껍데기' 혹은 '거죽'이라고 할 수 있는 우리의 타락한 세상 안에서 흩어지고 사라져버렸다. 루리아의 카발라는 이런 과정을 설명하는 매우 복잡하고 난해한 우주론을 제공하고 있으며 여기에 등장하는 기술과 관련된 용어들 중 상당수는 나흐만의 이야기들 속에서도 찾아볼 수 있다. 그렇지만 이런 신화가 은밀하게 알려주고 있는 감정적 진실은 「창세기」에 등장하는 인간의 타락과 관련된 신화 속에 표현된 그것과 다르지 않다. 우리가 살고 있는 세상은 한때는 완벽했으나 이제는 그렇지 못하다. 천지창조 과정의 씨줄과 날줄 속에서 무엇인가 잘못되었고, 그 잘못을 바로잡는 것이 바로 우리의 사명이다.

타락해 무너져버린 세상에 대한 이런 신화들이 유대 사상의 중심에 위치하게 된 것은 결코 우연의 일치가 아닌데, 결국 유대의 역사는 그 자체로 상실과 몰락, 그리고 대재난의 연속을 나타내고 있는 것이다. 「신명기」만큼이나 오래전, 모세는 이미 자신의 민족이 고향 땅을 잃고 정처 없이 떠돌게 될 것이라는 사실을 예감하고 있었으며 BCE 6세기경에는 바빌로니아 제국에 의해서, 그리고 다시 CE 1세기경에는 로마 제국에 의해서 유대 민족은 정말로 이러한 일들을 겪게 된다. 유대 역사의 대부분은 이렇게 고향 땅에서 쫓겨나 떠도는 이야기로 이루어져 있으며 이 추방 시간 동안 유대인들은 오랜 방랑과 탈출을 반복해서 경험하게 되었다. 물론 무자비한 박해와 학살의 경험도 빠지지 않는다. 유대인으로 산다는 건 타락하고 무너져버린 세상에서 살아가는 것과 같다. 나흐만이 따랐던 신비주의 하시디즘에서는 이런 세상이 회복될 수 있다는 확신을 주고 있다. 바로 짜딕의 권능으로 우주를 회복하고 추방과 방랑 생활을 끝내며 구세주의 출현을 앞당길 수 있다는 것이다.

이것이야말로 나흐만의 위대한 이야기들이 전하고 있는 뜻과 구상이다. 각각의 이야기들은 이 세상에 혼란과 분열을 가져오는 재앙으로 시작이 되는데 그러면서도 나흐만이 독창적이었던 건 민담이나 설화 같은 친숙한 내용에 이런 주제를 덧붙였기 때문이다. 따라서 무서운 대재앙들이 익숙한 이야기의 형태를 띠고 소개된다. 「뒤바뀐 아이들」에서는 산파가 왕비에게서 태어난 왕자와 하녀의 아이를 바꿔치기 하면서 모든 일이 잘못 돌아가기 시작하며 「기도의 달인」에서는 폭풍우가 몰아닥쳐 이 세상이 뒤집히고 왕의 신하들이

뿔뿔이 흩어진다. 「일곱 명의 거지」를 보면 어느 왕국에서 많은 사람들이 고향에서 쫓겨나 길을 떠돌던 와중에 사내아이와 여자아이 둘이 숲 속에서 길을 잃는 내용이 등장한다. 이 중에서도 가장 수수께끼 같은 이야기는 「잃어버린 공주」로, 이야기의 시작 부분에서 먼저 가슴 아픈 불화가 발생한다. 순간적으로 분노에 사로잡힌 어떤 왕이 사랑하는 딸을 자신의 눈앞에서 쫓아버리며 이렇게 말하는 것이다. '악마가 너를 데려가기를!' 유대 신비주의의 관점에서 본다면 이 모습은 하나님의 한쪽 측면이 또 다른 측면에 갑자기 대항하는 것으로 해석될 수 있다. 그렇게 되면 조화가 사라지며 하나님의 여성적인 측면이라고 할 수 있는 쉐키나가 제자리에서 쫓겨나게 되는 것이다. 그렇지만 인간의 관점에서 본다면 이 모습은 마치 셰익스피어의 『리어왕』을 연상시키며, 불운한 아버지인 리어왕 즉, 하나님은 이런 충동적인 행동으로 인해 깊은 후회를 하게 된다.

이런 인간과 초자연적 현상의 결합은 나흐만의 이야기들이 갖고 있는 혼란스러움의 핵심이라고 볼 수 있다. 예를 들어 「잃어버린 공주」 이야기는 왕이 사라진 공주를 찾기 위해 한 신하를 파견함으로써 갑자기 사람을 찾는 이야기로 그 내용이 바뀌게 된다. 신하는 공주를 구하기 위해 일련의 시험을 통과해야 했는데, 처음에는 제대로 통과하지 못한다. 공주로부터 1년 동안 금식을 해야 시험에 통과할 수 있다는 말을 듣지만 1년의 마지막 날에 사과를 한 입 베어 물면서 실패했고, 다시 1년 동안 술을 멀리하면 공주를 구할 수 있는 기회가 생겼지만 역시 마지막 날 마법에 걸린 샘물을 마시게 되는 바람에 또 실패를 하고 말았다. 이렇게 두 번이나 공주를 구하는 일이 실패로 돌아가자 공주는 훨씬 더 먼 곳에 있는 황금 산 위 진주로 만든 성으로 끌려가고 말았다. 이 마법의 성으로 가기 위해 신하는 두 거인들에게 도움을 요청했고 거인들은 세상의 들짐승과 날짐승들을 불러 모아 진주성을 찾게 했지만 결국 아무런 소득이 없었다. 마침내 또 다른 세 번째 거인이 바람을 불러들였고 어느 바람이 성이 있는 곳의 위치를 알려주었다. 신하는 성에 도착해 안으로 들어가 공주를 막 찾으려고 하는데 거기에서 이 이야기는 갑자기 끝이 난다. "랍비는 그가 어떻게 공주를 구해냈는지는 말을 해주지 않았다. 그렇지만 어쨌든 결국 공주를 구해낼 수 있었다."

여기에서 우리는 민간에서 전승되는 이야기를 통해 친숙한 몇 가지 요소를 발견할 수 있다. 먼저 임무를 부여받고 길을 떠나는 영웅이 있으며 그 영웅의 길을 가로막는 여러 시험과 도움을 주는 존재들에 대한 소환이 있다. 수많은 민담이나 전설들과 마찬가지로 이 이야기 속에서도 3이라는 숫자가 중요하다. 공주를 구하기 위한 세 번의 기회가 주어졌으며, 도움을 주는 세 거인이 등장한다. 어쩌면 이 이야기를 아이들에게 단순한 모험 이야기로 소개할 수 있을지도 모른다. 그렇지만 이 「잃어버린 공주」의 세부적인 내용들은 유대인의 경전과 역사, 그리고 신비주의에 대한 다양한 숨은 뜻들을 제공해주고 있다. 우리가 앞서 살펴본 것처럼 공주가 사라진 사건은 유대 민족을 지켜주는 성령인 쉐키나가 사라진 것을 상징한다. 따라서 공주를 되찾아오는 일은 하나님의 영광을 되살리는 일인데, 여기에는 물론 영웅의 노력이 필요하며, 영웅 역할을 하는 신하는 하나님을 찾는 여정을 떠난다는 관점에서 유대 민족 전체를 상징할 수도 있고 또 다른 특별한 영웅인 짜딕을 상징할 수도 있다. 짜딕은 자신의 동포들을 위해 영적인 임무를 수행하고 있는 영웅이었다.

「잃어버린 공주」의 전반부에서 신하는 공주를 구할 수 있는 상대적으로 쉬운 기회를 두 번이나 얻게 된다. 먼저 그는 단순하게 음식만 멀리하면 되었지만 아담과 마찬가지로 먹지 말라는 시험을 통과하지 못하고 금단의 과일을 먹고 말았다. 그에게 주어진 두 번째 기회는 노아에게 주어진 기회와 비슷하다. 노아는 대홍수 이후 이 세상에 다시 자손들을 늘릴 수 있는 기회가 있었지만 술에 취해버렸듯 신하도 술이라는 유혹 앞에 굴복을 하고 말았다. 카발라에서 가르치는 것처럼, 이 세상의 균형은 천지가 창조되는 그 시점에서 최초의 인간들이 하나님께 순종을 할 수 있었다면 다 회복이 될 수 있었다. 그렇지만 그들이 불순종함으로써 갈등은 더욱 깊어져 갔으며, 이제는 마치 황금 산을 찾아가는 신하의 여정처럼 오직 끈질긴 수양과 노력을 통해서만 이런 불균형과 갈등을 극복할 수 있게 되었다. 이 이야기의 다른 내용들도 이와 비슷하게 해석이 될 수 있는데, 예를 들어 세 명의 거인들은 이스라엘의 조상들인 아브라함과 이삭, 그리고 야곱을 상징하며 또 혹은 유대 신비주의에서 말하는 영혼의 세 가지 단계인 '네페쉬'와 '루아흐' 그리고 '네샤마'를 상징할 수도 있다. 역시 유대 신비주의에서 중요한 역할을 하고 있는 수비학(數祕學)도 전설이나 민담에 등장하는 숫자의 공식과 연결이 되어 끝없는 해석이 가능한 수많은 변형된 형태들을 만들어낸다.

그렇지만 이 「잃어버린 공주」에서 가장 중요한 요소는 그 갑작스러운 결론이다. 나흐만은 분명 신하가 공부를 구하기 직전까지의 여정을 그려나갈 수 있었다. 그리고 여기서 한 걸음만 더 나아가면 신하는 구세주가 되어 유대 민족과 이스라엘의 땅, 인류와 하나님, 아래쪽 세피라와 위쪽 세피라 등 갈라진 모든 역사를 다시 하나로 합치게 될 터였다. 그렇지만 나흐만이 이런 구원에 대해서까지는 상상할 수 없었을 것이 분명하다. 그는 그런 구원의 역사가 반드시 일어난다는 것까지는 알고 있었다. 왜냐하면 그가 믿고 따르고 있는 신앙이 그렇게 가르치고 있었기 때문이다. 그렇지만 구세주가 이 땅

위에 출현할 때 취할 형태나 그가 쉐키나를 구원하기 위해 사용할 전략 같은 것은 나중이 되어서야 드러나게 될 터였다. 여기에서 구원과 관련된 완벽함을 설명할 수 없는 문학적인 문제는 구원의 시기를 정확하게 예측할 수 없는 신학적인 문제와 일치하게 된다. 따라서 나흐만이 이야기의 결말 부분을 갑작스럽게 끝을 낸 건 이런 곤란한 상황에 대한 설득력 있는 대응이었던 셈이다.

「일곱 명의 거지」 이야기의 마지막 부분도 이와 비슷하게 확실한 결론이 없이 끝이 난다. 「일곱 명의 거지」는 나흐만이 마지막으로 들려준 이야기이며, 1810년 4월 이 이야기를 전한 지 몇 달 후 나흐만은 세상을 떠나고 만다. 나흐만 자신은 "만일 내가 이 세상에 이 이야기 하나만을 남길 수만 있다면 나는 정말로 위대한 사람이 될 수 있을 것 같다"고 거리낌 없이 말하며 이 「일곱 명의 거지」를 자신의 최고 걸작으로 평가했다. 이야기의 구성이라는 관점에서 이 이야기는 여러 비슷한 이야기들의 모음집이라 할 수 있는 『랍비 나흐만의 이야기』 중에서도 가장 정교하다. 먼저 자신의 왕위를 외아들인 왕자에게 넘겨주고 큰 축하 잔치를 베푼 왕의 이야기가 나오는데, 왕은 아들에게 "너도 그 자리에서 내려올 날이 다가올 것이다"라는 경고를 하고 경사스러운 자리에는 먹구름이 드리운다. 몰락을 예측한 건 새로 즉위한 왕이 속세의 지식에 지나치게 몰두하고 있었기 때문이다. 속세의 지식이 주는 위험이라는 주제는 나흐만의 이야 기들 속에 반복해서 등장하는데, 여기에는 그런 세상의 지식에 대한 깊은 불신이 깔려 있다. '하스칼라', 즉 유대인들 사이에 계몽주의 운 동이 일어났던 시대를 살았던 나흐만은 비록 지금은 동유럽 지역에 서만 간신히 유행하고 있기는 하지만 이런 세속주의의 힘이야말로 언젠가는 전통적인 유대 신앙에 가장 큰 위험이 될 것이라고 내다보 았다. 새로운 왕은 왕자 시절 세상의 '지혜'에 깊은 관심을 가졌었고 언젠가는 타락하게 될 것이라고 나흐만이 두려워했던 그런 지식인 들을 앞세우며 스스로 이단의 사상에 물들어갔다. 「일곱 명의 거지」 는 다시 한 번 우리들에게 "단순한 보통의 사람들은 위대한 현자들 의 지혜로 인해 해를 입지 않고 또 이단의 사상에 물이 들지도 않는 다"라는 사실을 일깨우고 있으며, 나흐만에게 단순함이란 이단의 사 상을 막아주는 최고의 보호 장치였다.

아마도 공공연하게 드러나지는 않았겠지만 새로운 왕이 자유로운 사상을 추구한 결과로 그가 다스리는 왕국에 재앙이 들이닥친 것 같 다. "나라 사람들 전체가 편을 갈라 싸우기 시작했다." 나흐만은 이 싸움의 원인이 정확하게 무엇 때문인지는 말하고 있지 않으며 아무 런 동기나 목적이 없는데도 싸움이 더욱 거세어져간 것은 일종의 상 징이라고 볼 수 있다. 바로 아담의 타락이나 유대 민족의 추방과 방랑, 혹은 우주의 그릇이 깨어지고 흩어진 것에 대한 비유다. 그렇지만 이야기를 계속해서 읽어나가다 보면 싸움으로 인해 많은 사람들이 살던 곳을 떠나는 과정은 다음으로 이어지는 이야기를 위한 사전 설명이라는 사실을 알게 된다. 이제 어린 남자아이와 여자아이 한 쌍이 등장하게 되는데 두 아이는 이런 혼란의 와중에서 길을 잃고 떠돌다가 결국 숲 속에 홀로 남겨지게 된다. 숲 속에서 굶어죽기 직전, 아이들은 일곱 명의 거지들이 차례로 근처를 지나가며 나눠준 빵 조각 덕분에 살아남을 수 있었다. 이 각각의 거지들은 역시 각기 다른 문제들을 하나씩 안고 있었는데, 첫 번째 거지는 눈이 보이지 않았고 두 번째는 귀가 들리지 않았으며 세 번째는 말을 하지 못하는 식이었다. 따라서 이 거지들이 각각 아이들에게 "너희도 나와 같을지 모른다"라는 말을 남긴 것은 축복인지 저주인지 그 뜻을 도무지 알 수가 없다.

아이들은 살아남았고 나이가 들자 부부가 되기로 결심을 한다. 이 행복한 결혼 축하 잔치에서 유일하게 마음에 걸리는 것은 오래전 두 사람의 생명을 구해주었던 일곱 명의 거지들이 참석하지 않은 것이라고 두 사람이 말하는데, 바로 그 말이 끝나기도 전에 거지들이 한 사람씩 그 모습을 드러낸다. 이 거지들의 모습이 뜻하는 바는 이제 한 사람씩 자신들의 사정을 밝히면서 분명하게 드러나게 된다. 아이들이 처음에 장애로 생각했던 것들은 사실은 위대한 덕성의 또 다른 모습이었다. 눈이 보이지 않는 거지는 자신이 정말로 눈이 보이지 않는 것이 아니라 '지금의 온 세상은 잠깐 돌아볼 가치도 없기 때문에' 그저 아무것도 보지 않는 것뿐이라고 설명을 한다. 마찬가지로 귀가 들리지 않는 거지 역시 실제로 듣지 못하는 것이 아니라 지금 온 세상을 가득 채우고 있는 '욕심에 가득 찬 부르짖음'만을 듣지 않는 것뿐이라고 말한다. 뒤이어 나타난 말을 하지 못하는 거지, 목이 비뚤어진 거지, 등이 굽은 거지, 그리고 양 손이 없는 거지 등도 마찬가지였다. 비유적으로 말하면 일곱 명의 거지들은 아브라함부터 다윗 왕에 이르는 『구약 성경』 속 이스라엘의 지도자들로 볼 수 있으며 유대 신비주의의 관점에서는 태초의 우주적 인간 '아담 카드몬'의 육신을 구성하는 세피라로도 볼 수 있다. 그렇지만 이러한 각기 다른 해석들은 역시 도덕적이며 영적인 본래의 순수한 의미를 퇴색시키지 않고 보조하는 수준에서 머문다. 이 타락한 세상에서는 약점처럼 보이는 것도 강점이 되고 또 그 반대도 마찬가지라는 것이다.

각각의 거지들이 결혼 잔치에 등장해 신혼부부에게 축복을 내려줄 때 나흐만은 일종의 이야기 속 이야기를 중간에 삽입하는데, 이 이야기야말로 「일곱 명의 거지」의 진짜 핵심이라고 할 수 있다. 각각의 거지가 영적인 진리를 밝혀주는 시적인 우화를 들려주는 것이다. 예를 들어 두 번째 거지는 정원사가 사라진 동산에 대한 복잡한 이야기를 들려준다. 정원사가 사라지고 나자 동산에 있던 푸성귀들과 사람들은 사악한 왕의 공격에 무방비상태로 놓이게 된다. 이 사악한 왕은 맛과 향에 대한 감각을 사라지게 만듦으로써 모든 것들의 존재 자체를 의미 없는 것으로 만들어버렸다. 따라서 "누구든 무엇이라도 입 안에 넣을 때마다 썩은 시체 맛이 나는 것이었다." 거지는 이러한 어려움이 일어난 이유는 사람들이 성적인 부도덕과 신성모독, 그리고 탐욕 앞에 굴복했기 때문이며 그런 나쁜 행동들을 고치면 모든 것이 다 바로잡힐 것이라고 말해준다. 사람들은 그 말에 따랐고 곧 사람들도 땅도 '회복'이 된다. 마침내 정원사가 다시 모습을 드러내자 "모든 사람들이 그가 미쳤다고 생각하고 돌을 던지며 쫓아내려고 하는 등" 잠시 소란이 있었지만 사람들은 곧 정원사를 알아볼 수 있었고 동산도 다시 정상으로 돌아오게 된다. 여기에서 나흐만은 아주 이해하기 쉬운 또 다른 우화 하나를 소개한 것이다. 바로 우주와 인류, 그리고 유대 민족의 타락한 상황에 대한 우화다. 동산과 사라진 정원사, 그리고 사악한 왕에 대한 이야기는 누가 봐도 에덴동산에 대한 이야기라는 사실을 쉽게 알 수 있다. 하나님과 사탄이 인류의 미래를 걸고 싸움을 벌이는 것이다.

일곱 명의 거지들이 전하는 이야기들은 각각 그 주제와 분야가 다르다. 물로 만든 성에 사로잡혀 있는 공주의 이야기라는 환상적인 동화 같은 이야기도 있으며 또 수수께끼를 푸는 경합에 대한 이야기도 있다. 그중에서도 세 번째와 네 번째 거지가 전해주는 이야기가 가장 중요해 보이는데, 그건 아마도 둘의 이야기가 너무 비슷해서 같은 주제를 조금 비틀어 전해주는 것처럼 보여서 그럴지도 모르겠다. 네 번째 거지는 암컷과 수컷 두 마리 새들에 대한 이야기를 해준다. 두 새는 각기 떨어져 각기 다른 땅에 따로 둥지를 만들어야만 했다. 밤이 되면 두 새는 구슬프게 울며 서로를 그리워했는데 그 슬픔이 온 나라를 덮치는 바람에 누구도 제대로 잠을 잘 수가 없었다. 거지는 자신이 새 울음소리를 흉내 내어 새들을 이끌어 서로 만나게 해줌으로써 이 문제를 해결할 수 있다고 약속을 한다. 그러는 사이 세 번째 거지는 '이 세상의 심장'에 대한 이야기를 들려준다. 이 심장은 지구의 한쪽 끝에 자리하고 있으면서 반대편에 있는 어느 산꼭대기에 있는 '봄'을 그리워한다. 심장은 "얼마나 봄이 그립고 또 그리웠는지 영혼이 떨어져 나갈 정도로 슬퍼하며 울부짖는다." 그렇지만 감히 한 걸음도 봄을 향해 다가갈 수 없었는데, 만일 그렇게 하면 사랑하는 이를 더 이상 볼 수 없게 되어버리기 때문에 심장은 그런 일을 도저히 감당해낼 수 없었다.

그리움과 헤어짐에 대한 이런 통렬한 묘사와 모습은 유대의 신비주의적 관점으로 해석이 될 수 있다. 새들은 하나님과 쉐키나 혹은 하늘과 땅이며 둘 사이를 이어줄 수 있다고 약속한 거지는 바로 짜 딕을 상징한다. 이 이야기는 『구약 성경』과 『조하르』에 대한 많은 암시를 담고 있으며 나흐만 자신도 이런 점을 넌지시 알려주고 있다. "신성한 경전의 글에 통달한 사람이라면 이러한 암시나 숨은 뜻을 능히 이해할 수 있을 것이다." 그렇지만 「일곱 명의 거지」 이야기가 가지고 있는 진정한 힘은 나흐만이 생각한 것처럼 그러한 숨은 뜻을 미처 깨닫지 못하는 독자조차 이야기의 내용을 이해하고 느낄 수 있다는 점일 것이다. 나흐만은 타락하고 무너진 세상과 역시 상처를 입은 마음에 대해 잘 알고 있었으며 이 두 가지가 어떻게 함께 같은 길을 갈 수 있는지를 보여주고 있다. 인간이라는, 그리고 유대인이라는 정체성과 존재 안에서 그리움과 갈망은 가장 중요한 종교적 감정이라고 볼 수 있다. 나흐만이 보여주는 신앙은 이러한 그리움이 보상을 받을 수 있을 것이라고 약속하고 있지만, 「잃어버린 공주」 이야기에서 보는 것처럼 나흐만은 완벽하게 행복한 결말까지 약속하지는 않으며 일곱 번째 거지에 대한 이야기도 하지 않았는데 랍비 나단은 이에 대해 이렇게 덧붙인다. "구세주가 이 땅에 오실 때까지는 우리는 그런 이야기를 들을만한 자격이 없다."

참고 문헌

마르틴 부버, 『하시디즘 이야기(Tales of the Hasidism)』, 쇼켄, 1991.

아서 그린(Green, Arthur), 『고통당하는 스승: 브라츨라프의 랍비 나흐만의 일생과 영적인 여정(Tormented Master: The Life and Spiritual Quest of Rabbi Nahman of Bratslav)』, 주이시 라이츠(Jewish Lights), 1992.

아리예 카플란(Aryeh Kaplan) 옮김, 『랍비 나흐만의 이야기(Rabbi Nachman's Stories)』, 브라츨라프 연구소, 1983.

아딘 스타인살츠(Steinsaltz, Adin), 예후다 하넵기(Yehuda Hanebgi) 외 옮김, 『브라츨라프의 랍비 나흐만의 이야기(The Tales of Rabbi Nachman of Bratslav)』, 메기드 북스, 2010.

제13장
우리의 의지

●

테오도르 헤르츨(Theodor Herzl)
『유대인 국가(Der Judenstaat)』『오래된 새로운 땅(Altneuland)』

예루살렘에 있는 테오도르 헤르츨의 묘지

1890년대, 오스트리아 빈에 살고 있는 테오도르 헤르츨이라는 이름의 무명작가가 자신의 상상력을 통해 유대 역사상 가장 중요한 인물로 거듭나게 된다. 뛰어난 통찰력을 보여주는 두 권의 책을 통해 헤르츨은 전 세계 유대인들의 희망의 불씨를 되살리며 반세기 후 이스라엘의 새로운 건국으로 이어지는 운동을 시작하게 되는 것이다. 『유대인 국가』는 일종의 산문 형식의 소책자로 유럽에 살고 있는 유대인들을 팔레스타인으로 이주시키는 계획을 구체적으로 제시하고 있는데, 팔레스타인으로 가서 자유롭고 번영된 유대인 국가를 새롭게 건설하자는 것이었다. 또 소설 형식으로 쓴 『오래된 새로운 땅』에서는 가까운 미래라는 관점에서 이 '새로운 사회'를 상상하고 있는데, 그 기술적, 그리고 사회적 성취를 묘사하고 또 유대인들의 모습이 완전히 뒤바뀐 상황을 예언하고 있다. 유대인들은 언제나 자신들의 약속된 땅으로 돌아가는 꿈을 꾸었지만 이 꿈을 실질적인 정치적 계획으로 이끌어간 사람이 바로 테오도르 헤르츨이며 이 계획은 시온주의 운동이라는 이름으로 알려지게 된다.

1893년 1월, 테오도르 헤르츨은 반유대주의에 전면적으로 대항해 맞설 새로운 잡지 창간을 도와달라는 편지 한 통을 받게 된다. 당시 서른두 살이었던 헤르츨은 비엔나의 저명한 일간지인 「신 자유신문(Neue Freie Presse)」의 파리 특파원이었으며 크게 알려지지는 않았지만 희곡도 쓰고 있었다. 그는 비록 유대인이긴 했지만 지금까지는 유대인 문제에 대해서 그리 많은 글을 쓴 적은 없었고 따라서 이런 부탁에 미온적인 대답을 할 수밖에 없었다. 헤르츨은 당시 비엔나에서 반유대주의와 싸우는 운동을 이끌고 있던 오스트리아 귀족에게 새롭게 잡지를 창간해 반유대주의를 이끄는 사람들과 공개적인 대결을 몇 번 펼치는 것보다 오스트리아에 살고 있는 유대인들의 사회적 지위를 끌어올리는 데 도움이 될 일을 찾는 것이 나을 것이라고 편지를 써 보냈다. 이 일과 관련된 편지들이 오갈수록 헤르츨의 심경은 더욱 복잡해져 갔다. 그는 어쩌면 반유대주의에도 장점이 있을 것이라고 생각하기도 했는데, 왜냐하면 이를 통해 '유대인들을 교육시켜' 사회적으로 문제가 되는 행위들을 줄여나갈 수 있을지도 몰랐기 때문이었다. 또한 헤르츨 자신은 기독교로 개종하기에 너무 늦었으나, 아마도 유대인이라는 짐을 덜어주기 위해 자신의 아들만은 기독교인으로 세례를 받게 해야 할지도 몰랐다.

마침내 헤르츨은 이른바 '유대인 문제'로 널리 알려지게 되는 이런 문제들을 해결할만한 그럴듯한 해답을 제시하게 된다. 바로 교황의 후원하에 오스트리아에 살고 있는 유대인들을 단체로 기독교도로 개종시키는 것이었다. 그는 매주 일요일 수천 명의 유대인들이 비엔나에서도 제일 큰 성당에 모여 세례를 받는 장면을 상상했다. 이렇게만 된다면 개종은 더 이상 유대인들이 자신들이 짊어지고 있는 짐을 덜기 위해 개별적으로 행하는 부끄러운 행동이 아니며 커다란 사회적 문제에 대한 자랑스럽고도 공공의 이익이 되는 그런 행동이 될 터였다. 헤르츨은 이 계획에 굉장히 열정적으로 매달렸고 역시 유대인이었던 자신이 일하고 있던 신문 편집부원들에게 이러한 주장을 공론화하자고 재촉했다. 그렇지만 신문사 편집부에서는 이런 일은 불가능할 뿐더러 아무도 책임질 수 없다며 거부했고 그는 크게 실망하고 말았다. 헤르츨은 잠시 동안이나마 유대 민족에 대한 구원, 즉 영적인 구원이 아닌 현실적인 구원의 해결책이 바로 자신의 손 안에 달려 있다고 믿었던 것 같다.

이렇듯 매우 독창적이었던 헤르츨의 계획은 그가 근대의 세속적인 유럽 출신 유대인으로 느꼈던 절망감을 잘 나타내주고 있다. 헤르츨은 헝가리의 부다페스트에서 부유하고 지역 사회와 잘 동화된 유대인 가정에서 외동아들로 자라났다. 대부분의 그의 일가친척들은 이미 기독교로 개종한 상태였으며 성인이 된 헤르츨 역시 유대 전통에 전혀 얽매이지 않았고 가정에서도 하누카보다는 크리스마스를 더 축하하고 챙길 정도였다. 그리고 높은 수준의 교육을 받고 베를린이나 파리, 그리고 비엔나 같은 도시에 거주하던 당대의 다른 많은 유대인들처럼 헤르츨도 태어날 때부터 이 세상이 어쨌든 진보하고 있다고 믿었다. 오스트리아·헝가리 제국에 살고 있던 유대인들이 법적으로 완전히 평등한 시민권을 행사할 수 있게 된 것은 1867년의 일이다. 이제 유대인에 대한 혐오는 과거의 유물 취급을 받으며 과학과 진보의 빛 아래 완전히 사라질 것처럼 보였다. 모제스 멘델스존으로부터 시작된 유대의 해방과 계몽 운동은 이제 드디어 최종적인 승리를 눈앞에 두고 있는 것 같았다.

그렇지만 헤르츨이 유대인들의 개종을 꿈꾸고 있던 당시 무엇인가 잘못되어 가고 있다는 징후가 곳곳에서 드러나고 있었다. 유대인 혐오가 완전히 종식되는 것이 아니라 근대 유럽 사회로의 유대인들의 진출이 오히려 또 다른 새로운 형태의 유대인 혐오를 불러오게 된 것이다. 이른바 '반유대주의'라는 용어가 공식적으로 사용되기 시작한 건 1879년 독일의 신학 논객이었던 빌헬름 마르(Wilhelm Marr)부터라고 알려져 있다. 19세기 말 유럽에서 반유대주의는 추잡스러운 개인의 편견을 일컫는 말이 아니라 독자적인 정당과 언론 세력을 앞세운 공개적으로 선언된 사회운동이었다. 1895년 비엔나의 시장으로 선출된 대중적인 정치인 카를 뤼거(Karl Lueger) 역시 공공연하게 반유대주의를 내세웠으며 같은 시기 프랑스에서 일어났던 이른바 '드레퓌스 사건(L'affaire Dreyfus)'은 프랑스 국민들 대다수가 폭력적인 반유대주의에 얼마나 물들어 있는지를 극명하게 보여주는 사례였다. 앞서 언급했던 것처럼 프랑스 파리 특파원이었던 헤르츨은 프랑스 육군 장교이자 유대인이었던 알프레드 드레퓌스가 공개적으로 군 계급을 박탈당하는 자리에 참석할 수 있었는데, 반역죄로 모함을 받은 그에게 이런 처벌이 내려질 때 그 자리에 모여 있던 수많은 프랑스 군중들은 '유대인들을 죽여라!'라는 함성을 내지르는 모습을 목격했다. 이제 '유대인 문제'는 해결이 되기는커녕 매일매일 훨씬 더 심각하게 불거져가고 있었다.

기자이면서 또 연극 무대에 올라갈 희극 대본을 쓰고 비엔나에서 꽤 인기 있는 신문 문예란에 가벼운 내용의 수필 등을 정기적으로 기고하기도 했던 테오도르 헤르츨은 이러한 상황들을 심각하게 인지하고 있었다. 대학에 다니며 남학생 사교 모임에 참석하기도 했지만 한 모임 회원이 반유대주의 내용을 담은 발언을 하자 모임에서 탈퇴해버린다. 1893년에는 우리가 앞서 살펴본 것처럼 대규모 개종으로 유대인 문제를 당당하고 그러면서도 극적으로 해결하고 고민하기도 했던 헤르츨은 이듬해인 1894년 『새로운 게토(Das Neue Ghetto)』라는 희곡 한 편을 발표한다. 이 작품의 주인공은 반유대주의자와의 결투에서 살해를 당하는데, 그는 죽어가면서 유대인들이 여전히 갇혀 지내고 있는 보이지 않는 심리적 게토, 즉 제한된 거주 지역에서 탈출해야 한다고 외친다. "유대인들을 위해 무엇인가를 해야만 한다." 헤르츨은 아주 오랜만에 시나고그를 찾은 뒤 일기장에 이렇게 기록했다.

1895년 봄이 되자 유대인 문제에 대한 헤르츨의 관심은 이제 일종의 강박으로까지 이어졌다. 그는 밤낮을 가리지 않고 이 문제만 생각했고 오페라 극장에 가 바그너의 음악을 들으며 몸과 마음을 추슬렀다. 이렇게 해서 역설적이게도 19세기를 대표하는 반유대주의 음악은 근대 시온주의를 탄생시키는 데 일조를 하게 된다. 이 시기 헤르츨이 파리에서 지내면서 생각한 건 오직 새로운 유대 국가의 건설이었다. 그는 디아스포라가 일어난 지 거의 2,000년이 넘는 세월이 지났고 이제는 유대인들의 주권을 다시 회복하는 일이 필요하며 또 가능한 그런 때가 되었다고 믿었다. 수백만 명의 억압받는 유대인들이 새로운 '출애굽'을 시작해 새로운 '약속의 땅'에서 평안과 안전을 누릴 때가 되었다고 본 것이다. 이런 그의 생각과 계획은 유대인들의 대규모 개종만큼이나 대담무쌍하고 불가능해 보였으며 이제 유럽에서 유대인들에게 더 이상 어떤 미래도 존재하지 않는다는 똑같은 확신에서 비롯된 것이었다. 그리고 처음 유대인의 대규모 개종이라는 환상에 가까운 꿈에 대해 이야기했을 때처럼 이번에도 헤르츨의 계획을 처음 들은 사람들은 불가능한 일이라며 무시했다. 그는 당대에 널리 알려진 유대인 자선 사업가였던 에드먼드 드 히르쉬 (Baron Edmond de Hirsch) 남작에게 연락을 취한다. 남작은 사재를 털어 남아메리카 아르헨티나에 유대인들을 위한 식민 농장을 건설 중이었다. 헤르츨은 스물두 쪽이나 되는 일종의 보고서를 준비했지만 남작과의 면담이 끝나기 전에 겨우 여섯 쪽 정도밖에는 이야기를 하지 못했다고 한다. "당신은 아주 똑똑한 사람입니다." 훗날 이날의 만남에 대해 밝혀진 바에 따르면 남작은 헤르츨에게 이렇게 말했다고 한다. "그렇지만 정말 허무맹랑한 이야기를 하고 있군요!"

헤르츨은 여기서 낙담하지 않고 오히려 목표를 더 상향 조정한다.

이 세상에 퍼져서 살고 있는 가난하고 억압받는 유대인들의 새로운 정착을 위해 필요한 건 바로 막대한 자금이었다. 그리고 그 정도의 자금을 보유하고 있으며 유대인을 도와줄 사람들은 로스차일드 가문밖에 없었다. 유럽 각 지역에 뿌리를 내리고 있으며 전설적인 부를 일군 로스차일드 가문보다 이 일에 더 적격인 사람들이 또 누가 있을까? 헤르츨은 최선의 방법은 모든 로스차일드 가문의 일원들이 모이는 회의를 소집해 그들을 설득하는 것이라고 생각한다. 1895년 6월, 헤르츨은 '로스차일드 가문에 고한다'라는 제목의 예순두 쪽에 달하는 보고서에 자신이 세운 계획을 하나하나 아주 상세하게 기록한다. 헤르츨은 의사인 친구에게 부탁해 자신이 이 글을 큰 소리로 읽는 것을 들어달라고 한다. 낭독이 끝날 무렵 헤르츨은 의사 친구가 눈물을 흘리는 모습을 보았는데 그렇지만 그 눈물은 시온주의라는 사상의 영광에 감동해 흘린 눈물이 아니라 친구인 헤르츨이 마침내 제정신이 아니라는 사실을 깨닫고 흘린 슬픔의 눈물이었다. "그야말로 구역질 나는 내용이군." 친구는 헤르츨에게 이렇게 충고했다. "제발 의사를 찾아가보게."

헤르츨은 결국 로스차일드 가문 사람들을 한 번도 만나볼 수 없었고 비엔나에 자리 잡은 로스차일드 가문의 수장 앨버트 로스차일드(Albert Rothschild)에게 보낸 편지에 대한 답장도 받지 못했다. 이제는 자리에서 물러난 독일 제국의 '철혈 재상' 비스마르크에게 보낸 편지도 역시 마찬가지였다. 그렇지만 만일 이렇게 사회 지도층들을 설득해낼 수 없다면 차라리 일반 유대인들에게 자신의 생각을 알려야겠다고 결심한 헤르츨은 그해의 마지막 몇 주 동안 자신의 보고서를 짧은 소책자 형태로 바꾸어 이듬해인 1896년 초에 출판한다. 초판본은 약 3,000부가 인쇄되었으며 그 제목은 바로 『유대인 국가』였다.

* * *

테오도르 헤르츨은 1904년 불과 마흔네 살의 나이로 세상을 떠나기 전에 유대의 관습인 나무 관이 아닌 금속으로 만든 관에 자신을 묻어달라는 부탁을 남긴다. 그렇게 해야 자신의 시신이 그대로 보존되어 언젠가 때가 되면 세워질 유대 국가로 비엔나의 공동묘지로부터 이장을 할 수 있기 때문이었다. 그로부터 다시 마흔네 해가 흘러 1948년 마침내 이스라엘이 건국이 되었고 1949년 그의 유해는 비엔나를 떠나 예루살렘에 있는 묘지에 다시 안장이 된다. 헤르츨 산이라고 이름 붙인 언덕 꼭대기에 있는 묘지였다. 허무맹랑한 헛소리라는 소리까지 들으며 세상에 선을 보였던 그의 책 『유대인 국가』의 꿈은 불과 반세기도 채 지나지 않아 유대 국가의 건설이라는 현실로 이루어졌다. 유대교의 역사에 있어 유대 종교와 영적인 면을 다듬어 나가는 데 도움을 준 많은 책들이 있었지만 그중에서도 『유대인 국가』만큼 실질적이고 정치적인 영향력을 미친 책은 없었다. 그리고 「신명기」에 나오는 것처럼 모세가 느보산 기슭에 서서 약속의 땅에 들어갈 이스라엘 민족의 숙명에 대해 예언한 이래, 그 어느 누구도 유대 역사의 과정에 헤르츨만큼이나 직접적인 영향을 준 사람도 없었던 것이다.

그렇지만 오늘날 『유대인 국가』를 읽으면 이스라엘 국가의 건설 전후에 대한 역사를 알고 있는 우리들로서는 헤르츨의 예측이 얼마나 부실한 것이었는가를 알고 충격을 받게 된다. 불과 여든 쪽 남짓한 이 짧은 책자에서 헤르츨은 단지 이상적인 꿈이나 무장 투쟁뿐만 아니라 유럽에 살고 있는 수많은 유대인들을 안전하고 효과적으로 새로운 유대 국가로 이주시키는 방법을 상세하게 제시하고 있다. 그런데 이 유대인 국가는 꼭 팔레스타인에 세워질 필요는 없다는 것이 헤르츨의 생각이었고 그는 아르헨티나 지역을 잠시 염두에 두었다가 다시 몇 년 뒤에는 영국에서 제시하는 아프리카 우간다의 영국 식민지 지역에 대해서도 생각을 해본 것 같다. 그렇지만 헤르츨이 '유대인들의 기억 속에 영원히 남아 있는 역사적인 고향'이라고 불렀던 팔레스타인은 사실은 가장 가능성이 높고 사람들이 원하는 후보지였다. 헤르츨은 당시 팔레스타인 지역을 지배하고 있던 터키 제국의 허가만 있다면, 그리고 거기에 자국 영토에서 유대인들을 몰아내고 싶어 하는 유럽 각국 정부의 적극적인 협조만 더해진다면 유대 민족의 새로운 '출애굽'이 바로 시작될 수 있을 거라고 생각했다. 그리고 헤르츨이 대단히 상세하게 계획하고 기록한 탈출 과정에는 유럽에 있는 유대인들의 자산에 대한 체계적인 정리와 팔레스타인에서의 새로운 도시 및 사회 기반 시설의 건설 등이 포함되어 있었다. 예를 들어 그는 새로운 사회에서는 하루 노동 시간을 일곱 시간으로 규정했을 뿐만 아니라 최대 허용 가능한 초과 노동 시간도 규정을 했고 물론 유급이었다. '그것도 오직…… 의사가 허락을 했을 때에만' 최대 세 시간만 가능했다. 이 새로운 유대 국가에 대한 소설인 『오래된 새로운 땅』를 쓰게 되었을 때 헤르츨은 이런 과정 전체가 완성되는 데 20년 이상은 걸리지 않을 것으로 내다보았다.

만일 헤르츨이 유대인 국가는 실제로는 팔레스타인 지역에 건국될 것이며 그사이 50년 가까운 세월과 두 차례의 세계대전, 그리고 나치 독일에 의한 600만 명의 유럽 유대인 학살과 같은 사건들이 있을 것이라는 말을 미리 들었다면 그는 아마 공포에 질렸을 뿐만 아니라 그 말을 믿지도 않았을 것이다. 헤르츨은 또한 이스라엘의 건국은 팔레스타인의 아라비아인들과 주변의 아라비아 국가들의 첨예한 저항과 반대 속에 이루어질 것이며 그 실존 자체는 오직 전쟁과 점령을 통해서만 정의될 수 있다는 말도 아마 믿지 못했을 것이다. 헤르츨은 이스라엘 문화의 전통적 특징이라고 할 수 있는 히브리어와 히브리 문자의 복원이며 정치와 종교가 분명하게 분리되는 국가 체제에 대해서도 전혀 예측을 하지 못했다. 결국 반유대주의는 심지어 유대 국가가 건국된 이후에도 계속 존재해 21세기에는 실제로 반유대주의와 시온주의 자체가 하나로 엮여 있는 것이나 다름없으며, 이러한 상황은 『유대인 국가』의 중요한 예측 중 한 가지와 크게 어긋나고 말았다. 헤르츨은 "유대인들이 일단 자신들만의 국가에 정착하고 나면 더 이상 어떤 적도 나타나지 않을 것"이라고 말했기 때문이다.

요약하자면, 헤르츨이 자신의 역사적인 책을 통해 설명하고 예측하는 데 실패한 부분은 역사 그 자체와 그 안에 담겨 있는 모든 어려움과 갈등, 그리고 실망감이었다. 이것이야말로 정말 얄궂은 일이 아닐 수 없는데, 헤르츨은 『유대인 국가』에서 자신의 계획이야말로 가장 현실적인 내용을 담고 있다고 기회가 있을 때마다 반복해서 주장했기 때문이다. 그는 로마 제국이 예루살렘을 점령하고 대성전을 파괴한 이후 1,800년 이상의 세월이 흐른 지금 유대인 국가를 새롭게 건국하는 일은 그야말로 순수한 이상에 더 가깝다는 사실을 잘 알고 있었다. 아주 기이한 우연이겠지만 그가 일하던 「신 자유신문」의 동료이자 이름까지 비슷했던 테오도르 헤르츠카(Theodor Hertzka)라는 사람이 그보다 앞서 몇 년 전에 『자유의 땅(Freiland: ein soziales Zukunftsbild)』이라는 제목으로 이상향을 그리는 소설을 발표한 적이 있었다. 그리고 헤르츨은 자신의 책 서문을 통해 앞서 발표된 이 책과 자신의 책을 확실하게 구분하려 한다. 토마스 모어까지 거슬러 올라가는 대부분의 이상향들처럼 헤르츠카의 『자유의 땅』도 "수많은 톱니바퀴가 서로 맞물리는 일종의 정교한 기계장치 같지만, 그 장치가 실제로 움직일 수 있다는 증거는 어디에도 없다"는 것이 헤르츨의 주장이었다. 그는 자신이 쓴 『유대인 국가』에서 자신이 직접 고안한 수많은 '장치'들을 소개하고 있지만 중요한 건 그와 동시에 그 장치들을 움직일 수 있는 원동력 역시 소개하고 있다는 사실이다.

헤르츨은 이렇게 선언한다. "그 원동력은 바로 유대인들의 불행이다." 그는 이 불행을 끓는 물에 비유한다. 몇 년 전 동참을 권유받았던 잡지의 창간과 같은 '반유대주의를 확인하려는' 시도들은 물이 끓고 있는 주전자를 덮고 있는 뚜껑과 같으며 그저 끓는 물을 담고만 있는 것은 의미 없는 노력에 불과하다. 그렇지만 만일 끓는 물을 통해 수증기를 더 많이 만들어낼 수만 있다면 헤르츨의 지적처럼 그

힘으로 기차의 증기 엔진을 움직여 '사람들과 화물들을' 운반할 수 있는 것이다. 시온주의는 증기 엔진이며 반유대주의는 물을 끓이는 석탄이다. 그리고 기차를 움직이려는 사람들은 유럽에서 막다른 골목에 몰려 존재 자체를 위협받고 있는 수백만 명의 유대인들이다. 이런 기계 장치에 대한 은유는 19세기의 과학과 이성에 대한 헤르츨의 깊은 신뢰를 상징적으로 강조하고 있다. 헤르츨도 카를 마르크스(Karl Marx)처럼 스스로를 단순한 예언자 이상의 역사를 다루는 기술자로 보았으며 사람들과 국가를 움직일 수 있는 원동력을 찾아냈다고 생각했다. 그는 이렇게 기록했다. "따라서 나는 분명하고 확실하게 이야기한다. 나는 나의 계획이 가져올 실질적인 결과를 확신하고 있다. …… 유대인들만의 국가는 이 세상에 반드시 필요하기 때문에 꼭 세워질 것이다."

시온주의에 대한 헤르츨의 꿈에서 주목할만한 부분은 시온을 향한 갈망과 관계된 유대인들의 모든 전통을 잊지 않고 있다는 점이다. 예루살렘 대성전이 무너진 순간부터 이스라엘의 땅을 되찾아 회복하겠다는 생각은 유대교의 모든 면에서 중심적인 역할을 하게 되었다. 『탈무드』에는 언제, 그리고 어떻게 성전이 재건될 것인지에 대한 자세한 의견과 토론 내용들이 가득하다. 비록 그 방식은 서로 매우 다르지만 예후다 할레비와 『조하르』도 이스라엘의 땅이 다른 모든 땅과 비교해 형이상학적으로 우월하다는 점을 강조하고 있다. 브라츨라프의 나흐만 같은 하시디즘을 따르는 랍비들은 여러 세대에 걸쳐 팔레스타인 지역으로 순례의 길을 계속해서 떠났었고 실제로 헤르츨이 책을 쓰기 전 20년 남짓한 세월 동안에는 러시아 제국에 살고 있던 유대인들이 '호베베이 시온(Hoevei Zion)', 즉 '시온을 사랑하는 사람들'이라고 불리는 새로운 운동을 시작하지 않을 수 없는 만큼의 압박을 계속해서 받게 된다. 이 운동을 통해 이상주의에 불타는 수백여 명의 젊은 유대인 청년들이 성스러운 땅으로 이주해 새로운 농장과 정착지를 개척하기도 했다.

이제 시온주의 운동의 지도자로서 새로운 인생을 시작하게 된 헤르츨은 사실 처음에는 그런 운동에 대해 완전히 무지했었다. 모제스 헤스(Moses Hess)와 레온 핀스커(Leon Pinsker) 같은 이전에 이미 헤르츨과 같은 주장을 했었던 작가들에 대해 한 번도 들어본 적이 없었기 때문이었다. 그리고 역시 비슷한 이유로 그는 지금껏 『탈무드』나 『조하르』도 한 번도 읽어본 적이 없었다. 물론 헤르츨도 유대교에 있어 이스라엘의 땅이라는 개념이 얼마나 중요한 역할을 하고 있는지는 잘 알고 있었다. "내가 나의 이 소책자를 통해 발전시킨 개념은 사실 아주 오래전부터 있어왔던 것이었다." 헤르츨의 『유대인 국가』는 이렇게 시작이 된다. 그렇지만 이러한 소망과 관련된 구세주의 출현에 대한 열정, 그리고 유대인의 구원이 곧 온 우주의 구원의 표시이자 상징이라는 개념 등은 헤르츨에게는 아주 낯선 것들이었다. 그리고 얄궂게도 유대의 전통과 전승에서 비롯된 이러한 낯선 모습들 때문에 헤르츨은 그러한 전통과 전승의 가장 중요한 희망사항들 중 하나를 가장 효과적으로 주장하는 그런 사람이 될 수 있었다. 그는 구세주의 존재나 개념을 믿지 않았고 따라서 구세주의 출현도 기다리지 않았다. 19세기를 살았던 사람이었던 헤르츨은 그 대신 정치 활동과 경제 계획, 그리고 기술의 진보를 믿었다. 성령의 도움이 아니라 인간의 성취를 믿은 것이다. 시온주의 운동의 구호는 헤르츨이 『오래된 새로운 땅』의 책머리에 쓴 글로부터 시작이 되었다. "의지가 있다면 꿈은 이루어진다." 그리고 유대의 자립에 대한 이러한 강조가 결국 종교 우선의 전통을 버린 근대의 정치적 시온주의의 기틀을 닦았다.

그렇지만 비록 헤르츨이 유대교에 대해서는 잘 몰랐다 하더라도 세기말의 유럽에서 살고 있는 유대인들에게 유대교가 어떤 의미인지는 잘 알고 있었다. 그렇기 때문에 반유대주의는 자신이 주장하는 시온주의를 움직이는 원동력이었으며 헤르츨에게 있어 유대인이 된다는 건 제일 먼저 비난과 박해의 대상이 된다는 뜻이었다. 이런 상황에 대한 대응으로 헤르츨은 유대인의 정체성을 긍정적인 쪽으로 고쳐나갈 것을 주장한다. '우리는 하나의 민족이다.' 헤르츨의 이러한 단호한 주장은 그의 글을 처음 보는 독자들을 전율시키기에 충분했다. 그렇지만 그는 계속해서 이런 단일성은 유대인들이 살고 있던 여러 유럽 국가들 속에 완전히 동화되는 일에 실패한 후에야 나타나게 되었다고 이야기한다. "솔직히 말해 우리는 어디를 가든지 우리 주변의 공동체들과 사회생활을 함께해나가고 그러면서 선조들의 신앙도 계속해서 지켜나가기 위해 애를 써왔다. 그렇지만 그런 일이 허용되지 못했다." 헤르츨의 주장이다. 헤르츨 자신은 주변의 상황과 동화되는 데 아무런 문제가 없었는지도 모른다. 실제로 독일인 작가로서의 그의 인생 전체가 그런 사실을 증명해주고 있다. 그렇지만 서유럽에 살고 있던 다른 대부분의 유대인들과 달리 헤르츨은 동화를 시도했지만 결국 실패했다는 사실을 인정할 준비가 언제든 되어 있었던 것 같다. 그는 계속해서 이렇게 기록한다. "물질적인 번영은 우리가 믿는 유대교를 약화시키고 우리의 특성을 사라지게 만든다. 그런 우리를 조상의 뿌리로 다시 강제로 돌아가게 만들 수 있는 유일한 압력은…… 우리가 하나의 민족이라는 사실인데, 우리의 적들은 우리와 아무런 의논 없이 그렇게 우리 모두를 하나로 만들어버렸다."

이런 말은 유대인 통합에 대한 현저하게 반동적인 정의라고 볼 수 있다. 시간이 흐르면서 시온주의자들의 운동이 빠르게 발전해감에 따라 헤르츨의 정치적인 시온주의가 수많은 동유럽 유대인들의 문화적 시온주의에 의해 도전받게 된 건 조금도 놀랍지 않다. 동유럽의 유대인들은 전통이나 전승과 더 긴밀한 관계를 유지하고 있었으며 유대교의 부활을 영토의 획득보다 훨씬 더 중요한 문제로 생각했다. 그렇지만 헤르츨의 시온주의를 순전히 부정적인 현상으로만 생각하는 것도 잘못된 일일 것이다. 유대 국가를 건설하기 위해 노력했던 이유 중 하나는 유대인들의 자신감을 회복하려는 목적에서였다. 유대인들은 반유대주의의 끊임없는 공격으로 그러한 자신감과 확신을 잃고 있었다. "유대인들에 대해서는 다른 어떤 민족보다도 더 많은 오해가 퍼져 있다." 헤르츨은 『유대인 국가』에서 이렇게 이야기하고 있다. "그리고 우리는 과거 역사적으로 있었던 사건들로 인해 크게 위축되고 움츠러들어 스스로 그런 오해들을 사실이라고 믿고 그대로 인정하고 있다." 시온주의는 이런 상처받은 자존감에 대한 일종의 치유책이라 할 수 있다. "유대인들은 우울한 상황에서 깨어날 것이다. 왜냐하면 그들의 삶 속으로 새로운 의미가 들어올 것이기 때문이다." 헤르츨이 내린 결론이다. "나는 이제 새롭고 놀라운 유대인 세대가 출현하게 될 것을 믿는다."

어떤 면에서 보자면 이 '놀라운 세대', 즉 새로운 기운을 얻은 희망에 찬 유대인들의 출현은 심지어 유대 국가 건국보다도 앞서는 헤르츨이 주장하는 시온주의의 목표였다. "국가를 구성하는 기반에 있어 국민은 주체이며 영토는 객체이다. 둘 중 어떤 것이 더 중요하냐고 묻는다면 당연히 국민이 먼저다." 그렇지만 그 국민들은 보통 자신들이 선택한 대표자들을 통해 정치적 의견을 말하게 되는데, 상당한 반대를 무릅쓰고 테오도르 헤르츨을 선택할 사람은 과연 누구인가? 헤르츨이 행정적 문제와 관련해 거둔 큰 성과라면 매년 개최되는 시온주의자 협의회를 시작했다는 것인데, 이 회의를 통해 전 세계의 정부를 향해 유대인들을 대표하는 발언을 할 수 있었다. 헤르츨 자신도 터키 제국의 술탄이며 독일의 황제 등 여러 권력자들과 직접 얼굴을 맞대는 협상을 벌이기도 했으며 훗날 시온주의자들을 이끌게 되는 하임 바이츠만(Chaim Weizmann) 같은 지도자들은 팔레스타인에 유대인 국가를 건설하기 위해 영국의 도움을 이끌어내는 데 성공했다. 그렇지만 시온주의자 협의회는 대부분 자발적으로 참석해 만들어진 단체였으며 그런 상황에서 헤르츨의 지도력은 사실상 거의 전부 자신의 확신과 신념을 통해 나오고 있다고 해도 과언은 아니었다. 그런데 이것이 과연 합법적인 권위를 보장해주었을까?

『유대인 국가』에서 확인할 수 있는 것처럼 헤르츨에게 있어 합법성이란 매우 중요한 개념이었다. 일부 시온주의자들과 유대인 후원자들은 자신들의 노력이 현장에서 실적을 거두는 데 집중되어야 한다고 믿었다. 예컨대 팔레스타인에 새로운 유대 정착지를 건설하는 형태 등이었다. 여기 정착민들은 미래에 건설될 유대 국가의 핵심 세력이 되어줄 터였다. 그렇지만 헤르츨은 이런 계획을 '유대인들의 점진적인 침투'라고 부르며 격렬하게 반대했다. 그는 이런 방식은 결국 반유대주의의 반동을 불러일으키게 될 것이라고 믿었던 것이다. 유대인들이 팔레스타인이나 혹은 다른 지역에 안전하게 정착할 수 있는 유일한 방법은 다른 믿을 수 있는 국가의 합법적 보호 아래 일시에 모두 이주하는 것이었다.

이를 위해서 유대인들에게 필요한 건 공식적인 정치적 대표였으며 헤르츨이 『유대인 국가』를 통해 제시한 국가 건설의 첫 단계도 바로 이런 대표 선출이었다. 이런 대표들이 모인 기관을 그는 유대인 협회라고 불렀고 이 협회를 통해 헤르츨은 장차 자신이 또 조직하게 될 세계 시온주의자 기구와 같은 사업을 꿈꿨는데, 그 목적은 자발적으로 조직된 기구로서 유대 민족의 공식적인 대변인으로 인정을 받을 만큼의 충분한 대중적 지지를 이끌어내는 것이었다. "따라서 유대인 협회는 다른 국가들과의 관계를 통해 자체적으로 국가를 건설할 수 있는 능력을 갖추었다는 사실을 인정받게 될 것이다. 그리고 먼저 이런 인정을 받아야 실제로 우리는 국가를 건설할 수 있다." 유대인 협회는 일종의 망명 정부로 곧 진짜 정부를 구성하게 될 것이며 그러면 국가 건설도 이루어지게 될 것이라고 헤르츨은 장담했다. 1897년 8월 스위스 바젤에서 제1차 시온주의자 협의회가 개최되었을 때 헤르츨은 자신의 일기장에 이렇게 기록했다. "공개적으로 발언하는 것을 철저히 경계해야 하겠지만 바젤 협의회를 간단하게 정리하자면 이렇다. 바젤에서 나는 유대인 국가 건설을 시작했다. 내가 지금 이 말을 공개적으로 한다면 아마 나는 모두의 웃음거리가 될 것이다. 그렇지만 어쩌면 5년 안에, 아니 분명 50년 안에는 모든 사람들이 나의 생각에 동의하게 되리라. 본질적으로 보면 유대인 국가는 이미 시작되었고 그 중심에는 하나의 국가를 염원하는 유대인들의 의지가 있었다."

만일 누군가 유대인 협회에게는 유대 민족을 대표할만한 선거에 따른 대표성이 없다고 지적을 한다면 헤르츨은 언제든 그 합법성에 대한 논쟁을 할 준비가 되어 있었다. 그는 『유대인 국가』에서 이렇게 주장한다. 로마법에 따르면 이러한 개념을 '네고티오룸 게스티오(negotiorum gestio)'라고 부르는데, "억압을 받는 사람의 재산이 위험에 처했을 때 누구든 나서 대신 도움을 줄 수 있으며 그 사람을 '게스토르(gestor)'라고 부른다. 엄격하게 말해 자신과 관련 없는 일이지만 대신 나서서 처리해주는 대행인이다." 유대 민족은 위험에 처해 있으며 따라서 그들에게는 이 '게스토르'가 필요하다. 누군가 비록 스스로 나선다 하더라도 이렇게 유대인 전체를 대표해서 대신 일을 처리할 사람이 필요한 것이며, 이것이 유대인 협회의 역할이라고 헤르츨은 기록한다. 그렇지만 이런 주장의 기저에는 사실 헤르츨 자신이 바로 그 '게스토르'라는 숨길 수 없는 암시가 드러나 있는 것이다. 헤르츨이 이런 용어를 고를 때 유대 문화가 아닌 자신이 비엔나 대학에서 공부한 로마의 법률적 전통을 근거로 했다는 사실은 중요한 의미가 있다. 자기 스스로를 필요할 때마다 일어나 이스라엘 민족을 이끈 『구약 성경』속 '사사' 혹은 '판관'의 후예로 본 것이 아니라 그보다는 오히려 로마법의 권위 있는 표현에 더 기댄 것인데, 이를 통해 그의 사명은 구세주의 그것과는 좀 더 거리가 멀어 보이게 되었다.

* * *

만일 유대인 협회가 시온주의자 운동의 정치적인 대표자라면, 그 실질적이며 경제적 활동은 또 다른 기관이나 조직에 의해 이루어져야 했다. 헤르츨은 이 조직을 자신의 책에서 '유대인 회사'라고 소개한다. 1901년 제5차 시온주의자 협의회가 개최되었을 때, 그가 주장했던 이 유대인 회사는 유대 민족 기금이라는 명칭으로 구체적 형태를 갖추게 된다. 어쨌든 이 유대인 회사라는 조직은 정부의 허가를 받은 거의 정부 기관에 가까운 형태로 이해할 수 있으며, 대영제국이 인도를 식민지로 삼아 다스릴 때 대리 기관격으로 내세웠던 동인도 회사를 연상하면 된다. 그렇지만 유대인 회사가 영토의 획득이 아닌 유럽 거주 유대인들의 대량 이주를 관장하게 된다면, 이는 전례가 없는 아주 독특한 임무가 될 터였다. 헤르츨은 이에 대해 『유대인 국가』 중 일부를 할애해 아주 자세하게 기술하고 있다.

헤르츨이 세운 유대 국가 건국 계획에서 유대인 회사의 역할은 두 가지였다. 먼저, "유대인 회사는 살던 곳을 떠나게 되는 유대인들이 남겨놓은 모든 자산을 현금으로 바꾼다." 유럽 거주 유대인들의 대량 이주는 분명 심각한 경제적 문제를 야기하게 될 것이라는 사실을 헤르츨은 잘 알고 있었다. 만일 수백만 명이 넘는 유대인들이 자신들의 자산을 모두 한꺼번에 처리해야만 한다면 시장에 공급이 넘치게 될 것이며 따라서 유대인들이 소유하고 있는 부동산이나 사업체의 가치는 떨어질 수밖에 없다. 이런 상황을 피하기 위해 유대인 회사가 먼저 유대인들의 자산을 매입하고 계속해서 관리를 하다가 제일 가치가 높을 때 다른 유럽 사람들에게 판매하는 것이다. 유럽을 떠날 계획을 세운 유대인이라면 자신의 자산을 유대인 회사에 위탁하면 되었다. 그 대신 회사가 미리 대규모로 매입해둔 유대 국가의 토지를 불하받는다. 팔레스타인의 부동산은 특히 초창기에는 유럽의 부동산보다 훨씬 더 가격이 저렴했기 때문에 이러한 거래는 유대인 회사로서도 큰 이익이었다.

이 계획은 유대인 회사가 자선 단체가 아니라 '엄격하게 사업적으로 접근한다'는 전제를 바탕으로 수립된 것이었다. 헤르츨은 유대인 회사에 새로운 국가 건설의 사명과 관련해 엄청난 책임을 부여했고 거기에는 필요한 토지를 획득하고 주택을 건설하며 일자리를 마련하고 특히 아무것도 없는 상태에서 경제활동을 위한 기반을 마련하는 등의 일들이 포함되어 있었지만 그는 이런 일들이 순전히 선한 의도로만 이루어질 수 있다고는 믿지 않았다. 헤르츨의 계산으로는 이런 모든 사업 전체는 유대인 회사가 운용할 수 있는 막대한 양의 자본금을 확보했을 때 비로소 시작이 될 수 있었고 그는 대략 당시 돈으로 5,000만 파운드 정도의 자금을 예상했다. 그리고 그 자금을 마련할 수 있는 유일한 방법은 투자를 받고 수익을 보장해주는 것뿐이었다. "유대인 회사에 참여하는 주주들에게는…… 좋은 투자가 될 것이라는 기대감을 심어주어야 한다." 헤르츨은 이렇게 강조했다. 자본주의야말로 헤르츨이 고안한 유대 국가 건설이라는 기계장치를 움직이는 원동력이 되어줄 터였다.

이런 막대한 자본금을 충당하는 가장 쉬운 방법은 유대인 회사의 주식을 '거대 유대인 자본가들'에게 판매하는 것이라고 헤르츨은 주장했다. 예컨대 히르쉬 남작이나 로스차일드 가문 등이었다. 그렇지만 그가 『유대인 국가』를 쓸 당시 헤르츨은 이미 이 유대인 갑부들은 사실 시온주의에 대해 거의 관심이 없다는 사실을 알아버린 후다. 이런 사람들은 이미 자신들이 정착해 있는 사회에서 감당할 수 없을 정도의 성공을 거두었기 때문에 시온주의 운동이 오히려 유럽에서의 불안한 유대인들의 위치를 더 악화시킬 것이라고 두려워했다. 따라서 헤르츨은 다시 대책을 내놓아야 했는데, 바로 몇몇 부자가 아닌 다수의 일반 개인투자자들에게 주식을 판매하자는 것이었다. 거기에는 헤르츨만의 독창적인 현실주의가 또 들어 있다. "보통의 가난한 유대인들뿐만 아니라 그런 유대인들을 자신들 주변에서 몰아내고 싶어 하는 기독교인들에게도 얼마쯤 소량의 주식을 판매할 수 있을 것이다."

그렇지만 이렇게 재정 문제에 대해 특이할 정도로 실용적인 모습을 보인 만큼 헤르츨은 또 『유대인 국가』를 통해 누구에게도 얽매이지 않는 특이하고 자유로운 상상력을 마음껏 발휘할 수 있었다. 그는 자신의 계획이 이상향의 건설은 아니라고 주장했지만 이 새로운 사회를 건설하는 데 있어 아주 세세한 부분까지 관여함으로서 앞서 언급했던 토마스 모어 등을 포함한 모든 이상향의 설계자들과 비슷한 희락을 공유하고 있었다. 헤르츨이 『유대인 국가』에서 제시하는 주제들 중에는 심지어 새로운 국가의 주택 형태며 이주자들이 입는 옷, 그리고 결혼 적령기 등까지 포함되어 있었던 것이다. 예컨대 주택 단지는 '작은 정원이 포함된 단독주택들이 옹기종기 아름답게 모여 있어야' 했으며 옷은 가난한 주민들에게도 새 옷을 입혀 '이제 새로운 삶을 시작하게 되었다'라는 상징적 의미를 부여할 수 있어야 했고 또 '결혼이 늦으면 건강한 자손을 생산할 수 없다'는 식으로 적령기의 결혼을 장려했다.

그런데 좀 더 중요한 문화적 문제들에 대해서는 또 이상할 정도로 무심하기도 했다. 헤르츨은 각종 상징들이 갖고 있는 중요성에 대해 잘 인지하고 있었는데, 예를 들어 새로운 유대인 국가의 국기 도안을 제시하며 '더 많은 사람들을 끌어들이기 위해서 반드시 특별한 상징을 머리 위로 휘날리게 해야 한다'고 말하기도 했다. 그런데 새하얀 바탕에 당시로서는 아주 진보적이었던 하루 일곱 시간 노동을 상징하는 일곱 개의 황금색 별을 새겨 넣은 그의 국기 도안에 유대의 문화나 전통이 전혀 들어 있지 않다는 점은 아주 놀라운 일이 아닐 수 없었다. 훗날 시온주의자 운동에서 실제로 채택한 깃발에는 잘 알려져 있다시피 이스라엘 전성기의 상징이라고 할 수 있는 다윗의 별이 들어가 있었던 것이다. 이와 유사하게 헤르츨은 새로운 유대인 국가의 공식 언어를 히브리어로 해야 한다는 의견도 받아들이지 않았다. "도대체 지금에 와서 우리들 중에 열차표를 살 정도의 히브리어라도 유창하게 구사하는 사람이 몇 명이나 되겠나? 그러니 히브리어를 공식 언어로 채택할 수는 없는 일이다." 그리고 그가 비록 종교를 바탕으로 새로운 국가를 건설하는 계획에 대해 언급하기는 했으나 동시에 그 종교가 어떤 특별한 역할을 한 것에 대해서는 생각하지 않았다. "모든 사람들은 자신이 믿는 신앙에 대해 출신 국가가 상관없는 것과 마찬가지로 어떠한 불평등도 없는 자유를 누리게 될 것이다."

실제로 이스라엘이 새롭게 건국되는 과정에서 중요한 문젯거리로 부상하게 되는 이러한 내용들은 헤르츨 자신이 기본적으로 종교가 아닌 세속적인 관점을 가졌기 때문에 미처 신경을 쓰지 못한 일종의 단순한 실수나 빈틈이었다고 볼 수 있지 않을까. 그렇지만 이러한 문제나 내용들이 불거지게 된 것 역시 유대인 이주 계획의 규모와 시기에 대한 헤르츨 자신의 추정과 연관이 있다. 헤르츨은 일사불란한 이념적 헌신을 통해 그 기초를 닦는 데만 수십 년 이상의 기간이 소요되며 또 그로 인해 아주 독특하고 새로운 유대 문화가 탄생되는 과정을 꿈꾸지 않았다. 그보다는 오히려 새로운 사회를 바로 건설할 수 있는 토대 위에 거의 모든 유럽의 유대인들이 실제로 바로 이주하는 광경을 생각했던 것이다. 이런 식으로 만들어진 국가라면 분명 유럽을 바탕으로 한 다양한 문화와 언어가 공존하게 될 터였다. 그리고 어쨌든 19세기 말에서 20세기 초라면 최초의 세계화가 진행되던 시기가 아니었던가? 결국 헤르츨은 이렇게 기록한다. "이집트에는 영국 호텔이 있고…… 남아프리카에는 비엔나 카페가 있다. 러시아에는 프랑스 극장이, 그리고 미국에는 독일 오페라 무대가, 또 파리에는 최고의 독일 맥주가 있는 것이다." 그렇다면 새로운 유대인 국가 역시 이런 다국적 문화를 만끽하지 못할 이유가 어디 있겠는가? "모든 사람들은 자신에게 익숙한 문화를 다시 찾게 되겠지만…… 대신 이전보다 훨씬 더 좋고 더 아름다우며 또 마음에 꼭 드는 그런 문화를 발견하게 될 것이다." 헤르츨은 이렇게 장담했다.

* * *

1896년 출간된 『유대인 국가』는 헤르츨의 인생을 소용돌이 속으로 몰아넣었다. 이제 그는 시온주의의 창시자이자 대변인으로, 그리고 교섭 전문가로 살아가게 된 것이다. 「신 자유신문」의 편집부라는 직장에서는 헤르츨의 활동이 탐탁지 않게 여겨졌지만 그는 유럽 대륙을 종횡무진하며 자신의 계획을 실행에 옮기기 위해 애를 썼다.

놀라울 정도로 짧은 시간 동안 헤르츨은 유럽 권력의 정점에 접근할 수 있었으며 각국의 국왕들이며 수상들을 만나 시온주의를 도와달라는 청을 넣었다. 시대의 상황은 헤르츨처럼 혼자 나서서 활동하는 사람조차도 유대 민족 전체의 대변인으로 받아들일 수 있을 만큼 유대인 문제가 매우 시급한 것이었음을 보여주고 있다. 특히 동부 유럽에 갔을 때는 마치 구세주나 왕이 도래한 것처럼 군중들의 격한 환영을 받았을 정도였는데, 시온주의를 처음 시작한 사람이 설령 헤르츨이 아니었다 하더라도 그는 놀라운 성취를 이루어냈을 것임에는 틀림이 없다.

그렇지만 이런 모든 헤르츨의 성공에도 불구하고 유대인 국가의 실질적인 건설은 여전히 요원한 일이었다. 그가 만났던 대부분의 유럽 지도자들은 시온주의의 지지를 공언하며 자국의 유대인 문제를 해결할 수 있는 해결책으로 생각했지만 실제로 유대인들이 팔레스타인 지역을 정찰할 수 있는 허가를 내줄 합법적인 권리는 오직 오스만 터키 제국의 술탄만이 가지고 있었다. 오랜 시간 눈물겨운 노력과 그의 수하들에게 뿌려진 막대한 액수의 뇌물에도 불구하고 술탄은 유대인들을 받아들이는 일을 거부한 것이다. 또한 유럽 각국의 정상들도 자신들이 한 이야기와 달리 외교적 영향력을 동원해서 술탄의 마음을 바꿀 준비가 되어 있지 않았다. 사실 갑자기 마음의 변화가 생겨 술탄이 헤르츨의 제안을 받아들인다고 해도 그의 계획을 실천하는 데 필요한 막대한 자금을 아직 시온주의자들은 확보하지 못했고 또 그럴만한 전망도 전혀 보이지 않았기 때문에 오히려 헤르츨의 처지가 더 우습게 될지도 몰랐다. 시온주의자 협회는 계속해서 매년 모임을 가졌고 그 조직들의 숫자도 전 세계적으로 기하급수적으로 늘어갔지만 유대인들이 가야 할 땅 시온은 여전히 저 먼 곳에 있었다. 1917년이 되어 영국군이 오스만 터키 제국으로부터 팔레스타인을 빼앗게 되자 시온주의자들은 마침내 헤르츨이 간절하게 원했던 공식적인 강대국의 지원을 실제로 이끌어낼 수 있게 되었는데, 그 결과가 바로 '밸푸어 선언(the Balfour Declaration)'이었다.

1902년의 헤르츨은 여전히 자신의 대의에 전념하고 있었지만 건강이 나빠졌을 뿐더러 극도로 의기소침해진 상태였다. 또한 그는 이 시점까지도 팔레스타인으로의 유대인 대량 이주 계획이 잘 진행되고 있다고 상상했다. 이성과는 거리가 먼 이상주의적인 상상이었다. 이제는 급기야 마치 자신의 바람들이 완전히 이루어지는 것을 보지 못하고 세상을 떠날 것처럼 생각되기 시작할 정도였다. 그렇지만 만일 그가 유대 국가의 건설에 대해 상상을 해야 한다면 최소한 공개적으로, 그리고 어쨌든 그 자체로라도 시온주의 운동에 도움이 되는 형태로 그렇게 해야만 했다. 그래서 이번에는 희곡이 아닌 소설 한

편을 써보기로 결심을 한다. 『유대인 국가』에서 대략적으로 묘사했던 내용들로 돌아가 거기에 생기를 불어넣어보려 한 것이다. 이 소설의 제목이 바로 『오래된 새로운 땅』로, 그 안에는 헤르츨의 꿈 뒤에 숨어 있는 이중의 욕구가 담겨 있다. 전례가 없는 근대 사회의 성취를 고대 유대인이 가졌던 희망과 결합해 완성한다는 것이었다.

　순전히 문학적인 관점에서만 본다면 이 『오래된 새로운 땅』는 결코 좋은 평가를 받을 수는 없을 것이다. 브라츨라프의 나흐만처럼 헤르츨은 좀 더 쉽고 익숙한 형태로 진실을 전달하기 위해 이야기, 혹은 소설이라는 형태를 차용했는데, 이 경우에는 『토라』의 진실이나 진리가 아닌 정치적인 문제였다. 그렇지만 나흐만과는 다르게 헤르츨은 자신이 전하고자 하는 주장을 수준 높은 문학의 경지까지는 끌어올리지는 못했다. 헤르츨이 쓴 소설의 주인공들은 각각 단편적인 성향만을 보이며 그 구성 자체도 쉽고 단순하다. 비엔나 출신의 한 젊은 유대인 청년이 삶에 회의를 느끼고 어느 고립된 섬으로 떠나 20년을 지낸다는 내용인데, 그가 다시 문명 세계로 돌아와 보니 팔레스타인은 사막에서 활기 넘치는 유대인 공동체가 있는 곳으로 변모해 있었다. 소설 내용의 상당 부분은 이 공동체에 속해 있는 다양한 주민들의 연설 내용이 차지하고 있으며 그들은 자신들이 개척한 곳의 역사와 그 숨은 사정 등을 설명하는데 이 책이 만들어진 이유 자체가 이러한 설명 때문이라는 사실을 분명히 알 수 있다.

그렇지만 헤르츨은 미래의 팔레스타인에 도달하기 전에 현재의 유럽에 있는 유대인 사회의 신랄한 맨얼굴을 먼저 보여준다. 『오래된 새로운 땅』의 주인공이라 할 수 있는 프리드리히 뢰벤버그(Friedrich Loewenberg)는 비엔나의 젊은 유대인 변호사로 심각한 염세주의적 성향 때문에 고통을 받고 있었다. 그는 카페를 드나드는 친구들과 사이가 틀어졌고 사랑하던 애인이 부유한 남자를 만나 떠나는 것을 보고 크게 실망했으며 하는 일도 잘되지 않아 좌절하고 있었다. 무엇보다도 헤르츨이 분명하게 강조하고 있는 건 뢰벤버그가 이런 불행을 겪게 된 것에 대한 책임이 오스트리아 사회에서의 유대인들의 불안한 지위에 있다는 사실이었다. 헤르츨은 자신도 속해 있었던 비엔나의 중산층 이상의 유대인들이 냉소적이며 물질주의적인 동시에 자신도 알지 못하는 사이에 자기 혐오감에 빠져들고 있다고 설명한다. 책 앞부분에 등장하는 어느 저녁 만찬자리에서 한 랍비가 이미 지역 사회에 동화되어 있는 이 유대인들에게 우연히 시온주의에 대해 언급을 했을 때 이들이 보인 반응은 비웃음과 경멸이었다. "이보시오, 지금 당신들은 누구를 조롱하고 있는 겁니까?" 랍비가 별다른 표정 없이 이렇게 되물었다. "바로 자기 자신 아닌가요?" 헤르츨은 당대의 유대인들이 매우 타락해 있으며 따라서 유대인 스스로 자유롭고 당당한 존재가 되자는 개념 자체가 이들에게는 그저 농담거리에 지나지 않는다고 설명한다. 이 장면에서 우리는 시온주의 운동을 반대하는 유대인들에게 헤르츨 자신이 들어야 했던 모든 모욕과 경멸의 말을 다시 들을 수 있는 것이다.

"만일 당신이 유대인이라면 차라리 이 도나우 강물에 몸을 던지는 것이 낫다." 카페에서 만난 굶주림에 시달리는 유대인 노점상 리트백(Littwak)은 이렇게 말한다. 뢰벤버그는 신문에서 별난 구인광고를 보게 되는데 킹스코트(Kingscourt)라는 이름의 한 부자가 자신과 함께 멀리 떨어져 있는 한 섬으로 함께 영원히 떠날 사람을 모집하고 있었던 것이다. 킹스코트는 프로이센의 귀족 가문 출신으로 미국으로 이주해서 큰 부를 일구었지만 우울증 때문에 인간 사회를 떠나기를 갈망하게 되었다. 뢰벤버그는 기꺼이 그와 함께 자신의 인생을 내던지기로 결심하게 되고, 두 남자는 남태평양을 향해 배를 타고 떠난다. 길을 나서기 전에 킹스코트는 뢰벤버그에게 막대한 액수의 돈을 주었고 뢰벤버그는 그 돈을 다시 리트백에게 준다. 적어도 한 유대인 가족이 절망에서 탈출할 수 있기를 바라면서.

자신들이 가기로 한 섬으로 향하는 길에서 킹스코트와 뢰벤버그는 팔레스타인에 잠시 들리기로 결정한다. 사실 이런 장면을 등장시켜야 하는 소설 구성상의 이유는 전혀 없다. 다만 헤르츨은 1902년 당시의 팔레스타인의 참담한 현실을 알리고 싶었을 뿐이다. 이 부분을 쓸 때 헤르츨은 1898년 자신이 단 한 번 가봤던 팔레스타인에 대한 기억에 의존했는데 그때 그는 예루살렘에 와 있던 독일 황제를 만나기 위해 길을 나선 참이었다. 성지 순례를 떠난 다른 수많은 19세기의 여행객들처럼 헤르츨 역시 자신이 발견한 가난과 질병, 그리고 더러움에 진저리를 쳤다. "햇살 아래 펼쳐진 예루살렘의 풍경은 별다른 매력을 느낄 수 없었다." 그는 『오래된 새로운 땅』에서 이렇게 말하고 있다. "사람들이 내지르는 시끄러운 소리와 고약한 냄새, 눈만 어지럽게 만드는 온갖 더러운 색깔들, 진흙투성이의 좁은 길을 가득 메우고 있는 남루한 차림새의 사람들, 거지들, 병자들, 굶주린 아이들, 그리고 악다구니를 쓰는 아낙네들이며 상인들 등등. 한때 이스라엘의 찬란한 수도였던 예루살렘은 이제 더 이상 어쩌지 못할 만큼 몰락해버린 것이다."

두 여행자는 서둘러 남태평양을 향해 길을 떠난다. 장면이 바뀌면, 그 후 스무 해 남짓한 세월이 흘러 두 사람은 이제 다시 유럽으로 돌아온다. 이번에도 역시 특별한 이유보다는 저자인 헤르츨의 필요에 의해 이야기가 그렇게 흘러가는 것이다. 그동안 무엇인가 변화가 있었다는 첫 번째 암시는 수에즈 운하를 통과하는 여객선이 말 그대로 텅 비어 있는 장면에서 등장한다. 알고 보니 이제는 유럽과 아시아를 연결하는 대규모의 최신식 철도망이 깔리게 되었다는 것이다. 더군다나 그 철도가 팔레스타인까지 연결된다는 말에 흥미를 느낀 두 사람은 그동안 어떤 변화가 있었는지 다시 팔레스타인을 찾아가 보기로 결정한다.

여객선에서 내리자마자 한 낯선 사람이 눈물을 글썽이며 뢰벤버그를 맞이한다. 그 사람은 뢰벤버그가 비엔나를 떠나기 전 거액의 돈을 주었던 바로 그 가난한 노점상 리트백이었다. 리트백 가족은 그때 얻은 돈으로 팔레스타인으로 이주했고 이제는 '새로운 사회(Neue Gesellschaft)'라고 부르는 이곳을 이끄는 부자 시민이 되어 있었다. 이제『오래된 새로운 땅』의 나머지 부분은 거의 모두 이 리트백이 뢰벤버그와 킹스코트를 이끌고 팔레스타인을 돌아보는 내용으로 채워진다. 놀라운 모습은 끝없이 이어진다. 아름다운 도시들과 풍요로운 농장들, 과학 연구소며 지중해와 사해(死海)를 연결하는 운하 등등. 이러한 내용이 이어지면서 헤르츨은 심지어 신기술의 발전을 예언하는 일종의 예언자가 되기도 하는데, 그가 책에서 묘사한 무선통신장치며 냉난방 장치 등은 당시로서는 아직 대중적으로 활용되지 못하는 그런 기술이었다. 또한 내용의 상당 부분은 사회적 현실주의의 도래를 예견한다. 노동자와 기술에 대한 이상적인 꿈은 유대인이 주도하는 팔레스타인에서 꽃을 피워, 이른바 제3세계 국가가 선진국으로 탈바꿈한 것이다.

　"이 땅으로 몰려든 유대인 정착민들은 자신들이 살던 문명화된 국가의 모든 경험과 자산을 함께 가지고 들어왔다." 헤르츨은 이렇게 쓰고 있다. 사실 그가 『오래된 새로운 땅』를 통해 말하고 싶었던 핵심은 이상적 사회의 건설을 위해서는 1902년 당시의 세계 속에 이미 존재하고 있던 혁신적 기술들의 상당수가 필요하다는 것이었다. 유럽은 발전은 했으나 오래되고 낡은 도시며 기술적 기반, 그리고 계급간의 충돌이 끊이지 않는 낡은 땅으로, 사람들이 새로운 기술들로 무장하고 새롭게 출발할 여건이 되지 못했다. 따라서 헤르츨에게 팔레스타인이란 그야말로 새롭고 합리적인 사회가 건설될 수 있는 백지 같은 곳으로, 예를 들자면 더러운 연기를 뿜는 유럽의 증기 기관이 아닌 새롭고 깨끗한 전기 엔진을 사용하는 철도망을 건설할 수 있는 그런 곳이었다. "아무것도 없는 상태에서 새롭게 시작하게 되면 한 가지 장점이 분명히 있다. 모든 것이 원시적이고 미비한 상황이기 때문에 그야말로 최신식의 기술을 즉시 적용해 설치하는 것이 가능한 것이다." 그렇지만 헤르츨은 기술적 진보에 대해 근거 없이 낙관적인 무한한 믿음을 가지고 있었다는 점에서 사실상 당대의 보통 사람들의 수준을 결코 넘어서지는 못했다. "이 오래된 새로운 땅의 진짜 건설자들은…… 수압 및 유압 기술자들이다." 다비드 리트백의 설명은 이런 사실을 확인해준다.

팔레스타인에서 발견할 수 있는 현대적인 모습은 기술뿐만이 아니었다. 경제 문제에 있어서도 헤르츨은 가장 새로운 개념이 적용된 사회를 꿈꿨다. 다시 말해 그가 생각했던 건 일종의 노동조합주의 혹은 그의 표현대로라면 '상호공생주의'로, 모든 사업이나 거래가 생산자와 소비자의 상호 협조에 의해 움직이는 것을 의미한다. 개인이 토지를 영구히 소유하는 일은 엄격하게 금지되었으며 49년 동안 빌리는 형태로만 잠시 소유할 수 있었다. 그리고 50년째가 되면 다시 국가에 반납하게 되는데, 이런 모습은 『구약 성경』 속에 등장하는 이른바 '안식년'의 개념을 헤르츨 나름대로 재해석한 것이었다. 헤르츨이 자본주의와 사회주의의 가장 좋은 점들만을 섞어서 구축한 이런 체제 아래에서는 소규모의 상인이나 거래상들은 설 자리가 없다. "우리는 상인들이 득세하는 그런 나라를 원하지 않았다." 다비드 리트백의 설명이다. 헤르츨의 원래 직장이기도 했던 언론사는 일종의 조합처럼 조직되어 신문의 구독자가 곧 주주였다. 그 결과 사업이나 거래상의 악행들은 자취를 감추게 되었고 언론사들은 "일반 대중들의 교육적 역량을 확대하기 위해 끊임없이 노력했다." 여기서 주목해야 할 것은 소규모 사업체나 언론사는 헤르츨이 살고 있던 비엔나의 유대인들이 주로 종사하던 직장이었다는 점이다. 헤르츨은 자신이 꿈꾸는 새로운 유대인 사회에서 이러한 일들의 기능이 바뀌고 그동안의 오명을 벗게 될 것이라는 점을 강조하는 데 특히 많은 노력을 기울인 것이다.

『오래된 새로운 땅』는 새로운 국가가 아닌 '새로운 사회'에 대해 이야기하고 있다. 즉, 몇 년 전 그가 쓴『유대인 국가』에 대한 헤르츨의 계획의 출발 지점이 바로 이 새로운 사회라는 것이다. 그는 오스만 터키 제국이며 다른 유럽의 강대국들과 협상을 벌였고 결국 팔레스타인에 유대인들의 독립적인 지주국을 세우는 날이 결코 오지 않을 수도 있다고 생각하게 되었다. 대신 일종의 자치구역이나 보호령의 형태가 되어야 할 수도 있었다. 소설에서 헤르츨은 유대인들의 새로운 사회가 터키 제국의 '식민지 조약'에 의해 만들어졌다고 설명한다. 그렇지만 그 조약 내용은 자세히 나오지는 않는데, 터키 제국에 200만 파운드에 달하는 거금을 지불해 술탄의 관심을 끌었다는 정도만 언급하고 있다. 또한 이와 비슷하게 그는 소설의 어느 부분에서도 이 '식민지'의 경계선을 정확히 설명하고 있지 않다. 주요 도시는 하이파와 예루살렘 정도지만 다마스쿠스와 요단강의 동쪽 기슭도 언급이 된다.

헤르츨이 대강 넘어간 문제들은 비단 이런 것들뿐만은 아니다. 『유대인 국가』에서 그는 실제로 팔레스타인에 이미 거주하고 있는 아라비아 사람들에 대해서는 한마디도 언급하지 않고 있다. 『오래된 새로운 땅』의 경우 이 아라비아 사람들을 대표해서 라시드 베이라는 인물이 등장하는데 그는 다비드 리트백의 가장 가까운 친구들 중 한 사람이다. 라시드는 유대인들의 이주에 분개하지 않으며 오히려 그로 인해 팔레스타인이 누리게 된 모든 경제적 이익에 깊이 감사하는 인물로 그려진다. 킹스코트가 '이슬람교도'들은 유대인들을 '침략자'로 생각하지는 않느냐고 질문을 하자 라시드는 이렇게 대답한다. "아무것도 빼앗아가지 않고 대신 선물을 가져다준 사람을 침략자라고 할 수 있겠습니까? 유대인들은 우리를 부자로 만들어주었습니다. 그런데 왜 우리가 분개해야 합니까? 유대인들은 우리에게는 형제와 다름이 없습니다. 그들을 사랑하지 않을 이유가 없지요."

이렇게 우호적인 관계가 성립될 수 있었던 건 새로운 사회가 유대인들에 의해 만들어진 것은 분명하지만 유대인의 국가는 아니기 때문이다. 새로운 사회의 구성원들은 국가의 국민이 아니라 필요한 비용을 먼저 지불하고 들어온 거주민이었으며 이 새로운 사회에 속하지 않더라도 팔레스타인 지역에 사는 일은 불가능하지 않다. 헤르츨은 종교와 인종에 상관없이 모든 사람들이 함께할 수 있는 곳임을 분명히 했으며 유대교도든 이슬람교도든, 혹은 기독교도든 상관없이 각기 다른 공동체 사이에 아무런 갈등이나 긴장이 없는 사회를 꿈꿨다. 실제로 우리가 『오래된 새로운 땅』에서 확인할 수 있는 실제 정치에 가장 가까운 모습이라면 리트백과 가이어라는 사람 사이에 벌어지는 선거와 관련된 분쟁 정도인데, 리트백은 다문화 관용주의를 대표하며 가이어는 그 정체조차 분명하지 않은 유대 민족주의를 대표한다. 그 배경은 유대 공동체 안의 독일 이름이 붙은 마을인 노이도르프(Neudorf)이며 그곳에서 리트백은 가이어를 따르는 어떤 사람과 설전을 벌인다. 이 사람이 실제로 문제를 삼는 건 인종이나 종교와 관련된 배타주의라기보다는 새롭게 등장하는 경제적 경쟁자들을 내치는 것이었다. "우리의 손으로 이룩한 것들은 그대로 우리 손안에 남아야 한다." 그는 이렇게 외친다. 그렇지만 리트백은 관용정책으로 얻어지는 경제적, 그리고 사회적 이익에 대한 긴 찬사를 늘어놓음으로써 이 반대파를 가볍게 패퇴시킨다. "우리의 구호는 지금부터 시작해 언제까지나 '우리는 모두 형제다!'가 되어야 할 것이다." 『오래된 새로운 땅』의 마지막 부분에서 가이어가 이끄는 정당은 완전히 참패를 하며 헤르츨이 꿈꾸던 조화로운 사회에 결코 어떠한 위협도 되지 못했음을 보여준다. 이처럼 헤르츨이 그려나간 새로운 사회에는 갈등이나 다툼이 없었기 때문에 그가 한때 그토록 피하고 싶어 했던 환상적인 이상향이 그려지고 말았다.

* * *

『오래된 새로운 땅』에 등장하는 주인공들은 각기 예정이 되어 있는 따뜻하고 행복한 결말을 맞이하게 된다. 염세주의자였던 킹스코트는 다비드 리트백의 어린 아들을 보며 차갑게 굳었던 마음을 녹이고 아이를 애지중지 아끼게 되며 비엔나에서 사랑하는 여인을 잃었던 뢰벤버그는 팔레스타인에서 다비드의 동생을 아내로 맞이하게 된다. 그리고 가난뱅이 행상인의 아들이던 다비드 리트백은 새로운 사회의 대통령으로 선출되어 이 소식을 임종 직전의 어머니에게 전하는데, 우연히 그렇게 된 것이겠지만 다비드가 처음에는 대통령직에 오르는 걸 거부하다가 어머니를 기쁘게 만들어주기 위해 어쩔 수 없이 받아들이는 장면은 조금 웃음을 자아내기도 한다.

그렇지만 이러한 개인적인 성취보다 더 중요한 것이 유대인이라는 정체성을 되찾은 것으로, 다시 한 번 헤르츨은 이 정체성을 시온주의의 위대한 영적인 승리로 보았다. 책의 앞부분에서 헤르츨은 비엔나의 유대인들이 시온주의를 비웃는 장면을 보여준다. 그런데 그 영웅적 기상을 알아봐준 건 다름 아닌 이방인인 킹스코트뿐이었다. 뢰벤버그가 팔레스타인에 대해 아무런 관심도 보이지 않을 때 킹스코트는 그런 뢰벤버그를 꾸짖는다. "내가 만일 자네라면 나는 뭔가 더 크고 대담한 일을 할 것일세. 나의 적들이 깜짝 놀랄만한 그런 일을 말이지…… 그 문제에 대해 생각하면 할수록 나로서는 요즘에 유대인이 되는 일이 아주 흥미로운 일이 될 것처럼 보인단 말일세. 왜냐하면 전 세계를 적으로 돌리고 있는 존재이니 말이야." 팔레스타인의 미래를 화려한 모습으로 그려나갔던 헤르츨이 꿈꿨던 건 유대인 독자들에게 도전적인 모험 정신을 불러일으키는 것이었다. 새로운 사회의 건설은 유대인들이 가지고 있는 열등감을 극복하기 위한 하나의 처방전이었다.

소설의 후반부로 들어가면 팔레스타인의 변화가 곧 그곳 거주민들의 정신의 변화를 그대로 보여주고 있다. 거지 신세나 다름없이 팔레스타인으로 들어와 대통령의 자리까지 오른 다비드 리트백은 가장 분명한 사례라고 볼 수 있다. "그때의 그 유대인 거지 소년이!" 뢰벤버그는 이렇게 회상한다. "자유롭고 건강하며 교양 있는 남자가 되어 자신의 자리를 굳건히 지키며 이 세상을 변함없는 시선으로 내려다보고 있다." 훗날 다비드는 이렇게 이야기한다. "유대인 아이들은 보통 허약하고 소심했다고 한다. 그렇지만 이제 저 아이들을 바라보라!…… 우리는 아이들을 더럽고 가난한 오두막이며 다락방에서 데리고 나와 밝은 햇빛 아래 서게 했다." 팔레스타인의 밝은 햇살은 단지 물리적인 빛을 넘어서는 영적인 빛이었다. 사악한 반유대주의로부터 벗어난 유대인들은 이제 자신감과 자기 확신이 넘치는 인간으로 새롭게 태어나게 될 터였다.

물론 소설 속에 등장하는 모든 유대인들이 다 비범한 모습을 뽐내는 것은 아니다. 하이파에 있는 오페라 극장에서 뢰벤버그는 자신이 비엔나에서 알고 지냈던 속물에 냉소적인 유대인들을 다시 만나게 되었고 그들이 그때와 크게 달라지지 않았다는 사실을 알게 된다. 그렇지만 그들은 아주 예외적인 경우였고 새로운 사회에서의 그들의 존재는 유대인들 전체가 얼마나 크게 발전했는지 보여주는 기준이 될 뿐이었다. 또한 중요한 건 이 '나쁜' 유대인들이 더 이상 이전 세계에 있던 것과 같은 유대인에 대한 편견을 만들어내지는 못했다는 점이다. "화려하게 치장한 여성들이 유대인들을 대표한다고 여겨지던 때도 있었다." 누군가 킹스코트에게 이렇게 이야기한다. "이제 사람들은 그렇지 않은 또 다른 종류의 유대인들도 있다는 사실을 깨닫게 되었다." 유대인이 아닌 사람들의 따가운 시선을 받았던 유럽의 유대인들의 눈에 뜨이는 자의식은 이제 고향에서 다른 모든 유대인들에게 녹아들어가게 되었다.

이러한 새로운 자신감이 생겨났다는 사실을 알 수 있는 증거 하나는 유대인들이 두려움이나 부끄러움 없이 조상들의 종교로 회귀할 수 있게 되었다는 점이다. 뢰벤버그는 『오래된 새로운 땅』의 후반부에서 이렇게 회상한다. "유대인들이 유대인에 대한 모든 것들을 부끄러워하고 유대인임을 감추는 것이 훨씬 더 좋다고 생각하던 그 때는 얼마나 비참하던 시절이었나!" 그렇지만 오히려 유대인이라는 정체성보다도 유대교라는 종교 자체를 바라보는 헤르츨의 관점은 기껏해야 냉정한 자비심 정도로 묘사될 수 있을지도 모른다. 헤르츨은 시온주의자의 길을 걷기 시작했을 때는 유대교에 대해 거의 아는 바가 없었다. 자신의 일기에 기록한 것처럼 언젠가 한 번 시나고그를 찾아갔을 때는 『토라』를 읽기에 앞서 히브리어로 된 기도를 암송할 것을 요구받았고 그 순간 헤르츨은 시온주의자 협의회에서 연설을 할 때보다도 더 긴장이 되었다고 한다. 『오래된 새로운 땅』를 집필할 때는 유대교가 유대 공동체의 핵심적인 부분이라는 사실을 어느 정도 깨닫게 되었고 따라서 그는 새로운 사회가 유대식 시간표에 따라 움직여야 한다고 상상했다. 안식일에는 모든 길가에 돌아다니는 사람이 하나도 없어야 하며 유월절에는 학교도 방학에 들어가야 한다. 이 소설의 핵심적인 장면은 리트백 집안의 유월절 축제에서 벌어지는데, 뢰벤버그는 하가다에 나오는 '고대의 감상적인 이야기들을' 듣고 자신의 어린 시절을 다시금 떠올리게 된다. "유월절 만찬이 차려진 식탁에서 그는 마치 돌아온 탕자처럼 자신이 동포들의 품안으로 다시 돌아온 것 같은 기분을 느꼈다."

무엇보다도 가장 중요한 사실은 헤르츨이 예루살렘 대성전을 다시 세우는 일을 꿈꿨다는 점이다. 물론 성전을 건축하는 방식에 대해서는 다시 한 번 그가 유대교의 전통에 대해 거의 아는 바가 없다는 사실을 보여주고 있기는 하다. 헤르츨이 묘사하는 이 '제3성전'은 요세푸스가 그렸던 헤롯의 성전을 떠올리게 하는데, "흰색과 금색이 섞인 그 멋진 건물의 지붕은 금빛 장식을 두른 무수히 많은 대리석 기둥들이 떠받치고 있었다." 그렇지만 또 이 건축물은 이전의 성전이 있던 바로 그 자리에는 세워지지 않은 것이 분명하다. 왜냐하면 헤르츨은 예루살렘 대성전 자리에 세워진 이슬람교도의 사원인 '오마르의 모스크'가 그대로 서 있는 것으로 소설 속에 묘사하고 있기 때문이다. 그리고 새로운 성전에는 '거대한 청동 제단'이 있어 더 이상 짐승을 제사에 올리지 않는 것처럼 보인다. 다시 말해, 헤르츨이 소설 속에 새롭게 세운 예루살렘 대성전은 경건한 유대인들이 구세주를 그리던 시절 다시 복원될 것이라고 믿었던 그런 성전의 모습과는 아무런 관계가 없다. 그리고 헤르츨은 그런 모조품에 불과한 성전이 독실한 신자들에게는 일종의 신성모독으로 보일 수 있다는 사실에 대해서도 전혀 깨닫고 있지 못하는 듯하다.

　　『오래된 새로운 땅』에서 헤르츨은 성전 자체에 대해서는 많은 이야기를 하지 않았지만 대신 새로운 예루살렘에 대해서만큼은 상당 부분을 할애하여 그 장엄한 규모와 구조를 설명하고 있다. '장대한 평화의 궁전'이라는 묘사는 반은 적십자를, 그리고 나머지 반은 국제 연합을 연상시킨다. '평화애호자들과 과학자들의 국제 협의회'가 바로 그 새로운 예루살렘에서 열렸고 '전 세계 어디에도 없는' 각종 재난에 피해를 입은 피해자들을 위한 '긴급 대피소' 역할을 하는 곳도 이 새로운 예루살렘이었다. 이 '평화의 궁전'의 정문 위에는 라틴어로 된 문구 하나가 새겨져 있다. '니힐 휴마니 아 메 알리에눔 푸토(Nihil humani a me alienum puto)', 즉 "어떤 인간도 나에게는 낯선 이방인이 아니다"라는 뜻이다. 이 문구는 로마의 희곡 작가인 테렌티우스(Terentius)에게 빌려온 것으로 『구약 성경』의 히브리어 구절이 아니며 새로운 사회에 대한 헤르츨의 놀라운 야망을 엿볼 수 있는 대목이다. 그는 이렇게 서로를 구원하는 모습을 통해 팔레스타인의 유대인들이 전 세계에 새로운 삶의 방식을 보여줄 수 있을 거라고 생각했다. 새로운 사회가 보여주는 교훈은 어디에든 적용할 수 있다. 심지어 헤르츨은 아프리카계 미국 사람들도 유대인들을 따라서 자신들의 디아스포라를 끝낼 수 있다는 파격적인 주장을 하기도 한다. "이제 나는 유대인들의 회귀를 보았으니 흑인들의 회귀를 위한 길도 닦아주고 싶다." 소설 속 한 등장인물의 선언이다. 자신들만의 국가를 세워야만 그 안에서 모든 사람들이 비로소 완전한 인간애를 추구할 수 있기 때문이다. "모든 인간에게는 자신만의 집이 있어야 하며 그래야 다른 사람들에게 좀 더 친절해질 수 있다."

3,000년 전 「신명기」에 기록된 것처럼 이스라엘 민족은 요단강 기슭에 서서 하나님으로부터 이스라엘의 땅에 대한 약속을 받았다. 이제 수천 년 동안의 그 모든 흥망성쇠의 역사를 거쳐, 그리고 바빌로니아에서 에스파냐, 그리고 폴란드에 이르기까지 세계 도처에서 새로운 형태의 유대교와 새로운 삶의 방식이 만들어진 후 헤르츨은 그 약속을 새롭게 부활시킨 것이다. 그렇지만 그의 시온주의는 과거의 것을 그대로 이어받아 그때의 조건과 믿음으로 그대로 돌아가자는 것이 아니었다. 오히려 그 반대로 헤르츨은 유럽의 유대인들이 자신들의 국가를 다시 찾기 위해 습득한 필요한 기술과 정치적 통찰력이라는 근대화를 향한 험난한 길을 통해서만 그 약속을 부활시킬 수 있다고 믿었다. 이러한 역사적 변증법을 통해 유대인들은 이스라엘의 땅으로 돌아올 수 있었지만 그들이 생각하고 있던 이스라엘의 땅이라는 의미는 이제 바뀌었다. 영적인 구원이나 구세주의 출현, 심지어 하나님의 신성한 선택이 아닌 그저 모든 사람들이 자신들에게 주어진 권리를 동등하게 누릴 수 있는 곳이 바로 이스라엘의 땅이었다. 이 유대인 국가 안에 존재하는 종교는 공공의 의식과 역사적인 영감 사이를 가로지르는 교차로 역할을 한다고 상상했다. 그렇

지만 국가 그 자체는 철저하게 종교와 분리되어 만들어진 결과물이었다. "오직 이곳에서 유대인들은 자유로운 민주공화국을 세웠고 그 안에서 가장 숭고한 인간의 이상을 추구할 수 있게 되었다." 헤르츨의 선언이다.

그렇지만 그런 헤르츨조차도 자신이 꿈꾸던 약속의 땅에서 하나님의 존재를 완전히 지우는 일은 불가능하다는 사실을 깨닫게 된다. 『오래된 새로운 땅』의 마지막 장면에서 프리드리히 뢰벤버그는 자신이 팔레스타인에서 만났던 여러 친구들에게 이런 성공에 대해 어떻게 설명할 수 있는지를 묻는다. "우리는 이곳에서 새롭고 행복한 인간 사회의 또 다른 모습을 보았다. 그렇다면 무엇이 이런 사회를 만들어낸 것일까?" 헤르츨은 '필요' '지식' '의지' 그리고 '자연의 힘' 혹은 '새로운 운송 수단' 등등 각각의 대답에 일정 부분 진실이 담겨 있다고 주장한다. 그렇지만 다른 대답을 내놓는 사람이 있었으니 한 랍비가 '하나님'이라고 대답을 한 것이다. 이 소설의 마지막 말은 바로 '하나님'이었다.

참고 문헌

슐로모 아비네리(Avineri, Shlomo), 『헤르츨의 꿈: 테오도르 헤르츨과 유대인 국가의 기초(Herzl's Vision: Theodor Herzl and the Foundation of the Jewish State)』, 블루브릿지, 2014.

아모스 엘론(Elon, Amos), 『헤르츨(Herzl)』, 뉴욕: 홀트 라인하르트 앤 윈스턴(Holt Rinehart and Winston), 1975.

테오도르 헤르츨, 실비 다비그도(Sylvie d'Avigdor) 옮김, 『유대인 국가(The Jewish State)』, 도버 북스, 1988.

테오도르 헤르츨, 로테 레벤손(Lotte Levensohn) 옮김, 『오래된 새로운 땅(Old New Land)』, M. 위너(M. Wiener), 1997.

제14장
새로운 시대의 시작

●

솔렘 알레이헴(Sholem Aleichem)
『우유 배달부 토비에(Tevye the Dairyman)』

20세기가 밝아올 무렵, 숄렘 알레이헴은 세계에서 가장 사랑받는 이디시어 작가였다. 뮤지컬인 「지붕 위의 바이올린(Fiddler on the Roof)」이 성공하면서 그의 가장 유명한 작품집으로 알려지게 된 토비에 연작의 주인공 토비에는 그 생생한 이야기와 마음을 울리는 감동으로 동유럽 유대인들의 삶을 절절하게 보여주었다. 이 연작은 제1차 세계대전 전에 발표되었고 숄렘 알레이헴은 토비에와 그의 딸들을 통해 개인주의의 현실과 혁명 정부의 공식적인 박해에 이르기까지 유대인 세계에도 밀려들기 시작한 근대화의 심각한 도전을 통찰력 있게 그려나간다. 토비에 이야기는 이제 막바지에 도달한 전통적 유대 세계에 대한 기록을 보여주고 있으며 이제 곧 불어닥칠 비극과 변화는 유대인들의 삶의 형태를 영원히 바꿔놓게 될 터였다.

1894년 숄렘 라비노비치(Шо́лом Рабино́вич)는 자신이 즐겨 찾는 휴양지에서 여름을 보내고 있었다. 키에프에서 기차로 한 시간 가량 떨어진 보야르카(Боярка)라는 이름의 작은 마을에 있는 시골집이었다. 당시 그의 나이는 서른다섯 살이었고 한때는 큰 부자였지만 지금은 사정이 많이 안 좋아진 상태였다. 부유한 상인의 딸과 결혼해 많은 재산을 물려받았고 한동안 아주 사치스러운 생활도 했지만 주식 시장이 폭락하면서 큰 손해를 본 것이다. 그렇지만 보야르카에서 여름을 보내는 그의 모습은 여전히 팔자 좋은 중산층 이상의 모습이었다. 분명 보야르카 근처에 살며 그곳을 찾는 방문객들에게 식료품이며 일상 용품들을 공급해주던 소규모 상인들이나 농부들보다는 훨씬 더 유복해 보였으리라. 그해 가을 이디시어 사용자들에게 숄렘 알레이헴이라는 필명으로 더 널리 알려져 있던 라비노비치는 담당 편집자에게 새로운 이야기를 구상하고 있다는 통상적인 안부 편지를 써 보낸다. 자신이 직접 이야기를 창작한 것이 아니라 마을의 어느 목장 주인에게 전해들은 이야기를 그대로 글로 옮기겠다는 것이었다. "내가 머물고 있던 시골집 문 앞에서 말과 마차를 끌고 온 토

비에라는 사람으로부터 직접 전해 들은 이야기입니다. 그의 마차에
는 버터며 치즈 등이 실려 있었지요. 이야기 자체도 재미가 있었지
만 그 토비에라는 사람이 천배나 더 재미있었습니다!"

이듬해 초, 「대단한 횡재」라는 이야기가 이디시어 선집에 실리면
서 숄렘 알레이헴의 가장 위대한 주인공이 탄생하게 된다. 이 이야
기들이 큰 인기를 끌게 된 건 사실 독자들이 실존 인물이 하는 이야
기를 듣고 있다는 환상을 숄렘 알레이헴이 계속 심어주고 유지했기
때문이었다. 그의 이야기는 토비에가 자신의 일화를 저자에게 들려
주는 형태를 취하고 있으며 진짜 토비에라는 사람에 의해 어떤 영감
을 받아 만들어졌으리라는 추측도 가능하다. 그렇지만 물론 주인공
의 기발한 매력과 독특한 표현 등을 만들어낸 건 저자인 숄렘 알레
이헴 자신이었으며 이를 통해 토비에가 정말로 실존 인물이라는 확
신을 독자들에게 심어줄 수 있었다. 토비에 이야기의 마지막 대목은
이런 모순을 적나라하게 보여준다. "당신 책 어디에도 나에 대해서
는 쓰지 마시오. 만일 그렇게 하게 되더라도 내 이름만이라도 적지
말아주시오." 토비에는 저자에게 이렇게 간청하지만 토비에라는 이
름 자체가 아예 제목에서부터 등장을 하는 것이다.

이후 20여 년에 걸쳐 숄렘 알레이헴은 여덟 편의 토비에 이야기를
더 만들어냈으며 모두 합쳐 120쪽을 넘지 않았지만 이디시어 문학

작품 역사에서 이만큼 많은 영향을 미치고 널리 사랑을 받은 작품집은 없었다. 1964년 발표된 유명한 뮤지컬인 「지붕 위의 바이올린」을 필두로 연극이며 영화로도 여러 차례 각색되어 소개된 덕분에 토비에는 동유럽 유대인의 전형적인 인물이자 그들이 세대를 이어 살아온 삶의 상징이 되었다. 그렇지만 토비에의 이야기는 민속 문학에는 속하지 않으며 익숙한 이야기들처럼 보이는 내용을 더 자세하게 살펴볼수록 유대 역사의 가슴 아픈 위기의 순간들을 놀라울 정도로 근대적인 모습으로 담아내고 있음을 분명하게 알 수 있다.

만일 모든 사람들이 토비에에 대해 기억하고 있는 한 가지가 있다면 그건 토비에가 딸자식들을 여럿 둔 아버지라는 사실일 것이다. 이야기가 진행되면서 딸이 몇 명인지 정확하게 밝혀지지는 않지만 최소한 주요 등장인물로 나오는 딸만 다섯 명이다. 그렇지만 첫 번째 토비에 이야기에서 이 딸아이들은 조연 정도에 지나지 않았으며 단지 경제적인 부담 정도로만 언급이 되기도 했다. 왜냐하면 모두들 언젠가는 지참금을 챙겨 시집을 보내야 했기 때문이다. "딸년들의 가치를 돈으로 따질 수 있다면 우리 마누라 골디의 말처럼 수백만은 되겠지. 그러고 보면 나는 이 예후페츠 마을에서도 부자 중의 부자로군." 토비에는 이렇게 불평을 한다. 여기서 예후페츠란 숄렘 알레이헴이 지어낸 가상의 지명으로 원래 배경은 키에프라고 한다. 토비에의 말과는 달리 이야기의 서두에 그는 근처에서 가장 가난한 유대인 중 한 사람으로 소개가 되며 통나무 실어다주는 일을 하며 하루에 돈 몇 푼을 버는 게 고작이고 굶주리는 가족들을 먹여 살리느라 고군분투한다. 실제로 토비에에게 가난과 유대인은 동의어나 마찬가지였다. "유대인이라면 희망을 가져야만 해. 계속해서 희망을 가져야만 한다고." 토비에는 이렇게 주장한다. "그렇지만 그러는 동안 완전히 망해버리면 어찌하나? 유대인이라고 해서 뭐 더 나은 게 있냐고?" 이런 희망 고백이 가져다주는 쓴맛은 더 지독하며 그러한 사실은 토비에의 이야기가 이어지면서 더 분명하게 드러나게 된다.

이런 가난에 대한 강조 속에서 숄렘 알레이헴은 당시 동유럽에서의 유대인들의 진짜 민낯을 그대로 그려내고 있다. 1881년 러시아의 황제인 알렉상드르 2세가 '인민의 의지'라는 이름으로 알려진 일단의 극단주의 혁명분자들에게 암살당하는 사건이 벌어진다. 이 암살 사건은 유대인들과는 아무런 관련이 없었는데도 불구하고 러시아 정부에서는 대중들의 분노가 반유대주의 활동으로 흐르도록 선동을 했고, 이런 일들이 러시아 전역에서 수백여 건이 넘게 일어나게 되었다. 그리고 1882년이 되자 이른바 '5월 법'이 제정되면서 유대인들은 토지를 구매하는 일이 금지되었고 작은 읍내나 마을에 거주하는 일도 제한받게 되었다. 또한 그 이후 러시아 제국이 지배하는 영토 내에 이른바 '제한 거주지'라는 구역들을 만들어 유대인들을 그 안에서만 살게 함으로써 좁은 지역에 인구가 과도하게 몰리고 빈곤층만 늘어나는 상황이 벌어지기도 했다. 키에프와 같은 주요 도시들에는 극소수의 부유하고 운 좋은 유대인들만 출입할 수 있었는데 숄렘 알레이헴 자신도 거기에 속했다. 그리고 역시 이런 유대인 차별법의 결과로 역사에 남을만한 동유럽 유대인들의 대량 탈출이 이어졌다. 이후 40여 년 동안 대략 200만 명이 넘는 유대인들이 러시아와 루마니아 그리고 오스트리아·헝가리 제국을 탈출해 미국으로 향했고 일부는 시온주의 활동에 참여해 그 숫자는 적지만 아주 의미있는 이주가 시작되어 제1차 세계대전 전에 이미 5만 명이 넘는 유대인들이 팔레스타인에 정착하기도 했다.

그렇지만 「대단한 횡재」에서 토비에의 분노와 숄렘 알레이헴의 주장이 향하고 있는 대상은 가난으로 인한 고충이 아닌 유대 사회 안의 계급 차별이었다. 글을 읽어가다 보면 토비에가 얻은 횡재의 본질이 드러나고 따라서 제목 안에 숨어 있던 얄궂은 모순도 분명해진다. 그가 얻은 행운이 얼마나 대단했던지 그는 가난하고 비참한 나무꾼에서 그냥 가난하기만 한 우유 배달부가 될 수 있었던 것이다. 어느 날 마차를 몰고 숲 속을 지나가던 토비에는 보이베리크 혹은 숄렘 알레이헴이 보야르카라고 불렀던 마을에 놀러온 두 명의 여자를 만나게 된다. 두 여자는 잠시 따로 산책을 나왔다가 길을 잃게 된 것인데, 토비에는 여자들을 마차에 태워 원래 묵고 있던 별장으로 데려다주기로 한다. 그런데 막상 별장에 도착하고 보니 두 사람은 근처 도시에서 온 부자 가문 사람들이었고 도시 출신의 이 부유한 유대인들은 가난한 시골 유대인인 토비에를 후하게 대접하면서도 꺼림칙하게 여기는 모습을 숨기지 않는다. 잠시 토비에와 농담도 하고 웃던 도시 사람들은 주머니에서 돈을 몇 푼 꺼내 토비에에게 건네주었다. 그런데 그 '몇 푼'은 무려 37루블이나 되었고 말 그대로 부자들에게는 잔돈푼에 불과했던 그 돈은 토비에에게 인생을 바꿀 만한 거금이었던 것이다. 토비에는 그 돈으로 암소 한 마리를 사서 우유 장사를 시작하게 되었고 매우 우발적으로 주어진 이 선물은 부자와 가난한 사람들 사이의 엄청난 불균형을 지적해주는 장치가 되어 있다. 토비에는 이렇게 생각한다.

"그들 식탁에서 떨어지는 빵 부스러기로 내 새끼들은 일주일, 아니 적어도 이번 토요일까지는 굶주리지 않고 살 수 있겠구나. 오, 위대하시고 자비로우시며 믿고 따를 수 있는 위대한 하나님이시여, 하나님은 선하시고 자비로우시며 정의로우시도다. 왜 하나님께서는 누구에게는 이렇게 많은 것을 주시고 또 누구에게는 아무것도 주시지 않으셨는가? 누구는 기름진 음식을 먹고 누구는 가난과 질병뿐이네. 그렇지만 또 생각해보면 나는 정말 바보야. 내가 감히 하나님께 이 세상을 어떻게 돌보시라고 충고할 수 있겠어? 필경 하나님께서 그렇게 하시기를 원하셨으니 세상일이 그렇게 돌아가는 거겠지. 그 증거가 뭐냐고? 하나님께서 다른 뜻이 있으셨다면 세상일은 또 그 뜻을 따라 돌아가지 않았겠는가…… 유대인은 희망과 믿음을 가지고 살아가야만 해. 무엇보다도 하나님이 살아 계시다는 사실을 믿어야만 하지. 그리고 그렇게 영원히 사시는 하나님에 대한 믿음을 가지고 언젠가는 하나님께서 도와주실 거라고, 그래서 형편이 더 나아질 거라는 희망을 가져야만 해."

이 대목은 숄렘 알레이헴이 모호한 표현을 통해서 삶의 진실을 그럴듯하게 다루는 데 뛰어난 기술이 있음을 보여준다. 우선 토비에는 그저 지금껏 그래왔던 위안을 주는 신앙심을 되풀이해서 나타내는 것처럼 보인다. 즉 하나님을 신뢰하며 자신의 운명을 받아들이라는 것이다. 그렇지만 그는 동시에 이러한 신앙이 절망에 빠진 사람들이 마지막에 붙들 수밖에 없는 최후의 별 의미 없는 수단이라는 사실도 이미 깨닫고 있는 것 같다. "유대인은 희망과 믿음을 가지고 살아가야만 해"라는 말은 유대인에게는 그것 말고는 기댈만한 더 나은 구체적인 수단이나 방법이 없다는 것을 의미한다. 그리고 시간이 흐를수록 토비에는 하나님의 정의에 대해서 불평하던 입을 다물지만, 이런 모습은 『구약 성경』의 욥의 모습을 그대로 닮아가는 것이다. 20세기가 막 시작되면서 이런 사회적 불평등과 불의에 대해 신앙심을 포기하지 않고도 또 다른 대응 방법이 있었다는 사실을 숄렘 알레이헴과 그의 독자들은 잘 알고 있었다. 사회주의와 공산주의가 출현하면서 이제 러시아는 혁명을 향해 나아가고 있었던 것이다. 토비에의 소극적인 순응주의는 새로운 형태의 위험천만한 행동주의에게 그 자리를 내어주게 된다.

토비에 연작의 두 번째 이야기인 「무너지는 지붕」은 4년 뒤인 1899년 발표된다. 여기에서 숄렘 알레이헴은 토비에와 또 다른 인기 있는 등장인물을 서로 만나게 하는데 바로 운이 나쁜 주식 투기꾼 메나헴 멘들이다. 그리고 이번 이야기의 결말도 능히 짐작이 되는데, 토비에는 자신이 저축한 돈을 몽땅 다 그에게 투자를 하게 되고 멘들은 돈을 전부 다 날려버린다. 숄렘 알레이헴은 이 이야기를 통해 자본주의에 대한 자신의 비판적인 시각을 선보일 수 있었는데, 그는 자본주의가 토비에 같은 성실한 사람에게조차 일확천금을 만질 수 있다는 헛된 꿈을 심어주고 있다고 말하고 있는 것이다. 그렇지만 토비에에게 큰 재산은 보통의 다른 투자자들이 생각하는 것과는 다른 의미를 갖고 있었다. 그는 아내에게 진주목걸이를 사주고 200년 전 하멜른의 글뤼켈이 그랬던 것처럼 딸들에게는 막대한 지참금을 쥐어주는 일을 꿈꾸었지만 동시에 그 돈을 가지고 더 나은 유대인이 될 수 있다고 생각했다. 토비에에게 부자가 된다는 건 사람들에게 자선을 베풀고 학교 지붕을 고쳐주며 『토라』를 공부할 여유를 갖는 것이었다. '이따금씩 시나고그에 들러 유대의 책들을 들여다볼 수 있는' 여유였다.

토비에를 이야기 속에 등장하는 다른 인물들과 구별시키는 한 가지는 그가 평생 동안 공부를 쉬지 않는다는 오래된 유대의 전통을 잊지 않고 있었다는 점일 것이다. 숄렘 알레이헴은 이런 모습을 통해 토비에가 구식에 다소 기이하기까지 한 사람이라고 소개를 하고 있다. 특히 그는 지금 마주하고 있는 문제와 별반 상관이 없을 때도 주저하지 않고 『토라』와 『탈무드』의 구절을 인용하기를 즐겨한다. 그렇지만 이런 토비에의 삶의 방식에서 깊이 존중할만한 것도 있는데, 그가 만났던 대부분의 다른 부자 유대인들과는 달리 토비에는 여전히 아주 오래전 『피르케이 아보트』에서 제시했던 이상적인 모습들을 잊지 않고 있었다. 토비에 연작의 다른 이야기에서 토비에는 자신의 딸에게 청혼한 어느 도시의 부자 상인을 만나게 되는데 그 상인이 "나는 지금까지 한 번도 『게마라』를 공부해본 적도 없고 심지어 그게 어떻게 생겼는지도 모릅니다"라고 밝히자 토비에는 혐오감을 내비친다. "상상이나 할 수 있는 일인가?" 토비에는 홀로 이렇게 중얼거린다. "하나님께서 그에게 벌을 내리셔서 그렇게 무지하게 만든 것이라면 적어도 부끄러워할 필요야 없을지도 모르겠지만 그렇다고 해서 그걸 자랑이라고 떠벌리지도 않겠지."

부지불식간에 늘어가는 이런 유대 사회의 무지는 토비에 이야기 속에 반영되는 유대 사회의 주요 관점 중 하나였다. 근대 세계로 접어들면서 성스러운 정경이든 아니면 관례적으로 이어진 관습이든 유대 민족의 지혜의 전통적 근원에 대해 알거나 신경을 쓰는 유대인들의 숫자는 점점 더 줄어들었다. 그리고 물론 토비에 연작의 중심을 이루는 토비에의 딸들과 관련된 다섯 가지 이야기도 이 주제를 다루고 있다. 이 각각의 이야기에서 숄렘 알레이헴은 개인의 권리를 주장하는 근대 사상과 부모의 권리를 내세우는 전통적 사상 중 부모의 전통적인 권위에 더 무게를 실어주고 있지만 언제나 새로운 사상이 승리를 거두었다. 한 번을 제외하고는 결국 토비에의 딸들은 각자 다 자신들이 원하는 사람과 결혼을 하였다. 그렇지만 어떤 결혼도 토비에나 독자들이 인정할 만큼 행복한 결말로 이어지지 못했다. 토비에 이야기가 갖고 있는 힘은 숄렘 알레이헴이 보여주고 있는 이런 비극적인 모순 속에 들어 있다. 아버지에 대한 딸들의 반항은 어쩔 수 없는 일이며 심지어 존중받아야 할 때도 있지만 동시에 파괴적인 결과를 불러왔고 그중 한 번은 거의 치명적인 상황에까지 이르게 되었다.

1899년 발표된 「요즘 아이들」은 딸들의 지참금과 관련된 토비에의 경제적 가난이 주제가 되는 첫 번째 이야기로, 가장 재미가 있으면서도 또 가장 시끌벅적한 이야기이기도 하다. 토비에가 자신의 딸 지텔을 잘나가는 푸줏간 주인인 레제르와 결혼시키기로 결정했을 때 그는 자신이 큰일을 해냈다고 생각한다. 이 결혼으로 지텔은 부잣집 마나님이 될 수 있을 터이며, 지금까지와는 다른 편안한 삶을 누리게 될 것이라고 생각한 것이다. 하지만 지텔은 이미 조신한 딸자식이라면 따라야 할 전통들을 모두 무시하고 가난한 재봉사인 모틀 콤조일에게 마음을 준 상태였다. 그런데 토비에 역시 지텔의 거부 의사를 듣기 전에 이미 새 사위가 될 레제르에게 뭔가 마음이 가지 않았다. "한 가지 문제가 있다. 그냥 평범한 사람이라는 거지. 하지만 뭐, 모든 사람들이 다 학자가 될 수는 없는 거 아닌가?" 토비에는 스스로에게 이렇게 되묻는다. 그리고 전통적인 유대의 지적 기준으로 봐도 역시 레제르가 무식한 축에 들었기 때문에 지텔도 그를 멀리하고 있다는 사실을 토비에도 어렴풋이 알게 된다. 사실 토비에의 딸들은 모두 아버지를 닮아 정신적인 고귀함을 갖추고 있었다.

비록 자신들만의 방식으로 다소 반항적인 근대의 기준에 따라 그런 고귀함을 정의하고 있기는 했지만.

지텔과 레제르를 떨어뜨려놓기 위해 토비에가 쓴 작전은 익살스럽다. 그는 꿈에서 계시를 받은 것처럼 꾸며내 레제르의 첫 번째 아내의 유령이 결혼을 하지 말라는 경고를 보냈다고 말한다. 그리고 이 이야기는 솔로몬 마이몬이 장모가 믿는 미신을 이용해 유령 흉내를 내며 놀라게 했던 일화를 떠올리게도 한다. 그렇지만 1904년 숄렘 알레이헴이 뒤이어 쓴 「호들」에서는 토비에가 마주한 어려움들에서 이런 익살스러운 모습이 다 사라지고 철저한 비극만이 전면에 부각된다. 당시는 유대 민족과 러시아 역사 모두에게 엄혹했던 시기였는데 러일전쟁이 벌어졌지만 황제의 군대는 일본군에게 패하기 일보직전이었고 제국 전역에는 혁명의 기운이 감돌았다. 그리고 불과 1년 전에는 제국의 박해 정책으로 키시네프에서 47명의 유대인들이 목숨을 잃어 세상 사람들의 양심에 경종을 울렸다. 결국 정치 문제를 언급하지 않을 수 없는 상황에서 숄렘 알레이헴은 「호들」에서 토비에로서는 도저히 이해할 수 없는 방식으로 그 정치가 그의 운명을 바꾸어버렸음을 보여준다.

이디시어로는 페레렐, 즉 '작은 후추'라는 애칭으로 불리던 페르칙이라는 젊은 학생이 있었다. 이 학생은 토비에의 눈에 모든 점에서 레제르와는 판이하게 달라 보였다. 페르칙이 유대의 전통을 더 이상 따르지 않는 것은 사실이지만 그보다는 페르칙은 영민하고 유대식 교육을 충실하게 받은 청년이란 점이 토비에에게는 더 중요했다. 페르칙이 토비에의 집을 방문했다가 전통적인 계율을 어기고 밥을 먹기 전에 손을 씻지 않자 토비에는 아무렇지도 않은 듯 이렇게 말한다. "자네가 손을 씻든 안 씻든 그건 자네 마음일세. 나는 하나님의 사자도 아닐 뿐더러 자네가 죄를 지었다고 해서 다음 세상에서 자네를 벌줄 수 있는 것도 아니니까 말이야." 페르칙은 토비에가 공감할 만한 그럴듯한 이야기를 늘어놓으며 그의 마음을 사로잡는 데 성공했다. "어쨌든 이 젊은이하고 이야기를 하고 있으면 점점 빠져드는 것 같단 말이야. 역시 나는 이야기가 통하는 사람이 좋아. 성경 이야기도 하고 철학적인 토론에, 인생에 대해서며 또 이것저것 이야기를 같이 할 수 있는 그런 사람이 좋단 말이지."

다시 한 번 토비에의 이런 호감은 그의 딸의 감정에도 영향을 미치게 된다. 그리고 토비에의 또 다른 딸 호들은 지텔과 마찬가지로 아버지의 허락도 받지 않는 상태에서 페르칙과 사랑에 빠진다. 그것도 모자라 전통적인 유대식 결혼 예법에는 아랑곳하지 않고 어떤 축하 예식도 또 사람들에게 알리는 일도 없이 결혼식부터 올리게 해달라고 조르는 것이었다. 호들이 그렇게 서두른 이유는 페르칙이 곧 먼 길을 떠나야 하기 때문이었는데, 호들은 그가 떠나는 이유를 아무에게도 이야기하지 않는다. 그리고 이후 들려온 건 페르칙이 경찰에게 체포되어 유배형에 처해졌다는 소식이었다. 독자들은 이쯤해서 실제로 무슨 일이 벌어졌는지 쉽게 짐작할 수 있으리라. 페르칙은 사회주의 혁명에 뛰어든 것이며 비록 그런 말은 한마디도 나오지 않지만 우리는 그가 러시아 정부에 저항하는 어떤 음모에 연루되었다는 사실을 능히 짐작할 수 있다. 그렇지만 숄렘 알레이헴은 지혜롭게도 이런 사실을 토비에가 전혀 알지 못하는 것으로 설정을 한다. 토비에는 자식인 호들의 세대와 당대의 독자들이라면 너무도 잘 알고 있는 정치적 상황에 대해 전혀 모르고 있었던 것으로 나온다. 토비에는 혁명의 시대 한복판에서 그저 전통을 고수하는 사람이었고 따라서 그가 자신의 그런 성향에도 불구하고 남편인 페르칙을 따라 유배지로 영원히 떠나겠다는 딸 호들의 이야기를 듣고 축복을 내려주는 장면은 큰 감동을 자아낸다. "비록 내 딸들이지만…… 사랑에 빠지고 나니 육신도 영혼도 마음도 그리고 인생 자체도 다 자기들 뜻대로구나!" 토비에는 놀라움과 자부심이 뒤섞인 듯 이렇게 외친다.

이제 세 번째 딸인 차바의 이야기와 그에 따른 주제에 이르게 되면 숄렘 알레이헴은 토비에의 인생에 휘몰아친 이런 기이한 운명의 장난이 그 강도가 더 심해졌음을 보여준다. 1906년 발표된 「차바」에서 토비에의 딸 차바는 또 다른 이상주의적 지식인과 사랑에 빠지게 된다. "체브드카는 또 다른 고리키나 마찬가지예요." 차바가 아버지에게 이렇게 말하자 토비에는 이렇게 되묻는다. "음, 그렇구나. 그런데 고리키인가 뭔가 하는 사람이 도대체 누구지?" 토비에와 달리 숄렘 알레이헴의 독자들은 당연히 당대의 혁명주의 소설가이자 레닌의 조력자이며 반유대주의를 강력하게 반대했던 지식인 막심 고리키에 대해 잘 알고 있음은 물론이다. 막심 고리키라는 이름은 사회주의 형제애라는 이름 아래 유대인과 이방인들 사이의 갈등이 사라지는 미래를 상징했다. 문제는 토비에와 차바가 여전히 황제가 다스리는 러시아 제국이라는 현실 세계 속에 살고 있었다는 사실이며, 그 세계 속에서 체브드카가 기독교도라는 사실은 도저히 어찌할 수 없는 사회적, 그리고 법적인 난관이었다. 유대인도 기독교도인도 종교를 넘어서는 결혼을 받아들이지 못하던 시절이었기 때문에 두 사람이 하나가 되려면 한 사람이 반드시 개종을 해야만 하는 상황이었다. 그리고 차바는 자신들의 가족과 영원히 연을 끊는 것을 감수하고 아무도 모르게 기독교로 개종을 한다.

물론 개종이란 부모의 권위와 유대의 전통 모두에 대한 궁극의 도전이었다. 토비에는 마치 딸이 정말로 죽은 것처럼 장례식에서나 하는 전통적 유대 방식인 일주일간의 애도기간을 거치며 유대인으로서의 한계를 다시 한 번 절감한다. 아무리 시대가 바뀌어도 영원히 그대로 남아 있는 것은 타고난 출신 성분이었다. 그렇지만 토비에가 자기 자신에게 그러한 한계에 대해 질문하고 대답하는 장면에서는 그 자신도 비록 유대인으로서의 정체성이나 한계를 강요하기는 했지만 이야기의 진정한 감동과 정서적인 힘이 느껴진다. 토비에 연작의 첫 번째 이야기인 「대단한 횡재」에서 토비에는 왜 하나님이 인간을 부자와 가난한 자로 나누셨는지 궁금해한다. 이제 우리는 다른 자매들과 마찬가지로 아버지의 모습을 그대로 빼닮은 차바의 이야기를 읽으며 토비에의 질문을 아주 극적인 방식으로 확대해나가게 된다. "아버지는 지금 이 모든 일의 원인을 묻고 있는 거에요" 차바는 토비에에게 이렇게 말한다. "아마도 사람들이 왜 스스로를 유대인과 이방인으로, 주인과 노예로, 그리고 지주와 소작농으로 갈라놓는지에 대한 답을 하나 정도는 찾을 수 있지 않을까요." 혁명의 광풍이 휘몰아치던 지난 몇 년 동안 누구나 다 모든 종류의 차별과 구분에 대해 의문을 가지게 되었고 이제 새로운 세대는 기존의 답에 대해서는 만족하지 못했다. 토비에가 "왜냐하면 하나님께서 그렇게 창조하셨으니까"라고 대답하자 차바는 또 이렇게 대꾸한다. "그러면 왜 그렇게 창조하셨는데요?" 하나님 자신이 인간의 이성 앞에 소환

된 것이다. 암스테르담의 스피노자와 베를린의 멘델스존으로부터 시작된 계몽주의의 과정이 이제 토비에가 살고 있는 이 작은 마을에까지 스며들게 되었다.

숄렘 알레이헴은 차바의 질문을 계속해서 주제로 삼아 이후 이어지는 모든 내용들에 대해 독자들이 다채로운 반응을 보일 수 있도록 한다. 토비에가 딸인 차바의 개종을 충동질한 기독교 사제를 마주하게 되었을 때 보이는 그의 무기력한 분노는 기독교 사회 속에서 살고 있는 무기력한 유대인들의 초상이라 볼 수 있다. 그렇지만 마차를 타고 집으로 돌아오던 토비에는 숲 속에서 차바를 보게 되는데, 그 장면은 흡사 그가 상상으로 만들어낸 신비스러운 모습처럼 보이며 그 안에서 토비에는 기독교도와 유대교를 구분하는 일이 아버지와 자식의 정보다 정말로 더 중요한 문제인지에 대해 깊이 생각해보게 된다. 이런 인간적인 감정의 충동은 우리가 토비에에 대해서 알고 있는 모든 것, 즉 그의 가족에 대한 사랑, 타고난 관용, 그리고 그의 강렬한 감성 등이 합쳐진 결과로, 특히 그가 얼마나 감성적인지는 본인이 "토비에는 여자가 아니야!"라고 입버릇처럼 말하는 모습에서 확인할 수 있다. 숄렘 알레이헴은 계속해서 이렇게 적고 있다. "그리고 온갖 종류의 어지러운 생각들이 떠오르기 시작했다. 유대인이 된다는 것은 어떤 의미이며 또 유대인이 아닌 사람이 된다는 것은 어떤 의미가 있는가? 그리고 왜 하나님께서는 이렇게 사람들 사이를 갈라놓으시고 서로 어울릴 수 없게 만드셨는가? 마치 하나님과 또 다른 하나님이 따로 인간을 창조한 것 같지 않은가? 유감스럽게도 나는 책과 종교 경전을 통해 배우지를 못한 다른 사람들과 마찬가지로 이러한 질문들에 대한 해답을 찾을 수가 없었다."

토비에는 계속해서 유대교의 전통 안에 그 해답이 있다고 진심으로 확신한다. 다만 자기가 그 내용을 충분히 알지 못하고 있을 뿐이라는 것이다. 여기서 또다시 숄렘 알레이헴은 토비에가 아닌 독자들이 더 많이 이해할 수 있는 방식으로 연민을 쥐어짜낸다. 근대화된 세상에서 진짜 문제는 전통 그 자체가 더 이상 사람들의 의구심을 해결해줄 만한 권위를 갖지 못한다는 데 있다. 아브라함이 하나님과의 언약을 맺는 순간부터 만들어진 유대교의 핵심에 위치한 유대인과 이방인 사이의 구분은 근대화된 세상 사람들의 마음과 정신 안에서 이제 더 이상은 어떤 의미도 가질 수 없게 되었다. 차바의 개종은 그녀 자신의 관점에 따르면 전통이라는 잔혹함과 편협성을 넘어 그저 사랑과 이상을 선택한 것일 뿐이었다. 그리고 이런 가족의 갈등으로 인해 토비에가 겪는 고통은 이런 관점을 강력히 지지하고 있다. "하나님은 선하시고 자비로우시며 자신이 무슨 일을 하고 있는지 잘 아신다!" 토비에는 차바가 자취를 감춘 뒤 아내인 골디를 보고 이렇게 분노한다. 그렇지만 하나님에 대한 의심의 씨앗은 이미 「대단한 횡재」에서 뿌려져 이제 꽃을 피웠고 다시는 돌이킬 수 없게 되었다.

이러한 절망과 자포자기는 결국 토비에의 이야기를 기이하면서도 심지어 탈근대적인 모습에 가까운 결론으로 이끌어간다. 때때로 토비에는 작가(숄렘 알레이헴)에게 자신이 떠나버린 차바를 너무나 보고 싶어 기차역에 가서 표가 있는지 물어본다고 고백한다. "그러면 역무원이 이렇게 묻지요. '어디까지 가십니까?' 나는 이렇게 대답합니다. '내 딸이 있는 곳이면 어디든지요.' 역무원이 다시 말합니다. '그런 곳에 가는 표는 없는뎁쇼.' 그러면 나도 이렇게 대꾸합니다. '그렇다면 그건 더 이상 내 탓이 아니군요.' 그러고는 다시 집으로 돌아오지요." 당연히 실제 세상에는 토비에가 사는 마을도 없고 이야기의 배경이 되는 도시도 존재하지 않는다. 모두 다 숄렘 알레이헴이 만들어낸 가상의 공간인 것이다. 그렇지만 어쩌면 토비에 역시 그런 사실을 잘 알고 있는 것이 아닐까. 마치 토비에가 자기 자신이 가공의 인물인 것을 알면서도 그 가상의 공간과 실제 세계의 경계선을 간절하게 넘어서고 싶어 하는 것처럼 보이는 것이다. 그렇지만 이 경계선은 기독교도와 유대인을 가르는 경계선보다 훨씬 더 절대적인 것으로, 토비에는 차라리 자신이 믿는 하나님에게 물어보면 모를

까 숄렘 알레이헴에게 간청하는 것만으로는 더 이상 그 경계선을 어찌해볼 도리가 없다.

* * *

　토비에 연작의 나머지 이야기들은 아무래도 「차바」보다 감동이 떨어질 수밖에 없다. 그렇지만 이를 통해 숄렘 알레이헴은 자신이 바라보는 유대 사회의 민낯을 더 중요한 방식으로 확대해 간다. 「슈프린체」는 다섯 명의 딸들의 이야기 중 가장 짧으면서도 애틋한 사랑의 이야기로, 「요즘 아이들」을 다시 풀어쓴 것 같다. 슈프린체는 지텔과 마찬가지로 전통적인 유대의 중매방식을 따르지 않고 자신의 뜻대로 사랑에 빠지게 된다. 그렇지만 지텔이 얌전한 재봉사를 사랑했던 것과는 달리 슈프린체는 불행하게도 아론치크라는 이름의 무기력한 부자 청년에게 빠져버린다. 이 남자는 처음에는 슈프린체에게 청혼을 했으나 이내 일가친척들의 반대로 그녀를 저버리는데, 이런 모습은 다시 한 번 숄렘 알레이헴은 같은 유대인이면서 부자들이 가난한 사람들에게 보여주는 교만과 잔혹함을 상기시켜 준다. 아론치크의 삼촌이 토비에에게 돈을 찔러주는 장면은 가난한 동포에 대한 이런 멸시의 감정을 적나라하게 보여주고 있으며 절망에 빠진 슈프린체는 투신자살을 선택한다. 새롭게 얻은 자유에 대해 지텔이 수혜자였다면 슈프린체는 희생자가 되었다. 이 이야기에서 숄렘 알레이헴은 가장 보수적인 모습을 보여준다. 감당할 수 없는 로맨티시즘보다는 오래된 전통이 더 낫다는 뜻이었을까.

그렇지만 숄렘 알레이헴의 작가로서의 섬세함은 이런 식의 결론으로는 만족스럽게 채워질 수 없었다. 그래서 1909년 발표된 다음 이야기인 「토비에 씨 이스라엘의 땅으로 가다」에서는 이전의 입장을 뒤집는다. 이 이야기에서 드디어 토비에는 가장 의젓하고 착한 딸을 발견한 듯싶다. 다섯 번째 딸인 베일케는 중매를 통한 결혼을 따르기로 한다. 베일케는 다른 자매들에게서는 찾아볼 수 없었던 자식으로서의 효성을 순전한 마음으로 따른 것이다. 포드호처라는 이름의 예비 신랑은 부유한 상인으로 토비에의 편안한 노후까지 보장해줄 수 있을 것 같았다. 그런데 다시 한 번 토비에와 그의 딸은 예비 신랑에 대한 똑같은 판단을 내린다. 부녀는 모두 그가 으스대기 좋아하는 천박한 사람이라며 멸시한다. 토비에는 베일케가 이 결혼을 하지 않도록 설득하려 애를 썼지만 딸은 아버지의 이런 호소를 거부한다. 아버지와 딸의 역할이 뒤바뀐 것이다. 이제 토비에는 사랑과 이상주의의 대변인이 되었고 딸인 베일케는 1905년 일어난 제1차 러시아 혁명의 실패를 몸으로 겪으며 냉소적인 모습으로 바뀐 세대로 대표된다. "저를 호들 언니와 비교하지 마세요." 베일케는 이렇게 말한다. "호들 언니는 온 세상이 혼란스러울 때 살았던 사람이에요…… 그때는 사람들이 자기 자신은 잊고 다른 걱정만 했었어요. 그렇지만 이제는 세상도 진정되었고 모든 사람들이 다 자기 일만 걱정해요. 세상일 같은 건 다 잊어버렸다고요."

그렇지만 모두들 짐작한 바와 같이 이 굳센 마음을 가지고 스스로를 희생하려 하던 베일케의 모습은 이내 뒤바뀌고 말았다. 신혼여행에서 돌아온 베일케는 자신이 예상했던 것처럼 불행한 삶을 살게 된다. 그리고 토비에 역시 결국 그 대가를 치르게 되는데, 우유나 내다 파는 가난한 장인이 싫었던 포드호처가 토비에에게 돈을 주며 팔레스타인으로 이주해 다시는 돌아오지 말라고 권한 것이다. "나이든 유대인들은 모두 다 이스라엘의 땅으로 가고 있어요." 사위는 이렇게 강압적으로 이야기한다. 숄렘 알레이헴은 테오도르 헤르츨을 흠모하던 시온주의자였지만 사위의 이런 권유는 시온주의자의 순례여행과는 전혀 상관이 없었고 토비에는 유대 국가를 세우는 개척자가 되기에는 너무나 늙어버렸다. 만일 그가 성지로 간다면 죽기 전에 이스라엘의 땅을 보기를 소망했던 다른 경건한 유대인들이 그랬듯 그냥 거기에서 죽음을 맞이하게 될 터였다.

그렇지만 심지어 이런 우울한 추방조차 토비에에게는 사치였던 모양이다. 토비에 연작의 마지막 두 이야기는 역시 가장 절망적인 내용들을 담고 있으며 우리는 그런 토비에의 운명을 확인할 수 있다. 「어서 떠나라」라는 제목은 『토라』의 한 구절인 '레흐-레하(Lekh-Lekha)'에서 빌려온 것으로, 하나님이 아브라함에게 내렸던 명령을 뜻한다. "여호와께서 아브람에게 이르시되 너는 너의 본토 친척 아비 집을 떠나 내가 네게 지시할 땅으로 가라" 그렇지만 1914년 집필 당시 숄렘 알레이헴은 동유럽에 살고 있는 유대인들이 그 상황을 탈출하거나 새롭게 바꿀만한 가능성을 전혀 엿보지 못했다. 나중에 밝혀지는 것처럼 토비에는 결국 팔레스타인으로 가지 않았고 결핵으로 남편이 세상을 떠난 지텔의 가족을 돌보게 된다. 한편, 숄렘 알레이헴 자신도 같은 병으로 고생을 하다가 1916년 쉰일곱의 나이로 눈을 감았다는 사실을 알아두면 이 이야기를 이해하는 데 더 도움이 될지도 모르겠다. 어쨌든 보야르카에 살고 있는 유대인들의 형편은 이전보다 더욱 나빠졌으며 다음 작품인 「어서 떠나라」에서는 멘델 베일리스(Мендель Бейлис) 사건을 계속해서 언급하고 있다. 멘델 베일리스는 1913년 종교적 목적으로 기독교도 아이를 살해했다는 누명을 쓴 유대인이었다. "우리가 무엇을 가지고 있다고 해도 하나님께서 금지하신 것이라면 아무것도 없는 것이나 마찬가지다." 토비에는 이렇게 말한다. "우리는 그래도 여전히 멘델 베일리스보다는 형편이 좋지 않은가!" 그렇지만 실제로는 그렇지 못했다. 토비에도 같은 유대인 증오의 희생양이 되기 때문이다. 마을의 유대인이 아닌 다른 러시아 사람들, 오랫동안 서로 알고 지냈던 이웃들이자 토비에가 믿고 의지했던 사람들이 토비에의 집 앞으로 모두 몰려들어 이렇게 말을 한다. "토비에, 너를 혼내주러 왔다." 토비에는 사람들을 달래려 했지만 기세는 수그러들지 않았다. "러시아 전역에서 유대인들이 혼이 나고 있는데 너라고 해서 그냥 빠져나가게 내버려둘 이유가 뭔가?" 겨우 사정해 집을 불태우는 일만은 막았지만 대신 폭도들은 집 유리창을 모두 다 깨뜨려버렸다. 토비에는 스스로 이렇게 자축한다. "우리에게 전지전능한 하나님이 계시다고 했었지. 내 말이 맞았잖아?"

이 말에는 풍자가 뚝뚝 묻어난다. 그리고 이 순간 숄렘 알레이헴은 하나님의 실존에 대한 그저 우울한 질문만 던지던 모습에서 완전히 신랄한 태도로 돌변하게 된다. 토비에 연작의 첫 작품부터 숄렘 알레이헴은 토비에의 하나님에 대한 의지가 그의 마지막 버팀목이었음을 드러냈었다. 그의 운명이 곤두박질칠수록 그 운명을 만들어내는 존재에게 더 열렬히 매달리게 되었는데 왜냐하면 그 길밖에는 할 수 있는 일이 아무것도 없었기 때문이다. 그렇지만 제1차 세계대전이 발발하게 되자 사람들은 하나님이 정말로 무력한 존재이거나 최소한 자신의 권능을 유대인들을 위해 사용하길 거부한다는 걸 그 어느 때보다도 분명히 알게 된다. 미국으로의 탈출이 일시적으로 가로막히고 팔레스타인은 여전히 터키 제국의 작은 식민지에 불과한 상황에서 동유럽에 살고 있던 수백만 명의 유대인들은 전쟁의 한복판에 갇히고 말았다. 『구약 성경』에 나오는 '레흐-레하'는 하나님의 명령이자 약속이었지만 동유럽의 유대인들이 '어디로 떠나든' 그들을 기다리고 있는 건 위험과 종말뿐이었다.

"우리의 눈이 닿는 곳이면 어디든 가자. 어디든 다른 유대인들이 가는 곳으로!" 토비에는 지텔에게 이렇게 말한다. "모든 이스라엘의 자손들을 위해 준비된 것이 있다면 우리를 위해 준비된 것일 게지." 그리고 토비에의 이런 말은 숄렘 알레이헴이 전혀 상상도 하지 못했던 방식으로 마치 예언처럼 그대로 증명이 되었다. 실제로 토비에 연작은 당대의 유대인들이 선택할 수 있는 모든 가능한 미래를 다루고 있다고 해도 과언은 아니다. 우선 미국의 경우, 포드호처와 베일케는 모든 재산을 잃고 미국의 뉴욕으로 건너가 어쩔 수 없이 노동자 생활을 하게 된다. 분명 숄렘 알레이헴에게 미국은 유대인들이 꿈에서 그리던 새로운 약속의 땅은 아직 아니었던 것이 분명하다. 그리고 이런 비관적인 견해가 나온 건 그 자신이 뉴욕에서 극작가로 성공하려 했던 노력이 실패로 돌아간 이유도 있다. 그럼 팔레스타인은 어떤가. 만일 토비에가 계획대로 팔레스타인으로 갔다면 그는 아마 헤르츨의 시온주의로 시작된 이주 운동인 제1차 회귀 운동에 동참하게 되었을 것이다. 그리고 호들과 페르칙이 따랐던 공산주의의 길이 있다. 수백만 명의 유대인들에게 소비에트 공산주의는 우선은 유대의 전통과 문화를 무너뜨리는 파괴자였겠지만 대신 유대인들의 생명을 지켜주는 수호자가 되어주었다.

그렇지만 토비에의 가족 대부분과 그가 살고 있던 마을, 그리고 동유럽의 거의 모든 유대인들을 기다리고 있던 운명은 바로 나치 독일의 유대인 대학살이었다. 테오도르 헤르츨은 일찍이 유럽에 살고 있는 유대인들의 삶은 훨씬 더 나빠질 거라고 예측했으며 숄렘 알레이헴은 그 상황이 얼마나 절망적이 될 수 있는지를 보여주었다. 그렇지만 정말로 최악의 악몽이 장차 어떻게 펼쳐질지는 아무도 제대로 예측하지 못했다. 1941년 9월 29일과 30일, 독일군이 키에프를 점령하고 그곳에 살고 있던 3만 3,000명 이상의 유대인 주민 모두를 학살한다. 바비야르라는 이름의 키에프 외각 계곡에서 모두 총살에 처한 것이다. 만일 지텔이 정말로 실존 인물이었다면 그녀와 그녀의 자식들도 모두 거기서 죽었을 것이다.

이후 토비에 연작은 우리가 지금 알고 있는 유대인 세계의 시작 지점으로 우리를 안내한다. 나치의 유대인 대학살이 있었고, 이스라엘의 건국이 있었으며 미국의 유대인들이 부상하면서 21세기의 유대교의 위상을 새롭게 정립한다. 그들은 하나님과 그분의 섭리, 국민과 주권, 동화와 선택, 그리고 재앙과 구속에 대한 우리의 생각의 조건을 정립한 것이다. 그렇지만 이러한 주제들은 현대 사회에서 만들어진 것이 아니다. 그보다는 오히려 유대 역사를 정의해온 책들을 읽는 것이 그 시작부터 유대교의 일부를 이루어온 이런 모든 문제들을 파악하는 길일 것이다. 필론의 당대에 알렉산드리아에 살았던 유대인들과 예후다 할레비 당대에 에스파냐에 살았던 유대인들은 모두 자신들을 둘러싸고 있는 문화에 계속해서 동참하면서 또 유대인의 정체성을 유지해야 하는 어려움에 대해 잘 알고 있었다. 요세푸스와 함께 예루살렘의 함락을 경험했던 유대인들은 상상할 수도 없는 재앙이 자신들의 신앙의 기초를 산산이 무너뜨린 후 자신들의 신앙의 내용을 다시 정립하는 일이 어떤 의미인지 잘 알고 있었다. 「신명기」에서 볼 수 있는 것처럼 요단강 기슭에 모세와 함께 도착했던 유대인들은 2,000년 후 바젤에서 테오도르 헤르츨을 따랐던 유대인들처럼 자신들이 한 번도 보지 못했던 땅과 자신들의 관계를 정의하는 데 어려움을 겪으면서도 그 땅이 자신들의 본향이라고 굳게 믿었다. 유대 역사 전체를 두고 보면 정말로 독특하다고밖에 말할 수 없는 지금 우리의 시대는 이러한 고대의 질문들에 대해 새로운 공식을 제공할 수 있을 것처럼 보인다. 만일 질문은 계속 남아 있는데 대답은 계속 바뀐다면, 이것이야말로 유대교의 이야기가 그 진정한 결론에 아직 도달하지 못했다는 의미가 아닐까?

참고 문헌

제레미 도버(Dauber, Jeremy), 『숄렘 알레이헴의 세계(The Worlds of Sholem Aleichem)』, 넥스트북/쇼켄, 2013.

숄렘 알레이헴, 알리자 셰브린(Aliza Shevrin) 옮김, 『우유 배달부 토비에와 에배 독창자의 아들 모틀(Tevye the Dairyman and Motl the Cantor's Son)』, 펭귄, 2009.

기독교는 단지 종교를 넘어서 우리의 삶과 밀접한 관계에 있는 하나의 거대한 문화이다. 흔히 서구 세계를 떠받치고 있는 두 개의 기둥을 그리스-로마 문화와 기독교 문화라고 하는 것을 보면, 기독교와 그 뿌리가 되는 유대교가 그저 종교나 인종이라는 차원을 떠나서 우리에게 얼마나 중요한 의미를 지니고 있는지 미루어 짐작할 수 있지 않을까.

기독교가 유대교와 갈라진 이후 보통의 사람들에게 유대교와 유대인들에 대한 모습은 단편적인 것들만 남게 되었다. 전쟁과 분단을 겪었던 한국 사람들이라면 대부분 수많은 피를 흘렸던 현대 이스라엘의 독립과 전쟁, 그리고 치열했던 생존의 역사와 그 밑바탕에 깔려 있는 유대의 교육 방식에 대해 기억을 할 것이며, 거기에 덧붙여 '아주 특별한 사람들' 혹은 '결코 호감은 가지 않으나 어딘지 모르게 경외심을 품을 수밖에 없는 사람들'이라는 인상이 강할 것이다. 그리고 어딘지 모르게 동질감을 느끼면서도 낯설 수밖에 없는 이런 '그들'에 대해 제법 어렵지 않게 읽을 수 있는 책 한 권이 나왔다.

이 책, 『유대인을 만든 책들』은 우리가 궁금해하는 그들의 역사와 문화에 대한 핵심적인 질문과 주제가 유대 문학 안에 어떻게 반영이 되어 있는지 보여준다. 바로 신의 본성과 『성경』을 이해하는 방법, 유대인들과 그들이 이야기하는 약속의 땅 사이의 관계 그리고 세계 각지에 흩어져 살고 있는 소수민족으로서의 고난 등이다. 다른 무엇보다도 문학 작품을 통해 그들의 역사와 문화에 접근하려는 것인데, 흔히 유대 문학이라고 하면 『구약 성경』이나 『탈무드』 정도만 알고 있는 보통 사람들에게 이 책은 스무 편에 가까운 다소 생경할 수도 있는 유대 문학 작품들과 그 저자들을 소개하고 있는 것이다.

이른바 '책의 민족'을 책을 통해 이해하려는 이 작업은 「신명기」와 「에스더」를 필두로 고대 세계의 역사라고 할 수 있는 필론과 요세푸스의 저작들을 뛰어넘어 『조하르』의 유대 신비주의에 빠져들기도 하고 또 때로는 한 여인이자 어머니의 사적인 기록인 『회상록』을 잠시 살펴보다가 스피노자와 마이몬, 멘델스존과 같은 유대 지식인들의 고뇌와 갈등을 함께 느껴보기도 한다. 그리고 고난과 고통의 세월을 해학과 웃음으로 승화시킨 여러 가지 '이야기'들을 거쳐 종국에는 유대인들만의 새로운 세상에 대한 꿈으로 마무리된다.

그렇지만 거창한 제목이나 주제와는 달리 이 책의 내용은 앞서 언급했던 것처럼 그리 어렵지 않다. 기독교를 모르는 사람이라면 가벼운 유대 민족의 역사서로, 기독교 신자라면 친숙한 주제와 내용 그리고 인물들 속에서 지금 우리가 고민하고 있는 주제가 수천 년 이상 되풀이되어온, 인류의 보편적인 고민과 고뇌였다는 사실을 깨닫게 해주는 책으로 받아들일 수 있을 것이다. 무엇보다도 이 책에 등장하는 인물들, 즉 유대인들은 아주 특별하거나 유별난 사람들이 아니었다. 믿음이 있었지만 유혹에 흔들렸고 고난이 닥치면 절망하고 또 괴로워했다. 신념을 지키기 위해 목숨까지 건 사람들도 있었지만 반대로 자신의 한 목숨을 구명하기 위해 기꺼이 변신에 변신을 거듭하며 그럴싸한 변명을 늘어놓은 사람들도 있었다. 그런 과정 속에서 변치 않는 절대적인 진리를 찾고자 했던 노력들은 지금의 우리의 모습과 별반 크게 다르지 않은 것이다.

오래전 마빈 토케이어(Marvin Tokayer)라는 미국 출신 랍비가 풀어서 소개한 『탈무드』가 한국과 일본에서 큰 인기를 끈 적이 있었다. 어린 시절 토케이어를 통해서 내가 보았던 유대인들은 아랍 민족들과의 전쟁에서 임신부까지 전투기에 태워 전장에 내보냈다던 무시무시한 사람들이 아닌 희로애락을 지닌 우리와 똑같은 사람들이었다. 그리고 실로 수십 년 만에, 개인적으로는 토케이어의 『탈무드』를 떠올리게 하는 그런 책을 보게 되었고 이렇게 번역까지 하게 되었다니 참으로 묘한 기분이 든다. 어쩌면 번역자라는 직업 때문에 '책의 민족'을 화두로 풀어나간 이 책을 더 특별하게 여겼는지도 모르겠다. 박해와 호전성, 교육이라는 좁은 주제로 점철된 일반적인 유대인 이야기에 식상했을 사람들에게 이 책의 일독을 권해본다.

2017년 9월
우진하

2. 용어, 인명 외